mtb

Nora Roberts

Frühlingsduft und Liebesglück

MIRA® TASCHENBUCH
Band 26136

1. Auflage: Mai 2018
Neuausgabe

Titel der amerikanischen Originalausgaben:
All the Possibilities

erschienen bei: Silhouette Books, Toronto

Night Moves

erschienen bei: Harlequin Books, Toronto

Published by arrangement with
HARLEQUIN ENTERPRISES II B.V./SARL

Umschlaggestaltung: büropecher, Köln
Umschlagabbildung: urafoc/iStock, LazarenkoD, Givaga/shutterstock
Redaktion: Mareike Müller
Satz: GGP Media GmbH, Pößneck
Printed in Germany
Dieses Buch wurde auf FSC®-zertifiziertem Papier gedruckt.
ISBN 978-3-95649-811-4

www.mira-taschenbuch.de

Nora Roberts

Affäre in Washington

Roman

Aus dem Amerikanischen von
Christiane Schmidt

mtb

1. Kapitel

Shelby wusste, dass Washington eine verrückte Stadt war. Doch gerade deshalb lebte sie dort so gern. Man konnte hier Eleganz finden und Tradition, aber auch einen exzentrischen Club aufsuchen oder ein Kabarett mit witzig-frechen Darbietungen.

Durchstreifte man die Stadt von einer Seite zur anderen, stieß man auf viel Gegensätzliches. Schimmernd weiße Monumente und imponierende Regierungsgebäude standen neben modernsten Stahl- und Glaskästen, dazwischen versteckten sich alte Backsteinhäuser. Würdige Statuen, schon vor so vielen Jahren oxidiert, dass sie sich selbst nicht mehr daran erinnern konnten, wann sie grün geworden waren. Straßen mit holprigem Kopfsteinpflaster führten zum Watergate.

Aber die City hatte sich nicht planlos zu diesem Durcheinander entwickelt, das Herz von allem war das Capitol. Und um Politik drehte sich der Reigen.

Washington brodelte wie kochendes Wasser, aber es war ganz anders als das unpersönliche New York. Hier ging man freundlicher miteinander um. Man war in der Regel höflich, rücksichtsvoll und oft sogar liebenswürdig.

Für die meisten Männer und Frauen, die in Washington ihrer Arbeit nachgingen, hatten die Jobs nur von einer Präsidentschaftswahl bis zur nächsten Gültigkeit. Man war hier also nicht gerade von Sicherheit umhüllt.

Aber genau diese Art Leben entsprach Shelbys Geschmack. Für sie war jede Garantie gleichbedeutend mit monotoner Selbstzufriedenheit, und sie hatte es zu ihrem obersten Grundsatz gemacht, dass Langeweile in ihrem Leben keinen Platz haben sollte.

Im Stadtteil Georgetown fühlte sie sich rundum wohl. Georgetown war nicht das Zentrum von Washington, aber hier dominierte die Universität. Jugendliche Unbekümmertheit drückte sich in den Schaufenstern der Boutiquen aus, zeigte sich an Sonnentagen auf den Gehsteigen vor den Cafeterias. Das Bier kostete mittwochabends nur den halben Preis. Hübsche kleine Häuser schmückten sich mit bunten Fensterläden, und ehrbare Damen führten wohlerzogene Hunde an der Leine spazieren.

Man tolerierte einander, das gefiel Shelby.

Ihr Laden lag in einer der engen älteren Gassen, im zweiten Stockwerk befand sich ihre kleine Wohnung. Dort war sogar ein Balkon, von dem aus sie in warmen Sommernächten das Leben und Treiben in der Stadt beobachten konnte. Alle Fenster ließen sich vor neugierigen Blicken mit Bambusrollos abschirmen, doch davon machte sie höchst selten Gebrauch.

Shelby Campbell war keine Eigenbrötlerin. Sie liebte Unterhaltung, Publikum und Bewegung. Lärm sagte ihr mehr zu als Stille, und mit Fremden redete sie genauso gern wie mit alten Freunden. Da sie jedoch selbst über sich bestimmen und ihrem eigenen Geschmack und Rhythmus gemäß leben wollte, hatte sie als Hausgenossen nicht Menschen, sondern Tiere gewählt.

Der einäugige Kater hieß Moische und der Papagei Tante Emma, der sich standhaft weigerte, mit irgendjemandem ein Wörtchen zu sprechen. Friedlich lebten die drei in dem genialen Durcheinander zusammen, das Shelby als ihr Heim bezeichnete.

Von Beruf Töpferin, war Shelby gleichzeitig eine gute Geschäftsfrau. Der kleine Laden, den sie vor drei Jahren unter dem Namen »Calliope« eröffnet hatte und wo sie ihre Erzeugnisse verkaufte, lief ausgezeichnet. Der Umgang mit den Kunden machte ihr genauso viel Freude wie die Arbeit an ihrem Töpferrad, wo sie aus einem Klumpen Ton mit viel Fantasie die hübschesten Dinge zu zaubern verstand. Der Papierkram, den sie als Inhaberin des Geschäfts erledigen musste, war ihr zwar ein ständiger Dorn im Auge, aber solche kleinen Unannehmlichkeiten machten für Shelby eigentlich erst den wahren Reiz des Lebens aus. So war »Calliope« zum Vergnügen ihrer Familie und dem Erstaunen vieler Bekannten unbestreitbar ein Erfolg geworden.

Um sechs Uhr pünktlich begann der Feierabend. Von Anfang an hatte es sich Shelby zur Regel gemacht, ihre Freizeit nicht zu opfern. Natürlich kam es vor, dass sie bis in die frühen Morgenstunden an einem besonderen Stück arbeitete, Glasuren mischte und den Brennofen in Gang hielt. Aber in solchem Falle war die Künstlerin am Werk, die clevere Geschäftsfrau hielt überhaupt nichts von Überstunden.

Am heutigen Abend jedoch musste sie wohl oder übel etwas tun, das sie gern vermieden hätte: einer Verpflichtung nachkommen. Sie löschte das Licht und kletterte die Treppe hinauf zur zweiten Etage. Der Kater erwachte, als seine Herrin erschien. Er streckte sich und sprang vom Fensterbrett herunter. Wenn Shelby kam, konnte das Abendessen nicht weit sein. Auch der Vogel schüttelte seine bunten Flügel und knackte mit dem krummen Schnabel.

»Wie geht es dir?«, erkundigte sich Shelby bei Moische und kraulte ihn hinter den Ohren, was er immer besonders genoss. Mit freundlichem Schnurren schaute der Kater zu ihr auf und drückte seinen Kopf gegen die Hand seiner Herrin. »Die schwarze Augenklappe steht dir ausgezeichnet«, lobte Shelby und holte das Futter für Moische.

Dabei wurde ihr deutlich, wie hungrig sie selbst war. Zum

Essen hatte sich einfach keine Zeit gefunden, und jetzt musste sie sich beeilen, um nicht zu spät auf der Party zu erscheinen. Hoffentlich gibt es ausnahmsweise etwas mehr als Snacks und Salzgebäck, dachte sie. Sie hatte es ihrer Mutter fest versprochen, dass sie zu dem Empfang des Abgeordneten Write kommen würde, da half alles nichts. Deborah Campbell, ihre Mutter, verstand keinen Spaß, wenn man sein Wort nicht hielt.

Shelby liebte ihre Mutter sehr, mehr und auf eine andere Art, als es bei Kindern im Allgemeinen üblich war. Trotz der fünfundzwanzig Jahre Altersunterschied wurden Deborah und Shelby Campbell manchmal für Schwestern gehalten. Beide hatten leuchtendes kastanienrotes Haar. Deborah trug es kurz geschnitten, eng am Kopf anliegend. Um Shelbys Gesicht wogte eine lange, lockige Mähne, und Ponyfransen, die meist dringend einer Kürzung bedurften, fielen ihr in die Stirn. Bei Deborah Campbell wirkte diese Kombination zart und vornehm. Shelby erinnerte mit ihrem schmalen Gesicht und den betonten Wangenknochen, die sie etwas hohlwangig erscheinen ließen, ein wenig an ein verlassenes Waisenkind, das an der Straßenecke kauerte und Blumen zum Verkauf anbot. Gelegentlich unterstrich sie diesen Eindruck noch durch geschicktes Make-up und ausgesuchte Vintagekleidung, für die sie eine besondere Vorliebe hatte.

Shelby mochte äußerlich viel von ihrer Mutter haben, sonst aber glich sie ihr nicht. Es war ihr nicht bewusst, dass sie besonders eigenständig oder exzentrisch war. Diese Züge gehörten einfach zu ihrem Wesen.

In Washington aufgewachsen, vor dem Hintergrund hoher Politik, lebte sie mit größter Selbstverständlichkeit in dieser Umgebung. Wochenlang hatte die Familie den Vater nicht zu Gesicht bekommen, wenn Wahlfeldzüge ihn in Atem hielten, finanzielle Transaktionen organisiert und durchgeführt wurden und Parteiinteressen oberstes Gebot waren. All das bildete einen nicht wegzudenkenden Teil ihrer Vergangenheit.

Sie erinnerte sich gut an sorgsam geplante Kindergesellschaften, die wie Pressekonferenzen vorbereitet werden mussten. Die Kinder von Senator Campbell gehörten zu seinem Image, und alle Bemühungen in dieser Richtung hatten ein gemeinsames Ziel: den Sessel hinter dem großen Schreibtisch im Weißen Haus.

Dabei war sich Shelby absolut im Klaren, dass ihr Vater es nicht nötig gehabt hatte, sich und anderen etwas vorzumachen. Er war ein ausgezeichneter, fähiger Mann gewesen, fair, großzügig und vortrefflich geeignet für dieses hohe Amt.

Aber sein Sinn für Humor und sein politischer Weitblick hatten ihn nicht vor der Revolverkugel eines Wahnsinnigen schützen können.

Seitdem waren fünfzehn Jahre vergangen. Shelby war damals zu der Erkenntnis gelangt, dass die Politik ihren Vater getötet hatte. Jeder Mensch musste sterben – so viel hatte sie schon als elfjähriges Kind verstanden. Aber der Zeitpunkt war für Robert Campbell zu früh gekommen. Wenn der Tod sogar einen Mann wie ihn, den sie für unverwundbar gehalten hatte, vorzeitig treffen konnte, dann war niemand in diesem Geschäft davor sicher. Jeder befand sich täglich in Lebensgefahr.

Seinerzeit, als verzweifeltes, unglückliches kleines Mädchen, hatte Shelby sich fest vorgenommen, jeden Moment ihres Lebens zu genießen und so viel wie möglich aus diesem Erdendasein herauszuquetschen. Und an diesem Entschluss hatte sich bis heute nichts geändert.

Auch bei der Write'schen Cocktailparty in der geräumigen Villa auf der anderen Flussseite würde irgendetwas amüsant und unterhaltsam sein. Einen verlorenen Abend akzeptierte Shelby nicht.

Shelby hatte sich verspätet, aber das war bei ihr nichts Außergewöhnliches und hätte deshalb niemanden verwundert. Nicht aus Nachlässigkeit war sie so oft unpünktlich oder etwa deshalb, weil sie Aufmerksamkeit erregen wollte, keineswegs. Die Dinge, die sie sich vorgenommen hatte, dauerten einfach immer ein bisschen länger als vorausgesehen. An diesem Abend jedoch waren so viele Menschen in dem großen weißen Landhaus versammelt, dass Shelbys Eintreffen nicht einmal bemerkt wurde.

Der Empfangssaal war riesig, ihre Wohnung hätte leicht darin Platz gehabt. Helle Farbtöne dominierten und ließen alles noch weiträumiger erscheinen. Einige wertvolle französische Ölbilder in Goldrahmen hingen an den Wänden. Diese Umgebung gefiel Shelby, obwohl sie darin nicht hätte leben mögen. Auch den Geruch von Tabak, Parfums und Eau de Cologne mochte sie. Es war der Duft gepflegter Partys mit elegantem Publikum.

Die Konversation drehte sich um typische Themen: Kleider, andere Leute, Golfturniere. Interessanter aber waren die leisen Töne, das Gemurmel über Preisindex, neueste Nachrichten von der NATO und das aufsehenerregende Fernsehinterview mit dem Staatssekretär.

Shelby kannte die meisten der elegant gekleideten Gäste. Sie nickte grüßend nach allen Seiten und fand mit sicherem Instinkt den Weg zum kalten Büfett. Essen war für Shelby eine ernst zu nehmende Angelegenheit.

Als sie die leckeren, fingerdicken Kanapees erspähte, erkannte sie mit Genugtuung, dass es sich tatsächlich für sie gelohnt hatte, zu dieser Party zu kommen.

»Grüß dich, Shelby! Es ist mir überhaupt nicht aufgefallen, dass du gekommen bist. Aber ich freue mich sehr, dass du es einrichten konntest.« Carol Write, in pastellfarbenem Chanelkostüm elegant wie immer, war durch die Reihen der Gäste zu Shelby geschlüpft, ohne auch nur einen Tropfen ihres Sherrys zu verschütten.

»Ich habe es leider nicht eher geschafft.« Shelby küsste die Freundin ihrer Mutter auf die Wange, was mit dem vollen Teller in der Hand gar nicht so einfach war. »Ihr Haus ist wunderschön, Mrs. Write.«

»Danke, Shelby. Ich zeige dir gern später die anderen Räume, wenn ich etwas mehr Zeit habe.« Mit dem prüfenden Blick einer vollendeten Gastgeberin, der das Wohl ihrer Gäste am Herzen lag, sah sich Carol Write um. Erst nachdem sie befriedigt festgestellt hatte, dass alles klappte, sprach sie weiter. »Wie läuft's in deinem Shop?«

»Danke, vorzüglich! Ich hoffe, der Herr Abgeordnete ist wohlauf?«

»Oh ja. Er wird dich begrüßen wollen. Du kannst dir nicht vorstellen, wie sehr er sich über den großen Aschenbecher gefreut hat, den du ihm für sein Büro angefertigt hast.« Obwohl Carol Write ihre texanische Herkunft in der Sprache nicht verleugnen konnte, redete sie mit der Schnelligkeit eines New Yorker Straßenhändlers. »Er sagte, das sei bei Weitem sein hübschestes und praktischstes Geburtstagsgeschenk gewesen. Aber du solltest dich unter die Gäste mischen und nicht allein hier stehen.«

Carol hatte Shelbys Arm ergriffen und führte sie vom Büfett weg. Shelby bedauerte das, sie hätte gern ihren Teller noch einmal aufgefüllt.

»Wirklich, niemand kann besser Konversation machen als du. Zu viel einseitige Unterhaltung ist für eine Party tödlich. Die meisten Leute kennst du, aber … Oh, da ist ja Deborah! Ich lasse euch einen Augenblick allein. In ein paar Minuten komme ich zurück und entführe dich wieder.«

Erleichtert drehte sich Shelby um und ging erneut zum Büfett. »Hallo, Mom.«

»Ich fürchtete schon, du hättest gekniffen.« Deborah Campbell musterte die Tochter kritisch. Der bunte Rock, die weiße Trachtenbluse und das Bolerojäckchen standen ihr vorzüglich. Wie war es möglich, dass Shelby Dinge tragen konnte, die bei anderen jungen Frauen wie ein Faschingskostüm gewirkt hätten?

»Wie könnte ich? Hab's doch versprochen.« Mit Kennerblick prüfte Shelby die Speisen auf der reich gedeckten Tafel, bevor sie ihre Wahl traf. »Das Essen ist besser, als ich annahm.«

»Shelby! Du darfst nicht immerzu an deinen Magen denken.« Mit einem halben Seufzer hakte Deborah ihre Tochter unter. »Falls du es noch nicht bemerkt haben solltest … hier sind einige recht nette, gut aussehende Männer.«

»Versuchst du schon wieder, mich unter die Haube zu bringen?« Shelby küsste die Mutter liebevoll auf die Wange. »Dabei habe ich dir den Kinderarzt noch nicht verziehen, den du mir vor ein paar Wochen aufschwatzen wolltest.«

»Das ist ein sehr charakterstarker, tüchtiger junger Mann.«

»Hm.« Taktvoll verschwieg Shelby ihrer Mutter, dass sie den »charakterstarken« Mediziner als einen Zudringling kennengelernt hatte, der seine Hände nicht unter Kontrolle halten konnte, und dass sie sich deshalb seine Gesellschaft hatte verbitten müssen.

»Im Übrigen will ich dich beileibe nicht unter die Haube bringen«, fuhr ihre Mutter fort. »Ich möchte nur, dass du glücklich bist.«

»Bist du denn selbst glücklich?«, konterte Shelby lächelnd.

»Natürlich, warum nicht?« Gedankenverloren drehte Mrs. Campbell an dem Brillantclip in ihrem linken Ohr. »Weshalb fragst du?«

»Weil es mich wundert, dass du noch nicht wieder vor dem Traualtar warst.«

»Aber Shelby! Schließlich bin ich lange Jahre verheiratet gewesen, habe einen Sohn und eine Tochter …«

»Die dich anbeten«, unterbrach Shelby die Mutter. Dann wechselte sie das Thema. »Für den Ballettabend im Kennedy Center habe ich zwei Karten. Hast du Lust, mitzukommen?«

Die Wolke des Unmuts verflog aus Deborah Campbells Gesicht. Sie konnte Shelby einfach nicht böse sein. »Gut, dass du ablenkst. Selbstverständlich, mit dem größten Vergnügen komme ich mit.«

»Gibt's vorher bei dir was zu essen?«, erkundigte sich Shelby und nickte im nächsten Moment einem jungen Mann zu. »Hi, Steve! Du schaust gut aus. Wo hast du gesteckt?«

Amüsiert beobachtete Deborah Campbell, wie ihre Tochter sich gleichzeitig unterhielt und den Obstsalat entdeckte. Der sportliche Pressesekretär und ein neuer Direktor von EPA traten hinzu. Freigiebig versprühte Shelby ihren Charme, die jungen Männer fühlten sich in ihrer Gesellschaft sichtbar wohl.

Warum wehrt sich meine hübsche Tochter so gegen jede festere Bindung? überlegte Deborah. Dabei hat sie offensichtlich im Prinzip nichts gegen eine Eheschließung einzuwenden. Aber sie zieht eine hohe Mauer um ihre Privatsphäre.

Mit Freuden hätte sie Shelby tröstend oder beratend zur Seite gestanden, doch dafür ergab sich keine Gelegenheit. Es war Mrs. Campbell nicht entgangen, dass ihre Tochter seit fünfzehn Jahren um tiefe Gemütsbewegungen und jedweden Seelenschmerz bewusst und mit großem Erfolg einen Bogen machte. Aber ohne Schmerz gab es kein Glücklichsein, keine Erfüllung. Ohne Schatten kein Licht …

Deborah Campbell seufzte. Wie oft hatte sie versucht, mit der Tochter darüber zu sprechen. Es war zwecklos. Und wenn sie Shelby betrachtete, wie sie sorglos lachte und mühelos plauderte, strahlend, jung und hübsch – dann erschienen ihr alle Befürchtungen unsinnig. Vielleicht sehe ich Gespenster, tröstete sie sich. Glück ist eine sehr persönliche Sache. Wer kann in einen anderen Menschen hineinsehen?

Alan MacGregor beobachtete die junge Frau mit dem Flammenhaar, die wie eine wohlhabende Zigeunerin gekleidet war. Er hörte, wie ihr Lachen klang – sinnlich und unschuldig zugleich. Ein interessantes Gesicht, stellte er fest. Es ist außergewöhnlich, nicht unbedingt schön. Wie alt mag sie sein? Achtzehn oder dreißig? Sie war kein Partytyp. Alan hatte, seit er in Washington war, schon genug solcher Gesellschaften besucht, um das beurteilen zu können. Sie gab sich weder geziert noch scheu, sie war einfach natürlich. Diesen bunten Rock hatte sie bestimmt nicht in einem der üblichen Modegeschäfte gekauft, wohin alle Politikerfrauen liefen. Und ihre Frisur entsprach weder der augenblicklichen Geschmacksrichtung, noch schien sie einen teuren Salon dafür bemüht zu haben. Aber es stimmt alles, dachte Alan. Das Flair von Los Angeles und etwas New Yorker Paprika, und trotzdem passte eins zum anderen. Wer, zum Teufel, ist …

»Wie geht's, Senator?« Der Hausherr legte Alan freundschaftlich seine Hand auf die Schulter. »Freut mich, Sie auch außerhalb der Arena zu treffen. Wir sollten öfter mal ausbrechen.«

»Der Scotch ist hervorragend, Charlie.« Alan hob sein Glas zum Nachschenken. »Er bringt einen immer in Stimmung.«

»Nach allem, was man hört, werden Sie ja langsam Experte auf diesem Gebiet.« Der Ältere winkte gut gelaunt einen Kellner herbei und wies auf Alan.

Der lächelte. »In Washington bleibt nichts verborgen. Ja, augenblicklich tut sich so allerhand.«

Charlie Write nickte zustimmend. »Mich würde Ihre Meinung über das Breiderman'sche Papier interessieren, das nächste Woche besprochen werden soll.«

Alan blickte den Abgeordneten ruhig an. Write unterstützte diese Sache, das wusste er. »Ich bin dagegen«, sagte er einfach. »Wir können auf dem Bildungssektor keine Abstriche mehr verkraften.«

»Na, na, Alan! Wir beide wissen doch, dass man solche Dinge nicht schwarz und weiß sehen kann.«

»Manchmal wird die Grauzone zu groß, dann sollte man besser zum Grundsätzlichen zurückkehren.« Alan merkte erstaunt, dass ihm an einer politischen Unterhaltung augenblicklich gar nichts lag. Durfte ein Senator überhaupt kein Privatleben haben? Aber Alan MacGregor war immerhin Diplomat genug, sich seine Gedanken nicht anmerken zu lassen. Er schaute wie unabsichtlich in Shelbys Richtung. »Ich glaubte, hier langsam jeden zu kennen. Aber Sie müssen mir helfen – wer ist die junge Frau dort drüben, die ein Mittelding zu sein scheint zwischen Prinzessin und Landfräulein?«

»Wen meinen Sie?« Writes Neugier war erwacht, und er folgte Alans Blick mit den Augen. »Oh, nun sagen Sie nur nicht, dass Sie Shelby noch nicht kennen!« Er lachte, die Beschreibung gefiel ihm. »Soll ich Sie vorstellen?«

»Danke, nicht nötig. Ich werde mich mal heranpirschen.« Alan schlenderte durch die Reihen der Gäste. Er plauderte hier und lachte dort, hielt sich aber nirgendwo länger auf. In dieser Beziehung hatte er viel Ähnlichkeit mit Shelby, denn es gelang ihm mühelos, das rechte Wort zum richtigen Zeitpunkt zu finden. Seine Freundlichkeit war ungekünstelt, und für Gesichter besaß er ein ausgezeichnetes Gedächtnis. Bei einem Mann, dessen Karriere ebenso sehr von der Gunst des Publikums abhängig war wie vom eigenen Können, waren diese

Fähigkeiten eine grundlegende Voraussetzung. Alan verstand sein Handwerk.

Nach gründlichem Studium der Rechtswissenschaften war er auf allen juristischen Gebieten bewandert. Sein Bruder Caine hatte sich mit der gleichen Ausbildung für den Anwaltsberuf entschieden. Aber Alan war damit nicht zufrieden, er wollte mehr erreichen. Ihn faszinierte die Gesetzgebung in Theorie und Anwendung und die entsprechende verfassungsmäßige Nutzung für das Wohl des Volkes. Deshalb hatte er die politische Laufbahn eingeschlagen, und sein bisheriger Weg führte steil bergauf. Mit fünfunddreißig Jahren bereits Senator zu sein war sehr zufriedenstellend. Und eine viel versprechende Zukunft mit fast unbegrenzten Möglichkeiten lag in Griffnähe vor ihm.

»Sind Sie allein, Alan?« Myra Ditmeyer, die Frau eines der obersten Richter, legte ihre Hand auf seinen Arm, als er vorüberging.

Alan blieb stehen und küsste mit dem Vorrecht eines alten Freundes ihre Wange. »Soll das ein Angebot sein?«

Myra lachte schallend. »Wenn ich zwanzig Jahre jünger wäre, würde ich Sie beim Wort nehmen, Sie schottischer Herzensbrecher.« Mit klugen, freundlichen Augen strahlte sie den jüngeren Mann an. »Warum hängt heute Abend keines dieser bemalten, nichtssagenden Mädchen an Ihrem Arm?«

»Weil ich hoffte, Sie zu einem Wochenendausflug nach Puerto Vallerta überreden zu können.«

Myra tippte mit ihrem langen, rot gelackten Fingernagel nachdrücklich auf Alans weiße Hemdbrust. »Sie meinen wohl, es sei kein Risiko, mit einer alten Frau derartige Scherze zu treiben, was? Aber leider haben Sie damit recht.« Gut gelaunt seufzte sie und fuhr fort: »Warten Sie nur ab. Man müsste eine ganz gefährliche Person auf Sie ansetzen. Ein Mann in Ihren

Jahren und noch allein – ich werde mir darüber Gedanken machen.« Sie zog die Augenbrauen hoch und meinte neckend: »Die Amerikaner mögen es lieber, wenn ihre Präsidenten ordentlich verheiratet sind, mein lieber Alan.«

»Das sagt mein Vater auch immer.« Mit gespieltem Ernst ging er auf ihren Ton ein.

»Dieser alte Pirat!« Die Unterhaltung amüsierte sie aufs Äußerste. »Manchmal hat er nicht unrecht, Sie täten gut daran, hin und wieder auf ihn zu hören. Zu einem erfolgreichen Politiker gehört die richtige Partnerin.«

»Sie raten mir demnach, nur meiner Karriere zuliebe vor den Traualtar zu treten?«

»Versuchen Sie nicht, mich auf den Arm zu nehmen, mein Junge.« Myra bemerkte, dass Alans Blick in eine bestimmte Richtung gelenkt wurde, aus der ein dunkles, wohlbekanntes Lachen ertönte.

Hoppla! dachte sie und wurde sofort aufmerksam. Wäre das wohl eine interessante Zusammenstellung? Der Fuchs und der Schmetterling!

»Ich gebe nächste Woche ein Abendessen«, sagte sie und erwähnte natürlich nicht, dass diese Idee ihr soeben erst gekommen war. »Nur ein paar Freunde kommen. Meine Sekretärin ruft Ihr Büro an und gibt alles Nähere durch.« Sie tätschelte Alan mit ihrer reich beringten Hand die Wange und entfernte sich, um einen günstigen Platz zu suchen, von dem aus sich die weitere Entwicklung des Abends gut beobachten ließ.

Alan sah, dass Shelby sich von den Gästen abwandte, mit denen sie eben noch gesprochen hatte. Sofort bewegte er sich in ihre Richtung. Das Erste, was er bemerkte, als er in ihre Nähe kam, war der Duft, der von ihr ausströmte. Nicht Blüten, Kräuter oder Moschus, sondern eine aufreizende, völlig unbekannte Mischung aus allen drei Substanzen. Seine Nase nahm diesen

Geruch nicht als Parfum wahr, sondern als unvergessliches Signal.

Shelby hatte sich vor eine Glasvitrine gekauert und presste beinahe ihre Nase an die Scheibe. »Porzellan aus dem achtzehnten Jahrhundert«, wisperte sie, als er hinter ihr stand. »Ist es nicht wunderschön?«

Alan betrachtete die hauchdünne Schale und ließ dann seinen Blick zu Shelbys schimmernd rotem Haar wandern, das ihm bei Weitem besser gefiel. »Wirklich aufsehenerregend«, sagte er anerkennend.

Shelby schaute über ihre Schulter zu ihm auf und lächelte. Das war so überraschend und bezaubernd wie ihr Duft. »Hallo!«

»Guten Abend.« Alan ergriff die ausgestreckte Hand, die hart und kräftig war und absolut nicht zu ihrer Erscheinung passte, und half Shelby aufzustehen. Gegen seine sonstige Gewohnheit hielt er ihre Finger fest.

»Ich wurde von meinem Ziel abgelenkt«, erklärte sie freundlich. »Würden Sie mir einen Gefallen tun?«

Alan blickte sie erstaunt an. »Und was?«

»Nur stehen bleiben und mir Rückendeckung geben.« Blitzschnell nahm sie einen Teller vom Büfett und belud ihn. »Immer ist mir jemand dazwischengekommen«, erklärte sie. »Ich hatte nämlich keine Zeit zum Abendessen und bin schrecklich hungrig. So, das genügt.« Zufrieden drehte sie sich zu Alan um. »Wir könnten auf die Terrasse gehen.« Schon war sie auf dem Weg. Alan folgte ihr verblüfft.

Die Luft war lau und voller Fliederduft. Das Mondlicht fiel silbern auf frisch gemähten Rasen und verzauberte die herabhängenden Zweige einer knorrigen alten Weide.

Mit einem tiefen zufriedenen Seufzer angelte sich Shelby eine frittierte Krabbe und steckte sie in den Mund. »Was das hier ist, weiß ich wirklich nicht«, meinte sie und betrachtete eine Pastete von allen Seiten. »Probieren Sie mal und sagen Sie's mir.«

Als handle es sich um die wichtigste Sache der Welt, nahm Alan ein Stückchen von Shelbys Teller, kostete mit prüfender Miene und erklärte dann: »Gänseleber in Blätterteig mit einem Hauch von Maronen.«

»Hmm, könnte stimmen.« Shelby vertilgte den Rest der Speise. »Ich bin Shelby«, bemerkte sie kauend und stellte den halb leeren Teller auf einen Beistelltisch.

»Und ich Alan.« Ein belustigtes Lächeln huschte über sein Gesicht, während sie sich beide auf eine Gartenbank setzten. Wie in aller Welt war dieses bemerkenswerte Geschöpf einzuordnen? Das musste er unbedingt herausfinden. Außerdem war die frische Frühlingsluft eine willkommene Abwechslung nach dem Tabakrauch und der Wärme im Haus. Einladend deutete er auf sein Glas. »Wie wäre es mit einem Schluck?«

Shelby betrachtete ihren Begleiter aufmerksam. Er war ihr schon vorher aufgefallen, wahrscheinlich wegen seiner Größe und athletischen Figur. Sportler traf man nicht sehr oft auf diesen Washingtoner Partys. Die meisten Herren achteten auf ihre Figur, sie joggten und spielten Squash, aber dieser erinnerte mehr an einen Schwimmer. Ein Langstreckenschwimmer vielleicht? Sie konnte sich gut vorstellen, wie er mühelos durch die Wellen glitt.

Sein Gesicht war hager und rassig, der Mund schmal unter einer Nase, die ein wenig schief stand. Das gefiel Shelby. Auch das Zwinkern in seinen Augen mochte sie leiden. Das dunkle Haar und die dunklen Augen erinnerten sie an einen Ritter in ihrem Kindermärchenbuch. Er wirkte verlässlich und beruhigend, andererseits auch wieder ein wenig aufregend. Ihre Lippen verzogen sich zu einem Lächeln.

»Was trinken Sie denn?«

»Scotch – Whisky on the rocks.«

»Ich freue mich, dass man Ihnen trauen kann.« Sie nahm ihm das Glas ab und nippte an dem Whisky. Ihre Augen blitzten Alan über den schimmernden Rand fröhlich an, das Mond- und Sternenlicht stand ihr vorzüglich. Sie sah aus wie eine kleine Waldelfe, die jeden Augenblick von einem Windhauch durch die Lüfte davongetragen werden konnte.

»Weshalb sind Sie hier?«, fragte er neugierig.

»Mütterlicher Druck. Kennen Sie das auch?«

Er verstand sie sofort. »Väterlicher Druck trifft bei mir eher zu.«

»Das dürfte kein großer Unterschied sein.« Shelby nahm noch einen Schluck Whisky. »Wohnen Sie auf dieser Flussseite?«

»Nein, in Georgetown.«

»Was Sie nicht sagen! Wo denn?«

Das Mondlicht glitzerte jetzt in ihren Augen, die so leuchtend silbergrau waren, wie Alan noch nie welche gesehen hatte. »In der P-Street.«

»Seltsam, dass wir uns noch nie begegnet sind. Mein Laden liegt dort ganz in der Nähe.«

»Sie führen ein Geschäft?« Wahrscheinlich ausgefallene Kleider, Samtjäckchen und Modeschmuck, mutmaßte er.

»Ich bin Töpferin.«

Impulsiv nahm Alan Shelbys Hände, drehte die Innenflächen nach oben und betrachtete sie prüfend. Es waren schmale Hände mit langen Fingern und kurz geschnittenen, unlackierten Nägeln. Sie waren angenehm zu halten, das galt auch für das schlanke Handgelenk unter einem schweren goldenen Armband. »Sind Sie gut?«, fragte er.

»Ich bin fantastisch!« Shelby spürte erstaunt, dass es ihr heute schwerfallen würde, nach ihrer selbst erdachten Vorsichtsmaßnahme zu verfahren. Normalerweise hätte sie schon längst aufstehen und den Kontakt zu diesem Mann abbrechen müssen. Wenn ich es jetzt nicht tue, ist es vielleicht zu spät, und er hält meine Hände morgen auch noch, dachte sie. Doch sie forschte weiter. »Sie stammen nicht aus Washington, woher kommen Sie?«

»Aus Massachusetts.«

»Ah ja! Eine Spur von Harvard ist geblieben. Aber Mediziner sind Sie gewiss nicht«, überlegte sie laut und bewegte ihre Finger in Alans Hand, ohne sich seinem Griff zu entziehen. »Für einen Arzt sind Ihre Ballen nicht weich genug.«

Welchen Beruf mochte er haben? War er Künstler? Der leicht träumerische, grüblerische Ausdruck in seinen Augen ließ auf einen Menschen schließen, der dazu neigte, die Dinge erst gründlich zu durchdenken, ehe er handelte.

Alan hatte sich die ernsthafte Inspektion geduldig gefallen lassen, doch nun schien es ihm an der Zeit, seine Gesprächspartnerin aufzuklären. »Jurist«, sagte er und fügte, als er Shelbys verwirrte Miene sah, hinzu: »Enttäuscht?«

»Nur überrascht«, erwiderte sie. »Das liegt wohl daran, dass ich mir alle Anwälte mit weißer Perücke und dicken Augengläsern vorstelle. Bei einer Menge alltäglicher Dinge können einen Gesetze ganz schön nerven, finden Sie nicht auch?«

Alan hob verwundert die Brauen. »Bei Mord und Totschlag etwa?«

»Nein, das meine ich natürlich nicht, das ist doch nichts Alltägliches, oder? Ich dachte an die endlosen bürokratischen Vorschriften. Sie können sich kein Bild machen, wie viele Formulare ich ausfüllen muss, nur um meine Töpferwaren zu verkaufen. Das muss doch gelesen und bearbeitet, von Neuem verschickt und sortiert werden und so weiter. Wäre es nicht praktischer, man ließe mich die paar Vasen einfach so gegen

Entgelt unter die Leute bringen und meinen Lebensunterhalt damit verdienen?«

»Das würde problematisch, wenn's in die Millionen ginge.« Alan hatte vollkommen vergessen, dass er nicht diskutieren wollte. Unbewusst spielte er mit dem Ring, der an Shelbys kleinem Finger steckte. »Nicht jeder Einzelhändler würde sich an faire Geschäftsgrundlagen halten, niemand wäre bereit, Steuern zu zahlen. Und schließlich hätte der ehrliche Kaufmann dabei das Nachsehen, denn er wäre genauso ungeschützt wie jeder Verbraucher.«

»Es ist schwer verständlich, dass die Basis für all diese Dinge meine dreifach einzureichenden Steuererklärungen sind.«

Die Berührung seiner Hände war keineswegs unangenehm, lenkte jedoch kolossal ab, und sein Lächeln noch mehr. Nie in ihrem Leben hatte Shelby bei einem Mann ein so unwiderstehliches Lächeln gesehen.

»Es wird immer eine Überschneidung zwischen Bürokratie und Notwendigkeit bestehen.« Alan hörte erstaunt seiner eigenen Stimme zu. Was, zum Teufel, sollte das? Warum unterhielt er sich in dieser schönen Frühlingsnacht über so trockene Themen mit einem Mädchen, das einem Märchenwesen glich und einen aufreizenden Duft verbreitete?

»Das Beste an den Gesetzen ist, dass man unzählige Möglichkeiten hat, sich drum herumzuschlängeln«, erklärte Shelby und lachte verhalten. »Wahrscheinlich ist das nun wieder Ihre Existenzgrundlage.«

Durch das geöffnete Fenster drang die kühle, autoritäre Stimme eines Mannes: »Mag sein, dass Nadonley seinen Finger genau am Puls der amerikanisch-israelischen Beziehungen hat, aber mit dieser Politik macht er sich keine Freunde.«

»Seine mittelmäßige, nachlässige Kleidung wirkt auch etwas merkwürdig«, entgegnete ein anderer.

»Typisch«, sagte Shelby leise und verzog ihren Mund. »Wie doch auf Äußerlichkeiten geachtet wird, vielleicht mehr als auf die erbrachte Leistung. Dunkler Anzug und weißes Hemd – man ist ein Konservativer. Legerer Look und Kaschmirpullover steht für liberale Gesinnung.«

Alan bemerkte erstaunt den kritischen Unterton in Shelbys Stimme. An mehr oder weniger unsachliche Urteile über seinen Beruf war er gewöhnt. Meistens überhörte er solche Bemerkungen. Von ihr mochte er dergleichen nicht hören, ihre Worte ärgerten ihn. »Sie vereinfachen gern, nicht wahr?«

»Nur dann, wenn mir etwas nicht wichtig genug ist, Geduld dafür aufzubringen.« Sie zuckte mit den Schultern. »Die Politik ist ein ärgerliches Nebenprodukt der gesellschaftlichen Ordnung, seitdem Moses sich auf Debatten mit Ramses eingelassen hat.«

Um Alans Mund spielte wieder das besondere Lächeln. Shelby kannte ihn nicht, sonst hätte sie es deuten können. Diese Unterhaltung amüsierte ihn nun doch, und er wollte sie herausfordern. »Sie scheinen Politiker nicht besonders zu mögen«, stellte er fest.

»Was diese Leute betrifft, so kann ich nur verallgemeinern, was ich sonst nicht so leicht tue«, erwiderte Shelby. »Es gibt sie in verschiedenen Spielarten. Sie sind entweder Pedanten oder Fanatiker, manche sind machthungrig, andere schwach. Es hat mich immer bedrückt, dass unsere komische Welt von einer Hand voll Männer allein regiert wird. Deshalb«, sie schob den Teller energisch zurück, »versuche ich mir vorzumachen, ich hätte absolute Kontrolle über mein eigenes Schicksal.« Die Schatten der Bäume malten eigenartige Linien auf Alans Gesicht, und Shelby hätte sie gern mit ihren Fingerspitzen nachgezogen. »Möchten Sie wieder hineingehen?«

»Nein.« Alan strich mit dem Daumen über die Innenhaut

ihres Handgelenks. Erstaunt fühlte er, wie ihr Puls sich beschleunigte. »Wie sehr ich mich dort drinnen gelangweilt hatte, merkte ich erst, als wir beide uns hier niedergelassen haben.«

Spontan leuchtete Shelbys Lächeln auf. »Das ist ein sehr nettes Kompliment, und so unterkühlt gebracht. Sind Sie etwa irischer Abstammung?«

Er schüttelte den Kopf, weil er sich gerade vorstellte, wie diese frischen, mädchenhaften Lippen schmecken würden. »Ich bin Schotte«, sagte er dann.

»Gütiger Himmel, ich auch!« Shelby runzelte die Stirn, als gefiele ihr diese Tatsache gar nicht. »Allmählich glaube ich, hier ist die Vorsehung am Werk. Aber die war mir immer schon unheimlich.«

»Warum eigentlich? Da Sie doch Ihr Schicksal so souverän lenken.« Alan führte ihre Hand zum Mund und küsste die schlanken Finger.

»Allerdings«, gab sie zu. »Ich nehme das Steuer lieber selbst in die Hand, das gehört zur Campbell'schen Lebensweisheit.«

Erstaunt sah sie auf, denn Alan brach jäh seine höchst angenehmen Zärtlichkeiten ab und lachte laut und herzlich. »Auf die alte Familienfehde!«, rief er und hob sein Glas. »Ich gehöre nämlich zum Clan der MacGregors. Ihre und meine Vorfahren haben sich unter den Klängen von Dudelsackmusik gegenseitig umgebracht.«

Shelby stimmte in sein Gelächter ein. »Mein Großvater würde mich bei Wasser und Brot einsperren, wenn ich Ihnen auch nur Auskunft darüber gäbe, wie spät es ist. Ein verrückter, verflixter MacGregor also!« Alan freute sich, aber Shelbys Gesicht wurde ernst. »Sie sind demnach Alan MacGregor«, stellte sie leise fest. »Der Senator von Massachusetts.«

»Getroffen.«

Seufzend erhob sich Shelby. »Das ist sehr, sehr schade. Ich muss jetzt leider gehen.«

Alan hielt ihre Hand fest und stand auch auf. Sie waren jetzt einander so nahe, dass sich ihre Körper berührten, nahe genug, um sich der gegenseitigen Attraktion bewusst zu werden.

»Was meinen Sie damit?«

»Vielleicht hätte ich dem Zorn meines Großvaters getrotzt«, sagte Shelby und wunderte sich, wie heftig ihr Herz klopfte. »Ja, ich glaube, das hätte ich gewagt.« Nachdenklich blickte sie in Alans Augen. »Aber ich verabrede mich nie mit einem Politiker.«

»Tatsächlich?« Alan konnte sich nicht an ihrem Mund sattsehen. Eigentlich hatte er doch noch gar nicht um ein Wiedersehen gebeten, und Frauen, die so direkt waren, lagen ihm sonst in keiner Weise. Aber Shelby gehörte zu einer besonderen Art, und es passte zu ihr. »Ist das eine von Shelbys Regeln?«

»Ja, eine der wenigen.«

Sie benutzte keinen Lippenstift, sicher wäre sie einem Kuss nicht ausgewichen. Aber statt sein Glück zu versuchen, zog Alan nur wieder ihre Hand an seinen Mund. Forschend schaute er sie an. »Das Beste an den Gesetzen«, zitierte er, »sind die unzähligen Möglichkeiten, sich drum herum zu schlängeln.«

»Gefangen in der eigenen Schlinge«, gab Shelby zögernd zu und entzog ihm ihre Hand. Es erschreckte sie, wie ihre Nerven auf diesen Alan MacGregor reagierten. Der Ausdruck in seinen dunkelbraunen Augen zeigte deutlich, dass es ihm ähnlich erging.

»Gut, Senator«, verabschiedete sie sich mit fester Stimme. »Es war nett, Sie kennenzulernen. Aber nun wird's Zeit, dass ich mich wieder bei den anderen Gästen sehen lasse.«

Alan wartete, bis Shelby fast die Tür erreicht hatte, dann erst antwortete er: »Wir sehen uns wieder, Shelby Campbell.«

Sie blieb stehen und schaute über die Schulter zurück. »Das liegt im Bereich der Möglichkeiten.«

»Nein, es ist ganz sicher.«

Dort stand er im Mondlicht – groß, geheimnisvoll und sprungbereit. Sein Gesicht verriet nichts, aber Shelby hatte das Gefühl, dass sie ihm nicht den kleinen Finger reichen dürfte, ohne Gefahr zu laufen, mit Haut und Haaren verschlungen zu werden. Es reizte sie ungemein, das auszuprobieren. Lässig warf sie den Kopf mit dem störenden Pony zur Seite.

Alan lächelte über die ungeduldige Bewegung, und plötzlich setzte Shelby ihren Weg fort. Sie wusste genau, dass sie sonst kehrtmachen und direkt in seine Arme laufen würde. Als sie dann zwischen den anderen Gästen in Sicherheit war, redete sie sich ein, dass damit das Kapitel Senator MacGregor als erledigt abgehakt werden konnte.

2. Kapitel

Zu ihrer Entlastung hatte Shelby vor einiger Zeit als Stundenhilfe einen jungen Mann eingestellt. Das ermöglichte es ihr, dann und wann einen Nachmittag freizunehmen oder sich tagelang ununterbrochen ihrer Töpferei zu widmen, wenn ihr danach zumute war. Kyle, ein Dichter, der sich verzweifelt bemühte, auf einen grünen Zweig zu gelangen, war der Idealtyp für diesen Job. Er hatte einen flexiblen Stundenplan, und sein Temperament sagte Shelby zu. Kyle kam regelmäßig mittwochs und samstags und sonst nur, wenn sie ihn anrief. Als Gegenleistung wurde er gut bezahlt und hatte in Shelby eine verständnisvolle Zuhörerin für seine Gedichte. Ersteres half ihm, sich am Leben zu erhalten. Das Zweite labte seine Seele.

Shelby hatte die Samstage fest für ihre Töpferarbeit eingeplant, obwohl sie jedem widersprochen hätte, der sie einer geregelten Arbeitsweise bezichtigte. Sie war der festen Meinung, dass sie arbeitete, wenn sie Lust dazu hatte, und beileibe nicht aus Gewohnheit. Wie viel diese ruhigen Stunden mit frischem Ton auf der Töpferscheibe für sie bedeuteten, wusste Shelby selbst nicht.

Der Arbeitsraum lag im hinteren Teil des Erdgeschosses. An zwei Wänden standen große Regale, die ein heilloses Durcheinander an fertigen und halb fertigen Gegenständen, Werkzeugen und Material enthielten. Ordentlich und übersichtlich dagegen hatte Shelby die Dosen mit unzähligen Glasuren angeordnet, die in allen Regenbogenfarben schillerten. Bei den Werkzeugen befanden sich lange Nadeln mit Holzgriffen, verschieden große Bürsten, Pinsel und Feuerpfannen.

Die rückwärtige Wand wurde von einem mächtigen begehbaren Brennofen beherrscht. An diesem Tag waren seine schweren Stahltüren geschlossen, weil die Roste mit bunt glasierten oder bemalten Tongefäßen voll standen, um im letzten Brennvorgang fertiggestellt zu werden.

Die Temperatur in dem kleinen Raum war hoch, und Shelby saß nur mit einem T-Shirt bekleidet an ihrer Scheibe. Ihre Beine steckten in Shorts, und zum Schutz gegen Spritzer hatte sie eine große weiße Arbeitsschürze umgebunden.

Die beiden einzigen Fenster zeigten zum Hof, deshalb drangen nur wenige Wochenendgeräusche von der Straße herein. Shelby summte leise zur Radiomusik und betrachtete sinnend den Tonklumpen, aus dem für heute das letzte Stück entstehen sollte. Ihr leuchtend dunkelrotes, langes Haar hatte sie mit einem Lederband zurückgebunden.

Diesen Arbeitsgang mochte sie am liebsten. Die Scheibe begann sich zu drehen, und ihre Hände betasteten das weiche Material. Noch wusste sie nicht, was daraus entstehen würde. Eine Vase vielleicht? Oder eine Schale? Gedrungen oder schlank, verziert oder glatt? Es könnte eine Urne werden, an die später noch die Henkel geklebt würden, aber auch ein Topf für Jasmintee oder würzigen Kaffee. Wie viele Möglichkeiten gab es! War das nicht faszinierend?

Der nächste Schritt würde das Auftragen der Farben sein. Die Zusammenstellung der verschiedensten Töne und das Entwerfen von Mustern entsprach einer anderen Seite ihres künstlerischen Wesens. Das hieß dann Fertigstellung und wollte überlegt sein. Shelby musste sich dabei entscheiden, ob sie großzügig oder sparsam kolorieren, ein abgezirkeltes Muster oder kecke Flecken auftragen wollte. Die Arbeit mit dem Ton dagegen war primitiver und reizte sie deshalb mehr.

Mit bloßen Händen ging sie nun ans Werk. Sie presste,

drückte und streichelte einen formlosen Ball aus dem frischen Tonklumpen. So ähnlich versuchten manche Menschen, sich gegenseitig zu beeinflussen, ihre Kinder nach einem festen Bild zu gestalten. Das fand Shelby nicht gut, und sie war froh, sich an diesem Material austoben zu dürfen. Das konnte sie verändern, umarbeiten oder auch wegstellen und neu damit beginnen, bis sie mit ihrem Werk zufrieden war. Zu leicht sollte es auch nicht sein, ein gewisser Widerstand war ihr lieber. Allzu nachgiebige, anpassungsfähige Personen waren deshalb nicht nach ihrem Geschmack. Wer sich nie wehrte und es allen Leuten recht machen wollte, der war schon halb tot!

Mit geschicktem Griff drückte sie die Luftblasen aus dem Ton. Das Material war feucht und frisch. Shelby hatte es nach einem speziellen Verfahren sorgfältig vorbereitet, um die richtige Konsistenz zu bekommen. Ein feuchter Schwamm lag griffbereit an der Seite.

Shelby legte beide Hände gleichmäßig um den Ton, als die Drehungen der Scheibe sich beschleunigten. Dann verstärkte sie den Druck und spürte, wie der nichtssagende Klumpen eine bestimmte Form anzunehmen begann, so wie sie es wollte.

Völlig auf ihre Arbeit konzentriert, achtete Shelby nicht auf die Zeit. Nur die Scheibe summte, und das Radio spielte im Hintergrund. Wie durch Zauberei reagierte die hellbraune Masse auf jede Bewegung ihrer Finger, die dadurch Shelbys schöpferische Fantasie in eine gegenständliche Form übersetzten.

Zuerst hatte sie die Knöchel in die Mitte der Kugel gepresst, das ergab einen dickwandigen Ring. Langsam und ganz vorsichtig zog sie nun dessen Seiten zwischen Daumen und Fingern in die Höhe, bis ein zylindrischer Körper zu erkennen war. Durch Flachdrücken würde eine Platte entstehen, aus der sich dann eine gewölbte Schale aufrichten ließe, je nachdem, wie Shelbys Hände es dem weichen Material abverlangten. Sie beherrschte den gefügigen Ton, so wie sie selbst von ihrer Kreativität beherrscht wurde. Eine ganz bestimmte symmetrische Form schwebte ihr heute vor. Etwas Starkes, Maskulines sollte dieser Gegenstand ausdrücken, mit klaren, gleichmäßigen Linien von unauffälliger Eleganz.

Die Rotation der Scheibe und Shelbys modellierende Finger zauberten nach und nach aus der unansehnlichen Masse ein besonderes Stück von eigenwilliger Gestalt und Schönheit. Geschickt und sicher bearbeitete sie die bauchige Schale innen und außen, ein Falz entstand als Fuß und oben ein breiter geschwungener Rand. Auch über die Bemalung war Shelby sich im Klaren: hartes Jadegrün und unter der dicken Glasur gelegentlich kleine Tupfen – aber wirklich nur eine Spur – von weicherem Farbton. Die klare Fläche durfte nicht durch Muster oder Verzierungen unterbrochen werden. Geradlinig, schlicht und streng, würde die Schüssel nur durch ihre Form und Farbe wirken.

Zufrieden ließ Shelby die Hände sinken. Es war besonders wichtig, mit einer Arbeit zu einem bestimmten Zeitpunkt aufzuhören und nichts mehr zu verändern. Übertriebene Sorgfalt konnte ebenso großen Schaden anrichten wie zu wenig. Sie stellte den Drehmechanismus der Scheibe ab, betrachtete ihr Werk noch einmal kritisch und brachte die große Schale dann vorsichtig auf einen besonderen Platz zum Trocknen.

Am nächsten Tag würde die Masse fest sein wie Leder. Dann könnte mit feinem Werkzeug nachgearbeitet, geschliffen und gesäubert werden.

Die Kolorierung wird perfekt sein, überlegte sie. Und beim Glasieren kann ich die sanften Tupfen in den leuchtenden Untergrund einfließen lassen. Schade, dass der Ton noch zu frisch ist und die Farbe jetzt nicht hält.

Seufzend streckte sie ihren Rücken, nun spürte sie die Anstrengung der konzentrierten Arbeit. Ein heißes Bad würde ihr guttun.

Shelby drehte sich zur Tür um und holte erschrocken tief Luft.

»Das war ein bemerkenswerter Anschauungsunterricht.« Alan nahm die Hände aus den Hosentaschen und trat auf Shelby zu. »Wissen Sie gleich, wenn Sie mit einem neuen Stück beginnen, wie es fertig aussehen wird, oder kommt die Inspiration während der Arbeit?«

Shelby pustete sich die Haare aus der Stirn, bevor sie antwortete. Keinesfalls wollte sie ihn das Nächstliegende fragen, nämlich, was er hier suchte und wollte. »Es kommt darauf an«, erwiderte sie schließlich.

Alan trug Jeans und Polohemd. Ein neuer, ungewohnter Anblick. Der elegante Herr von gestern hatte sich erstaunlich verändert. Seine Kleidung war gepflegt, aber nicht neu. Das galt auch für die Sportschuhe, die allerdings recht teuer gewesen sein mussten, und für die dünne goldene Uhr an seinem Handgelenk. Er machte den Eindruck eines Mannes, der über genügend finanzielle Mittel verfügte, doch auch gut mit seinem Geld umzugehen verstand. Sicherlich war er über seinen Kontostand genau im Bilde, was Shelby von sich nicht behaupten konnte. Und welche Wertpapiere er besaß und welchen Kurs diese augenblicklich hatten, das wusste er bestimmt ebenfalls.

Alan ließ Shelbys musternden Blick über sich ergehen, ohne mit der Wimper zu zucken. Er war daran gewöhnt, in der Öffentlichkeit zu erscheinen und eingehend betrachtet zu werden. Außerdem hielt er das nur für recht und billig, denn schließlich hatte er während der vergangenen Stunde seinerseits still an der Tür gestanden und Shelby beobachtet.

Ein amüsiertes Lächeln huschte über Shelbys Gesicht. »Jetzt

müsste ich wohl gestehen, dass ich überrascht bin, Sie hier zu sehen, Senator«, sagte sie. »Vermutlich war es doch Ihre Absicht, mich bei der Arbeit zu überraschen, oder?«

Alan nickte zustimmend. »Sie arbeiten hart«, stellte er fest und schaute beziehungsvoll auf Shelbys tonverschmierte Hände. »Anscheinend verbrauchen Künstler im gleichen Maße Energie wie Artisten bei einem Auftritt, wenn der Adrenalinspiegel in die Höhe schnellt. Ich muss sagen, Ihr Laden gefällt mir.«

»Danke.« Das Kompliment hatte ehrlich geklungen, und Shelby zeigte offen ihre Freude darüber. »Sind Sie gekommen, um sich umzusehen?«

»Gewissermaßen.« Alan widerstand der Versuchung, noch einmal einen Blick auf Shelbys Beine zu werfen, die viel länger und hübscher waren, als er sie sich vorgestellt hatte. »Aber anscheinend habe ich die verkehrte Zeit erwischt. Als ich kam, war Ihr Assistent gerade dabei, die Vordertür abzuschließen. Das soll ich Ihnen übrigens von ihm ausrichten.«

»Oh!« Shelby warf einen Blick zum Fenster. Es begann tatsächlich schon dunkel zu werden. Wenn sie an der Töpferscheibe arbeitete, trug sie nie eine Uhr. Mit ihrer rechten Schulter rieb sie sich einen lästig juckenden getrockneten Tonspritzer von der Wange. Dabei verschob sich das knappe T-Shirt und betonte ihren festen kleinen Busen.

»Es ist praktisch, wenn man beim Geschäft wohnt«, meinte sie leichthin. »Man kann öffnen und schließen, wie's einem passt. Sehen Sie sich ruhig hier um, während ich mich wasche.«

»An sich hatte ich an etwas anderes gedacht ...« Alan griff vorsichtig in Shelbys zusammengebundenes Haar und spürte, wie weich es sich anfühlte. »Wie wäre es, wenn wir zusammen essen gingen? Sie haben doch sicher noch nichts zu sich genommen.«

»Das stimmt«, gab Shelby zu, »aber trotzdem möchte ich nicht mit Ihnen ausgehen, Senator.« Mit einer großzügigen Handbewegung wies sie auf die Regale. »Interessiert Sie vielleicht eine Vase im orientalischen Stil? Oder ein Aschenbecher?«

Alan trat einen Schritt näher. Shelbys offensichtliche Ruhe und Beherrschtheit gefiel ihm. Gleichzeitig reizte ihn der Versuch ungemein, beides zu erschüttern. Deshalb bin ich ja gekommen, dachte er und sagte: »Wir könnten etwas besorgen und hier bei Ihnen bleiben, ich bin nicht anspruchsvoll.« Seine Hand glitt spielerisch unter ihr Haar auf den Nacken.

»Alan!« Shelby seufzte übertrieben und bemühte sich, die wohligen kleinen Schauer, die bei seiner Berührung über ihren Rücken liefen, nicht zu beachten. »Ihr Beruf ist die Politik, davon verstehen Sie etwas. Außenpolitik, Haushaltspolitik oder Verteidigungspolitik. Meine Art von Politik habe ich Ihnen gestern erklärt.«

»Mmm.« Wie schlank ihr Hals ist, dachte Alan. Wenn sich die Haut hier schon so gut anfühlt, wie zart muss sie erst unter der Schürze und dem T-Shirt sein.

»Dann gibt's also kein Problem.« Shelbys Stimme sollte energisch klingen, was jedoch nicht recht gelingen wollte. Sie überlegte, womit sich Alan in seiner Freizeit beschäftigen mochte. Von Schreibtischarbeit konnten seine Hände unmöglich so fest und muskulös geworden sein. Die Schärfe in ihrem Ton musste verbergen, dass Alan auf dem besten Weg war, ihre Verteidigungslinie zu durchbrechen. »Sie sind sicher zu intelligent, als dass man Ihnen etwas zweimal sagen muss.«

Mit leichtem Druck zog Alan Shelby näher an sich. »Es gehört zu den üblichen Prozeduren, dass man seine Politik von Zeit zu Zeit ändert.«

»Wenn ich meine ändere, werde ich es Ihnen …« Shelby hatte ihre Hand gegen seine Brust gelegt, um ihn zu bremsen.

Im selben Augenblick dachten beide an Shelbys nasse, schmutzige Finger, und sie blickten gleichzeitig erschrocken auf sein Hemd. Shelby lachte zuerst los, und ihre Blicke trafen sich. »Das geschieht Ihnen recht!«, rief sie übermütig.

Alans Augen leuchteten auf. Ihr Gesicht war in diesem Moment zum Küssen hübsch! Mit gespieltem Ernst schaute er auf den deutlichen braunen Abdruck von fünf Fingern – unmittelbar über seinem Herzen.

»Das könnte ein neuer Modegag werden«, sagte Shelby. »Wir sollten das Muster ganz schnell patentieren lassen. Was meinen Sie?«

»Keine schlechte Idee.« Alan betrachtete wieder sein Hemd und dann ihre lachenden Augen. Der Fleck war den Spaß wert. »Es würde aber mit viel Papierkram verbunden sein.«

»Damit dürften Sie recht haben. Und weil ich es ablehne, noch zusätzliche Formulare auszufüllen, vergessen wir es lieber.« Shelby wandte sich ab und schrubbte ihre Hände und Arme unter fließendem Wasser an einem breiten doppelten Spülbecken.

»Ausziehen«, forderte sie Alan auf. »Man muss den Ton entfernen, bevor er angetrocknet ist.« Ohne seine Reaktion abzuwarten, nahm sie ein Handtuch und ging zum Brennofen, um dort die Temperatur zu kontrollieren.

Alan war einigermaßen verblüfft. Offensichtlich machte es Shelby nichts aus, einen halb nackten Mann um sich zu haben. »Stammen diese Arbeiten alle von Ihnen?«, fragte er, nachdem er sein Hemd über den Kopf gezogen hatte. »Ist jedes Stück Ihre eigene Produktion?«

»Ja.«

»Wie haben Sie ursprünglich angefangen?«

»Wahrscheinlich dadurch, dass meine Gouvernante mir Knetmasse zum Spielen gab, um ihre Ruhe zu haben. Das ist ihr zwar nicht gelungen, aber das Modellieren hat mir Spaß gemacht. Für Holz oder Stein habe ich nie das gleiche Gefühl empfunden.« Shelby prüfte die Ventile am Ofen. »Was macht die Wäsche?«

Sie hatte sich vorgebeugt, und Alan erhaschte einen Blick auf ihre äußerst reizvolle Kehrseite. Ihm wurde heiß, und sein Herz schlug schneller. Ärgerlich auf sich selbst bearbeitete er das verschmutzte Polohemd. Was war los mit ihm? Er beschloss, darüber ernsthaft nachzudenken – morgen! Nicht den Abend verderben!

Er drehte den Wasserhahn zu. »Der Heimweg dürfte interessant werden«, bemerkte er. »Mit bloßem Oberkörper läuft nicht einmal hier jemand durch die Straßen.« Das tropfnasse Hemd ließ er auf dem Spülbecken liegen.

Shelby sah sich um. Gut schaute er aus, das musste man ihm lassen. Sein kräftiger Oberkörper zeigte nur Muskeln und Sehnen, da war kein Gramm Fett zu erkennen. Die Schultern waren breit und die Taille schmal. Ein bemerkenswertes Exemplar der männlichen Spezies, dachte sie und wusste plötzlich, was ihr bei der Arbeit am Nachmittag vorgeschwebt hatte. Keinesfalls durfte Alan merken, wie sie auf seine körperliche Nähe reagierte.

»Sie sind ja recht gut in Form«, sagte sie beiläufig. »Da sollte es doch für Sie möglich sein, in weniger als drei Minuten bis nach Hause zu sprinten.«

»Shelby, Sie sind ausgesprochen ungastlich.«

»Ich wollte sogar unhöflich sein«, meinte sie und verbarg ihr Lachen, »aber wenn ich mir Mühe gebe, könnte ich das Hemd in meiner großen Güte auch in den Trockner stecken.«

»Es war schließlich Ihre Hand und Ihr Ton.«

»Aber Ihr Annäherungsversuch«, gab Shelby zurück, griff aber trotzdem nach dem nassen Polohemd. »Okay. Kommen

Sie mit rauf.« Mit der freien Hand band sie die Schürze ab und warf sie zur Seite, schlüpfte dann an Alan vorbei durch die Tür. »Einen Drink haben Sie sich verdient, das muss ich zugeben.«

»Sie sind zu liebenswürdig«, spottete Alan und folgte ihr die Treppe hinauf.

»Ja, meine Großzügigkeit ist allgemein bekannt.« Shelby stieß die Tür auf und deutete mit der Hand auf einen Schrank. »Wenn Sie Scotch mögen, bedienen Sie sich.«

Sie verschwand in der anderen Richtung, und Alan schaute sich um. Sein Interesse wuchs. In Shelbys Wohnung dominierten leuchtende Farben, doch die Blau- und Grüntöne und das gelegentliche Rot dazwischen harmonierten miteinander. Ungewöhnlich, aber typisch für eine produktive Künstlerin, dachte Alan. Es gefiel ihm hier, er fühlte sich wohl. Zu seinem eigenen Lebensstil passte allerdings weder die Frau noch ihr ausgefallener Geschmack.

Das geniale Durcheinander von Möbelstücken, Grünpflanzen und übergroßen Stofftieren in Shelbys Wohnung lud nicht gerade zu besinnlichem Nachdenken und gemütlichem Feierabend ein, aber anregend wirkte alles, sehr, sehr anregend!

Alan trat auf den Schrank zu, wo er die Whiskyflasche vermutete. Wie angewurzelt blieb er stehen. Auf einem Sessel rekelte sich Moische und betrachtete aufmerksam den Fremden mit seinem einen Auge. Der Kater rührte sich nicht, und Alan musste zweimal hinsehen, um festzustellen, ob es sich tatsächlich um ein Lebewesen handelte. Die schwarze Augenklappe hätte eigentlich lächerlich wirken müssen, tat es aber keineswegs. Warum sollte eine Katze so etwas nicht tragen? Direkt über Moische hing der große Käfig von Tante Emma. Der Papagei starrte Alan an und verfolgte neugierig jede seiner Bewegungen.

»Soll ich dir auch einen Drink mixen?«, fragte Alan den Kater und kraulte ihn unter dem Kinn. Genüsslich kniff Moische das Auge zusammen.

»Das Trocknen dürfte nicht länger als zehn oder fünfzehn Minuten dauern«, kündigte Shelby an, als sie jetzt wieder hereinkam. Das Schnurren des Katers war deutlich zu vernehmen. »Sie haben sich ja bereits mit meinen Untermietern bekannt gemacht.«

»Offensichtlich! Warum die Schutzklappe?«

»Moische hat sein Auge im Krieg verloren, er mag darüber nicht reden. Haben Sie den Scotch gefunden?«

»Ja. Spricht der Vogel?«

»In den letzten zwei Jahren hat er kein Wort gesagt.« Shelby goss Whisky in die Gläser. »Das war der Zeitpunkt, als Moische hier eingezogen ist. Tante Emma ist sehr nachtragend, dabei hat Moische ihren Käfig nur einmal – ganz am Anfang – umgestoßen.« Sie reichte Alan seinen Drink.

»Danke.« Alan musste sich eingestehen, dass sein Selbstbewusstsein einen Knacks bekommen hatte. Er war fest davon überzeugt gewesen, von Frauen etwas zu verstehen. Aber jetzt bei Shelby mit Moische und Tante Emma – so etwas war für ihn völlig neu – wurde er unsicher. »Wie lange leben Sie schon hier?«, fragte er.

»Ungefähr drei Jahre.« Shelby ließ sich auf das Sofa fallen, zog die Beine hoch und hockte sich hin wie ein Indianer. Auf dem Tisch davor lag eine Schere mit orangefarbenem Griff, die Washington Post – aufgeschlagen beim Comic-Teil –, ein einzelner Saphirohrclip, allerlei ungelesene Post und eine Macbeth-Ausgabe, die recht abgegriffen wirkte.

»Ich habe gestern nicht sofort geschaltet«, sagte Alan und setzte sich neben Shelby. »Robert Campbell war Ihr Vater.«

»Ja, das stimmt.« Shelby nippte an ihrem Drink. Der Scotch war gut, braun und milde. »Kannten Sie ihn?«

»Nicht persönlich. Ich besuchte noch das College, als er getötet wurde. Aber gehört habe ich viel über ihn. Natürlich wurde ich Ihrer Mutter vorgestellt. Sie ist eine bemerkenswerte Frau.«

»Ich habe mich oft gewundert, warum sie nie selbst kandidiert hat. Sie liebte das Leben mit Vater sehr.«

War da ein Unterton von Verdruss zu hören gewesen in Shelbys Stimme? Alan nahm sich vor, gelegentlich danach zu fragen. »Sie haben einen Bruder, wenn ich recht informiert bin.«

»Grant, meinen Sie? Ja, er ist aber nur sehr selten hier in Washington.« Draußen heulte eine Sirene und verklang wieder. »Er zieht den Frieden und die Abgeschiedenheit von Maine vor. Wir scheinen beide nicht den Ehrgeiz für eine Tätigkeit im öffentlichen Dienst geerbt zu haben.«

»Warum sind Sie so bitter?« Alan spürte das Seidenkissen kühl und weich an seinem Rücken. Sicher würde Shelbys Haut sich ähnlich anfühlen.

»Die berühmte Hingabe an das Volk, Vorliebe für Papierkrieg und natürlich ein Hauch von Macht.« In Shelbys Ton lag jetzt deutlich Arroganz und ein wenig Verachtung.

»Was ist dagegen zu sagen?«

»Mich geht nur mein eigenes Schicksal an, in das anderer Menschen will ich mich nicht einmischen.«

Alan spielte mit dem Lederband an Shelbys Nacken, bis sich der Knoten löste. War er zum Debattieren gekommen? Musste er sich hier verteidigen? Shelby schwieg, als ihre offenen Haare über ihren Rücken hinabfielen. Wie selbstverständlich saßen sie und Alan nebeneinander, beide nur leicht bekleidet, und unterhielten sich tiefernst über das Leben.

»Vielleicht ist Ihr Hemd trocken, ich werde nachsehen.« Shelby machte Anstalten, sich zu erheben. Aber Alan hielt ihr Haar fest. Als sie ihm den Kopf zudrehte, blickte sie direkt in die forschenden dunkelbraunen Augen.

»Sie sollten sich daran gewöhnen, dass sich zwischen uns etwas anbahnt, Shelby.«

»Alan, ich sagte Ihnen bereits, dass da nichts läuft! Nehmen Sie's nicht persönlich.« Jetzt lächelte sie. »Sie sind sehr attraktiv. Aber ich bin einfach nicht interessiert«, erklärte sie und bemühte sich, kühl und beherrscht zu wirken.

»Tatsächlich nicht?« Mit seiner freien Hand umspannte Alan ihr Handgelenk. »Ihr Puls rast.«

Ärgerlich schob Shelby das Kinn vor, ihre Augen blitzten. »Eingebildet sind Sie wohl gar nicht, was? Ich hole jetzt Ihr Hemd.«

Ein Kuss nur, überlegte er, und ich bin zufrieden. Widerspenstige, aggressive Frauen sind nie mein Fall gewesen. Und zu denen gehörte Shelby mit Sicherheit. Ein Kuss also, und das wär's dann.

Auf so viel Hartnäckigkeit war Shelby nicht gefasst gewesen. Aber auch nicht auf ihre eigene Reaktion, als sie seinen Atem auf ihrem Mund spürte. Trotzdem – nachgeben durfte sie nicht. Sie seufzte, als fühlte sie sich belästigt. Wenn der Senator von Massachusetts bei einer freischaffenden Töpferin sein Glück versuchen will, bitte schön. Einen Kuss kann er haben, dass ihm Hören und Sehen vergeht. Anschließend schnüre ich ihn zum Paket zusammen und setze ihn vor die Tür!

Aber Alan berührte ihre Lippen noch nicht, er sah sie nur an. Ganz langsam kam er näher, Shelby schloss die Augen und wartete. Erst berührte Alan ihren Mund mit der Zungenspitze, tastete und liebkoste, bis jeder Widerstand in Shelby erstarb. Dann war sein Gesicht über ihr, und im gleichen Moment loderte zwischen ihnen Leidenschaft auf, die beide erschreckte.

Shelby nahm all ihre Kraft zusammen und drehte das Gesicht zur Seite. »Alan, bitte«, wisperte sie. »Es ist genug.«

»Durchaus nicht«, widersprach er und drückte sie fest auf die bunten Seidenkissen. Shelby erschrak über den Sturm der Empfindungen in ihrem Körper. Nichts hätte sie lieber getan, als sich Alans fordernder Zärtlichkeit hinzugeben.

»Sie sollen aufhören!« Ihre Augen waren dunkelgrau, die Stimme klang rau. Aber es gelang ihr, sich zu befreien.

Alan spürte Ärger über Shelbys Widerstand, doch er hatte sich sofort unter Kontrolle. Sein Verlangen zu unterdrücken fiel ihm entschieden schwerer.

»Also gut«, sagte er leise und wich etwas zurück. »Warum?«

Shelby hatte auch Schwierigkeiten, sich ihre Gefühle nicht anmerken zu lassen, aber sie zwang sich zur Ruhe. »Sie küssen gut«, meinte sie beiläufig.

»Für einen Politiker?«

Wie konnte er nur so spöttisch sein? Wenige Minuten vorher hatte er sie im Arm gehalten, jetzt war sein Ton kalt und verletzend. Shelby vergaß, dass sie an dieser Ironie selbst schuld war.

Draußen war es dunkel. Shelby knipste eine Lampe an und nahm sich vor, sich nicht herausfordern zu lassen.

»Sie haben meine Frage nicht beantwortet.« Alan setzte sich bequem zurecht und genoss die Berührung mit den seidenen Kissen, die ihn an Shelbys Haut erinnerten.

»Vielleicht habe ich mich gestern nicht klar genug ausgedrückt«, sagte Shelby. »Aber ich meinte es ernst, glauben Sie mir.«

»Ich auch.« Alan sah ruhig zu ihr auf. »Sie haben viel Ähnlichkeit mit Ihrem Papagei. Sie sind nachtragend.« Als er merkte, dass seine Worte ins Schwarze getroffen hatten, tat es ihm leid.

»Im Allgemeinen kümmern mich alte Wunden wenig.« Trotz größter Bemühungen gelang es ihr nicht, den Schmerz zu verbergen. Alan hätte sie am liebsten sofort wieder in seine Arme genommen. Es war unglaublich, dass sie sich erst einen Tag lang kannten. Aber die Tatsache ließ sich nicht leugnen, und er hatte kein Recht, sich Shelby aufzudrängen.

»Es tut mir leid«, sagte er und stand auf.

Shelby fasste sich sofort. »Ist schon in Ordnung«, meinte sie und verließ das Zimmer. Wenig später kehrte sie mit seinem Hemd zurück. »Fast wie neu!« Jetzt lachte sie wieder und warf es ihm zu. »War wirklich nett mit Ihnen. Lassen Sie sich nicht aufhalten, Senator.«

Alan ging auf ihren leichten Ton ein. »Werde ich zur Tür begleitet?«

»Oh, war ich zu deutlich?« Der Plauderton gelang jetzt mühelos. »Gute Nacht, Senator, und schauen Sie sich um, bevor Sie die Straße überqueren.« Weit hielt sie die Tür für ihn auf.

Alan zog sein Polohemd über den Kopf, dann trat er auf Shelby zu. »Die MacGregors haben nie ein Nein für bare Münze genommen. Wir Schotten sind dickköpfig, das wissen Sie doch.«

»Wem sagen Sie das? Hier steht eine Campbell, vergessen Sie das nicht.« Bei diesen Worten öffnete sie die Tür noch ein bisschen weiter.

»Also gilt das für uns beide.« Alan fasste Shelby unters Kinn und küsste sie hart und kurz auf den Mund. »Bis zum nächsten Mal.«

Sein Kuss hatte sich fast wie eine Drohung angefühlt. Shelby schloss die Tür hinter ihm und lehnte die Stirn an das kühle Holz. Mit dem wird es noch Ärger geben, dachte sie. Ich bin sicher, der Fall Alan MacGregor entwickelt sich zu einem echten Problem.

3. Kapitel

Für einen Montag war das Geschäft an diesem Morgen sehr lebhaft. Bis elf Uhr hatte Shelby schon mehrere Stücke verkauft, drei davon waren beinahe noch warm vom Brennofen. Sie saß zwischen ihren Kunden und zog Drähte durch eine Lampe, der sie Form und Gestalt einer griechischen Amphore gegeben hatte. Einfach nur herumstehen und nichts tun, das war für Shelby unmöglich. So konnte jeder sich in Ruhe alles ansehen und je nach Belieben wieder verschwinden oder etwas kaufen. An warmen Tagen stand die Ladentür sowieso immer offen. Shelby wusste, dass das einladender wirkte.

Das fortwährende Kommen und Gehen von neugierigen Leuten machte ihr nichts aus. Wenn sie auch nichts kauften, so bestand doch immerhin die Möglichkeit, dass sie später ihre Kunden wurden. Außerdem bedeutete die Anwesenheit anderer Menschen für Shelby immer willkommene Gesellschaft.

Ein junger Mann erschien, um das Schaufenster zu putzen. Er hatte ein tragbares Kofferradio bei sich, und laute Musik begleitete seine emsigen Bemühungen, die große Scheibe blank zu reiben. Das alles war ganz nach Shelbys Geschmack. Die Arbeit ging ihr gut von der Hand. Sie knüpfte gerade geschickt die Drähte zusammen, als Myra Ditmeyer auftauchte.

In ihrem modischen hellroten Kostüm mit dem dazu passenden Lippenrot war sie nicht zu übersehen. Ihr schweres Parfum erfüllte alsbald den Verkaufsraum.

»Shelby, Liebes, immer bist du so fleißig.«

Mit herzlichem Lächeln beugte sich Shelby über den Ladentisch und küsste Myras gepuderte Wange. Wenn man sich gelegentlich für etwas würzigen Klatsch interessierte oder auch nur lachen wollte, gab es keine Bessere als Myra. »Ich fürchtete, du müsstest zu Hause bleiben und all die köstlichen Dinge vorbereiten, die ich heute Abend bei dir zu essen bekommen soll.«

»Gütiger Himmel, dann würden meine Gäste verhungern müssen.« Myra stellte ihre Krokotasche auf den Ladentisch. »Der Koch ist in vielversprechender kreativer Stimmung.«

»Du weißt, dass ich schrecklich gern bei euch bin.« Shelby zog eine Schlinge durch das Oberteil der Lampe. »Es kommt immer etwas Reelles auf den Tisch, nicht diese modernen kleinen Schnickschnacks, die exotisch sein sollen und nach deren Genuss man vor Hunger nicht in den Schlaf kommt.« Geistesabwesend klopfte sie mit dem Fuß den Takt zur Radiomusik. »Mom wird auch erscheinen?«

»Ja, mit Botschafter Dilleneau.«

»Ach natürlich, der Franzose mit den großen Ohren.«

»Ist das die feine Art, über einen Diplomaten zu sprechen?«

»Mom ist eigentlich recht oft mit ihm zusammen«, sagte Shelby nachdenklich. »Ob ich wohl einen pariserischen Stiefpapa bekomme?«

»Schlimmeres könnte dich treffen.«

»Mag sein. Sag mal, Myra, wen hast du denn für mich vorgesehen?« Shelby drehte mit sicherer Hand die Fassung auf den Lampenhals.

»Vorgesehen? Das klingt ja scheußlich!« Myra rümpfte die Nase. »Wie unromantisch, Shelby.«

»Dann will ich mich besser ausdrücken: Gegen wen sollen Amors Pfeile gerichtet werden?«

»Wenn du so hinterhältig dazu lachst, dann hört sich das auch nicht besser an.« Myra beobachtete interessiert, wie Shelby eine

Birne in die Fassung schraubte. »Wie geschickt du bist, mein Schatz! Aber ich will lieber nicht mehr verraten. Es soll eine Überraschung werden. So etwas magst du doch so sehr.«

»Eigentlich gebe ich lieber, als dass ich nehme.«

»Das weiß ich doch. An eine gelungene Überraschung von dir und deinem Bruder erinnere ich mich noch ganz genau. Ihr wart erst acht und zehn Jahre alt ungefähr, deine Mutter gab einen Empfang in eurem eleganten Salon. Die Gesellschaft bestand aus lauter einflussreichen Leuten. Ihr Kinder kamt herein, und in den Händen trugt ihr höchst unschmeichelhafte, aber sehr treffende Karikaturen der Kabinettsmitglieder, die ihr uns stolz gezeigt habt.«

»Oh ja, aber das war leider Grants Idee und nicht meine.« In Shelbys Stimme lag deutlich Bedauern darüber, dass ihr dieser Spaß nicht selbst eingefallen war. »Dad hat es so gut gefallen, dass er noch nach Tagen darüber gelacht hat.«

»Er besaß einen einmaligen Sinn für Humor«, sagte Myra trocken.

»Hast du damals nicht das Bild vom Staatssekretär kaufen wollen? Wenn ich mich recht erinnere, botest du Grant zweitausend dafür.«

»Und der Schlingel hat es mir nicht gegeben. Schade«, meinte Myra nachdenklich. »Es wäre jetzt ein Vermögen wert. Er hatte es sogar signiert. Wie geht es Grant eigentlich? Seit Weihnachten habe ich ihn nicht mehr gesehen.«

»Gut, denke ich. Ein verdrießliches Genie – wie immer.« Shelby lachte liebevoll bei dieser Beschreibung. »Er sitzt in seinem Leuchtturm wie in einer gut bewachten Festung. Ich will ihm im Sommer zwei Wochen lang auf die Nerven fallen.«

»So ein großartiger, vielversprechender junger Mann. Es ist ein Jammer, dass er sich dort an der Küste verkriecht und nicht mehr aus sich macht.«

»Er will es so haben«, entgegnete Shelby einfach. »Wenigstens im Moment.«

»Verzeihen Sie!« Beide Frauen sahen zur Tür, wo ein junger Mann in Botenlivree stand, der einen Korb am Arm trug.

»Was kann ich für Sie tun?«, fragte Shelby.

»Miss Shelby Campbell?«

»Ja, das bin ich.«

Der Bote trat auf Shelby zu und überreichte ihr den Korb. »Das soll ich bei Ihnen abgeben, Miss Campbell.«

»Danke.« Automatisch griff Shelby in die Wechselkasse, nahm einen Dollar heraus und gab ihn dem jungen Mann als Trinkgeld. »Wer schickt mir das?«

»Es liegt eine Karte drin«, erklärte der Bote und steckte das Geld ein. »Vielen Dank, Miss.«

Ein unerwartetes Geschenk zu erhalten, ohne die leiseste Ahnung zu haben, von wem es sein könnte und was zum Vorschein kommen würde, hatte Shelby schon immer mit größtem Entzücken erfüllt. Sie betrachtete den hübschen Deckelkorb von allen Seiten und dachte gar nicht daran, ihn sofort zu öffnen.

»Mach schon auf, Shelby!« Myra trat ungeduldig von einem Fuß auf den anderen. »Ich sterbe vor Neugier.«

»Warte noch, Myra, lass uns raten. Dem Aussehen nach könnte es ein Picknickkorb sein. Aber das ergibt überhaupt keinen Sinn. Oder ein junger Hund?« Sie beugte sich über den Korb und lauschte. »Nein, da bewegt sich nichts. Aber es riecht …« Sie schloss die Augen, um den Duft besser identifizieren zu können. »Das ist komisch. Es riecht nach …«, rasch öffnete sie den Deckel, »… Erdbeeren!«

Tatsächlich war der Korb mit auserlesenen, dicken roten Erdbeeren gefüllt. Frisch und sauber boten die Früchte einen prächtigen Anblick. Shelby nahm eine heraus und biss hinein. »Lecker!«

Myra tat das Gleiche. »Mmm, schmeckt wundervoll. Wer könnte dir die geschickt haben? Willst du nicht nach dem Absender sehen?«, fragte sie kauend.

Langsam zog Shelby den länglichen weißen Umschlag zwischen Korb und Verpackung hervor. Sie wog ihn auf der Hand, hielt ihn ans Licht und drehte ihn immer wieder um.

»Shelby!« Myra konnte die Spannung nicht länger ertragen.

»Ja, ja, schon gut!« Shelby riss das Kuvert auf und nahm die Karte in die Hand.

Shelby,
ihr Anblick hat mich an Sie erinnert!
Alan.

Myra beobachtete aufmerksam Shelbys Gesicht. Überraschung war darauf zu erkennen, Freude und noch etwas anderes. War das Bedauern oder vielleicht Angst? Schwer zu sagen.

»Jemand, den ich kenne?«, fragte sie endlich, als Shelby noch immer schwieg.

»Wie bitte? Ach so, ja, höchstwahrscheinlich.« Doch dann steckte sie die Karte in den Umschlag zurück. »Myra«, sagte Shelby und seufzte tief, »ich fürchte, ich bin in Schwierigkeiten.«

»Das ist eine gute Nachricht.« Myra nickte zufrieden. »Es wird auch langsam Zeit. Möchtest du, dass ich meinen Koch der Gefahr eines Nervenzusammenbruchs aussetze und ihm sage, dass ich in letzter Minute eine weitere Person eingeladen habe? Wer ist es?«

Die Versuchung war groß, Shelby hatte Alans Namen schon auf der Zunge, aber dann schluckte sie und verriet nichts. »Nein, lassen wir es lieber. Es wäre wahrscheinlich unklug.«

»Ihr junges Volk wisst eben alles besser«, stellte Myra fest und rümpfte die Nase. »Dann sehen wir uns also pünktlich um sieben.« Sorgfältig wählte sie eine weitere Beere aus und steckte sie sich in den Mund. Dann griff sie nach ihrer Tasche, warf einen prüfenden Blick auf die fast fertiggestellte Lampe und sagte im Gehen: »Sie gefällt mir ausnehmend gut, sie würde genau in mein Gartenzimmer passen. Pack sie ein und bring sie heute Abend mit, Shelby, und die Rechnung auch.«

Ich muss Alan anrufen und mich bedanken, überlegte Shelby. Verflixt noch mal, das passt mir gar nicht.

Gedankenverloren biss sie in die nächste Erdbeere. Der Geschmack nach Sonne, Süße und Natur erinnerte sie völlig unnötigerweise an Alans Kuss.

Warum hat er mir nicht einfach Blumen geschickt? Ein Strauß ist unverbindlich, den kann man zur Kenntnis nehmen und wieder vergessen. Aber diese köstlichen Früchte sind ein individuelles Geschenk. Was soll ich mit einem Mann anfangen, der mir zum Frühstück einen Korb mit taufrischen Erdbeeren offeriert? Es ist von ihm reine Berechnung gewesen, überlegte sie weiter. Er weiß ganz genau, dass ich eine solch wunderhübsche Aufmerksamkeit nicht einfach ignorieren kann. Kennt er mich schon so gut? Das passt mir eigentlich gar nicht. Aber schlau ist er, das muss man ihm lassen.

Sie hob den offenen Korb auf und trug ihn zum Telefon.

Alan hatte ausgerechnet, dass ihm ungefähr fünfzehn Minuten verblieben, bis der Senat wieder einberufen würde. In dieser Pause wollte er die vorgeschlagenen Etatkürzungen noch einmal überfliegen. Bei einem Defizit von fast zweihundert Milliarden mussten selbstverständlich viele Ausgaben gestrichen werden. Aber im Bildungsbereich durfte man nach seiner Meinung nichts mehr streichen. Der Kongress hatte die Haushaltsbeschränkungen schon teilweise zurückgewiesen. Alan war sicher, auch für seine Argumente bezüglich des Bildungswesens genügend Unterstützung zu finden.

Mit seinen Gedanken war er jedoch nicht hundertprozentig bei der Sache. Obwohl seit der letzten Präsidentschaftswahl erst ein knappes Jahr vergangen war, hatte seine Partei deutlich durchblicken lassen, dass sich alle Hoffnungen und Wünsche für die nächste Dekade auf seine Person konzentrierten. War das auch sein Ziel? Wollte er wirklich so hoch hinaus?

Er war kein Narr und ganz bestimmt nicht ohne Ehrgeiz. Aber seine Pläne erstreckten sich auf einen späteren Zeitraum. In fünfzehn oder zwanzig Jahren hätte er seine Stunde kommen sehen. Wenn die Partei ihn nun schon früher in den Vordergrund drängen wollte, so war das ein Schritt, der sorgfältig überlegt werden musste.

Sein Vater allerdings war schon längst davon überzeugt, dass sein ältester Sohn bei der nächsten Präsidentschaftswahl kandidieren – und gewinnen würde! Daniel MacGregor hielt die Zügel des Familiengeschehens fest in der Hand, und seine Kinder ließen ihm die Illusion, dass er über ihren Lebensweg bestimmen durfte. Doch das war beileibe nicht immer einfach. Alan dachte dankbar an die Zeit im vergangenen Jahr, als seine Schwester das erste Baby angekündigt und sein Bruder Caine sich entschlossen hatte zu heiraten. Dadurch war der Druck der väterlichen Fürsorge vorübergehend spürbar von Alan genommen worden. Aber diese schöne Zeit würde nur zu bald vorüber sein, und der nächste Anruf seines alten Herrn lag sozusagen schon in der Luft.

»Deine Mutter vermisst dich. Sie macht sich Sorgen deinetwegen. Wann nimmst du dir endlich wieder die Zeit für einen Besuch? Warum bist du noch nicht verheiratet? Deine Schwester kann die MacGregor-Linie nicht allein weiterführen!«

Solche und ähnliche Sprüche musste er sich anhören, wenn er mit seinem Vater telefonierte. Bisher hatte sich Alan immer über die väterlichen Wünsche amüsiert und nicht im Traum daran gedacht, sie ihm zu erfüllen. Aber war das wirklich so von der Hand zu weisen?

Warum ließ ihn die Frau, der er erst vor wenigen Tagen begegnet war, plötzlich an Eheschließung und Kinder denken? Er kannte sie kaum, sie entsprach nicht einmal dem Typ weiblicher Wesen, die ihm bisher gefallen hatten. Shelby war nicht glatt und kühl. Sie würde sich nicht einfach unterordnen oder eine bequeme Gastgeberin für offizielle Staatsempfänge abgeben. Sie würde nicht liebenswürdig sein und ganz bestimmt nicht taktvoll. Und – Alan lächelte vor sich hin – vorläufig lehnte sie sogar ab, mit ihm zum Essen zu gehen.

Eine Abwechslung? Das wäre sie ganz gewiss. Etwas Neues war immer reizvoll. Doch auch das konnte nicht der Grund dafür sein, dass seine Gedanken immer wieder zu ihr wanderten. Shelby war ein Geheimnis, und Geheimnissen auf die Spur zu kommen war von jeher eines seiner Lieblingsspiele. In diesem Falle aber gab es eine recht einfache Erklärung: Sie besaß den Schwung ihrer Jugend, die Geschicklichkeit einer Künstlerin und das Feuer einer Rebellin. Sie war nicht maßvoll, sondern leidenschaftlich. Ihre Augen erinnerten an einen nebligen Sommerabend, und ihr Mädchenmund harmonierte überhaupt nicht mit dem verführerischen Reiz ihrer Fraulichkeit. Shelbys Geist würde sich niemals seiner Schritt-für-Schritt-Logik anpassen.

War das alles etwa eine einfache Erklärung?

Und dennoch – sollte ein Mann von fünfunddreißig Jahren nicht an das Wunder der Liebe auf den ersten Blick glauben dürfen? Er würde also mit seiner Geduld und Beharrlichkeit gegen Shelbys stürmisches, temperamentvolles Wesen zu Felde ziehen und zusehen, wer am Ende Sieger bliebe. Falls es im Kampf zwischen Öl und Wasser überhaupt einen Gewinner geben konnte.

Das Telefon auf seinem Schreibtisch klingelte. Alan kümmerte sich nicht darum, doch dann fiel ihm ein, dass seine Sekretärin zum Essen gegangen war. Ärgerlich, weil er in seinem Gedankengang gestört wurde, drückte er auf den rot leuchtenden Knopf. »Senator MacGregor.«

»Danke schön.«

Alans Lippen umspielte ein Lächeln, während er sich im Stuhl zurücklehnte. »Gern geschehen. Wie schmecken sie?«

Shelby steckte eine besonders rote, saftige Frucht in den Mund und flüsterte: »Fantastisch. Mein Laden duftet wie eine Erdbeerplantage. Zum Teufel mit Ihnen, Alan!« Sie schluckte, und ihre Aussprache wurde deutlicher. »Erdbeeren sind eine unfaire Taktik. Man greift mit Orchideen an oder mit Brillanten. Mir hätten ein mehrkarätiger weißer Diamant oder fünf Dutzend afrikanische Orchideen auch genügt.«

Alan spielte mit dem Bleistift, der vor ihm lag. »Sie können sich darauf verlassen, dass ich Ihnen weder das eine noch das andere schenken werde. Wann sehen wir uns, Shelby?«

Sie schwieg einige Sekunden lang, war hin und her gerissen, hätte nur zu gern Ja gesagt. »Alan, es hätte wirklich keinen Zweck. Ich erspare uns beiden eine Menge Ärger, indem ich ablehne.«

»Nach meinem Eindruck sind Sie nicht der Typ, der dem Ärger unbedingt aus dem Weg geht.«

»Sonst vielleicht nicht, aber in Ihrem Fall ganz bestimmt. In vielen, vielen Jahren, wenn Sie zehn Enkelkinder haben und einen langen Bart, werden Sie mir dankbar sein.«

»Muss ich tatsächlich so lange warten, bis Sie mit mir zum Essen gehen?«

Shelby lachte herzlich und verwünschte ihn gleichzeitig. »Ich mag Sie wirklich.« Dann hörte er sie seufzen. »Versuchen Sie es nicht weiter mit Ihrem Charme, Alan. Wir geraten beide auf dünnes Eis. Ich könnte es nicht ertragen, noch einmal einzubrechen.«

Alan wollte etwas entgegnen, aber da leuchteten die Signallampen auf. Das war das Zeichen für die Abgeordneten, sich wieder zu versammeln. »Shelby, ich muss zur Sitzung. Wir reden ein andermal weiter.«

»Nein«, entgegnete Shelby mit fester Stimme. Sie ärgerte sich, dass sie schon länger als beabsichtigt mit Alan geplaudert hatte. »Ich wiederhole mich ungern, es langweilt mich. Denken Sie daran, dass ich Ihnen soeben einen großen Gefallen erwiesen habe. Leben Sie wohl, Alan.«

Sie warf den Hörer auf die Gabel und schob den Korb heftig zur Seite. Wie war es ihm nur so schnell gelungen, sich in ihr Herz zu schleichen?

Während sich Shelby für Myras Dinnerparty ankleidete, hörte sie einem alten Bogart-Film zu. Diese Art von Sprechfunk hatte sich ergeben, als ihr Fernsehgerät vor zwei Wochen teilweise den Dienst versagte und sich plötzlich weigerte, ein normales Bild zu liefern. Erst hatte Shelby aus Bequemlichkeit keinen Reparaturservice in Anspruch genommen, und dann gefiel ihr nach und nach diese Lösung sogar besser. Der Ton drang klar und deutlich aus dem Gerät, und der leere Bildschirm regte ihre Vorstellungskraft an.

Während Bogart mit seiner typischen müden Heldenstimme jemandem etwas erzählte, schlüpfte Shelby in ihre knappe perlenverzierte Seidenweste, aus dem die weiten Rüschenärmel einer weißen Spitzenbluse hervorschauten.

Sie hatte die gedrückte Stimmung des Nachmittags energisch beiseitegeschoben. Es war stets ihre Überzeugung gewesen, dass man Depressionen einfach ignorieren musste, um sie aus der Welt zu schaffen. Dem hartnäckigen Alan MacGregor hatte sie jedenfalls heute zum dritten Mal ihre Meinung gesagt. Es stand zu hoffen, dass er es nun endlich kapierte. Dass danach keine Erdbeerkörbchen oder ähnliche Überraschungen mehr eintreffen würden, ließ sich nicht ändern.

Shelby entschied sich für hochhackige Abendsandaletten und stopfte einige notwendige Utensilien in ihre Handtasche: die Hausschlüssel, einen abgenutzten Lippenstift und eine halbe Rolle Pfefferminz.

»Bleibst du heute Abend zu Hause, Moische?«, erkundigte sie sich im Vorbeigehen bei dem Kater, der nur müde mit seinem Auge zwinkerte und sofort weiterschlief. »Dann bis später, meine Lieben!« Sie griff vorsichtig nach dem Karton mit der Lampe, als jemand an der Ladentür klopfte. »Erwartest du Freunde, Tante Emma?«, fragte sie den Papagei. Der rollte nur mit seinen runden Augen und schwieg wie immer. Shelby vollführte eine Art Balanceakt mit ihrem unförmigen Paket und öffnete.

Ihr Herz schlug schneller, aber gleichzeitig war sie verstimmt, als sie Alan erkannte. »Wieder ein nachbarlicher Besuch?« Shelby blieb in der Tür stehen und versperrte so den Eingang. Der Senator trug einen dunklen Abendanzug. »Sie schauen nicht aus, als wollten Sie einen Bummel machen.«

Ihr Sarkasmus störte Alan nicht, denn er hatte gesehen, wie ihre grauen Augen bei seinem Anblick aufleuchteten. »Als Diener des Volkes habe ich die Aufgabe, mich um das Wohl und die Sicherheit meiner Mitmenschen zu kümmern.« Er beugte sich vor und steckte eine Gardenienblüte in Shelbys Haar. »Es ist mir eine Ehre, Sie zu den Ditmeyers begleiten zu dürfen. Man könnte es als eine Transport-Interessengemeinschaft bezeichnen.«

Zarter Duft aus der Gegend ihres rechten Ohres stieg Shelby in die Nase. Gern hätte sie die feine Blüte mit der Hand berührt. Es war unglaublich, wie Alan es verstand, ihr eine Freude zu bereiten. »Gehen Sie denn auch zu Myras kleinem Abendessen?«

»Ja. Sind Sie fertig?«

Shelby runzelte die Stirn und überlegte, wie es Myra gelungen war, den Absender der Erdbeeren herauszufinden. »Wann haben Sie Ihre Einladung bekommen?«

»Wie bitte?« Alans Blick ruhte mit Wohlgefallen auf der zarten Spitze, die Shelbys Hals umschmeichelte. »Letzte Woche, bei den Writes.«

Ihr Misstrauen schwand. Demnach handelte es sich wohl doch nur um einen Zufall. »Ich danke Ihnen für das Angebot, Senator, aber ich fahre lieber selbst. Wir sehen uns dann bei der Vorspeise wieder.«

Alan ließ sich nicht ohne Weiteres abschütteln. »Wenn es so ist, kann ich eigentlich bei Ihnen einsteigen«, sagte er. »Man soll nicht mehr Abgase in die Luft puffen, als unbedingt nötig ist. Darf ich das zu Ihrem Wagen bringen?«

Shelby umklammerte den Karton, als hinge ihr Leben davon ab. Dieses verflixte ernste Lächeln und sein fürsorglicher Blick geben einem fast das Gefühl, man sei die einzige Frau, die er je so angesehen hat, dachte sie verzweifelt.

»Alan, was bezwecken Sie eigentlich? Was soll das Ganze?«

»Das«, sagte er freundlich, lehnte sich vor und küsste die hilflose Shelby an dem Paket in ihren Armen vorbei mitten auf den Mund. »Das hätten unsere Vorfahren als eine Belagerung bezeichnet. Und die MacGregors waren ausgezeichnete und höchst erfolgreiche Belagerer.«

Shelbys Finger gruben beinahe Löcher in die feste Pappe. Sie atmete heftig und beherrschte sich nur mit Mühe. »Im Nahkampf scheinen Sie auch Erfahrung zu haben.«

Alan lachte und hätte sie aufs Neue geküsst, wenn es Shelby nicht gelungen wäre, einen Schritt zurückzutreten. Aber seine Hartnäckigkeit hatte sich doch gelohnt.

»Na schön. Ich möchte mich nicht unnötiger Luftverschmutzung schuldig machen. Sie dürfen chauffieren, Alan«, fügte sie hinzu und lächelte listig. »Dann kann ich nämlich ein Glas mehr trinken.« Sie drückte ihm den sperrigen Karton in die Arme, wodurch nun Alans Bewegungsfreiheit arg eingeschränkt wurde. »Dann fahren wir eben nur mit einem Auto.«

»Ihr Fernseher läuft noch«, erinnerte Alan sie und trat zur Seite, um Shelby vorbeizulassen.

»Das macht nichts, der ist sowieso kaputt.« Shelby klapperte auf ihren hohen Stöckelschuhen leichtfüßig wie eine Gazelle die steilen Stufen hinunter. Die Sonne war fast untergegangen, nur wenige orangerote Strahlen färbten den fahlen Abendhimmel. Sie blieb einen Moment stehen. »Schön, nicht wahr?« Dann setzte sie ihren Weg fort bis zu Alans Wagen, der in der engen Gasse parkte.

»Dass ich mit Ihnen eine Fahrgemeinschaft eingehe, Alan, ist aber nicht gleichbedeutend mit einem Rendezvous«, erklärte sie. »Wir werden es als zivilisiertes Beförderungsübereinkommen bezeichnen. Klingt das nicht schön bürokratisch? Ihr Mercedes gefällt mir.« Anerkennend klopfte Shelby auf das glänzende Blech der Limousine, wie man einem schönen Pferd die Flanken klopfte. »Sehr beeindruckend.«

Alan öffnete den Kofferraum und setzte das Paket hinein. Als er den Deckel wieder schloss, warf er Shelby einen Blick zu. »Sie können einen in höchst interessanter Manier auf den Arm nehmen«, bemerkte er dabei.

Shelby lief zu ihm hin und lachte in ihrer herzlichen, freimütigen Art. »Oh Alan! Ich mag Sie wirklich!« Impulsiv schlang sie die Arme um seinen Hals und drückte sich an ihn, dass ihm Hören und Sehen verging.

»Das ist keine Lüge«, fügte sie hinzu, warf den Kopf zurück und strahlte ihn mit blitzenden Augen an. »Diese Bemerkung hätte ich sicherlich zu einem Dutzend anderer Männer machen können, und keinem wäre aufgefallen, dass es Flachs war.«

»So«, sagte er ruhig und legte seine Hände auf Shelbys Hüften, »ich bekomme demnach Pluspunkte für Einfühlungsvermögen.«

»Auch noch für ein paar andere Dinge.« Ihr Blick ruhte auf seinen Lippen, und die Sehnsucht nach Zärtlichkeit wurde übermächtig. »Ich werde es mir nie verzeihen«, murmelte sie, »aber ich möchte Sie küssen, und zwar sofort – das Licht ist so verführerisch.«

Dunkle Augen trafen auf geheimnisvolle rauchgraue. »Darf man nicht in der Dämmerung zauberhafte Dinge tun, ohne dass es Folgen nach sich zieht?«

Sie drückte sich eng an Alans Brust und berührte mit ihren Lippen seinen Mund. Alan ließ sie gewähren, ohne die Situation auszunutzen. Sie sollte freiwillig zu ihm kommen und sie beide zu dem Ziel führen, wohin es ihn schon lange mit Macht drängte. Der Kuss dauerte an.

Von der Straße her erklang die ungeduldige Hupe eines Wagens. Durch das offene Fenster der Wohnung auf der anderen Straßenseite drangen der kräftige Geruch von Spaghettisoße und die Klänge einer alten Melodie von Gershwin. Shelby spürte, wie Alans Herz klopfte. Wie hatte sie nur ohne den Geschmack seiner Lippen und das Gefühl der Geborgenheit in seinen Armen so lange leben können?

Aber würde er sie nicht auch an den Rand des Abgrundes leiten, den sie bisher so schlau vermieden hatte? Shelby spürte die Gefahr, doch seine Zärtlichkeit war zu verführerisch, seine

Nähe zu verlockend. Sie gab sich dem Reiz des Augenblicks länger hin, als sie beabsichtigt hatte. Andererseits auch nicht so lange, wie sie am liebsten wollte. Widerstrebend löste sie sich aus seinen Armen, und Alan versuchte nicht, sie zurückzuhalten.

»Ich glaube, es ist besser, wir fahren jetzt los«, flüsterte Shelby fast unhörbar. »Es ist schon beinahe dunkel.«

Das Haus der Ditmeyers und die dazugehörige Auffahrt waren hell erleuchtet. An beiden Seiten wucherten blühende Stauden aus grünen Mooskissen in gepflegten steingartenartigen Rabatten. Shelby erkannte zwischen den parkenden Wagen einen Lincoln mit Diplomaten-Kennzeichen.

»Meine Mutter ist schon da«, sagte sie. »Kennen Sie den französischen Botschafter Dilleneau?«

»Nur flüchtig«, erwiderte Alan und half ihr beim Aussteigen.

»Er ist in meine Mutter verliebt.« Shelby strich die Stirnhaare zur Seite, als sie ihm das Gesicht zuwandte. »Das trifft zwar für die meisten Männer zu, aber Mom scheint ihn auch zu mögen.« Sie lachte leise. »Komisches Gefühl, wenn man als Tochter beobachtet, wie die Mutter wegen eines Verehrers errötet.«

»Belustigt Sie das?« Alan drückte auf die Klingel.

»Ein wenig«, gab Shelby zu, »aber es ist lieb.«

»Sie werden niemals rot, oder?« Alan legte die Finger auf Shelbys Wangen und liebkoste ihr Kinn und ihren Hals.

»Doch, einmal ist mir das passiert.« Shelby fühlte seine Berührung bis hinab in ihre Zehenspitzen und sprach schnell weiter. »Ich war zwölf und er zweiunddreißig. Die Heizung musste repariert werden. Er trug eine blaue Mütze.«

»Deshalb erröteten Sie?«

»Er hat mich angelächelt. Da bemerkte ich, dass er einen abgebrochenen Vorderzahn hatte, und das gab ihm ein so ungemein attraktives Aussehen.«

Alan lachte hell auf, legte den Arm um Shelbys Schultern und gab ihr einen kräftigen Kuss, just in dem Moment, als Myra die Tür öffnete.

Myra versuchte erst gar nicht, ihr zufriedenes Gesicht zu verbergen: »Ihr kennt euch schon, wie ich sehe.«

»Wie kommst du denn darauf?«, konterte Shelby mit Unschuldsmiene und trat ein.

Myra blickte von einem zum anderen. »Riecht es hier nach Erdbeeren, oder täusche ich mich?«

»Hier ist deine Lampe«, lenkte Shelby ab und wies auf den Karton, den Alan abgestellt hatte. »Wo soll sie hin?«

»Macht euch keine Mühe, ich lasse sie auspacken.« Myra hakte die Gäste unter und führte sie in den Salon. »Wir sind nur ein kleiner Kreis, deshalb können wir uns herrlich ungestört unterhalten. Gib uns noch zwei von deinen wundervollen Aperitifs, Herbert«, rief sie ihrem Mann zu. »Die müsst ihr unbedingt versuchen. Es ist seine neueste Erfindung.«

»Hallo, Herbert.« Shelby trat auf den Hausherrn zu und umarmte ihn herzlich. »Sie sind wieder mit dem Boot draußen gewesen.« Lächelnd wies sie auf seine sonnenverbrannte Nase. »Und wieder mal ohne mich. Wann nehmen Sie mich mit zur Küste zum Surfen?«

»Das Kind tut immer so, als könnte ich das tatsächlich«, freute sich der Richter. »Wie geht's Ihnen, Alan? Nett, dass Sie gekommen sind.«

Sein Gesichtsausdruck war gütig wie der eines liebevollen Großvaters. Nichts erinnerte daran, dass er zu den Spitzenleuten im Gerichtswesen des Landes gehörte. »Ich glaube, ihr kennt alle anderen Gäste, nicht wahr? Ich hole jetzt eure Drinks.«

»Guten Abend, Mom.« Shelby küsste ihre Mutter auf die Wange. Ihr Blick fiel auf funkelnde, offensichtlich neue Brillanttrauben in Deborahs Ohrläppchen. »Die kenne ich noch gar nicht, sonst hätte ich sie mir längst ausgeborgt.«

Zarte Röte huschte über das Gesicht von Shelbys Mutter. »Ein Geschenk von Anton«, erklärte sie. »Zum Dank für die Party, die ich ihm neulich arrangiert habe.«

»Aha!« Shelby wandte sich dem stattlichen Franzosen zu, der neben ihnen stand. »Sie haben einen ausgezeichneten Geschmack, Herr Botschafter.« Galant küsste dieser Shelbys Hand.

»Sie sehen zauberhaft aus wie immer, Shelby.« Und dann zu Alan: »Wie erfreulich, dass man sich in so gemütlicher, intimer Runde trifft, Senator.«

»Oh, Senator MacGregor.« Deborah Campbell sah zu Alan auf. »Ich wusste nicht, dass Shelby und Sie sich kennen.«

»Wir bemühen uns, eine alte Familientradition zu durchbrechen.«

»Er meint die Fehde«, erklärte Shelby, als sie den verblüfften Gesichtsausdruck ihrer Mutter bemerkte. Dann setzte sie sich auf die Lehne von Myras Sessel.

»Ach ja, natürlich. Die Campbells und die MacGregors waren in Schottland verfeindet – allerdings weiß ich nicht recht, warum und weshalb.«

»Die Campbells haben unser Land gestohlen«, meinte Alan freundlich.

»Das ist nicht wahr«, mischte sich Shelby ein und nippte an ihrem Cocktail. »Wir erwarben MacGregor'schen Besitz durch königlichen Erlass, aber die wollten das nicht anerkennen.«

Alan schaute interessiert auf. »Es wird mir ein Vergnügen sein, zuzuhören, wenn Sie diesen Punkt mit meinem Vater diskutieren.«

»Welch faszinierende Vorstellung!« Myra war entzückt. »Herbert, kannst du dir ausmalen, wie unsere Shelby und

Daniel MacGregor einander gegenüberstehen?« Sie klatschte in die gepflegten Hände. »Diese Unmengen von rotem Haar und die unglaubliche Sturheit auf beiden Seiten! Das müssen Sie in die Wege leiten, Alan.«

»Ich dachte auch schon daran.«

»Stimmt das?« Shelby zog erstaunt die Augenbrauen hoch.

»Allerdings, sogar ziemlich intensiv.«

»Ich bin einmal zu Besuch gewesen in Hyannis Port, auf diesem sagenhaften Landsitz der MacGregors«, schwärmte Myra und tätschelte Shelbys Arm. »Das liegt hundertprozentig auf deiner Linie, Shelby. Du liebst doch alles, was echt ist und einmalig.«

»Das stimmt«, mischte sich Mrs. Campbell ein. »Allerdings konnte ich nie herausfinden, warum das so ist. Meine beiden Kinder hatten stets einen merkwürdigen Geschmack. Bei all ihrer Intelligenz und ihrem Talent sind sie ruhelos und ständig auf der Suche nach Neuem. Ich hoffe sehr, dass sie dennoch sesshaft werden.« Sie lächelte Alan mit ihren schönen Augen an. »Sie sind auch noch nicht verheiratet, Senator?«

»Wenn es euch lieber ist, kann ich ja inzwischen in die Küche gehen«, meinte Shelby trocken. »Dann könnt ihr in aller Ruhe über die Höhe meiner Mitgift sprechen.«

»Aber Shelby!« Ihre Mutter war schockiert, doch der Richter amüsierte sich großartig.

»Es ist stets für Eltern schwierig, ihre Kinder als erwachsene Menschen zu betrachten«, bemerkte der Botschafter mit seinem charmanten französischen Akzent. »Meine beiden Töchter haben selbst schon Kinder, trotzdem hört die väterliche Sorge nie auf. Wie geht es Ihren Sprösslingen, Myra? Ist da nicht ein neuer Enkelsohn angekommen?«

Niemand hätte das Thema auf diplomatischere Weise in eine andere Richtung lenken können. Shelby zwinkerte dem sympathischen Verehrer ihrer Mom anerkennend zu, während Myra eine begeisterte Beschreibung des kürzlich geborenen Erdenbürgers zum Besten gab.

Der Botschafter passt zu Mutter, dachte Shelby und beobachtete das Paar unauffällig. Sie gehört zu den Frauen, die sich ohne Mann unvollkommen fühlen. Auf politischem Parkett ist sie seit Jahren zu Hause, der Glanz früherer Zeiten mit Vater umgibt sie noch immer. Perfekte Manieren, eleganter Stil und Geduld. Shelby seufzte leise. Wie können sich zwei Frauen äußerlich so ähnlich sehen und doch in ihrem Wesen so grundverschieden sein wie sie und ich?

In Shelbys Augen hatte sich das Leben ihrer Mutter von jeher in einem mit Seide bezogenen Käfig abgespielt. Mochte die Seide noch so glänzen – ein Käfig blieb immer ein Käfig. Und Shelby liebte ihre Freiheit über alles.

Sie erinnerte sich an allerlei unangenehme Beschränkungen in ihrer Jungmädchenzeit, an die diskreten, aber stets gegenwärtigen Leibwächter, die sorgfältig bewachten Partys und die komplizierte Alarmanlage. Immer tauchten dennoch von irgendeiner Seite Fotografen auf. Man war nie sicher, trotz aller Vorsicht. Der Todesschütze war zwar auf einen Film gebannt worden, aber ihrem Vater hatte das nichts mehr nützen können.

Shelby wusste genau, was sich hinter der Pracht verbarg, was neben den Staatsempfängen, zwischen den Ansprachen und Galadinners vor sich ging. Hunderttausend kleine Momente der Furcht und viele Zweifel an der ausgefeilten Wachsamkeit hatte sie durchgemacht. Zu oft waren die politischen Attentate während der vergangenen zwanzig Jahre erfolgreich verlaufen.

Aber Deborah Campbell war für dieses Leben geschaffen. Tolerant, doch stahlhart unter der zarten Haut, verkörperte sie den Wunschtraum eines jeden ehrgeizigen Politikers. Shelby dagegen würde dieses Leben nie wählen und keinen Mann lieben, der sie damit wieder in Berührung bringen würde und der auf so grausame Weise wieder von ihrer Seite gerissen werden könnte wie damals ihr Vater.

Die Unterhaltung rauschte leise an ihren Ohren vorüber. Sie hob ihr Glas und leerte es, dabei traf ihr Blick Alans Augen. Da war sie wieder, diese ruhige, schlummernde Geduld, die sich ein Leben lang nicht abnutzen würde. Sie spürte förmlich, wie er sich stetig durch eine ihrer schützenden Hautschichten nach der anderen durcharbeitete, bis er dann endlich auf den kleinen Kern stoßen würde, den sie so gern für sich allein behalten wollte.

Du Schuft! Fast hätte Shelby es laut gesagt. Aber in ihrem Blick mussten sich die Gedanken deutlich gespiegelt haben, denn sie erkannte das amüsierte Aufleuchten in seinen Augen, und sein Lächeln zeigte ihr, dass Alan MacGregor sie durchschaute wie Glas. Die Belagerung dauerte offensichtlich an.

Hoffentlich habe ich genügend Reserven, damit er mich nicht aushungern kann, wünschte sich Shelby.

4. Kapitel

Shelby stürzte sich eine ganze Woche lang in ihre Arbeit. Sie war gerade in einer ihrer besonders kreativen Phasen, die sie alle paar Monate überkamen. Kyle musste dann auf das Geschäft achten, während seine Chefin sich im Arbeitsraum einschloss und stundenlang an der Töpferscheibe saß oder mit ihren Farben umging. Sie begann oft schon um sieben Uhr morgens und war spät am Abend immer noch aktiv. Sie wusste genau, dass eine solche schöpferische Stimmung ausgenutzt werden musste, und akzeptierte die damit verbundene Besessenheit. Jedes irgendwie störende Element wurde rücksichtslos von ihr abgeblockt.

Shelby war ehrlich genug, sich einzugestehen, dass es sich bei diesem Beschäftigungsdrang um eine Art Selbsthilfe ihres Wesens handelte. Er trat nämlich meistens dann auf, wenn etwas sie beunruhigte oder sie sich bedroht fühlte.

Während sie arbeitete, konzentrierten sich ihre Gedanken und Gefühle völlig auf das Projekt unter ihren Händen. Dadurch erübrigte sich jedes Problem, wenigstens für diesen Zeitraum. In den meisten Fällen hatte sich dann eine Lösung gefunden, wenn ihre kreative Phase sich dem Ende näherte. Aber dieses Mal klappte das leider nicht.

Die ungestüme Arbeitswut, die Shelby fast acht Tage lang in Atem gehalten hatte, legte sich in der Nacht zum Samstag. Aber Alan, den sie inzwischen eigentlich hätte vergessen haben müssen, war in ihr lebendiger denn je. Sie ärgerte sich darüber, war unzufrieden mit sich selbst. Aber das änderte nichts daran, dass er durch all ihre Gedanken geisterte, frisch und munter wie bei ihrem letzten Zusammensein.

Alan hatte Shelby nach jenem Abend bei den Ditmeyers wieder an ihrer Haustür abgeliefert. Ein kurzer Kuss war seine Verabschiedung gewesen, nicht mehr. Mit hereinkommen wollte er nicht – zu Shelbys Erleichterung. Aber das war natürlich ein Teil seiner Belagerungstaktik: Er trachtete den Feind zu verunsichern, ihn nervös zu machen und Zweifel zu wecken. Sehr kluge Strategie!

Dann war Alan für einige Tage nach Boston gefahren. Das wusste Shelby, weil er sich bei ihr – völlig unnötigerweise – telefonisch abgemeldet hatte. Höchst angenehm, denn dadurch konnte er nicht plötzlich unerwartet im Laden stehen. Shelby nahm sich fest vor, ihn in Zukunft gar nicht erst wieder eintreten zu lassen, und sie hoffte sehr, das würde ihr gelingen.

Die Hälfte der Woche war vorbei, als das Schwein eintraf. Ein großes lavendelfarbenes prall ausgestopftes Stoffschwein mit Samtohren und vergnügtem Grinsen. Shelby packte es zunächst in einen Schrank und versuchte, keinen Gedanken mehr daran zu verschwenden. Alan hatte demnach schon erkannt, dass ein direkter Weg zu ihr über Humor und harmlose Blödelei führte. Bei ihm hätte sie allerdings kein Gespür für solchen Unsinn vermutet.

Alan gab ihr wirklich Rätsel auf. Wie kam ein nüchtern denkender Jurist, dessen Leben aus strengen, schnurgeraden Richtlinien und Gesetzen bestand, plötzlich auf die Idee, ein lustiges lila Stoffschwein zu verschenken? Irgendwie ist das eine reizende Geste, dachte Shelby gerührt und freute sich, dass anscheinend sie diese liebenswerte Seite an ihm hervorgelockt hatte. Trotzdem sollte er sich nicht einbilden, dass er mit diesem albernen Kinderspielzeug ihren Widerstand schwächen konnte!

Sie taufte das Stofftier MacGregor und legte es auf ihr Bett. War es nicht ein herrlicher Spaß, dass sie von nun an mit einem MacGregor schlafen würde?

Trotz aller Anstrengungen konnte Shelby aber keinen Einfluss auf ihre Träume nehmen. Egal, wie hart sie gearbeitet hatte oder in welcher Gesellschaft ihre Abende ausklangen – sobald sie in das breite Messingbett sank und der Schlaf sie übermannte, erschien Alan. Einmal träumte sie, ein Dutzend MacGregors hätten ihr Haus umzingelt und sie könnte nicht hinaus. Shelby erwachte von ihrer eigenen Stimme, die Alan und seine Sippe laut verwünschte. Danach konnte sie nicht wieder einschlafen.

Als sich die Woche dem Ende näherte, hatte Shelby sich fest dazu entschlossen, keinerlei Zustellungen mehr anzunehmen und einfach den Hörer aufzulegen, wenn Alan anrief. Wenn er es nicht anders haben wollte, musste sie eben unhöflich werden. Sogar ein MacGregor würde sich nicht ewig Grobheiten gefallen lassen.

Während der letzten Tage hatte Kyle es übernommen, das Geschäft gegen zehn Uhr zu öffnen. Shelby wollte am Samstag gründlich ausschlafen und irgendwelche Reste kreativen Schaffensdranges einfach nicht beachten. Sie hatte so viel vorgearbeitet, dass es für die kommenden Wochen reichte. So fleißig sie gewesen war, so faul wollte sie eine Zeit lang sein.

Shelby hörte, dass jemand an der Wohnungstür klopfte. Erst vergrub sie das Gesicht im Kissen, doch dann stolperte sie verschlafen aus dem Bett. Es wäre einfach gegen ihr Naturell gewesen, ein derartiges Zeichen nicht zu beantworten. Ihre Füße verfingen sich in den Falten des achtlos hingeworfenen Morgenrocks, deshalb hob sie ihn auf und zog ihn über. Blinzelnd öffnete sie die Tür.

»Morgen, Miss Campbell. Das soll ich hier abgeben.« Es war derselbe Bote, der neulich die Erdbeeren gebracht hatte und dann das Schwein. Er grinste von einem Ohr zum anderen.

»Danke.«

Shelby hatte ihre Vorsätze völlig vergessen. Noch leicht benommen fasste sie zu und hielt plötzlich ein Band in ihren Fingern, an dem zwei Dutzend rosa und gelbe Luftballons baumelten. Der junge Mann war längst verschwunden, als Shelby die Tür wieder schloss und begriff, was vor sich gegangen war.

»Oh nein!« Sie blickte auf und sah, wie die Ballons durcheinandertanzten. An dem einen Ende des Seidenbandes hing eine kleine weiße Briefkarte.

Die lese ich nicht! nahm sie sich vor. Ich weiß schließlich ganz genau, wer der Absender ist. Eine Nadel werde ich mir suchen und jeden Ballon kaputt stechen, damit nichts übrig bleibt. Um ihre Entschiedenheit zu beweisen, ließ sie die Seidenschnur los, und die bunte Pracht schwebte sanft zur Decke.

Er glaubt, dass er mich mit lächerlichen kleinen Geschenken und geistreichen Sprüchen gewinnen kann. Wie recht er doch hat – zum Teufel mit ihm!

Shelby hüpfte in die Höhe, aber sie konnte das flatternde Band nicht erhaschen. Laut schimpfte sie auf ihre unzureichende Körpergröße, angelte sich einen Stuhl, kletterte hinauf und holte den Umschlag.

Gelb bedeutet Sonnenschein, und rosa ist der Frühling.
Lassen Sie uns beides gemeinsam genießen!
Alan.

»Er macht mich noch verrückt!«, murmelte Shelby. Sie stand auf dem wackeligen Stuhl, hielt die weiße Karte in der einen Hand und vierundzwanzig Luftballons in der anderen.

Wie kann er ahnen – ach was! – wissen, worauf ich reagiere? Erst die Erdbeeren, dann das Schwein und jetzt die Ballons. Es ist hoffnungslos. Shelby betrachtete die Abgesandten von Sonnenschein und Frühling und musste gegen ihren Willen lächeln.

Es ist an der Zeit, dass ich energisch werde, ermahnte sie sich, als sie von ihrem Stuhl zu Boden stieg. Wenn ich gar nicht reagiere, kommt wieder etwas Neues. Ich muss ihn anrufen und ihm verbieten, mir irgendwelche Geschenke zu schicken. Ich werde ihm sagen, dass es mich stört, nein, dass es mich langweilt. So klingt es besser, beinahe wie eine Beleidigung.

Shelby wickelte das Seidenband um ihr Handgelenk und griff nach dem Telefon. Alan hatte ihr seine Nummer gegeben. Obwohl sich Shelby geweigert hatte, sie zu notieren, saß jede einzelne Zahl unauslöschlich in ihrem Gedächtnis fest. Als sie wählte, war sie wild entschlossen, ihn kühl zurechtzuweisen.

»Hallo.«

Ihr Puls flatterte, als Alans Stimme erklang.

»Shelby.« Sein ruhiger, sicherer Ton war der erste Angriff auf ihre Beherrschung.

»Alan«, beschwor sie ihn, »das muss ein Ende haben.«

»Warum? Noch hat überhaupt nichts begonnen.«

»Aber«, Shelby umklammerte den Hörer, »ich meine es ernst. Bitte schicken Sie mir nichts mehr. Es ist nur schade um Ihre Zeit.«

»Ich kann etwas davon erübrigen«, entgegnete er leichthin. »Wie haben Sie die vergangene Woche verlebt?«

»Mit Arbeit. Hören Sie …«

»Ich hatte Sehnsucht nach Ihnen.«

Diese einfache Feststellung warf alle ihre guten Vorsätze über den Haufen. »Alan«, begann sie nachdrücklich, doch er unterbrach ihren Satz.

»Jeden Tag habe ich Sie vermisst«, fuhr er fort, »und jede Nacht. Sind Sie schon einmal in Boston gewesen, Shelby?«

»Oh ja«, stammelte Shelby, völlig aus der Fassung.

»Im Herbst, wenn die Blätter fallen und es nach Frost riecht und man heiße Kastanien auf den Straßen kaufen kann, fahren wir zusammen dorthin.«

Shelby versuchte mit aller Gewalt, das heftige Klopfen ihres Herzens nicht zu beachten. »Hören Sie, Alan, ich rufe Sie nicht an, um über Boston zu reden«, sagte sie verzweifelt. »Um es ganz klar auszudrücken: Ich will mit Ihnen nichts mehr zu tun haben! Sie sollen mich nicht besuchen, keine Geschenke machen, nicht anrufen …« Ihre Stimme wurde laut, weil sie deutlich sein nachsichtig lächelndes Gesicht vor Augen hatte. »Ist das klar?«

»Vollkommen. Wollen wir heute zusammen etwas unternehmen?«

Woher nahm dieser Mann nur seine Geduld? Shelby hasste beharrliche Männer. »Oh verdammt! So begreifen Sie doch!«

»Wir könnten es als die Durchführung eines Experiments betrachten und nicht als eine Verabredung.« Sein Tonfall hatte sich um keinen Deut verändert.

»Nein!« Shelby kämpfte noch immer. »Nein, nein, nein.«

»Nicht bürokratisch genug? Vielleicht fällt mir eine bessere Formulierung ein: Tagesausflug zwecks Förderung freundschaftlicher Beziehungen zwischen gegnerischen Familienclans.«

»Sie wollen mich schon wieder überreden.«

»Und? Mit Erfolg?«

»Ich weiß wirklich nicht, was ich noch tun soll!«

»Sie haben eine wundervolle Telefonstimme, Shelby. Wussten Sie das? Wann kann ich Sie abholen, wann sind Sie fertig?«

Shelby überlegte. Vielleicht war auf dem Verhandlungsweg doch etwas zu erreichen. »Sollte ich tatsächlich einwilligen, mit Ihnen ein oder zwei Stunden zu verbringen, werden Sie dann damit aufhören, mir Geschenke zu machen?«

Jetzt war die Reihe an Alan, über ihre Forderungen nachzudenken. »Würden Sie das Wort eines Politikers akzeptieren?«

Shelbys Lachen perlte durch das Telefon direkt in Alans Herz. »Na gut. Ich gebe mich für den Augenblick geschlagen.«

»Der Tag ist herrlich, Shelby. Ich hatte seit Monaten keinen freien Sonnabend mehr. Gehen wir doch zusammen bummeln.«

Unbewusst spielte sie mit der Schnur. Es wäre wirklich albern, wenn sie ihm einen Korb gäbe. Was war schon dabei, wenn sie mit ihm spazieren ging? Und außerdem wünschte sie nichts sehnlicher, als Alan wiederzusehen. »Na gut, Senator, jede Regel muss dann und wann ein wenig abgewandelt werden, damit bewiesen wird, dass es sich überhaupt um einen Grundsatz handelt.«

»Wenn Sie das sagen! Wohin möchten Sie gehen? In der Nationalgalerie findet eine Ausstellung über flämische Kunst statt.«

Shelby verzog den Mund. »In den Zoo«, sagte sie und erwartete gespannt seine Reaktion.

»Fein«, stimmte Alan zu, ohne auch nur eine Sekunde zu zögern. »In zehn Minuten bin ich bei Ihnen.«

Shelby seufzte. Dieser Mann ließ sich tatsächlich durch nichts erschüttern. »Ich bin noch nicht angezogen, Alan.«

»Oh, dann werde ich es in fünf Minuten schaffen.«

Hell auflachend warf Shelby den Hörer auf die Gabel.

»Schlangen mag ich, die sind so ekelhaft arrogant.«

Während sich Shelby dicht an das Glas presste und eine Boa studierte, wurde sie selbst eingehend von Alan beobachtet. Die Einzige, die sich hier für gar nichts interessierte, war die große Boa.

Warum Shelby ausgerechnet einen Zoobesuch vorgeschlagen hatte, war Alan nicht recht klar. Stand ihr wirklich der Sinn danach, oder hatte sie nur prüfen wollen, wie er darauf reagierte?

Wahrscheinlich war es eine Mischung aus beiden Beweggründen gewesen.

Allein waren sie hier jedenfalls nicht. Der sonnige Samstag hatte viele Besucher angelockt, lärmende Kinder mit den dazugehörigen Eltern schoben sich Ellbogen an Ellbogen durch das Reptilienhaus. Das Gewühl schien Shelby überhaupt nicht zu stören. Jetzt manövrierte sie sich geschickt vor die dicken Pythons.

»Haben sie nicht Ähnlichkeit mit dem Abgeordneten von Nebraska?«, fragte Alan.

Shelby stellte sich sofort die besagte Person hinter Glas vor und drehte sich vergnügt zu Alan um. Dabei bemerkte sie, dass er auf Tuchfühlung hinter ihr stand. Natürlich hätte sie ihm ausweichen können, auch wenn sie dabei ein paar anderen Zoobesuchern auf die Zehen treten müsste. Eine andere Möglichkeit wäre gewesen, ihren Kopf wieder der Schlange zuzuwenden. Doch sie tat weder das eine noch das andere. Sie hob ihr Kinn und blickte Alan in die Augen.

Was reizte sie nur so sehr an ihm, dass sie ihr Schicksal derart herausforderte? Genau das wäre wahrscheinlich der Fall, wenn es nicht bei diesem harmlosen Ausflug bleiben würde. Alan war gewiss kein Mann, von dem sich eine Frau ohne Weiteres wieder trennen könnte, wenn sie ihn erst näher kannte. Er verstand es, die Menschen seiner Umgebung ganz methodisch und unauffällig zu umgarnen, um sie dann zu beherrschen. Schon deshalb war besondere Vorsicht geboten. Dazu kam, dass Shelby nicht vergessen konnte, wen sie vor sich hatte, nämlich einen höchst hoffnungsvollen jungen Senator, der mit größter Selbstverständlichkeit das höchste Ziel anstrebte.

Nein, um beiden Seiten Schmerz und Enttäuschung zu ersparen, musste sie dafür sorgen, dass die Beziehung oberflächlich blieb, ganz gleich, wie sehr sie sich zu Alan hingezogen fühlte.

»Ganz schön voll hier«, stellte sie unnötigerweise fest, als sich ihre Blicke trafen.

»Je länger wir hier stehen«, meinte er ruhig und ließ sich von dem Besucherstrom noch enger an Shelbys Körper drücken, »desto besser gefallen mir die Schlangen.«

»Ja, mir geht es ebenso«, gestand Shelby. In dem immer dichter werdenden Gedränge berührten ihre Beine seine Schenkel. »Der Urhauch des Bösen weht uns an und übt seine Anziehungskraft auf uns aus.«

»Der erste Sündenfall«, spann Alan ihren Gedankengang fort, während ihm Shelbys typischer Duft in die Nase stieg. »Die Schlange führte Eva in Versuchung, und die verführte dann Adam.«

»Meiner Meinung nach ist Adam aber in dieser Sache zu gut weggekommen«, überlegte Shelby weiter. Ihr Herz klopfte schnell und etwas unregelmäßig, was sie sehr störte. Trotzdem machte sie zu ihrem eigenen Erstaunen keine Anstalten, von Alan abzurücken, um seiner Berührung zu entgehen. »Die Schlangen und die Frauen werden für alles verantwortlich gemacht. Der Mann gilt seither als unschuldiger Dritter.«

»Oder als ein Wesen, das kaum der Versuchung widerstehen kann, wenn sie ihm in Gestalt eines Weibes gegenübertritt.«

Alans Stimme klang zu tief und zärtlich. Shelby hielt einen strategischen Rückzug nun doch langsam für angebracht, deshalb ergriff sie Alans Hand und steuerte mit ihm dem Ausgang zu. »Ich schlage vor, jetzt schauen wir nach den Elefanten.«

Während Alan vorzugsweise langsam durch die Menge schlenderte, schien Shelby nur höhere Geschwindigkeiten zu kennen. Behände überholte sie Kinderwagen, wich Bällen und Knabenbeinen aus und setzte sich, ohne dabei ihr Grundtempo zu verringern, eine überdimensionale Sonnenbrille mit dunkelblauen Gläsern auf die Nase.

Typischer Raubtiergeruch – streng und primitiv – lag in der Luft. Man hörte Papageien kreischen, Esel schreien und Mütter schimpfen, weil ihren Kindern Eiscreme über die Sonntagskleider getropft war. Shelby störte der Lärm und das Getümmel nicht im Mindesten.

»Sehen Sie dort, Alan, der erinnert mich an Sie.« Ihre Hand wies auf den Käfig der schwarzen Panther. Ein besonders schönes Exemplar lag faul in der Sonne und betrachtete desinteressiert den vorbeiziehenden Menschenstrom.

»Ach ja?« Alan blieb stehen und studierte die Raubkatze. »Gleichgültig? Zahm geworden?«

Shelby lachte fröhlich. »Oh nein, Senator. Geduldig und abwartend. Dabei ist er so arrogant, dass er sich einbildet, sein Gefängnis mache ihm nichts aus.« Sie hatte sich auf die Barriere gestützt und beobachtete gespannt die Wirkung ihrer Worte.

»Er hat sich mit der gegenwärtigen Situation abgefunden, weil er einsieht, dass ihm keine Wahl bleibt. Ich möchte wissen«, Alan runzelte die Brauen und konzentrierte sich auf das Untersuchungsobjekt, »was er wohl tun würde, wenn er tatsächlich böse wäre. Wie er da so friedlich liegt, ist kein Zeichen von Leidenschaft an ihm zu sehen. Das scheint mir charakteristisch zu sein für Katzen. Sie bleiben lange ruhig, aber ein Tropfen kann doch das Fass zum Überlaufen bringen. Und dann wird es schlimm.« Alan schaute mit undurchsichtigem Lächeln in Shelbys Augen, ergriff dann ihre Hand und zog sie weiter. »Aber ich vermute, dass er nur ganz, ganz selten böse wird.«

Shelby warf den Kopf zurück und begegnete ruhig seinem Blick. »Jetzt möchte ich die Affen sehen, ihr Felsen ähnelt sehr der Senatsgalerie.«

»Das war garstig«, schalt Alan und zog an einer ihrer leuchtend roten Locken.

»Ich weiß«, sagte Shelby schuldbewusst und legte ihren Kopf einen Moment lang an Alans Schulter. »Es ist mir so herausgerutscht. Ich bin oft nicht nett. Diesen Hang zum Sarkasmus oder vielleicht sogar Zynismus haben Grant und ich wahrscheinlich von unserem Großvater väterlicherseits geerbt. Er ist wie einer dieser Grizzlybären dort drüben – ein mürrischer Geselle, der schnüffelnd umherstreift.«

»Aber Sie vergöttern Ihren Großvater.«

»Ja.« Plötzlich schlug ihre Stimmung um, und sie zog Alan fröhlich an einen Verkaufsstand. »Ohne Popcorn kann man wirklich nicht im Zoo herumwandern.«

Sie fischte einen Geldschein aus der Jeanstasche und zeigte auf die Preistafel. »Eine große Packung, bitte.«

Dann klemmte sie die Tüte unter den Arm und stopfte das Wechselgeld in die hintere Hosentasche. »Alan«, begann sie zögernd, schwieg aber wieder und setzte ihren Weg fort.

»Ja?« Er streckte die Hand nach dem Popcorn aus und kaute.

»Ich war drauf und dran, Ihnen ein Geständnis zu machen. Aber so gut ist diese Idee wohl doch nicht. Wir müssen ja auch noch die Affen betrachten.«

»Glauben Sie im Ernst, dass ich mich mit einer so spannenden Ankündigung begnüge?«

»Na gut, Sie sollen es hören.« Shelby holte tief Luft und sprach weiter: »Ich hatte gehofft, Sie zu entmutigen, wenn ich Sie heute durch den überfüllten Zoo schleppe, und dass Sie sich bestimmt zum Umfallen langweilen würden. Außerdem wollte ich mich bei dieser Gelegenheit so widerwärtig wie nur möglich verhalten.«

»Haben Sie sich widerwärtig benommen?« Alans Ton war ruhig und verdächtig entgegenkommend. »Ich dachte, das sei Ihr natürliches Wesen.«

»Autsch, jetzt haben Sie es mir aber gegeben!« Shelby verzog das Gesicht. »Jedenfalls kann ich mich des Eindrucks nicht erwehren, dass es mir keineswegs geglückt ist, Sie abzuschrecken.«

»Tatsächlich?« Alan lehnte sich sehr dicht an Shelby, um wieder in die Tüte zu greifen. Dabei flüsterte er ihr ins Ohr: »Woraus schließen Sie das?«

Sie räusperte sich. »Nur ein unbestimmtes Gefühl, weiter nichts.«

Alan war aufs Höchste mit sich zufrieden. Das Puzzle vervollständigte sich Stück für Stück. Demnach war er auf dem richtigen Weg. Er beschloss, einen Schritt nach vorn zu wagen. »Ihr Gefühl trügt Sie nicht«, sagte er. »Aber Sie scheinen einen sechsten Sinn zu haben, denn seit wir hier sind, habe ich nicht ein Mal angedeutet, dass ich mich viel lieber in einem kleinen halbdunklen Zimmer mit Ihnen aufhalten würde, um Sie in die Arme zu nehmen – immer, immer wieder.«

Shelby blickte zu ihm auf. »Es wäre besser, Sie würden so etwas nicht sagen.«

»Ihr Wunsch ist mir Befehl.« Alan legte seinen Arm kameradschaftlich um Shelbys Taille. »Solange wir im Zoo sind, will ich nicht mehr davon sprechen.«

Gegen ihren Willen musste sie lächeln, doch dann schüttelte sie traurig den Kopf. »Es wird mit uns nicht so weit kommen, Alan, ich kann es nicht.«

»In diesem Punkt sind wir ganz und gar gegensätzlicher Meinung.« Sie blieben auf einer Brücke stehen und betrachteten die stolzen Schwäne, die ruhig ihre Kreise zogen. »Ich bin nämlich fest davon überzeugt, dass es sein muss.«

»Sie verstehen mich nicht.« Shelby wandte sich ab, um Alan nicht ansehen zu müssen. »Wenn ich einen Entschluss gefasst habe, dann bin ich hart wie Stein.«

»Das bedeutet nur, dass wir einander sehr ähnlich sind.«

Sonnenstrahlen ließen Shelbys langes Haar wie Flammen aufleuchten. Alan stellte sich vor, dass diese Lockenpracht auf einem weißen Kissen läge. »Ich habe Sie begehrt, Shelby, vom ersten Moment an, als ich Sie sah. Und mit jeder Minute begehre ich Sie mehr.«

Seine Worte und der raue, sinnliche Tonfall erregten Shelby. Sie wusste, dass sein Geständnis keine leere Phrase war. Alan MacGregor sagte genau, was er meinte.

»Und wenn es mir um eine Sache so ernst ist«, fuhr er fort und streichelte mit den Fingerspitzen Shelbys Kinn, »dann gebe ich niemals auf.«

Ihre Lippen öffneten sich, als sein Daumen sie berührte. Shelby konnte nichts dagegen tun und auch nichts gegen das Zittern in ihren Beinen. Doch sie wollte sich keinesfalls eine Blöße geben.

Beiläufig spielte sie mit dem Popcorn und fütterte die Vögel im Wasser. »Sie verschwenden viel Energie darauf, Senator, mir einzureden, dass auch ich mit Ihnen schlafen möchte.«

Alan lächelte. Langsam und genussvoll glitten seine Hände unter Shelbys Haar und legten sich um ihren Nacken. »Das ist überhaupt nicht mehr nötig«, sagte er und zog sie an sich. »Dieser Punkt ist längst geklärt. Sie sollen nur erkennen, dass Ihr Zögern unproduktiv, selbstzerstörerisch und zwecklos ist.«

Sie spürte, wie ihr seine Worte unter die Haut drangen und wie groß ihre Bereitschaft war, sich überzeugen zu lassen. Alans Lippen näherten sich ihrem Mund. Aber er zögerte, war vorsichtig. Jetzt nur nichts verkehrt machen! Außerdem scheute er sich instinktiv davor, seine Gefühle in der Öffentlichkeit zur Schau zu stellen.

Shelby hatte in dieser Beziehung keinerlei Hemmungen, und seine Vorsicht ärgerte und reizte sie. Myras Vergleich von dem Fuchs und dem Schmetterling kam der Wirklichkeit nahe.

Unbeweglich standen Shelby und Alan dicht beieinander auf der Brücke. Keiner wollte den ersten Schritt der Annäherung tun, doch trennen mochten sie sich noch weniger. Da zupfte jemand ungeduldig an Shelbys T-Shirt.

Verwirrt wandte sie sich nach dem Störenfried um. Es war ein kleiner, ungefähr achtjähriger Junge mit orientalischen Zügen und riesengroßen schwarzen Augen, der jetzt lebhaft auf sie einzureden begann. Er hat seine Eltern verloren, dachte Shelby sofort und kauerte sich nieder, um ihn besser zu verstehen. Er schien eine fernöstliche Sprache zu sprechen. Der Junge gestikulierte temperamentvoll, und man konnte ihm ansehen, wie frustrierend die verständnislosen Menschen um ihn herum auf ihn wirken mussten. Schließlich seufzte er tief und zeigte Shelby zwei kleine Geldstücke. Dann wies er auf den Automaten mit Vogelfutter, der in der Nähe stand.

Jetzt begriff sie. Der Kleine besaß den verlangten Betrag, aber nicht die erforderliche Münze. Noch ehe sie in ihre Tasche greifen konnte, hielt Alan ein Silberstück in die Höhe. Mit wenigen einfachen Handbewegungen machte er dem Kind klar, dass zwei von der einen Sorte dem Wert der anderen Münze entsprachen.

Die Augen des Jungen leuchteten auf, er schnappte sich das Silberstück aus Alans Hand und legte stattdessen das Wechselgeld hinein. Alan hatte das nicht annehmen wollen, aber ein Blick in das Kindergesicht belehrte ihn eines Besseren. Mit der Andeutung einer Verbeugung zog er seine Hand zurück. Der dankbare Wortschwall und das höfliche Kopfneigen des Jungen zeigten, dass sein Gefühl richtig gewesen war.

Shelby hatte die kurze Szene schweigend beobachtet. Sie freute sich, dass Alan rechtzeitig gemerkt hatte, dass auch Kinder ihren Stolz hatten, und es mit dieser Mann-zu-Mann-Transaktion respektierte. Dabei hatte es keines Wortes bedurft.

Sie lehnte sich über das Brückengeländer und sah zu, wie die Schwäne und Enten nach den Brocken tauchten. Alans Hände ruhten rechts und links neben ihr auf der Brüstung.

Shelby vergaß für eine Weile all ihre Bedenken und Ängste, lehnte sich an ihn und legte den Kopf an seine Schulter. »Es ist ein wunderschöner Nachmittag«, sagte sie leise.

»Mein letzter Zoobesuch liegt schon sehr lange zurück«, erzählte Alan. »Ich war zwölf, und Vater hatte uns alle nach New York mitgenommen. Er bestand darauf, dass wir geschlossen von einem Käfig zum anderen marschierten.« Alan streifte Shelbys Haar mit seiner Wange und genoss die zarte, intime Berührung. »Ich tat so, als wäre ich schon zu erwachsen, um meine Freude daran zu haben. Wahrscheinlich durchlebt jedes Kind diese Phase.«

»Bei mir hat sie volle sechs Monate gedauert«, sagte Shelby. »Damals nannte ich meine Mutter bei ihrem Vornamen, das weiß ich noch genau. ›Deborah‹, sagte ich in affektiertem Ton, ›meinst du nicht, dass ich alt genug bin, um mir blonde Strähnen ins Haar bleichen zu lassen?‹ Sie versprach, darüber nachzudenken, und betonte, sie sei stolz darauf, dass ihre Tochter schon so reif sei, um Erwachsenen-Entscheidungen zu treffen.«

»Das hat Ihnen natürlich gefallen, und die blonden Strähnen haben Sie darüber vergessen.«

»Stimmt«, lachte Shelby, hakte sich bei Alan ein, und sie spazierten weiter. »Es hat lange gedauert, bis ich erkannte, wie klug sie ist. Grant und ich sind keine einfachen Kinder gewesen.«

»Ähnelt er Ihnen sehr?«

»Grant? Mir?« Sie überlegte. »Eigentlich kaum. Er ist ein Eigenbrötler. Das war ich niemals. Wenn sich Grant unter Leuten bewegt, dann beobachtet er, nichts entgeht ihm. Er merkt sich alles, und irgendwann kommt es wieder zum Vorschein. Er ist lieber allein, wochen- und monatelang. Das könnte ich nicht.«

»Sicher nicht, aber Sie registrieren und behalten auch alles. Ich kann mir nicht vorstellen, dass Sie jemals einem Mann Ihr Herz geöffnet haben.«

Shelby wollte ärgerlich etwas entgegnen, sagte aber dann in gemäßigtem Ton: »Das klingt so, als wären Sie sauer, dass ich Sie nicht erhört habe.«

»›Noch nicht‹ ist die bessere Formulierung«, korrigierte Alan und küsste ihr liebevoll die Hand. »Schließlich sind wir erst am Anfang.«

»Mmm.« Shelby sah auf, denn dicht neben ihnen begann ein Baby aus bemerkenswert kräftigen Lungen zu brüllen, worauf die besorgten Eltern den Kinderwagen eilig weiterschoben. »Und außerdem in sehr intimer, verführerischer Umgebung.«

»Wir sind beide an Menschen gewöhnt.«

In einem Anflug von Übermut blieb Shelby – ungeachtet der vielen Leute – mitten auf dem Weg stehen, schlang ihre Arme um Alans Nacken und drückte sich an ihn. »Wie recht Sie haben, Senator!«

Sie hatte erwartet, dass Alan sich lachend frei machen und weitergehen würde. Doch er dachte gar nicht daran. Sein Mund war greifbar nahe, die dunklen Augen blickten sie vielsagend an, und das Spannungsfeld zwischen ihnen lud sich zusehends auf. Ihre Herzen schlugen im gleichen Rhythmus. Drohend und gleichzeitig verheißungsvoll erwachte in ihren Körpern die Leidenschaft. Das hatte Shelby nicht beabsichtigt. Diese plötzliche Reaktion ängstigte sie.

»Lassen Sie uns lieber umkehren und nach Hause fahren«, sagte sie seufzend.

»Dafür ist es längst zu spät«, grollte Alan und schob Shelby in Richtung Zooausgang. Zum ersten Mal klang deutlich Verdruss in seiner Stimme. Shelby hörte den ärgerlichen Unterton, obgleich sich Alan sofort beherrschte.

Vielleicht ist das ein Weg, überlegte sie, ihn zu veranlassen, seine Pläne aufzugeben. Ich muss mit seinen Gefühlen spielen. Aber das kann auch für mich gefährlich werden, die Sache geht mir mehr und mehr unter die Haut. Dabei halten wir noch gebührenden Abstand – trotzdem wird mein Widerstand schwächer, das merke ich deutlich. Doch ein rascher Abbruch unserer Beziehung wird möglicherweise weniger schmerzhaft sein.

Shelby war sehr nachdenklich, als sie in Alans Wagen einstieg.

Während Alan den Mercedes aus der Parklücke manövrierte, versuchte sie Konversation zu machen. »Es war schön mit Ihnen im Zoo«, sagte sie. »Ich bin froh, dass Sie mich überredet haben, mit Ihnen auszugehen. Bis sieben Uhr heute Abend hätte ich eigentlich nicht gewusst, was ich tun sollte.«

Die folgende Pause war bedrückend. Alan rutschte auf seinem Sitz herum in der Hoffnung, die Muskelverspannung in der Magengrube würde sich lösen. »Ich bin immer froh, wenn ich eine klaffende Lücke ausfüllen kann.« Er verringerte die Fahrgeschwindigkeit und konzentrierte sich auf den Straßenverkehr. Ihren Körper so deutlich zu spüren war eine Folter für ihn gewesen und weckte die drängende Sehnsucht nach mehr.

»Der Umgang mit Ihnen ist unkompliziert, Alan, was man nicht von jedem Politiker behaupten kann.« Shelby wunderte sich über ihre eigenen Worte. Wie konnte sie derart lügen? Sie öffnete das Fenster an ihrer Seite und hielt ihr heißes Gesicht in den kühlen Wind. Hoffentlich treffe ich nie auf eine komplizierte Person, dachte sie, wenn ich Alan schon als unproblematisch bezeichne. »Ich meine«, fügte sie lahm hinzu, »dass Sie so gar nicht eingebildet sind.«

Aus den Augenwinkeln heraus warf er ihr einen erstaunten und keineswegs freundlichen Blick zu. »Meinen Sie?«, fragte er.

»Ja, wirklich.« Shelby lächelte zuckersüß. »Vielleicht werde ich Sie sogar wählen.«

Alan musste an einer Ampel bei Rot anhalten. »Ihre spitzen Bemerkungen waren schon besser.«

»Aber Alan, ich wollte Ihnen etwas Nettes sagen! Wählerstimmen sind doch wichtig für Sie.«

Grünes Licht zeigte freie Fahrt an, aber es dauerte ein paar Sekunden, bis Alan es bemerkte. »Seien Sie vorsichtig«, warnte er Shelby, während er auf das Gaspedal trat.

Ich falle ihm auf die Nerven, dachte Shelby und hasste sich selbst dabei, war aber fest entschlossen, auf diesem Weg weiterzugehen. »Sie sind empfindlich, doch das macht nichts.« Shelby wischte mit der Hand ein wenig Staub von ihren Jeans. »Es gehört zu Ihren Privilegien, etwas übersensibel zu sein.«

»Darum geht es gar nicht«, antwortete Alan gereizt. »Aber Sie benehmen sich höchst widerwärtig.«

»Dann ist es ja gut, dass die Fahrt zu Ende ist«, gab Shelby zurück. »Wir sind angelangt. Ich danke Ihnen, Alan. Jetzt werde ich ein Bad nehmen und mich in Ruhe für den Abend ankleiden. Danke, Alan – bis demnächst!« Sie beugte sich zu ihm hinüber, küsste ihn leicht auf die Wange und sprang aus dem Wagen.

Innerlich verwünschte sie ihre Taktik. Als sie die Haustür erreicht hatte, seufzte sie tief. Einen Augenblick später spürte sie Alans harten Griff an ihrem Arm.

»Was sollte das alles?«, fragte er böse. »Versuchen Sie keine derartigen Spielchen mit mir, Shelby!«

Sie gab sich größte Mühe, ihrem Gesicht einen gelangweilten Ausdruck zu geben. »Ich habe mich doch schon bedankt, Alan. Der Tag war wirklich reizend. Mal etwas anderes, nicht wahr?« Sie schloss die Tür auf und wollte in ihre Wohnung schlüpfen, doch Alan hinderte sie daran.

Wutausbrüche kamen bei Alan MacGregor höchst selten vor, Unbeherrschtheit lag zwar in seiner Familie, aber ihm gelang es meistens, sein Temperament zu zügeln. Auch in diesem Moment zwang er sich zur Ruhe. »Und?«, fragte er.

»Und? Was meinen Sie damit?« Shelby zog erstaunt die Augenbrauen hoch. »Es gibt kein ›und‹, Alan. Wir haben ein paar angenehme Stunden zusammen im Zoo verbracht und uns gut amüsiert. Das bedeutet aber gewiss nicht, dass ich mit Ihnen schlafen müsste.«

Shelby erschrak über den Zorn in seinen Augen. Instinktiv trat sie zurück, ihre Kehle wurde trocken. War das noch derselbe Mann?

»Glauben Sie wirklich, dass ich nur mit Ihnen schlafen will?«, fragte er mit eiskalter Stimme und folgte Shelby in den Korridor. »Wenn ich Sie ausschließlich fürs Bett hätte haben wollen, dann wären Sie längst dort gelandet.« Spielerisch legte er die Hand an Shelbys Hals.

Sie zuckte unter seiner Berührung zusammen, entgegnete aber dennoch mit fester Stimme: »Meine Wünsche zählen wohl überhaupt nicht?«

»Zum Teufel mit Ihren Wünschen!«, rief Alan und schob Shelby weiter in den Flur. Ihr Fuß verfing sich im Teppich, und sie wäre gefallen, wenn er nicht blitzschnell zugefasst hätte. Jetzt standen sie ganz dicht beieinander. Shelby warf den Kopf zurück. Sie war zornig darüber, dass ihre Knie wie Watte waren und ihr das Blut stürmisch in den Adern pochte.

Will er mich küssen? dachte sie. Warum sehne ich mich so sehr nach diesem Mann wie noch nach keinem vorher?

»Alan«, flüsterte sie, »du kannst doch nicht …«

»Du?«, fragte er erstaunt mit rauer Stimme, »nicht mehr Senator? Und ob ich könnte! Nichts wäre leichter, das wissen wir doch beide.« Ich hätte diese rothaarige schottische Rebellin schon längst nehmen sollen, dachte er wütend. Doch gleichzeitig wusste er, dass er Shelby nie absichtlich wehtun würde, mochte sein Ärger auf sie auch noch so groß sein. »Du begehrst mich mit der gleichen Ungeduld wie ich dich, gib es zu, Shelby«, sagte er.

Shelby drehte den Kopf zur Seite, als Alans Finger ihren Nacken berührten. Sie musste plötzlich an den Panther im Zoo denken. War er erwacht und böse geworden? »Nein, das tue ich nicht.«

»Du reizt mich, ärgerst mich und forderst mich heraus, Shelby, damit kommst du nicht ewig ungestraft durch.« Sein Griff wurde fester, und seine dunklen Augen blitzten.

Shelby schluckte, aber ihre Kehle blieb trocken. »Du benimmst dich, als hätte ich dich ermuntert, Alan MacGregor«, protestierte sie. »Dabei habe ich genau das Gegenteil getan. Lass mich los!«

»Erst, wenn ich mit dir fertig bin.« Alans Mund kam näher. Shelby hielt den Atem an – ob vor Erwartung oder aus Abwehr, wusste sie selbst nicht.

Doch Alan zögerte noch, als er merkte, wie Shelby anfing zu zittern. »Weshalb, zum Teufel, finde ich dich eigentlich begehrenswert, Shelby? Du bist überhaupt nicht mein Typ. Du nimmst nichts ernst, was mir wichtig ist und mir etwas bedeutet.«

Shelby zuckte zusammen. Obwohl Alans Reaktion genau der entsprach, die sie beabsichtigt hatte – hören mochte sie seine Worte ganz und gar nicht. »So bin ich nun mal«, wehrte sie sich heftig, »und so will ich auch sein. Warum lässt du mich nicht allein? Such dir doch eine von den kühlen Blonden, die so maßgeschneidert an die Seite des Herrn Senators passen. Ich sehne mich nicht nach dieser Rolle.«

»Mag sein.« Alans Beherrschung wurde auf eine schlimme Probe gestellt. »Das stimmt vielleicht. Aber sag mir …«, sein Griff wurde fester, »… sag mir, dass du mich wirklich nicht willst.«

Shelby atmete flach. Ihr war nicht einmal bewusst, dass sich ihre Finger in seine Schulter gruben und sie sich mit der Zunge nervös über die Lippen fuhr. Sie wusste, es war angebracht zu lügen. »Ich will dich nicht.«

Aber diese Zurückweisung endete in einem zittrigen Aufstöhnen, als Alan den Mund auf ihre Lippen legte in einem Kuss, der hart und rücksichtslos war. Noch nie hatte es ein Mann gewagt, sie so zu küssen.

Shelby spürte Alans Zorn und kam ihm doch mit einer Leidenschaft entgegen, die drohte, zu einem lodernden Feuer zu werden. Sie küsste Alan heftig, wollte, dass er noch mehr von ihr verlangte.

Alan zog sie dichter an sich heran, vergaß, dass Zärtlichkeit bislang ein wichtiger Teil seines Werbens gewesen war. Er ließ seine Hand unter ihr T-Shirt gleiten, um ihre nackte Haut zu fühlen.

Sie war weich und aufreizend, und Shelbys Herz klopfte mit der Kraft eines Marathonläufers. Sie presste sich gegen ihn und stöhnte seinen Namen. Sie war so wild und so frei wie ihr Duft, und er wusste, dass er keinen Widerstand finden würde, wenn er sie jetzt nähme, hier auf dem Fußboden des Korridors, wo sie standen.

Und wenn er sie jetzt nähme … obgleich sie willig war, würde er es riskieren, dass ihm hinterher nichts bliebe. Mit einer ihrer scharfen Bemerkungen würde sie ihn auf den Weg schicken, und alles wäre aus.

Mit einem für ihn uncharakteristisch derben Fluch riss Alan sich von Shelby los. In seinen Augen stand noch immer der Zorn, und sie sahen noch genauso hart drein wie vorher. Keiner von ihnen sagte ein Wort, nur heftiges Atmen war zu hören. Schweigend drehte Alan sich um, stieß die Tür auf und war verschwunden.

5. Kapitel

Shelby hatte sich fest vorgenommen, nicht mehr an den gestrigen Tag zu denken. Vor ihr stand heißer Kaffee, ihre Beine ruhten bequem auf dem Tisch, und sie blätterte lustlos in der Sonntagszeitung. Moische lag lang ausgestreckt auf der Sofalehne, als wolle er über ihre Schulter mitlesen. Der Artikel über französische Kochkunst war nicht dazu angetan, Shelbys Gedanken zu fesseln. Sie ließ das Blatt sinken.

Es half alles nichts, der gestrige Tag drängte sich immer wieder in den Vordergrund.

Alles war ihretwegen schiefgelaufen. Es hatte keinen Sinn, das zu leugnen. Zwar benahm sie sich höchst selten ungezogen und grob, aber Alan gegenüber hatte sie ihr Meisterstück geliefert. Es war ihr gelungen, ihn nicht nur zurückzuweisen, sondern auch seine Gefühle zu verletzen. Dass sie sich dabei selbst hatte schützen wollen, machte die Sache nicht besser. »Weshalb will ich dich eigentlich haben?«, hatte er gefragt. Ja, warum eigentlich?

Es lag von Anfang an klar auf der Hand, dass sie beide nicht zueinander passten. Trotzdem war schon damals auf der Party bei den Writes ein Funke übergesprungen. Sie hatten sich gleich so gut verstanden, als wären sie alte Freunde. Aber dennoch lagen Welten zwischen ihnen. Alan gehörte nicht in Shelbys Leben und sie nicht an die Seite eines Senators.

Ob ich ihn wohl für immer verscheucht habe? überlegte sie und war ehrlich genug sich einzugestehen, dass der Wutausbruch und die eisige Kälte in seinem Blick absolut berechtigt gewesen waren. Dass sie über diesen beherrschten Mann so viel Macht hatte, wunderte sie und – ja, es gefiel ihr auch gleichzeitig.

Die Bosheit war reiner Selbsterhaltungstrieb, entschuldigte Shelby vor sich selbst ihr Verhalten. Alan war drauf und dran, ihr Selbstwertgefühl zu zerstören. Seltsam war nur, dass er in ihr ein Gefühl hinterlassen hatte, das sie selbst als ruhelose Sehnsucht beschrieb.

Shelby fuhr sich mit der Zunge über die Lippen, eine Stelle dort tat noch weh. Unglaublich, wie heftig er sein konnte! So ausgeglichen und vernünftig einerseits und auf einmal hart und rücksichtslos. Aber diese gefährliche Mischung erschien ihr äußerst reizvoll – und äußerst gefährlich, fügte sie in Gedanken hinzu.

Jedenfalls war es ihr gelungen, Alan fürs Erste abzuweisen. Auch wenn er sich nicht mehr sehen lassen würde – was sie von ganzem Herzen hoffte –, das war schließlich ihr Ziel gewesen. Shelby schob die Zeitung beiseite und stand auf, um im Zimmer herumzulaufen. Sollte sie sich bei Alan entschuldigen? Was für eine dumme Idee! Das würde die Dinge nur noch mehr komplizieren.

Sie könnte ihn natürlich darauf hinweisen, dass es sich nur um eine förmliche Entschuldigung handelte und nichts weiter beabsichtigt sei … Nein. Shelby schüttelte den Kopf. Das wäre unklug, schwach und glatter Selbstbetrug. Die Entscheidung war gefallen, und dabei musste es bleiben.

Sie lächelte traurig, als ihr Blick auf die Ballons fiel, die lässig über den Küchentisch rollten. Sie hatten in der Zwischenzeit ihren Aufwärtsdrang eingebüßt und erinnerten an müde Überbleibsel einer fröhlichen Fete. Shelby seufzte.

Ich hätte ihnen auf der Stelle die Luft herauslassen und sie in den Müll werfen sollen, aber das ist nun zu spät. Ihr Finger glitt zart über weiches, runzeliges Gummi.

Wenn ich anriefe, jede Konversation ablehnen und mich nur kurz entschuldigen würde, drei Minuten höchstens, wäre meinem Gewissen damit gedient? Shelby überlegte schon, wo die Eieruhr sein mochte, mit der sie die Zeit des geplanten Gesprächs kontrollieren könnte. Ungefährlich wäre das Unternehmen allerdings nicht. Hatte nicht ein ebenso harmloses Telefonat gestern das ganze Elend erst ausgelöst?

Shelby überlegte noch, als jemand an die Tür klopfte. Erwartungsvolle Freude huschte über Shelbys Gesicht, und im nächsten Moment hatte sie auch schon die Tür aufgerissen.

»Ich wollte dich gerade … Oh! Hallo, Mom.«

»Tut mir leid, dass ich nicht die erwartete Person bin.« Deborah küsste ihre Tochter auf die Wange und trat ein.

»Wahrscheinlich ist es besser so«, murmelte Shelby und schloss die Tür. »Ich mache frischen Kaffee. Es ist schließlich eine Seltenheit, dass du dich am Sonntagmorgen hier sehen lässt.«

»Ich bin mit einer halben Tasse zufrieden, wenn du noch jemanden erwartest.«

»Keine Sorge, die Gefahr besteht nicht.« Shelbys Ton war flach und entschieden.

Deborah Campbell sah die Tochter forschend an, doch dann schüttelte sie bekümmert den Kopf. Seit über zehn Jahren schon wusste sie nicht mehr, was im Inneren ihres Kindes vorging. »Wenn du für heute keine Pläne hast, könntest du mich begleiten. In der Nationalgalerie gibt es eine Ausstellung über flämische Kunst.«

Ein heftiges, nicht salonfähiges Wort entfuhr Shelby, und sie steckte ihren Daumenknöchel in den Mund.

»Hast du dich verbrannt, Liebes? Zeig mal her.«

»Nicht der Rede wert, lass nur, Mom.« Shelby hatte sich wieder in der Gewalt. »Es waren nur ein paar Tropfen heißer

Kaffee. Setz dich doch.« Mit einer fast heftigen Bewegung fegte sie die Ballons vom Tisch auf den Küchenboden.

»Verändert hast du dich jedenfalls nicht. Deine Art aufzuräumen ist noch immer sehr genial.« Deborah lächelte nachsichtig. Dann wartete sie ab, bis Shelby sich ihr gegenüber hingesetzt hatte. »Stimmt etwas nicht?«, fragte sie teilnahmsvoll.

»Ob etwas nicht stimmt?« Shelby tat, als ob sie nicht verstünde. »Nicht dass ich wüsste.«

»Du bist im Allgemeinen nicht so sprunghaft.« Deborah Campbell rührte ihren Kaffee um und sah Shelby dabei prüfend an. »Ah, die Sonntagszeitung! Hast du sie schon gelesen?«, fragte sie mit undurchsichtiger Miene.

»Natürlich.« Shelby zog einen Fuß unter sich. »Um nichts in der Welt möchte ich Grants Exposé vermissen.«

»Das meinte ich diesmal nicht.«

Gleichgültig blickte Shelby auf. »Ich habe nur die erste Seite und ein paar Schlagzeilen überflogen, zu mehr bin ich noch nicht gekommen. Sollte ich etwas von Bedeutung übersehen haben?«

»Offensichtlich.« Ohne ein weiteres Wort stand Mrs. Campbell auf und ging zum Sofa. Sie suchte zwischen den verstreuten Blättern, bis sie einen bestimmten Teil fand. Lächelnd reichte sie ihrer Tochter die gewisse Seite. Shelby schaute auf das gelungene Foto und schwieg.

Es handelte sich um einen ziemlich scharfen Schnappschuss von der Schwanenbrücke. Alans Hände lagen auf Shelbys Armen, und sie hielt sich am Geländer fest. Ihr Oberkörper und Kopf lehnten an Alans Brust, der dicht hinter ihr stand. Shelby erinnerte sich genau an diesen Augenblick. Dem Fotografen war es vortrefflich gelungen, ihren Ausdruck von Ruhe und Zufriedenheit festzuhalten.

Der dazugehörige Text war kurz. Shelbys Name und Alter

wurden angegeben, mit Hinweis auf ihren verstorbenen Vater und einer kurzen Würdigung ihrer selbst als Töpferin. Bei Senator MacGregor wurde sein Eintreten für die Heimatlosen hervorgehoben. Der ganze Absatz endete mit ein paar spekulativen Bemerkungen bezüglich ihrer beider Beziehung. Es war nichts Bösartiges an dieser kleinen, für Washington typischen Klatschreportage. Trotzdem reagierte Shelby beim Lesen ungewöhnlich. Sie war überrascht, gleichzeitig aber fühlte sie sich in ihrer Meinung bestätigt.

Ich hatte von Anfang an recht, dachte sie bitter, als ihr Blick zu dem Bild zurückwanderte. Politik im weitesten Sinne würde sich immer zwischen sie und Alan drängen. Nicht einen einzigen Nachmittag lang würden sie sich wie normale Menschen bewegen dürfen. Es würde nie anders werden.

Shelby schob die Zeitung heftig beiseite und griff nach ihrer Kaffeetasse. »Dank dieser vorzüglichen Reklame wäre es nicht weiter verwunderlich, wenn ich am Montag reichlich Publikumsverkehr im Laden hätte«, sagte sie. »Im letzten Jahr kam eine Frau von Baltimore bis her zu uns, nachdem sie mich zusammen mit Myras Neffen in einer Illustrierten gesehen hatte. Sie platzte beinahe vor Neugierde und kaufte mir einige schöne Vasen ab.« Sie nippte an ihrem Kaffee und war sich wohl bewusst, dass sie Unsinn redete. »Wie gut, dass ich kürzlich meinen Lagerbestand aufgestockt habe. Möchtest du vielleicht einen Keks zum Kaffee, Mom? Irgendwo müssten welche sein.«

»Shelby!« Deborah Campbell nahm beide Hände ihrer Tochter in ihre eigenen und zwang Shelby dadurch, auf ihrem Platz sitzen zu bleiben. Sie lächelte nicht mehr, sondern blickte besorgt drein. »Seit wann hast du etwas gegen öffentliches Interesse einzuwenden? Grant ist in dieser Beziehung krankhaft empfindlich, dich hat es doch immer nur amüsiert.«

»Es stört mich überhaupt nicht«, protestierte Shelby mit schlecht gespielter Gleichgültigkeit. »Für meinen Umsatz kann es nur vorteilhaft sein. Manche Leute mögen sogar hoffen, Alan hier anzutreffen. Es ist eine harmlose Sache.«

»Ja«, Mrs. Campbell nickte und streichelte Shelbys nervöse Hände, »das ist es.«

»Nein, im Gegenteil.« Shelby sprang auf. »Eine große Gemeinheit ist es!« Sie lief ziellos im Zimmer umher, wie Deborah es an ihr schon unzählige Male beobachtet hatte. »Ich kann es nicht einfach hinnehmen und will es auch gar nicht.« Heftig stieß sie mit dem Fuß gegen einen Hocker. »Warum ist Alan nicht Atomphysiker oder betreibt eine Kegelbahn? Weshalb schaut er mich an, als kenne er mich seit eh und je und als machten ihm meine Fehler überhaupt nichts aus? Er soll mich nicht belästigen. Ich ertrage es nicht!«

Die Zeitung mit dem Bild flog in die Ecke.

»Aber es ist ja egal.« Shelby fuhr sich mit den Händen durch das Haar und versuchte vergeblich, sich zu beruhigen. »Es ist ja egal«, wiederholte sie. »Ich hatte mich ja vorher schon entschieden.« Sie schüttelte den Kopf und hob die Kaffeekanne. »Möchtest du noch Kaffee, Mom?«

Temperamentvolle Ausbrüche ihrer Tochter waren für Deborah Campbell nichts Neues. »Einen Schluck, bitte. Was hast du denn entschieden, Shelby?«

»Ich werde mich nicht mit ihm einlassen.« Nachdem sie ihrer Mutter nachgeschenkt hatte, stellte Shelby die Kanne auf die Wärmeplatte zurück und setzte sich wieder an den Tisch. »Wir könnten im Restaurant bei der Galerie zu Mittag essen.«

Mrs. Campbell nickte. »Gern. War es ein netter Tag im Zoo?«

Shelby zuckte mit den Schultern. »Ja, es war nett.« Sie schob die Gegenstände auf dem Tisch hin und her, ohne dass sie sich dessen bewusst war.

»Ich nehme an, dass du Senator MacGregor gegenüber deinen Standpunkt klar dargelegt hast, oder?«

»Gleich von Anfang an habe ich Alan gesagt, dass ich mich mit ihm nicht verabreden möchte.«

»Aber du bist letzte Woche mit ihm zu den Ditmeyers gekommen.«

»Das war etwas anderes.« Shelby sah ihre Mutter nicht an. »Und gestern – das war ein einmaliges Versehen.«

»Er erinnert dich an deinen Vater, nicht wahr?«

Ihre Augen trafen sich plötzlich, und Deborah Campbell erschrak über den tiefen Schmerz, der aus Shelbys Blick sprach.

»Er ähnelt ihm so sehr«, wisperte Shelby. »Es ist schrecklich. Die gleiche Ruhe und Bestimmtheit, der feste Glaube an das große Ziel, das er mit Sicherheit auch erreichen wird, es sei denn …« Sie brach ab und schloss die Augen. »Es sei denn, irgendein Irrer schießt ihn aus undurchsichtigen Gründen nieder. Oh Gott, ich glaube, ich habe mich in ihn verliebt, dabei möchte ich am liebsten wegrennen.«

Deborah drückte Shelbys Hand. »Wohin?«

»Irgendwohin.« Sie atmete tief und öffnete die Augen. »Es gibt ein Dutzend Gründe, warum ich mich in ihn nicht verlieben möchte. Wir sind zu unterschiedlich, Alan und ich.«

Deborah Campbell lächelte zum ersten Mal wieder. »Und ist das so schlimm?«

»Bring mich bitte nicht durcheinander, wenn ich versuche, es dir logisch zu erklären.« Shelbys freundliche Natur gewann langsam wieder die Oberhand. »Versteh doch, Mom, ich würde diesen Mann innerhalb einer Woche ins Irrenhaus bringen. An meine Art Leben könnte er sich nicht gewöhnen. Du solltest dich einmal mit ihm unterhalten, nur wenige Minuten, dann merkst du sofort, dass es sich um einen ordentlichen Menschen handelt, der sicherlich ein vorzüglicher Schachspieler ist. Er möchte bestimmt seine Mahlzeiten pünktlich zu festgesetzten Zeiten, und er weiß mit Sicherheit ganz genau, welche seiner Hemden in der Wäsche sind.«

»Liebes, sogar du musst einsehen, wie töricht deine Gründe sind.«

»Mag sein.« Shelbys Blicke wanderten über die schlappen Ballons auf dem Fußboden. »Aber das andere kommt eben noch dazu.«

»Damit meinst du, dass er Politiker ist.« Shelby zuckte zusammen und verriet somit deutlich, dass ihre Mutter den Finger auf die Wunde gelegt hatte. »Man kann sich den Mann nicht schneidern lassen, in den man sich eines Tages verliebt.«

»Deshalb verliebe ich mich auch nicht in Alan.« Aus Shelbys Stimme sprach Trotz. »Mein Leben gefällt mir gut, wie es jetzt abläuft. Niemand wird mich zwingen, meine Gewohnheiten zu ändern, wenn ich es nicht will. Schluss damit. Lass uns jetzt etwas für unsere Bildung tun und flämische Kunst betrachten, und dann essen wir zusammen.«

Deborah beobachtete Shelby, die durch ihre Wohnung lief und an den unmöglichsten Stellen nach einem bestimmten Paar Schuhen suchte.

Nein, dachte sie, ich wünsche ihr wirklich kein Leid, aber sie wusste, dass es sich wohl nicht verhindern lassen würde. Shelby würde allein damit fertig werden müssen.

Alan saß vor einem riesigen antiken Schreibtisch im Arbeitszimmer seines Hauses. Durch das geöffnete Fenster drang der Duft von Flieder. Der hatte auch das erste Zusammentreffen mit Shelby begleitet. Dieser Gedankenstütze bedurfte er allerdings nicht, denn ihr Bild war ihm nur zu gegenwärtig.

Zum hundertsten Mal versuchte er sich auf die Akten zu konzentrieren, die dringend durchgesehen werden mussten.

Er sortierte wichtige Schriftstücke aus und legte sie beiseite. Nach einer Stunde hatte er sein Pensum bewältigt und packte die notwendigen Unterlagen für eine Besprechung mit dem Bürgermeister von Washington ein, die am nächsten Morgen stattfinden sollte.

Alan lehnte sich zurück und entspannte sich noch zehn Minuten, dann würde Besuch eintreffen.

Diese Umgebung war wohltuend. Er liebte große Räume mit Holztäfelung, dicken Teppichen und schweren Möbeln. Im Winter brannte den ganzen Tag über ein Feuer im Kamin. Unwillkürlich fiel sein Blick auf den breiten Marmorsims mit den Bildern seiner Familie, angefangen von den Urgroßeltern, die nie ihren Fuß von der schottischen Erde auf ein Schiff gesetzt hatten. Ganz am Rande standen Fotos von seinen Geschwistern. Bald würde Renas Baby zur Welt kommen, dann reichte der Platz fast nicht mehr aus.

Er betrachtete das Konterfei seiner eleganten Schwester. Rena war blond, ihre fröhlichen Augen standen in reizvollem Gegensatz zu ihrem eigensinnigen Mund. Es war schon seltsam, wie verschieden Haar sein kann, überlegte er. Renas wohlgeordnete Frisur hatte so überhaupt nichts mit Shelbys undisziplinierten feuerroten Locken gemein.

Undiszipliniert ... Das Wort passte gut zu Shelby. Erstaunlicherweise störte es Alan nicht im Mindesten. Mit ihr umzugehen würde lebenslange Herausforderung bedeuten, sie zu besitzen ein Leben voller Überraschungen. Er konnte es selbst nicht begreifen, dass für ihn, dessen Dasein stets ausgewogen und geordnet war, auf einmal nichts mehr vollkommen erschien, ohne dass hin und wieder dieser regelmäßige Ablauf unterbrochen wurde.

Alan schaute sich um. Die Bücher standen peinlich genau sortiert in großen Regalen entlang der drei Innenwände des

Raumes. Jedes Möbelstück hatte seinen festen Platz, keines der Gemälde hing auch nur einen Millimeter aus dem Lot. Das Gleiche galt für seinen Tagesrhythmus – jedenfalls bisher. Und jetzt verlangte es ihn plötzlich nach einem Wirbelwind! Wollte er Shelby unterwerfen oder sich ihr anpassen?

Die Türglocke ertönte. Myra war wie immer auf die Minute pünktlich.

»Guten Morgen, McGee.« Myra schwebte herein mit einem freundlichen Lächeln für den kräftigen schottischen Butler.

»Guten Morgen, Mrs. Ditmeyer.« McGee war ein Hüne an Gestalt, solide wie eine Steinmauer und näherte sich der Siebzig. Seit drei Jahrzehnten war er bereits in Alans Familie als Butler tätig gewesen, bevor er Hyannis Port auf eigenen Wunsch verließ, um Alan nach Georgetown zu begleiten. Als Grund hatte er angegeben, Mr. Alan würde ihn dort brauchen. Dagegen konnte niemand etwas einwenden, und so musste man ihm seinen Willen lassen.

»Sie haben nicht zufälligerweise Ihre Spezial-Pasteten gebacken?«, fragte Myra hoffnungsvoll.

»Mit geschlagener Sahne, Madam.« Der Anflug eines Lächelns huschte über McGees unbewegliche Miene.

»Wundervoll, McGee, Sie sind ein Schatz! Hallo, Alan.« Sie streckte ihre Hände dem Hausherrn entgegen, der aus seinem Zimmer in die Halle trat. »Wie reizend von Ihnen, mich an einem Sonntag zu empfangen.«

»Es ist mir immer eine Freude, Myra.« Alan küsste sie auf die Wange und führte sie in den Salon.

Aufatmend ließ Myra Ditmeyer sich in einen Chippendale-Sessel mit gerader Lehne fallen und schlüpfte unbemerkt aus ihren engen Pumps mit den hohen spitzen Absätzen. »Welch eine Wohltat«, murmelte sie erleichtert und bewegte genussvoll die gequälten Zehen. »Ich habe einen überaus netten Brief von Rena erhalten«, sagte sie. »Sie fragt, wann Herbert und ich nach Atlantic City kommen können, um in ihrem Casino etwas Geld zu verlieren.«

»Mir ist es letztens ähnlich ergangen«, erwiderte Alan lachend. Er wusste natürlich genau, dass Renas Brief nicht der Grund war, weshalb Myra ihn besuchte.

»Wie geht es Ihrem Bruder Caine?«, erkundigte sich Myra. »Wer hätte vermutet, dass aus diesem Schlingel ein so brillanter Anwalt werden würde?«

»Das Leben ist voller Überraschungen.«

»Wie wahr, wie wahr – oh, hier kommt der köstliche Angriff auf meine schlanke Linie.« McGee war mit einem angerichteten Teetablett eingetreten. »Ich schenke selbst ein, tausend Dank, McGee.«

Myra hantierte geschickt mit dem Meißner Porzellan, und Alan beobachtete sie amüsiert. Was auch immer auf ihrer Seele lasten mochte, Tee und Gebäck würde Myra in jedem Fall erst in Ruhe genießen.

»Dass ich Sie um Ihren Butler glühend beneide, dürfte Ihnen bekannt sein.« Myra reichte Alan eine Tasse. »Wussten Sie, dass ich McGee vor zwanzig Jahren Ihren Eltern stehlen wollte?«

Alan lachte hell auf. »Nein, natürlich nicht. McGee ist viel zu diskret, um über einen solch frevelhaften Versuch zu sprechen.«

»Und außerdem viel zu treu ergeben, um auf meine raffinierten Bestechungsversuche hereinzufallen. Damals habe ich seine Pasteten zum ersten Mal probiert.« Myra biss in einen der kleinen Kuchen und schloss genießerisch die Augen. »Natürlich hatte ich zuerst geglaubt, dass die Köchin sie gebacken habe, und wollte Ihrer Mutter diese abwerben, doch dann erfuhr ich den wahren Hergang und versuchte es bei McGee. Wenn es mir gelungen wäre, würde ich wahrscheinlich heute wie ein Elefant daherkommen.« Sie betupfte ihre Mundwinkel mit einer Damastserviette. »Dabei fällt mir ein, dass Sie neuerdings Interesse für exotische Tiere zeigen.«

Aha, also daher weht der Wind, dachte Alan. Ohne sich zu äußern, führte er seine Tasse zum Mund.

»Hat es Ihnen im Zoo gefallen?«, wollte Myra wissen.

»Anscheinend haben Sie die Sonntagszeitung gelesen, Myra.«

»Selbstverständlich! Und ich muss gestehen, Sie beide schauen sehr gut aus miteinander. Aber das hatte ich erwartet.« Zufrieden lächelnd nippte Myra Ditmeyer an ihrem Tee. »War Shelby sehr über das Foto verärgert?«

»Ich weiß es nicht.« An diese Möglichkeit hatte Alan überhaupt noch nicht gedacht. Er war schon längst daran gewöhnt, dass sein Privatleben in die Öffentlichkeit gezogen wurde, es störte ihn nicht mehr. »Meinen Sie, dass Shelby es sein könnte?«

»Normalerweise nicht«, überlegte Myra, »aber sie ist bekannt dafür, überraschend zu reagieren. Ich möchte nicht aufdringlich sein, Alan – und es geht mich natürlich auch nichts an …« Myra lächelte entschuldigend. »Aber ich kenne Sie und Shelby ja schon seit Ihrer Kinderzeit. Und ich mag Sie beide gern.« Myra zögerte eine Sekunde, doch die Versuchung war zu groß. Sie griff noch einmal auf den Teller mit dem ausgezeichneten Gebäck. Dann sagte sie: »Alan, Sie können sich nicht vorstellen, wie mich das Foto gefreut hat.«

Alan hatte schon als kleiner Junge eine Vorliebe für Myra gehabt, und diese Unterhaltung heute amüsierte ihn sehr. »Warum?«, erkundigte er sich scheinheilig.

»Eigentlich wollte ich selbst euch zusammenbringen, und dass ihr euch ohne mein Zutun näher kennengelernt habt, kränkt meinen Stolz. Aber mit dem Ergebnis bin ich höchst zufrieden.«

Alan erkannte Myras Gedankengang, was auch nicht weiter schwierig war. »Ein Nachmittag im Zoo bedeutet noch keine Heirat.«

»Da spricht der echte Politiker!« Myra lehnte sich bequem zurück. »Wenn ich Ihrem McGee nur das Rezept für seine Kuchen entringen könnte …«

Alan schüttelte lachend den Kopf. »Ich halte das für völlig unmöglich, Myra.«

»Wahrscheinlich haben Sie recht, leider. Als ein Korb mit köstlichen Erdbeeren bei Shelby abgegeben wurde, war ich zufälligerweise dort«, kam sie beiläufig wieder zum Thema zurück. »Sie wissen natürlich absolut nichts darüber, mein Freund, oder?«

»Erdbeeren?« Alan lächelte unverbindlich. »Die mag ich sehr gern.«

»Hören wir auf, um die Sache herumzureden«, meinte Myra entschieden. »Außerdem kenne ich Sie viel zu gut. Ein Mann Ihrer Art schickt keine solchen Präsente an eine Frau und verbringt auch nicht mit ihr kostbare Stunden im Zoo, wenn er nicht verrückt nach ihr ist.«

»Ich bin nicht verrückt nach Shelby«, verbesserte Alan diese Behauptung und trank zwischendurch einen Schluck Tee, »sondern ich bin in sie verliebt.«

Myra konnte einen überraschten Ausruf nicht zurückhalten. »Das ging ja noch schneller, als sogar ich es erwartete.«

»Ich war sofort in sie verliebt«, gestand Alan und war selbst überrascht, dass er das ausgesprochen hatte.

»Ausgezeichnet!« Myra lehnte sich vor und tätschelte sein Knie. »Niemand verdient diesen Schock mehr als Sie, Alan«, fügte sie hinzu, und ein leichter Unterton von Schadenfreude schwang in ihrer Stimme mit.

Alan musste lachen, obwohl ihm nicht danach zumute war. »Leider beruht dieses Gefühl nicht auf Gegenseitigkeit.«

»Was soll das heißen?«, forschte Myra verblüfft.

»Genau das, was ich gesagt habe.« Widerstrebend musste

sich Alan eingestehen, dass ihn diese Erkenntnis schmerzte. Shelbys verletzende Worte klangen noch immer in seinem Ohr. »Sie hat nicht einmal Lust, mich zu sehen.«

»Dummes Zeug!« Mrs. Ditmeyer stellte jetzt sogar ihren Kuchenteller beiseite. »Dass ich bei ihr war, als die Erdbeeren eintrafen, sagte ich schon. Und mir kann Shelby nichts vormachen.« Mit ausgestrecktem Zeigefinger unterstrich sie ihre Bemerkung. »So habe ich Shelby noch nie erlebt. Ich bin überzeugt, dass sie ebenfalls sehr angetan von Ihnen ist.«

Alan war keineswegs überzeugt. »Sie ist eine sehr eigensinnige junge Frau«, meinte er nachdenklich, »und es ist ihr fester Wille, sich in keiner Weise mit mir einzulassen – meines Berufes wegen.«

»Aha, so ist das.« Myra überlegte und klopfte mit ihren sorgsam manikürten Fingernägeln auf die Stuhllehne. »Das hätte ich mir allerdings denken können.«

Alan erinnerte sich, wie leidenschaftlich Shelbys Mund seinem Kuss entgegengekommen war. »Ich weiß, dass ich ihr nicht gleichgültig bin«, fuhr er fort. »Nur ist sie eben äußerst halsstarrig.«

»Das ist der falsche Ausdruck«, korrigierte ihn Myra. »Sie hat Angst. Sie müssen wissen, dass Shelby ihrem Vater sehr nahestand.«

»Ich dachte mir das, Myra. Es muss für Shelby ein furchtbares Erlebnis gewesen sein, den Vater auf solche Weise zu verlieren. Aber was hat das mit uns zu tun?« Alan konnte nicht länger still sitzen. Seufzend erhob er sich und ging im Zimmer auf und ab. »Wenn er Architekt gewesen wäre, würde Shelby dann auch einfach alle Architekten ablehnen? Das ist doch der reine Unsinn!« Er fuhr sich mit der Hand durch die vollen dunklen Haare. »Zum Teufel, Myra, ist es nicht lächerlich, dass sie nichts von mir wissen will, nur weil ihr Vater Senator war?«

»Sie denken logisch, Alan. Von Shelby kann man das kaum behaupten. Oder besser gesagt, sie hat ihre eigene, ganz persönliche Art von Logik. Shelby hat Robert Campbell im wahrsten Sinne des Wortes angebetet.« Echtes Mitgefühl sprach aus Myra Ditmeyers Stimme. »Sie war erst elf, als er so brutal ermordet wurde, keine zwanzig Schritte von ihr entfernt.«

Alan blieb stehen. »Shelby hat das Attentat miterlebt?«

»Ja, und Grant auch.« Myra wünschte in diesem Augenblick, sie könnte sich nicht mehr so genau an den schrecklichen Tag erinnern. »Ein wahres Wunder, dass es Deborah gelungen ist, diese Tatsache nicht durch die Presse ausschlachten zu lassen. Sie musste dafür alle Verbindungen einsetzen, die sie hatte.«

Tiefes Mitgefühl ergriff Alan. »Mein Gott, es ist kaum vorstellbar, wie entsetzlich grausam das für die Kinder gewesen sein muss.«

»Shelby hat tagelang nicht mehr gesprochen, kein einziges Wort. Ich hatte sie viel bei mir, denn Deborah wollte nicht, dass Shelby im Haus blieb, solange sie selbst mit all den Formalitäten und dem ganzen Drum und Dran voll ausgelastet war.« Myra schüttelte den Kopf in der Erinnerung, wie Deborah versucht hatte, Shelby zu trösten, und wie Shelby sich immer mehr in sich verkroch. »Eine sehr, sehr schlimme Zeit ist das gewesen, Alan. Politischen Attentaten ist man so hilflos ausgeliefert.«

Ein langer, tiefer Seufzer entrang sich ihrer Brust, Ausdruck einer so starken Gemütsbewegung, wie man sie an dieser fröhlichen Frau selten erlebte. Leise berichtete sie weiter: »Bis zum Tag nach der Beerdigung hat sich Shelby tapfer gehalten. Dann brach sie zusammen. Wie ein verwundetes Tier muss sie gelitten haben. Dieser Zustand dauerte so lange wie vorher ihr Schweigen. Dann war plötzlich alles vorüber – wenigstens nach außen hin.«

Wie gebannt lauschte Alan Myras Worten und wünschte

gleichzeitig, sie möge ihn mit weiteren Einzelheiten dieser Tragödie verschonen. Weil er Shelby liebte, litt er mit ihr. Er sah das unglückliche kleine Mädchen deutlich vor sich. Er selbst hatte damals gerade sein zweites Studienjahr in Harvard begonnen. Heute war er fünfunddreißig Jahre alt, noch immer lebte seine Familie in guter Gesundheit und war leicht erreichbar, wenn er sich nach Sicherheit und Geborgenheit sehnte. Der Gedanke, seinen vitalen, robusten Vater plötzlich verlieren zu müssen, erschien ihm unmöglich. Nachdenklich starrte er aus dem Fenster auf die frühlingsgrünen Büsche und Bäume.

»Was tat sie dann?«, fragte er mit gepresster Stimme.

»Sie ließ sich nichts mehr anmerken, nutzte jedes bisschen ihres unerschöpflichen Vorrats an Energie. Als Shelby sechzehn war«, entsann sich Myra, »hat sie mir einmal gesagt, dass sie ihr Leben als ein Spiel betrachte, dessen Regeln keiner kennt. Sie würde jede Chance nutzen, weil man nie wissen könne, wann man ausgetrickst wird.«

»Das sieht ihr ähnlich.«

»Ja, und alles in allem ist sie heute der ausgeglichenste Mensch, den ich kenne. Zufrieden mit sich selbst, vielleicht sogar stolz auf ihre wenigen Mängel. Ein Wirbelwind an Gefühlen – je mehr sie verbraucht, desto stärker sind ihre Reserven. Aber ich fürchte, dass ihre Trauer um den Vater in ihrem tiefsten Inneren nie aufgehört hat.«

»Mag der Tod ihres Vaters ihr auch noch so nahegegangen sein, deshalb kann sie doch ihre Gefühle für einen anderen Mann nicht willkürlich abschalten«, bemerkte Alan bitter.

»Natürlich nicht, aber wahrscheinlich bildet sie sich ein, sie könnte es.«

»Shelby bildet sich allerlei ein.«

»Sie sind ungerecht, Alan. Shelby fühlt intensiver als andere.«

Alan zwang sich dazu, wieder seinen Platz einzunehmen. »Seit ich Shelby kenne, sind einfache Frauen mir ein Gräuel.« Die Dinge waren ihm durch Myras Bericht klarer geworden. War es nicht seine Spezialität, mit schwierigen Situationen fertig zu werden? Was hatte Shelby gestern Nachmittag gesagt? Sollten ihre verletzenden Worte ihn nur abschrecken? In ihren Augen hatte er unmissverständlich Bedauern gelesen. »Gestern hat sie mir den Abschied gegeben«, sagte er ruhig.

Myra setzte klirrend ihre Tasse ab. »Was für ein Unsinn. Das Mädchen brauchte eine …« Dann verbesserte sie sich: »Wenn Sie sich so schnell entmutigen lassen, Alan, weiß ich wahrhaftig nicht, warum ich mir so viel Mühe gebe. Ihr jungen Menschen wollt heutzutage alles auf einer Silberplatte serviert bekommen. Ein kleiner Stolperstein, und ihr gebt auf. Mein lieber Alan, Ihr Vater«, fuhr sie fort und kam dabei mächtig in Fahrt, »der ist durch alle Schwierigkeiten wie ein Panzerwagen gedonnert, wenn es anders nicht klappte. Und Ihre Mutter – ich glaubte immer, dass Sie dies Talent von ihr geerbt hätten – löst jedes Problem so elegant, dass die Wasseroberfläche sich danach nicht mal kräuselt. Sie würden einen feinen Präsidenten abgeben«, beendete sie grollend ihre Vorhaltungen. »Ich werde mir überlegen müssen, ob ich Sie überhaupt mit gutem Gewissen wählen kann.«

»Ich kandidiere ja gar nicht als Präsident«, warf Alan ein.

»Noch nicht.«

»Noch nicht«, stimmte er zu. »Und ich werde Shelby heiraten.«

6. Kapitel

Sechs von den sieben Tagen der Woche hatte Shelby recht und schlecht überstanden, aber am Freitagnachmittag fielen ihr für ihre schlechte Laune und ständige Geistesabwesenheit keine Entschuldigungen mehr ein.

Erst hatte sie gemeint, es sei ihre Schlaflosigkeit, die sie so lustlos machte, und an der wiederum sei die viele Arbeit schuld. Doch das Erfinden von Ausreden war täglich schwieriger geworden. Weil sie in dieser Woche jede Einladung angenommen hatte, war sie tatsächlich völlig übermüdet und vergaß, regelmäßig zu essen. Der gewohnte Zeitablauf ihres normalen Lebens war total durcheinandergeraten. Dadurch wurde sie reizbar und verlor obendrein ihren gesunden Appetit.

Shelby wusste genau, dass etwas mit ihr nicht stimmte, aber sie brachte nicht ein einziges Mal Alan damit in Verbindung. Im Gegenteil, sie redete sich ein, sie denke überhaupt nicht mehr an ihn. Darauf war sie stolz und so lange mit sich zufrieden, bis sie einmal eine fast fertiggestellte Vase in Delfter Blau an die Wand ihres Arbeitsraumes schmetterte.

Darüber erschrak sie, denn es war sonst nicht ihre Art, gelungene Werkstücke durch die Gegend zu werfen.

Nun nahm sie ihr normales Leben wieder auf. Konnte sie nicht einschlafen, dann arbeitete sie sich müde und stand trotzdem morgens rechtzeitig wieder im Geschäft. Wenn sie mit Freunden ausging, gab sie sich übertrieben lustig und unbeschwert, sodass die Leute, die sie näher kannten, allmählich schon misstrauisch wurden und sich um sie Sorgen machten.

Andererseits vergaß sie getroffene Verabredungen und vergrub sich in ihrer Werkstatt.

Lag es vielleicht am Wetter? Shelby saß hinter dem Ladentisch und schaute hinaus auf die Straße. Den Kopf auf die Hände gestützt, hörte sie laute Radiomusik und die immer wiederkehrende Vorhersage, dass der Regen bestimmt zum Wochenende vorüber sei. Wie viele Lichtjahre waren es noch bis zum Sonntag?

Viele Menschen werden durch Dauerregen depressiv, überlegte Shelby. Sie selbst war nie wetterempfindlich gewesen, aber könnten solche Symptome nicht auch plötzlich auftreten? Es goss schon zwei volle Tage, und sie wurde immer missmutiger.

Shelby vermochte nicht einmal zu erkennen, wer auf der Straße vorbeihuschte. Die erst kürzlich geputzten Schaufensterscheiben würden schön schmutzig aussehen, wenn erst die Sonne wieder herauskäme.

Auch für meinen Umsatz ist das Wetter katastrophal, dachte sie weiter. Kaum ein Kunde hatte sich während der letzten Tage in ihren Laden verirrt. Normalerweise hätte Shelby mit den Schultern gezuckt und einfach die Tür abgeschlossen. Heute aber beschloss sie, mürrisch auszuharren.

Vielleicht sollte ich übers Wochenende wegfahren? Der Gedanke gefiel ihr. Ich könnte einen Flug buchen und Grant überraschen – er würde entsetzt sein! Diese Vorstellung war Balsam für ihre schlechte Stimmung. Er würde mich beschimpfen, wenn ich unangemeldet erscheine, und dann könnten wir uns gegenseitig ärgern. Richtig spaßig ist so etwas eigentlich nur mit ihm.

Aber Grant würde mich sofort durchschauen. Shelby seufzte. Er wüsste genau, dass ich Kummer habe. Obgleich er sein eigenes Privatleben hütet wie einen kostbaren Schatz, wird er so lange bohren, bis ich ihm mein Problem erzähle. Dann schon eher ein Gespräch mit Mom, wenn ich überhaupt reden will. Grant würde mich nämlich nur allzu gut verstehen …

Also in Georgetown bleiben und mich weiter quälen. Oder aber mit dem Wagen ins Blaue fahren? An die Küste vielleicht oder zum Skyline Drive nach Virginia? Tapetenwechsel ist jedenfalls gut. Auf geht's!

Shelby sah sich gerade nach dem Schild mit der Aufschrift »Geschlossen« um, da öffnete sich die Tür, und eine weibliche Gestalt in gelben Gummistiefeln und Regenmantel betrat den Laden. Eine Wolke feuchtkalter Luft begleitete sie.

»Scheußliches Wetter!«, sagte die Kundin freundlich.

»Das Allerletzte«, stimmte Shelby zu.

Sie musste ihre Ungeduld zügeln, das war nicht einfach. Noch vor zehn Minuten wäre sie über jede Unterbrechung glücklich gewesen, hätte am liebsten Leute mit Gewalt hereingezerrt. »Suchen Sie etwas Bestimmtes?«

»Ich seh mich erst einmal um.«

Natürlich! dachte Shelby, und ihr Lächeln wurde etwas frostig. Bis sie sich umgesehen hat, könnte ich schon halbwegs an einem sonnigen Strand sein. Soll ich ihr zehn Minuten geben? »Lassen Sie sich nicht stören«, sagte sie stattdessen. »Es hat keine Eile.«

»Ich hörte von Ihnen durch meine Nachbarin«, erzählte die Fremde. »Sie hat hier ein Kaffeegeschirr mit hellblauem Stiefmütterchen-Muster gekauft.«

»Ja, ich erinnere mich. Ich mache keine Duplikate, aber ich habe eins mit einem ähnlichen Muster, falls Sie sich für ein Kaffeeservice interessieren.« Shelby überlegte angestrengt, in welchen Schrank Kyle das betreffende Service gestellt hatte.

»Wegen eines Kaffeegeschirrs bin ich gar nicht gekommen«, fuhr die Dame fort. »Die Kunstfertigkeit Ihrer Arbeiten hat es mir angetan.«

Shelby wünschte, die Kundin würde sich etwas aussuchen und gehen. Oder nur gehen – jedenfalls sollte sie die Ladentür von außen schließen. »Ich habe meine Töpferscheibe hinten in der Werkstatt, dort kann ich auch brennen und glasieren«, sagte sie und dachte: Hoffentlich will sie sich nicht auch noch da umsehen!

Die Kundin hockte vor einer Urne und betrachtete sie genau. »Verwenden Sie gelegentlich Gussformen?«, erkundigte sie sich.

»Nur selten.« Shelby trat von einem Fuß auf den anderen. »Bei dem Stier zum Beispiel oder dem Zwerg daneben. Aber meine Scheibe ist mir lieber.«

»Sie wissen sicher selbst, dass Sie sehr talentiert und enorm tüchtig sind.« Die Besucherin war ziemlich jung, blond und sehr sympathisch.

»Wenn man Spaß an dieser Arbeit hat, fällt sie einem nicht schwer.« Shelby wurde zusehends freundlicher.

»Ich weiß das, ich bin nämlich Innenarchitektin.« Sie zog eine Karte heraus und legte sie vor Shelby auf den Ladentisch: Maureen Francis, Innenausstattungen. »Augenblicklich richte ich mich gerade selbst ein. Ich möchte diesen Topf kaufen, die Urne dort und die große Vase daneben.« Sie deutete mit dem Finger auf die einzelnen Stücke. »Kann ich Ihnen eine Anzahlung geben, und Sie heben mir die Sachen bis Montag auf? Es ist mir zu mühsam, sie bei diesem Wetter herumzuschleppen.«

»Selbstverständlich. Ich lasse alles einpacken, und Sie können es abholen, wenn es Ihnen passt.«

»Fein.« Maureen Francis schrieb einen Scheck aus. »Wir werden bestimmt noch mehr Geschäfte zusammen machen. Ich komme von Chicago hierher, weil ich einige interessante Aufträge habe.«

Shelby vergaß ihre Reisepläne, die Fremde gefiel ihr. »Sie sind selbstständig?«

»Ja, neuerdings, nachdem ich zehn Jahre bei einer Firma tätig gewesen bin. Ich wollte den Sprung wagen.«

Während Shelby die Quittung ausfüllte, erkundigte sie sich frei heraus: »Können Sie etwas?«

Maureen stutzte, lachte und entgegnete: »Wesentlich mehr als alle anderen zusammen.«

Sie ist wirklich nett, dachte Shelby, und sie hat Humor. Spontan, wie es ihre Art war, schrieb sie Myras Namen und Adresse auf ein Blatt Papier. »Wenn Ihnen jemand behilflich sein kann, dann ist es Mrs. Ditmeyer«, sagte sie, während sie Maureen Francis den Zettel gab. »Sie weiß immer, wer sich neu einrichten will. Sagen Sie, dass ich Sie geschickt habe. Prozente brauchen Sie ihr nicht zu zahlen, wenn sie Ihnen Aufträge vermittelt, aber vielleicht müssen Sie ihr Ihre Lebensgeschichte erzählen. Myra ist eine wunderbare Frau. Ich kenne …«

Die Ladentür wurde geöffnet, und Alan trat ein. Shelby hatte noch nie an sich selbst erlebt, was man totale Benommenheit, Leerphase oder Blackout nennen könnte. Jetzt war es so weit.

Sie kam erst wieder zu sich, als Alan ihr Kinn hochhob und sie küsste, nachdem er bereits seinen nassen Mantel aufgehängt und Maureen Francis freundlich nickend gegrüßt hatte. »Ich bringe dir ein Geschenk«, sagte er.

»Nein.« Die Angst in Shelbys Stimme war nicht zu überhören. Sie schob Alans Hand beiseite und trat rasch einen Schritt zurück. »Geh wieder.«

Er lehnte sich an den Ladentisch und sah fragend zu Maureen. »Ist das ein angemessener Empfang, wenn man etwas geschenkt bekommt?«

»Ich weiß nicht …« Maureen blickte von Alan zu Shelby und machte eine unverbindliche Handbewegung.

Alan zog eine Schachtel aus der Tasche und stellte sie vor Shelby hin.

»Ich werde es nicht öffnen.« Shelby wich Alans Augen geflissentlich aus, einen zweiten Schock wollte sie keinesfalls riskieren. »Außerdem ist schon Feierabend.«

»Shelby ist manchmal etwas barsch«, erklärte Alan der Kundin. »Es ist noch gar nicht so spät. Möchten Sie sich anschauen, was ich ihr gebracht habe?«

Maureen zögerte, hin und her gerissen zwischen Neugier und dem Wunsch, der peinlichen Situation zu entfliehen. Doch da hatte Alan schon den Deckel zur Seite gelegt und hob aus dem rosa Wattebett ein geschliffenes buntes Glas in Form eines Regenbogens – einen allerliebsten Glücksbringer.

Shelby griff impulsiv danach, aber sie besann sich noch rechtzeitig. »Zum Teufel, Alan!« Woher wusste er, wie bitter nötig sie gerade heute einen Glücksbringer brauchte?

»Das ist Shelbys normale Reaktion«, meinte Alan an Maureen gewandt. »Es bedeutet, dass sie sich sehr freut.«

»Hab ich dir nicht ausdrücklich gesagt, du sollst mir nichts mehr schicken?«

»Ich habe es nicht geschickt, ich habe es selbst gebracht.« Alan sprach nachsichtig, wie mit einem ungezogenen Kind. Dabei ließ er den bunten Glasstein in Shelbys Hand gleiten.

»Ich will es nicht haben«, rief Shelby, aber ihre Finger hatten sich bereits fest um den Glücksbringer geschlossen. »Wenn du nicht ein elefantenhäutiger, dickköpfiger MacGregor wärst, dann ließest du mich endlich in Ruhe!«

»Glücklicherweise haben wir immerhin einiges gemeinsam.« Alan hatte Shelbys Hand ergriffen und hielt sie fest. »Dein Puls ist beschleunigt, Shelby.«

Maureen räusperte sich. »Ich will mich auf den Weg machen. Also bis Montag.« Da keiner der beiden sich um sie kümmerte, öffnete sie die Tür. »Wenn mir jemand an einem so scheußlichen Tag wie heute einen Glücksbringer schenken würde, wäre es garantiert um mich geschehen«, sagte sie und verschwand.

Um mich geschehen! wiederholte Shelby in Gedanken und zog ihre Hand zurück. Dann drehte sie das Radio ab. Die plötzliche Stille – bis auf das Klopfen der Regentropfen gegen die Fensterscheiben – war gefährlich, doch Shelby merkte es zu spät. »Ich möchte zuschließen, Alan.« Ihre Stimme klang unsicher.

»Gute Idee.« Er trat zur Tür, drehte das Schild auf »Geschlossen« um und schloss ab.

»Was tust du da?«, begann sie wütend. »Du kannst nicht einfach hier …« Sie brach ab, als Alan näher kam, und wich unter dem entschlossenen Ausdruck in seinem Gesicht bis zur Wand zurück. »Das ist mein Laden und …«

Alan stand direkt vor ihr. »Und wir gehen zusammen zum Essen«, vollendete er den Satz.

»Ich gehe nirgends hin.«

»Aber natürlich«, verbesserte er.

Shelby starrte Alan verwirrt und verärgert an. Sie wusste nicht, was sie von seinem unvermuteten Auftauchen halten sollte. Sein Ton war weder scharf noch ungeduldig, in seinen Augen las sie keinen Ärger.

Ein wütender Alan wäre ihr viel lieber gewesen. Seine ruhige Zuversicht wirkte irgendwie entwaffnend. Sie nahm sich fest vor, genauso beherrscht zu bleiben. »Alan«, begann sie, »du kannst mir nicht vorschreiben, was ich tun muss. Immerhin …«

»Ich verfüge einfach über dich«, konterte er lässig, »denn ich bin zu der Überzeugung gekommen, dass man dich in deinem Leben viel zu oft nach deiner Meinung gefragt hat, anstatt dir einfach Order zu geben.«

»Deine Rückschlüsse interessieren mich nicht im Geringsten«, gab Shelby zurück. »Wer, zum Teufel, gibt dir das Recht dazu?«

Als Antwort zog Alan sie näher zu sich heran.

»Ich verlasse das Haus auf keinen Fall, wenigstens nicht mit dir«, fuhr sie wütend fort. »Außerdem habe ich feste Pläne. Ich reise übers Wochenende ans Meer.«

»Wo ist dein Mantel?«

»Alan, ich sagte …«

Er entdeckte Shelbys Jacke am Kleiderständer hinter dem Ladentisch. Er nahm sie herunter und gab sie Shelby. »Und deine Handtasche?«

»Bekommst du das nicht in deinen Kopf, dass ich nicht mitgehe?«

Ohne auf Shelbys Protest zu hören, suchte er ihre Tasche und fand sie unter dem Ladentisch. Die Schlüssel, die daneben lagen, steckte er ein. Dann schob und zog er Shelby zum Hinterausgang.

»Verdammt, Alan, ich sagte, ich gehe nicht!« Shelby fand sich plötzlich auf der Straße im Regen wieder. »Ich will mit dir nirgendwohin gehen.«

»Das tut mir leid.« Alan schloss die Tür ab und verstaute die Schlüssel in seiner Manteltasche.

Shelby wischte sich die nassen Haare aus der Stirn und erklärte dickköpfig: »Du kannst mich nicht zwingen.«

Er hob die Augenbrauen und musterte Shelby mit einem langen, abschätzenden Blick. Sie war zornig und auf eine ihr eigene Weise schön. Und er bemerkte mit einiger Befriedigung, dass sie ein klein wenig unsicher war. Es wurde höchste Zeit. »Vielleicht sollten wir von jetzt an zählen, wie oft du dich noch wiederholst.« Alan nahm Shelbys Arm mit festem Griff und schleifte sie förmlich zu seinem Wagen.

»Wenn du dir einbildest …« Ihre Worte verhallten ungehört, denn er schubste sie ohne weitere Umstände auf den Beifahrersitz.

Als Alan neben Shelby Platz genommen hatte, begann sie von Neuem: »Du irrst dich, wenn du denkst, dass du mir imponierst, wenn du dich wie ein Höhlenmensch aufführst.« Es war selten, dass Shelby sich hochtrabend benahm, aber wenn sie sich Mühe gab, konnte es keiner besser als sie, sogar im durchnässten Zustand. »Gib mir meine Schlüssel zurück.« Gebieterisch streckte sie ihm die Hand mit der Innenfläche nach oben entgegen.

Alan ergriff ihre Hand, drückte einen Kuss auf die Innenseite und startete den Motor.

Shelby schloss ihre Hand zur Faust, seine Berührung elektrisierte ihren ganzen Körper. »Alan, ich weiß nicht, was in dich gefahren ist, aber so geht das nicht weiter. Nun, ich möchte die Schlüssel wiederhaben und zurück in meinen Laden gehen.«

»Nach dem Essen«, sagte er freundlich und manövrierte den Mercedes aus der Parklücke. »Wie war deine Woche?«

Shelby lehnte sich zurück und verschränkte die Arme. Dabei bemerkte sie, dass sie Alans Regenbogen-Glücksbringer immer noch fest in der Hand hielt. Sie steckte ihn in die Jackentasche, dann entgegnete sie patzig: »Ich esse nicht mit dir.«

»Ein nettes, ruhiges Restaurant würde uns gefallen, denke ich.« Alan konzentrierte sich auf den Straßenverkehr. »Du schaust ein wenig müde aus, Liebes. Hast du schlecht geschlafen?«

»Ich habe herrlich geschlafen«, log sie. »Ich war gestern bis spät in der Nacht aus.« Sie drehte sich zu ihm um und fügte hinzu: »Mit einem Freund.«

Alan verspürte Eifersucht, ließ sich aber nichts anmerken.

Sie weiß genau, womit sie mich reizen kann, dachte er grimmig. Beiläufig erkundigte er sich: »War es ein netter Abend?«

»Es war ein fantastischer Abend! David ist Musiker und sehr feinfühlig. Sehr leidenschaftlich«, fügte sie genüsslich hinzu. »Ich bin ganz verrückt nach ihm.« David wäre überrascht, denn er war mit einer ihrer besten Freundinnen verlobt. Shelby bezweifelte es, dass das Thema jemals wieder aufkommen würde. »Übrigens kommt er gegen sieben Uhr und holt mich ab«, fuhr sie fort und gab damit einer plötzlichen Eingebung nach. »Ich wäre dir sehr verbunden, wenn du jetzt umdrehtest, um mich wieder nach Hause zu fahren.«

Alan fuhr ungerührt weiter. Er wurde auch nicht böse, er sah nur auf die Uhr. »Zu dumm«, meinte er. »Das werden wir kaum schaffen. Zieh deine Jacke an, wir sind da.«

Da Shelby sich nicht rührte, beugte sich Alan über sie, um die Tür auf ihrer Seite zu öffnen. Dabei strichen seine Lippen zärtlich über ihr Ohr. »Es sei denn«, fügte er hinzu, »dass du lieber im Wagen bleiben und mit mir schmusen möchtest. Das wäre mir natürlich auch sehr recht.«

Sofort riss Shelby die Tür auf, sprang hinaus und legte sich die Jacke über.

Meinetwegen können wir diese Szene durchspielen, dachte sie und zwang sich zur Ruhe. Wenn ich erst wieder im Besitz meines Hausschlüssels bin, soll er mir für jede Minute büßen.

Alan war neben Shelby getreten, fasste sie um die Taille und blieb ruhig stehen. Ihr Widerstand ließ plötzlich nach. »Du hast nach Regen geschmeckt«, flüsterte er und musste sich sehr zusammennehmen, um sie nicht erneut zu küssen. Die eine Woche ohne Shelby war für ihn die Hölle gewesen.

Mit einem Male veränderte sich die Welt für Shelby: Es goss in Strömen, das erinnerte sie an malerische Gebirgsbäche. Die Jacke rutschte ihr von den Schultern, aber sie hatte nur Angst um ihren Regenbogen. Wie war ein Leben ohne Alan überhaupt möglich gewesen, wenn ein paar Tage der Trennung sie schon halb verrückt machten?

Widerstrebend schob Alan sie vorwärts, ein wenig weg von sich. Eine Sekunde länger so dicht bei Shelby, und er könnte vergessen, dass sie sich auf einer belebten Straße befanden. Ihr Gesicht erinnerte an schimmerndes Elfenbein, an den langen Wimpern hingen glänzende Tropfen und umrahmten die geheimnisvollen grauen Augen. Warum sind wir nicht allein im einsamen Forst oder irgendwo am Meer? Dann müsste ich mich nicht von ihr losreißen. Behutsam zog er die verrutschte Jacke gerade.

»Ich mag es, wenn dein Haar nass ist.« Langsam und besitzergreifend strich Alan über Shelbys Wange. Sein Arm blieb auf ihren Schultern liegen, als sie weitergingen.

Das Restaurant war eines der besten, Shelby kannte es. Allerdings war sie noch nie zu so früher Stunde hier gewesen, sondern immer erst gegen zehn Uhr, wenn kein Stuhl mehr frei war und man sein eigenes Wort kaum verstehen konnte. Ein Mann wie Alan würde natürlich die ruhigere Besuchszeit vorziehen, so wie jetzt.

»Guten Abend, Senator.« Der Geschäftsführer begrüßte Alan erfreut, dann fiel sein Blick auf Shelby, und er strahlte. »Es ist eine besondere Ehre, Sie bei uns zu haben, Miss Campbell.«

»Guten Abend, Mario«, entgegnete Shelby, aus ihren Träumen gerissen.

»Ihr Tisch ist reserviert.« Mario geleitete sie zu einer Nische. Kerzen brannten in blanken Messingleuchtern, und eine Rose stand daneben. Mit südländischem Instinkt hatte Mario den Hauch einer beginnenden Romanze verständnisvoll geahnt. »Eine Flasche Wein?«, erkundigte er sich und hielt Shelbys Stuhl.

»Poilly Fuissé, Bichot«, bestellte Alan, ohne nach Shelbys Meinung zu fragen. »1979er.«

Mario nickte anerkennend. »Der Kellner kommt sofort.«

Shelby hatte inzwischen ihre Fassung wiedergewonnen. Sie wischte energisch den feuchten Pony aus der Stirn. »Vielleicht hätte ich lieber ein Bier gehabt.«

»Beim nächsten Mal«, entgegnete Alan freundlich.

»Das wird es nicht geben, Alan, glaub es mir.« Sie zuckte zusammen, als sein Finger über ihren Handrücken strich. »Wenn du mir nicht die Haustür vor der Nase zugeschlossen hättest, wäre ich jetzt auch nicht hier. Und fass mich nicht so an«, fügte sie wütend hinzu.

»Wie soll ich dich denn anfassen? Deine Hände sind sehr sympathisch, Shelby.« Er streichelte sie weiter und merkte, dass sie zitterte. Du wirst heute noch mehr zittern, mein Liebling, versprach er im Stillen, und wie! »Wie oft hast du während der letzten Tage an mich gedacht?«

»Gar nicht.« Shelby warf den Kopf zurück und hatte ein schlechtes Gewissen wegen dieser neuen Lüge. »Also gut. Und wenn es so wäre?« Sie wollte ihre Hand wegziehen, aber Alan verflocht seine Finger mit ihren und hielt sie fest. Das war eine zivilisierte, konventionelle Geste, die in der Öffentlichkeit nicht weiter auffiel. Den angenehmen Schauer, der Shelby bis in die Fußspitzen fuhr, konnte glücklicherweise niemand sehen. »Ich hatte Gewissensbisse«, sagte sie weiter, »weil ich neulich so garstig zu dir war. Aber nach deinem Auftritt heute wünschte ich, ich wäre noch viel garstiger gewesen. Ich kann nämlich ziemlich scheußlich sein, wenn ich es darauf anlege.«

Alan lächelte nur über diese versteckte Drohung, denn Mario war mit dem Wein an den Tisch getreten. Alan probierte, doch sein Blick lag unverwandt auf Shelby. Dann nickte er.

»Sehr gut. Das Aroma spürt man noch nach Stunden. Später, wenn ich dich küsse, wird es noch immer zu schmecken sein.«

Shelby errötete. »Ich bin nur hier, weil du mich hergeschleift hast.«

Es war Mario hoch anzurechnen, dass er beim Einschenken keinen Tropfen danebengoss, obwohl er das Gespräch mit anhörte.

Shelbys Augen funkelten, weil Alan lächelnd schwieg. »Da du es abgelehnt hast, mir meine Schlüssel zurückzugeben, werde ich den nächsten Schlosser anrufen und ein neues Schloss einbauen lassen. Auf deine Kosten.«

»Nach dem Essen werden wir sehen, wie es weitergeht.« Alan hob sein Glas und trank Shelby zu. »Magst du den Wein? Ich finde ihn ausgezeichnet.«

Unwirsch nahm Shelby einen viel zu großen Schluck. »Er schmeckt gut«, gab sie zu. »Das hier ist kein Rendezvous, das ist dir hoffentlich klar.«

»Eher eine Entführung? Noch Wein?«

Er spielt wieder den nachsichtigen, geduldigen Gentleman, dachte Shelby gereizt. Ich sollte mit der Faust auf den Tisch hauen und den Leuten Futter für den Stadtklatsch geben, das geschähe ihm recht.

Die Versuchung war groß, doch dann erinnerte sich Shelby an den Artikel über den Zoo, und sie biss die Zähne zusammen. Als Alan nachschenkte, zuckte sie nur gleichgültig mit den Schultern. »Wein und Kerzenlicht werden dich auch nicht weiterbringen, Alan MacGregor.«

»Nein?« Er versagte es sich, darauf hinzuweisen, dass Shelby seine Hand inzwischen fest umklammert hielt. »Ich fand, wir sollten langsam traditionsgemäß vorgehen.«

»Tatsächlich?« Sie musste lachen. »Warum dann keine Bonbonniere und Rosen? Das wäre stilvoll.«

»Ich wusste, dass du dich mehr über einen Regenbogen freust.«

»Was du nicht sagst.« Shelby versteckte ihr Gesicht hinter der Speisekarte.

Eigentlich könnte man sich auch richtig satt essen, entschied sie. Warum hatte er diese Regentour erzwungen? Sie würde in sich hineinessen, was gut und teuer war. Außerdem war erstaunlicherweise ihr gesunder Appetit in vollem Umfang zurückgekehrt, ihre Energie übrigens auch. Seit Alan den Laden betreten hatte, war die Teilnahmslosigkeit wie weggezaubert.

»Möchten Sie bestellen, Miss Campbell?«, erkundigte sich der Oberkellner.

Verschmitzt lächelnd sah Shelby auf. »Ja, es kann losgehen. Zuerst den Scampi-Salat mit Avocado, dann die Kraftbrühe, die Kalbsnieren mit Sauce Béarnaise, eine gebackene Kartoffel und dazu Artischockenherzen. Den Nachtisch suche ich mir später aus.«

Ohne mit der Wimper zu zucken schrieb der Kellner ihre Wünsche auf. »Senator?« Fragend sah er Alan an.

»Den Salat des Hauses, bitte …« Alan konnte sich kaum das Lachen verbeißen, Shelbys unschuldiger Gesichtsausdruck war zu komisch. »Und die Scampis. Ich freue mich«, sagte er zu Shelby, »dass dir der Spaziergang im Regen Appetit gemacht hat.«

»Wenn ich schon einmal hier bin, kann ich auch einen Bissen essen«, gab sie zurück. Dann verschränkte sie die Arme auf dem Tisch, beugte sich zu Alan hinüber und fragte überraschend gut gelaunt: »Wir müssen sicherlich eine Weile auf das Essen warten. Worüber wollen wir uns unterhalten, Senator? Was machen die Regierungsgeschäfte?«

»Man hat zu tun.«

»Welch klassische Untertreibung! Du wirst ganz schön geschuftet haben, um den Gesetzentwurf von Breiderman abzublocken. Ich muss zugeben, dass es dir gut gelungen ist. Dein Lieblingsprojekt dürfte dich auch ziemlich beanspruchen. Hat man dir vom Bund nun endlich finanzielle Unterstützung zugebilligt?«

»Ich bin ein paar Schritte vorangekommen.« Alan sah Shelby prüfend an. Sie war gut informiert, obwohl politische Dinge sie angeblich nicht interessierten. »Der hiesige Bürgermeister ist einverstanden damit, dass wir unser Bostoner Modell auch in Washington einführen. Allerdings stehen uns nur Spenden zur Verfügung und freiwillige Mitarbeit. Der Staat müsste sich beteiligen, dann könnten wir in größerem Umfang tätig werden.«

»Das dürfte nicht leichtfallen bei der augenblicklichen Finanzlage und den geplanten Haushaltskürzungen.«

»Ich weiß, aber ich werde es schon schaffen.« Er lächelte. »Ich kann sehr geduldig sein bis zu einem gewissen Punkt, und dann ziemlich … hartnäckig.«

Shelby traute dem Aufblitzen in seinen Augen nicht ganz und schwieg deswegen.

»In der Angelegenheit bist du einigen Leuten ganz schön auf die Zehen getreten«, setzte sie an, als der Salat serviert wurde. »Die treten bei nächster Gelegenheit bestimmt zurück.«

»So ist das nun mal. Etwas wirklich Wertvolles erlangt man nur, wenn man sich sehr anstrengt und auch Rückschläge in Kauf nimmt.« Er schenkte Wein nach. »Ich habe es mir zur Regel gemacht, die Probleme zu lösen, wenn die Zeit dafür reif ist.«

Shelby merkte genau, wie Alan das meinte. Sie versuchte erst gar nicht, sich unwissend zu stellen. »Eine Romanze kannst du aber nicht wie eine politische Kampagne organisieren, Senator. Besonders nicht mit jemandem, der sich in all den nötigen Schritten gut auskennt.«

»Ein Versuch lohnt sich immer.« Alans Augen lachten, obwohl seine Miene ernst blieb. Wie gern hätte Shelby ihre Hand an sein Gesicht gelegt. »Du musst aber zugeben, Shelby, dass ich mich stets deutlich ausdrücke. Ich mache keine Versprechungen, die ich nicht halten kann.«

»Du sprichst hier nicht zu deinen Wählern.«

»Das ändert meine Einstellung kein bisschen.«

Amüsiert schüttelte Shelby den Kopf. »Ich werde mich bestimmt auf kein Wortgefecht mit dir einlassen.« Nach einer Pause fragte sie beiläufig, während sie das letzte Salatblatt auf ihrem Teller herumschob: »Ich nehme an, dass du das Bild in der Zeitung gesehen hast.«

»Ja.« Es hat sie also doch gestört, dachte Alan, obgleich sie es leichthin sagte, mit einem Lächeln. »Ja, es erinnerte mich an einen besonders schönen Moment. Wie schade, dass du darüber verärgert bist.«

»Das bin ich nicht«, sagte Shelby ein wenig zu schnell. Doch dann gab sie zögernd zu: »Wenigstens nicht übermäßig.« Der Kellner wechselte in diesem Augenblick das Geschirr aus, und Shelby rührte nachdenklich die heiße Brühe um. »Ich habe dadurch nur wieder deutlich erkannt, wie sehr du im öffentlichen Interesse stehst. Macht dir das nie etwas aus?«

»Zuweilen schon. Doch die Publizität ist nun mal ein schwieriger, aber untrennbarer Teil meines Berufes. Man kann sich immer wieder darüber aufregen oder sie so weitgehend wie möglich ignorieren.« Alan mochte Shelby nicht ernsthaft stimmen, deshalb gab er dem Gespräch eine humorvolle Wendung. »Allerdings steht die Reaktion meines Vaters noch aus. Ich bin gespannt, was er dazu sagt. Vorläufig hat er wohl noch nicht Wind davon bekommen, dass ich mit einem Spross der Campbells im Zoo gewesen bin.«

Die Spannung lockerte sich durch Shelbys Lachen. »Wird er dich enterben, Alan? Fürchtest du dich davor?«

»Wenn es nur das wäre. Aber er wird mir ans Leder wollen. Zumindest für mein Gehör besteht größte Gefahr. Ich hebe das Telefon schon seit Tagen nur ganz vorsichtig ab.«

Sie lächelte breit, als sie das Glas Wein an ihre Lippen hob. »Tust du ihm gegenüber so, als hättest du Angst vor ihm?«

»Manchmal. Es macht ihn glücklich.«

Shelby brach ein Brötchen in zwei Teile und bot ihm die eine Hälfte an. »Wenn du schlau wärest, würdest du um mich einen möglichst weiten Bogen machen. Jedenfalls darfst du dein Trommelfell nicht riskieren. Wie könntest du sonst hören, was die Opposition nebenan im Schilde führt?«

»Mit meinem Vater werde ich schon fertig, wenn es so weit ist.«

Shelby knabberte an der knusprigen Rinde ihres halben Brötchens und warf Alan einen kritischen Blick zu. »Das soll heißen, wenn du mich herumbekommen hast.«

Alan hob sein Glas und trank ihr zu. »Du sagst es.«

Das Essen und der ausgezeichnete Wein hatten Shelby das Selbstvertrauen wieder zurückgegeben. »Du wirst mich nicht herumbekommen.«

»Das müssen wir abwarten, nicht wahr?«, meinte er unbesorgt. »Hier kommt dein Hauptgericht.«

7. Kapitel

Keinen Moment lang verspürte Shelby ein schlechtes Gewissen, weil sie in Alans Nähe so glücklich war. Sie lachten zusammen und spazierten im Regen an den großen Schaufenstern der Mainstreet entlang. Schließlich setzten sie sich noch in ein überfülltes Café und nahmen einen letzten Drink.

Es war das erste Mal seit Tagen, dass Shelby sich wohlfühlte, unbeschwert fröhlich und entspannt sein konnte. Diese Stunden würden Konsequenzen haben – schließlich gab es nichts umsonst im Leben –, aber darüber wollte sie sich morgen den Kopf zerbrechen. Mehrere Bekannte, meist Freunde von Shelby, kamen an ihrem Tisch vorbei, grüßten Shelby und musterten Alan neugierig. Hier war sie zu Hause, der Senator MacGregor passte besser auf Gesellschaften und Empfänge.

»Hallo, schönes Mädchen!«

Shelby sah auf, begrüßte Wendy und David und machte sie mit Alan bekannt.

»Wolltest du uns nicht anrufen?«, fragte Wendy. »Wir sind nun ohne dich in den neuen Film gegangen. Viel verpasst hast du allerdings nicht.« Sie betrachtete Alan ungeniert von Kopf bis Fuß.

»Möchten Sie sich zu uns setzen?«, fragte Alan höflich.

»Nett von Ihnen, danke. Aber wir sind schon auf dem Heimweg.«

»Ich muss morgen bei einer Hochzeit spielen«, warf David ein.

»Er überlegt noch immer, wie er das im nächsten Monat bei unserer eigenen machen kann«, sagte Wendy lachend. »Oh, dabei fällt mir ein, dass ich die Adresse von dem griechischen Weinhändler haben muss, damit ich dort eine Menge Ouzo bestellen kann. Ich rufe dich deshalb an, Shelby.« Und zu Alan gewandt: »Sie behauptet nämlich, dass Ouzo Stimmung macht. Also, bis später.« Eng umschlungen drängten sich die beiden an den voll besetzten Tischen vorbei zum Ausgang.

»Alle Achtung, dieser junge Mann verliert keine Zeit«, stellte Alan fest.

»David?«, fragte Shelby erstaunt. »Wieso? Der bewegt sich im Schneckentempo, es sei denn, er hält eine Gitarre im Arm.«

»Ist das so?« Alan sah Shelby schelmisch in die Augen. »Du hast ihn heute sitzen lassen, und prompt macht er dieser Wendy einen Antrag.«

»Ihn sitzen lassen …« Shelby lachte, dann erinnerte sie sich. »Oh.« Sie wusste nicht, ob sie sich ärgern oder das Ganze von der komischen Seite nehmen sollte. »Männer sind untreue Geschöpfe«, entschied sie sich schließlich.

»Offensichtlich.« Alan fasste Shelby unters Kinn. »Du trägst deine Niederlagen tapfer.«

»Ich mag meine Gefühle nicht gern zur Schau stellen.« Ihr Humor gewann die Oberhand, und sie musste lachen. »Zum Teufel, mussten die beiden auch gerade jetzt hier aufkreuzen?« Sie hob ihr Glas, um Alan zuzutrinken. »Auf gebrochene Herzen also.«

»Oder auf dumme Lügen.«

Shelby rümpfte die Nase, als die Gläser aneinanderstießen. »Ich bin im Allgemeinen sehr gut im Lügen. Außerdem bin ich mit David ausgegangen. Einmal. Vor drei Jahren.« Sie trank ihr Glas aus. »Vielleicht vier. Du kannst mit diesem selbstgefälligen, maskulinen Lächeln aufhören.«

»Wie ungezogen von mir.« Alan stand auf und half Shelby in ihre feuchte Jacke.

»Es wäre überhaupt viel höflicher gewesen, wenn du nicht darauf hingewiesen hättest, dass ich geschwindelt habe«, bemerkte sie, während sie sich ihren Weg nach draußen in den Regen bahnten. »Das ist sonst nicht meine Art, aber ich war so wütend auf dich, und ein anderer Name ist mir in der Aufregung nicht eingefallen.«

»Sollte ich diesen verworrenen Satz richtig gedeutet haben, so ist alles mein Fehler.« Alan legte seinen Arm in einer so freundschaftlichen Weise um Shelbys Schultern, dass sie nicht protestierte. »Eigentlich müsste ich mich dafür entschuldigen, dass ich dir nicht genügend Zeit ließ, um eine bessere Lüge auszudenken.«

»Ja, so gehört sich das.« Sie hob ihr Gesicht dem Regen entgegen, den sie noch vor wenigen Stunden verwünscht hatte. Er war kühl, sauber und angenehm auf der Haut zu spüren. Sie hätte noch eine Ewigkeit so weiter spazieren gehen können.

»Aber für das Essen werde ich mich nicht bedanken«, fuhr sie fort und lachte Alan an. Sie hatten seinen Wagen erreicht, und Shelby lehnte sich gegen die Karosserie. »Auch nicht für den Wein und das traute Kerzenlicht.«

Alan sah in ihr keckes regennasses Gesicht, und ihm wurde heiß vor Begehren. Er ahnte, dass ihre Leidenschaft genauso natürlich und ungezwungen und ihre Hingabe rückhaltlos sein würde. Seine Hände ballten sich zu Fäusten, die er tief in den Taschen vergrub, um Shelby nicht sofort an sich zu ziehen. »Aber doch wohl für den Regenbogen, oder?«

Sie lächelte. »Vielleicht bedanke ich mich dafür, ich bin noch nicht ganz sicher.« Rasch schlüpfte sie in den Wagen, denn unter Alans Blick waren ihr die Knie weich geworden.

»Eigentlich wollte ich heute Abend noch zur Küste fahren«,

sagte sie im Plauderton. Sie hielt es für ratsam, auf der Rückfahrt nur noch oberflächliche Konversation zu machen. »Du hast meine Pläne total umgestoßen.«

»Magst du den Strand bei Regen?«

»Möglicherweise scheint dort die Sonne«, meinte Shelby. »Aber auch wenn's regnet, gefällt es mir am Meer.«

Alan steuerte den Mercedes geschickt durch den Verkehr. »Bei Sturm bin ich am liebsten dort. In der Dämmerung, wenn Himmel und Wasser die gleiche Färbung annehmen.«

»Ja.« Erstaunt betrachtete Shelby sein Profil. »Ich hätte geglaubt, dass du lieber im Winter dort bist, wenn es einsam ist und du lange Spaziergänge machen und stundenlang nachdenken kannst.«

»Alles zu seiner Zeit«, murmelte Alan und fuhr lauter fort: »Meine Schwester lebt in Atlantic City. Außerhalb der Saison fahre ich gern dorthin, treibe mich an der Küste herum und verliere Geld in ihrem Spielclub.«

»Deine Schwester hat ein Casino?«

»Ja, sie und ihr Mann sind Partner, sie besitzen mehrere Clubs.« Shelbys ungläubiger Ton amüsierte Alan. »Rena hat früher beim Blackjack die Karten ausgeteilt, gelegentlich macht sie das heute auch noch. Du dachtest wohl, meine Familie bestünde aus lauter äußerst gesetzten, ordentlichen und schrecklich langweiligen Leuten?«

»Nicht unbedingt«, erwiderte Shelby ausweichend, obwohl er mit seiner Annahme den Nagel ziemlich genau auf den Kopf getroffen hatte. »Deinen Vater habe ich jedenfalls nicht so eingeschätzt. Myra mag ihn sehr und hat mir allerhand von ihm erzählt.«

»Die beiden streiten herrlich miteinander. Er ist genauso starrsinnig wie sie.«

Alan fuhr den Wagen in eine Parklücke. Shelby wollte ihm

sagen, dass sie auch allein ins Haus kommen könnte, er brauchte sich nicht zu bemühen, aber dazu war es schon zu spät.

Er hat viel von seinem alten Herrn, dachte sie seufzend.

Auf der Treppe suchte Shelby automatisch nach ihren Schlüsseln.

»Ich hab sie.« Alan klapperte mit dem Bund außer Reichweite ihrer Hände. »Sie sollten eine Tasse Kaffee wert sein.«

Shelby verzog das Gesicht. »Das ist ein Bestechungsversuch.«

»Nein, nur eine Vermutung.«

Shelby zögerte. Inzwischen kannte sie Alan jedoch gut genug, um zu wissen, dass er imstande war, stundenlang mit ihr über dieses Thema zu debattieren und zu guter Letzt das Spiel ohnehin zu gewinnen. »Also gut, du bekommst deinen Kaffee«, sagte sie. »Aber weiter nichts.«

In der Küche saß Moische. Als Shelby und Alan eintraten, betrachtete er seine Herrin vorwurfsvoll aus seinem einen Auge und schnurrte beleidigt.

»Oh, verzeih mir!«, sagte Shelby zu dem Kater. »Er ist schuld.« Sie wies auf Alan, lief rasch zum Vorratsschrank und kam mit einer Tüte Katzenfutter zurück. Hungrig machte sich der Kater über seinen Napf her. »Er hat es gar nicht gern, wenn ich ihm seine Mahlzeit nicht pünktlich serviere. Er schätzt ein geregeltes Leben.«

»Vernachlässigt sieht er nicht aus«, stellte Alan fest.

Shelby war zum Spülstein getreten und füllte die Kaffeemaschine. »Nein, aber er ist schnell beleidigt. Wenn ich …« Sie schwieg, als Alans Hände ihre Schultern umfassten. »Wenn ich ihn vergesse, dann …« Der Kaffeefilter fiel klappernd ins Becken, denn Alans Lippen spielten mit ihrem Ohr. »… ist er eingeschnappt.« Shelby drehte den Kopf zur Seite, ihre Stimme war rau geworden. »Solche Untermieter sind schwierig.«

»Das kann ich mir denken.« Alan schob Shelbys Haar beiseite und küsste ihren Nacken. Vergeblich versuchte sie den Stecker in die Dose zu stöpseln. Heiße Wellen liefen durch ihren Körper.

»Shelby …« Alans Hände glitten herab zu ihren Hüften.

Ich beachte ihn überhaupt nicht, nahm sie sich vor. Er berührt mich gar nicht, ich bilde mir das alles ein. Nur ruhig bleiben. »Was denn?«

Sein Mund war an ihrem Hals angelangt, dicht über dem Schlüsselbein nahm er ihren Duft am intensivsten wahr. Zärtlich erforschte seine Zungenspitze weiter die empfindliche Stelle. Shelbys Atem wurde unregelmäßiger. »Du hast noch keinen Kaffee in den Topf getan.«

Ein Schauer lief ihr über den Rücken. Mit beiden Händen hielt sie sich am Spültisch fest. »Ich verstehe dich nicht.«

Mit festem Griff drehte Alan sie zu sich um. »Es ist kein Kaffee drin«, sagte er, »aber das macht nichts.« Seine Lippen berührten ihren Mund ganz leicht, dann die Wange und das Kinn.

Shelby hatte die Augen geschlossen. »Der Kaffee ist sofort fertig«, flüsterte sie, als er ihre Lider berührte. Wie von Ferne hörte sie ihn lachen und wunderte sich darüber. Das Feuer in ihr breitete sich aus. »Du versuchst mich zu verführen, Alan.«

»Nein.« Er knabberte liebevoll an ihren Lippen, die sich ihm bereitwillig öffneten. Noch nicht, nahm er sich vor und strich über die weiche Haut ihres Halses. »Ich versuche es nicht, ich tue es.«

»Oh nein!« Shelby hob die Hände, um Alan wegzustoßen. Aber irgendwie legten sich ihre Arme von ganz allein um seinen Nacken. »Wir werden nicht miteinander schlafen.« Es klang wenig überzeugend.

Alan hatte große Mühe, seine Leidenschaft zu zügeln. Er wühlte in Shelbys Haar und fragte leise: »Nein? Warum nicht?«

»Weil …«, Shelby hielt ihre Augen noch immer geschlossen, »… es der Weg in die Verdammnis ist.«

Unterdrücktes Lachen erklang an ihrem Ohr, und dann sagte er: »Das war nicht gut formuliert, Shelby. Versuche es noch einmal.«

Doch Shelby konnte sich nicht auf Worte konzentrieren. Es ging etwas mit ihr vor, das sie noch nie erlebt hatte und das sie nicht verstand. Ihr Wille war blockiert worden durch eine entnervende Schwäche, die aber andererseits zu einer drohenden Leidenschaft wuchs. »Nein!«, stöhnte sie, fast in Panik. »Es darf einfach nicht geschehen. Ich begehre dich so stark, dass mir angst wird. Verstehst du nicht?«

»Zu spät.« Alan hielt Shelby im Arm und trug sie ins Schlafzimmer. »Viel, viel zu spät.« Er zog ihr die Bluse von den Schultern und ließ sie zu Boden gleiten. Dieses Mal, dieses erste Mal, dachte er, würde es eine Verführung sein. Eine, an die sie sich in all den zukünftigen gemeinsamen Jahren erinnern würden. »Weich«, murmelte er, »viel zu weich, um zu widerstehen.« Er nahm sich Zeit, fuhr mit den Händen die Arme hinauf und über die Schultern. »Kannst du dir denken, wie oft ich mir vorgestellt habe, mit dir so zusammen zu sein?« Mit den Fingerspitzen strich er über die dünne glatte Seide ihres Büstenhalters. »Wie oft ich mir vorgestellt habe, dich so zu berühren?« Er öffnete den Reißverschluss ihres Rockes, und er fiel zu Boden. »Hörst du den Regen, Shelby?«

Sie fühlte die kühle Tagesdecke unter sich, als er sie aufs Bett gleiten ließ. »Ja.«

»Ich will, dass der Regen dich immer daran erinnert, wie ich dich zum ersten Mal geliebt habe.«

Dazu braucht es keinen Regen, dachte Shelby. Hatte ihr Herz jemals so rasch geschlagen? War sie sich jemals zuvor so weich und nachgiebig vorgekommen? Ja, sie konnte den Regen hören, der auf das Dach und gegen die Fenster trommelte. Aber sie würde sich nicht an dieses Geräusch erinnern müssen, um zu wissen, wie sich seine Lippen an ihrem Mund und sein Körper an ihrem eigenen anfühlten. Niemals würde sie vergessen können, wie sich sein regennasses Haar an seinen Kopf schmiegte und wie er ihren Namen immer und immer wieder flüsterte.

Noch nie zuvor hatte Shelby einem Mann erlaubt, über sie zu bestimmen, obwohl sie sich dessen nie bewusst gewesen war. Jetzt überließ sie sich Alan ganz, ließ es zu, dass er sie dahin führte, wohin sie – vielleicht aus Angst – nicht hatte gehen wollen. Dahin, wo die Realität aufhörte zu existieren.

Alan wollte sie ganz besitzen, sie überall berühren, langsam und gründlich, bis in Shelby jeglicher Gedanke ausgelöscht wurde und sie nur noch fühlen konnte. Allein mit den Fingerspitzen und mit den Lippen erregte er Shelby auf eine Weise, wie sie es nicht für möglich gehalten hätte.

Die Bedeutung des Wortes »Sehnsucht« ging Shelby erst auf, als sie ihre Hand ausstreckte, um Alans Hemd aufzuknöpfen. Ihre Arme waren auf einmal unbeholfen. Das Verlangen, seine nackte Brust zu spüren, wurde so übermächtig, dass es ihr nicht schnell genug gelang.

Sein Mund legte sich auf einmal fordernd auf ihre Lippen, und er drückte Shelby mit seinem ganzen Gewicht auf das Bett. Vielleicht tat er es aus einer unbewussten Regung heraus, um ihr seine Überlegenheit zu zeigen, vielleicht aber auch nur aus Begierde, sie ganz zu besitzen. Aber es brachte Shelby dazu, nicht mehr nur nachzugeben, sondern auch zu nehmen.

Keiner von ihnen war mehr auf Zärtlichkeit aus. Das war reine Leidenschaft, ungezähmte Leidenschaft, die aus ihnen herausbrach. Alan hatte es von Anfang an gewusst, dass Shelby zu einer solchen Liebesglut fähig war. Er forderte sie mit seinen Liebkosungen heraus, bis Shelby glaubte, nicht mehr atmen zu können. Sie erschien Alan wild und süß und verführerisch. Mit einem Aufschrei nahm Shelby Alan in sich auf. Sie hatte sich ihm nicht ergeben. Im Geben und Nehmen waren sie sich ebenbürtig.

Der Regen fiel immer noch, nur leiser, nicht mehr so laut.

Shelby schmiegte sich an Alan, ihre Augen waren geschlossen, ihr Atem ging regelmäßig, sie fühlte sich wunderbar, so im Frieden mit sich selbst. Alan … Alan war ihre Ruhe, ihr Herz, ihr Zuhause.

Zuverlässig, beständig, originell und eigenwillig. Es gab so viele Seiten an ihm. Vielleicht war das der Grund, warum sie sich so sehr zu ihm hingezogen fühlte.

Alan bewegte sich, zog sie enger an sich. Er konnte immer noch die Flutwellen der Erregung, der Leidenschaft fühlen, all der namenlosen Empfindungen, die ihn überschwemmt hatten. Shelby war noch immer ein Teil von ihm. Sie war die Erfüllung all seiner Träume – ein Zauber, unerklärlich und wunderbar.

Träge und besitzergreifend zugleich fuhr er mit der Hand über ihren Rücken.

»Mmm … noch einmal«, murmelte Shelby.

Er lachte in sich hinein und streichelte ihren Rücken, bis Shelby nahe dran war, vor Genuss zu schnurren. »Shelby …« Als Antwort seufzte sie nur und schmiegte sich noch enger an ihn. »Shelby, da ist etwas unter meinen Füßen – etwas Warmes und Weiches.«

»Mm-hmm.«

»Wenn es dein Kater ist, dann atmet er nicht mehr.«

»MacGregor.«

Er küsste sie auf die Stirn. »Wer?«

Sie lachte unterdrückt gegen seine Schulter. »MacGregor«, wiederholte sie. »Mein Schwein.«

Einen Augenblick lang herrschte Schweigen. »Wie bitte?«

Es klang so trocken und ernst, wie er die Frage stellte, dass Shelby hell auflachen musste. »Oh, sag das noch einmal. Ich liebe es, wie du das sagst.« Weil sie sein Gesicht sehen wollte, glitt sie über Alan hinweg, griff nach den Streichhölzern auf ihrem Nachttisch und zündete eine Kerze an. »MacGregor«, sagte sie und küsste Alan noch ganz schnell, ehe sie auf das Fußende ihres Bettes wies.

Alan musterte die lächelnde Schnute eines Ferkels. »Du hast ein ausgestopftes Stoffschwein MacGregor genannt?«

»Aber Alan! Spricht man so von diesem süßen, zarten Geschöpf?« Ein neuer Heiterkeitsausbruch überwältigte Shelby, sie brach förmlich mit einem Lachkrampf über Alan zusammen. »Ich habe ihn getauft und ihm diesen Platz angewiesen, weil er der einzige MacGregor sein sollte, der sich in mein Bett schmuggeln darf, verstehst du?«

»Unglaublich.« Alan griff in Shelbys zerzaustes Haar und zog ihren Kopf hoch, damit sie ihn ansehen musste. »Nennst du mein angestrengtes Liebeswerben einschmuggeln?«

»Du wusstest doch ganz genau, Senator, dass ich auf die Dauer gegenüber Luftballons und Regenbögen machtlos bin.« Das Kerzenlicht flackerte schmeichelnd über ihr Gesicht. »Es war mein fester Wille, deinem Charme nicht zu erliegen. Ich weiß immer noch nicht, wie das hier möglich war.«

Alan ergriff ihre Hand und küsste sie. »Du meinst … dass wir uns geliebt haben?«

»Nein.« Shelby blickte ihm in die Augen und sagte leise: »Dass ich dich liebe.«

Mit beiden Händen hielt Alan sie fest. »Wiederhol das bitte.«

»Ich liebe dich.«

Fast unhörbar hatte sie die Worte geflüstert, doch in Alans Ohren tönten sie laut. Er zog Shelby an sich, so fest und hart, dass es sie fast schmerzte. Aber sie ließ es glücklich geschehen.

»Seit wann?«, fragte er.

»Wann?« Die muskulösen Arme hielten sie wie ein Schraubstock. Shelby überlegte. »Irgendwann zwischen der Write'schen Terrasse und dem Moment, als ich den Korb mit den Erdbeeren geöffnet habe.«

»Das hat aber sehr lange gedauert. Ich brauchte dich nur anzusehen.«

Shelby wusste, dass Alan die Wahrheit sagte. Zu lügen oder zu übertreiben war nicht seine Art. Sie nahm sein Gesicht zwischen ihre beiden Hände. »Wenn du mir das vor einer Woche gesagt hättest oder gestern noch, hätte ich dich für verrückt gehalten. Vielleicht bist du es auch, doch das macht nichts.« Langsam und innig küsste sie Alan auf den Mund. »Es ist so schön mit dir.« Ihre Künstlerhände betasteten die Umrisse von Alans Kopf, glitten tiefer über seinen Hals auf Schultern und Brust. Shelby hätte ihn aus der Erinnerung heraus modellieren können. Ihre Fingerspitzen befühlten ihn so lange, bis Alan es nicht mehr aushalten konnte und sie in die Arme nahm.

»Kann ich dir etwas gestehen, ohne dass du eingebildet wirst?«, fragte sie.

»Wahrscheinlich nicht.« Alans Stimme klang heiser, Shelbys Berührung hatte ihn erregt. »Ich fühle mich immer sehr geschmeichelt, wenn man mir ein Kompliment macht.«

»Damals in der Werkstatt«, begann sie zögernd, »als ich dein Hemd ruinierte und du es auszogst … weißt du noch? Und als ich mich dann umdrehte und sah, wie du mit nacktem Oberkörper dastandest … In dem Augenblick hätte ich dich liebend gern angefasst, so wie jetzt.« Wieder glitten ihre Handflächen über Alans Körper. »Und beinahe hätte ich es auch getan.«

Alan fühlte, wie sein Herz klopfte und sein Begehren weiter angefacht wurde. »Sicher würde ich mich nicht sonderlich gewehrt haben.«

»… und hättest auch kaum eine Chance dazu gehabt.« Shelby hörte nicht auf, Alan durch ihre Liebkosungen zu erregen. »So wie jetzt.« Sie lachte verführerisch. »Ein MacGregor wird sich immer einem Campbell unterwerfen!«

Alan wollte mit einer passenden Bemerkung entgegnen, doch in diesem Augenblick erreichten Shelbys Finger seine Schenkel. Als Politiker kannte er zwar den Wert einer Debatte, wusste aber auch, dass Worte gelegentlich fehl am Platze waren. So ging die erste Runde an Shelby.

Noch immer war das monotone Geräusch des Regens zu hören. Doch der flackernde Kerzenschein war neu. Shelbys Körper betrachten zu können und ihr Gesicht zu sehen war für Alan unerhört reizvoll und wunderschön. Sie schloss ihre Augen, als die Leidenschaft neu aufflammte.

Alan beugte sich über Shelby. Er genoss jede Sekunde der Zärtlichkeit, war nicht mehr in Eile, sondern trieb ihr Begehren an zu immer heftigerem Verlangen. »Wir MacGregors haben auch unsere Methoden«, wisperte er in ihr Ohr, »um mit einem Campbell fertig zu werden.«

Ein tiefer Seufzer zeigte Alan, dass Shelby mit diesen Methoden nicht unzufrieden war. Sie zitterte, als er in sie eindrang. Er nahm sie langsam, hörte, wie sie schwer atmete, presste seine Lippen auf ihren Mund und nahm die ganze Süße auf, die sie nur zu willig war, ihm zu geben.

8. Kapitel

Wenn Shelby an trüben Samstagen zur gewohnten Zeit aufwachte, zog sie sich meist die Decke wieder über den Kopf und schlief weiter. Als sie an diesem Morgen Alans warmen Körper neben sich spürte, schickte sie sich an, dasselbe zu tun. Sie kuschelte sich an ihn und schloss ihre Augen wieder. Doch da begann Alan ihren Rücken zu streicheln, und daraus ließ sich unschwer erkennen, dass er andere Pläne hatte.

»Bist du wach?«, fragte er leise. »Oder soll ich dich wecken?«

Shelby murmelte eine unverständliche Antwort.

»Du hast dich also noch nicht entschieden«, sagte er und begann systematisch damit, ihren Entschluss zu beeinflussen. »Vielleicht kann ich dir behilflich sein, deine Wünsche zu erkennen.«

Langsam begann Alan Shelby zu küssen und zu liebkosen, dabei genoss er ihre noch verschlafene Reaktion. Es erschien ihm selbst unwahrscheinlich, dass er sie nach der leidenschaftlichen Nacht auch heute Morgen noch so fieberhaft begehren konnte. Aber ihre Haut war so warm und so weich – wie auch ihr Mund. Shelby bewegte sich träge unter ihm. Er fühlte ihren beschleunigten Puls.

Shelby schien zufrieden zu sein, dass Alan ihren Körper zärtlich berührte und erforschte, ganz nach seinem Belieben, und nur ihr Seufzen und ihr leises Aufstöhnen zeigten ihm an, wie sehr ihr das alles gefiel. Der Morgen wurde zum Tag … doch sie hatten ja Zeit.

Sie liebten sich zärtlich und verträumt, von der ersten Berührung bis zum letzten atemlosen Kuss.

»Ich denke«, sagte Shelby, während Alan seinen Kopf zwischen ihre Brüste schmiegte, »dass wir im Bett bleiben sollten, bis der Regen aufhört.«

»Das wäre viel zu früh«, protestierte Alan. »Oder musst du deinen Laden aufschließen?«

Shelby gähnte und strich mit den Fingern über die Muskeln seines Rückens. »Glücklicherweise nicht. Samstags macht Kyle das. Wir können ungestört weiterschlafen.«

»Leider nicht bis in alle Ewigkeit«, bedauerte Alan und hauchte ihr einen leichten Kuss auf die Schulter. »Ich bin zum Mittagessen verabredet und muss für Montag ein paar Akten durchsehen.«

Natürlich, dachte Shelby und unterdrückte einen bitteren Seufzer. Für einen Mann wie Senator MacGregor ist der Sonnabend ein normaler Arbeitstag. Sie schaute zur Uhr und stellte dankbar fest, dass es noch früh war. Trotzdem lief ihnen die Zeit schon davon. »Wir haben immerhin noch ein paar Stunden«, sagte sie leise.

»Wie steht's mit Frühstück?«

Shelby überlegte und entschied schließlich, dass ihre Trägheit größer war als der Hunger. »Kannst du kochen?«, fragte sie.

»Nein.«

Sie runzelte die Stirn, packte Alan an den Ohren und zwang ihn, ihr in die Augen zu sehen. »Überhaupt nicht? An einem Mann, dessen Politik immer die Interessen der Frauen herausstreicht, finde ich das besonders chauvinistisch.«

Alan brachte es fertig, auch in dieser Lage ein höchst würdevolles Gesicht zu machen. »Du hast wahrscheinlich auch keine Ahnung von der Kochkunst, oder?«

Shelbys Wahrheitsliebe siegte. »Nur wenig«, gab sie zu.

»Für jemanden mit einem so gesegneten Appetit ist das erstaunlich.«

»Ich esse sehr oft im Restaurant. Und wie löst du das Problem?«

»McGee kocht für mich.«

»McGee?«

»Er ist das, was man ein Familien-Faktotum nennen könnte.« Alan drehte eine weiche, lange Locke von Shelbys Haar um seine Finger. »Er war schon bei uns Butler, als ich noch nicht auf den Tisch gucken konnte, und er bestand darauf, mich hierher nach Washington zu begleiten.« Alans Gesichtsausdruck zeigte, wie sehr er an dem treuen Mann hing. »Ich bin schon immer sein Liebling gewesen.«

»Wie kam das?«

»Wenn ich nicht so bescheiden wäre, würde ich es damit erklären, dass ich stets wohlerzogen, ausgeglichen und unkompliziert war. Meine Eltern hatten kaum Ärger mit mir.«

»Lügner!« Shelby ließ sich nichts vormachen. »Woher hast du das gebrochene Nasenbein?«

Alan lachte. »Rena hat mich geboxt.«

»Deine Schwester?« Shelby brach in Lachen aus. »Die Casinobesitzerin, nicht wahr? Oh, das gefällt mir!«

Mit zwei Fingern der rechten Hand erwischte Alan Shelbys Nase und kniff sie liebevoll. »Es hat aber damals ziemlich wehgetan.«

»Kann ich mir vorstellen.« Shelby hatte sich noch immer nicht beruhigt und erkundigte sich mit vergnügtem Lachen: »Hat sie dich öfter verhauen?«

»Schon die Frage ist eine Beleidigung«, erwiderte Alan mit Würde. »Natürlich konnte sie mich nicht schlagen. Caine prügelte sich mit ihr. Er hatte sie wegen eines Jungen geneckt, dem sie angeblich schöne Augen machte. Ich wollte beide auseinanderbringen, geriet in die Feuerlinie und erwischte ein direktes, volles Ding.«

Shelby erstickte fast vor Lachen.

»Damals erkannte ich«, setzte er hinzu, »dass meist die neutrale Partei das Nachsehen hat.«

Shelby wischte sich die Lachtränen aus den Augenwinkeln. »Ich bin sicher, dass es ihr mächtig leidtat«, sagte sie.

»Nur anfangs, wenn ich mich recht erinnere. Als die Blutung gestillt war und ich nicht mehr drohte, sie und Caine umzubringen, war ihre Reaktion so ähnlich wie jetzt deine.«

»Wie gefühllos! Armes Baby.« Sie küsste sein Gesicht und besonders seine Nase. »Dafür tue ich Buße, indem ich das Frühstück übernehme. Wie findest du das?«

Mit erstaunlicher Energie sprang Shelby aus dem Bett, zog einen herumliegenden Morgenmantel über und warf Alan seine Hose zu. »Eigentlich könntest du dich um den Kaffee kümmern«, schlug sie vor. »Ich forsche nach den anderen Vorräten.«

»Sehr vielversprechend klingt das nicht.«

»Du bist vorlaut. Warte doch erst einmal ab.«

Auf dem Weg zur Küche kamen sie durch den Wohnraum. Moische lag auf dem Sofa und schenkte ihnen keinerlei Beachtung. »Er schmollt noch immer«, seufzte Shelby. »Jetzt muss ich ihm Hühnerleber kaufen oder etwas Ähnliches.« Shelby zog den Wassernapf aus Tante Emmas Käfig. »Er ist schon ein launischer Kater, nicht wahr?«, fragte sie den Papagei. Tante Emma knackte nur mit dem Schnabel.

»Offensichtlich ist sie mit dem falschen Fuß aufgestanden«, vermutete Alan.

»Nein, nein, wenn sie das macht, ist sie guter Laune«, sagte Shelby. »Gib ihr bitte zu trinken, bevor du den Kaffee kochst.« Dabei drückte sie ihm den Napf in die Hand.

Im nächsten Augenblick war Shelby verschwunden und kam nur einen Moment später mit der Zeitung zurück. »Die Präsidentenreise in den Mittleren Osten macht immer noch Schlagzeilen. Fährst du gern in der Welt herum, Alan?«

Er ahnte den doppelten Sinn hinter Shelbys harmlos klingender Frage und bemühte sich um eine wohlausgewogene Antwort. »Manchmal macht es mir Freude«, sagte er schließlich. »Andere Reisen sind nur einfach Notwendigkeit. Natürlich kann ich mir nicht immer aussuchen, wann und wohin ich fahre.«

Shelby verdrängte die düsteren Gedanken, die ihr durch den Kopf schossen. Sie öffnete den Eisschrank und inspizierte den bescheidenen Inhalt. »Aha!«, rief sie fröhlich. »Wir haben hier einen Viertelliter Milch, einen Rest Nasigoreng, ein sehr kleines Stück Ziegenkäse, eine halbe Packung Feigen und ein Ei.«

Alan schaute über Shelbys Schulter auf diese Herrlichkeiten. »Nur ein einziges Ei?«, fragte er.

»Ja.« Shelby kaute nachdenklich auf ihrer Unterlippe. »Wir müssen alle Möglichkeiten abwägen.«

»Die beste davon wäre das Restaurant um die Ecke«, schlug Alan vor.

»Der Mann hat keine Fantasie«, murmelte Shelby und überlegte, wie sie aus den vorhandenen Resten ein Frühstück zaubern könnte. »Warte mal … Brot müsste auch noch da sein. Lass mich mal nachsehen.«

In der Tat: Im Geschirrschrank fanden sich fünf Scheiben Brot, wenn man die zwei Endstücke mitrechnete. »Wir könnten sie rösten«, sagte Shelby begeistert. »Es sind genau zweieinhalb Toaste für jeden.«

Alan nickte zustimmend. »Die Enden nimmst du.«

»Es wird gerecht verteilt«, entschied sie.

Einige Minuten beschäftigten sich beide in kameradschaftlicher Arbeitsteilung: Alan setzte den Kaffee auf, und Shelby rührte Ei und Milch mit einem Schneebesen zusammen. Dann suchte sie eine Pfanne und fand dabei unter anderem ein Notizbuch mit losen Blättern. »Also hier ist das«, murmelte sie sichtlich erfreut.

Alan hatte Shelbys Bemühungen interessiert verfolgt. »Darf ich meinen Vorschlag bezüglich des Restaurants noch einmal wiederholen?«, fragte er. Sein Blick streifte den tief ausgeschnittenen Bademantel, der viel Busen zeigte und noch mehr Bein. »Du müsstest dich allerdings wärmer anziehen.«

Shelby lächelte ihm aufreizend zu und schob den Stoff noch weiter zur Seite. Als Alan einen Schritt näher kam, steckte sie rasch das Brot in den Röster. »Bringst du bitte Teller?«, fragte sie mit Unschuldsmiene.

Alan fand tatsächlich welche, trat hinter Shelby und küsste sie aufs Ohr. Die erzielte Wirkung gefiel ihm.

»Was verbrennt, musst du essen«, warnte sie ihn.

Er lachte und stellte die Teller auf den Tisch. »Hast du Marmelade?«

Shelby rieb sich nachdenklich mit dem Handrücken die Nase. »Magst du keinen Sirup?«

»Nein.«

Sie zuckte mit den Schultern und legte das Brot in einen Korb. »Heute musst du eben mal damit vorliebnehmen.« Nach mehreren vergeblichen Versuchen entdeckte sie die Sirupflasche.

»Viel mehr als ein Esslöffel voll ist da auch nicht drin«, stellte Alan fest.

»Das macht eineinhalb Teelöffel für jeden«, sagte Shelby, nahm sich ihren Anteil und reichte Alan den Rest. »Ich vergesse immer, was einzukaufen ist«, entschuldigte sie sich.

Alan schüttelte die letzten Tropfen aus der Flasche. »Es stehen sechs verschiedene Dosen mit Katzenfutter im Regal«, stellte er fest.

»Moische wird ärgerlich, wenn er nicht aussuchen darf.«

Alan kaute und fand das Frühstück gar nicht so schlecht. »Wie ist es nur möglich, dass eine so willensstarke Person wie du sich von einer übellaunigen Katze tyrannisieren lässt?«

Shelby zuckte nur mit den Schultern und aß weiter. »Wir alle haben unsere Schwächen«, erwiderte sie schließlich. »Außerdem ist er als Untermieter höchst angenehm. Er lauscht nicht, wenn ich telefoniere, und borgt sich meine Kleider nicht aus.«

»Sind das notwendige Voraussetzungen?«

»Wichtig ist das auf jeden Fall.«

Alan sah Shelby, die inzwischen ihre Frühstücksportion in Rekordzeit verspeist hatte, eindringlich an. »Wenn ich versprechen würde, weder das eine noch das andere zu tun, wärst du dann einverstanden, mich zu heiraten?«

Shelby, die gerade ihre Tasse zum Mund führte, erstarrte. Zum ersten Mal, seit Alan sie kannte, war sie vollkommen sprachlos. Sie setzte den Kaffee unberührt auf den Tisch zurück und fixierte die braune Flüssigkeit, während ihr hundert verschiedene Gedanken durch den Kopf rasten, die alle überschattet waren von dem Gefühl nackter Angst.

»Shelby?«

Sie schüttelte den Kopf und stand auf. Ihr Besteck und der Teller flogen klappernd in den Spülstein. Sie schwieg, traute sich noch nicht zu sprechen. Wenn sie jetzt den Mund öffnete, würde sie Ja sagen, und davor fürchtete sie sich am meisten. Ihr Herz war schwer und tat weh. Langsam atmete sie aus, lehnte sich an das Fensterbrett und blickte hinaus in den Regen. Als sie Alans Hände auf ihren Schultern fühlte, schloss sie die Augen.

Warum war ich darauf nicht vorbereitet? Für einen Mann

wie Alan ist Heirat die logische Konsequenz einer Liebe. Und Kinder haben, eine eigene Familie … will ich das nicht auch? Warum würde ich sonst so gern zustimmen, jetzt sofort? Aber kann ich mir mit Alan diese Zukunft wünschen? Heute schon steht »Senator« vor seinem Namen, und dabei wird es nicht bleiben, er strebt noch höhere Titel an.

»Shelby!« Seine Stimme klang weich und gleichzeitig ungeduldig. »Ich liebe dich. Du bist die einzige Frau, die ich haben möchte, mit der ich mein Leben teilen will. Ich möchte morgens mit dir zusammen aufwachen, so wie heute. Ich brauche dich.«

»Ich dich auch, Alan.«

Er drehte sie zu sich herum, und sie sahen einander in die Augen. In seinem Blick lag wieder die Ernsthaftigkeit und die Anständigkeit, die ihr von Anfang an gefallen hatten. »Dann heirate mich«, sagte er.

»Es klingt so einfach, wie du das sagst …«

»Nein«, unterbrach er sie, »nicht einfach – notwendig, lebensnotwendig ist es. Aber einfach wird es sicher nicht.«

»Lass mir Zeit.« Shelby schlang die Arme um Alans Nacken und drängte sich an ihn. »Bitte frag mich heute noch nicht. Wir sind zusammen, und ich liebe dich. Lass das genug sein – vorläufig.«

Alan wollte drängen, doch sein Instinkt gebot Vorsicht. Wie verwundbar Shelby trotz ihrer sonst so unbekümmerten Art war, hatte er an ihrem flehenden Blick gesehen. Er musste Geduld haben, durfte sich nicht einfach über ihre Empfindungen hinwegsetzen.

»Morgen ist es mir noch genauso ernst wie heute«, murmelte er und strich über Shelbys Haar, »und im nächsten Jahr auch. Ich liebe dich, und ich verspreche, dass ich warte und dich erneut frage. Aber ich kann dir nicht versprechen, dass ich damit so lange warten werde, bis du bereit bist, mir zu antworten.«

»Das musst du auch nicht.« Shelby legte ihre Hände an Alans Gesicht. »Keine Versprechen! Lass uns die Gegenwart genießen, das verregnete Wochenende, das uns allein gehört. Wir brauchen doch nicht an morgen zu denken, wenn wir heute beisammen sind. Fragen lassen wir für später.«

Als sie ihn küsste, fühlte Shelby die Liebe zu Alan wie eine heiße Welle durch ihren Körper strömen. Gleichzeitig aber hatte sie Angst. »Komm zurück ins Bett, Alan, nimm mich in die Arme, dann gibt es nichts anderes mehr, nur dich und mich.«

Alan fühlte Shelbys Verzweiflung, obwohl er nicht verstehen konnte, wovor sie sich fürchtete. Ohne ein weiteres Wort hob er sie auf und trug sie zurück ins Schlafzimmer.

»Ich kann immer noch absagen, wenn du es willst.« Alan ließ den Wagen vor seinem Haus langsam ausrollen.

»Aber warum? Es macht mir wirklich nichts aus, mit dir hinzugehen.« Shelby lehnte sich zu Alan hinüber, gab ihm einen schnellen Kuss und stieg aus. Der Regen hatte sich in nieselnden Nebel verwandelt, kleine Wasserperlen blieben auf ihrem kurzen Samtjäckchen hängen. »Solche Essen mit Tanz können recht amüsant sein, auch wenn es sich dabei um verkappte politische Angelegenheiten handelt.«

Alan war neben Shelby getreten, hob ihr Kinn und revanchierte sich für ihre Zärtlichkeiten. »Wahrscheinlich würdest du überallhin gehen, wo es etwas zu essen gibt.«

»Ein Ansporn ist es jedenfalls.« Shelby hakte sich bei Alan ein, und sie gingen zusammen zum Eingang. »Während du dich umziehst, kann ich in deiner Behausung ein bisschen herumschnüffeln.«

»Für deinen Geschmack ist sie vielleicht etwas nüchtern.«

Shelby knuffte ihn freundlich. »Hauptsache, du selbst bist es nicht.«

»Meiner Meinung nach wäre ein Abend zu Hause weitaus anregender«, meinte Alan und schloss die Tür auf.

»Ich würde mich eventuell überreden lassen.« Shelby drehte sich im Flur um und lehnte sich eng an Alan. »Wenn es die Mühe wert ist, solltest du es versuchen.«

Bevor Alan aktiv werden konnte, erklang ein steifes, leises Räuspern. McGee stand wie ein Baum neben der Tür zum Salon. Sein langes runzliges Gesicht war ausdruckslos, aber Alan spürte fast körperlich die Wellen der Missbilligung, die von dem alten Butler ausgingen.

Beinahe hätte er laut geseufzt. Seit seinem sechzehnten Lebensjahr kannte er diese Haltung. McGee war der personifizierte Vorwurf, wenn sein Herr zu spät oder in nicht ganz nüchternem Zustand nach Hause kam.

»Sie hatten mehrere Anrufe, Senator.«

Ein Lächeln zuckte kurz um Alans Mundwinkel. Das förmliche »Senator« wurde stets im Beisein fremder Personen angewandt.

»Irgendetwas Dringendes, McGee?«, fragte er in gleichem Ton zurück.

»Nichts Dringendes, Senator.« Zu Shelbys größtem Entzücken rollte McGee sein schottisches R besonders stark, so als wolle er seinen Worten noch zusätzlich Nachdruck verleihen.

»Dann befasse ich mich später damit. Shelby, das ist McGee. Er ist seit meiner Kindheit in unserer Familie.«

»Hallo, McGee.« Shelby ließ unbefangen Alans Arm los, ging zu dem Butler hin und reichte ihm die Hand. »Stammen Sie aus dem Hochland?«

»Ja, Ma'am. Aus Perthshire.«

Shelbys lächelndem Charme konnte so leicht niemand widerstehen, nicht einmal diese knorrige schottische Eiche. »Mein Großvater kam aus Dalmally. Kennen Sie diese Gegend?«

»Oh ja!« Alan beobachtete, wie McGees Augen glänzten. »Das Land ist es wert, dass man es zweimal betrachtet.«

»Da bin ich ganz Ihrer Meinung. Allerdings bin ich seit meinem siebten Lebensjahr nicht mehr dort gewesen. Besonders an die Berge erinnere ich mich gut. Fahren Sie manchmal nach Hause?«

»Jedes Jahr im Frühling, wenn die Heide blüht. Nichts ist schöner, als im Juni durch blühende Heide zu wandern.«

Das sind die längsten und romantischsten Sätze, die ich jemals aus McGees Mund einem Fremden gegenüber gehört habe, dachte Alan. Aber es wundert mich kein bisschen. »McGee, würden Sie bitte den Tee für Miss Campbell inzwischen im Salon servieren?«, bat er den Butler. »Ich muss mich umziehen.«

»Campbell?« McGees steinernes Gesicht zeigte mehr als Überraschung, als er von Alan zu Shelby blickte. »Campbell!« Er hatte Mühe, seine Haltung zu wahren. »Das wird noch allerhand Aufruhr geben«, murmelte er in sich hinein. Nach dieser unheilvollen Prophezeiung drehte er sich um und verschwand.

»Du hast ihm eine überaus beachtliche Rede entlockt«, sagte Alan, während er Shelby durch das Haus führte.

»Was ist erstaunlich daran?«

»Liebling, für McGee war das ein längerer Vortrag.«

»Ach ja? Ich mag ihn. Vor allem hat mir seine Art gefallen, wie er dich wortlos gescholten hat, weil du letzte Nacht nicht heimgekommen bist.«

Shelby vergrub ihre Hände tief in den Taschen ihres weiten Rockes und sah sich aufmerksam um. Mit geschickt verteilten Höhepunkten und Unterbrechungen wirkte der Salon ruhig und ausgeglichen. Alles passte haargenau zu Alans Persönlichkeit.

Ihr fiel die jadegrüne Schale ein, die sie am Tag nach ihrer ersten Begegnung mit Alan geformt hatte. Hier muss sie stehen, überlegte Shelby. Ich werde sie Alan geben. Wie seltsam, dass ich etwas gemacht habe, was für seine Umgebung perfekt ist. Warum gilt das nicht auch für mich?

Vorerst verdrängte sie jedoch dieses Problem, wandte sich zu Alan und schaute ihn liebevoll an. »Mir gefällt es hier.«

Die einfache Feststellung überraschte ihn. Klare Aussagen hatten bei Shelby Seltenheitswert. Normalerweise wären mindestens ein paar doppelsinnige witzige Kommentare zu erwarten gewesen. »Und ich freue mich, dass du jetzt bei mir bist«, entgegnete er ruhig.

Shelby wünschte sich in diesem Moment, Alan würde sie festhalten und ihr versprechen, dass es so immer bleiben könnte, dass nichts ihr Glück plötzlich zerstören würde …

Ohne sich von diesem Gefühl etwas anmerken zu lassen, berührte sie leicht Alans Wange, und ihr Ton klang unbefangen, als sie ihn mahnte: »Du musst dich umkleiden, Senator. Je eher wir dort eintreffen, desto rascher können wir wieder verschwinden.«

Alan küsste Shelbys Handfläche. »Deine Logik begeistert mich. Ich bin schon auf dem Weg.«

Als sie allein war, schloss Shelby gequält die Augen. Worauf hatte sie sich eingelassen! Wie war es möglich, einen Mann so sehr zu lieben und zu brauchen, wenn der Verstand immer wieder warnte und die drohende Gefahr in deutlichen Linien anzeigte? Tu es nicht! sagte der Verstand. Sei vorsichtig und denk zurück an damals!

Ganz abgesehen von der nebelhaften Furcht vor einem Zusammenleben mit Alan gab es ein Dutzend guter, vernünftiger Gründe, warum sie beide überhaupt nicht zusammenpassten. Shelby konnte alle aufzählen, wenn Alan nicht in ihrer Nähe war.

Dazu gehörte zum Beispiel die unterschiedliche Lebensweise, die sich in seiner und in ihrer häuslichen Umgebung widerspiegelte. Hier, in Alans Haus, herrschte eine grundsätzliche Ordnung. Es war in einem vornehm-schlichten Stil eingerichtet, den Shelby bewunderte. Aber es war nicht ihr Stil. Ihre Wohnung war ein künstlerisches Chaos, und das lag nicht etwa daran, dass sie zu faul oder zu gleichgültig gewesen wäre, um Ordnung zu schaffen, sondern weil es ihr gefiel und sie sich darin wohlfühlte.

Bei Alan spürte sie angeborene Güte, die sie bei sich nicht entdecken konnte. Er war tolerant, und das konnte sie von sich bestimmt nicht behaupten. Er richtete sich nach Tatsachen und wohldurchdachten Theorien. Für Shelby waren Vorstellungskraft und Möglichkeiten maßgebend.

Es ist wirklich wie verhext, dachte sie und fuhr sich mit der Hand durchs Haar. Wie können sich zwei Menschen mit derart wenigen Gemeinsamkeiten so sehr lieben?

Ich hätte vor ihm fliehen müssen, sagte sie sich. Noch in derselben Minute, als ich ihn zum ersten Mal erblickte, hätte ich wie ein Hase davonrennen müssen, so schnell und so weit wie möglich. Aber was hätte es mir genützt? Shelby lachte bitter auf, während sie auf dem weichen Teppich hin und her wanderte. Er hätte mich aufgespürt und wie in der Fabel von dem Hasen und dem Igel in aller Ruhe genau an der Stelle auf mich gewartet, wo ich schließlich atemlos und erschöpft zusammengebrochen wäre.

»Ihr Tee, Miss Campbell.«

Shelby drehte sich um, als McGee den Salon betrat. Das Porzellan auf dem Tablett in seinen Händen war so schön, dass sie es berühren musste. »Meißen«, sagte sie begeistert, hob eine der zierlichen, wunderhübsch bemalten Tässchen auf und las laut vor: »Johann Böttger. Frühes siebzehntes Jahrhundert … Traumhaft!« Sie studierte die Schale wie eine Kunststudentin ein Meisterwerk. Ihrer Meinung nach standen viel zu viele

Dinge einsam hinter Glas in den Museen, man sollte Gebrauch von ihnen machen und sich daran freuen. »Johann Böttger hat niemals sein Lebensziel erreicht«, sagte sie leise, »die orientalische Perfektion der farbigen Muster. Aber was hat er doch bei seinen Versuchen für prächtige Sachen geschaffen.«

McGee beobachtete Shelbys Begeisterung mit gemischten Gefühlen. Shelby merkte, dass er sie misstrauisch angesehen hatte. Belustigt stellte sie die Tasse auf das Tablett zurück.

»Tut mir leid, McGee, meine Vorliebe für Ton hat mich mitgerissen.«

»Ton, Miss?«

Behutsam klopfte Shelby mit dem Finger an das Geschirr. »Das Ausgangsmaterial ist immer gleich – ein Klumpen verschiedenartigen Schmutzes.«

McGee beschloss, sich nicht weiter auf diese Definition einzulassen. »Vielleicht sollten Sie auf dem Sofa Platz nehmen, Miss Campbell.«

Shelby tat es und beobachtete interessiert, wie geschickt er mit seinen kräftigen Händen das Geschirr anordnete.

»McGee, ist Alan schon immer so unbesiegbar und ruhig gewesen?«

»Ja, Miss.« Die Antwort kam spontan. Shelby hatte die rechten Worte für Alan gefunden.

»Das habe ich befürchtet.« Shelby sagte es fast unhörbar.

»Wie bitte, Miss?«

Gedankenverloren sah Shelby auf. »Oh, nichts. Überhaupt nichts. Vielen Dank, McGee.«

Sie nippte an ihrem Tee. Warum habe ich ihn gefragt? Ich wusste es doch genau. Alan wird immer gewinnen, wenn er sich auf eine bestimmte Sache konzentriert. Deshalb fürchte ich mich ja so.

»Woran denkst du?« Alan war lautlos eingetreten und hatte

Shelby schon eine Weile betrachtet. Wie hübsch sie aussah, wie sie da so sinnend auf dem Sofa saß.

Shelby blickte auf. »Oh, du hast dich ja beeilt«, lobte sie ihn lächelnd und überging seine Frage. »Ich fürchte, meine Bewunderung für dein Teeservice war McGee unheimlich. Hoffentlich denkt er nicht, ich hätte die Absicht, einige Teile in meine Tasche gleiten zu lassen.« Sie stand auf und betrachtete Alan mit Wohlgefallen. »Bist du bereit, deinen Charme zu verstreuen und einen ehrenwerten Eindruck zu machen? Vom Äußeren her könnte man es jedenfalls annehmen.«

Alan hob die Augenbrauen. »Ich kann den Verdacht nicht loswerden, dass in deinem Vokabular ›ehrenwert‹ ganz dicht neben ›langweilig‹ steht.«

»Aber nein«, entgegnete Shelby lachend, während sie zur Tür gingen. »Dazwischen ist noch reichlich Platz. Ich werde dich anstoßen, wenn du dich dem ›Langweilig‹ nähern solltest.«

Alan legte die Arme um Shelbys Taille und zog sie an sich. »Während der vergangenen Stunde plus dreiundzwanzig Minuten haben wir uns nicht geküsst.« Langsam und genussvoll holte er das Versäumte nach. »Ich liebe dich«, flüsterte er, und seine Berührungen wurden temperamentvoller. »Mit wem du heute Abend auch tanzen wirst, denk immer an mich.«

Atemlos öffnete Shelby die Augen. In Alans Blick sah sie die tiefe, schlummernde Leidenschaft, der sie nicht zu widerstehen vermochte. Er würde sie einfach verschlucken, mit Haut und Haar und Seele. Er besaß die Kraft dazu.

»Heute Nacht«, flüsterte sie fast unhörbar, »ganz gleich mit wem du tanzt, sollst du nur nach mir Sehnsucht haben.« Sie legte ihren Kopf an Alans Schulter.

Ein antiker geschliffener Spiegel warf ihr Bild zurück. Da stand Alan, schlank und groß, formell gekleidet in dunklem Anzug. In seinen Armen wirkte Shelby zerbrechlich und unkonventionell mit ihrer knappen Jacke und dem üppig bestickten Seidenrock. »Schau mal dorthin, Alan.« Sie wies auf den Spiegel. »Was sagst du zu diesem Paar?«

»Wunderhübsch siehst du aus«, stellte er fest. »Ich habe Angst, dich anderen Männern vorzustellen. Das Bild zeigt mir zwei Menschen. Es sind sehr verschiedene Typen, doch sie passen außerordentlich gut zusammen.«

Er hat meine Gedanken erraten, dachte Shelby. Dann neckte sie ihn: »Würde nicht eine kühle Blondine im klassischen kleinen Schwarzen sehr viel vorteilhafter neben diesem eleganten Herrn wirken?«

Alan schien einen Moment über ihre Frage nachzudenken. »Weißt du«, meinte er schließlich, »eben hörte ich zum ersten Mal aus deinem reizvollen Mund etwas ungemein Törichtes.«

Shelby suchte seinen Blick im Spiegel, sah den kaum interessierten, leicht versnobten Ausdruck seines Gesichts und musste hell auflachen. »Na warte!«, rief sie. »Für diese Bemerkung werde ich mich revanchieren. Niemand wird mich wiedererkennen, so hoch will ich meine Nase tragen.«

»Gütiger Himmel – bewahre mich davor!«, protestierte Alan mit gut gespieltem Entsetzen und schob Shelby aus der Tür.

Geschickte Beleuchtung, funkelndes Kristall, schneeweiße Damasttücher und schimmerndes Silber gaben der Gesellschaft Atmosphäre. Shelby saß an einem von mehreren großen runden Tischen. An ihrer linken Seite hatte Alan Platz genommen und das Oberhaupt des Komitees für Verkehrssicherheit an der anderen. Sie ließ sich einen Hummercocktail schmecken und machte mühelos Konversation.

»Wären Sie nicht so stur, Leo«, sagte sie, »dann hätten Sie es längst einmal mit dem Aluminiumschläger versucht. Dadurch dürfte sich Ihr Spiel wesentlich verbessern.«

»Mein Spiel hat sich verbessert.« Der bullige, kahlköpfige Staatsmann drohte mit dem Löffel. »Wir haben ja seit sechs Monaten kein Match zusammen gemacht. Heute würden Sie mich bestimmt nicht in drei Sätzen schlagen.«

Shelby lächelte und nippte an ihrem Mineralwasser. Der nächste Gang wurde serviert. »Vielleicht kann ich nächstens mal ein paar Stunden erübrigen und in den Club kommen.«

»Tun Sie das! Es wäre mir ein Vergnügen, Sie zu besiegen.«

»Dann müssten Sie aber auf Ihre Beinarbeit achten, Leo.« Shelby war bester Laune. Sie dankte ihrem Schicksal, dass Leo ihr Tischnachbar war. Mit ihm ließ es sich leicht und natürlich plaudern. Sie kannte viele Menschen hier, und mit einigen wenigen war sie sehr gern zusammen.

Politische Ambitionen? Sie schwebten durch den Raum wie teures Parfum. Dagegen hatte Shelby nichts einzuwenden. Aber meist gingen damit steife Regeln und Traditionen Hand in Hand, das missfiel ihr. Waren diese auch ein Teil von Alan? Ich habe ihm mein bestes Benehmen versprochen, ermahnte sie sich. Also werde ich mir alle Mühe geben.

»Was macht Ihre Rückhandschwäche?«, neckte sie den Minister.

»Die lassen Sie ruhig aus dem Spiel«, grollte er und lehnte sich nach vorn. »Haben Sie jemals mit dieser Person Tennis gespielt, MacGregor?«

»Bisher noch nicht«, gab Alan zurück.

»Dann möchte ich Sie hiermit warnen. Das Mädchen setzt alles daran, ein Spiel zu gewinnen. Vor dem Alter hat sie auch keinerlei Respekt.« Mit der Gabel unterstrich er seine Worte.

»Ich denke nicht daran, Ihnen einen Vorteil wegen Ihres Alter zu gewähren, Leo«, meinte Shelby leichthin. »Sie rechnen Ihre Jahre doppelt, wenn Sie im Rückstand liegen.«

Er lachte dröhnend. »Sie Schlange! Warten Sie nur, bis wir uns auf dem Platz treffen.«

»Spielen Sie auch gern Tennis, Senator?« Shelbys Augen blitzten Alan herausfordernd an.

»Gelegentlich«, erwiderte er. Seine Teamerfolge aus der Zeit in Harvard würde er ihr nicht auf die hübsche Nase binden.

»An sich könnte ich mir denken, dass Ihnen Schachspielen besser liegt. Ausgefeilte strategische Angriffspläne sind doch gewiss Ihre Stärke«, neckte sie ihn weiter.

Alans Lächeln blieb unbeirrt, als er Shelby zutrank. »Wir sollten einmal zusammen spielen.«

Sie lachte leise. »Das dürften wir schon hinter uns haben.«

Seine Hand glitt über ihren Arm. »Lust auf Revanche?«

Shelbys Blick ließ Alans Herz schneller schlagen. »Lieber nicht, womöglich würdest du diesmal nicht gewinnen«, antwortete sie leise.

Das Essen zog sich in die Länge. Endlich wurden Zigaretten und Zigarren gereicht, und man erhob sich. Alan wäre am liebsten sofort mit Shelby verschwunden, seine Gedanken kreisten unaufhörlich um die Erlebnisse der vergangenen Nacht. Zum ersten Mal in seinem Leben fiel es ihm schwer, sich auf die jeweiligen Gesprächspartner zu konzentrieren.

Shelbys unverkennbare dunkle Stimme drang an sein Ohr. Offensichtlich erklärte sie soeben auf höchst direkte Art einem Abgeordneten, welch wenig schmeichelhafte Meinung sie von einer Anfrage der Opposition hatte. Alan war der gleichen Ansicht, aber … eine gute Diplomatin würde Shelby nie werden. Sie wollte auch keine sein.

Wusste sie eigentlich, wie widersprüchlich sie war? Politiker als Gruppe lehnte sie strikt ab, und dennoch konnte sie sich mit jedem von ihnen auf gleicher Ebene und in deren Ausdrucksweise unterhalten, ohne das geringste Zeichen von

Unbehagen zu zeigen. Falls sie überhaupt Unbehagen dabei verspürt, dachte Alan. Mir sieht es eher so aus, als seien es ihre Gesprächspartner, denen bei Shelbys kritischen Bemerkungen nicht immer ganz wohl ist.

Die blonde Frau dort drüben mochte schöner sein, jene Brünette vielleicht eleganter. Aber man würde sich nach einem solchen Abend stets an Shelby erinnern. Alan beobachtete, wie sich gestandene Politiker um sie drängten, das Gespräch mit ihr suchten. Warum? Er zuckte mit den Schultern. Es gab keine Erklärung dafür, es war einfach so.

Alan fühlte Shelbys Nähe, noch ehe er ihre leise Stimme vernahm. »Möchtest du mit mir tanzen, Senator? Das wäre im Augenblick die einzig mögliche Form, Hand an dich zu legen.«

Er musste sich beherrschen, Shelby nicht sofort in die Arme zu nehmen. Sein Herz klopfte heftig. »Das war Gedankenübertragung«, sagte er in dem gleichen leisen Ton und führte Shelby zur Tanzfläche.

Ihre Körper verschmolzen miteinander, wiegten sich mühelos im Rhythmus der Musik. »Wie gut wir zusammenpassen«, flüsterte Alan in Shelbys Ohr.

Sie legte den Kopf zurück und sah Alan an. »Erstaunlich, denn niemand könnte verschiedener sein als wir beide.« Trotzdem versprach ein Blick ihm die Erfüllung seiner heißen, leidenschaftlichen Wünsche. Ihre Lippen öffneten sich ein wenig, die Hand auf seiner Schulter schob sich vor, und ihre Fingerspitzen berührten seinen Nacken. »Wir dürften eigentlich nicht harmonieren und uns so gut verstehen«, sagte sie fast unhörbar. »Ich begreife nicht, warum das so ist.«

»Du missachtest jegliche Logik, deshalb findest du – logischerweise – auch keine vernünftige Antwort auf deine Frage.«

Shelby lachte, Alans Wortspiel gefiel ihr. »Oh Liebster, du bist viel zu klug für mich.«

»Trotzdem wirst du nicht aufhören, mit mir zu argumentieren.«

»Erraten.« Zärtlich versteckte sie ihr glückliches Gesicht an seiner Schulter. »Du kennst mich viel zu gut, durchschaust mich sofort, das ist gefährlich für mich – und für dich vielleicht auch. Ich fürchte, ich werde dich viel zu sehr lieben.«

Alan erinnerte sich an Myras Worte, als sie Shelbys Gefühle für ihren Vater beschrieb. »Das Risiko gehe ich ein. Und du?«

Shelby machte eine leichte Kopfbewegung, von der weder sie noch Alan wusste, ob sie Zustimmung oder Ablehnung bedeutete.

Der Abend verging langsam. Wenn Alan und Shelby beim Tanzen mit anderen Partnern einander begegneten, kreuzten sich ihre Blicke. Sie tauschten Botschaften aus, die geheim sein sollten. Aber das große Spiel in Washington gelang keinem, der nicht einen sechsten Sinn hatte für Unterströmungen und Heimlichkeiten. An diesem Abend befanden sich sehr viele Experten unter den Gästen, manch einer schmunzelte.

»Mir scheint, Alan«, stellte Leo fest, als Shelby wieder einmal zum Tanzen aufgefordert worden war und die beiden Herren allein am Tisch saßen, »Sie haben im persönlichen Bereich und in Bezug auf Ihr Lieblingsprojekt einige Fortschritte zu verzeichnen.«

Alan drehte sein Highball-Glas in der Hand und setzte eine undurchdringliche Miene auf. »Ein wenig«, sagte er und stellte sich dumm. »Die positiven Meldungen aus Boston sind ermutigend, das gebe ich gern zu.«

»Es wäre für Sie nur günstig«, fuhr Leo unbeirrt fort, »wenn Sie während der laufenden Legislaturperiode den Ball in Bewegung hielten.« Umständlich zündete er sich eine lange, dünne Zigarre an. »Es würde Ihren Rücken mächtig stärken, wenn Sie sich entschließen sollten, Ihren Hut in den Ring zu werfen.«

Alan nahm einen Schluck und beobachtete Shelby dabei. »Für derartige Pläne dürfte es noch zu früh sein, Leo.«

»Nein, und Sie wissen es genau.« Leo blies Rauchringe zur Decke. »Ich selbst habe mich nie an diesem ganz bestimmten Rennen beteiligt«, fuhr Leo fort. Dabei sah er Alan nicht an, und niemand hätte erkennen können, worüber die beiden Männer sprachen. »Aber Sie sollten das tun. Eine Menge Leute würden Sie tatkräftig unterstützen, wenn Sie das Zeichen geben.«

Alan drehte sich zu dem Älteren um. »Ich habe davon gehört ...« Er war vorsichtig in der Wahl seiner Worte. »Und ich erkenne es an. Aber ein solcher Entschluss muss reiflich überlegt werden.«

»Vielleicht kann ich Sie ein wenig beeinflussen, wenn ich offen mit Ihnen spreche, denn von den anderen Leuten, die eventuell für eine Kandidatur infrage kämen, bin ich ganz und gar nicht begeistert.« Leo sprach noch leiser und näher an Alans Ohr. »Ihre Laufbahn ist eindrucksvoll, auch wenn manch einer Sie als ein wenig zu liberal bezeichnet. Sie haben gute Arbeit im Kongress geleistet, und als Senator klappt es noch besser. Ich will nicht in Einzelheiten gehen, momentan ist Ihr Image wichtig.«

Leo zog heftig an seiner Zigarre. »Ihre Jugend ist von Vorteil, dadurch haben wir reichlich Zeit. Ihre Ausbildung war einwandfrei und umfassend, auch die sportlichen Erfolge passen gut hinein. Das Volk mag es, wenn der erste Mann an der Spitze in jeder Beziehung eine gute Figur macht. Der familiäre Hintergrund ist sauber und solide. Auch die Tatsache, dass Ihre Mutter als Chirurgin äußerst erfolgreich ist, kommt Ihnen zugute.«

»Mutter würde sich sehr freuen, das zu hören«, meinte Alan trocken.

»Tun Sie nicht so, als wüssten Sie es nicht selbst. Verständnis für berufstätige Frauen bringt einen ganzen Sack voll an

Wählerstimmen. Ihr Vater ist bekannt dafür, dass er seine eigenen Wege geht, aber fair und ehrlich. Es ist kein Wespennest auf Ihrem Dachboden versteckt.«

»Leo …« Alan drehte das Eis in seinem Glas und sah dem Minister direkt in die Augen. »Wer hat Sie beauftragt, mit mir zu sprechen?«

»Außerdem sind Sie schnell von Begriff.« Der Minister verzog keine Miene. »Wollen wir es mal so nennen: Man hat mich gebeten, das Gespräch mit Ihnen zu suchen.«

»Na schön. Dann möchte ich grundlegend feststellen, dass ich die Möglichkeit nicht ausschließe, mich für das höchste Amt zu bewerben.«

»Sehr gut.« Leo nickte in Shelbys Richtung. »Ich persönlich mag das Mädchen gern. Wird sie aber für Sie von Vorteil sein? Ich hätte mir Sie beide nie als Paar vorstellen können.«

»Oh!« Alan blieb ruhig, aber er zog die Augen ein wenig zusammen.

»Campbells Tochter – sie kennt die Regeln, schließlich war sie schon als Kind bei seinen Wahlreisen dabei.« Leo wog in Gedanken das Für und Wider ab. »Shelby ist mit Politik aufgewachsen, man braucht ihr nichts beizubringen, was Protokoll und Diplomatie angeht. Allerdings ist sie eine Einzelgängerin.« Er streifte sorgfältig die Asche ab. »Seit Jahren macht sie die gesellschaftliche Szene in Washington unsicher, sie hat viele Freunde – mich zum Beispiel –, hat aber auch einigen Leuten kräftig auf die Zehen getreten.«

Leo zog genussvoll an seiner Zigarre, während Alan beharrlich schwieg. »Wahrscheinlich könnte man ihr die scharfen Kanten etwas abschleifen«, fuhr der Staatsmann fort. »Sie ist jung und intelligent. Ihre Erziehung und die Familie sind tadellos, attraktiv ist sie auch und nicht eitel. Sie ist eine erfolgreiche Geschäftsfrau. Vor allem kann sie mit Menschen umgehen.

Eigentlich eine ausgezeichnete Wahl – vorausgesetzt, Sie können sie sich hinbiegen.«

Alan stellte sein Glas auf den Tisch, am liebsten hätte er es an die Wand geschmettert. »Shelby ist nicht als Trumpfkarte gedacht.« Seine Stimme war eiskalt, aber vollkommen unter Kontrolle.

Eingehend betrachtete Leo die Spitze seiner Havanna. Jetzt habe ich einen Nerv berührt, dachte er. Aber er war mit Alans beherrschter Reaktion äußerst zufrieden. Ein Hitzkopf an der Spitze der militärischen Streitkräfte war nicht tragbar.

»Natürlich haben auch Sie ein gewisses Anrecht auf Privatleben«, sagte er. »Aber wenn Sie endgültig entschlossen sind, Ihren Hut in den Ring zu werfen, muss der Ihrer Lady hinterherfliegen. Unsere Kultur beruht auf der Wahl eines gleichberechtigten Partners. Als Paar sollte immer einer den anderen ergänzen.«

9. Kapitel

Bei Sonnenschein und in bester Laune öffnete Shelby am Montagmorgen die Tür von »Calliope«. Allerdings hätte es ihre Stimmung auch nicht beeinflusst, wenn ein Monsun durch die Straßen gefegt wäre. Sie dachte glücklich an den langen, faulen Sonntag, den sie mit Alan verbracht hatte.

Shelby setzte sich hinter den Ladentisch, die Morgenzeitung lag vor ihr. Wie üblich las sie zuerst die vergnügliche Seite mit den Karikaturen. Treffend und überaus witzig! Sie lachte laut und hoffte, dass der Vizepräsident an diesem schönen Tag seinen Sinn für Humor nicht zu Hause vergessen hatte.

Aus Erfahrung wusste sie, dass die meisten Menschen im Rampenlicht nichts gegen diese Art von Publizität einzuwenden hatten, wenn es nicht zu schlimm wurde. Gezeichnet war die Spalte mit G. C., wodurch der Autor sich eine gewisse Anonymität bewahrte. Sicherlich hatte Grant das auch nötig, er traf zu oft in Schwarze.

Mir liegt es nicht, dachte Shelby. Ich sage meine Meinung lieber offen und frei heraus.

Nach wenigen Minuten verdunkelte sich die Tür, und Maureen Francis stand im Laden.

»Hallo!« Shelby schob die Zeitung beiseite. Die Architektin war wieder sehr gepflegt und nach der letzten Mode gekleidet. »Sie schauen fabelhaft aus.« Shelby bewunderte neidlos das schicke Kostüm der jungen Frau.

»Guten Tag.« Maureen stellte einen Aktenkoffer auf dem

Ladentisch ab. »Ich möchte meine Töpfe mitnehmen und mich bedanken.«

»Fein, ich hole die Kartons.« Shelby verschwand im Hintergrund, wo Kyle verpackte Sachen verwahrte. »Wofür bedanken?«

»Für die Empfehlung.« Maureen schaute neugierig um die Ecke in Shelbys Werkstatt. »Das ist ja großartig!«, rief sie überrascht aus und bestaunte die Arbeitsscheibe und die vollen Regale. »Es würde mich brennend interessieren, Sie einmal beobachten zu dürfen.«

»Mittwochs oder samstags – und wenn ich in rechter Stimmung bin. Dann zeige ich Ihnen, wie es gemacht wird.«

»Darf ich Sie etwas Dummes fragen?«

»Natürlich.« Shelby sah erstaunt auf. »Drei dumme Fragen pro Woche sind erlaubt.«

Maureen deutete mit der Hand auf den Laden und die Werkstatt. »Wie schaffen Sie das alles allein? Ich weiß recht gut, wie schwer es ist, sich selbstständig zu machen. Sie sind dazu noch künstlerisch tätig … Woher nehmen Sie die Zeit? Das Kaufmännische muss schließlich auch erledigt werden.«

»So dumm ist Ihre Frage gar nicht«, erwiderte Shelby. »Aber ich erhole mich bei dem einen vom anderen. Hier bin ich allein. Dort«, sie wies auf den Verkaufsraum, »habe ich Gesellschaft. Es gefällt mir, mein eigener Herr zu sein. Geht es Ihnen nicht ähnlich? Sonst wären Sie sicher noch immer in Lohn und Brot in Chicago.«

»Oh ja. Trotzdem gibt es manchmal noch Tage, an denen ich mich am liebsten in die Sicherheit einer festen Anstellung zurückflüchten möchte.« Maureen musterte Shelby von der Seite. »Haben Sie nie solche Anwandlungen?«

»Ach wissen Sie, ich betrachte mein geschäftliches Risiko mit einem gewissen Vergnügen. Aber darüber hinaus bin ich fest davon überzeugt, dass irgendwo irgendwer ein Netz gespannt hat und mich auffängt, wenn ich stürzen sollte.«

Maureen lachte. »So kann man es auch sehen. Genieße und vertraue deinem guten Stern.«

»Ja, so ungefähr meine ich es.« Shelby reichte Maureen den ersten Karton, die zwei anderen klemmte sie sich selbst unter die Arme. »Hat Myra Ihnen geholfen? Das meinten Sie doch.«

»Ja. Ich rief sie an und erwähnte Ihren Namen. Sofort hat sie mich für heute zum Brunch eingeladen.«

»Myra trödelt nicht«, stellte Shelby zufrieden fest und pustete ihren Pony aus den Augen. »Sagen Sie mir auch Bescheid, was dabei herauskommt?«

»Selbstredend«, versprach Maureen. »Ich finde es fantastisch, dass Sie mir helfen wollen.«

»Wenn Sie wirklich gut sind …« Shelby zuckte mit den Schultern und schrieb die Quittung aus. »Aber erst einmal abwarten, Myra ist eine harte Nuss.«

»Das macht nichts.« Maureen holte ihr Scheckbuch hervor. »Ich möchte schrecklich gern wissen, wie es mit Senator MacGregor ausgegangen ist, obwohl es mich überhaupt nichts angeht. Erst später ist mir eingefallen, wer der Mann war. Ich hielt ihn für einen normalen liebeskranken Verrückten.«

Shelby gefiel diese etwas paradoxe Bezeichnung gut. »Er ist ein Dickkopf«, erwiderte sie und reichte Maureen den Karton. »Glücklicherweise.«

»Das freut mich. Es gibt wenig Männer, die etwas von einem Glücksbringer verstehen. Vielleicht schau ich tatsächlich mal bei Ihnen rein, wenn Sie arbeiten.«

Als Maureens kleines Auto um die Ecke verschwunden war, ging Shelby langsam und nachdenklich in ihre Werkstatt zurück und betrachtete sinnend die kraterförmige grüne Schale. Sie beschloss, dass Gefäß als Überraschung für Alan einzupacken.

Alan trug an diesem Morgen noch immer die Erinnerung an das Gespräch vom Samstag mit sich herum. Leos Worte hatten ihm klargemacht, dass er mehr im Mittelpunkt des Interesses stand, als ihm lieb war. Zum ersten Mal seit langer Zeit fiel es ihm schwer, sich auf die Fragen der Reporter zu konzentrieren, die wie üblich sein Büro belagerten.

»Senator!« Die Sekretärin sprang auf, als er eintrat. »Das Telefon läutet ununterbrochen.« Sie lief mit ihrem Block hinter Alan her und las ihm vor, wer angerufen hatte.

»Später.« Er schloss seine Tür mit Nachdruck. Zehn Minuten wollte er für sich selbst haben, seine Gedanken ordnen und zu Atem kommen.

Er trat an das große Fenster und sah hinaus. Die weißen Türme des Kapitols grüßten herüber, und auf dem Platz davor leuchteten bunte Blumen in großen runden Pflanzschalen. Man hatte sie nach dem Bombenattentat dorthin gestellt, als freundliche, aber wirkungsvolle Absperrung.

Wie verschieden ist das menschliche Sinnen und Trachten! Die einen geben ihr Bestes, um eine heile Welt aufzubauen, und andere wiederum denken nur an Zerstörung. Wenn ich, wie sich Leo ausdrückte, meinen Hut in den Ring werfen würde, wäre es mein täglich Brot, mich damit auseinanderzusetzen. Wie lange kann ich diese Entscheidung noch hinausschieben? Noch drängte die Zeit nicht, wenigstens in dieser Hinsicht.

Anders verhielt es sich auf rein privater Ebene. Er musste Shelby gegenüber Farbe bekennen. Nicht nur Namen, Heim und Familie musste sie mit ihm teilen, sondern eventuell auch den Präsidentensessel. Damit wäre auch ein Teil von ihrem Leben dem Land und den damit verbundenen Verpflichtungen versprochen.

Eine Trennung von Shelby würde für ihn nie mehr infrage kommen. Sie war seine Frau, eine Eheschließung konnte nur noch die formelle Bestätigung dieser Tatsache sein. Allerdings musste er Shelby davon erst überzeugen.

Als auf seinem Schreibtisch die Lampe aufleuchtete, war Alan ungehalten über diese Unterbrechung. Kaum fünf der geforderten zehn Minuten waren vergangen. Ärgerlich hob er den Hörer ab. »Ja?«

»Tut mir leid, Senator, aber es ist Ihr Herr Vater.«

Alan verzog das Gesicht. Auch das noch. »Also gut, Arlene, ich nehme das Gespräch. Und seien Sie nicht böse, aber heute ist der Teufel los.«

Sofort wurde ihr Ton freundlicher. »Ist schon in Ordnung. Mr. MacGregor ist etwas … aufgeregt.«

»Sie sollten sich beim diplomatischen Corps bewerben, Arlene.«

Sie lachte, dann stellte sie das Gespräch durch.

»Hallo, Dad!«

»Soso! Am Leben bist du also noch.« Die tiefe, grollende Stimme klang ironisch. »Deine Mutter und ich glaubten schon, dir sei etwas Ernsthaftes zugestoßen.«

Alan verbiss sich das Lachen. »Wie recht du hast. Neulich habe ich mich beim Rasieren geschnitten. Wie geht es dir?«

»Er fragt, wie es mir geht!« Daniel MacGregor schickte einen Seufzer durch den Draht, der jedem leidgeprüften Vater alle Ehre gemacht hätte. »Mich wundert, dass du überhaupt weißt, wer ich bin. Aber darum geht es nicht. Deine Mutter macht sich Sorgen um ihren Ältesten.«

Alan lehnte sich zurück und hörte sich die folgenden Sätze mit geteilter Aufmerksamkeit an. Man musste seinen Vater ausreden lassen, das wusste er aus Erfahrung. Schließlich gelang es ihm, nach der Mutter zu fragen. »Ist sie da?«

»Sie musste zu einem Notfall ins Krankenhaus.«

Alan wusste ganz genau, dass sein Vater nur auf diese günstige Gelegenheit gewartet hatte, um ungestört seine Meinung sagen zu können. Anna MacGregor brauchte nämlich ihren Mann nicht, wenn sie mit ihren Kindern sprechen wollte.

»Und was macht Rena, die zukünftige Mom?«, warf Alan ein.

»Da du zum Wochenende hier erwartet wirst, kannst du das selbst sehen«, wurde er informiert. »Deine Geschwister wollten, dass die Familie sich vollzählig treffen soll. Justin und Diana kommen auch.«

»Da hast du ja allerhand zu tun gehabt«, murmelte Alan.

»Was sagst du? Sprich deutlicher.«

»Ich sagte, dass dann ja allerhand Unruhe auf dich zukommt.«

»Um deiner Mutter willen kann ich meine Ruhe schon einmal opfern. Sie macht sich viel zu viele Gedanken um ihre Kinder, besonders um dich, weil du allein lebst, ohne Frau und Familie. Schließlich bist du der älteste Sohn«, Daniel MacGregor genoss sein Lieblingsthema, »und immer noch Junggeselle. Deine jüngeren Geschwister sind beide verheiratet. Aber du verbringst deine Zeit mit Herumflirten, anstatt dir deiner Pflicht bewusst zu werden, was die Fortführung der MacGregor'schen Linie angeht.«

Alans Laune wurde zusehends besser. Er lächelte sogar. »Was das angeht, kannst du dich eigentlich nicht beklagen. Vielleicht kriegt Rena ja sogar Zwillinge.«

»So!« Daniel MacGregor dachte kurz nach. Möglich wäre das allerdings. Es hatte schon verschiedene Zwillingsgeburten in der Familie gegeben. Im Anschluss an das Gespräch würde er gleich die Chronik daraufhin nachlesen. Schnell fuhr er fort: »Wir erwarten dich also am Freitagabend.« Er zog tief an der verbotenen Zigarre, dann legte er von Neuem los. »Was ist an den merkwürdigen Geschichten dran, die man in den Zeitungen findet?«

Alan stellte sich unwissend. »Kannst du nicht deutlicher werden?«, fragte er scheinheilig.

»Vielleicht – hoffentlich! – war es nur eine Zeitungsente. Ich sollte doch eigentlich meinem eigenen Fleisch und Blut vertrauen können.«

»Ich verstehe dich immer noch nicht.« Natürlich wusste Alan ganz genau, woher der Wind wehte. Aber das Gespräch war zu schön, um nicht ausgekostet zu werden.

»Als ich las«, dröhnte die väterliche Stimme mit vorwurfsvollem Unterton durch den Hörer, »dass mein Sohn und Erbe seine Zeit damit verbringt, mit einem Spross der Campbells zu fraternisieren, hielt ich das selbstverständlich für einen Druckfehler. Wie heißt das Mädchen?«

Beinahe tat der Vater ihm leid. Alan wusste, dass er ihm wehtun würde. »Welches Mädchen?«, wich er aus.

»Verdammt noch mal, Junge, halte mich nicht für dumm! Die hübsche Rothaarige natürlich, die wie ein Elfenkind aussieht. Sie ist gut gebaut und hält sich gerade. Viel mehr ist auf dem Bild ja nicht zu erkennen.«

»Shelby«, antwortete Alan und legte eine Pause ein. »Shelby Campbell.«

Totale Stille. Alan machte sich auf allerlei gefasst. Hoffentlich vergisst er nicht, wieder Luft zu holen, dachte er. Schade, dass ich sein altes Seeräubergesicht nicht beobachten kann.

»Campbell!« Das Wort explodierte in Alans Ohr. »Eine diebische, mörderische Campbell also.«

»Ja, Vater, ihre Meinung von den MacGregors ist ähnlich schmeichelhaft.«

»Keiner meiner Söhne wird einem Angehörigen des Campbell-Clans auch nur Guten Tag wünschen.« Daniel MacGregors Stimme überschlug sich fast. »Ich werde dich persönlich verprügeln, Alan Duncan MacGregor!« Diese Drohung hatte seit mehr als fünfundzwanzig Jahren keine Bedeutung mehr, aber die Lautstärke war gleich geblieben. »Das Fell zieh ich dir über die Ohren!«

»Du wirst die Chance dazu bekommen, wenn ich zum Wochenende mit Shelby anreise.«

»Eine Campbell in meinem Haus – ha!«

»Ganz richtig, eine Campbell in deinem Haus.« Alan regte sich überhaupt nicht auf. »Und eine Campbell in deiner Familie noch vor Jahresende, wenn es nach meinen Wünschen geht.«

»Du ...« Gefühle recht gegensätzlicher Art kämpften in Daniel MacGregor. Einerseits war es sein Herzenswunsch, den ältesten Sohn verheiratet und als Familienvater zu erleben. Andererseits ... »Du denkst ernsthaft daran, eine Campbell zur Frau zu nehmen?«

»Ja, ich habe sie auch schon gefragt. Aber vorläufig will sie mich noch nicht haben.«

»Sie will nicht? Das wird ja immer schöner! Was für ein hirnloses Geschöpf muss das sein! Typisch Campbell«, brummte er. »Sind alles dumme Heiden.« Zauberei war nach seiner Ansicht nicht unbedingt auszuschließen. »Wahrscheinlich hat sie dich verhext. Du hattest doch sonst immer deine Sinne beieinander. Also gut, bring dieses Campbell-Mädchen zu mir«, entschied er schließlich. »Der Sache will ich auf den Grund gehen.«

Nur mit Mühe konnte Alan das Lachen unterdrücken. Seine gute Laune war vollkommen wiederhergestellt. »Ich werde sie fragen.«

»Fragen? Was soll das denn heißen? Du bringst sie her, das ist ein Befehl.«

Alan stellte sich Shelby und seinen Vater zusammen vor und entschied, dass er dieses Erlebnis nicht für zwei Drittel der Wählerstimmen missen wollte. »Bis Freitag also, Dad. Und grüß Mutter von mir.«

»Freitag, geht in Ordnung.«

Alan legte den Hörer auf. Vater wird jetzt ärgerlich seine Hände aneinander reiben und sehnsüchtig auf Mutters Rückkehr warten. Das verspricht ein höchst interessantes Wochenende zu werden. Wenn Shelby einverstanden ist.

Am Spätnachmittag parkte Alan seinen Wagen vor Shelbys Haus. Zehn Stunden konzentrierter Arbeit lagen hinter ihm. Er war müde und abgespannt, doch als Shelby ihm die Tür öffnete, verspürte er davon nichts mehr.

Sie sah die Linien in seinem Gesicht und die Schatten um seine Augen. »War es ein schlimmer Tag für die Demokratie?«, fragte sie, nahm seinen Kopf in die Hände und küsste ihn zärtlich.

»Lang war er zumindest.« Alan zog Shelby an sich. Von dieser Art der Begrüßung würde er nie genug bekommen. »Tut mir leid, dass es spät geworden ist.«

»Jetzt bist du hier, das ist die Hauptsache. Einen Drink?«

»Keine schlechte Idee.«

»Dann komm, ich werde dir für ein paar Minuten häusliche Eigenschaften vorgaukeln.« Sie führte Alan zum Sofa, knotete ihm den Schlips auf und löste den Kragen. Dann zog sie ihm die Schuhe von den Füßen.

Er beobachtete Shelbys Bemühungen sehr wohlgefällig. »Daran könnte ich mich gewöhnen«, meinte er.

»Das rate ich dir nicht«, wehrte Shelby ab und ging an die Hausbar. »Vielleicht findest du mich beim nächsten Mal total erschöpft und pflegebedürftig vor.«

»Dann kann ich dich umsorgen«, bot Alan sofort an und nahm dankbar den Scotch entgegen.

Shelby hockte sich zu ihm. »Das brauchte ich«, sagte sie.

»Den Drink?«

»Dummerchen – dich.« Alan küsste sie gründlich. »Nur dich. Berichtest du mir jetzt von deinem Ärger im Büro?«

Alan ließ den scharfen Whisky langsam über seine Zunge gleiten. »Ich hab's schon vergessen. Wie war dein Tag? Was machen die Geschäfte?«

»Ruhig am Morgen und hektisch am Nachmittag. Eine Gruppe Studenten hat mich überfallen, offenbar ist Töpfern in. Dabei fällt mir ein, dass ich etwas für dich habe.« Sie sprang auf und lief davon. Alan streckte die Beine aus. Plötzlich fühlte er sich überhaupt nicht mehr müde, es ging ihm blendend.

»Hier. Ein Geschenk.« Sie setzte den Karton auf Alans Knie. »Es ist zwar nicht im romantischen Stil, wie deine es waren, aber dafür ist es einmalig.« Erwartungsvoll beobachtete sie, wie er den Karton öffnete.

Schweigend hob er das Gefäß hoch und hielt es in beiden Händen. Zu der schwungvollen Form passte das tiefe Grün ausgezeichnet. Unter der Oberfläche blitzten hier und da kleine hellere Lichter. Für Alan war diese Schale das wichtigste Geschenk, das er im Leben bekommen hatte.

»Die ist wunderschön, Shelby. Wirklich wunderschön.« In der einen Hand hielt er die Schale, in die andere nahm er ihre Hand. »Von Anfang an hat mich fasziniert, dass in so kleinen Händen ein so großes Talent wohnt.« Er küsste ihre Finger, bevor er Shelby wieder ansah. »Danke. Du hast daran gearbeitet, als ich dir in der Werkstatt zusah, nicht wahr?«

»Dir entgeht nicht viel.« Mit dem Finger strich sie über die glänzende Fläche. »Ich dachte dabei an dich. Eigentlich gehörte es dir schon damals. Als ich in deinem Haus war, fand ich, dass es dorthin passt.«

Behutsam versenkte Alan die Schale wieder in dem Karton und stellte ihn auf den Boden. »Und du passt zu mir«, sagte er.

Aus seinem Mund hörte sich diese Feststellung ganz selbstverständlich an. Shelby legte ihren Kopf an Alans Schulter. »Wollen wir uns etwas vom Chinesen bestellen?«, fragte sie.

»Was ist mit dem Film? Der interessierte dich doch.«

»Das war heute Morgen. Jetzt würde ich lieber hier süßsaures Schweinefleisch essen und mit dir auf der Couch schmusen.« Als Alan bereitwillig ihr Ohr küsste, fügte sie hinzu: »Eigentlich wären ein paar alte Cracker und etwas Käse genug.«

Alan suchte und fand ihre Lippen mit seinem Mund. »Vielleicht sollten wir zuerst schmusen und anschließend essen?«

»Du hast einen solch ausgeprägten Sinn für Ordnung«, bemerkte Shelby, lehnte sich in die weichen bunten Kissen zurück und zog Alan mit sich. »Und ich mag es, wie du ihn anwendest. Küss mich, Alan, so wie du mich beim ersten Mal geküsst hast, genau hier auf der Couch. Es hat mich verrückt gemacht.«

Ihre Augen waren halb geschlossen und ihre Lippen leicht geöffnet, Alan griff in ihr Haar. Er hatte diesmal nicht die Geduld, zu der er sich das erste Mal gezwungen hatte. Zu wissen, wie es mit Shelby war, erregte ihn mehr, als es sich nur vorzustellen. Sie war so begehrenswert, wie kein fieberhafter Traum es ihm vorgaukeln konnte. Und sie war bei ihm – greifbar und willig, sich ihm auszuliefern.

Alan kostete ihre Lippen – langsam, genießerisch, wie Shelby es liebte. Die Begier, mit ihr eins zu sein, konnte Alan nur kontrollieren, weil er wusste, dass sie beide Zeit dafür hatten. Shelby seufzte, dann zitterte sie. Dabei hatte er sie nicht einmal berührt – bis auf das kleine neckende Spiel seiner Lippen mit ihren Lippen.

Alan hatte nicht gewusst, dass Qual so süß sein konnte. Und die ganze süße Qual fühlte er in diesem Augenblick, wo Shelby sein Hemd öffnete und mit ihrer Hand träge Kreise auf seiner Brust zeichnete.

Shelby liebte es, Alan zu fühlen. Und sie wusste, dass sie niemals genug davon bekommen würde. Es brachte ihr reine Freude und erregte sie zur gleichen Zeit. Schon immer war es ihre Art gewesen, alles, was sie bewunderte, mit ihren Händen und Fingern zu erforschen. Mit Alan war es nicht anders.

Der Duft seiner Seife haftete ihm auch noch nach einem ganzen Arbeitstag an. Sein Herz schlug hart und schnell, obwohl er Shelby immer noch mit langsamer, nervtötender Gründlichkeit liebkoste. Sie ließ ihre Hände hinauf zu seinen Schultern gleiten, um ihn von seinem Hemd zu befreien, um seine warme Haut ganz zu fühlen.

Alan küsste sie auf einmal hart und lange. Er zog sie schnell aus, so als ob er mit seiner Geduld am Ende sei, und presste sie mit einer solchen Kraft an sich, dass auch sie in der aufkommenden Leidenschaft die Kontrolle über das, was sie tat, verlor.

Alan hörte, wie Shelby seinen Namen herausschrie, aber er konnte ihr nicht antworten, weil er selbst von einem Sturm der Empfindungen davongetragen wurde. Etwas Wildes brach aus ihm heraus, das ihm bis dahin fremd geblieben war. Er hatte Angst, dass er Shelby wehtun könnte, aber auch das hatte er nicht mehr unter Kontrolle. Shelby zitterte unter ihm, bog sich ihm entgegen, wollte mehr von ihm haben. Mit der Zunge brachte Alan sie zu einem Höhepunkt, wo ihr Verstand aufhörte zu arbeiten und nur Gefühle Gültigkeit hatten.

Shelby wusste nicht, was Alan sagte, hörte nur seine heisere Stimme. Sie wusste auch nicht, was sie antwortete, wusste nur, dass ihr nichts zu viel wäre, was immer er auch von ihr verlangen mochte.

Wie durch einen Schleier sah sie sein Gesicht über sich. In seinen Augen stand ein Grübeln. Das war alles, was sie erkannte.

»Ich kann ohne dich nicht leben«, sagte er leise. »Und ich werde es auch nicht.«

Dann küsste er sie wieder so hart und so wild, dass Shelby alles um sich herum vergaß.

Zwei Stunden später hockte Shelby mit untergeschlagenen Beinen auf ihrem Bett. Sie trug einen winzigen japanischen Seidenkimono und stocherte mit ihrer Gabel in süßsaurem Chopsuey auf einem Pappteller.

»Es kühlt leider schnell aus«, stellte sie mit Bedauern fest. Im Hintergrund spielte das Fernsehgerät leise Begleitmusik zu einer Sendung, deren Qualität durch die tote Bildröhre schlecht zu beurteilen war.

Alan lag bequem ausgestreckt neben Shelby. Sein Kopf ruhte auf weichen Kissen. Amüsiert beobachtete er ihren gesunden Appetit. »Warum lässt du das Gerät nicht reparieren?«

»Es stört mich nicht, aber früher oder später wird es gemacht.« Sie stellte den leeren Teller beiseite und legte eine Hand auf ihren Bauch. »Hmm, das war gut.« Ihr Blick wanderte wohlwollend von Alans Gesicht hinunter zu seinem athletischen Körper. »Ich möchte wissen, wie viele Leute in der Weltstadt Washington sich darüber im Klaren sind, wie fantastisch Senator MacGregor in seiner Unterwäsche ausschaut.«

»Nur ein kleiner, ausgewählter Kreis.«

Mit einem Finger fuhr sie hinunter bis zu seinen Füßen. »Du solltest in deinem jetzigen Aufzug im Fernsehen Wahlpropaganda machen.«

»Dem Himmel sei Dank, dass du nicht für die Medienabteilung zuständig bist.«

»Alles Muffel – das ist das ganze Problem.« Sie legte sich in ihrer ganzen Länge auf Alan. »Denk nur an all die ungeahnten Möglichkeiten.«

Er ließ seine Hand unter ihren Kimono gleiten. »Das tue ich auch.«

»Diskret platzierte Anzeigen in überregionalen Magazinen, kurze Spots in der Hauptsendezeit.« Mit dem Ellbogen stützte sie sich auf seine Schulter. »In dem Fall ließe ich mein Gerät sofort reparieren.«

»Überlege die weltweiten Konsequenzen, die es nach sich ziehen könnte – überall Regierungsbeamte in ihrer Unterwäsche!«

Shelby zog die Stirn kraus, als sie sich das vorstellte. »Gütiger Himmel, so etwas könnte ein nationales Unglück verursachen.«

»Ein internationales«, verbesserte Alan. »Denn wenn der Ball erst einmal rollt, gibt es kein Halten mehr.«

»Also lieber nicht.« Shelby küsste Alan leicht auf den Mund. »Ich sehe ein, dass es deine patriotische Pflicht ist, die Kleider anzubehalten. Außer bei mir«, fügte sie hinzu und spielte vergnügt mit dem Hosenbund.

Lachend zog er ihren Kopf zu sich herunter, um sie zu küssen. »Shelby …« Mit der Zungenspitze fuhr sie ihm leicht über die Lippen.

»Shelby«, wiederholte er einen Moment später. »Ich möchte etwas mit dir besprechen. Wenn ich es jetzt nicht tue, dann werde ich bestimmt wieder abgelenkt.«

»Ist das ein Versprechen?« Mit den Lippen strich sie über seine Kehle.

»Kommendes Wochenende muss ich etwas erledigen.«

»Oh!« Sie fing an, an seinem Ohrläppchen zu knabbern. In der Not rollte Alan sich auf den Bauch und hielt Shelby unter sich gefangen. »Mein Vater rief heute an.«

»Ah.« Ihre Augen blitzten vor Übermut. »Der Gutsherr.«

»Diese Bezeichnung würde ihm gefallen.« Alan hielt Shelbys Hände fest, um sie davon abzuhalten, seinen Verstand zu benebeln. »Er hat eines seiner berühmten Familien-Weekends organisiert. Komm mit mir.«

Erstaunt runzelte Shelby die Stirn. »Zur MacGregor-Burg in Hyannis Port? Unbewaffnet?«

»Wir hissen die weiße Flagge.«

Einerseits wäre Shelby zu gern mitgefahren, andererseits hätte sie sich am liebsten verkrochen. Was sollte sie tun? Ein Besuch bei Alans Familie kam einer endgültigen Verbindung gefährlich nahe, und der wollte sie doch aus dem Wege gehen.

Alan hörte förmlich, was in Shelbys Kopf vor sich ging. Er schob seine Enttäuschung beiseite und änderte seine Taktik. »Ich habe den Befehl bekommen, das Mädchen zu bringen«, begann er. Shelby runzelte die Stirn. Aha, ich bin auf dem richtigen Weg, dachte Alan und fuhr fort: »Diese Tochter eines diebischen, mörderischen Campbell.«

»Hat er das so gesagt?«

»Wörtlich«, bestätigte Alan.

Da schob Shelby angriffslustig ihr Kinn vor und fragte: »Wann fahren wir?«

10. Kapitel

Schon beim ersten Blick auf das MacGregor'sche Anwesen hoch oben auf den Klippen war Shelby begeistert. Aus rohen Felssteinen gemauert, rau und sturmerprobt, glich das Haus, das mit seinen Türmen und Zinnen weit übers Meer schaute, einer Burg oder Festung. Prachtvoll sah es aus und jetzt in der Abenddämmerung besonders düster und geheimnisvoll.

Shelby sah Alan an und merkte, dass er ihre Reaktion gespannt beobachtete.

In seiner Miene fand sie den Anflug von Humor, den sie so sehr liebte – aber auch Ironie und hoffnungsvolle Erwartung. Lachend lehnte sie sich an Alan. »Du hast genau gewusst, dass ich es wunderschön finden würde.«

Er fuhr mit den Fingern durch ihr Haar. »Ich hoffte es.«

Shelby konnte den Blick nicht von dem Gebäude abwenden, während Alan den gemieteten Wagen die steil ansteigenden Serpentinen hinauffuhr. »Wenn ich hier aufgewachsen wäre«, malte sie sich aus, »hätte ich in einer Turmstube gewohnt und Gespenster ohne Köpfe als Spielkameraden gehabt.«

Alan nahm geschickt eine enge Kurve. Das Meer war so nahe, dass man es riechen konnte. Durch die herabgedrehten Fenster drang kühler, würziger Wind. »Wir haben hier keine Gespenster«, sagte Alan. »Vater drohte uns allerdings in regelmäßigen Abständen, er würde ein paar besonders blutrünstige aus Schottland importieren.« Er warf einen Seitenblick auf Shelby. »Sein Büro liegt übrigens oben in dem hinteren Turm.«

Shelby legte den Kopf zur Seite und malte sich aus, wie weit man von dort oben über Land und Meer würde sehen können. Daniel MacGregor. Ja, sie freute sich darauf, ihn kennenzulernen. Dass sie ihm gegenüber im Nachteil war, weil die Begegnung auf seinem heimischen Gelände stattfinden würde, ängstigte sie allerdings ein wenig. Vorerst genoss sie die fantastische Aussicht. Überall leuchteten Blumen in bunten Farben. War das Mrs. MacGregors Abteilung? Erholte sie sich von ihrem anstrengenden Beruf, indem sie daheim Petunien pflanzte? Allerdings dürften die freien Stunden der berühmten Chirurgin karg bemessen sein.

Wenn das Haus nach Daniels Plänen entstanden ist und Anna die gärtnerische Gestaltung übernommen hat, überlegte Shelby, dann ergänzen sich die beiden wahrscheinlich hervorragend. Jeder von ihnen ist eine fantasiebegabte, eigenständige Persönlichkeit, die unbeirrt ihren Weg geht. Das Wochenende dürfte interessant werden.

Als Alan den Wagen anhielt, sprang Shelby hinaus. Ihre ungebändigten Locken wehten im Wind. Sie lachte wieder und schaute sich nach Alan um, der an die Kühlerhaube gelehnt stand und Shelby beobachtete.

Alan mochte den Anblick, der sich ihm bot – Shelby vor dem von wilden Blumen übersäten Hintergrund, aus dem das schwerfällige Steinhaus herausragte. Sie hatte ihre Hände in die Taschen ihrer lässig sitzenden Hose gesteckt. Die steife Brise blies durch die weite, dünne Bluse.

»Ich hätte unbedingt auf Gespenster bestanden«, erklärte sie und fasste Alan bei der Hand. »Vorzugsweise auf schlimme Kettenrassler, nicht diese ätherischen Vollmondtypen.« Sie verschränkten die Finger ineinander, standen so einen Augenblick zusammen und blickten hinüber zu dem Haus. »Küss mich, MacGregor«, verlangte sie und strich ihr windzerzaustes Haar aus den Augen. »Hart. Einen geeigneteren Platz hat es dafür noch nicht gegeben.«

Noch während sie sprach, presste sie sich eng an Alan und legte ihre Hand flach auf seinen Rücken, um Alan noch näher an sich zu ziehen. Als sich ihre Lippen trafen, hätte ein mittleres Erdbeben sie wohl kaum mehr erschüttern können.

Shelby hatte eine Hand auf seine Wange gelegt, als sie sich trennten. Sie fühlte Bedauern in sich aufsteigen für das, was sie Alan nicht geben konnte, was sie ihm vielleicht niemals geben würde.

»Ich liebe dich, Alan«, flüsterte sie. »Glaube es mir.«

In ihren Augen konnte er lesen, dass Shelby noch nicht bereit war, die Konsequenz aus dieser Liebe zu ziehen. Ja, sie liebte ihn, aber … Noch nicht, mahnte sich Alan. Er musste noch ein wenig länger warten, bevor er mehr von ihr verlangen konnte. »Ich glaube dir«, sagte er, als er sie bei den Handgelenken fasste. Zärtlich küsste er ihre Hände, bevor er einen Arm um ihre Taille legte. »Komm, lass uns hineingehen.«

Shelby lehnte kurz ihren Kopf an seine Schulter, als sie auf die Eingangstür zugingen. »Ich verlasse mich auf dein Wort, dass ich übermorgen heil und unversehrt wieder hier heraustreten werde.«

Alan lächelte. »Du weißt doch, dass ich heute und morgen nur Vermittler bin.«

»Wie ungeheuer ermutigend.« Im nächsten Moment wurde Shelbys Aufmerksamkeit von einem Löwenkopf aus schwerem Messing abgelenkt, der als Türklopfer diente. Über seinem gekrönten Haupt starrte ihr der MacGregor-Löwe mit kalten Augen entgegen.

»Dein Vater scheint nicht zu den Leuten zu gehören, die ihr Licht unter den Scheffel stellen«, bemerkte Shelby trocken.

»Man kann nicht leugnen, dass er einen ausgeprägten Familienstolz besitzt.« Alan hob den Löwenkopf auf und ließ ihn gegen die Tür fallen. Das dumpfe Donnern im Inneren des Hauses klang wie Gewittergrollen. »Der MacGregor-Clan«, begann Alan mit Pathos und rollendem R, »gehört zu den wenigen Auserwählten, die eine Krone über ihrem Haupte tragen dürfen. Gutes Blut, starker Stamm.«

»Ha!« Shelbys verächtlicher Ausdruck wich erstaunter Neugier, als Alan in lautes Gelächter ausbrach. »Was ist denn so komisch?«, fragte sie.

Noch ehe er antworten konnte, wurde das große Portal aufgerissen, und ein hochgewachsener blonder Mann mit wunderschönen blauen Augen stand vor ihnen. Sein offenes Gesicht verriet Intelligenz und Tüchtigkeit.

»Du hast gut lachen«, sagte er zu Alan. »Dad brüllt und tobt schon seit Stunden. Es geht um Verräter und«, sein Blick streifte Shelby, »Ungläubige. Hallo«, begrüßte er Shelby. »Die Ungläubige bist sicher du. Ich darf doch Du sagen?«

Die sympathische Ironie in seiner Stimme hatte Shelby sofort gewonnen. »Ja zu beidem.«

»Shelby Campbell – mein Bruder Caine.«

»Das erste Mitglied der Campbells, das diese Schwelle überschreitet. Tritt ein, auf eigene Gefahr.« Caine bot Shelby die Hand, als sie das Haus betrat. Sie gleicht einer Meerjungfrau, dachte er. Nicht eigentlich schön, aber verführerisch und nicht leicht zu vergessen.

Shelby sah sich in der großen Halle um. Leicht verblichene Tapeten, schwere alte Möbel – das gefiel ihr. Der Duft von Frühlingsblumen mischte sich mit Staub und Möbelpolitur. Ganz nach ihrem Geschmack.

»Das Dach ist wenigstens nicht eingestürzt«, meinte sie und betrachtete ein Wappenschild an der Wand. »So weit haben wir also noch Glück.«

»Alan!« Seine Schwester Serena, Rena genannt, kam trotz ihres mächtigen Leibesumfangs leichtfüßig die Treppe heruntergelaufen. Shelby gefiel diese hochgewachsene blonde Frau mit den gleichen strahlend blauen Augen, deren feines Gesicht Freude, Liebe und Humor widerspiegelte. Serena schlang die Arme um Alans Hals. »Ich hab dich vermisst!«

»Du siehst prächtig aus, Rena.« Alan legte vorsichtig seine Hand auf Serenas Bauch. »Daran muss ich mich erst gewöhnen.«

»Das lohnt sich kaum noch«, sagte sie lachend. »Lange wird es nicht mehr dauern. Dad hat übrigens neuerdings die Idee, es könnten Zwillinge sein. Hast du damit etwas zu tun?« Sie blickte ihrem Bruder prüfend ins Gesicht.

Alan freute sich. »Ein rein taktisches Ablenkungsmanöver. Es scheint also geklappt zu haben.«

Serena streckte Shelby beide Hände entgegen. »Sie müssen Shelby sein, herzlich willkommen hier. Wollen wir Du sagen?«

Shelby spürte, dass die Warmherzigkeit echt war und ohne jede Neugier. »Ja, natürlich. Ich freue mich auch. Konnte es kaum erwarten, die Frau kennenzulernen, die Alan das Nasenbein gebrochen hat.«

Serena lehnte sich an einen Stuhl und lachte herzlich. »Es war allerdings ein Versehen, denn er war gemeint«, sie deutete auf Caine, »und hatte es auch verdient.« Sie hakte Shelby unter und zog sie weiter. »Du sollst den Rest der Familie kennenlernen. Hoffentlich hat Alan dich vorbereitet.«

»Auf seine Weise, ja.«

»Weißt du, Shelby, wenn es dir zu mulmig wird, dann gib mir einfach einen Wink. In letzter Zeit genügt ein kleiner plötzlicher Seufzer, und schon gilt Dads Aufmerksamkeit nur mir.«

Alan blickte ihnen nach. »Sieht so aus, als hätte Rena die Führung übernommen«, murmelte er zufrieden.

Caine klopfte ihm brüderlich auf die Schultern. »Tatsache ist, dass wir es alle nicht erwarten konnten, deine Campbell zu besichtigen, nachdem Dad uns deine Eroberung verkündet hat.« Es war nicht notwendig, Alan nach der Ernsthaftigkeit seiner Absichten zu fragen. Des Bruders Gesicht sprach deutlich genug. »Hast du Shelby wenigstens gewarnt? Weiß sie, dass Dad nur bellt und nicht beißt?«

»Keineswegs. Warum sollte ich?«

Shelby blieb an der Schwelle zum Salon stehen und betrachtete das Bild, das sich ihr bot. Links sah sie einen dunkelhaarigen Mann in einem breiten alten Sessel sitzen. Er rauchte und wirkte sehr ruhig, aber Shelby hatte den Eindruck, dass er sehr flink sein konnte, wenn es darauf ankam. Auf der Lehne seines Sessels saß eine Frau vom gleichen Typ, die ungefähr in Renas Alter sein mochte. Ihre Hände lagen friedlich gefaltet in ihrem Schoß. Welch erstaunliches Paar. Aber inzwischen hatte Shelby bemerkt, dass die MacGregors wahrhaftig keine Allerweltsfamilie waren. Rechts gegenüber arbeitete eine ältere Dame an ihrer Stickerei. Das musste Alans Mutter sein, die Ähnlichkeit war verblüffend.

Im Mittelpunkt der Gruppe stand ein gewaltiger Stuhl mit hoher Lehne, die mit reichem Schnitzwerk verziert war. Er passte zu dem Mann, der ihn beinahe ausfüllte.

Daniel MacGregor wirkte mit seiner Körpergröße, den breiten Schultern und der massigen Gestalt ausgesprochen imponierend. Flammend rotes Haar in dichter Fülle krönte das mächtige Haupt. Shelby erkannte mit Vergnügen, dass er das MacGregor'sche Wappen auf dem Jackett trug. Er hielt Hof, das war deutlich zu sehen.

»Rena sollte sich mehr Ruhe gönnen«, sagte er gerade und zeigte mit einem langen Finger in die Richtung des jungen Mannes mit den dunklen Haaren. »Eine Frau in ihrem Zustand gehört nicht in ein Casino bis zur frühen Morgenstunde.«

Justin blies in aller Ruhe einen dicken Rauchring. »Es ist aber Serenas Geschäft.«

»Wenn eine Frau in anderen Umständen ist …« Daniel schwieg und sah fragend auf Diana. Die lächelte und schüttelte den Kopf. Er seufzte und wandte sich erneut Justin zu. »Wenn also eine Frau …«

»Sollte sie sich völlig normal bewegen wie jede andere gesunde Frau«, beendete Serena seinen Satz.

Daniel MacGregor holte tief Luft zu einer passenden Erwiderung, da erblickte er Shelby. Seine breiten Schultern hoben sich, und er schob das Kinn trotzig nach vorn. »Aha!«, meinte er nur.

»Shelby Campbell«, begann Serena mit der Vorstellung, und dann betraten sie die Höhle des Löwen. »Hier ist der Rest unserer Familie. Mein Mann, Justin Blade.«

Shelbys Blick traf auf ruhige, sehr kluge grüne Augen. Es dauerte eine Zeit, bis er lächelte, doch dann war es das Warten wert. »Meine Schwägerin Diana.«

»Sie sind bestimmt miteinander verwandt«, stellte Shelby fest und verglich erstaunt Justin mit Diana. »Bruder und Schwester?«

Diana nickte, Shelbys offenes Wesen war ihr sympathisch. »Das stimmt.«

»Welcher Stamm?«, forschte Shelby.

Justin lächelte wieder und blies Rauch zur Decke. »Komantschen«, erwiderte er.

»Eine bemerkenswerte Sippe«, mischte Daniel MacGregor sich ein und schlug kräftig mit der Faust auf die Armlehne des Stuhles. Shelby warf ihm einen kurzen Blick zu.

»Meine Mutter.« Serena unterdrückte ein Lachen und führte Shelby weiter.

»Wir freuen uns sehr, Shelby, dass Sie gekommen sind.« Anna MacGregors dunkle Stimme klang besänftigend. Ihr Händedruck war fest.

»Ich danke Ihnen für die Einladung, Dr. MacGregor«, antwortete Shelby. »Ihren Garten finde ich wundervoll. So etwas sieht man selten.«

Anna freute sich über das Lob und tätschelte Shelbys Hand, die sie noch immer hielt. »Der Garten ist mein besonderer Stolz.« Ihr Ehemann räusperte sich mit Nachdruck, doch sie sprach ruhig mit Shelby weiter. »Hatten Sie einen guten Flug?«

»Ja, danke.« Da Shelby mit dem Rücken zum Hausherrn stand, konnte dieser ihren Gesichtsausdruck nicht erkennen.

»Jetzt will ich endlich das Mädchen ansehen!« Daniel MacGregors Geduld war zu Ende, energisch donnerte seine Faust auf die Sessellehne.

Serena lachte wieder. Shelby drehte sich langsam um und blickte Alans Vater direkt in die Augen. Ihre stolze Kopfhaltung stand seiner in nichts nach.

»Shelby Campbell«, erklärte Alan, der jeden Moment dieser Szene genoss, »und das ist mein Vater, Daniel MacGregor.«

Shelby trat einen Schritt näher, bot dem alten Herrn aber nicht die Hand. »Ich«, sagte sie statt einer Begrüßung, »bin eine Campbell.«

Daniel zog die Mundwinkel herab und runzelte die Stirn. Shelby zuckte nicht mit der Wimper. »Meine Vorfahren hätten eher einen räudigen Hund in ihr Haus gelassen als eine Campbell«, grollte der alte Mann.

Als Alan bemerkte, dass seine Mutter sich einmischen wollte, schüttelte er den Kopf. Sie begriff sein Zeichen und schwieg. Shelby verstand sich ihrer Haut zu wehren, das wusste Alan. Und er mochte kein Wort der Auseinandersetzung zwischen den beiden Starrköpfen missen.

»Die meisten MacGregors lebten mit räudigen Hunden im Zimmer, und es störte sie nicht die Spur.«

»Barbaren!« Daniel atmete schwer. »Die Campbells sind immer Barbaren gewesen, alle, wie sie da waren!«

Shelby legte nachdenklich den Kopf zur Seite und sah ihr Gegenüber prüfend an. »Man hat den MacGregors von jeher nachgesagt, dass sie schlechte Verlierer sind.«

Das Gesicht des Seniors wurde fast so rot wie sein Haar. »Verlierer? Ha! Noch ist kein Campbell geboren worden, der einem MacGregor im offenen Kampf gegenübergetreten wäre. Diese Meuchelmörder!«

»Gleich werden wir die ganze Familiengeschichte in ungekürzter Fassung hören«, flüsterte Caine. »Du hast nichts mehr im Glas, Dad«, sagte er laut, in der Hoffnung, ihn abzulenken. »Shelby, wie wäre es mit einem Drink?«

»Ja, gern.« Sie schaute zu Caine auf und zwinkerte ihm zu. »Scotch pur – ohne Wasser und Eis.« Dann wandte sie sich wieder dem alten Herrn zu. »Wären die MacGregors klüger gewesen, hätten sie nicht ihr Land, ihre Kilts und ihren Namen verloren. Könige«, fuhr sie ungerührt fort, als der Senior wie ein Walross schnaufte, »pflegen empfindlich zu reagieren, wenn jemand versucht, sie vom Thron zu stürzen.«

»Könige!«, stieß der alte MacGregor verächtlich hervor. »Was ist schon ein englischer König! Kein treuer Schotte braucht einen englischen König, der ihm Vorschriften macht, wie er auf seinem eigenen Grund und Boden leben soll.«

Shelbys Lippen umspielte ein Lächeln, als Caine ihr das Glas mit dem Scotch reichte. »Ein wahres Wort. Darauf kann auch ich trinken.«

»Ha!« Daniel MacGregor hob sein Glas und leerte es in einem Zug. Dann setzte er es krachend auf den Tisch neben seinem Sessel.

Mit leicht hochgezogener Braue musterte Shelby den Inhalt ihres Glases. Dann tat sie es dem Herrn des Hauses gleich.

Dieser stutze einen Moment lang, blickte auf Shelbys leeres Glas, dann auf sie. Es war totenstill im Raum. Seine Augen sprühten Feuer, ihre jedoch blieben kühl und herausfordernd. Er erhob sich aus seinem Sessel, überragte Shelby um Haupteslänge – ein Bär von einem Mann mit feuerrotem Haar. Shelby legte in einer herausfordernden Geste die Hände auf die Hüften. Biegsam wie eine Weidenrute stand sie vor ihm mit ihren Locken, die genauso leuchtend rot waren wie seine. Alan wünschte sich, diese Szene im Bild festzuhalten.

Plötzlich warf sein Vater den Kopf in den Nacken und lachte schallend, lange und aus tiefstem Herzen. »Beim gütigen Himmel«, rief er, »ist das ein Mädchen!«

Im nächsten Augenblick zog er Shelby an seine Brust, und alle wussten, dass sie ihm willkommen war.

Sich mit den anderen MacGregors anzufreunden war für Shelby nicht weiter schwierig. So aufbrausend, dramatisch und ungeduldig das Oberhaupt der Familie war, so ruhig und diplomatisch wirkte Alans Mutter. In ihrer stillen Art beherrschte sie unmerklich jedermann. Weisheit und Geduld waren ihre Waffen. Jedes einzelne Mitglied der Familie unterschied sich von den übrigen. Als Gruppe gesehen bildeten sie ein harmonisches Ganzes.

Von dem Haus war Shelby bezaubert. Lange Gänge führten zu unzähligen Räumen, gewölbte Decken und geschwungene Säulen erinnerten an ein echtes Schloss. Das Esszimmer hatte die Größe eines normalen Hauses, über dem Kamin hingen gekreuzte Speere, Wappen und alte Gemälde an den Wänden. Hohe Fenster ließen Licht ein, und am Abend strahlte ein riesiger Kronleuchter mit unzähligen Kerzen.

Es gefiel Daniel MacGregor, seinen Reichtum nicht nur zu zeigen, sondern sich auch täglich daran zu freuen.

Beim Abendessen saß Shelby zu seiner Linken. Bewundernd strich sie mit den Fingerspitzen über den Rand ihres Tellers. »Das ist ja Wedgewoods Aspis-Kollektion aus dem späten achtzehnten Jahrhundert«, staunte sie. »Ein wunderschönes Gedeck, vor allem der Gelbton ist einzigartig und sehr, sehr selten. Ich habe es bis jetzt nur im Museum gesehen.«

»Ein Erbstück von meiner Großmutter«, erzählte Anna MacGregor. »Es war ihr Ein und Alles. Dass die Farbe besonders wertvoll ist, wusste ich nicht.«

»Blautöne, Lila, Grün und Schwarz wurden öfter hergestellt, mit Hilfe von Oxidfärbung. Dieses Muster habe ich noch nie gesehen, außer im Museum.«

»Eure Aufregung wegen eines Tellers kann ich nicht begreifen«, warf Daniel ein.

»Dich interessiert viel mehr, was daraufgelegt wird«, neckte Serena ihren Vater.

»Shelby ist Töpferin«, erklärte Alan beiläufig.

»Töpferin?«, fragte Daniel erstaunt. »Du machst Töpfe?«

»Unter anderem«, erwiderte Shelby trocken.

»Unsere Mutter verstand sich auch darauf«, warf Diana ein. »Als ich noch klein war, habe ich sie oft an ihrer Scheibe sitzen sehen. Es ist unglaublich, was aus einem Tonklumpen entstehen kann. Weißt du noch, Justin?«

»Ja, du hast recht. Manchmal verkaufte sie ein paar Stücke in der Stadt. Verkaufen Sie Ihre Sachen auch?«, fragte er Shelby. »Oder ist es für Sie ein Hobby?«

»Ich besitze ein Geschäft in Georgetown«, erwiderte Shelby.

»Anerkennenswert.« Daniel MacGregor nickte. Handel in jeder Form war ihm vertraut. »Demnach verkaufst du eigene Produkte. Hast du Erfolg?«

Shelby drehte ihr Weinglas zwischen den Fingern. »Ich bilde es mir ein.« Sie warf die Stirnhaare zurück und fragte Alan:

»Würdest du mich als clevere Geschäftsfrau bezeichnen, Senator?«

»Oh ja! Du hast keinerlei Organisationstalent, aber du produzierst, führst den Laden und lebst nach deinem Geschmack«, stimmte Alan zu.

»Ich mag ausgefallene Komplimente«, erklärte Shelby, nachdem sie einen Augenblick über dieses Urteil nachgedacht hatte. »Alan lebt mehr nach fest gefügten Gewohnheiten. Ihm würde es nie passieren, dass er plötzlich auf dem Freeway ohne Benzin dasitzt.«

»Und ich schwärme für ausgefallene Beleidigungen«, murmelte Alan.

»Das ergänzt sich ausgezeichnet«, stellte der Senior fest und gestikulierte mit der Gabel. »Du weißt, was du willst, Mädchen!«

»Ich hoffe, schon.«

»Du wirst eine erstklassige First Lady abgeben, Shelby Campbell.«

Ihre Finger umklammerten den Stiel des hohen Weinglases. Diese Reaktion bemerkten jedoch nur Alan und seine Mutter. »Vielleicht«, erwiderte Shelby ruhig, »wenn es mein Wunsch wäre.«

»Wunsch oder nicht – wenn du diesen da heiratest«, mit der Gabel zeigte er auf Alan, »ist es dein Schicksal.«

»Bist du nicht etwas zu voreilig?«, unterbrach Alan den Vater. Oh, wie er dieses Thema verwünschte! »Ich habe mich noch nicht entschieden, einer Kandidatur zuzustimmen. Und Shelby hat bisher nicht eingewilligt, mich zu heiraten.«

»Nicht eingewilligt. Nicht zugestimmt.« Das Gesicht des Familienoberhauptes wurde gefährlich rot. »Das Mädchen sieht mir nicht nach einem Dummkopf aus, Campbell oder nicht! Sie hat altes schottisches Blut in den Adern, egal, wie ihr Clan heißt. Sie wird feine MacGregors in die Welt setzen.«

»Er sähe es zu gern, wenn ich meinen Namen ändern würde«, mischte sich Justin Blade ein, um dem Gespräch eine andere Wendung zu geben.

»Möglich wäre das«, belehrte ihn sein Schwiegervater, »um die Linie zu erhalten. Aber Renas Baby wird sowieso ein MacGregor, genau wie Caines Kinder – falls er sich eines Tages an seine Pflichten erinnern sollte.« Strafend blickte er seinen jüngeren Sohn an. »Aber vornehmlich Alan als der Erstgeborene hat die Aufgabe, zu heiraten und Kinder zu zeugen und so den Stamm zu erhalten …«

In diesem Moment wollte sich Alan einmischen, doch da fiel sein Blick auf Shelby. Sie hatte ihr Besteck beiseitegelegt, die Arme verschränkt und beobachtete begeistert Daniel MacGregor in seiner Lieblingsrolle.

»Amüsierst du dich?«, flüsterte Alan ihr ins Ohr.

»Himmlisch! Ist er immer so?«

»Ja.«

Shelby seufzte tief. »Ich glaube, ich hab mich verliebt!« Sie zupfte energisch am Ärmel ihres Tischnachbarn, um dessen Redefluss zu unterbrechen. »Ohne Alan oder Ihrer Gattin zu nahe treten zu wollen, aber wenn ich mich jemals entschließen sollte, einen MacGregor zu heiraten, dann würde ich Sie wählen, Daniel.«

Verblüfft schaute er sie einen Augenblick an, dann lachte er dröhnend. »Du gefällst mir tatsächlich immer besser, Shelby Campbell!«

»Das hast du gut gemacht«, lobte Alan später, während er Shelby einen Teil des Hauses zeigte.

»Findest du?« Fröhlich hängte sie sich bei ihm ein. »Man kann deinem Vater nur schwer widerstehen, so ähnlich, wie es mir bei seinem Erstgeborenen geht.«

»Diese Bezeichnung darf nur mit allergrößter Ehrfurcht gebraucht werden«, warnte Alan mit unbewegtem Gesicht. »Mir hängt es zwar zum Hals heraus …«

»Oh, sieh doch mal! Ist das schön!« Shelby hob vorsichtig eine glänzende Vase von ihrer Konsole. »Eine Chantilly Vase. Alan! Ich schwöre es dir, dieses Haus ist besser als eine versunkene Galeere. Ich könnte stundenlang hier herumwandern.« Nachdem sie das wertvolle Stück behutsam an seinen Platz zurückgestellt hatte, fragte sie Alan neckend: »Bist du jemals in eine dieser Rüstungen geklettert?«

»Caine hat es einmal gewagt, und danach brauchte ich über eine Stunde, um ihn wieder herauszubekommen.«

Shelby nahm sein Gesicht zwischen ihre Hände. »Du warst ein so guter Junge.« Noch während sie lachte, hob sie ihm ihr Gesicht entgegen und drückte ihre Lippen auf seinen Mund in einem überraschenden Kuss, der hart und fordernd zugleich war.

»Er stieg in die Rüstung«, erklärte Alan, während er ihr Haar hinter das Ohr steckte, um den Kuss zu vertiefen, »weil ich ihm eingegeben habe, dass es doch ein besonders spannendes Erlebnis sein müsse.«

Atemlos sah Shelby zu ihm auf. Wann würde sie auf diesen plötzlichen Wechsel in seinem Wesen gefasst sein? Die so gefährliche Seite seiner Natur traf sie immer wieder unvorbereitet. »Ein Anstifter bist du also«, brachte sie schließlich heraus.

»Ein zielbewusster Anführer«, korrigierte er und ließ Shelby los. »Schließlich habe ich ja meinen Bruder dann großmütig wieder aus der Rüstung befreit, allerdings erst, nachdem er Rena damit fast zu Tode erschreckt hatte.«

Shelby hatte sich an die kühle Wand gelehnt, und ganz langsam wurde ihr Pulsschlag ruhiger. »Wahrscheinlich bist du überhaupt nicht lieb und artig gewesen, Alan. Das hast du mir nur vorgeschwindelt. Die gebrochene Nase geschah dir sicher recht.«

»Oh nein! Caine verdiente sie mehr.«

Shelby lachte. »Ich mag deine Familie«, sagte sie.

»Ich auch.«

»Und es scheint dir zu gefallen, wenn ich mich mit deinem Vater messe.«

»Ich habe schon immer eine Vorliebe für Salonkomödien gehabt«, erwiderte Alan.

Shelby schmiegte sich eng an ihn. »Sag mal, woher stammt eigentlich deines Vaters Idee, dass wir heiraten wollen?«

Alan knipste eine Stehlampe an, die im Gang stand. »Ich erzählte ihm von meinem Antrag. Allerdings fehlt ihm jedes Verständnis dafür, dass sein Erstgeborener kein sofortiges Jawort bekam.« Alan hielt Shelby zwischen seinen Armen und der Wand gefangen. »Wie lange wirst du für eine Antwort brauchen?«

Die Frage war ihm herausgerutscht, er wollte Shelby nicht drängen. Aber hier, in seiner häuslichen Umgebung und inmitten der MacGregor'schen Familie, war seine Sehnsucht nach ihr übermächtig geworden. »Ich liebe dich, Shelby.«

»Das weiß ich.« Sie schlang die Arme um seinen Hals. »Ich liebe dich auch, das musst du mir glauben. Gib mir noch ein Weilchen, Alan, bitte. Ich weiß, dass es viel verlangt ist, aber – bitte!« Shelby schob ihn sanft zurück, damit sie ihm ins Gesicht blicken konnte. »Du bist fairer als ich, Alan, geduldiger und freundlicher. Das muss ich ausnutzen.«

Alan fühlte sich weder geduldig noch fair. Er hätte sie am liebsten in die Enge getrieben, gefordert, gezwungen! Aber er beherrschte sich. »Gut, Shelby. Doch wenn wir zurück in Washington sind, müssen wir darüber reden. Ich muss mich entscheiden, und du musst es auch.«

Shelby biss sich auf die Lippe. Sie ahnte, worum es bei seiner Entscheidung gehen würde. Jetzt nicht, flehten ihre Augen. Wenn dieses Wochenende vorüber ist, werde ich mich deinen Fragen stellen – irgendwie. Aber jetzt lass uns die Gegenwart genießen, ohne politische Wolken, ohne Hinweis auf die Zukunft. »Ich verspreche es dir«, flüsterte sie.

Alan nickte. Dann legte er eine Hand um ihren Nacken unter dem Haar und küsste sie. »Es ist spät geworden«, murmelte er. »Wahrscheinlich liegen die anderen längst in ihren Betten.«

»Wir sollten auch schlafen gehen«, meinte Shelby.

Alan lachte und knabberte an ihrem Ohrläppchen. »Was hältst du von einem mitternächtlichen Bad?«

»In einem Swimmingpool?« Shelby schloss die Augen, um seine Zärtlichkeiten ganz auszukosten. »Ich habe keinen Badeanzug mit.«

»Gut.« Am Ende des Ganges war eine Doppeltür. Alan nahm Shelby bei der Hand und ging darauf zu. Er öffnete die eine Seite, schob Shelby hinein, dann drehte er von innen den Schlüssel herum.

Mit einer Hand auf der Hüfte sah Shelby sich neugierig um. Großzügig und schön wie alles in diesem Haus, lag vor ihnen ein nierenförmiges Schwimmbecken, gefüllt mit dunkelblauem Wasser. Der Fußboden ringsum war belegt mit buntem Mosaik aus vielen kleinen Steinchen. Grünpflanzen aller Art und Beschaffenheit säumten den Rand. Die gegenüberliegende Wand bestand aus riesigen Glastüren, die jetzt geschlossen waren. Mondlicht drang herein und spiegelte sich in sanft kräuselndem Wasser.

»Daniel MacGregor hält sich nicht mit Kleinigkeiten auf, nicht wahr?«, meinte Shelby. »Sicher bist du jeden Tag deines Lebens geschwommen, habe ich recht? Du bist gebaut wie ein

Meisterschwimmer, das habe ich gleich bei unserer ersten Begegnung gedacht.«

Alan lächelte nur und zog sie vom Pool weg. »Zuerst gehen wir in die Sauna.«

»Oh, tatsächlich?«

»Ja, tatsächlich.« Er steckte eine Hand unter ihren Hosenbund und zog sie näher an sich heran. »Das öffnet die Poren.« Mit einer schnellen Bewegung hatte er ihre Hose geöffnet und sie über die Hüften hinuntergezogen.

»Da du darauf bestehst …« Shelby fing an, Alans Schlips aufzuknoten. »Hast du bemerkt, Senator, dass du immer viel mehr anhast als ich?«

»Nun, dazu kann ich nur sagen …«, er ließ seine Hand unter ihre Bluse gleiten, »… das habe ich.«

»Wenn du nicht angezogen in der Sauna sitzen willst, musst du damit aufhören.« Sie öffnete ungeduldig die vielen kleinen Knöpfe an seinem Hemd und zog es dann aus dem Hosenbund. »Wir brauchen Handtücher«, fügte sie hinzu und fuhr mit den flachen Händen genießerisch über seine Brust bis hinunter zur Gürtellinie.

Langsam schob Alan Shelby die Bluse von den Schultern und sah sie lange an, bevor er hinter sich griff, um vom Regal Handtücher zu holen. Shelbys Haut schimmerte zart im Mondlicht – sie war verlockend und verführerisch, und sie gehörte ihm. Shelby ließ Alan keine Sekunde aus den Augen, während sie das Handtuch wie einen Sarong um ihren nackten Körper drapierte.

Trockene Hitze schlug ihnen entgegen, als Alan die Tür zu dem kleinen Raum öffnete. Shelby blieb einen Augenblick stehen, um sich an die Hitze zu gewöhnen, ehe sie sich auf eine Bank setzte.

»Ich habe es seit Monaten nicht getan«, sagte sie, schloss die Augen und lehnte sich zurück. »Es ist wundervoll.«

»Vater soll in diesem kleinen Raum eine Anzahl äußerst gewinnbringender Geschäfte abgeschlossen haben«, bemerkte Alan, während er sich neben Shelby setzte.

Sie öffnete die Augen ein wenig. »Das kann ich mir gut vorstellen. Er hat seine Gegner einfach ausgetrocknet.« Langsam zog sie mit dem Finger eine Linie über Alans Schenkel. »Verwendest du auch solche Mittel bei deinen Regierungsgeschäften, Senator?«

»In kleinen heißen Räumen kommen mir eigentlich andere Ideen.« Er beugte sich zu ihr hinunter und fuhr mit den Lippen leicht über ihre Schulter – eine kurze Berührung mit der Zunge, ein schneller Druck seiner Zähne. »Sie sind lebendiger und ganz sicher persönlicherer Art.«

»Hm.« Shelby legte den Kopf zur Seite, als seine Lippen sich ihrer Halsgrube näherten. »Wie persönlich?«

»Eine höchst vertrauliche Angelegenheit.« Alan zog Shelby auf seinen Schoß und fing an, sie mit vielen kleinen Küssen zu überschütten, die sie immer benommen machten. Sie bewegte den Kopf so, dass ihre Lippen auf seinen Mund trafen, in einem trägen, feuchten Kuss. »Dein Körper fasziniert mich, Shelby. Er ist schlank und glatt und geschmeidig.« Seine Lippen zogen eine Spur vom Kinn bis hinunter zum Brustansatz – dort, wo ihr Handtuch geknotet war. »Und dein Verstand – auch er ist beweglich und geschmeidig wie deine Hände. Mir ist nie klar geworden, was mich an dir zuerst angezogen hat. Vielleicht war es beides zur gleichen Zeit – Körper und Verstand.«

Shelby war es zufrieden, zurückzuliegen und Alan gewähren zu lassen, sie mit Worten und zärtlichen Lippen zu liebkosen. Sie fühlte sich von der Hitze vollkommen entspannt, ihre Haut war weich und feucht. Als seine Lippen wieder ihren Mund fanden, hatte sie kaum die Kraft, ihre Arme um seinen Nacken zu legen und ihn an sich zu ziehen.

Während er sie langsam und innig küsste, öffnete er den Knoten ihres Handtuchs und zog es von ihr weg.

Der Duft, der von Shelby ausging und der ihn immer wieder aufs Neue erregte, füllte den kleinen Raum. Alan berührte sie, streichelte sie, liebkoste sie mit Händen, Fingern und Mund. Seine Zärtlichkeiten wurden immer ungeduldiger, und er fühlte, wie auch Shelbys Leidenschaft wuchs. Sie war heiß und feucht und verlangte mehr von ihm.

Nimm sie! Hier und gleich! verlangte es in ihm. Aber er bezwang sein Verlangen.

Nur Shelby wollte er die Befriedigung bringen, den Höhepunkt zu erreichen. Sie schrie seinen Namen heraus, drängte sich seiner Hand entgegen, und dann war sie wieder weich und anschmiegsam. So hätte er sie für immer halten können. Er zog sie eng an sich und erhob sich mit ihr.

»Es ist zu gefährlich, zu lange hier drinnen zu bleiben.« Alan rieb kurz seinen Mund gegen ihren Mund. »Wir müssen uns abkühlen.«

»Unmöglich«, murmelte Shelby und lehnte sich an seine Schulter. »Absolut unmöglich.«

»Das Wasser ist kühl – und fast so weich wie deine Haut.«

»Ich glaube nicht, dass ich die Kraft habe, im Wasser zu treten.«

»Wir machen das zusammen«, schlug Alan vor. Dann umfasste er mit einem Arm fest ihre Taille und sprang mit Shelby zusammen ins Wasser.

Für Shelby war es wie ein Schock, als das kalte Wasser über ihr zusammenschlug. Nachdem sie wieder auftauchte, hängte sie sich an Alan. »Es ist eisig!«

»Nicht wirklich«, erwiderte Alan. »Du wirst gleich merken, dass das Wasser gewärmt ist.«

Shelby fühlte sich bald herrlich erfrischt und schwamm die

ganze Länge des Pools ab. Als sie den Rand erreichte, stand Alan bereits oben und wartete auf sie.

»Angeber!«, warf sie ihm vor und warf mit einer Kopfbewegung das nasse Haar aus ihrem Gesicht. Dann ließ sie ihren Blick bedächtig über Alans Körper wandern, von seinem Gesicht bis hinunter zu dem flachen Bauch und noch weiter nach unten.

»Du siehst großartig aus, Senator. Ich glaube, ich könnte mich daran gewöhnen, dich nass und nackt zu sehen.« Sie glitt auf den Rücken, um sich treiben zu lassen. »Solltest du einmal der Politik müde werden, könntest du sicherlich leicht eine erfolgreiche Karriere als Bademeister an einem Nacktstrand starten.«

»Es ist immer gut, wenn man eine Alternative hat«, gab Alan zurück.

Er sah Shelby eine ganze Weile zu. Ihr Körper hob sich weiß und glatt gegen das dunkle Wasser ab. Mondlicht fiel durch die Fenster und schimmerte an der Oberfläche. Die rasende Sehnsucht, die er kurze Zeit vorher gespürt hatte, war wieder da. Er sprang ins Wasser und war mit einem Zug neben ihr. Mit einem Arm umfasste er ihre Taille. Shelby hielt sich an seinen Schultern fest. Ihren Kopf lehnte sie weit zurück, sodass ihr Haar nach hinten fiel. In ihren Augen spiegelten sich die gleiche Erregung und das Verlangen wider, das auch ihn ergriffen hatte. Dann legte sie ihren Mund auf seine Lippen.

Shelby wusste, dass sie sich diesmal wild lieben würden. Weder sie noch Alan hatten Geduld für ein langes Vorspiel. Wie eine Flutwelle überschwemmte sie das Begehren, nur das Wasser hielt sie davon ab, sich schneller zu bewegen. Shelby fühlte, wie es in seiner Kühle über ihre Schultern schlug, während Alans Küsse immer hungriger und besitzergreifender wurden.

Nur der schwache Chlorgeruch erinnerte sie daran, dass sie sich nicht an einer einsamen Lagune Tausende von Meilen entfernt befanden. Doch als Alan Shelby mit der ganzen Kraft seiner Leidenschaft nahm, hätte sie genauso gut sonst irgendwo sein können.

11. Kapitel

»Guten Morgen.« Shelby unterdrückte ein Gähnen, als sie am Fuße der Treppe Serena begegnete.

»Es sieht so aus, als wären wir die einzigen Langschläfer«, sagte Serena, die allerdings viel munterer wirkte als Shelby. »Alle anderen sind schon scheußlich aktiv. Wollen wir zusammen frühstücken?«

»Das klingt sehr verlockend.«

»Komm mit«, sagte Serena lachend und ging voraus. »Wir trinken unseren Morgenkaffee meist hier neben der Küche, weil wir alle zu verschiedenen Zeiten frühstücken. Caine war schon als Kind ein Frühaufsteher, dafür hätte ich ihn manchmal umbringen können. Alan und meine Eltern sind nicht viel besser. Für Diana ist acht Uhr angemessen, und Justin funktioniert nach einem zeitlichen Schema, das ich noch immer nicht begriffen habe. Ist auch egal, augenblicklich habe ich sowieso Narrenfreiheit.« Sie klopfte sich lachend auf ihren bereits ganz schön runden Bauch.

Das Frühstückszimmer war sonnig, groß und elegant. Ganz im MacGregor'schen Stil.

»Ich kann mich hier nie sattsehen.« Shelby bewunderte eine Sammlung von Zinngeschirr.

»Apropos satt, wie wäre es mit Waffeln?«

Shelby lächelte und drehte sich um. »Meine Gefühle gegenüber Waffeln sind höchst freundlich und warm.«

»Ich wusste, dass man sich auf dich verlassen kann. Bin gleich wieder da.« Serena lief in die Küche.

Shelby war an eines der großen Fenster getreten und betrachtete den gepflegten Rasen, der von bunten Beeten eingefasst war. Es ist schön hier, dachte sie. Bei Alans Familie fühle ich mich wohl. Es sieht so einfach aus. Wir lieben uns, heiraten, bekommen Kinder … Seufzend lehnte sie die Stirn an das kühle Glas. Aber das ist eine Täuschung, denn mein Problem löst sich nicht, im Gegenteil.

»Shelby?«

Serena war eingetreten und betrachtete sie verwundert. »Ich habe den Kaffee mitgebracht«, sagte sie nach kurzem Zögern. »Die Waffeln kommen sofort.«

»Danke.« Shelby setzte sich, und Serena schenkte ein. »Alan hat mir erzählt, dass du in Atlantik City ein Casino leitest.«

»Stimmt, Justin und ich sind Partner dort und auch in einer Hotelgruppe. Der Rest«, fügte sie schmunzelnd hinzu, »gehört ihm allein – vorläufig.«

»Ich bin sicher, du wirst ihn davon überzeugen, dass er dich überall braucht.«

»Alles zu seiner Zeit. Ich werde eigentlich recht gut mit ihm fertig, besonders seitdem er die Wette verloren hat und mich heiraten musste.«

»Würdest du mir das bitte erklären?«

»Er ist Spieler, und ich bin es auch. Wir knobelten es mit einer Münze aus.« Die Erinnerung machte Rena sichtlich Freude. »Zahl verlor, Kopf gewann.«

Shelby setzte lachend ihre Tasse ab. »Natürlich nahmt ihr ein ganz spezielles Geldstück, das dir gehörte.«

»Darauf kannst du dich verlassen! Er hat es natürlich geahnt, aber so getan, als wüsste er nichts. Und jetzt sind wir schon einen Schritt weiter.« Unbewusst legte sie die Hand auf ihren Bauch.

»Er liebt dich sehr«, sagte Shelby. »Man sieht es an seinen Augen, wenn du ins Zimmer trittst.«

»Wir haben uns zusammengerauft, Justin und ich.« Serena wurde nachdenklich. »Es war kein leichter Entschluss. Caine und Diana haben sich übrigens auch ganz schön schwergetan. Bei denen ist es auch Liebe auf den ersten Blick gewesen. Aber Justin und Diana hatten eine schwierige Kindheit. Es war für sie beide nicht einfach, eine feste Partnerverbindung einzugehen.«

»Ihr MacGregors wisst ziemlich genau, was ihr wollt, und setzt es auch durch.«

»Bei Alan hatte ich allerdings Bedenken«, fuhr Serena fort. »Aber jetzt nicht mehr. Ich bin ja so froh, dass er dich gefunden hat, Shelby. Und dass du keine von den grässlichen Mädchen bist, die er gelegentlich um sich hatte.« Über den Tisch hinweg ergriff sie Shelbys Hand und drückte sie herzlich.

Shelby wurde neugierig. »Was für Typen waren das denn?«, erkundigte sie sich.

»Kühl, glatt und meist blond, mit zarten Händen und schrecklich guten Manieren, wahnsinnig langweilig jedenfalls. Mit keiner hätte ich frühstücken mögen.«

Shelby schüttelte lachend den Kopf. »Aber das klingt doch so, als passte so eine Frau recht gut zu Senator Alan MacGregor.«

»Zum Titel vielleicht«, warf Serena ein, »nicht zum Mann. Und der ist mein Bruder. Manchmal ist er viel zu ernst, arbeitet unentwegt und nimmt alles sehr schwer. Er braucht jemanden, der ihm hilft, ihn aufmuntert und zum Lachen bringt.«

»Ich wünschte, dass es damit getan wäre.« Shelbys Stimme klang merkwürdig.

»Shelby«, begann Serena vorsichtig, »ich kann dir nicht helfen, oder? Du solltest nur wissen, dass ich immer für dich da bin. Und ich liebe Alan sehr.«

Shelby starrte in ihre leere Tasse, dann sah sie auf. »Ich auch, Serena.«

»Es ist eben alles nicht so einfach.« Serena lehnte sich zurück und überlegte.

»Nein«, stimmte Shelby zu, »das ist es bei Gott nicht.«

»Na, hast du dich tatsächlich noch entschlossen, heute aufzustehen, Shelby?«, fragte Alan, der soeben ins Frühstückszimmer gekommen war. Er spürte die gedrückte Stimmung, ließ sich jedoch nichts anmerken.

»Es ist erst kurz nach zehn.« Shelby wies auf die Uhr und hob den Kopf für einen Gutenmorgenkuss. »Hast du schon gefrühstückt?«

»Vor Stunden! Gibt es noch Kaffee?«

»Reichlich.« Serena schwenkte die Kanne. »Hast du Justin gesehen?«

»Er ist oben bei Vater.«

»Wahrscheinlich denken sich beide wieder ganz verzwickte Finanzpläne aus.«

»Ja«, meinte Alan trocken. »Sieht allerdings eher aus wie Poker.« Er trank einen Schluck. »Dad liegt ungefähr fünfhundert im Rückstand.«

»Und Caine?«

»Etwa dreihundert.«

Es gelang Serena nicht, ein missbilligendes Gesicht zu machen. »Vielleicht sollte ich verhindern, dass mein Angetrauter laufend die Familie ausnimmt. Hast du auch verloren?«

Alan zuckte nachlässig mit den Schultern und nippte an seinem Kaffee. »Es geht. Nicht mehr als kleine zweihundert.« Er begegnete Shelbys Blick und fügte hinzu: »Ich spiele mit Justin mehr aus diplomatischen Gründen.« Shelby musterte ihn, enthielt sich aber eines Kommentars. »Zum Teufel«, platzte Alan heraus, »eines Tages werde ich ihn doch schlagen.«

Inzwischen waren die Waffeln gebracht worden, und Shelby langte kräftig zu.

»Willst du das alles aufessen?«, fragte er ungläubig.

»Natürlich.« Sie goss genussvoll Sirup über ihren Teller. »Handelt es sich bei dieser Sitzung um einen reinen Männerclub, oder könnte ich mich beteiligen?«

Alan beobachtete fasziniert, mit welchem Appetit Shelby die Waffeln verschlang. »In Gelddingen machen wir keinen Unterschied zwischen den Geschlechtern.« Er drehte eine weiche, rötlich schimmernde Locke um seinen Finger. »Bist du darauf vorbereitet zu verlieren?«

Shelby lächelte. »Ich lasse es nicht zu.«

»Ich werde euch eine Weile zuschauen«, sagte Serena. »Wo sind Mom und Diana?«

»Im Garten«, antwortete Alan. »Diana wollte ein paar Tipps für ihr neues Haus.«

Serena nickte. »Das dürfte ein oder zwei ungestörte Stunden für uns bedeuten«, sagte sie und erhob sich.

»Ist es deiner Mutter nicht recht, wenn gespielt wird?«, fragte Shelby.

»Es sind die Zigarren meines Vaters«, erklärte Serena, während sie gemeinsam das Frühstückszimmer verließen. »Er versteckt sie vor ihr. Oder sie lässt ihn in dem Glauben, dass sie es nicht merkt.«

Shelby erinnerte sich an Anna MacGregors ruhigen, beobachtenden Blick. Letzteres ist wahrscheinlicher, dachte sie. Alan blieb, wie seiner Mutter, nur wenig verborgen.

Schon im Treppenhaus des Turmes hörten sie Daniel MacGregors polternde Stimme: »Verdammt, Justin Blade – du hast Glück wie ein Teufel!«

»Schlechte Verlierer sind die MacGregors«, seufzte Shelby mit einem Seitenblick auf Alan.

»Wir sollten erst einmal sehen, wie sich eine Campbell hält«, verkündete Alan von der Tür her. »Hier kommt neues Blut.«

Die Luft war voller Rauch. Schwerer, würziger Geruch von teurem Tabak lag als graue Wolke über Daniels riesigem alten Schreibtisch, der zur Spielfläche umfunktioniert worden war. Ringsum standen Stühle und Sessel. Die drei Männer schauten erstaunt auf die Neuankömmlinge.

»Ich gewinne nur ungern gegen meine Frau«, sagte Justin lachend und steckte sich seine Zigarre an.

»Dazu wirst du gar keine Gelegenheit bekommen.« Serena setzte sich auf die Armlehne zu ihm. »Shelby will sich mit euch messen.«

»Eine Campbell!« Der Senior rieb sich die Hände. »Gut denn, wir werden sehen, woher der Wind weht. Nimm Platz, Mädchen. Der Einsatz beträgt drei Dollar, zehn ist das Limit. Buben oder höher können eröffnen.«

»Wenn Sie hoffen, Ihren Verlust durch mich wieder auszugleichen, Daniel MacGregor«, sagte Shelby milde und setzte sich an den Tisch, »dann sind Sie im Irrtum.«

»Du gibst, Caine«, drängte der Senior. »Mach schon.«

Nach den ersten zehn Minuten bereits hatte Shelby erkannt, dass Justin Blade der beste Pokerspieler war, dem sie jemals gegenübergesessen hatte. Und ganz ohne Erfahrung war sie nicht, denn sie kannte eine Reihe von Spieltischen – elegante und weniger elegante. Alans Vater spielte trotzig, Caine impulsiv und recht geschickt, Justin jedoch spielte gekonnt. Und er gewann.

Nachdem sie gemerkt hatte, dass ihre Form an Justins nicht heranreichte, änderte Shelby ihre Taktik. Alle herkömmlichen Regeln missachtend, verließ sie sich blindlings ganz auf ihr Glück.

Alan hatte sich hinter Shelby gestellt und beobachtete sie. Sein Puls schlug rascher, als Shelby zwei Herzen ablegte und mit den Nachgeschobenen auf eine Straße hoffte. Kopfschüttelnd holte er sich vom Servierwagen noch eine Tasse Kaffee.

Shelby neben seinem Vater sitzen zu sehen war ein Erlebnis für sich. Ein heller und ein dunklerer Rotschopf neigten sich konzentriert über die jeweiligen Karten, vorsichtig und voller Misstrauen gegen spekulative Blicke des Nachbarn. Wie mühelos war Shelby doch in sein Leben geglitten. Wie ein runder Stein, der auf ruhiger Wasseroberfläche unzählige geheimnisvolle Wellenkräusel zauberte. Sie passte sogar in dieses verräucherte Turmzimmer zu den Pokerspielern. Ebenso selbstverständlich und sicher konnte sie sich aber auch in einem eleganten Saal in Washington bewegen, umgeben von Helligkeit und Glitzern und mit einem zerbrechlich dünnen Champagnerglas in der Hand.

Des Nachts aber gehörte sie in seine Arme und wurde ein Teil seiner selbst so wie noch keine andere Frau vorher. Alan wusste, dass er Shelby genauso nötig brauchte wie Nahrung und Luft zum Atmen.

»Zwei Asse!«, verkündete Daniel mit siegessicherem Blick.

Schweigend legte Justin sein Blatt mit der Bildseite nach oben auf den Tisch. »Zwei Paare sind mehr. Buben und Siebener.« Er lehnte sich bequem zurück, während der Senior ihn kräftig verwünschte.

»Du … du …« Ihm fiel nichts mehr ein. Hilfesuchend blickte er zu seiner Tochter und dann zu Shelby. »Der Teufel soll dich holen, Justin Blade.«

»Sie schicken ihn etwas voreilig auf diese Reise«, meinte Shelby und zeigte ihre Karten. »Eine Straße von der Fünf bis zur Neun.«

Alan trat an den Tisch und betrachtete ungläubig, was Shelby aufgedeckt hatte. »Das gibt's doch nicht! Sie hat tatsächlich eine Sechs und eine Sieben gezogen!«

»Es ist Zauberei!«, rief Daniel MacGregor und schlug in bewährter Manier mit der Faust auf den Tisch. »Nur eine verdammte Hexe kann das.«

»Oder eine verdammte Campbell«, ergänzte Shelby ruhig den Satz.

Ein Blick wie ein Blitzstrahl traf sie. »Weiter! Wer teilt neu aus?«

Justin zahlte ihr schmunzelnd eine Handvoll Chips aus. »Willkommen an Bord«, sagte er anerkennend und mischte.

Sie spielten fast eine Stunde lang. Shelby hielt sich an ihr System des Unlogischen. Dadurch gelang es ihr, sich gegen die Männer zu behaupten. Normalerweise wäre ein Gewinn von fünfundzwanzig Dollar für sie nicht sonderlich beeindruckend gewesen, doch bei dieser Konkurrenz war es etwas anderes. Zufrieden sah sie sich um. Niemand dachte an Aufhören. Vielleicht hätte der Vormittag nicht ausgereicht, doch plötzlich erklang die Stimme von Mrs. MacGregor im Treppenhaus.

Sofort drückte ihr Ehemann eine eben erst angezündete Sieben-Dollar-Zigarre im Aschenbecher aus und schob das Ganze unter den Schreibtisch. »Ich erhöhe um fünf«, sagte er laut mit unschuldiger Miene.

»Sie haben noch gar nicht eröffnet«, erinnerte Shelby ihn mit honigsüßem Lächeln. Dann griff sie in eine Dose mit Pfefferminzbonbons, die sich in greifbarer Nähe befand, und steckte ihm ein Stück in den Mund. »Sie sollten alle Spuren verwischen, Mr. MacGregor.«

Daniel lachte und klopfte ihr auf die Schulter. »Du bist ein feines Mädchen, Shelby, Campbell oder nicht.«

Annas Stimme erklang von der Tür her. »Wir hätten uns denken können, dass alle sich Mühe geben, an Justin ihr Geld zu verlieren.« Diana folgte ihrer Schwiegermutter auf dem Fuß.

»Ich muss gestehen, dass unser Neuankömmling auch recht erfolgreich ist«, berichtete Caine und legte seinen Arm um Diana.

»Es wird höchste Zeit, dass Justin einen Gegner findet«,

stellte Diana fest, umfasste von hinten die Schultern ihres Mannes und stützte ihr Kinn auf seinen Kopf. »Anna und ich wollten vor dem Essen noch schwimmen. Hat jemand Interesse?«

»Gute Idee!« Daniel MacGregor schob den verräterischen Aschenbecher mit dem Fuß ein bisschen weiter unter seinen Schreibtisch. »Kannst du schwimmen, Mädchen?«

»Aber ja.« Shelby legte die Karten nieder. »Ich hab nur keinen Badeanzug mitgebracht.«

»Unten ist ein ganzer Schrank voller Badeanzüge«, erklärte Serena. »Einer davon passt dir bestimmt.«

»Tatsächlich?« Shelby sah Alan an. »Wer hätte das gedacht, ein ganzer Schrank voll also.«

Er lächelte unschuldig. »Habe ich dir das noch nicht gesagt? Der Gedanke ist prachtvoll, ich werde euch begleiten. Ich habe Shelby noch nie im Badeanzug gesehen.«

Zwanzig Minuten später lag Alan entspannt in der heißen Sauna. Anstelle von Shelby leisteten ihm diesmal sein Bruder und Justin Gesellschaft. Er schloss die Augen und dachte an Shelbys feuchte, warme Haut und daran, wie ihr Herz unter seiner Hand geklopft hatte.

»Du hast einen guten Geschmack«, bemerkte Caine und lehnte sich an die Holzwand. »Aber du überraschst mich doch.«

Alan schlug die Augen auf und blinzelte träge. »Wieso?«

»Shelby erinnert in keiner Weise an die tolle Blondine mit den interessanten Formen, die dich noch vor wenigen Monaten begleitete.« Caine wischte sich mit dem Handtuch übers Gesicht. »Allerdings hätte jenes Geschöpf sich Dad gegenüber keine fünf Minuten lang halten können.«

»Shelby kann man nicht mit anderen vergleichen.«

»Ich habe höchsten Respekt vor einer Person, die so auf eine Straße spekuliert.« Justin streckte sich bequem aus. Er lag auf der Bank über Alan, wo die Temperatur am höchsten war. »Serena sagt, Shelby passt gut zu dir.«

»Wie angenehm, die Zustimmung der Familie zu haben«, sagte Alan trocken.

Justin lachte leise. »Ihr MacGregors müsst euch doch immer in solche Dinge einmischen.«

»Du sprichst natürlich aus persönlicher Erfahrung!« Caine schwitzte mächtig, er war an sich kein Freund des Saunavergnügens. »Augenblicklich genieße ich es, dass durch Alan und Shelby Dads Aufmerksamkeit von Diana und mir abgelenkt wird.«

»Dabei sollte man meinen, dass Renas Zustand ihn vollauf beschäftigt. Sein erstes Enkelkind!« Alan lachte.

»Mach dir nichts vor. Solange er nicht auf allen Seiten von kleinen MacGregors oder Blades umgeben ist, gibt er sich bestimmt nicht zufrieden.«

Caine lächelte verlegen. »Aber ich bin auf dem besten Weg. In letzter Zeit habe ich öfter darüber nachgedacht, ob ich ihm nicht den Gefallen tun soll.«

»Mit Nachdenken bringst du keinen echten schottischen MacGregor-Komantschen zuwege«, bemerkte Justin träge.

»Diana und ich wollten erst einmal abwarten, was bei euch herauskommt«, gab Caine ehrlich zu.

»Wie fühlt man sich eigentlich, Justin, wenn man Vater wird?«, fragte Alan.

Justin starrte schweigend an die Holztäfelung der Decke. Wie konnte er diesen aufregend-glücklichen Zustand beschreiben, in dem man sich befand, wenn man spürte, wie sich unter der vorsichtig aufgelegten Hand das Kind im Bauch der geliebten Frau bewegte?

»Wundervoll«, sagte er leise, »und beängstigend. Babys vervielfachen das Wenn und Aber im Leben. Ich freue mich sehr darauf. Doch je näher der Tag herankommt, desto mehr fürchte ich mich davor. Trotzdem kann ich es kaum erwarten, unseren Sprössling im Arm zu halten. Wie wird das Kind aussehen?«

»Starker Stamm, gutes Blut«, imitierte Caine den Vater.

Justin lachte leise und drehte sich um. »Daniel scheint mit diesem Mitglied der Campbells auch sehr zufrieden zu sein, Alan. Wirst du das Mädchen heiraten?«

»Ja. Im Herbst.«

»Warum, zum Teufel, sagst du das erst jetzt?«, schimpfte Caine. »Dad hätte diese Gelegenheit mit Freuden genutzt, um einen Abstecher in seinen geheiligten Weinkeller zu machen.«

»Weil Shelby es noch nicht weiß«, erklärte Alan beiläufig. »Und ich dachte, sie sollte es lieber zuerst erfahren.«

»Hm, sie macht nicht den Eindruck, als ließe sie irgendjemanden über sich bestimmen.«

»Wie recht du hast.« Alan lächelte Justin kleinlaut zu. »Trotzdem hab ich's versucht. Bisher ziemlich erfolglos. Früher oder später werde ich meine Taktik ändern müssen.«

Caine runzelte die Stirn. »Sie hat dir einen Korb gegeben?«

Alan setzte sich auf. »Manchmal siehst du unserem Vater zum Verwechseln ähnlich und benimmst dich auch wie er. Sie hat weder Nein noch Ja gesagt. Shelbys Vater war Senator Robert Campbell.«

»Robert Campbell.« Caine wiederholte den Namen langsam. »Jetzt begreife ich alles. Es muss ihr ziemlich schwerfallen, sich mit deinem Beruf abzufinden. Ist ihr Vater nicht dem Attentat zum Opfer gefallen, als er auf dem besten Weg war, den Wahlkampf zu gewinnen?«

»Ja.« Alan las die unausgesprochene Frage in Caines Augen. »Und nochmals ja: Ich werde mich aufstellen lassen, wenn die Zeit gekommen ist.« Erschrocken hielt er inne. Es war das erste

Mal, dass er seine Absicht laut äußerte. Kaum acht Jahre blieben ihm noch für diesen langen Weg. Er holte tief Luft. »Auch darüber muss ich mit Shelby sprechen.«

»Du bist für das Amt geschaffen, Alan«, sagte Justin einfach. »Du kannst dich dem nicht entziehen.«

»Nein, aber eben dafür brauche ich Shelby ja so notwendig. Wenn ich mich wirklich zwischen beiden entscheiden müsste …«

»Dann nähmst du Shelby.« Caine vollendete den Satz für ihn. Er verstand den Bruder und wusste, was es bedeutete, die richtige Frau fürs Leben gefunden zu haben. »Nur«, fragte er zweifelnd, »werdet ihr es auch ertragen können?«

»Das weiß ich nicht.« Alan schloss die Augen. Ein Entweder-oder würde ihn mit Sicherheit in zwei Teile zerreißen.

Am folgenden Mittwoch nach dem Wochenende in Hyannis Port erhielt Shelby ihren ersten Telefonanruf von Daniel MacGregor. Sie war gerade mit der Säuberung von Tante Emmas Käfig beschäftigt. Den Wassernapf in der einen Hand, hob sie mit der anderen den Hörer ab.

»Shelby Campbell?«

»Ja.« Ein Lächeln huschte über ihr Gesicht. Die Donnerstimme war nicht zu verkennen. »Hallo, Daniel MacGregor.«

»Hast du dein Geschäft schon geschlossen für heute?«

»Mittwochs arbeite ich mit Ton«, erklärte sie und klemmte den Hörer zwischen Kinn und Schulter, um den Napf wieder in den Papageienkäfig setzen zu können. »Aber damit bin ich fertig. Wie geht es Ihnen und Mrs. MacGregor?«

»Gut, danke, Mädchen. Wenn ich das nächste Mal in Washington bin, werde ich mir deinen Laden ansehen.«

»Gut.« Sie hockte sich auf die Sessellehne. »Hoffentlich gefällt Ihnen etwas, und wir können ein Geschäft machen.«

Daniel lachte vergnügt in sich hinein. »Habe nichts dagegen, wenn deine Hände so geschickt sind wie deine Zunge. Die Familie hat Pläne für das verlängerte Wochenende vom vierten Juli. Wir fahren zu den Komantschen nach Atlantic City.« Er räusperte sich. »Diese Einladung möchte ich auf dich ausdehnen und hierdurch persönlich herzlichst übermitteln.«

Shelby überlegte: der vierte Juli, Unabhängigkeitstag. Das hieß Feuerwerk, Hotdogs und Bierzelte. Weniger als einen Monat war es bis zu diesem Tag, die Zeit verging viel zu schnell. Sie würde mit Alan am Strand stehen und beobachten, wie der Himmel nach Sonnenuntergang die Farbe des Meeres annahm. Aber die Zukunft war so ungewiss …

»Vielen Dank für die Einladung, Daniel MacGregor, ich würde gern kommen.« Das wenigstens ist keine Lüge, dachte Shelby. Ob ich dann wirklich komme, ist eine andere Frage.

»Du passt gut zu meinem Sohn«, fuhr der Senior fort, dem ihr kurzes Zögern nicht entgangen war. »Dass ich jemals so etwas von einem Mitglied der Campbells sagen würde, hätte ich selbst nicht geglaubt. Du bist stark und intelligent. Und mit dir kann man lachen. Gutes Blut hast du in deinen Adern, schottisches Blut, Shelby Campbell. Es wird mir in den Enkeln wiederbegegnen.«

Shelby lachte, denn die Tränen waren ihr so schnell in die Augen geschossen, dass sie über ihr Gesicht rannen. »Sie sind ein Pirat, Daniel MacGregor, und ein listiger Schmeichler!«

»Also abgemacht. Auf Wiedersehen bei den Komantschen!«

»Leben Sie wohl, Daniel!«

Langsam legte Shelby den Hörer zurück und presste dann die Fäuste auf ihre Augen. Wegen ein paar alberner Worte würde sie keinen Weinkrampf bekommen. Seit dem ersten Erwachen in Alans Armen war es ihr klar gewesen, dass sie von nun an etwas vor sich herzuschieben versuchte, das dennoch mit unumstößlicher Gewissheit auf sie zukam. War sie richtig für ihn? Daniel war dieser Meinung, aber er konnte nur die Oberfläche erkennen. Was wusste er davon, wie viel Grausames sich darunter verbarg? Das ahnte nicht einmal Alan.

Es war nie verblasst! Gegenwärtig und lebendig lauerten die Erinnerungen in der Tiefe ihres Herzens – seit jenem Tag vor langen Jahren.

Wenn sie die Augen schloss, konnte sie noch heute die drei schnell aufeinanderfolgenden Explosionen hören – die Todesschüsse. Das Bild erschien vor ihrem geistigen Auge: wie ihres Vaters Körper zuckte, wie er plötzlich zu Boden sank, unmittelbar neben Shelbys Füße. Schreiende, durcheinanderlaufende Menschen, Panik ringsum – und das Blut des sterbenden Vaters auf ihrem Kleid.

Jemand hatte dann das Kind zur Seite geschoben, um dem Opfer zu helfen. Shelby war einfach auf dem glänzenden Parkett sitzen geblieben. Niemand kümmerte sich um sie.

Wie kann ein Geschehen von wenigen Sekunden für ein ganzes Leben zum Albdruck werden?

Dass ihr Vater tot war, brauchte ihr keiner zu sagen. Sie wusste es. Aus nächster Nähe hatte sie beobachten müssen, wie das Leben seinen Körper verließ. Auch ihr Leben war damals getroffen worden.

»Nie wieder«, stöhnte Shelby und vergrub den Kopf in ihren Armen. »Ich könnte es nicht noch einmal ertragen.«

Es klopfte an der Tür. Das musste Alan sein. Mit aller Kraft drängte Shelby die Tränen zurück, atmete tief und öffnete.

»Hallo, MacGregor. Heute gibt es nichts. Kein Essen. Nichts.«

»Das habe ich befürchtet«, entgegnete Alan lächelnd. Er hielt eine einzige Rose in der Hand, deren Blütenblätter die Farbe von Shelbys Haar hatten.

Es ist nur eine Aufmerksamkeit, wollte sich Shelby einreden, nichts von besonderer Bedeutung.

Aber Alan würde nie etwas Zufälliges tun, das wusste sie genau. Die Rose sollte ein Zeichen sein. Ein verantwortungsbewusster, ernster Mann bot ihr Schutz und Liebe an seiner Seite für ein ganzes Leben an.

»Es heißt, dass eine einzelne Blume viel romantischer sei als ein volles Dutzend«, sagte Shelby leichthin. Dann traten ihr wieder Tränen in die Augen. »Danke.« Sie warf die Arme um Alans Hals und küsste ihn heftig und voller Verzweiflung. Beschwichtigend strich er ihr über die wirren Locken und hielt sie zärtlich fest.

»Ich liebe dich«, wisperte sie und barg ihren Kopf an seinem Hals, bis sie sich wieder unter Kontrolle hatte.

Alan hob Shelbys Kinn und betrachtete ihr Gesicht. »Was ist los, Shelby?«

»Nichts«, antwortete sie ein wenig zu rasch. »Ich werde sentimental, wenn mir jemand etwas schenkt.« Er blickte sie immer noch fragend an, und das Herz tat ihr weh. »Liebe mich, Alan.« Sie presste ihre Wange gegen seine Wange. »Komm ins Bett mit mir – gleich jetzt.«

Alan begehrte Shelby. Sie brachte es mühelos fertig, seine Leidenschaft zu wecken, ein Blick genügte schon. Doch er wusste, dass das nicht die Antwort sein würde, die sie beide suchten. »Komm, setzen wir uns. Es ist an der Zeit, dass wir miteinander reden.«

»Nein! Ich …«

»Shelby!« Alan fasste sie bei den Schultern. »Es muss sein.«

Sie atmete heftig. Alan ließ sich nicht mehr vertrösten. Er hatte ihr so viel Zeit gegeben, wie es ihm möglich war. Shelby nickte und ging zum Sofa. Die Rose hielt sie noch immer fest in der Hand. »Möchtest du einen Drink?«

»Nein.« Er drückte sie sanft auf die Couch und setzte sich neben sie. »Ich liebe dich«, sagte er einfach. »Das weißt du, und auch, dass ich dich heiraten will. Wir kennen uns noch nicht sehr lange«, fuhr er fort, als Shelby weiterhin schwieg. »Wenn du eine andere Art von Frau wärst, würde ich dir vielleicht glauben, dass du dir deiner Gefühle für mich noch nicht sicher bist. Aber du bist keine andere Art von Frau, du bist Shelby.«

»Du weißt, dass ich dich liebe«, unterbrach sie ihn. »Du denkst jetzt logisch, und ich …«

»Shelby.« Es war nur ein Flüstern, aber Shelby verschluckte den Rest ihrer Entgegnung. Ruhig fuhr Alan fort: »Du hast wegen meiner politischen Tätigkeit Bedenken. Ich verstehe das, wenn auch vielleicht nicht ganz, aber ich bemühe mich, es zu verstehen. In dieser Sache müssen wir uns von jetzt an gegenseitig helfen.« Er nahm ihre Hände und fühlte, wie verkrampft Shelby war. »Gemeinsam schaffen wir es, Shelby.«

Shelby starrte ihn schweigend an. Sie ahnte, was er ihr weiter zu sagen hatte.

»Man hat mich gefragt, ob ich für die Präsidentschaftskandidatur zur Verfügung stehe, und ich muss mich entscheiden. So etwas kommt nicht von heute auf morgen, aber meine Leute treffen schon Vorbereitungen dafür.«

Nach einer Pause holte sie tief Luft und nahm all ihre Kraft zusammen. »Wenn es dir um meine Meinung geht, Alan, dann sollst du sie hören«, sagte sie ruhig. »Überlege es dir nicht, tu es! Sag Ja zu deinen Parteifreunden, Alan. Es ist deine Bestimmung.« Shelby wusste, dass ihre Worte der Wahrheit entsprachen, auch wenn sie ihr wehtaten. »Dir geht es nicht um Macht oder politische Ambitionen. Du bist dir der Härte und der furchtbaren Verantwortung, die ein solch hohes Amt mit sich bringt, voll bewusst.« Shelby hatte sich erhoben und lief im Zimmer auf und ab. Sie steckte die Rose so ungestüm in eine

Vase, dass der Stiel beinahe durchbrach. »Es gibt so etwas wie Schicksal«, sagte sie leise.

»Vielleicht.« Alan beobachtete, wie Shelby von ihren Gefühlen getrieben wurde. »Du bist dir aber auch darüber klar, Shelby, dass meine Zustimmung viel mehr bedeutet als eine simple Unterschrift. Der Weg wird steinig werden, ein heißer Wahlkampf steht uns bevor. Dabei brauche ich dich an meiner Seite.«

Shelby blieb stehen, zog ihre Schultern zusammen und drehte Alan kurz den Rücken zu. Als sie glaubte, ihr Gleichgewicht wiedergefunden zu haben, wandte sie sich um. »Ich kann dich nicht heiraten, Alan.«

Etwas blitzte in seinen Augen auf – Wut oder Schmerz, sie vermochte es nicht zu sagen. Aber seine Stimme war beherrscht, als er fragte: »Warum nicht?«

Shelby musste schlucken, die Kehle war ihr wie ausgetrocknet. »Du solltest auch jetzt logisch bleiben. Ich bin keine politisch geschulte Gastgeberin, bin weder diplomatisch, noch kann ich organisieren. Und all das würde dir an mir fehlen.«

»Ich brauche eine Frau, Shelby«, erwiderte er ruhig, »keinen Stab.«

»Zum Teufel, Alan, ich wäre unnütz, schlimmer als unnütz.« Shelby nahm ihre Wanderung durch das Zimmer wieder auf. »Wenn ich versuchen müsste, mich immerfort anzupassen, würde ich verrückt. Mir fehlt die Geduld für Schönheitssalons, Friseure und Sekretärinnen. Ich kann unmöglich vierundzwanzig Stunden hintereinander taktvoll sein! Was wäre ich für eine schlechte First Lady, wenn ich die meiste Zeit nicht einmal eine Lady bin?«, fuhr sie auf. »Und verdammt, Alan, du wirst gewinnen, daran gibt es keinen Zweifel. Und ich finde mich im Weißen Haus wieder, wo ich vor Eleganz und Protokoll ersticken werde.«

Alan wartete, bis Shelby ausgesprochen hatte. »Willst du damit sagen, dass du mich heiratest, wenn ich nicht kandidiere?«

Sie fuhr herum, ihre Augen schimmerten von Tränen, die ganze Qual stand in ihnen. »Tu mir das nicht an! Du würdest mich hassen. Es darf keine Wahl zwischen deiner Bestimmung und mir geben, Alan, das darf es einfach nicht!«

»Aber eine Wahl zwischen dem, was du bist, und mir«, entgegnete er. Der ganze unterdrückte Ärger brach aus ihm heraus. Er sprang vom Sofa auf und ergriff Shelbys Arme. Dieser Wutausbruch überwältigte sie. Sie wusste, dass Alan zu dieser Stimmung fähig sein konnte, hatte bereits Anzeichen dafür erkannt. Trotzdem kam sie sich hilflos vor. »Du kannst wählen, mich mit einem einfachen Nein aus deinem Leben zu streichen, aber du kannst nicht erwarten, dass ich das akzeptiere, denn du liebst mich, das weiß ich. Wofür, zum Teufel, also hältst du mich eigentlich?«

»Es ist keine Frage der Wahl«, erwiderte Shelby leidenschaftlich. »Ich kann nicht anders. Ich wäre nicht richtig für dich, Alan. Du musst das einsehen.«

Alan schüttelte Shelby so heftig, dass ihr Kopf zurückflog. »Lüg mich nicht an! Und erspare dir deine Ausflüchte! Wenn du mir tatsächlich den Rücken kehren willst, dann sei wenigstens ehrlich.«

Shelbys Knie gaben so plötzlich nach, dass sie gefallen wäre, hätte Alan sie nicht festgehalten. »Ich könnte es nicht ertragen.« Tränen traten ihr in die Augen, rollten die Wangen hinunter. »Ich könnte es nicht wieder durchmachen, Alan. Zu warten, nur darauf zu warten, dass es wieder passiert, dass sich alles wiederholt …« Aufschluchzend schlug sie die Hände vors Gesicht. »Oh Gott, bitte, ich halte es nicht aus. Ich wollte dich nicht so sehr lieben, wie ich es tue. Ich wollte nicht, dass du mir so viel bedeutest. Ich kann es nicht wieder geschehen lassen. All diese Menschen um einen herum, all diese Gesichter, der Krach, die Aufregung. Ich habe gesehen, wie jemand, den ich liebte, vor meinen Augen starb. Ich kann es nicht wieder durchleben. Ich kann es nicht!«

Alan hielt sie eng an sich gedrückt, wollte sie beruhigen, wollte sie trösten. Doch was sollte er sagen, welche Worte gebrauchen, um diese tief sitzende Angst und diesen schrecklichen Kummer zu verscheuchen? Es war ihre Liebe zu ihm, die all dieses Vergangene wieder herausbrachte. Und es gab keinen Weg, Shelby verständlich zu machen, dass es Wiederholungen im Leben nur selten gab.

»Shelby, bitte … Ich werde nicht …«

»Nein!«, unterbrach sie ihn und befreite sich aus seiner Umarmung. »Sag es nicht! Bitte! Ich kann es nicht ertragen, Alan. Du musst bleiben, was du bist, und für mich gilt das Gleiche. Wenn wir uns änderten, wären wir nicht die Menschen, die einander lieben könnten.«

»Ich bitte dich ja nicht darum, dich zu ändern«, sagte er ruhig, obwohl er wieder anfing, die Geduld zu verlieren. »Ich bitte dich nur, mir zu vertrauen und an mich zu glauben.«

»Du verlangst zu viel von mir. Bitte, bitte lass mich allein!« Bevor er noch etwas sagen konnte, verschwand Shelby im Schlafzimmer und schlug die Tür hinter sich zu.

12. Kapitel

Maine war im Juni wunderschön, grün, wild und einsam. Shelby fuhr die Küstenstraße entlang und zwang sich, an nichts zu denken. Durch das weit geöffnete Wagenfenster hörte sie, wie die Wellen sich an den Felsen brachen. Leidenschaft, Wut und Trauer drückte das Geräusch aus. Es passte zu Shelbys Gemütsverfassung.

Von Zeit zu Zeit leuchteten bunte Frühlingsblumen am Straßenrand. Zähe, widerstandsfähige Pflanzen mussten das sein, die sich hier gegen Salz und Wind behaupteten. Doch meistens sah man nur Steine, die von den unermüdlich anprallenden Wogen glatt gewaschen worden waren. Jetzt bildeten sie einen Teil der Küste, wenig später würde das Wasser ansteigen und sie erneut für sich beanspruchen.

Shelby holte tief Luft. Hier konnte sie wieder atmen. Vielleicht war sie nur so überstürzt aus Washington geflohen, um dort nicht zu ersticken. Hier war die Atmosphäre sauber und belebend. In diesen nördlichen Gefilden war es dem Sommer noch nicht gelungen, die Frühlingsstimmung zu verdrängen. Das gefiel Shelby, die Zeit sollte nicht so rasch vergehen.

Sie erkannte den hohen Leuchtturm auf der schmalen Landzunge, die sich herausfordernd ins Meer erstreckte. Keine Menschenseele war zu sehen. Hier fand Grant seinen Frieden und die Ruhe für sein Herz. Würde es auch ihr gelingen, in dieser Einsamkeit mit sich ins Reine zu kommen?

Langsam wurde es hell. Als ihr Flugzeug landete, war es noch finstere Nacht gewesen. Die aufgehende Sonne schüttete

Glanz und Farbe ins Meer. Einzelne Möwen kreisten, tauchten und überflogen wieder die Felsen und das schäumende Wasser. Zuweilen drangen ihre schrillen Schreie durch das tosende Brausen der Brandung. Shelbys verkrampfte Hände lockerten sich, sie fuhr langsamer. Die kurvenreiche Straße hatte ihre ganze Aufmerksamkeit erfordert. Nun, da sie sich nicht mehr so stark zu konzentrieren brauchte, kehrten die Gedanken zurück, ob sie es wollte oder nicht.

Der Strand war leer, als Shelby den Wagen verließ. Ein leichter Wind wehte ihr kühl und würzig um die Nase. Der Anblick des grauen Leuchtturms beeindruckte sie stets aufs Neue. Hier und dort mochte er ein wenig verfallen und vom Wetter angefressen sein, aber er strahlte Macht aus, zeitlose, lebensrettende Kraft. Ein sicherer Ort, um sich vor Stürmen aller Art zu verkriechen.

Shelby nahm ihre Tasche aus dem Kofferraum und ging auf die Eingangstür zu. Wie sie Grant kannte, hatte er abgeschlossen. Er gab niemandem Gelegenheit, sich unangemeldet zu nähern. Sie schlug, so kräftig sie konnte, mit der Faust gegen das Holz und schloss mit sich selbst eine Wette ab, wie lange Grant das Klopfen unbeachtet lassen würde. Gehört hatte er es natürlich sofort – Grant entging nichts –, aber trotzdem nahm er sich reichlich Zeit. Es fiel ihm immer schwer, jemandem Eintritt in seine Eremitenklause zu gewähren.

Shelby machte sich wieder bemerkbar und beobachtete dabei, wie die Sonne am Himmel höher stieg. Nach vollen fünf Minuten wurde die Tür einen Spaltbreit geöffnet.

Er wird unserem Vater immer ähnlicher, dachte Shelby überrascht. Das offene Gesicht mit den intelligenten Augen wies ein paar neue Falten auf, die Haare waren ein wenig zu lang. Schlaftrunken blinzelte er ins Morgenlicht.

»Was, in aller Welt, suchst denn du hier?«, fragte er nicht eben freundlich und rieb sein unrasiertes Kinn.

»Ein typischer Gutenmorgengruß von Grant Campbell.« Shelby stellte sich auf die Zehen und küsste den Bruder trotzdem.

»Wie spät ist es eigentlich?«

»Noch früh.«

Mit einem unterdrückten Fluch trat Grant zur Seite, um Shelby einzulassen. Das Wachwerden fiel ihm sichtlich schwer. Dann schloss er die Tür wieder, drehte den Schlüssel um und folgte der Schwester die steile, knarrende Holztreppe hinauf zu seinen Wohnräumen.

Oben angekommen nahm Grant Shelby bei den Schultern und musterte sie mit raschem, durchdringendem Blick.

Sie ließ es geschehen, man konnte vor Grant ohnehin nichts verbergen.

»Was ist verkehrt gelaufen?«, fragte er knapp.

»Wie meinst du das?« Shelby warf ihre Tasche auf einen Sessel, der dringend hätte aufgepolstert werden müssen. »Warum sollte etwas verkehrt sein? Kann ich dich denn nicht einmal besuchen?« Sie betrachtete ihren Bruder prüfend. Zugenommen hatte er jedenfalls nicht, man konnte ihn zwischen mager und dünn einordnen. Aber er strahlte Kraft und Ruhe aus, wie alles hier. Und deshalb war sie zu ihm gekommen, »Kochst du den Kaffee?«

»Ja.« Grant begab sich durch das Durcheinander des Wohnraumes in eine erstaunlich saubere, aufgeräumte Küche. »Frühstückst du mit mir?«

»Immer.«

Schon wesentlich freundlicher schnitt er einige Scheiben Schinken vom Stück. »Du bist schmal, Mädchen«, meinte er.

»Besten Dank. Dann sind wir uns ja ähnlich.«

Er murmelte etwas Unverständliches. »Wie geht es Mutter?«, fragte er schließlich.

»Gut, denke ich. Wahrscheinlich wird sie den Franzosen heiraten.«

»Dilleneau – mit den großen Ohren und dem begrenzten Verstand.«

»Du sagst es.« Shelby ließ sich auf einen Stuhl fallen. Das Fett in der Pfanne begann zu brutzeln. »Wirst du ihn unsterblich machen?«

»Das kommt darauf an.« Die Geschwister lachten sich verständnisinnig zu. »Mutter wäre sicher nicht überrascht, ihn als Karikatur in der Comic-Rubrik wiederzufinden.«

»Im Gegenteil, sie würde sich freuen.« Shelby legte den Kopf zur Seite. »Du weißt, dass sie dich gern für ein paar Tage in Washington hätte?«

»Mag sein.« Grant stellte die Pfanne mit dem ausgebratenen Schinken auf den Tisch.

»Gibt es auch Eier?« Shelby stand auf und holte Teller und Becher. Grant schlug ein halbes Dutzend Eier in einen großen Tiegel. »Rühr sie gut«, mahnte Shelby. »Kommen schon Touristen her?«

»Nein.«

Die Antwort kam wie aus der Pistole geschossen, Shelby lachte hell auf. »Warum probierst du es nicht mit Landminen und elektrischem Draht? Du erstaunst mich immer wieder. Du verstehst deine Mitmenschen wie kein anderer, trotzdem magst du sie nicht.«

»So solltest du das nicht formulieren.« Die Eier waren fertig, und Grant brachte sie zum Tisch. »Ich will nur niemanden um mich haben.« Er setzte sich und begann mit dem Frühstück. »Wie geht es deinen Untermietern?«

Shelby stocherte auf ihrem Teller herum. Erstaunlicherweise war ihr Appetit plötzlich vergangen. Das kannte sie sonst gar nicht. »Sie leben friedlich nebeneinanderher«, antwortete sie und nagte am Schinken. »Kyle versorgt sie, bis ich wieder zu Haus bin.«

Grant warf ihr einen forschenden Blick zu. »Wie lange gedenkst du zu bleiben?«

Shelby musste lachen. »Gastfreundlich wie immer. Nur ein paar Tage«, beruhigte sie ihn, »nicht länger als eine Woche jedenfalls.« Mit übertriebener Bewegung hob sie beide Hände. »Nun bitte mich nur nicht so sehr, dass ich meinen Besuch noch weiter ausdehne, denn das ist leider unmöglich.«

Grant würde sie verwünschen und garstig zu ihr sein, aber im Ernstfall hätte sie jahrelang bleiben können, das wusste Shelby genau. Die Geschwister waren durch ein unzerreißbares Band miteinander verbunden.

Grant hatte seine Portion bis zum letzten Bissen aufgegessen. »Okay, wenn du schon einmal da bist, kannst du nachher zum Einkaufen in den Ort fahren.«

»Stets gern zu Diensten«, erwiderte Shelby. »Wie schaffst du es eigentlich, dass dir jede größere Zeitung bis hierher in deine Einöde geliefert wird?«

»Ich bezahle dafür, ganz einfach. Die Leute halten mich für einen Sonderling.«

»Was du auch bist.«

»Vielleicht.« Grant schob seinen Teller beiseite. »Nun rede schon, Shelby, was treibt dich her?« Forschend sah er die Schwester an.

»Ich wollte einfach mal Tapetenwechsel haben«, begann sie, doch ein kräftiges Schimpfwort beendete ihre Ausflüchte. Normalerweise hätte Shelby in gleicher Weise geantwortet oder einen Scherz gemacht, aber heute schaute sie unglücklich auf die kalten Speisereste, die vor ihr standen. »Ich musste weg«, flüsterte sie. »Mein Leben ist ein großes Durcheinander, Grant.«

»Wessen ist es nicht?«, fragte er trocken, hob aber mit seinem schlanken Finger ihr Kinn an, um ihr ins Gesicht sehen zu können. »Nicht weinen, Shelby«, bat er leise, denn schon standen ihr die Tränen in den Augen. »Hol tief Luft und erzähl mir deinen Kummer.«

Shelby atmete tief durch und kämpfte darum, die Tränen zurückzuhalten. »Ich habe mich verliebt, was ich nicht sollte, und er will, dass ich ihn heirate, und das kann ich nicht.«

»Alles klar. Es handelt sich also um Alan MacGregor.« Als Shelby ihn misstrauisch ansah, schüttelte Grant den Kopf. »Nein, es ist mir nichts gesteckt worden. Die Zeitungen haben euch in letzter Zeit ein halbes Dutzend Mal zusammen erwähnt. Immerhin gehört er zu den wenigen Leuten, vor denen ich ehrlich meinen Hut ziehen kann.«

»Er ist ein guter Mann«, sagte Shelby und blinzelte die Tränen weg. »Vielleicht sogar ein großer.«

»Wo ist dann das Problem?«

»Ich will keinen großen Mann lieben«, rief sie heftig, »und noch viel weniger heiraten.«

Grant erhob sich, nahm den Kaffeetopf vom Ofen und schenkte nach. Langsam setzte er sich wieder und schob ihr die Milchdose hin. »Und warum nicht?«

»Weil ich es nicht noch einmal ertragen kann.«

»Was meinst du damit?«

Sie blitzte ihn an, ihre Tränen waren verschwunden. »Oh verdammt, Grant, komm mir nicht damit!«

Zufrieden über Shelbys Reaktion rührte Grant in seinem Becher. Es war ihm wesentlich lieber, dass Shelby ihn anfuhr, als dass sie weinte. »Ich habe gehört, dass der Senator früher oder später an die Spitze drängen möchte. Womöglich schon bald.«

»Deine Information stimmt – wie üblich.«

»Und es würde dir nicht gefallen, deine Kleider in der ›Vogue‹ wiederzufinden, Shelby?«

»Dein Humor war schon immer seltsam, Grant.«

»Danke.«

Ärgerlich schob sie den Teller zurück. »Ich will einfach keinen Senator lieben.«

»Tust du das denn?«, fragte er ruhig. »Oder bist du in den Mann nur verliebt?«

»Das ist das Gleiche.«

»Nein, ist es nicht. Du weißt das am allerbesten.« Grant holte sich ein Stück kalten Schinken von Shelbys Teller und knabberte daran herum.

»Ich kann es nicht wagen«, rief sie erregt. »Ich kann es einfach nicht. Er wird gewinnen, Grant, wenn er lange genug lebt. Mit dieser Möglichkeit aber kann ich nicht existieren.«

»Du und deine Möglichkeiten«, konterte er. Die Erinnerung tat weh, aber er verbannte sie. »Gut, dann lass uns das Ganze durchgehen. Erstens: Liebst du ihn?«

»Ja, ja – ich liebe ihn. Zum Teufel, das sagte ich doch eben schon.«

»Wie viel bedeutet er dir?«

Shelby fuhr sich mit beiden Händen durch die Haare. »Alles.«

»Dann, wenn er als Präsident kandidiert, und ihm geschieht etwas …« Grant machte eine Pause, als aus Shelbys Gesicht alle Farbe wich. »Würde das für dich weniger schmerzhaft sein, wenn du seinen Ring nicht trägst?«

»Nein.« Shelby legte die Hände vor den Mund. »Hör auf, Grant!«

»Du musst lernen, damit umzugehen«, sagte er hart. »Wir tragen es lange genug in uns herum. Ich bin auch dabei gewesen, und ich habe es nicht vergessen. Willst du dich vor dem

Leben verkriechen, weil damals vor fünfzehn Jahren etwas geschehen ist?«

»Was tust denn du anderes hier?«, forderte sie ihn heraus.

Volltreffer, dachte Grant, ließ sich jedoch nichts anmerken. »Um meine Person geht es jetzt nicht, Shelby. Und es gäbe noch eine andere Möglichkeit. Vielleicht liebt er dich so sehr, dass er um deinetwillen seine Pläne ändert ...«

»Das würde ich mir nie verzeihen.«

»Genau. Nun die letzte Möglichkeit.« Grant griff nach Shelbys zierlicher Hand. »Angenommen, er kandidiert und gewinnt, wird gesund und munter uralt, schreibt seine Memoiren, reist als Botschafter des guten Willens durch die Welt oder spielt Halma auf der Sonnenterrasse. Du würdest mit Sicherheit verdammt ärgerlich sein, dass er fünfzig Jahre lang ohne dich verbracht hat.«

Sie seufzte tief. »Ja, aber ...«

»Die ganzen Abers hatten wir schon«, unterbrach Grant. »Natürlich, es gibt noch einige Millionen Möglichkeiten außerdem. Er könnte zum Beispiel überfahren werden, oder du rennst in ein Auto. Er kann die Wahl verlieren und wird Missionar, oder er wird Nachrichtensprecher im Fernsehen.«

»Schon gut.« Shelby senkte ihre Stirn auf die verschränkten Hände. »Keiner schafft es besser als du, mir zu zeigen, welch große Idiotin ich bin.«

»Eines meiner unwichtigeren Talente. Hör mal, geh jetzt am Strand spazieren, um einen klaren Kopf zu bekommen. Wenn du wieder da bist, iss etwas, dann schlafe etwa zwölf Stunden, denn du siehst miserabel aus.« Er legte eine Pause ein, bis Shelby aufsah und wehmütig lächelte. »Dann fahr zurück nach Hause. Ich muss nämlich arbeiten.«

»Ich liebe dich, du Unhold.«

»Oh ja?« Er verzog sein Gesicht zu einem Lächeln. »Ich dich auch.«

Das Haus war schrecklich leer und viel zu ruhig. Aber wohin sollte er gehen? Nach der Auseinandersetzung mit Shelby hatte Alan sich einen Tag lang beherrscht und nichts unternommen. Am Freitag erfuhr er dann, dass sie weggefahren sei, ohne zu hinterlassen, wohin. Darüber war er halb verrückt geworden. Und jetzt, beinahe vierundzwanzig Stunden später, wusste er nicht mehr ein noch aus.

Natürlich durfte Shelby verreisen, wohin sie wollte und wie lange es ihr passte. Wie konnte er so töricht sein, auf eine Erklärung von ihr zu warten? Andere Menschen verließen auch die Stadt für einige Tage. Weshalb war er ärgerlich und machte sich Sorgen?

Er erhob sich aus seinem Schreibtischsessel und nahm die Wanderung durch den großen Arbeitsraum wieder auf. Wo, zum Teufel, steckte Shelby? Warum meldete sie sich nicht? Wie lange sollte das dauern? In ohnmächtiger Wut ballte er die Hände in seinen Hosentaschen zu Fäusten. Stets hatte er aus allen möglichen Problemen einen Ausweg gefunden. Wenn nicht so, dann eben irgendwie anders. Lösungen gab es immer. Oft war es nur eine Frage von Zeit und Geduld.

Aber Alan MacGregor hatte keine Geduld mehr, er litt wie nie zuvor in seinem Leben. Alles schmerzte, das Herz, der Kopf und seine Seele.

Wenn ich sie finde, dachte er, dann … Was dann? Er starrte aus dem Fenster. Kann ich Shelby zwingen? Soll ich heftig werden oder bitten und flehen? Welches Mittel ist mir noch geblieben? Ohne Shelby hat mein Leben seinen Sinn verloren. Wenn sie mich tatsächlich verlässt, bin ich nur noch ein halber Mensch.

Mein Herz hat sie gestohlen und läuft einfach fort. Nein, das zu behaupten wäre ungerecht. Ich gab ihr meine Liebe freiwillig, musste mich ihr geradezu aufdrängen, denn sie zögerte und wies mich ab. Doch jetzt ist es zu spät, und nichts lässt sich mehr rückgängig machen. Auch wenn sie nie wieder auftaucht, wird der Schmerz bleiben.

Panik ergriff Alan. Bestand die Möglichkeit wirklich? Jemand wie Shelby würde das fertigbringen. Den Koffer nehmen und spurlos verschwinden. Zum Teufel mit ihr!

Wütend betrachtete Alan das schweigende Telefon. Er musste Shelby finden, und wenn es auch noch so kompliziert wäre, sie aufzuspüren. Und anschließend würde sich ein Ausweg ergeben, denn sie gehörten zusammen. Darüber war Shelby sich ebenso klar wie er selbst.

Ich werde ihre Mutter anrufen, vielleicht hat sie inzwischen von Shelby Nachricht. Anschließend probiere ich sämtliche Leute durch, die sie kennen. Alan lachte bitter. Das könnte allerdings Wochen dauern.

Als er den Hörer abnahm, klingelte es an der Haustür. Fluchend legte Alan wieder auf. McGee war in Schottland, er musste also selbst öffnen.

Ein Eilbote stand vor ihm und lächelte freundlich. »Eine Zustellung für Sie, Senator. Vorsicht, sehr empfindlich.« Er grüßte und war im nächsten Moment wieder verschwunden.

Alan blickte verblüfft auf den durchsichtigen Plastikbeutel in seiner Hand. Er war mit Wasser gefüllt und verknotet. Ein kleiner hellroter Goldfisch schwamm aufgeregt in dem engen Gefängnis herum.

Mehr ärgerlich als erstaunt über die Störung suchte Alan nach einem geeigneten Gefäß. Die dickbäuchige Kristallbowle in der Vitrine schien ihm passend. Als er die verschlungenen Zipfel aufknüpfte, fiel ein Kärtchen heraus.

Im nächsten Moment hatte Alan den Fisch samt seinem Wasser in das kostbare Glas geschüttet und griff mit unsicheren Fingern nach der Mitteilung.

Senator,
wenn es dir möglich ist, im Goldfischglas zu leben, dann kann ich es auch.

Dreimal musste Alan den einfachen Satz lesen, bis er begriff. Dann schloss er die Augen. Sie war zurückgekommen. Die Karte fiel zu Boden, mit wenigen Schritten hatte er die Tür erreicht. Im gleichen Moment, als er sie weit aufriss, ertönte die Klingel.

»Hallo.« Shelby lächelte unsicher. »Darf ich eintreten?«

Er wollte sie an sich reißen, an sich drücken, um sicher zu sein, dass sie blieb. Aber das war keine Art, Shelby zu halten. »Sicher«, sagte er. Er wollte auf sie zu treten, doch stattdessen trat er einen Schritt zurück und ließ sie vorbei. »Du warst verreist.«

»Nur für eine kurze Pilgerfahrt.« Shelby schob die Hände tief in die weiten Taschen ihrer Leinenjacke. Es fiel ihr auf, dass Alan müde und abgespannt aussah. Gern hätte sie sein Gesicht gestreichelt, aber sie beherrschte sich.

»Komm herein und setz dich.« Beinahe förmlich wies er auf das Sofa im Salon, den sie mittlerweile erreicht hatten. »McGee hat Urlaub. Soll ich Kaffee machen?«

»Nein, für mich nicht.« Shelby ging langsam bis zum Kamin in der Ecke. Wie soll ich nur beginnen? überlegte sie. Wie ihm erklären, was mit mir los war? Ihr Blick fiel auf das grüne Tongefäß. Es stand zwischen den Fenstern, und das hereinströmende Licht ließ die hellen Punkte aufleuchten.

Shelby hatte sich noch vor wenigen Minuten allerlei Sätze zurechtgelegt, aber jetzt fiel ihr nichts ein. »Wahrscheinlich müsste ich mich zuerst entschuldigen«, begann sie zögernd, »dass ich neulich derart die Nerven verloren habe.«

»Warum?«

»Warum?« Sie schaute erstaunt auf. »Warum was?«

»Warum entschuldigen?«

Sie zuckte mit den Schultern. »Ich heule nicht gern, lieber würde ich fluchen oder gegen etwas treten.« Ihre Verlegenheit wuchs, und Alans ruhiger Blick war nicht dazu angetan, die Peinlichkeit der Situation zu erleichtern. Nervös fragte sie: »Du bist mir böse, nicht wahr? Sag mir ruhig die Wahrheit!«

»Nein.«

»Aber du warst es.« Shelby ging im Raum rastlos hin und her. »Ich hatte kein Recht, mich so aufzuführen. Ich ...« Ihr Blick fiel auf den Goldfisch in der Kristallbowle. »Na, der hat sich ja mächtig verbessert.« Sie lachte. »Ich glaube nicht, dass er das zu schätzen weiß, Alan.« Sie drehte sich zu ihm um und sah ihn fragend an. In ihren Augen lag ihre ganze Verletzlichkeit. »Willst du mich immer noch haben? Oder habe ich alles kaputtgemacht?«

Gern wäre Alan auf Shelby zugeeilt, hätte sie in seinen Armen gehalten und sich mit allem einverstanden erklärt – ob zu ihren Bedingungen oder auch seinen. Aber er wollte keinen Aufschub, er wollte eine Lösung.

»Was brachte dich zu dieser Sinnesänderung?«

Shelby ging auf ihn zu, fasste nach seinen Händen. »Ist das nicht gleichgültig?«

»Nein.« Er löste ihren Griff und legte seine Hände um Shelbys Gesicht. Mit seinen dunklen Augen schaute er sie ernst und forschend an. »Ich muss sicher sein, dass du mit mir glücklich wirst, dass du das bekommst, was du haben möchtest und was du für dein Leben brauchst. Denn ich will dich für immer.«

»Gut.« Shelby drückte Alans Handgelenke, bevor sie sich erneut abwandte. »Ich habe die Möglichkeiten in Betracht gezogen«, fing sie an. »Ich bin all die vielen Wenns und Abers durchgegangen. Ich mochte sie alle nicht. Doch eines erschien mir am schrecklichsten: ein Leben ohne dich. Du wirst nicht ohne mich Halma spielen, MacGregor.«

Er zog eine Augenbraue hoch. »Werde ich nicht?«

»Nein.« Shelby lächelte unsicher und schob den Pony aus der Stirn. »Heirate mich, Alan! Ich werde sicher nicht mit all deinen politischen Schachzügen einverstanden sein, aber ich werde mich bemühen, keine undiplomatischen Kommentare abzugeben. Vorsitzende von irgendwelchen Vereinen möchte ich nicht sein, und an Arbeitsessen nehme ich nur teil, wenn es sich nicht vermeiden lässt. Aber meine eigene Karriere wird eine verständliche Entschuldigung sein. Ich werde keine herkömmlichen Partys geben, aber dafür interessante. Wenn du also das Risiko eingehen willst, mich auf die Weltpolitik loszulassen – wer bin ich, um mich dagegen zu sträuben?«

Alan hätte es nicht für möglich gehalten, dass er Shelby noch mehr lieben könnte, als er es schon tat. Nun, er hatte sich geirrt. »Shelby, ich könnte wieder meinen Juristenberuf aufnehmen, könnte hier in Georgetown eine Anwaltspraxis eröffnen.«

»Nein!« Shelbys Augen blitzten. »Nein, verdammt, du nimmst den Juristenberuf nicht wieder auf, nicht meinetwegen, nicht für irgendjemanden. Ich hatte unrecht. Ich liebte meinen Vater, betete ihn an, aber ich kann das Geschehen von damals nicht mein Leben bestimmen lassen – oder deines.« Sie machte eine Pause, um sich zu beruhigen. »Ich werde mich nicht dir zuliebe ändern, Alan, ich könnte es nicht. Aber ich kann Vertrauen zu dir haben und an dich glauben.« Sie schüttelte den Kopf, als er etwas sagen wollte. »Ich will dir nicht vormachen, dass ich keine Angst haben werde oder dass in unserem zukünftigen Leben alles glattlaufen wird. Doch immer werde ich stolz auf dich sein.«

Ruhig setzte sie hinzu: »Ich bin stolz auf dich. Der Kampf gegen den Drachen ist noch nicht zu Ende, aber ich werde es schaffen.«

Alan trat auf Shelby zu, sah ihr in die Augen, bevor er sie in die Arme nahm. »Mit mir zusammen?«

Sie atmete tief aus. »Immer.«

Als Shelby den Kopf wandte, fand ihr Mund seine Lippen in einem hungrigen Kuss. Ihr war, als ob Jahre und nicht Tage vergangen wären, seitdem sie zusammen gewesen waren. Alan schmiegte sein Gesicht in die Fülle ihrer Haare, um ihren Duft ganz in sich aufzunehmen.

Dann gab es nichts außer der reinen Freude, wieder beieinander zu sein.

Es war später Nachmittag. Die Sonne warf schon längere Schatten, als Shelby sich rührte. Sie spürte Alan neben sich auf der Couch. Seine Beine hatte er über ihre gelegt, und sein Kopf ruhte an ihrem Nacken. Er war genauso wie sie nackt und wunschlos glücklich.

Als sie die Augen öffnete, betrachtete sie sein entspanntes Gesicht so lange, bis auch er die Augen aufschlug. Lächelnd berührte sie seinen Mund mit ihrem.

»Ich kann mich an keinen schöneren Samstag erinnern.« Shelby seufzte und fuhr mit ihrer Zunge spielerisch über seine Lippen.

»Da ich nicht die Absicht habe, mich in den nächsten vierundzwanzig Stunden zu rühren, müssen wir erst abwarten, wie dir der Sonntag gefallen wird.«

»Ich bin jetzt schon begeistert.« Sie streichelte Alan über die Schulter. »Ich will auf keinen Fall drängen, Senator, aber wann wirst du mich heiraten?«

»Ich dachte an September in Hyannis Port.«

»Auf der Burg der MacGregors.« Er konnte es Shelby ansehen, dass ihr der Gedanke gefiel. »Aber bis September sind es noch zweieinhalb Monate!«

»Gut, dann soll's der August sein«, sagte Alan und knabberte an ihrem Ohrläppchen. »In der Zwischenzeit ziehst du mit deinen Untermietern hier ein, und wir können uns in Ruhe nach einer anderen Bleibe umsehen. Wie würde dir eine Hochzeitsreise durch Schottland gefallen?«

Shelby schmiegte sich an ihn. »Gut.« Sie legte den Kopf zurück, um ihn voll anzusehen. »Aber erst einmal«, sagte sie langsam und fuhr mit den Händen hinunter zu seiner Taille, »muss ich dir gestehen, dass mir eine deiner häuslichen Pflichten besonders gut gefällt, Senator.«

»Wirklich?« Er beugte sich über Shelby, als wollte er sie küssen, ließ aber seinen Mund dicht vor ihren Lippen verhalten.

»Du hast …«, sie biss ihn spielerisch in die Unterlippe, »… meine volle Unterstützung, wenn du den ganzen Vorgang von vorhin noch einmal wiederholst.«

Alan ließ seine Hände über ihren Körper gleiten. »Es gehört zu meinen Aufgaben als Senator, jederzeit meinen Wählern zur Verfügung zu stehen.«

Shelby tippte mit der Fingerspitze auf sein Kinn. »Solange ich es alleine bin, Senator.« Sie legte ihre Arme um seinen Nacken. »Das ist das Ein-Mann-Wahlsystem.«

– ENDE –

Nora Roberts

Schatten über dem Paradies

Roman

Aus dem Amerikanischen von
M.R. Heinze

mtb

1. Kapitel

»Was machst du bloß an einem solchen Ort, zum Teufel?«

Maggie, auf allen vieren, blickte nicht hoch. »C. J., du redest immer das Gleiche.«

C. J. zog den Saum seines Kaschmirpullovers zurecht. Er war ein Mann, der das Sorgen zu einer Kunst erhoben hatte, und er sorgte sich um Maggie. Jemand musste es tun. Frustriert blickte er auf das dunkelbraune Haar hinunter, das sie auf dem Kopf zu einem unordentlichen Knoten geschlungen hatte. Ihr Hals war schlank, schimmerte wie Porzellan, die Schultern waren jetzt leicht nach vorn gerundet, als sie ihr Gewicht auf die Unterarme verlagerte. Sie war zart gebaut und besaß jene Zerbrechlichkeit, die C. J. stets an die Ladies der englischen Aristokratie im neunzehnten Jahrhundert erinnerte. Obwohl diese Ladies vielleicht ebenfalls einen endlosen Vorrat an Stärke und Ausdauer unter zierlichem Knochenbau und Porzellanhaut besessen hatten.

Maggie trug ein T-Shirt und Jeans, beides ausgewaschen und jetzt leicht feucht von Schweiß. Als er ihre zartgliedrigen, eleganten Hände betrachtete und feststellte, dass sie schmutzig waren, erschauderte er. Er wusste, welche Magie diesen Händen innewohnte.

Eine Phase, dachte er. Sie macht lediglich eine Phase durch. In zwei Ehen und mehreren Affären war C. J. zu der gesicherten Erkenntnis gelangt, dass Frauen von Zeit zu Zeit von sonderbaren Launen und Stimmungen befallen wurden. Ihm wiederum fiel es zu, Maggie sanft in die reale Welt zurückzuführen.

Während er seinen Blick über nichts als Bäume und Felsen

und einsame Wildnis gleiten ließ, fragte er sich flüchtig, ob es wohl Bären in diesen Wäldern gab. In der realen Welt wurden solche Wesen in Zoos gehalten. Ohne seine angespannte Ausschau nach verdächtigen Bewegungen zu unterbrechen, versuchte er es noch einmal.

»Maggie, wie lange willst du denn noch so weitermachen?«

»Wie weitermachen, C.J.?« Ihre Stimme war leise und heiser, als wäre sie soeben aufgewacht. Es war eine Stimme, die in den meisten Männern den Wunsch erzeugte, Maggie soeben geweckt zu haben.

Diese Frau war einfach schrecklich. C.J. strich sich mit den Fingern einer Hand durch seine sorgfältig gestylten und geföhnten Haare. Was machte sie bloß dreitausend Meilen von L.A. entfernt? Warum verschwendete sie sich selbst an diese Schmutzarbeit? Er besaß ihr gegenüber eine Verantwortung – und, verdammt noch mal, auch sich selbst gegenüber. C.J. stieß einen langen Atemzug aus, eine alte Gewohnheit, sobald er auf Opposition stieß. Allerdings waren Verhandlungen sein Beruf. Es lag an ihm, Maggie durch Zureden wieder zur Vernunft zu bringen.

Er verlagerte sein Gewicht von einem Fuß auf den anderen, wobei er sorgfältig darauf achtete, seine polierten Halbschuhe nicht mit dem Schmutz in Berührung zu bringen. »Kleines, ich liebe dich. Das weißt du. Komm nach Hause!«

Diesmal drehte Maggie ihren Kopf und blickte mit einem Lächeln zu ihm auf, das jeden Zentimeter ihres Gesichts mit einbezog – den Mund, der fast schon zu großzügig war, das etwas spitz zulaufende Kinn, die betonten Wangenknochen. Ihre Augen, groß und rund und eine Schattierung dunkler als ihr Haar, sorgten für den endgültigen lebendigen Funken. Es war kein atemberaubendes Gesicht. Das sagte man sich, während man noch nach dem Grund suchte, weshalb es einem den

Atem raubte. Selbst jetzt, ohne Make-up und mit Erde auf einer Wange, nahm einen das Gesicht gefangen. Maggie Fitzgerald nahm einen gefangen, weil sie genau so war, wie sie wirkte. Interessant. Interessiert.

Sie ließ sich nach hinten auf die Fersen sinken, blies sich eine Haarsträhne aus den Augen und sah zu dem Mann hoch, der finster auf sie herunterblickte. Sie verspürte ein wenig Zuneigung und ein wenig Belustigung. Beides Gefühle, die ihr stets leicht zuflogen. »C.J., ich liebe dich auch. Und jetzt hör auf, dich wie ein altes Klageweib aufzuführen.«

»Du gehörst nicht hierher«, setzte er an, mehr genervt als beleidigt. »Du solltest nicht auf Händen und Knien herumwühlen …«

»Mir gefällt es«, antwortete sie schlicht.

Es war dieser schlichte Tonfall, der ihm verriet, dass er ein echtes Problem hatte. Hätte sie geschrien und getobt, wäre er nahezu sicher gewesen, dass er sie zur Umkehr bewegen könnte. Doch wenn sie auf eine so ruhige Weise starrsinnig war, konnte man ihre Meinung genauso leicht ändern, wie man den Mount Everest bestieg. Es war gefährlich und ermüdend. Und weil er ein kluger Mann war, änderte C.J. seine Taktik.

»Maggie, ich verstehe nur zu gut, wieso du für eine Weile von allem wegkommen und dich ein wenig ausruhen willst. Niemand hat das mehr verdient als du.« Das klingt gut, dachte er. Weil es wahr ist. »Warum gönnst du dir nicht einfach zwei Wochen in Cancún oder machst einen Einkaufsbummel durch Paris?«

»Mmh.« Maggie rutschte auf den Knien und zupfte die Blütenblätter der Stiefmütterchen zurecht, die sie einpflanzte. Maggie fand, dass sie ein wenig mitgenommen aussahen. »Gibst du mir bitte die Gießkanne?«

»Du hörst mir nicht zu.«

»Doch, das tue ich.« Sie reckte sich und nahm sich selbst die

Gießkanne. »Ich war schon in Cancún, und ich habe so viele Kleider, dass ich die Hälfte davon in L. A. eingelagert habe.«

Ohne Pause versuchte C. J. die nächste Methode. »Es geht nicht nur um mich«, begann er erneut und sah zu, wie sie die Stiefmütterchen begoss. »Jeder, der dich kennt und von dieser Geschichte hier gehört hat, denkt, du hättest …«

»Eine Schraube locker?«, warf Maggie ein. Zu viel Wasser, befand sie, als die übersättigten Blumen die Köpfe hängen ließen. Sie musste noch eine Menge über die Grundlagen des Landlebens lernen. »C. J., anstatt an mir herumzunörgeln und zu versuchen, mich zu etwas zu überreden, das ich nicht tun will, könntest du zu mir hier herunterkommen und mir helfen.«

»Helfen?« Seine Stimme klang so betroffen, als hätte sie vorgeschlagen, er solle besten Scotch mit Leitungswasser verdünnen. Maggie lachte leise.

»Gib mir diese Steige mit Petunien.« Sie rammte den kleinen Spaten wieder in den Boden und kämpfte gegen den steinigen Untergrund. »Gärtnern würde dir gut tun. Es würde dich wieder mit der Natur in Berührung bringen.«

»Ich habe nicht die Absicht, die Natur zu berühren.«

Diesmal lachte sie und wandte ihr Gesicht dem Himmel zu. Nein, ein chlorierter Pool – solarbeheizt – war wohl das Äußerste, was C. J. als Natur an sich herankommen lassen würde. Bis vor ein paar Monaten war sie selbst auch nicht viel näher herangekommen. Auf jeden Fall hatte sie es nie versucht. Aber jetzt hatte sie etwas gefunden – etwas, wonach sie nicht einmal gesucht hatte. Wäre sie nicht an die Ostküste gekommen, um an der Partitur für ein neues Musical mitzuarbeiten, und hätte sie nicht nach den langen, kräftezehrenden Sitzungen diese impulsive Spazierfahrt nach Süden unternommen, wäre sie nie in die verschlafene Kleinstadt geraten, die in den Blue Ridge Mountains versteckt lag.

Ob wir je wirklich wissen, wohin wir gehören, dachte Maggie, wenn wir nicht das Glück haben, unseren ganz persönlichen Flecken Erde durch Zufall zu entdecken? Sie wusste nur, dass sie ohne Ziel losgefahren und nach Hause gekommen war.

Vielleicht hatte das Schicksal sie nach Morganville geführt, eine Ansammlung von Häusern in den Hügeln, die sich einer Bevölkerungszahl von 142 rühmte. Außerhalb der eigentlichen Stadt lagen Farmen und isolierte Häuser in den Bergen. Falls das Schicksal sie nach Morganville geführt hatte, musste es auch das Schicksal gewesen sein, das sie zu dem Schild brachte, das anzeigte, ein Haus und zwölf Morgen Land seien zu verkaufen. Es hatte keinen Moment der Unentschlossenheit gegeben, kein Handeln um den Preis, keine Zweifel in letzter Minute. Maggie hatte die Kaufbedingungen erfüllt und innerhalb von dreißig Tagen die Besitzurkunde in Händen gehalten.

Als sie zu dem zweistöckigen Holzhaus mit den noch immer schief hängenden Fensterläden blickte, konnte Maggie sich gut vorstellen, dass ihre Freunde und Kollegen sich um ihren Geisteszustand sorgten. Sie hatte ihre mit italienischem Marmor ausgekleidete Eingangshalle und ihren mosaikgekachelten Pool gegen rostige Angeln und Steine ausgetauscht. Und sie hatte es ohne einen einzigen Blick zurück getan.

Maggie drückte die Erde um die Petunien an und ließ sich nach hinten sinken. Die Petunien sahen etwas lebendiger aus als die Stiefmütterchen. Vielleicht bekam sie allmählich den Dreh. »Was denkst du?«

»Ich denke, du solltest nach L. A. zurückkommen und die Partitur beenden.«

»Ich meinte die Blumen.« Sie putzte im Aufstehen ihre Jeans ab. »Ich mache die Musik auf jeden Fall fertig – hier.«

»Maggie, wie kannst du hier arbeiten?«, explodierte C. J. Er breitete beide Arme in einer Geste aus, die Maggie immer für ihre bühnenreife Schwülstigkeit bewundert hatte. »Wie kannst du hier leben? Diese Gegend ist nicht einmal zivilisiert.«

»Warum? Weil es nicht an jeder Ecke einen Fitness-Club oder eine Boutique gibt?« Um ihre Worte abzumildern, schob sie eine Hand unter C.J.'s Arm. »Komm, atme tief durch. Die frische Luft wird dir nicht schaden.«

»Smog wird unterschätzt«, murmelte er. Beruflich gesehen war C.J. ihr Agent, doch persönlich betrachtete er sich als ihr Freund, vielleicht ihr bester Freund seit Jerrys Tod. Der Gedanke daran ließ ihn seinen Ton wieder wechseln. Jetzt war er sanft. »Maggie, ich weiß, du hast schwere Zeiten hinter dir. Vielleicht wirst du im Moment mit den Erinnerungen in L. A. nicht fertig, aber du kannst dich nicht selbst begraben.«

»Ich begrabe mich nicht selbst.« Sie legte ihre Hände auf seinen Unterarm. »Und ich habe Jerry vor fast zwei Jahren begraben. Das ist ein anderer Teil meines Lebens, C.J., der nichts mit dem hier zu tun hat. Hier ist mein Zuhause. Ich kann es nicht anders erklären. Das ist jetzt mein Berg, und ich bin hier glücklicher und mehr daheim, als ich es in Los Angeles jemals war.«

Er wusste, dass er mit dem Kopf gegen die Wand rannte, beschloss jedoch, noch einen Versuch zu unternehmen. »Maggie.« Er legte einen Arm um ihre Schultern. »Sieh dir das an.« Er ließ einen Moment der Stille eintreten, während sie beide das Haus auf der Anhöhe über ihnen betrachteten. Er bemerkte, dass auf der Veranda mehrere Bretter fehlten und dass überall die Farbe abblätterte. Maggie sah, wie die Sonne von den Fensterscheiben in Regenbogenfarben reflektiert wurde. »Du kannst doch nicht im Ernst hier leben wollen.«

»Etwas Farbe, ein paar Nägel.« Sie zuckte nur die Schultern. Schon vor Langem hatte sie gelernt, dass man die offensichtlichen Probleme am besten ignorierte, während es die Probleme waren, die im Verborgenen schwelten, um die man sich kümmern musste. »Es bietet so viele Möglichkeiten, C. J.«

»Deren größte es ist, dass es dir auf den Kopf fällt.«

»Ich habe das Dach letzte Woche in Ordnung bringen lassen – von einem ortsansässigen Mann.«

»Maggie, ich kann mich nicht dazu bringen zu glauben, dass es hier irgendwelche ortsansässigen Männer oder Frauen gibt. Zumindest nicht in einem Umkreis von zehn Meilen. Diese Gegend dürfte nur für Elfen und Gnome geeignet sein.«

»Na, vielleicht war er ja ein Gnom.« Ihr Sinn für Spaß trieb sie, als sie ihre Rückenmuskeln streckte. »Er war etwa eins sechzig, stämmig wie ein Bulle, und sein Name war Bog.«

»Maggie …«

»Er war eine große Hilfe«, fuhr sie fort. »Er und sein Junge kommen wieder und kümmern sich um die Veranda und einige andere größere Reparaturen.«

»Na schön, dann hämmert und sägt ein Gnom für dich. Was ist damit?« Er deutete auf das umliegende Land. Es war steinig, uneben und mit Unkraut und Dickicht bewachsen. Nicht einmal ein unverbesserlicher Optimist hätte irgendeine Fläche als Rasen betrachten können. Ein massiger Baum neigte sich gefährlich dem Haus zu, während dornige Schlingpflanzen und wild wachsende Blumen um Lebensraum rangen. Es roch durchdringend nach Erde und Pflanzen.

»Wie das Schloss von Dornröschen«, murmelte Maggie. »Irgendwie wird es mir leidtun, etwas wegzuhacken, aber Mr. Bog übernimmt auch das.«

»Erledigt er auch Ausgrabungsarbeiten?«

Maggie neigte den Kopf und hob die Augenbrauen. Jeden über vierzig hätte sie jetzt an ihre Mutter erinnert. »Er hat mir einen Landschaftsgärtner empfohlen. Mr. Bog hat mir versichert, dass Cliff Delaney der beste Mann im County sei. Er kommt heute Nachmittag vorbei und sieht sich alles an.«

»Wenn er ein kluger Mann ist, wird er einen Blick auf diese Ablaufrinne werfen, die du eine Straße nennst und die hierher führt, und weiterfahren.«

»Du hast es aber mit deinem gemieteten Mercedes bis hier herauf geschafft.« Sie drehte sich um, schlang die Arme um seinen Nacken und gab ihm einen Kuss. »Glaube nicht, dass ich es nicht zu schätzen weiß, dass du dir Sorgen machst und hergekommen bist.« Sie zerzauste sein Haar, womit sonst niemand durchgekommen wäre. »Vertrau meinem Urteil, C. J. Ich weiß wirklich, was ich tue. Meine berufliche Arbeit kann hier nur besser werden.«

»Das bleibt abzuwarten«, murmelte er und hob seine Hand an ihre Wange. Sie ist noch jung genug für alberne Träume, dachte er. Noch süß genug, um auch an sie zu glauben. »Ich mache mir nicht um deine Arbeit Sorgen.«

»Ich weiß.« Ihre Stimme wurde zusammen mit ihren Augen und ihrem Mund sanfter. Sie war keine Frau, die ihre Emotionen lenkte, sondern die von ihren Emotionen gelenkt wurde. »Ich brauche den Frieden hier. Zum ersten Mal in meinem Leben bin ich von dem Karussell abgesprungen. Ich genieße den festen Boden unter den Füßen, C. J.«

Er wusste und verstand, dass sie sich im Moment nicht von ihrem Standpunkt abbringen lassen würde. Er wusste auch, dass von Geburt an ihr Leben eingebettet gewesen war in Fantasien – und Albträume. Vielleicht brauchte sie eine gewisse Zeit, um zu kompensieren.

»Ich muss meine Maschine erwischen«, grollte er. »Ich möchte, dass du mich täglich anrufst, solange du hier bleibst.«

Maggie gab ihm noch einen Kuss. »Einmal die Woche. Du wirst den gesamten Soundtrack für ›Heat Dance‹ in zehn Tagen bekommen.« Den Arm um seine Taille gelegt, führte sie ihn den unebenen, zugewachsenen Pfad hinunter zu seinem Mercedes.

»Ich liebe den Film, C. J. Er ist sogar noch besser, als ich dachte, als ich das Skript las. Die Musik schreibt sich praktisch selbst.«

Er brummte nur und warf einen Blick zu dem Haus zurück. »Wenn du einsam wirst …«

»Werde ich nicht.« Lachend drängte Maggie ihn in den Wagen. »Es ist erstaunlich, wie sehr ich mir selbst genügen kann. Also, gute Reise, und hör auf, dir Sorgen um mich zu machen.«

Von wegen, dachte er und fasste in seine Aktentasche, um sich davon zu überzeugen, dass seine Pillen gegen Reisekrankheit da waren. »Schick mir den Soundtrack, und wenn er sensationell ist, höre ich vielleicht auf, mich zu sorgen … ein wenig.«

»Er ist sensationell.« Sie wich von dem Wagen zurück. »Ich bin sensationell!«, rief sie, als der Mercedes zu wenden begann. »Erzähl allen an der Westküste, dass ich beschlossen habe, Ziegen und Hühner zu kaufen.«

Der Mercedes stoppte abrupt. »Maggie …«

Sie winkte lachend. »Jetzt noch nicht … aber vielleicht im Herbst. Ach ja, und schick mir Godiva-Pralinen.«

Das sieht schon mehr nach Maggie aus, dachte C. J. und fuhr wieder an. In sechs Wochen würde sie zurück in L. A. sein. Er blickte in den Rückspiegel, während er abfuhr. Er sah sie im Spiegel, zierlich und schlank, wie sie lachend vor dem überwucherten Land und den knospenden Bäumen und dem heruntergekommenen Haus stand. Wiederum schauderte er, diesmal nicht von einem Angriff auf seinen Feinsinn. Diesmal war es eine gewisse Furcht. Er war plötzlich davon überzeugt, dass Maggie hier nicht in Sicherheit war.

Kopfschüttelnd griff C. J. nach seinen Magentabletten, während der Wagen über einen Stein holperte. Er machte sich zu viele Sorgen.

Wieder allein, drehte Maggie sich zweimal im Kreis. Zum ersten Mal in ihrem Leben hatte sie die Chance, einem Besitz ihren eigenen Stempel aufzudrücken. Es war keine Presse da, die diesen isolierten Flecken im westlichen Maryland mit dem Herrenhaus ihrer Mutter in Beverly Hills oder der Villa ihres Vaters in Südfrankreich verglich. Wenn sie sehr, sehr viel Glück hatte, würde es überhaupt keine Presse geben. Sie konnte ihre Musik schreiben und ihr Leben in Frieden und Einsamkeit verbringen.

Glanz und Glitter haben ihren Platz in dieser Welt, dachte sie, und sie wollte diesen Platz einfach nicht mehr. In Wahrheit hatte sie diesen Platz schon sehr lange nicht mehr gewollt, jedoch keinen Ausweg gefunden. Wenn die eigene Geburt von der internationalen Presse gefeiert und das eigene erste Wort für die Öffentlichkeit aufgezeichnet worden war, war es nur zu verständlich, wenn man vergaß, dass es noch eine andere Art zu leben gab.

Ihre Mutter war eine der größten Blues-Sängerinnen Amerikas gewesen, ihr Vater ein Kinderstar, der sich zu einem erfolgreichen Filmregisseur weiterentwickelt hatte. Deren Verlobungszeit und Hochzeit war von Fans auf der ganzen Welt geradezu religiös verfolgt worden. Die Geburt ihrer Tochter war wie eine königliche Geburt behandelt worden.

Und Maggie hatte das Leben einer verwöhnten Prinzessin geführt. Goldene Kutschen und weiße Pelzmäntel. Sie hatte Glück gehabt, dass ihre Eltern sie und einander liebten. Das hatte sie für die unechte, oftmals harte Welt des Showbusiness' mit all seinen Anforderungen und seiner Unbeständigkeit entschädigt. Ihre Welt war eingebettet gewesen in Reichtum und Liebe, ständig gestört durch öffentliches Interesse.

Die Paparazzi hatten sie in ihren Teenagerjahren bei ihren Verabredungen verfolgt – zu ihrer Belustigung, aber oftmals zur Frustration des jungen Mannes. Maggie hatte die Tatsache akzeptiert, dass ihr Leben öffentliches Eigentum war. Es war nie anders gewesen.

Und nachdem die Privatmaschine ihrer Eltern in den Schweizer Alpen abgestürzt war, hatte die Presse ihren Gram in Hochglanzfotos und Zeitungsartikeln festgehalten. Sie hatte nicht versucht, es zu verhindern. Sie hatte erkannt, dass die Welt mit ihr trauerte. Sie war achtzehn gewesen, als der Stoff, aus dem ihre Welt bestand, zerrissen war.

Dann war da Jerry gewesen. Erst Freund, dann Liebhaber, dann Ehemann. Mit ihm war ihr Leben noch weiter in Fantasie und noch mehr in Tragödie abgeglitten.

Sie wollte jetzt nicht daran denken. Sie griff wieder nach dem Spaten und begann ihren Kampf gegen den harten Erdboden. Alles, was wirklich noch von diesem Teil ihres Lebens übrig war, war ihre Musik. Die würde sie nie aufgeben. Sie hätte es nicht gekonnt, selbst wenn sie es versucht hätte. Die Musik war ein Teil von ihr, wie es ihre Augen waren. Sie verband Worte und Musik, doch nicht mühelos, wie es nach dem meisterhaften Endprodukt den Anschein hatte, sondern besessen. Anders als ihre Mutter trat sie nicht auf, sondern versorgte andere Interpreten mit ihrer Gabe.

Mit achtundzwanzig hatte sie zwei Oscars, fünf Grammys und einen Tony. Sie konnte am Klavier sitzen und jeden Song aus dem Gedächtnis spielen, den sie jemals geschrieben hatte. Die Preise befanden sich noch immer in den Verpackungen, in denen sie aus L. A. geschickt worden waren.

Das kleine Blumenbeet, das sie anpflanzte, würde wahrscheinlich niemand außer ihr selbst zu sehen bekommen. Es war ein Werk der Liebe, ohne Garantie auf Erfolg. Doch es genügte Maggie, dem Land, das sie ihr eigenes nannte, ihren besonderen Farbfleck hinzuzufügen.

Maggie begann bei der Arbeit zu singen. Sie hatte völlig vergessen, dass sie bereits gelegentlich von Vorahnungen gepackt worden war.

Cliff übernahm normalerweise bei einem Auftrag nicht selbst die Besichtigung und die Anfangsplanung. Nicht mehr. In den letzten sechs Jahren war Cliff Delaney in der Lage gewesen, im ersten Stadium eines Projekts einen oder zwei seiner besten Leute loszuschicken. Danach erst machte er die Feinabstimmung. Wenn der Auftrag interessant genug war, besuchte er den Arbeitsplatz, während die Arbeiten im Gange waren, kümmerte sich vielleicht um einen Teil der Bepflanzung selbst.

Diesmal machte er eine Ausnahme. Er kannte den alten Morgan-Besitz. Er war von einem Morgan errichtet worden, als die winzige Stadt ein paar Meilen entfernt nach einem Morgan benannt worden war. Seit William Morgans Wagen in den Potomac River gestürzt war, hatte das Haus zehn Jahre lang leer gestanden. Das Haus war immer einfach, das Land furchterregend gewesen. Doch Cliff wusste, dass es mit dem richtigen Touch und dem richtigen Verständnis großartig sein konnte. Er bezweifelte, dass die Lady aus L. A. das richtige Verständnis aufbrachte.

Er kannte sie. Natürlich kannte er sie. Jeder, der die letzten achtundzwanzig Jahre nicht in einer Höhle verbracht hatte, kannte Maggie Fitzgerald. Im Moment war sie die größte Neuigkeit in Morganville – und übertraf sogar noch den ausschweifenden Klatsch über Lloyd Messners Frau, die mit dem Bankmanager durchgebrannt war.

Es war eine schlichte Stadt, eine gemächliche Stadt. Jene Art von Stadt, in der jedermann stolz war auf die Anschaffung eines neuen Feuerwehrwagens und die alljährliche Gründungsjahrfeier. Deshalb hatte Cliff sich entschieden, gerade hier zu leben, als er jenen Punkt erreicht hatte, an dem er überall leben konnte, wo er wollte. Er war hier aufgewachsen und verstand die Menschen, ihren Zusammenhalt und ihre besitzergreifende Art. Er verstand ihre Fehler. Mehr, viel mehr noch verstand er das Land. Er hegte ernsthafte Zweifel, dass die glamouröse Songschreiberin aus Kalifornien irgendetwas verstand.

Cliff steuerte seinen kleinen Pick-up die schlechte Straße entlang, die als Erstes ausgebessert werden musste.

Maggie hörte den Pick-up kommen, bevor sie ihn sah. Und dann hielt er an der Stelle, wo der Mercedes noch vor einer Stunde gestanden hatte. Obwohl sie den Fahrer durch die spiegelnde Windschutzscheibe nicht sehen konnte, hob sie lächelnd die Hand.

Der erste Gedanke, der Cliff kam, war, dass sie kleiner und zierlicher war, als er erwartet hatte. Die Fitzgeralds waren stets überlebensgroß gewesen. Mit einem Schnauben fragte er sich, ob sie wohl Orchideen züchten wollte, passend zu ihrem Stil. Er stieg in der Überzeugung aus, dass er sich über sie ärgern würde.

Weil sie einen zweiten Mr. Bog erwartet hatte, verspürte Maggie bei Cliffs Anblick Überraschung. Er war einfach ein großartiges Exemplar Mann. Eins fünfundachtzig, mit breiten Schultern und schwarzen, vom Fahrtwind zerzausten Haaren, die in lockeren Wellen über Stirn und Ohren fielen. Er lächelte nicht, aber sein Mund war fest und sinnlich geformt. Sie bedauerte flüchtig, dass er eine Sonnenbrille trug, sodass seine Augen verborgen waren. Sie beurteilte Menschen nach ihren Augen.

Stattdessen beurteilte Maggie ihn nach der Art, wie er sich bewegte. Lässig, voll Selbstvertrauen. Athletisch. Selbstsicher. Er war noch einen Meter entfernt, als sie den unmissverständlichen Eindruck bekam, dass er nicht sonderlich freundlich war.

»Miss Fitzgerald?«

»Ja.« Mit einem neutralen Lächeln streckte Maggie ihm die Hand hin. »Kommen Sie von Delaney?«

»Ja.« Ihre Hände berührten sich kurz. Ohne sich mit einer Vorstellung aufzuhalten, betrachtete Cliff das Gelände. »Sie wollten einen Kostenvoranschlag für gewisse Landschaftsarbeiten haben.«

Maggie folgte seinem Blick. »Offensichtlich brauche ich so was. Vollbringt Ihre Firma Wunder?«

»Wir machen unsere Arbeit.« Er betrachtete den Farbfleck hinter ihr, ruinierte Stiefmütterchen und ertränkte Petunien. Ihre Anstrengung berührte etwas in ihm, das er ignorierte, indem er sich sagte, dass sie sich schon längst langweilen würde, bevor es Zeit wurde, das erste Unkraut zu zupfen. »Warum sagen Sie mir nicht, was Ihnen vorschwebt?«

»Im Moment ein Glas Eistee. Sehen Sie sich um, während ich welchen hole. Dann sprechen wir darüber.« Maggie wandte sich um und stieg die wackeligen Stufen zu der Veranda hinauf.

Hinter der Sonnenbrille zogen sich Cliffs Augen schmal zusammen. Designerjeans. Und der Solitär an der dünnen Halskette hatte bestimmt nicht weniger als einen Karat. Was für ein Spiel spielte die kleine Miss Hollywood? Sie hatte einen Dufthauch hinter sich gelassen, der die Sinne eines Mannes weckte. Jetset, Überholspur, Glanz und Flitter. Zum Teufel, warum war sie hierher gezogen?

Bevor er sie hörte, fing Cliff einen frischen Hauch ihres Parfüms auf. Als er sich umdrehte, war sie ein paar Schritte hinter ihm, zwei Gläser in den Händen. Sie betrachtete ihn gelassen mit einer Neugierde, die sie gar nicht erst zu verbergen versuchte. Und noch etwas erkannte er, als sie so dastand, ihren Blick auf sein Gesicht gerichtet, die Sonne in ihrem Rücken: Sie war die verführerischste Frau, die er je getroffen hatte, obwohl ihn der Teufel holen sollte, wenn er wüsste, warum.

Maggie reichte ihm ein Glas. »Wollen Sie meine Ideen hören?«

Die Stimme hatte etwas mit der Anziehungskraft zu tun, entschied Cliff. Eine unschuldige Frage, die mit dieser schwülen Stimme ausgesprochen wurde, beschwor Bilder von einem Dutzend verbotener Freuden herauf. Er nahm einen Schluck. »Deshalb bin ich hier«, sagte er schroffer, als er je mit einem Klienten gesprochen hatte.

Nur das Heben ihrer Augenbrauen zeigte an, dass sie seine Unhöflichkeit bemerkt hatte. Bei der Haltung, fand sie, würde er den Job nicht lange behalten. Andererseits wirkte er nicht wie ein Mann, der für jemanden arbeitete. »Sie sind Mister …?«

»Delaney.«

»Ah, der Chef selbst. Nun, Mr. Delaney, ich habe gehört, dass Sie der Beste sind. Ich sage Ihnen, was ich will, und Sie sagen mir, ob Sie das machen können.«

»Klingt fair. Ich sage Ihnen im Vorhinein, dass meine Firma nie die natürliche Landschaft zerstört, um etwas aus ihr zu machen, das ihr nicht entspricht. Das ist hier raues Land, Miss Fitzgerald. Und so soll es sein. Wenn Sie ein oder zwei Morgen manikürten Rasen haben wollen, haben Sie das falsche Grundstück gekauft und den falschen Landschaftsgärtner geholt.«

Es gehörte viel dazu, um sie wütend zu machen. Maggie hatte lange und hart daran gearbeitet, um ihre natürliche Neigung zu Zornesausbrüchen zu unterdrücken, damit man ihr nicht das Etikett einer launenhaften Tochter oder launenhaften Künstlerin anheftete. »Anständig von Ihnen, dass Sie darauf hinweisen«, schaffte sie nach drei langen, tiefen Atemzügen.

»Ich weiß nicht, warum Sie diesen Besitz gekauft haben«, setzte er an.

»Ich glaube nicht, dass ich es erwähnt habe.«

»Und es geht mich nichts an«, beendete Cliff ihren Gedanken. »Aber das hier geht mich etwas an.« Er deutete auf den Besitz.

»Es scheint, Sie neigen gern zu voreiligen Schlüssen, nicht wahr, Mr. Delaney? Ich habe Sie noch nicht gebeten, Bulldozer und Kettensägen zu bringen.« Sie sollte ihn zum Teufel jagen. Noch bevor sie sich fragen konnte, warum sie es nicht tat, kam die Antwort. Instinkt. Instinkt hatte sie nach Morganville gebracht und zu dem Grundstück, auf dem sie jetzt stand. Instinkt sagte ihr jetzt, dass er wirklich der Beste war. »Dieses Wäldchen dort. Ich möchte, dass es von Unterholz befreit wird. Man kann es nicht genießen, wenn man sich seinen Weg durch Dornen bahnen muss.« Sie schoss ihm einen Blick zu. »Wollen Sie sich keine Notizen machen?«

Er betrachtete sie nachdenklich. »Nein. Weiter.«

»Na schön. Da rechts vor der Veranda … ich schätze, das war einmal ein Rasen. Und ich möchte Platz für neue Bäume. Und wo das Gelände zur Straße abfällt, das ist zu steil für Gras, aber ich kann auch nicht das Unkraut schießen lassen.«

»Sie brauchen immergrüne Pflanzen«, sagte er hinter ihr. »Wacholder und Forsythien. Hier, wo der Boden nicht so steil ist, brauchen Sie niedrige Bodendecker. Der Baum dort muss weg«, fuhr er mit einem düsteren Blick zu dem Baum fort, der sich gefährlich in Richtung ihres Daches neigte. »Und hinter dem Haus auf dem Hang stehen zwei oder drei Bäume, die gefällt werden müssen, bevor sie umstürzen.«

Jetzt betrachtete sie ihn finster. »Na schön, aber ich möchte nicht, dass Sie mehr fällen, als nötig ist.«

Maggie konnte nur ihr eigenes Spiegelbild in seiner Sonnenbrille sehen, als er sich ihr zuwandte. »Das tue ich nie.« Er ging seitlich um das Haus herum. »Hier brauchen Sie eine Stützmauer, damit nicht eines Tages ein Baum oder ein Stein in Ihrer Küche landet.«

»In Ordnung.« Es klang vernünftig, fand Maggie und wünschte sich wieder, sie könnte seine Augen sehen. »Hier gibt es jede Menge Steine«, murmelte sie und stolperte fast über einen.

Cliff ergriff ihren Arm, bevor sie den Abhang auf der anderen Seite des Hauses hinuntergehen konnte. Die Berührung durchfuhr sie beide. Mehr überrascht als alarmiert, wandte Maggie den Kopf.

»An Ihrer Stelle würde ich da nicht hinuntergehen«, sagte Cliff leise.

Maggie blickte auf seine Hand hinunter und bemerkte die Größe und Stärke und die gebräunte Haut. »Mr. Delaney …«

»Schlangen«, sagte er schlicht und hatte die Befriedigung, dass sie zwei Schritte zurückwich. »An einer solchen Stelle gibt es fast immer welche. So, wie das hier alles überwuchert ist, gibt es sie wahrscheinlich überall.«

»Nun, dann …« Maggie schluckte und unternahm eine übermenschliche Anstrengung, nicht zu schaudern. »Vielleicht können Sie sofort mit der Arbeit anfangen.«

Zum ersten Mal lächelte er, sehr leicht, sehr vorsichtig. Sie hatten beide vergessen, dass er sie noch immer festhielt. Sie standen jetzt viel zu nahe beisammen, nur eine Handbreit voneinander entfernt. Sie hatte nicht so reagiert, wie er das erwartet hatte. Es hätte ihn nicht überrascht, wenn sie kreischend bei der Erwähnung von Schlangen ins Haus gelaufen wäre und die Tür hinter sich zugeschlagen hätte. Ihre Haut war weich. Cliff strich unbewusst mit seinem Daumen darüber. Doch sie selbst war offenbar nicht weich.

»Ich könnte vielleicht nächste Woche ein paar Leute schicken, aber als Erstes müssen wir uns um Ihre Straße kümmern.«

Maggie tat das mit einem Schulterzucken ab. »Finden Sie die beste Lösung, nur keinen Asphalt. Ich möchte mich auf das Haus und das Grundstück konzentrieren.«

»Die Straße wird Sie tausendzweihundert, vielleicht tausendfünfhundert kosten«, setzte er an, aber sie wehrte wieder ab.

»Machen Sie, was nötig ist«, erklärte sie mit der unbewussten Arroganz eines Menschen, der sich nie Sorgen um Geld gemacht hatte. Sie deutete den steilen Abhang hinunter. »Dort möchte ich einen Teich.«

Cliff lenkte seine Aufmerksamkeit auf sie. »Einen Teich?«

Sie warf ihm einen ruhigen Blick zu. »Gestehen Sie mir eine Extravaganz zu, Mr. Delaney. Einen kleinen Teich«, fuhr sie fort, bevor er etwas dazu sagen konnte. »Es ist genug Platz da, und dieser Teil hier scheint der schlimmste zu sein. Das ist kaum mehr als ein Loch in der Erde an einer sehr seltsamen Stelle. Haben Sie etwas gegen Wasser?«

Anstatt zu antworten, betrachtete er das Gelände unter ihnen. Tatsache war, dass sie keinen besseren Ort hätte wählen können. Es ließ sich machen, und es konnte sehr effektvoll sein.

»Das wird teuer«, sagte er endlich. »Sie werden viel Geld in den Besitz stecken müssen. Wenn Sie das dem Wiederverkaufswert gegenüberstellen, kann ich Ihnen voraussagen, dass dieser Besitz nicht leicht zu verkaufen sein wird.«

Ihre Geduld riss. »Mr. Delaney, ich bat Sie hierher, damit Sie eine Arbeit ausführen, und nicht, damit Sie mich über Liegenschaften oder meine Finanzen beraten. Wenn Sie es nicht schaffen, sagen Sie es, und ich suche mir einen anderen.«

Seine Augen zogen sich schmal zusammen. »Ich schaffe es, Miss Fitzgerald. Ich werde einen Kostenvoranschlag und einen Vertrag aufsetzen. Morgen haben Sie beides in der Post. Wenn Sie dann noch wollen, dass ich es mache, rufen Sie mein Büro an.« Langsam ließ er ihren Arm los und gab ihr das Glas zurück. Er ließ sie an dem Hang stehen, während er sich seinem Pickup zuwandte. »Übrigens«, sagte er, ohne sich noch einmal umzudrehen. »Sie haben Ihre Stiefmütterchen zu stark begossen. Und die Petunien auch.«

Maggie stieß siedend den Atem aus und kippte den lauwarmen Tee auf die Erde.

2. Kapitel

Maggie ging durch die knarrende Hintertür zurück ins Haus, stellte die Gläser ab und setzte sich im Musikzimmer zwischen nicht ausgepackten Kartons und alten Möbelstücken der früheren Einrichtung an ihr Klavier, schaltete das Tonbandgerät ein und ließ die Musik mit geschlossenen Augen auf sich wirken, während sie die Filmszene ablaufen sah. Sie wollte etwas Dramatisches, voller Kraft. Sie musste die Szene unterlegen, betonen, die Stimmung zu Musik machen. Sie hätte wahrscheinlich das Klopfen nicht gehört, hätte sie nicht das Band zurücklaufen lassen.

Auf der Veranda stand eine große, spröde wirkende Frau von etwa fünfzig. Ihr Haar war grau. Blassblaue Augen betrachteten Maggie durch eine Brille mit rosa Fassung.

Maggie lächelte. »Hallo. Kann ich etwas für Sie tun?«

»Sie sind Miss Fitzgerald?« Die Stimme war so leise und schlicht wie das einfache Mantelkleid.

»Ja, die bin ich.«

»Ich bin Louella Morgan.«

Louella Morgan, die Witwe von William Morgan, dem ehemaligen Besitzer des Hauses, das jetzt ihr gehörte. Für einen Moment fühlte Maggie sich wie ein Eindringling. Dann schüttelte sie das Gefühl ab und streckte die Hand aus. »Hallo, Mrs. Morgan. Möchten Sie hereinkommen?«

»Ich will Sie nicht stören.«

»Nein, bitte.« Sie öffnete die Tür weiter. »Ich habe Ihre Tochter kennengelernt, als wir uns über das Haus einigten.«

»Ja, Joyce hat es mir erzählt.« Louellas Blick wanderte umher, als sie über die Schwelle trat. »Sie hatte nicht erwartet, das Haus so schnell zu verkaufen. Der Besitz war erst seit einer Woche zum Verkauf ausgeschrieben.«

»Ich möchte gern daran glauben, dass es Schicksal war.«

Maggie stemmte sich mit ihrem ganzen Gewicht gegen die Tür und drückte sie endlich zu. Ein Job für Bog, fand sie.

»Schicksal?« Louella wandte sich von dem langen leeren Korridor ab.

»Das Haus schien auf mich zu warten.« Obwohl sie den direkten, starren Blick der Frau sonderbar fand, deutete Maggie auf das Wohnzimmer. »Kommen Sie herein und setzen Sie sich. Möchten Sie Kaffee? Etwas Kühles?«

»Nein, danke. Ich bleibe nur eine Minute.« Louella betrat das Wohnzimmer, setzte sich jedoch nicht. Sie betrachtete die zerschlissenen Tapeten, die abblätternde Farbe und die Fenster, die jetzt, nachdem Maggie sie geputzt hatte, blinkten. »Ich wollte das Haus wieder sehen, wenn jemand darin wohnt.«

»Wahrscheinlich wird es noch ein paar Wochen dauern, bis es bewohnt aussieht.«

Louella schien sie nicht zu hören. »Ich kam unmittelbar nach unserer Hochzeit hierher.« Jetzt lächelte sie, doch Maggie fand in diesem Lächeln keine Freude. Die Augen blickten verloren, so als wäre die Frau schon seit Jahren verloren. »Doch dann wollte mein Mann etwas Moderneres, von dem aus man bequemer die Stadt und sein Geschäft erreichte. Also sind wir umgezogen, und er hat dieses Haus hier vermietet.« Louella blickte wieder Maggie an. »So ein schöner, ruhiger Fleck«, murmelte sie. »Ein Jammer, dass er über die Jahre so vernachlässigt wurde.«

»Es ist ein schöner Fleck«, stimmte Maggie zu und bemühte sich, nicht so unbehaglich zu klingen, wie sie sich fühlte. »Ich lasse am Haus und auf dem Grundstück Arbeiten durchführen …« Ihre Stimme erstarb, als Louella an das nach vorne führende Fenster trat und hinausstarrte. Himmel, dachte Maggie, während sie überlegte, was sie noch sagen könnte, womit habe ich es denn hier zu tun? »Äh … ich möchte viel selbst anstreichen und tapezieren.«

»Das Unkraut hat alles überwuchert«, sagte Louella, den Rücken zum Raum gewandt.

»Ja … nun, Cliff Delaney war heute hier und hat sich umgesehen.«

»Cliff.« Louellas Aufmerksamkeit schien wieder zurückzukehren, als sie sich umdrehte. In dem durch die vorhanglosen Fenster hereinfallenden Licht wirkte sie noch blasser, fast körperlos. »Ein interessanter junger Mann, etwas rau, aber sehr klug. Er wird hier gut für Sie und den Besitz arbeiten. Er ist ein Cousin der Morgans.« Sie unterbrach sich mit einem leisen Lachen. »Sie werden überall im County eine Menge Morgans und ihre Verwandten verstreut finden.«

Ein Cousin, überlegte Maggie. Vielleicht war er unfreundlich gewesen, weil er dachte, der Besitz hätte nicht an eine Außenseiterin verkauft werden dürfen. Resolut versuchte sie, Cliff Delaney aus ihren Gedanken zu verdrängen. Er brauchte nicht zuzustimmen. Der Besitz gehörte ihr.

»Der Rasen vor dem Haus war einmal sehr schön«, murmelte Louella.

Maggie fühlte einen Hauch von Mitgefühl. »Er wird es wieder sein.« Sie trat näher. Beide Frauen standen jetzt am Fenster. »Ich werde einen Steingarten anlegen, und in der Senke an der Seite in dem Graben wird ein Teich angelegt.«

»Ein Teich?« Louella drehte sich um und fixierte sie mit einem langen, starren Blick. »Sie wollen den Graben nutzen?«

»Ja.« Maggie fühlte sich wieder unbehaglich. »Es ist der perfekte Platz.«

Louella strich mit der Hand über ihre Handtasche, als wollte sie etwas wegwischen. »Ich hatte auch einen Steingarten.«

»Den hätte ich gern gesehen«, sagte Maggie sanft.

»Ich habe Fotos.«

»Tatsächlich?« Maggie vergaß ihr Unbehagen. »Vielleicht dürfte ich sie sehen? Sie könnten mir bei der Entscheidung helfen, was ich anpflanzen soll.«

»Ich werde dafür sorgen, dass Sie sie bekommen. Es ist sehr freundlich von Ihnen, dass Sie mich hereingelassen haben. Dieses Haus beherbergt Erinnerungen.« Louella sah sich ein letztes Mal in dem Raum um. »Auf Wiedersehen, Miss Fitzgerald.«

»Auf Wiedersehen, Mrs. Morgan.« Ihr Mitgefühl regte sich erneut. »Bitte, kommen Sie wieder.«

Louella blickte zurück. Ihr Lächeln war sehr schwach, ihre Augen waren sehr müde. »Danke.«

Während Maggie ihr nachsah, ging Louella zu einem alten, aber gut erhaltenen Lincoln und fuhr dann den Hügel hinunter. Leicht verwirrt kehrte Maggie ins Haus zurück. Sie hatte noch nicht viele Einwohner von Morganville kennengelernt, aber es waren offensichtlich interessante Leute.

Das Geräusch weckte Maggie aus einem tiefen Schlaf und versetzte sie in einen benommenen, gereizten Zustand. Während sie versuchte, ihren Kopf unter dem Kissen zu vergraben, glaubte sie, in New York zu sein. Das Ächzen und Dröhnen hörte sich wie ein großer, hässlicher Müllwagen an. Aber sie war nicht in New York. Sie war in Morganville, und hier gab es keine Müllwagen. Hier schaffte man den Müll selbst zur Deponie.

Das Sonnenlicht fiel schwach auf ihre Bettdecke. Sie war nie ein Morgenmensch gewesen, und sie hatte auch nicht die Absicht, diesen Teil ihres Naturells durch das Landleben verändern zu lassen. Matt drehte sie den Kopf, um auf die Uhr zu sehen. Fünf nach sieben. Gütiger Himmel!

Sie focht einen harten Kampf, um sich aufzusetzen. Mit verschlafenen Augen sah sie sich um. Auch in diesem Raum stapelten sich ungeöffnete Kartons. Und draußen dröhnte es ohne Pause hartnäckig weiter.

Resigniert stieg Maggie aus dem Bett, stolperte über ein Paar Schuhe, stieß eine Verwünschung aus und ging zum Fenster. Von hier aus konnte man den Vorgarten und das Tal überblicken. Im Hintergrund zeichneten sich sogar die Spitzen von blauen Bergen ab.

Maggie schob das Fenster ganz hoch. Die Frühlingsluft war angenehm kühl. Das Geräusch eines laufenden Motors war noch immer zu hören. Neugierig presste sie ihr Gesicht gegen das Fliegengitter, das daraufhin herausbrach und auf die Veranda fiel. Noch etwas für Mr. Bog, dachte Maggie seufzend.

In diesem Moment schob sich ein massiger gelber Bulldozer um die Kurve ihrer Zufahrtsstraße und schob Steine und Erde vor sich her. Cliff Delaney war ein Mann, der Wort hielt. Sie hatte den Kostenvoranschlag und den Vertrag zwei Tage nach seinem Besuch erhalten. Als sie in seinem Büro anrief, hatte sie mit einer tüchtig klingenden Frau gesprochen, die ihr erklärte, die Arbeiten würden Anfang der Woche beginnen.

Und heute ist Montag, dachte sie. Sehr pünktlich. Sie griff nach ihrem Morgenmantel und ging unter die Dusche.

Zwei Stunden später und mit dem Kaffee gestärkt, den sie für sich selbst und den Bulldozerfahrer gemacht hatte, war Maggie auf ihren Knien auf dem Küchenboden. Auf der Theke stand ihr Tonbandgerät. Die Klänge ihrer neuen Partitur, die bald vollendet sein würde, übertönten fast das Dröhnen der Maschine. Sie ließ sich treiben, während Worte zu dem Titelsong, den sie noch komponieren musste, durch ihre Gedanken zogen.

Als Cliff zu der Hintertür ging, war er bereits verärgert. Es war lächerlich, dass er seine Zeit hier verschwendete, bei all den anderen Aufträgen, die seine Firma zu erfüllen hatte. Trotzdem war er hier. Er hatte fast fünf Minuten lang an die Vordertür geklopft. Er wusste, dass Maggie im Haus war. Ihr Wagen stand in der Einfahrt, und der Bulldozerfahrer hatte ihm gesagt, dass sie vor ungefähr einer Stunde Kaffee ins Freie gebracht habe.

Die Musik, die aus den offenen Fenstern drang, erregte seine Aufmerksamkeit und seine Einbildungskraft. Er hatte diese Melodie noch nie gehört. Sie war sexy, stimmungsvoll. Nur Klavier, keine Streicher oder Blasinstrumente, doch man wollte zuhören und sich keine Note entgehen lassen. Einen Moment blieb er stehen, irritiert und bewegt.

Cliff wollte gerade an die Fliegengittertür klopfen, als er Maggie entdeckte.

Sie lag auf Händen und Knien und löste stückweise das Linoleum mit einem Spachtelmesser. Ihr Haar fiel lose über eine Schulter, sodass ihr Gesicht dahinter verborgen war. In dem tiefen Zobelbraun schimmerte Gold von dem Sonnenschein, der durch Tür und Fenster fiel.

Eine graue Cordhose schmiegte sich um ihre Hüften. Ein rotes Wildledershirt war in die Hose geschoben. Solche Hemden wurden nur in exklusiven Läden zu noch exklusiveren Preisen verkauft. Ihre Hände wirkten unglaublich zart. Cliff betrachtete diese Hände, als Maggie zu enthusiastisch mit dem Spachtelmesser hantierte und sich den Knöchel an einer Kante aufschabte.

»Was machen Sie da?«, fragte er, stieß die Tür auf und trat ein. Kaum hatte Maggie den Knöchel instinktiv in den Mund geschoben, als er sich auch schon neben sie kauerte und ihre Hand ergriff.

»Es ist nichts«, sagte sie automatisch. »Nur ein Kratzer.«

»Sie haben Glück, dass Sie sich die Haut nicht aufgerissen haben.« Obwohl seine Stimme rau und ungeduldig klang, war seine Hand sanft. Sie überließ ihm ihre Hand.

Jetzt konnte sie seine Augen sehen. Sie waren grau – rauchgrau, geheimnisvoll. Sie dachte an Abendnebel. Nebel, die manchmal gefährlich waren, aber immer faszinierten. Maggie entschied, dass sie ihn auf eine vorsichtige Art mögen konnte.

»Wer ist dumm genug, um Linoleum darüber zu legen?« Mit den Fingern ihrer freien Hand strich sie über den Holzfußboden, den sie freigelegt hatte. »Schön, nicht wahr? Das heißt, er wird es sein, sobald er geschliffen und versiegelt ist.«

»Bog soll sich darum kümmern«, ordnete Cliff an. »Sie wissen ja nicht, was Sie da machen.«

Jeder sagte das. Maggie zog sich verärgert ein Stück zurück. »Warum soll er den ganzen Spaß haben? Abgesehen davon bin ich vorsichtig.«

»Das sehe ich.« Er drehte ihre Hand so, dass er die Abschürfung an dem Daumen sah. »Muss nicht jemand in Ihrem Beruf vorsichtig mit seinen Händen umgehen?«

»Die Hände sind versichert«, gab sie zurück. »Ich denke, ich kann sogar mit einer so ernsthaften Verletzung ein paar Akkorde anschlagen.« Sie entzog ihm die Hand. »Sind Sie hergekommen, um mich zu kritisieren, Mr. Delaney, oder ging es um etwas anderes?«

»Ich bin hier, um die Arbeiten zu überprüfen.« Er hob das Fliegengitter auf, das er fallen gelassen hatte, als er ihre Hand ergriff. »Das habe ich draußen gefunden.«

»Danke.« Sie nahm das Fliegengitter und lehnte es gegen den Herd.

»Ihre Straße wird fast den ganzen Tag blockiert sein. Hoffentlich wollten Sie nicht wegfahren.«

Maggie sah ihn leicht herausfordernd an. »Ich fahre nicht weg, Mr. Delaney.«

»Gut.« Die Musik vom Tonband wechselte das Tempo, hatte jetzt einen harten, primitiven Rhythmus. So etwas sollte in heißen, mondlosen Nächten gespielt werden. Es zog ihn in seinen Bann. »Was ist das?«, fragte Cliff. »Das habe ich noch nie gehört.«

Maggie blickte zu dem Gerät hoch. »Das ist eine Filmmusik, die ich schreibe. Gefällt sie Ihnen?«

»Ja.«

Die offenste und klarste Antwort, die sie bis jetzt von ihm gehört hatte. Es genügte ihr nicht. »Warum?«

Er hörte einen Moment zu und nahm kaum wahr, dass sie beide immer noch auf dem Fußboden hockten, nahe genug, um einander zu berühren. »Die Musik geht direkt ins Blut, spricht direkt die Fantasie an. Das soll doch wohl bei einem Song so sein.«

Er hätte nichts Perfekteres sagen können. Ihr sagenhaftes Lächeln traf ihn wie ein Blitz. »Ja, das soll so sein.« Ihre Knie berührten sich. »Ich habe versucht, mit dieser Musik etwas sehr Urtümliches zu treffen. Sie muss die Stimmung für einen Film über eine leidenschaftliche Beziehung erzeugen – eine äußerst leidenschaftliche Beziehung zwischen zwei Personen, die nichts gemeinsam haben außer einem unkontrollierbaren gegenseitigen Verlangen. Einer der beiden wird deshalb sogar töten.«

Sie verstummte und verlor sich in der Musik und in der Stimmung. Sie konnte alles in lebhaften Farben sehen, konnte die schwüle Luft einer heißen Sommernacht fühlen. Dann runzelte sie die Stirn, und wie auf ein Stichwort verstummte die Musik. Von dem Band kam ein scharfer, harter Fluch. Danach Stille.

»Mir ist bei diesen letzten beiden Takten etwas abhandengekommen«, murmelte sie. »Als wäre etwas nicht richtig durchgemischt herausgekommen. Das Stück muss sich zur Verzweiflung hin entwickeln, aber dezenter. Leidenschaft am Rande der Beherrschung.«

»Komponieren Sie immer so?«

Sie ließ sich auf die Fersen zurücksinken. »Wie meinen Sie das?«, fragte sie zurück.

»Mit dem Nachdruck auf Stimmung und Gefühlen und weniger auf Noten und Timing.«

Niemand hatte ihren Stil jemals so genau definiert. Es gefiel ihr. »Ja«, sagte sie schlicht.

Es behagte ihm nicht, was diese großen sanften Augen mit ihm anstellen konnten. Cliff erhob sich. »Deshalb ist Ihre Musik gut.«

Maggie lachte flüchtig, nicht über das Kompliment, sondern über den grollenden Ton, in dem es ausgesprochen wurde. »Sie können tatsächlich auch etwas Freundliches sagen.«

»Wenn es stimmt.« Er beobachtete ihre fließenden Bewegungen, die er stets mit großen, gertenschlanken Frauen in Verbindung gebracht hatte. »Ich bewundere Ihre Musik.« Diesmal schwang Ärger in seiner Stimme mit, weniger Humor.

»Und ansonsten bewundern Sie wenig, was mit mir zu tun hat.«

»Ich kenne Sie nicht«, konterte Cliff.

»Sie haben mich schon nicht gemocht, als Sie das erste Mal den Hügel heraufgekommen sind.« Maggie stützte die Hände in die Hüften und sah ihn unverwandt an. »Ich habe den Eindruck, dass Sie mich schon Jahre vor unserem Kennenlernen nicht gemocht haben.«

Das ist direkt, befand Cliff. »Ich habe Probleme mit Menschen, die ihr Leben auf einem silbernen Tablett verbringen. Dafür habe ich zu viel Respekt vor der Realität.«

»Silbernes Tablett«, wiederholte Maggie mit einer viel zu ruhigen Stimme. »Mit anderen Worten, ich wurde in den Überfluss hineingeboren. Deshalb kann ich den Rest der realen Welt nicht verstehen.«

Er wusste nicht, warum er lächeln wollte. Vielleicht, weil ihr das Blut ins Gesicht schoss. Vielleicht, weil sie so aussah, als würde sie ihm liebend gern an die Gurgel gehen. Trotzdem lächelte er nicht. Er hatte das unbestimmte Gefühl, dass, sollte man dieser Lady auch nur den kleinen Finger reichen, man sehr bald dazu bereit war, ihr den ganzen Arm zu geben. »So ungefähr. Der Schotter für die Straße wird um fünf geliefert und aufgeschüttet.«

»So ungefähr?« Maggie war daran gewöhnt, ein Gespräch zu beenden, wann sie es wollte, und packte ihn am Arm, als er sich zur Tür wandte. »Sie sind ein engstirniger Snob, und Sie wissen gar nichts über mein Leben.«

Cliff blickte auf die zarte Hand an seinem gebräunten, muskulösen Arm hinunter. Sie trug einen Amethyst, der ihm entgegenschimmerte. »Miss Fitzgerald, jeder im Land kennt Ihr Leben.«

»Das ist eine der unintelligentesten Bemerkungen, die ich je gehört habe.« Sie unternahm einen letzten Versuch, ihr Temperament im Zaum zu halten, vergaß es dann jedoch. »Lassen Sie sich eines von mir sagen, Mr. Delaney …« Das Telefon unterbrach den geplanten Strom von leidenschaftlichen Beschimpfungen. Maggie brach mit einem Fluch ab. »Sie bleiben hier!«, befahl sie, während sie sich zu dem Wandtelefon umdrehte und den Hörer vom Apparat riss. »Hallo!«, meldete sie sich unwirsch.

»Also, es ist schön zu hören, dass dir das Landleben bekommt.«

»C.J.« Sie bemühte sich, ihren Zorn zu unterdrücken. Sie

wollte von ihm weder Fragen noch das unvermeidliche »Ich habe es dir gleich gesagt« hören. »Tut mir leid, du hast mich mitten in einer philosophischen Diskussion erwischt.« Obwohl sie Cliffs kurzes Lachen hörte, ignorierte sie es. »Was gibt's, C.J.?«

»Nun, ich habe seit zwei Tagen nichts von dir gehört.«

»Ich habe dir gesagt, dass ich einmal die Woche anrufe. Hörst du endlich auf, dir Sorgen zu machen?«

»Du weißt, dass ich das nicht kann.«

Sie musste lachen. »Ich weiß. Falls es dich erleichtert, meine Straße wird gerade hergerichtet, während wir miteinander sprechen. Wenn du mich das nächste Mal besuchst, brauchst du keine Angst mehr um deinen Auspuff zu haben.«

»Das beruhigt mich nicht«, grollte C.J. »Ich habe Albträume davon, wie dir dieses Dach auf den Kopf fällt. Das ganze verdammte Haus fällt auseinander.«

»Das Haus fällt nicht auseinander.« Sie drehte sich um und stieß dabei das Fliegengitter um. Es klapperte auf den Boden. In diesem Moment traf sich ihr Blick mit dem Cliffs. Er lehnte noch immer an der Theke, aber jetzt grinste er. Maggie blickte auf das Fliegengitter, dann wieder zu Cliff und hielt sich den Mund zu, um sich am Lachen zu hindern.

»Was war das für ein Lärm?«, fragte C.J.

»Lärm?« Maggie schluckte. »Ich habe keinen Lärm gehört.« Sie deckte die Sprechmuschel ab, als Cliff lachte. »Pst«, zischte sie lächelnd. »C.J.«, sagte sie in das Telefon, um ihn abzulenken, »die Filmmusik ist fast fertig.«

»Wann?« Die Antwort kam prompt, wie erwartet.

»Zum größten Teil ist die Feinarbeit schon fertig. Ich hänge noch ein wenig an dem Titelsong. Wenn du mich wieder an die Arbeit lässt, wird das Band nächste Woche in deinem Büro sein.«

»Warum lieferst du es nicht persönlich ab? Wir könnten gemeinsam zum Mittagessen gehen.«

»Vergiss es.«

Er seufzte. »Einen Versuch war es wert. Um dir zu zeigen, dass sich mein Herz am rechten Fleck befindet, habe ich dir ein Geschenk geschickt.«

»Ein Geschenk? Die Godiva-Pralinen?«

»Warte es ab«, antwortete er ausweichend. »Morgen früh wird es bei dir sein. Ich erwarte, dass du dermaßen gerührt sein wirst, dass du die nächste Maschine nach L. A. nimmst und dich höchstpersönlich bei mir bedankst.«

»C. J. …«

»Zurück mit dir an die Arbeit. Und ruf mich an«, fügte er hinzu. Er wusste, wann es an der Zeit war, den Rückzug anzutreten. »Ich werde weiterhin von Visionen geplagt, wie du von einem Berg fällst.«

Er legte auf und ließ sie, wie so oft, zwischen Belustigung und Verärgerung schwankend zurück. »Mein Agent«, erklärte Maggie. »Er macht sich gern Sorgen.«

»Verstehe.«

Cliff blieb, wo er war, sie ebenso. Dieser eine winzige Moment von Gemeinsamkeit hatte eine Barriere zwischen ihnen eingerissen. An ihre Stelle war eine Befangenheit getreten, die keiner von beiden voll verstand. Cliff war sich plötzlich ihres verlockenden Duftes bewusst. Maggie fühlte sich plötzlich durch seine maskuline Ausstrahlung beunruhigt. Sie räusperte sich.

»Mr. Delaney …«

»Cliff«, verbesserte er sie.

Sie lächelte und versuchte sich zu entspannen. »Cliff. Wir haben wohl aus irgendeinem Grund auf dem verkehrten Fuß miteinander angefangen. Wenn wir uns auf etwas konzentrieren, das uns beide interessiert – mein Grundstück nämlich –, werden wir uns nicht weiter aneinander reiben.«

Er hielt das für eine interessante Ausdrucksweise, vor allem, da er sich vorstellte, wie es war, mit seinen Händen über ihre Haut zu streichen. »In Ordnung«, stimmte er zu, kam zu ihr und fragte sich, wen er testete, sie oder sich selbst. Als er stehen blieb, war sie zwischen ihm und dem Herd gefangen.

Er berührte sie nicht, aber beide konnten fühlen, wie es gewesen wäre. Harte Hände, weiche Haut. Wärme, die sich rasch in Hitze verwandelte. Lippen, die mit Zuversicht, mit Wissen, mit Leidenschaft auf Lippen trafen.

»Ich betrachte Ihr Land als Herausforderung.« Er sagte es ruhig, seine Augen auf sie gerichtet. Sie dachte jetzt nicht an Nebel, sondern an Rauch – an Rauch und Feuer. »Weshalb ich beschlossen habe, diesem Projekt meine persönliche Aufmerksamkeit zu widmen.«

Ihre Nerven waren plötzlich angespannt. Maggie wich nicht zurück, weil sie fast sicher war, dass er das wollte. Stattdessen begegnete sie seinem Blick. Wenn ihre Augen nicht ruhig blickten, wenn sie sich mit den ersten Anzeichen von Verlangen verdunkelten, konnte sie das nicht verhindern. »Dem kann ich nicht widersprechen.«

»Nein.« Er lächelte ein wenig. Wenn er auch nur ein paar Momente länger blieb, würde er herausfinden, wie ihre Lippen schmeckten. Das konnte der größte Fehler sein, den er jemals begangen hatte. Er wandte sich ab und ging zur Hintertür. »Rufen Sie Bog an.« Er warf die Worte über seine Schulter, während er die Fliegengittertür aufstieß. »Ihre Finger gehören auf die Tasten eines Klaviers, nicht um ein Spachtelmesser.«

Maggie stieß den angehaltenen Atem aus, als die Fliegengittertür zuschlug. Ob er das absichtlich machte? Sie presste ihre Hand auf ihr rasendes Herz. Oder war es sein natürliches

Talent, Frauen in schlaffe Stoffpuppen zu verwandeln? Kopfschüttelnd befahl sie sich, das Ganze zu vergessen. Sie war eindeutig nicht interessiert.

Mit finsterer Miene ließ sie sich wieder auf die Knie sinken und griff nach dem Spachtelmesser. Heftig hackte sie an dem Bodenbelag herum. Maggie Fitzgerald konnte sich um sich selbst kümmern.

3. Kapitel

Es war der dritte Morgen, an dem Maggie von dem Lärm von Männern und Maschinen vor ihren Fenstern geweckt wurde. Ihr fiel ein, dass sie kaum Gelegenheit gehabt hatte, sich an die Stille zu gewöhnen, als schon das Chaos begonnen hatte.

Der Bulldozer war von Kettensägen, Häckslern und Lastwagen ersetzt worden. Auch wenn Maggie sich absolut nicht an das zeitige Aufstehen gewöhnt hatte – sie ergab sich in ihr Schicksal. Um Viertel nach sieben schleppte sie sich aus der Dusche und betrachtete ihr Gesicht im Badezimmerspiegel.

Nicht so gut, entschied sie, während sie in ihre eigenen schläfrigen Augen sah. Missmutig strich sie sich über die Wangen. Sie hatte Hautpflege nie für Luxus oder Zeitverschwendung gehalten. Das war schlicht etwas, das sie routinemäßig tat, genau wie jeden Morgen in Kalifornien zwanzig Längen zu schwimmen.

Sie hatte in der letzten Zeit die grundsätzlichsten Dinge vernachlässigt, fand sie und zupfte an den Stirnfransen. Es zeigte sich, und es wurde Zeit, etwas dagegen zu unternehmen.

Nachdem sie ein Handtuch um ihre feuchten Haare geschlungen hatte, öffnete sie den Medizinschrank. Der nächste Kosmetiksalon war siebzig Meilen entfernt. Doch es gab Zeiten, da musste man die Dinge eben selbst in die Hand nehmen, sagte Maggie sich, während sie eine Kleiemaske auflegte.

Sie spülte gerade ihre Hände ab, als sie schnelles, hohes Bellen hörte. C.J.'s Geschenk will sein Frühstück, dachte Maggie trocken. In ihrem kurzen Frotteebademantel mit dem zerschlissenen Saum, ein kariertes Handtuch um ihre Haare geschlungen und mit der hart werdenden Kleiemaske im Gesicht, ging sie nach unten, um sich um das anspruchsvolle Geschenk zu kümmern, das ihr Agent hatte einfliegen lassen. Sie erreichte den untersten Treppenabsatz, als ein Klopfen an der Tür den putzigen Bulldoggenwelpen in Hektik ausbrechen ließ.

»Reg dich ab«, befahl sie und klemmte ihn sich unter einen Arm. »Diese ganze Aufregung, und ich habe noch nicht einmal meinen Kaffee gehabt.« Der Welpe senkte den Kopf und knurrte, als sie die Haustür öffnen wollte. Die Tür klemmte. Fluchend setzte Maggie den Hund ab und zerrte mit beiden Händen.

Die Tür flog auf, der Schwung ließ sie ein paar Schritte zurücktaumeln. Der Welpe jagte durch die nächste Tür, schob seinen Kopf um den Türrahmen herum und knurrte, als meine er es todernst. Cliff starrte auf Maggie, die keuchend in der Diele stand. Sie stieß den Atem aus und fragte sich, was als Nächstes passieren konnte.

»Ich dachte immer, das Landleben wäre friedlich.«

Cliff hakte grinsend seine Daumen in die Taschen seiner Jeans. »Nicht unbedingt. Habe ich Sie geweckt?«

»Ich bin schon eine ganze Weile auf«, antwortete sie leichthin.

»Mhm.« Sein Blick wanderte über ihre Beine, die sich hübsch unter dem kurzen Bademantel zeigten, bevor er sich auf den in der Tür kauernden Welpen richtete. »Ein Freund von Ihnen?«

Maggie blickte auf die Bulldogge, der drohende Laute aus der Kehle rollten, die aber trotzdem sorgfältig auf Abstand achtete. »Ein Geschenk von meinem Agenten.«

»Wie heißt er?«

Maggie warf dem sich duckenden Welpen einen trockenen Blick zu. »Killer.«

Cliff sah zu, wie der Welpe hinter der Wand verschwand. »Sehr passend. Wollen Sie ihn als Wachhund ausbilden?«

»Ich werde ihm beibringen, wie man Musikkritiker anfällt.« Sie hob die Hand, um sich durch die Haare zu streichen – eine alte Gewohnheit –, und stieß auf das Handtuch. Genauso abrupt erinnerte sie sich an den Rest ihrer Erscheinung. Ihre Hand zuckte zu ihrem Gesicht und fand die dünne Schicht aus harter Kleie. »Oh nein«, murmelte Maggie, als Cliffs Grinsen breiter wurde. »Oh verdammt!« Sie drehte sich um und jagte zur Treppe. »Nur einen Moment.« Er bekam einen faszinierenden, wenn auch flüchtigen Blick auf nackte Schenkel geboten, als sie nach oben hetzte.

Zehn Minuten später kam sie völlig gefasst wieder nach unten. Ihr Haar war seitlich mit Perlmuttkämmen zurückgesteckt. Auf ihrem Gesicht hatte sie leichtes Make-up aufgetragen. Sie hatte das Erstbeste angezogen, was ihr in ihrem noch immer nicht ausgepackten Koffer in die Hände gefallen war. Die engen schwarzen Jeans bildeten einen interessanten Kontrast zu dem weiten weißen Sweatshirt. Cliff saß auf der untersten Stufe und versetzte einen feigen Welpen in Ekstase, indem er ihm den Bauch kraulte. Maggie blickte stirnrunzelnd auf Cliffs Kopf herunter.

»Sie hätten kein Wort gesagt, nicht wahr?«

Er kraulte weiterhin den Welpen, ohne sich die Mühe zu machen, aufzublicken. »Worüber?«

Maggie kniff die Augen zusammen und verschränkte ihre Arme. »Nichts. Wollten Sie etwas mit mir besprechen?«

»Wollen Sie noch immer einen Teich?«

»Ja, ich will noch immer einen Teich«, antwortete sie unfreundlich. »Es gehört nicht zu meinen Gewohnheiten, ständig meine Meinung zu ändern.«

»Fein. Dann werden wir den Graben heute Nachmittag ausräumen.« Er stand auf und sah sie an, während der Welpe erwartungsvoll vor seinen Füßen saß. »Sie haben Bog nicht wegen des Küchenfußbodens angerufen.«

»Woher wissen Sie …«

»In Morganville findet man leicht etwas heraus.«

»Nun, es geht Sie nichts …«

»Es ist schwer, in einer Kleinstadt etwas für sich zu behalten«, unterbrach Cliff sie wieder. Ihr frustrierter Seufzer amüsierte ihn. »Tatsache ist, dass Sie im Moment das Hauptthema in der Stadt sind. Jeder fragt sich, was die Lady aus Kalifornien auf diesem Berg macht. Je mehr Sie sich absondern«, fügte er hinzu, »desto mehr werden sich die Leute den Kopf zerbrechen.«

»Ist das so?« Maggie neigte den Kopf und trat näher. »Und Sie? Zerbrechen Sie sich auch den Kopf?«

Cliff erkannte eine Herausforderung, wenn er eine hörte. Impulsiv legte er seine Hand an ihr Kinn und strich mit dem Daumen an ihrem Kiefer entlang. Sie zuckte nicht zusammen und zog sich auch nicht zurück, sondern hielt ganz still. »Hübsche Haut«, murmelte er. »Sehr hübsch. Sie kümmern sich darum, Maggie. Ich kümmere mich um Ihr Land.«

Damit ließ er sie so zurück, wie sie war – die Arme verschränkt, den Kopf zurückgelegt, die Augen erstaunt geweitet.

Gegen zehn wurde Maggie klar, dass es nicht einer jener ruhigen, einsamen Tage werden würde, deretwegen sie aufs Land gezogen war. Die Männer draußen schrien, um sich bei dem Maschinenlärm verständlich zu machen. Lastwagen fuhren auf ihrer frisch geschotterten Straße hin und her. Sie tröstete sich damit, dass in ein paar Wochen dieser Teil der Störung vorbei sein würde.

Sie erhielt drei Anrufe von Freunden an der Westküste, die fragten, wie es ihr ging und was sie machte. Beim dritten Anruf war sie schon ein wenig gereizt von dem ständigen Erklären, dass sie Linoleum wegkratzte, Wände tapezierte, Holz lackierte und es genoss. Sie legte den Hörer neben den Apparat und kehrte an ihr Spachtelmesser und zu dem Küchenboden zurück.

Mehr als die Hälfte des Holzfußbodens war jetzt freigelegt. Die Fortschritte interessierten sie so sehr, dass sie beschloss, sich an diese eine Aufgabe zu halten, bis sie erledigt war. Der Fußboden würde sehr schön werden. Und sie hätte es selbst gemacht.

Maggie hatte gerade erst weitere fünf Zentimeter abgekratzt, als es hinter ihr klopfte. Sie drehte sich um und war bereit, hochzugehen, falls Cliff Delaney zurückgekommen war, um sie zu reizen. Stattdessen sah sie eine große schlanke Frau ihres eigenen Alters, mit weichen braunen Haaren und hellblauen Augen. Während Maggie eingehend Joyce Morgan Agee betrachtete, wunderte sie sich, dass ihr die Ähnlichkeit mit Louella nicht schon früher aufgefallen war.

»Mrs. Agee.« Maggie stand auf und putzte die Knie ihrer Jeans ab. »Bitte, kommen Sie herein. Tut mir leid.« Ihre Turnschuhe quietschten, als sie auf eine dünne Lage alten Leims trat. »Der Fußboden ist ein wenig klebrig.«

»Ich möchte Sie nicht bei der Arbeit stören.« Joyce stand unsicher in der Tür und betrachtete den Fußboden. »Ich hätte angerufen, aber ich war gerade auf dem Heimweg von meiner Mutter.«

Joyces Pumps waren penibel sauber und elegant. Maggie fühlte, wie der Klebstoff an ihren alten Turnschuhen zog. »Wir können draußen sprechen, wenn Sie nichts dagegen haben.« Maggie trat in den Sonnenschein hinaus. »Im Moment ist hier alles ein wenig durcheinander.«

»Ja.« Joyce warf einen Blick zu den Arbeitern. »Sie verlieren keine Zeit, wie ich sehe.«

»Nein.« Maggie lachte und betrachtete die bröckelnde Mauer neben ihnen. »Ich war nie sehr geduldig. Und ich möchte, dass die Umgebung schneller fertig ist als das Innere des Hauses.«

»Sie hätten keine bessere Firma wählen können«, murmelte Joyce und blickte zu einem der Lastwagen mit der Aufschrift »Delaney's« auf der Seite.

Maggie folgte ihrem Blick. »Das hat man mir schon gesagt.«

»Ich wollte Sie wissen lassen, dass ich wirklich froh darüber bin, dass Sie so viel auf dem Besitz machen lassen.« Joyce zupfte an dem Schulterriemen ihrer Tasche. »Ich kann mich kaum noch erinnern, wie ich hier gelebt habe. Ich war noch ein Kind, als wir wegzogen, aber ich hasse Verschwendung.« Mit einem kleinen Lächeln sah sie sich um. »Ich glaube nicht, dass ich hier draußen leben könnte. Ich bin gern in der Stadt, mit Nachbarn in unmittelbarer Nähe und anderen Kindern, mit denen meine Kinder spielen können. Und natürlich muss mein Mann immer zu erreichen sein.«

Maggie brauchte einen Moment, ehe sie sich erinnerte. »Oh, Ihr Mann ist der Sheriff, nicht wahr?«

»Stimmt. Morganville ist eine ruhige Stadt, nicht zu vergleichen mit Los Angeles, aber es hält ihn auf Trab.« Sie lächelte, doch Maggie fragte sich, wieso sie Anspannung fühlte. »Wir sind einfach keine Großstadtmenschen.«

»Nein.« Maggie lächelte ebenfalls. »Ich habe wohl entdeckt, dass ich es auch nicht bin.«

»Ich verstehe nicht … wie konnten Sie aufgeben …« Joyce schien sich zurückzuhalten. »Ich meine, nach Beverly Hills muss es für Sie doch eine riesige Umstellung sein.«

»Es ist eine Veränderung«, stimmte Maggie zu. Verspürte sie auch hier einen gewissen Unterton, wie sie das bei Louellas Verträumtheit getan hatte? »Ich wollte diese Veränderung.«

»Ja, also, ich bin froh, dass Sie den Besitz so schnell gekauft haben. Stan war ein wenig besorgt, dass ich das Haus zum Verkauf anbot, während er nicht in der Stadt war, aber ich konnte es nicht länger nur so herumstehen sehen. Wer weiß, wären Sie nicht so schnell aufgetaucht, hätte er mir den Verkauf vielleicht wieder ausgeredet.«

»Dann können wir beide froh sein, dass ich das Schild gesehen habe.« Maggie dachte daran, dass das Haus offenbar Joyce allein gehört hatte, ohne dass ihr Ehemann oder ihre Mutter ein Anrecht darauf gehabt hätten. Flüchtig fragte sie sich, wieso Joyce es nicht schon früher verkauft hatte.

»Der eigentliche Grund, warum ich hergekommen bin, Miss Fitzgerald, ist meine Mutter. Sie hat mir erzählt, dass sie vor ein paar Tagen hier war.«

»Ja. Sie ist eine reizende Frau.«

»Ja.« Joyce blickte wieder zu den Arbeitern und holte tief Luft. Maggie brauchte sich nicht länger zu fragen, ob sie unterschwellige Strömungen fühlte. Jetzt war sie sicher.

»Es ist mehr als wahrscheinlich, dass sie noch einmal vorbeikommen wird. Ich möchte Sie um einen Gefallen bitten: Sollte meine Mutter anfangen, Ihnen auf die Nerven zu gehen, sagen Sie es mir und nicht ihr.«

»Warum sollte sie mir auf die Nerven gehen?«

Joyce gab einen müden, frustrierten Laut von sich. »Mutter schwelgt oft in der Vergangenheit. Sie hat den Tod meines Vaters nie ganz verwunden. Sie bereitet manchen Leuten Unbehagen.«

Maggie erinnerte sich an das Unbehagen, das sie selbst während Louellas kurzen Besuchs verspürt hatte. Dennoch schüttelte sie den Kopf. »Ihre Mutter kann mich gern von Zeit zu Zeit besuchen, Mrs. Agee.«

»Danke, aber Sie versprechen mir, dass Sie mich verständigen, falls … also, falls Sie wollen, dass sie wegbleibt. Sehen Sie,

sie kam oft hierher, als das Haus unbewohnt war. Ich möchte nicht, dass sie Ihnen im Weg ist. Sie weiß nicht, wer Sie sind. Das heißt ...« Joyce unterbrach sich verlegen. »Ich meine, Mutter versteht nicht, dass jemand wie Sie etwas zu tun hat.«

Maggie erinnerte sich an die verlorenen Augen und den unglücklichen Mund. Mitgefühl regte sich wieder. »Also schön, wenn sie mich stört, sage ich es Ihnen.«

»Dafür bin ich Ihnen sehr dankbar, Miss Fitzgerald.«

»Maggie.«

»Ja, also ...« Als wäre sie jetzt noch unsicherer, brachte Joyce ein Lächeln zustande. »Ich verstehe, dass es jemand wie Sie nicht mag, wenn Leute einfach vorbeikommen und im Weg sind.«

Maggie lachte und dachte daran, wie oft sie heute Vormittag von Anrufen aus Kalifornien gestört worden war. »Ich bin keine Einsiedlerin. Und ich bin auch nicht launisch. Manche Leute halten mich sogar für normal.«

»Oh, ich habe damit nicht gemeint ...«

»Das weiß ich. Kommen Sie wieder, wenn ich mit diesem Fußboden fertig bin, und dann trinken wir einen Kaffee.«

»Sehr gern. Oh, fast hätte ich es vergessen ...« Sie zog einen braunen Umschlag aus der großen Leinentasche auf ihrer Schulter hervor. »Mutter sagte, Sie wollten das sehen. Ein paar Fotos von dem Besitz.«

»Ja.« Zufrieden nahm Maggie den Umschlag entgegen. Sie hatte nicht erwartet, dass Louella sich daran erinnern würde. »Ich habe gehofft, dass sie mich auf Ideen bringen.«

»Mutter sagte, Sie können sie so lange behalten, wie Sie wollen.« Joyce zögerte und spielte wieder mit dem Riemen ihrer Tasche. »Ich muss zurück. Mein Jüngstes kommt aus dem Kindergarten heim, und Stan ist manchmal zum Lunch da. Ich habe noch gar nichts im Haus gemacht. Vielleicht sehe ich Sie irgendwann in der Stadt.«

»Ganz bestimmt.« Maggie klemmte den Umschlag unter den Arm. »Grüßen Sie Ihre Mutter von mir.«

Maggie wollte ins Haus zurückkehren, doch als sie die Hand nach dem Türknauf ausstreckte, bemerkte sie Cliff, der auf Joyce zuging. Die beiden kannten einander offenbar gut. Auf Cliffs Gesicht lag eine Sanftheit, die Maggie an ihm noch nicht bemerkt hatte. Und Sorge. Er beugte sich nahe zu ihr, als würde Joyce sehr leise sprechen, und berührte dann ihr Haar. Die Berührung eines Bruders, dachte Maggie. Oder eines Liebhabers?

Während Maggie die beiden beobachtete, schüttelte Joyce den Kopf und stieg in ihren Wagen. Cliff beugte sich für einen Moment zum Fenster herunter. Ob sie stritten? Bildete Maggie sich die Spannung nur ein? Cliff zog sich vom Fenster zurück, und Joyce fuhr davon.

Bevor Maggie sich zurückziehen konnte, drehte Cliff sich um, und ihre Blicke trafen sich. Dreißig Meter lagen zwischen ihnen. Die Luft war von dem Lärm von Arbeitern und Maschinen erfüllt. Die Sonne schien so stark, dass es Maggie in ihrem Sweatshirt fast zu warm war, und doch fühlte sie eine Gänsehaut über ihren Rücken kriechen. Vielleicht war es Feindseligkeit, was sie fühlte. Maggie versuchte sich einzureden, dass es Feindseligkeit war und nicht das erste gefährliche Regen von Leidenschaft.

Die Versuchung meldete sich, diese dreißig Meter zu überbrücken und sie beide auf die Probe zu stellen. Allein schon der Gedanke daran erhitzte ihr Blut.

Cliff regte sich nicht. Er wandte die Augen nicht von ihr. Mit plötzlich gefühllos gewordenen Fingern drehte sie den Knauf und trat ins Haus.

Zwei Stunden später kam Maggie wieder ins Freie. Sie hatte sich bisher noch nie weder vor Herausforderungen noch vor

Gefühlen oder Ärger zurückgezogen. Cliff Delaney schien mit allen drei Dingen in Verbindung zu stehen. Während sie Linoleum gekratzt hatte, hatte Maggie sich dafür getadelt, dass sie sich von Cliff aus keinem anderen Grund einschüchtern ließ, als dass er kraftvoll, männlich und sexy war.

Und anders, räumte sie ein. Anders als die meisten Männer, denen sie in ihrem Beruf begegnet war. Er plusterte sich nicht auf, überhaupt nicht. Er setzte nicht tonnenweise Charme ein. Er war nicht von seinem eigenen Aussehen beeindruckt. Es musste dieser Unterschied sein, weshalb sie nicht so genau wusste, wie sie mit ihm umgehen sollte.

Sie entschied sich für eine sehr geschäftsmäßige Haltung, während sie hinten um das Haus herumging. Vor dem Haus blieb sie stehen. Die Schlingpflanzen, die Dornensträucher und die Sumach-Bäume waren verschwunden. Dunkle fruchtbare Erde wurde auf dem Gebiet verteilt, das vorher eine vernachlässigte Wildnis gewesen war. Der Baum, der sich gegen das Haus geneigt hatte, war mitsamt des Wurzelballens entfernt worden. Zwei Männer, deren Rücken vor Schweiß schimmerten, setzten die Steine zu einer niedrigen Mauer, die sich dort erstrecken sollte, wo der Abhang in den Rasen überging.

Cliff Delaney hat eine straff geführte Firma, dachte Maggie, während sie durch die frische Erde zu dem Seitenteil des Gartens ging. Auch hier war das Schlimmste weggeräumt worden. Ein gewaltiger bärtiger Mann in einem Overall saß auf einem großen gelben Schaufelbagger. Auf Hebeldruck senkte sich der Schaufelarm in den Graben, biss sich in die schwarze Erde und die Felsen und kam gefüllt wieder hoch.

Maggie schirmte ihre Augen ab und beobachtete den Vorgang, während der Welpe um ihre Beine kreiste und alles anknurrte, was sich bewegte. Jedes Mal wenn sich die Baggerschaufel öffnete und ihre Ladung fallen ließ, brach der Hund in wildes Gebell aus. Lachend kauerte Maggie sich hin und kraulte ihn hinter den Ohren, um ihn zu beruhigen.

»Sei kein Feigling, Killer. Ich erlaube nicht, dass das Ding dich erwischt.«

»Ich würde nicht näher herangehen«, sagte Cliff hinter ihr.

Sie wandte den Kopf und blinzelte gegen die Sonne. »Ich bin nahe genug.« Da sie den Nachteil nicht mochte, dass sie nach oben und in die Sonne blicken musste, stand Maggie auf. »Sie scheinen Fortschritte zu machen.«

»Wir müssen die Pflanzen in den Boden bekommen und die Wand hochziehen, bevor der Regen kommt.« Er deutete auf den Graben. »Andernfalls hätten Sie ein ziemliches Chaos am Hals.«

»Verstehe.« Weil er wieder diese frustrierenden dunklen Brillengläser trug, wandte sie sich von ihm ab und sah dem Schaufelbagger bei der Arbeit zu. »Sie haben eine große Belegschaft.«

»Groß genug.« Er hatte sich eingeredet, dass er sich die immense sexuelle Anziehungskraft vor Stunden nur eingebildet hatte. Jetzt, da er sie wieder verspürte, konnte er sie nicht leugnen.

Diese Frau war nicht, was er wollte, und doch wollte er sie. Sie war nicht, was er gewählt hätte, und doch wählte er sie. Er konnte die Logik außer Acht lassen, bis er herausgefunden hatte, wie es war, sie zu berühren.

Maggie war sich sehr bewusst, wie nahe sie einander standen. Die Regungen, die sie vor ein paar Stunden gefühlt hatte, setzten wieder ein, langsam, verführerisch, bis sich ihr ganzer Körper anspannte. Sie wusste, dass man jemanden begehren konnte, den man nicht kannte, jemanden, dem man auf der Straße begegnete. Das alles hatte mit dieser gewissen Anziehungskraft zu tun, aber Maggie hatte noch nie so reagiert. Sie verspürte den wilden Drang, sich in seine Arme zu schmiegen und die Erfüllung dessen zu verlangen und anzubieten, was zwischen ihnen siedete. Es war etwas, das Erregung bot und einen Genuss, von dem sie bisher nur einen Blick erhascht hatte. Sie drehte sich um und hatte nicht die geringste Ahnung, was sie sagen sollte.

»Es gefällt mir nicht, was hier vor sich geht.«

Cliff tat nicht so, als würde er sie falsch verstehen. Keiner von ihnen beschäftigte sich in Gedanken mit dem Teich oder mit der Baumaschine. »Haben Sie eine Wahl?«

Maggie runzelte die Stirn und wünschte, sie wäre sich ihrer Sache sicherer. Cliff war nicht wie die Männer, die sie früher gekannt hatte. Standardregeln passten nicht auf ihn. »Ich denke schon. Ich bin hierher gezogen, weil ich hier leben und arbeiten wollte. Aber ich bin auch hierher gezogen, weil ich für mich sein wollte. Ich habe vor, das alles auch wirklich auszuführen.«

Cliff betrachtete sie einen Moment und winkte dann dem Baggerführer geistesabwesend zu, als der Mann die Maschine abstellte, um seine Mittagspause zu machen. »Ich habe diesen Auftrag übernommen, weil ich dieses Land bearbeiten wollte. Und das habe ich auch vor.«

Obwohl sie nicht das geringste Nachlassen der Spannung verspürte, nickte Maggie. »Dann verstehen wir einander.«

Als sie sich abwenden wollte, legte Cliff ihr die Hand auf die Schulter und hielt sie zurück. »Ich glaube, wir beide verstehen eine ganze Menge.«

Ihr Magen spannte und entspannte sich wie eine nervöse Faust. Da seine Finger nur so leicht auf ihrem weiten Sweatshirt lagen, hätte sie gar nichts fühlen sollen. Doch Hunderte von Nervenenden erwachten in ihrem Körper zum Leben. Die Luft war knapper und heißer geworden, die Geräusche der Männer waren mehr in den Hintergrund gerückt. »Ich weiß nicht, was Sie meinen.«

»Doch, das wissen Sie.«

Ja, sie wusste es. »Ich weiß gar nichts über Sie«, brachte Maggie hervor.

Cliff fing die Spitzen ihrer Haare zwischen seinen Fingern ein. »Ich kann nicht das Gleiche behaupten.«

Maggies Zorn flammte auf, obwohl sie wusste, dass er sie ködern wollte. »Dann glauben Sie also alles, was Sie in den Klatschzeitschriften lesen.« Sie schüttelte den Kopf, um ihr Haar aus seinen Fingern zu befreien. »Es überrascht mich, dass ein so offensichtlich erfolgreicher und talentierter Mann ein solcher Ignorant sein kann.«

Cliff quittierte den Treffer mit einem Kopfnicken. »Es überrascht mich, dass eine so offensichtlich erfolgreiche und talentierte Frau so albern sein kann.«

»Albern? Zum Teufel, was soll das denn heißen?«

»Es erscheint mir albern, wenn man die Presse ermutigt, über jeden Bereich seines Lebens zu berichten.«

Sie biss die Zähne zusammen und versuchte es mit tiefem Atmen. Es half nicht. »Ich ermutige die Presse zu nichts.«

»Sie entmutigen sie nicht«, entgegnete Cliff.

»Entmutigung kommt Ermutigung gleich«, schleuderte sie zurück, verschränkte die Arme und blickte auf den offenen Graben. »Wieso verteidige ich mich eigentlich?«, murmelte sie. »Sie wissen überhaupt nichts darüber. Und ich lege keinen Wert darauf, dass Sie etwas darüber wissen.«

»Ich weiß, dass Sie ein Interview über sich und Ihren Mann Wochen nach seinem Tod gegeben haben.« Er hörte, wie sie tief einatmete und den Atem anhielt, während er sich dafür verwünschte, dass er etwas so Persönliches erwähnt hatte.

»Haben Sie eine Vorstellung, wie mir die Presse in diesen Wochen zugesetzt hat?« Ihre Stimme war leise und angespannt. »Kennen Sie den ganzen Mist, der gedruckt wurde? Ich wählte einen Reporter, dem ich vertrauen konnte, und gab das ehrlichste und aufrichtigste Interview, zu dem ich fähig war, weil ich wusste, dass das die einzige Chance war, zu verhindern, dass alles noch tiefer absinkt. Dieses Interview machte ich für Jerry. Es war das Einzige, was ich ihm noch geben konnte.«

Er hatte sie reizen, vielleicht sogar provozieren wollen, aber er hatte sie nicht verletzen wollen. »Es tut mir leid.« Cliff legte seine Hand wieder auf ihre Schulter, doch sie zuckte zurück.

»Vergessen Sie es.«

Diesmal ergriff er ihre beiden Schultern und drehte sie zu sich um. »Ich vergesse keine Schläge unter die Gürtellinie, besonders nicht, wenn ich derjenige bin, der sie austeilt.«

Sie wartete mit dem Sprechen, bis sie sicher war, dass sie wieder über etwas Selbstbeherrschung verfügte. »Ich habe schon früher Schläge überlebt. Ich rate Ihnen nur, nichts zu kritisieren, was Sie gar nicht verstehen können.«

»Ich habe mich entschuldigt.« Er gab ihre Schultern nicht frei, als sie sich wegdrehen wollte. »Aber ich bin nicht gut im Befolgen von Ratschlägen.«

Maggie hielt wieder still. Sie waren einander erneut näher gekommen, sodass sich jetzt ihre Schenkel berührten. Die Verbindung von Ärger und Verlangen wurde zu stark, um ignoriert zu werden. »Dann haben wir beide einander nichts mehr zu sagen.«

»Sie irren sich.« Seine Stimme war sehr ruhig, sehr eindringlich. »Wir haben noch gar nicht angefangen zu sagen, was es zu sagen gibt.«

»Sie arbeiten für mich …«

»Ich arbeite für mich selbst«, verbesserte Cliff sie.

Sie verstand diesen Stolz und bewunderte ihn. Doch Bewunderung entfernte nicht seine Hände von ihren Schultern. »Ich bezahle Sie dafür, dass Sie einen Auftrag ausführen.«

»Sie bezahlen meine Firma. Das ist so im Geschäftsleben.«

»Es wird das Einzige zwischen uns sein.«

»Wieder falsch«, murmelte er, ließ sie jedoch los.

Maggie öffnete den Mund, um ihm irgendetwas an den Kopf zu werfen, doch der Hund begann aufgeregt zu bellen. Sie fand, dass es eine viel größere Beleidigung war, wenn sie Cliff den Rücken zuwandte und sich um ihren Hund kümmerte, als die Worte, die sie plante. Schweigend suchte sie sich ihren Weg um den Graben herum zu dem Haufen aus Erde und Steinen und Abfällen, den der Schaufelbagger abgelagert hatte.

»Schon gut, Killer.« Sie kam so schwer voran, dass sie lautlos fluchte, als sie über die Felsbrocken stolperte. »Du findest in diesem Haufen bestimmt nichts Interessantes.«

Ohne sich um sie zu kümmern, grub der Welpe weiter, und sein Bellen klang gedämpfter, als seine Schnauze tiefer in die Erde eintauchte, während sein Hinterteil vor Anstrengung oder Freude über das neue Spiel wackelte.

»Lass das!« Sie bückte sich, um ihn aus dem Haufen herauszuziehen, und setzte sich hart hin. »Verdammt, Killer!« Im Sitzen packte sie den Hund mit einer Hand, zog ihn zurück und löste eine kleine Geröllawine aus.

»Wollen Sie wohl vorsichtig sein?«, rief Cliff über ihr. Sie hatte Glück gehabt, dass ihr kein Felsbrocken gegen das Schienbein gefallen war.

»Das ist der dumme Hund!«, rief Maggie zurück, als er ihr wieder entwischte. »Der Himmel allein weiß, was er an diesem Haufen so interessant findet. Nichts als Erde und Steine«, murmelte sie und stieß gegen den Haufen, der neben ihrer Hüfte gelandet war.

»Schnappen Sie ihn sich und kommen Sie wieder her, bevor noch etwas passiert.«

»Aber ja«, murmelte sie. »Sie sind vielleicht eine große Hilfe.« Verärgert versuchte sie sich hochzustemmen, als ihre Finger in den runden Stein hineinglitten, auf dem ihre Hand lag. Hohl, dachte sie neugierig. Maggie blickte nach unten.

Und dann schrie sie, laut und lange genug, dass der Welpe davonraste und nach Deckung suchte.

Cliffs erster Gedanke, während er den Abhang zu ihr herunterjagte, war: Schlangen. Als er sie erreichte, zog er sie hoch und in einer instinktiven Schutzbewegung in seine Arme.

Sie hatte zu schreien aufgehört, und obwohl ihr Atem flach ging, packte Maggie sein Hemd, bevor er sie den Hang hinauftragen konnte.

»Ein Skelett«, flüsterte sie, schloss die Augen und ließ den Kopf gegen seine Schulter sacken. »Oh, Himmel!«

Cliff blickte nach unten und sah, was der Bagger und der Hund freigelegt hatten.

Zwischen Steinen und Trümmern befand sich ein Haufen von etwas, das man für lange weiße, mit Erde überzogene Stäbe hätte halten können. Doch darauf lag, nur Zentimeter von Maggie entfernt, ein menschlicher Schädel.

4. Kapitel

»Es geht mir gut.« Maggie saß am Küchentisch und umklammerte das Glas Wasser, das Cliff ihr gegeben hatte. Als sie endlich den Schmerz in ihren Fingern wahrnahm, lockerte sie den Griff ein wenig. »Ich fühle mich albern, weil ich so geschrien habe.«

Sie war unverändert blass, stellte er fest. Obwohl ihre Hände an dem Glas jetzt ruhig waren, traten die Knöchel noch immer weiß hervor. Ihre Augen waren von dem Schock geweitet und wirkten plötzlich zu groß für ihr Gesicht. Er wollte schon über ihr Haar streichen, steckte die Hände jedoch in seine Taschen. »Eine ganz natürliche Reaktion.«

»Wahrscheinlich.« Sie blickte hoch und schaffte ein bebendes Lächeln. Ihr war kalt, und sie hoffte, dass sie vor seinen Augen nicht unkontrolliert zu zittern begann. »Ich habe mich noch nie in einer solchen … Situation befunden.«

Cliff hob eine Augenbraue. »Ich auch nicht.«

»Nein?« Irgendwie hatte sie gehofft, es wäre schon früher einmal passiert. Wenn ja, wäre es vielleicht weniger schrecklich gewesen – und weniger persönlich. Sie blickte zu Boden und stellte jetzt erst fest, dass der Hund winselnd auf ihren Füßen lag. »Aber graben Sie denn nicht oft eine …«, sie zögerte und wusste nicht, wie sie es ausdrücken sollte, »… eine Menge Dinge bei Ihrer Arbeit aus?«

Sie tastet nach einem Strohhalm, dachte Cliff, und ob sie es wusste oder nicht, aber ihre großen braunen Augen flehten ihn um eine triviale Erklärung an. Er konnte ihr keine geben. »Nicht so etwas.«

Ihre Blicke trafen sich für einen langen, stummen Moment, bevor Maggie nickte. Wenn sie etwas in dem von ihr gewählten harten, konkurrenzbeladenen Beruf gelernt hatte, dann dass man sich den Problemen stellte, wenn sie sich einem präsentierten. »Dann hat also keiner von uns eine hübsche nette Erklärung.« Der kleine Seufzer war das letzte Anzeichen von Schwäche, das sie vor ihm zeigen wollte. »Der nächste Schritt ist vermutlich die Polizei.«

»Ja.« Je entschlossener sie sich darum bemühte, ruhig zu werden, desto schwieriger wurde es für ihn. Sie schwächte etwas in ihm. In seinen Taschen ballte er die Hände zu Fäusten, während er dagegen ankämpfte, Maggie zu berühren. Abstand war die am schnellsten wirkende Abwehr. »Sie sollten besser gleich anrufen«, sagte Cliff knapp. »Ich gehe hinaus und sorge dafür, dass sich die Arbeiter von dem Graben fernhalten.«

Wieder bestand ihre Antwort aus einem Nicken. Maggie sah zu, wie er die Fliegengittertür aufstieß. Dann zögerte er. Als er zurückblickte, bemerkte sie jene Sorge in seinem Gesicht, die sie beobachtet hatte, als er mit Joyce gesprochen hatte. »Maggie, alles in Ordnung mit Ihnen?«

Die Frage und der Tonfall halfen ihr, sich zu fassen. »Ich erhole mich gleich wieder. Danke.« Sie wartete, bis die Fliegengittertür hinter ihm zugefallen war, bevor sie den Kopf auf den Tisch sinken ließ.

Lieber Himmel, in was war sie da hineingeraten? Man fand normalerweise keine Leichen im Vorgarten vergraben. C. J. würde es »absolut unzivilisiert« nennen. Maggie unterdrückte ein hysterisches Kichern und richtete sich auf. Tatsache war jedoch, dass sie eine Leiche gefunden hatte und jetzt damit fertig werden musste. Sie atmete ein paar Mal tief durch, ging ans Telefon und wählte die Vermittlung.

»Verbinden Sie mich mit der Polizei«, sagte sie rasch.

Ein paar Minuten später war Maggie wieder draußen. Sie näherte sich nicht dem Graben, hielt es jedoch auch nicht allein im Haus aus. Vor dem Haus fand sie einen passenden Felsen und setzte sich darauf. Der Welpe streckte sich auf dem sonnigen Fleck zu ihren Füßen aus und schlief ein.

Sie konnte fast glauben, dass sie sich nur eingebildet hatte, was sie in diesem Haufen aus Erde und Felsbrocken gesehen hatte. Hier war es zu friedvoll für etwas so Hässliches. Die Luft war zu lau, die Sonne zu warm. Dieses Stück Land mochte ungebändigt und ursprünglich sein, aber es besaß eine Heiterkeit, die alle härteren Seiten des Lebens abblockte.

Habe ich es deshalb ausgewählt? fragte Maggie sich. Weil sie so tun wollte, als gäbe es keinen echten Irrsinn auf der Welt? Hier konnte sie sich gegen den Druck und die Forderungen abschirmen, die sich so lange durch ihr Leben gezogen hatten. War dieser Flecken das Zuhause, das sie sich immer gewünscht hatte, oder war er in Wirklichkeit nur ein Zufluchtsort für sie? Sie schloss die Augen. Wenn das stimmte, machte es sie schwach und unehrlich, zwei Dinge, die sie nicht ertragen konnte. Warum war dieser Vorfall nötig gewesen, dass sie infrage stellte, was sie davor nicht infrage gestellt hatte? Während sie versuchte, ihre Ruhe wiederzufinden, fiel ein Schatten über sie. Maggie öffnete die Augen und sah zu Cliff auf.

Sie straffte sich. Sie wollte ihm nicht zeigen, dass sie an ihren eigenen Motiven zu zweifeln begonnen hatte. Nein, nicht ihm.

»Es sollte bald jemand hier sein.« Sie blickte zum Wald hinüber.

»Gut.« Eine Weile blickten sie beide schweigend in die Bäume. Cliff kauerte sich schließlich neben ihr auf den Boden. Seltsam, aber er fand, dass Maggie jetzt einem Schock näher schien als vorhin, als er sie in ihre Küche getragen hatte. Die Reaktion setzt bei verschiedenen Leuten verschieden schnell ein, entschied er. Er wollte sie wieder festhalten, wie er das vorhin viel zu kurz getan hatte. Die Berührung hatte etwas Kraftvolles und Erotisches in ihm ausgelöst. Wie ihre Musik … etwas wie ihre Musik.

Er wünschte sich, den Auftrag abgelehnt zu haben und bei ihrem ersten Zusammentreffen weggegangen zu sein. Cliff blickte an ihr vorbei zu dem Abhang, der zu dem Graben führte.

»Haben Sie mit Stan gesprochen?«

»Stan?« Maggie blickte verständnislos auf Cliffs starres Profil. In diesem Moment war er nahe genug, dass sie ihn berühren konnte, aber meilenweit entfernt. »Oh, der Sheriff.« Sie wünschte sich, er würde sie berühren. Nur für einen Moment. Nur die Hand auf die ihre legen. »Nein, ich habe ihn nicht angerufen. Ich habe die Vermittlung angerufen und gebeten, mich mit der Polizei zu verbinden. Die Telefonistin hat mich mit der State Police in Hagerstown verbunden.« Sie verfiel in Schweigen und wartete darauf, dass er eine Bemerkung über ihre typisch großstädtische Reaktion machte.

»Wahrscheinlich ist es so am besten«, murmelte Cliff. »Ich habe die Arbeiter weggeschickt. Dann gibt es weniger Durcheinander.«

»Oh.« Sie musste tatsächlich benommen gewesen sein, dass sie das Fehlen von Lastwagen und Männern nicht bemerkt hatte. Als sie sich dazu zwang, sich umzusehen, bemerkte sie, dass der Schaufelbagger geblieben war. Er stand auf der Anhöhe oberhalb des Grabens, groß und gelb und stumm. Die Sonne schien warm auf ihren Rücken. Ihre Haut war wie Eis.

Höchste Zeit, um da herauszukommen, sagte sie sich und straffte die Schultern. »Sie haben sicher recht. Soll ich in Ihrem Büro anrufen, wenn die Polizei erklärt, dass die Arbeiten weitergehen können?« Ihre Stimme klang geschäftsmäßig. Ihre

Kehle wurde trocken bei dem Gedanken, allein gelassen zu werden. Allein mit dem Fund in dem Graben.

Cliff wandte den Kopf und nahm die Sonnenbrille ab, sodass ihre Blicke sich trafen. »Ich dachte, ich bleibe noch.«

Erleichterung überflutete sie. Maggie wusste, dass es sich auf ihrem Gesicht gezeigt haben musste, doch sie besaß nicht die Willenskraft, um ihren Stolz an die erste Stelle zu setzen. »Ich möchte, dass Sie bleiben. Es ist dumm, aber …« Sie blickte in Richtung des Grabens.

»Nicht dumm.«

»Vielleicht ist ›schwach‹ ein besserer Ausdruck«, murmelte sie und versuchte zu lächeln.

»Menschlich.« Trotz seiner Entschlossenheit, es nicht zu tun, ergriff Cliff ihre Hand. Die Berührung sollte trösten und beruhigen, löste jedoch eine Kettenreaktion aus, die so schnell einsetzte, dass sie nicht aufzuhalten war.

Es schoss ihr durch den Kopf, dass sie schnellstens aufstehen und ins Haus gehen sollte. Vielleicht würde Cliff sie aufhalten, vielleicht würde er sie gehen lassen. Maggie fragte sich weder, was ihr lieber wäre, noch bewegte sie sich. Stattdessen blieb sie sitzen, hielt seinem Blick stand und ließ die Hitze durch sich hindurchfließen. Nichts sonst existierte. Nichts sonst spielte eine Rolle.

Sie fühlte den Druck seiner Finger um ihre Hand, sah, wie sich seine Augen verdunkelten. Es war, als würde er in ihre chaotischen Gedanken hineinblicken. In der Stille des frühen Nachmittags hörte sie jeden seiner Atemzüge. Das Geräusch ließ die Erregung in der Luft zwischen ihnen vibrieren.

Sie bewegten sich aufeinander zu, bis Lippen mit Lippen verschmolzen.

Intensität. Maggie hatte nicht gewusst, dass etwas zwischen zwei Menschen so komprimiert sein konnte, so sehr pure Empfindung. Auch wenn Jahre vergehen sollten, wenn sie blind und taub werden sollte, würde sie diesen Mann allein an der Berührung seiner Lippen erkennen. Innerhalb eines Moments wurde sie mit der Form seines Mundes vertraut, mit dem Geschmack seiner Zunge. Ihr Mund verschloss den seinen, seine Hand lag auf der ihren. Ansonsten berührten sie einander nicht. In diesem Moment bestand keine Notwendigkeit.

In dem Kuss lag eine Aggressivität, sogar eine Grobheit, die Maggie nicht erwartet hatte. Die Süße und das Zögern erster Küsse fehlte, doch sie zog sich nicht zurück. Vielleicht war das alles Teil der Anziehung, die in dem Moment eingesetzt hatte, als er aus dem Pick-up gestiegen war.

Anders. Ja, er war anders als die Männer, die ihr Leben berührt hatten. Auch anders als der eine Mann, dem sie sich geschenkt hatte. Sie hatte das von der ersten Begegnung an gewusst. Da jetzt sein Mund ihre Sinne aufwühlte, war sie dankbar dafür. Sie wollte, dass nichts mehr so sein würde, wie es gewesen war – keine Erinnerung daran, was sie einst gehabt und verloren hatte. Dieser Mann würde nicht verwöhnen und verehren. Er war stark genug, um Stärke zurückzuverlangen. Sie fühlte, wie seine Zunge mit der ihren spielte und tiefer vordrang. Maggie schwelgte in seinen Forderungen.

Viel zu leicht konnte man ihren zarten Körperbau vergessen, ihr zerbrechliches Aussehen, wenn ihr Mund an seinen Lippen glühte. Cliff hätte wissen sollen, dass tiefe, rastlose Leidenschaft in einer Frau stecken musste, die Musik mit solcher Sinnlichkeit schuf. Doch wie hätte er wissen können, dass ihn diese Leidenschaft packen würde, als hätte er jahrelang darauf gewartet?

Viel zu leicht konnte er vergessen, dass sie nicht die Art von Frau war, die er in seinem Leben haben wollte, wenn ihr Geschmack ihn erfüllte. Wiederum hätte er wissen müssen, dass sie die Macht besaß, einen Mann dazu zu bringen, alle Logik beiseitezulassen, allen Verstand. Ihre Lippen waren warm und feucht, der Geschmack so kräftig wie der Geruch der frisch aufgeworfenen Erde um sie herum. Der Wunsch wuchs, sie in die Arme zu nehmen und hier unter dem klaren Himmel des Nachmittags alle Sehnsüchte zu stillen, die in ihm hochstiegen. Cliff zog sich zurück und widerstand dieser letzten drängenden Begierde.

Atemlos, mit pochendem Verlangen, starrte Maggie ihn an. Konnte dieses sengende Zusammentreffen ihrer Lippen ihn genauso bewegt haben wie sie? Verschwammen seine Gedanken genau wie die ihren? Pulsierte auch sein Körper unter wildem, drängendem Sehnen? Sie konnte nichts an seinem Gesicht erkennen. Obwohl seine Augen auf die ihren gerichtet waren, konnte man ihren Ausdruck nicht lesen.

Wenn sie ihn fragte, würde er ihr antworten, dass auch er nie eine so überwältigende Woge von Leidenschaft erfahren habe? Sie würde ihn fragen, sobald sie ihre Stimme wiederfand.

Als sie sich setzte und nach Atem rang, kehrten die Ereignisse des Tages zurück. Abrupt sprang Maggie auf.

»Himmel, was machen wir da?«, fragte sie. Mit bebender Hand strich sie sich die Haare aus dem Gesicht. »Wie können wir hier so einfach sitzen, wenn dieses … dieses Ding nur ein paar Meter entfernt liegt?«

Cliff ergriff sie am Arm und drehte sie wieder zu sich herum. »Was hat das eine mit dem anderen zu tun?«

»Nichts. Ich weiß nicht.« Aufgewühlt sah sie ihn an. Ihre Gefühle waren immer zu vorherrschend gewesen. Obwohl sie es wusste, hatte Maggie das nie ändern können. Es war schon Jahre her, dass sie es wirklich versucht hatte. Verwirrung, Beunruhigung und Leidenschaft strahlten von ihr fast greifbar aus. »Was wir gefunden haben, ist schrecklich, unglaublich schrecklich, aber vor ein paar Momenten habe ich hier gesessen und mich gefragt, wie es wäre, wenn wir uns liebten.«

Etwas blitzte in seinen Augen auf und wurde schnell unter Kontrolle gebracht. Anders als Maggie hatte Cliff vor langer Zeit gelernt, seine Emotionen einzudämmen und für sich selbst zu behalten. »Sie halten offenbar nichts davon, dem springenden Punkt auszuweichen.«

»Ausweichen erfordert zu viel Zeit und Mühe.« Nachdem sie tief ausgeatmet hatte, schaffte es Maggie, sich seinem ruhigen, lässigen Ton anzuschließen. »Hören Sie, ich habe nicht mit diesem … Ausbruch gerechnet«, erklärte sie. »Vermutlich bin ich wegen dieser ganzen Sache zu angespannt und ein wenig zu empfänglich.«

»Empfänglich.« Ihre Wortwahl brachte ihn zum Lächeln. Wenn sie kühl und ruhig wurde, geriet er in Versuchung, sie zu reizen. Langsam hob er die Hand und strich mit den Fingerspitzen über ihre Wange. Ihre Haut war noch immer warm vor Verlangen. »Ich hätte Sie nicht so beschrieben. Sie scheinen eine Frau zu sein, die weiß, was sie will und wie sie es bekommt.«

Falls er sie hatte aufstacheln wollen, hatte er das perfekte Mittel gefunden. »Aufhören!« Mit einer scharfen Bewegung fegte sie seine Hand von ihrem Gesicht. »Ich habe es bereits gesagt. Sie kennen mich nicht. Und je öfter wir zusammen sind, desto sicherer werde ich, dass ich das auch gar nicht will. Sie sind ein attraktiver Mann, Cliff. Und sehr unsympathisch. Ich halte mich von Leuten fern, die ich nicht sympathisch finde.«

»In einer kleinen Gemeinde wie dieser ist es schwer, sich von irgendjemandem fernzuhalten.«

»Ich werde mich mehr als bisher bemühen.«

»Nahezu unmöglich.«

Sie kniff die Augen schmal zusammen und kämpfte darum, nicht zu lächeln. »Darin, mich für etwas zu entscheiden, bin ich sehr gut.«

»Ja.« Er setzte seine Sonnenbrille wieder auf. Als er grinste, war seine unverschämte Frechheit nahezu unwiderstehlich. »Ich wette, das sind Sie.«

»Versuchen Sie geistreich zu sein, oder versuchen Sie charmant zu sein?«

»Ich hatte weder das eine noch das andere je nötig.«

»Darüber sollten Sie vielleicht noch einmal nachdenken.« Weil sie Schwierigkeiten hatte, das Lächeln zu unterdrücken, wandte Maggie sich ab. Ihr Blick richtete sich auf den Graben. Gänsehaut rieselte über ihren Rücken. Mit einer Verwünschung verschränkte sie die Arme. »Unglaublich«, murmelte sie. »Ich stehe hier und führe eine alberne Unterhaltung, während dort ein …« Sie konnte das Wort nicht aussprechen und verachtete sich dafür. »Ich glaube, die ganze Welt ist verrückt geworden.«

Er wollte nicht, dass sie noch einmal schwach wurde. Wenn sie verletzbar war, war sie viel gefährlicher. »Das war schon lange da unten.« Seine Stimme war knapp, beinahe hart. »Es hat nichts mit Ihnen zu tun.«

»Es ist mein Land«, gab Maggie zurück. Sie wirbelte mit funkelnden Augen herum. »Darum hat alles etwas mit mir zu tun.«

»Dann sollten Sie lieber aufhören, jedes Mal zu zittern, wenn Sie daran denken.«

»Ich zittere nicht.«

Wortlos zog er ihre Hand von ihrem Arm, sodass sie beide das Zittern sehen konnten. Wütend entriss Maggie ihm die Hand. »Wenn ich von Ihnen berührt werden will, lasse ich es Sie wissen«, stieß sie zwischen zusammengebissenen Zähnen hervor.

»Das haben Sie bereits getan.«

Bevor ihr eine passende Antwort einfiel, sprang ihr Hund auf und begann wütend zu bellen. Sekunden später hörten sie beide das Geräusch eines näher kommenden Wagens.

»Er könnte tatsächlich einen guten Wachhund abgeben«, sagte Cliff sanft. Der Welpe jagte wie verrückt im Kreis herum und versteckte sich dann hinter einem großen Stein. »Andererseits …«

Als das Polizeiauto in Sicht kam, bückte Cliff sich und streichelte dem Hund über den Kopf, bevor er an das Ende der Auffahrt eilte. Maggie folgte ihm. Mein Land, mein Problem, meine Verantwortung, sagte sie sich. Sie wollte den Bericht abgeben.

Ein Polizist stieg aus dem Wagen, rückte seinen Hut zurecht und begann zu lächeln. »Cliff, mit dir habe ich hier draußen nicht gerechnet.«

»Bob.« Da zu der Begrüßung kein Händedruck gehörte, nahm Maggie an, dass die Männer einander gut kannten und sich oft sahen. »Meine Firma hat die Gartengestaltung übernommen.«

»Der alte Morgan-Besitz.« Der Polizist sah sich interessiert um. »Ist schon eine Weile her, dass ich hier war. Du hast etwas ausgegraben, worüber wir Bescheid wissen sollten?«

»Sieht so aus.«

»Jetzt ist es der Fitzgerald-Besitz«, warf Maggie knapp ein.

Der Polizist tippte an die Hutkrempe und setzte zu einer höflichen Antwort an. Seine Augen weiteten sich, als er sie das erste Mal genauer ansah. »Fitzgerald«, wiederholte er. »Hey, sind Sie nicht Maggie Fitzgerald?«

Sie lächelte. »Ja, die bin ich.«

»Hol mich der Teufel! Sie sehen genau wie auf den Fotos in den Illustrierten aus. Ich kann jeden Ihrer Songs summen. Sie haben den Morgan-Besitz gekauft?«

»Stimmt.«

Er schob den Hut auf seinem Kopf zurück, was Maggie an Cowboys erinnerte. »Wenn ich das meiner Frau erzähle! Wir haben ›Forever‹ auf unserer Hochzeit spielen lassen. Du erinnerst dich, Cliff? Cliff war Trauzeuge.«

Maggie sah den Mann neben sich an. »Wirklich?«

»Wenn du damit fertig bist, beeindruckt zu sein«, sagte Cliff sanft, »könntest du dir vielleicht ansehen, was da unten in dem Graben liegt.«

Bob lächelte liebenswürdig. »Dafür bin ich hier.« Gemeinsam gingen sie zu dem Graben. »Nur vom Ansehen ist es schwer festzustellen, was von einem Menschen und was von einem Tier stammt. Könnte sein, Ma'am, dass Sie ein Reh ausgegraben haben.«

Maggie blickte zu Cliff. Sie konnte noch immer fühlen, wie ihre Hand in die Öffnung des vermeintlichen Steins geglitten war. »Ich wünschte, ich könnte das glauben.«

»Da unten«, sagte Cliff, ohne auf ihren Blick zu reagieren. »Der Abstieg ist etwas schwierig.« Mit einer schnellen Bewegung versperrte er Maggie den Weg. »Warum warten Sie nicht hier?«

Das wäre leicht gewesen. Viel zu leicht. »Es ist mein Land.« Maggie schob sich an ihm vorbei und zeigte den Weg. »Der Hund hat in diesem Haufen gegraben.« Sie hörte die Nervosität in ihrer Stimme und kämpfte dagegen an. »Ich kam hier herunter und wollte ihn wegziehen, und da sah ich …« Ihre Stimme erstarb, als sie darauf deutete.

Der Polizist kauerte sich hin und stieß einen leisen Pfiff aus. »Verdammt«, murmelte er, wandte den Kopf und sah Cliff an, nicht Maggie. »Sieht nicht nach einem Reh aus.«

»Nein.« Lässig versperrte Cliff Maggie die Sicht. »Was jetzt?«

Bob stand auf. Jetzt lächelte er nicht mehr, aber Maggie

glaubte, ein erregtes Schimmern in seinen Augen zu erkennen. »Ich muss die Ermittlungsabteilung anrufen. Die Jungs werden sich das ansehen wollen.«

Maggie schwieg, während sie den Hang wieder hinaufkletterten. Sie wartete, bis der Polizist zu seinem Wagen gegangen war, um seinen Bericht über Funk durchzugeben. Als sie endlich sprach, verdrängte sie bewusst den Grund, warum sie alle mitten am Nachmittag hier draußen standen.

»Ihr kennt euch also«, hob sie an, als wäre das eine ganz normale Bemerkung an einem ganz normalen Tag.

»Bob und ich sind zusammen zur Schule gegangen.« Cliff beobachtete eine große schwarze Krähe, die über die Bäume dahinzog. Er erinnerte sich an Maggies Gesichtsausdruck, kurz bevor sie zu schreien begonnen hatte. »Vor zwei Jahren hat er eine Cousine von mir geheiratet.«

Sie bückte sich, pflückte eine Blume und begann sie zu zerpflücken. »Sie haben eine Menge Cousins und Cousinen.«

Er zuckte die Schultern. »Genug.«

»Ein paar Morgans.«

Das ließ ihn stutzen. »Ein paar, ja«, sagte er langsam. »Warum?«

»Ich habe mich gefragt, ob es an Ihrer Verbindung mit den Morgans liegt, dass Sie mir den Erwerb dieses Grundstücks übel nehmen.«

Cliff fragte sich, wieso ihn ihre Offenheit ärgerte, während er sie normalerweise respektierte. »Nein.«

»Aber Sie haben es mir übel genommen«, beharrte Maggie. »Sie haben es mir schon übel genommen, bevor Sie mich überhaupt zum ersten Mal sahen.«

Das hatte er, und sein Groll war noch gewachsen, seit er erfahren hatte, wie sie schmeckte. »Joyce hatte das Recht, diesen Besitz wann immer und an wen immer zu verkaufen.«

Maggie nickte und blickte zu dem Welpen, der über die frische Erde krabbelte. »Ist Joyce auch eine Cousine?«

»Worauf wollen Sie hinaus?«

Maggie begegnete seinem ungeduldigen Blick. »Ich versuche lediglich, Kleinstädte zu verstehen. Immerhin werde ich hier leben.«

»Dann sollten Sie als Erstes lernen, dass die Leute keine Fragen mögen. Wahrscheinlich werden die Leute mehr Informationen liefern, als Sie hören wollen, aber man mag es nicht hier, wenn man ausgefragt wird.«

Maggie hob eine Augenbraue. »Ich werde daran denken.« Befriedigt darüber, dass sie ihn geärgert hatte, wandte Maggie sich an den näher kommenden Polizisten.

»Sie schicken ein Team.« Er blickte von ihr zu Cliff und über die Schulter seines Freundes zu dem Graben. »Wahrscheinlich werden sie eine Weile hier bleiben und dann mitnehmen, was sie finden.«

»Was dann?«

Bob lenkte seine Aufmerksamkeit wieder auf Maggie. »Gute Frage. Um Ihnen die Wahrheit zu sagen, ich hatte noch nie mit so etwas zu tun. Aber ich schätze, sie werden alles dem Gerichtsmediziner in Baltimore schicken. Er muss die … äh … alles untersuchen, bevor die Ermittlungen anfangen können.«

»Ermittlungen?« Etwas schnürte ihre Kehle zu. »Was für Ermittlungen?«

Der Polizist fuhr mit Daumen und Zeigefinger über seinen Nasenrücken. »Nun, Ma'am, wie ich das sehe, gibt es keinen Grund, warum so etwas in dem Graben verbuddelt sein sollte, es sei denn …«

»Es sei denn, jemand hat es da verbuddelt«, beendete Cliff den Satz.

Maggie blickte zu dem friedvollen Wald auf der anderen Seite der Straße. »Ich glaube, wir alle könnten jetzt einen Kaffee gebrauchen«, murmelte sie. Ohne auf Zustimmung zu warten, ging sie zum Haus zurück.

Bob nahm seinen Hut ab und wischte sich den Schweiß von der Stirn. »Das ist vielleicht was für ein Protokoll.«

Cliff folgte dem langen Blick seines Freundes zu der Frau, die über die wackeligen Stufen vor dem Haus hinaufging. »Was? Sie oder das dort?« Mit einer Hand deutete er zu dem Graben.

»Beides.« Bob holte ein Päckchen Kaugummi hervor und wickelte sorgfältig einen Streifen aus. »Was macht eine Frau wie sie, eine Berühmtheit, hier draußen in den Wäldern?«

»Vielleicht mag sie Bäume.«

Bob schob den Kaugummi in den Mund. »Muss zehn, zwölf Morgen Bäume hier geben.«

»Zwölf.«

»Sieht aus, als hätte sie mehr gekauft, als dass sie jetzt damit umgehen könnte. Zum Teufel, Cliff! So etwas hatten wir nicht mehr in dieser Ecke des County, seit der verrückte Mel Stickler die Ställe angezündet hatte. Ja, in einer Großstadt …«

»Du magst jetzt die schnellere Gangart, nicht wahr?«

Bob kannte Cliff gut genug, um sowohl den Stich als auch den Humor zu hören. »Ich mag Action«, sagte er leichthin. »Da wir gerade davon sprechen, die Lady duftet himmlisch.«

»Wie geht es Carol Anne?«

Bob lächelte bei der Erwähnung seiner Frau. »Gut. Sieh mal, Cliff, wenn ein Mann nicht hinsieht und nicht mehr zu schätzen weiß, sollte er lieber zum Arzt gehen. Du willst mir doch nicht erzählen, dass du nicht bemerkt hast, wie nett diese Lady gebaut ist.«

»Ich habe es bemerkt. Ich bin ja nicht blind.« Er blickte auf den Stein neben sich. Hier hatte sie gesessen, als er sie geküsst hatte. Es würde ihm nicht schwerfallen, sich an alle Empfindungen zu erinnern, die ihn in diesem Moment erfüllt hatten. »Ich bin mehr an ihrem Land interessiert.«

Bob stieß ein trockenes Lachen aus. »Wenn du das tust, hast du dich seit der Highschool sehr verändert. Erinnerst du dich noch, als wir hierher kamen – diese blonden Zwillinge, die Cheerleader, deren Eltern das Haus für eine Weile gemietet hatten? Dein alter Chevy hat seinen Auspuff genau an der Kurve dort verloren.«

»Ich erinnere mich.«

»Wir haben dort in den Wäldern ein paar interessante Spaziergänge unternommen«, fuhr Bob fort. »Das waren die hübschesten Mädchen in der Schule, bis ihr Daddy versetzt wurde und sie wegzogen.«

»Wer ist danach hierher gezogen?«, fragte Cliff.

»Dieses alte Paar aus Harrisburg – die Faradays. Sie waren lange hier, bis der alte Mann starb und die Frau zu ihren Kindern zog.«

Cliff kniff die Augen zusammen, während er versuchte, sich zu erinnern. »Das war zwei Monate, bevor Morgan von der Brücke stürzte. Seither hat hier niemand gewohnt.«

Bob zuckte die Schultern. Sie beide blickten zu dem Graben. »Ist wohl zehn Jahre her, seit hier jemand gewohnt hat.«

»Zehn Jahre«, wiederholte Cliff. »Eine lange Zeit.«

Beide blickten bei dem Geräusch eines Wagens zur Zufahrt.

»Die Ermittler«, sagte Bob und rückte wieder seinen Hut zurecht. »Die übernehmen jetzt.«

Von der Ecke der Veranda aus beobachtete Maggie die geschäftigen Aktivitäten. Sie kam zu dem Schluss, wenn die Polizei sie brauchte, würde man sich schon bei ihr melden.

Sie sah zu, wie die Leute schaufelten und Erdreich siebten und systematisch einpackten, was nützlich sein konnte. Maggie redete sich ein, sobald das alles von ihrem Grund und Boden entfernt war, würde sie es vergessen. Es würde sie nicht länger bedrücken.

Sie wünschte sich nur, sie könnte das glauben! Was jetzt in Plastikbehälter verfrachtet wurde, war einst ein lebendes Wesen gewesen. Ein Mann oder eine Frau, einst ausgestattet mit Gedanken und Gefühlen, hatte nur wenige Meter von ihrem neuen Zuhause entfernt gelegen. Nein, das konnte sie bestimmt nicht vergessen.

Sie musste wissen, wer diese Person gewesen war, warum sie gestorben war und warum sich ihr Grab auf Maggies Land befand, sonst war es nicht vorüber. Sie brauchte die Antworten, wenn sie weiterhin friedlich in dem Haus wohnen wollte, das sie für sich ausgesucht hatte. Sie leerte ihre Kaffeetasse, als sich jemand von der Polizistengruppe löste und zu der Veranda kam. Maggie ging ihm an die Stufen entgegen, um ihn zu begrüßen.

»Ma'am.« Er nickte ihr zu und zeigte ihr kurz eine Dienstmarke. »Ich bin Lieutenant Reiker.«

Sie fand, dass er wie ein Buchhalter mittleren Alters aussah, und fragte sich, ob er eine Waffe unter seinem Jackett trug. »Ja, Lieutenant?«

»Wir sind fast fertig. Entschuldigen Sie die Störung.«

»Das ist schon in Ordnung.« Sie legte ihre Hände um die Kaffeetasse und wünschte sich, zu ihrer Musik hineingehen zu können.

»Ich habe den Bericht des Streifenpolizisten, aber vielleicht könnten Sie mir schildern, wie Sie die Überreste gefunden haben.«

Überreste, dachte Maggie schaudernd. Das war ein sehr kaltes Wort. Zum zweiten Mal schilderte sie, wie der Welpe gegraben hatte. Sie tat es jetzt ruhig und ohne zu zittern.

»Sie haben den Besitz eben erst gekauft?«

»Ja, ich bin erst vor wenigen Wochen hier eingezogen.«

»Und Sie haben Delaney für die Landschaftsarchitektur angestellt.«

»Ja.« Sie blickte zu Cliff, der mit einem anderen Mitglied des Teams sprach. »Der Handwerker, den ich zuerst einstellte, hat ihn empfohlen.«

»Mhm.« Der Ermittler machte sich sehr lässig Notizen. »Delaney sagt, Sie wollen den Graben zu einem Teich umgewandelt haben.«

Maggie befeuchtete ihre Lippen. »Richtig.«

»Hübscher Platz für einen Teich«, bemerkte er nebenbei. »Ich möchte Sie allerdings bitten, damit eine Weile zu warten. Vielleicht müssen wir wiederkommen und uns noch einmal umsehen.«

»In Ordnung.«

»Wir möchten dieses Gebiet absperren.« Er stellte einen Fuß auf eine Stufe. »Maschendraht«, meinte er beiläufig, »um Ihren Hund oder herumstreunende Tiere am Graben zu hindern.«

So wie auch Menschen, dachte Maggie und fand, dass man kein Genie sein musste, um zwischen den Zeilen zu lesen. Noch bevor der Tag vorüber war, würde dies die größte Neuigkeit im County werden. »Tun Sie, was Sie tun müssen.«

»Wir sind Ihnen für Ihr Entgegenkommen dankbar, Miss Fitzgerald.« Er drehte seinen Stift zwischen den Fingern und zögerte.

»Gibt es noch etwas?«

»Ich weiß, es ist ein schlechter Zeitpunkt«, sagte er mit einem verlegenen Lächeln, »aber ich kann mir die Gelegenheit nicht entgehen lassen. Könnten Sie mir auf meinem Block ein Autogramm geben? Ich war ein großer Fan Ihrer Mutter, und ich kenne die meisten von Ihren Songs.«

Maggie lachte. Es tat gut zu lachen. Der Tag hatte aus einer Reihe unglaublicher Ereignisse bestanden. »Möchten Sie, dass ich etwas Bestimmtes schreibe?«

»Vielleicht könnten Sie einfach schreiben: ›Für meinen guten Freund Harvey‹.«

Bevor sie den Wunsch erfüllen konnte, blickte sie auf und fand Cliffs Augen auf sich gerichtet. Seine Lippen waren zu einem leicht abfälligen Grinsen verzogen. Mit einer lautlosen Verwünschung unterschrieb sie auf dem Block und gab ihn zurück.

»Ich weiß nicht viel über diese Sache«, erklärte sie knapp, »aber ich wäre Ihnen dankbar, wenn Sie mich auf dem Laufenden hielten, was sich ergibt.«

»Wir werden den Bericht des Gerichtsmediziners in zwei, drei Tagen haben.« Der Ermittler steckte seinen Block weg und wurde wieder ganz professionell. »Dann werden wir alle mehr wissen, und Sie werden unterrichtet. Danke, dass Sie sich Zeit genommen haben, Miss Fitzgerald. Wir ziehen uns so bald wie möglich zurück.«

Obwohl sie noch immer Cliffs Blick auf sich gerichtet fühlte, sah Maggie nicht mehr zu ihm hinüber. Stattdessen drehte sie sich um und ging ins Haus. Gleich darauf drang Musik aus den offenen Fenstern.

Cliff blickte stirnrunzelnd zu dem Fenster des Musikzimmers. Die Ermittler begannen abzuziehen. Bald würde Maggie allein sein. Die Musik klang angespannt, fast verzweifelt. Fluchend schob Cliff seine Autoschlüssel wieder in die Tasche und ging zu den Stufen.

Maggie reagierte nicht auf sein Klopfen. Die Musik spielte weiter. Ohne zu überlegen, stieß Cliff die Haustür auf. Das Haus vibrierte unter dem Sturm, den das Klavier entfesselte. Er folgte den Klängen zu dem Musikzimmer und beobachtete Maggie von der Tür aus.

Ihre Augen waren dunkel, der Blick war konzentriert auf die Tasten gerichtet. Talent? Unbestreitbar. Genauso unbestreitbar wie ihre Anspannung und ihre Verletzbarkeit. Später konnte er sich fragen, warum ihm all dies Unbehagen verursachte.

Vielleicht wollte er sie einfach nur trösten. Unter den gegebenen Umständen würde er das für jeden tun. Sie musste ihm nichts bedeuten, damit er ihr eine Ablenkung bot. Verirrte Tiere und verletzte Vögel waren immer seine Schwäche gewesen. Mit seiner eigenen Logik unzufrieden, wartete Cliff, bis sie das Stück beendet hatte.

Maggie blickte hoch und schrak zusammen, als sie ihn in der Tür entdeckte. Verdammte Nerven, dachte sie und faltete die Hände im Schoß. »Ich dachte, Sie wären längst weg.«

»Nein. Nur die Polizei ist weg.«

Sie schleuderte die Haare aus ihrem Gesicht zurück und hoffte, gefasst zu wirken. »Gibt es noch etwas?«

»Ja.« Er kam näher und strich mit einem Finger über die Tasten. Kein Staub, stellte er fest, und das in einem Haus, das fast unter Staub erstickte. Ihre Arbeit war offenbar das Wichtigste für sie.

Als er keine weiteren Ausführungen machte, runzelte Maggie die Stirn. Cliff bevorzugte die Ungeduld, die er jetzt in ihren Augen bemerkte. »Was ist?«

»Ich dachte an ein Steak.«

»Wie bitte?«

Bei ihrer kühlen Antwort lächelte er. Ja, so war sie ihm eindeutig lieber. »Ich habe heute noch keinen einzigen Bissen gegessen.«

»Das tut mir leid.« Maggie sammelte ihre Notenblätter ein. »Ich habe keines.«

»Ungefähr zehn Meilen außerhalb der Stadt gibt es ein Lokal.« Er nahm sie am Arm und zog sie auf die Beine. »Ich habe das Gefühl, dass man dort ein Steak ohnedies besser zubereitet, als Sie das tun würden.«

Sie zog sich zurück und betrachtete ihn. »Wir gehen zum Abendessen aus?«

»Richtig.«

»Warum?«

Er ergriff wieder ihren Arm, um sich nicht selbst dieselbe Frage zu stellen. »Weil ich hungrig bin«, sagte Cliff schlicht.

Maggie wollte sich schon widersetzen, als ihr klar wurde, wie sehr sie wenigstens für kurze Zeit weg wollte. Früher oder später musste sie allein im Haus sein, aber jetzt … Nein, jetzt wollte sie nirgendwo allein sein.

Er wusste und verstand es und bot ihr genau das an, was sie brauchte.

Obwohl keiner von ihnen besonders ruhige Gedanken hegte, schwiegen sie, als sie zusammen hinausgingen.

5. Kapitel

Maggie reservierte den ganzen nächsten Tag, um den Titelsong ihrer Filmmusik fertig zu stellen. Sie bemühte sich ganz bewusst, alles zu vergessen, was am Vortag geschehen war. Alles. Sie wollte nicht daran denken, was so nahe an ihrem Haus vergraben gewesen und ausgegraben worden war, und sie wollte auch nicht an Polizei und Gerichtsmediziner denken.

Genauso weigerte sie sich, an Cliff zu denken, an diesen einen wilden, erregenden Kuss oder an das seltsam zivilisierte Abendessen. Es war schwer zu glauben, dass sie beides mit demselben Mann erlebt hatte.

Heute war sie Maggie Fitzgerald, Komponistin, Songschreiberin, die Erschafferin von Musik. Wenn sie das in Erinnerung behielt und nur das war, konnte sie sich vielleicht davon überzeugen, dass alles, was gestern geschehen war, einer anderen Person passierte.

Sie wusste, dass da draußen Männer säten und pflanzten. Büsche wurden gepflanzt, Strohabdeckungen ausgelegt, Sträucher abgeholzt. Balken für ihre Stützmauer waren angeliefert worden.

Nichts davon betraf sie. Die Filmmusik musste vollendet werden, und Maggie würde sie vollenden. Ein Job musste erledigt werden, ganz gleich, was um sie herum vor sich ging. Sie erinnerte sich, wie ihr Vater in einem Film Regie geführt hatte, obwohl die technische Ausrüstung zusammengebrochen war und seine Schauspieler Tobsuchtsanfälle bekommen hatten. Ihre Mutter war mit Fieber aufgetreten. Einen großen Teil ihres Lebens hatte sie in einer plüschigen Traumwelt zugebracht, aber sie hatte gelernt, Verantwortung zu übernehmen.

Sie schrieb gerade Noten nieder, als es an der Haustür klopfte. Das ruhige Landleben! Sie fragte sich, wo sie jemals diesen Ausdruck gehört hatte, während sie zur Tür ging.

Beim Anblick des Revolvers an der Hüfte des Mannes krampfte sich ihr Magen zusammen. Der kleine Stern an seinem Kakihemd verriet ihr, dass er der Sheriff war. Als sie den Blick auf sein Gesicht richtete, war sie von seinem Aussehen überrascht. Blond, gebräunt, blaue Augen mit Fältchen, die von Humor und Sonne stammten. Einen Moment hatte sie den verrückten Gedanken, dass C. J. ihn von einer Schauspieleragentur geschickt hatte.

»Miss Fitzgerald?«

Sie befeuchtete die Lippen, während sie versuchte, vernünftig zu sein. C. J. machte sich viel zu viele Sorgen, um ihr einen solchen Streich zu spielen. Außerdem sah der Revolver sehr, sehr echt aus. »Ja.«

»Ich bin Sheriff Agee. Hoffentlich störe ich Sie nicht.«

»Nein.« Sie bemühte sich um ein höfliches Lächeln. Revolver und Dienstmarken. Zu viel Polizei in zu kurzer Zeit.

»Wenn es nicht zu sehr stört, möchte ich gern ein paar Minuten mit Ihnen sprechen.«

Es störte sie. Sie wollte es sagen und dann die Tür schließen. Feigling, schalt sie sich und trat zurück, um ihn einzulassen. »Ich nehme an, Sie sind wegen des gestrigen Fundes hier.« Maggie drückte die Tür mit ihrer Schulter zu. »Ich wüsste nicht, was ich Ihnen erzählen könnte.«

»Es war sicher ein hässliches Erlebnis, Miss Fitzgerald, das Sie gern vergessen möchten.« In seiner Stimme schwang die genau richtige Menge Mitgefühl, gemischt mit beruflicher Sachlichkeit mit. Sie fand, dass er sein Geschäft verstand. »Ich hätte das Gefühl, meine Pflicht als Sheriff und Nachbar nicht zu erfüllen, wenn ich Ihnen nicht alle Hilfe anbiete, die ich Ihnen geben kann.«

Maggie sah ihn wieder an. Diesmal fiel ihr das Lächeln leichter. »Vielen Dank. Ich kann Ihnen Kaffee anbieten, wenn Sie sich nicht an der Unordnung in der Küche stören.«

Er lächelte zurück und wirkte so solide, so freundlich, dass Maggie beinahe den Revolver an seiner Hüfte vergessen hätte. »Kaffee lehne ich nie ab.«

»Die Küche ist hier«, setzte sie an und lachte. »Das brauche ich Ihnen wohl nicht zu sagen, oder? Sie kennen dieses Haus so gut wie ich.«

Er ging neben ihr her. »Ich war öfter vor dem Haus und habe Unkraut entfernt oder gejagt, aber ich war nur ein paar Mal im Haus selbst. Die Morgans zogen weg, als Joyce noch ein Kind war.«

»Ja, das hat sie mir erzählt.«

»Seit mehr als zehn Jahren wohnt keiner mehr hier. Louella kümmerte sich nicht mehr darum, nachdem ihr Mann gestorben war.« Er blickte zu der abblätternden Farbe an der Decke hoch. »Sie hielt das Haus als Treuhänderin, bis Joyce es mit fünfundzwanzig erbte. Sie haben wahrscheinlich gehört, dass ich Joyce vom Verkaufen abgehalten habe.«

»Nun ja …« Maggie beschäftigte sich am Herd, weil sie nicht wusste, was sie antworten sollte.

»Ich dachte, wir würden das Haus irgendwann herrichten und wieder vermieten.« Er klang wie ein Mann, der Träume hatte, aber nie Zeit für sie fand. »Aber ein großer alter Besitz wie dieser hier verlangt viel Zeit und Geld, das man hineinsteckt. Joyce hat es wahrscheinlich richtig gemacht, dass sie verkauft hat.«

»Ich bin froh, dass sie es getan hat.« Nachdem sie die Kaffeemaschine eingeschaltet hatte, deutete Maggie auf einen Stuhl.

»Mit Bog für die Reparaturen und Delaney für den Garten haben Sie sich die Richtigen ausgesucht.« Als Maggie ihn nur ansah, lächelte der Sheriff wieder. »In Kleinstädten bewegt sich nichts schnell, ausgenommen Neuigkeiten.«

»Ja, vermutlich.«

»Sehen Sie, was gestern passierte …« Er räusperte sich. »Ich weiß, es muss für Sie hart sein. Ich kann Ihnen sagen, Joyce hat sich vielleicht aufgeregt. Viele Leute würden auf der Stelle wegziehen, wenn man so etwas einen Steinwurf von seinem Haus entfernt findet.«

Maggie holte Tassen aus dem Schrank. »Ich gehe nicht weg.«

»Freut mich.« Er schwieg einen Moment und sah zu, wie sie den Kaffee einschenkte. »Ich habe gehört, dass Cliff gestern auch hier war.«

»Richtig. Er hat irgendwelche Arbeiten beaufsichtigt.«

»Und Ihr Hund grub …«

»Ja.« Maggie stellte beide Tassen auf den Tisch und setzte sich. »Er ist noch ein Welpe. Im Moment schläft er oben. Zu viel Aufregung.«

Der Sheriff winkte ab, als sie ihm Sahne anbot, und trank seinen Kaffee schwarz. »Ich bin nicht hier, um Sie nach Einzelheiten zu befragen. Die Staatspolizei hat mich informiert. Ich wollte Sie nur wissen lassen, dass ich Ihnen so nahe bin wie Ihr Telefon, falls Sie etwas brauchen.«

»Danke. Ich bin mit diesen Dingen nicht vertraut, aber ich hätte gestern vermutlich Sie anrufen sollen.«

»Ich kümmere mich gern selbst um mein Gebiet«, sagte er langsam. »Aber bei so einer Sache …« Er zuckte die Schultern. »Ich hätte ohnedies die State Police rufen müssen.« Sein Ehering schimmerte im Sonnenschein. Maggie erinnerte sich daran, dass Joyce genauso einen Ring hatte. Einen schlichten, soliden Goldreif. »Sie machen den Fußboden neu?«

Maggie blickte verständnislos nach unten. »Ach so, ja, ich habe das alte Linoleum herausgenommen. Jetzt muss ich ihn schleifen lassen.«

»Rufen Sie George Cooper an«, riet der Sheriff. »Er steht im Telefonbuch. Er besorgt Ihnen eine elektrische Schleifmaschine, mit der das im Handumdrehen zu erledigen ist. Sagen Sie ihm nur, dass Sie seinen Namen von Stan Agee haben.«

»In Ordnung.« Sie wusste, dass die Unterhaltung sie hätte beruhigen sollen, aber ihre Nerven waren wieder angespannt. »Danke.«

»Wann immer Sie etwas brauchen, rufen Sie uns an. Joyce möchte Sie zum Abendessen einladen. Sie backt den besten Schinken im County.«

»Das wäre nett.«

»Sie kann noch gar nicht begreifen, dass es jemanden wie Sie nach Morganville zieht.« Er nippte an seinem Kaffee, während Maggie den ihren kalt werden ließ. Er entspannte sich auf seinem Stuhl. Sie dagegen saß verkrampft aufrecht. »Ich höre nicht viel Musik, aber Joyce kennt alle Ihre Songs. Sie liest auch alle Zeitschriften, und jetzt wohnt jemand in ihrem alten Haus, von dem in den Zeitschriften berichtet wird.« Er warf einen Blick zur Hintertür. »Sie sollten mit Bog sprechen, damit er ein paar Riegel anbringt.«

Sie erinnerte sich daran, dass die Angeln geölt werden mussten. »Riegel?«

Lachend trank er seinen Kaffee aus. »Das passiert, wenn man Sheriff ist. Man denkt immer an die Sicherheit. Wir haben hier eine nette, ruhige Gemeinde, Miss Fitzgerald. Ich möchte nicht, dass Sie etwas anderes glauben. Aber ich würde mich besser fühlen, wenn Sie ein paar solide Schlösser an den Türen haben, wo Sie doch allein sind.« Er stand auf und zupfte gedankenverloren an seinem Halfter. »Danke für den Kaffee. Vergessen Sie nicht, mich anzurufen, wenn Sie etwas brauchen.«

»Ich vergesse es nicht.«

»Ich überlasse Sie wieder Ihrer Arbeit. Rufen Sie gleich George Cooper an.«

»In Ordnung.« Maggie ging mit ihm zur Tür. »Danke, Sheriff.«

Einen Moment blieb sie an der Tür stehen und lehnte den Kopf gegen den Türrahmen. Sie hasste es, dass sie so leicht aus dem inneren Gleichgewicht zu bringen war. Der Sheriff war zu ihr gekommen, um sie zu beruhigen und ihr zu zeigen, dass die Gemeinde, in der sie jetzt lebte, einen aufmerksamen, fähigen Gesetzeshüter hatte. Doch von dem vielen Sprechen mit Polizisten war sie nervös geworden. So viele Polizisten – genau wie bei Jerrys Tod. All diese Polizisten, all diese Fragen. Sie hatte gedacht, darüber hinweg zu sein, aber die Erinnerungen waren auf einmal wieder da …

»Ihr Mann ist mit dem Wagen von der Straße abgekommen, Mrs. Browning. Wir haben seine Leiche noch nicht gefunden, aber wir tun alles, was wir können. Es tut mir leid.«

Ja, zuerst hatte es Mitgefühl gegeben, erinnerte sich Maggie. Sie hatte Mitgefühl von der Polizei erhalten, von ihren Freunden, von Jerrys Freunden. Dann Fragen: »Hat Ihr Mann getrunken, bevor er das Haus verließ?« – »War er erregt, wütend?« – »Hatten Sie Streit?«

War es nicht schlimm genug, dass er tot war? Warum hatten sie sich auf alle möglichen Gründe gestürzt? Wie viele Gründe konnte es für einen achtundzwanzig Jahre alten Mann geben, seinen Wagen über eine Klippe hinauszusteuern?

Ja, er hatte getrunken. Er hatte viel getrunken, als seine Karriere abzurutschen begann, während die ihre weiterhin anstieg. Ja, sie hatten einen Streit gehabt, weil keiner von ihnen verstand, was aus den Träumen geworden war, die sie einst gehabt hatten. Maggie hatte die Fragen der Polizisten beantwortet. Und sie hatte die Presse erduldet, bis sie geglaubt hatte, verrückt zu werden.

Sie presste die Lider fest zu. Das war vorüber. Sie konnte Jerry nicht zurückbringen und seine Probleme lösen. Er hatte seine eigene Lösung gefunden. Sie wandte sich von der Tür ab und ging langsam in das Musikzimmer zurück. Wie immer fand sie Zuflucht in ihrer Musik.

Der Titelsong musste leidenschaftlich sein, voller Bewegung und Erotik. Wenn er erklang, sollte er Sinne ansprechen, Bedürfnisse anrühren, Verlangen erzeugen.

Bisher war noch niemand bestimmt worden, den Song zu singen, sodass sie stilmäßig frei war. Sie wollte etwas Bluesartiges, und in ihren Gedanken hörte sie das Stöhnen eines Saxofons. Sexy, schwül. Sie wollte die ruhigen Töne der Blechbläser und das rauchige Pulsieren des Basses. Als sie am Vorabend ruhelos gewesen war, hatte sie ein paar Phrasen niedergeschrieben. Jetzt experimentierte sie damit und verwob Worte mit Musik.

Nahezu sofort wusste sie, dass sie den Schlüssel gefunden hatte. Dieser Schlüssel war unerklärte Leidenschaft, kaum kontrolliert. Es war Verlangen, das alles Zivilisierte hinwegzufegen versprach. Es war die Raserei und die Hitze, die ein Mann und eine Frau zueinander führten, bis sie davon besinnungslos wurden. Sie hatte jetzt den Schlüssel, weil sie es selbst erlebt hatte. Gestern. Mit Cliff.

Irrsinn. Das war das Wort, das ihr durch den Kopf schoss. Verlangen war Irrsinn. Sie schloss die Augen, als Worte und Melodien sie durchströmten. Hatte sie nicht diesen Irrsinn verspürt, diese Süße und das schmerzliche Sehnen, als sein Mund den ihren erobert hatte? Hatte sie ihn nicht fühlen wollen, Haut an Haut? Er hatte sie an dunkle Nächte denken lassen, schwüle, mondlose Nächte, in denen die Luft so schwer war, dass man sie auf der Haut pulsieren fühlte. Dann hatte sie überhaupt nicht mehr gedacht, weil Verlangen Irrsinn war.

Sie ließ die Worte kommen, leidenschaftliche, lustvolle Versprechungen, die über der Hitze der Musik siedeten. Verführerisch, vielversprechend ergossen sich die Worte aus ihrem eigenen Verlangen. Die Worte von Liebenden, verzweifelte Worte, mit ihrer leisen, heiseren Stimme geflüstert, bis der Raum mit ihnen aufgeladen war. Niemand, der sie hörte, konnte unberührt bleiben. Das war ihr Ehrgeiz.

Als sie fertig war, fühlte Maggie sich atemlos und bewegt und begeistert. Sie streckte die Hand nach dem Tonbandgerät aus, um das Band zurücklaufen zu lassen, und sah Cliff zum zweiten Mal in der Tür stehen.

Ihre Hand erstarrte, und ihr bereits schnell schlagender Puls raste. Hatte sie ihn mit ihrem Song gerufen? War die Magie so stark? Als er einfach nur schweigend dastand, schaltete sie das Gerät ab und sagte mit erzwungener Ruhe: »Ist es auf dem Land Brauch, dass die Leute einfach uneingeladen hereinplatzen?«

»Sie scheinen das Klopfen nicht zu hören, wenn Sie arbeiten.«

Sie neigte leicht den Kopf. »Das könnte bedeuten, dass ich nicht bei der Arbeit gestört werden möchte.«

»Könnte sein.« Gestört. Das Wort brachte ihn beinahe zum Lachen. Vielleicht hatte er ihre Arbeit gestört, doch das war nichts im Vergleich zu dem, was der Song mit ihm angestellt hatte … Was es ihm angetan hatte, sie beim Singen zu beobachten. Es hatte ihn seine gesamte Selbstbeherrschung gekostet, um sie nicht von dem Klavierhocker zu reißen und sie auf dem staubigen Fußboden zu nehmen. Er kam näher, wusste, dass ihr Duft auf ihn wartete und ihren Reiz erhöhte.

»Ich habe gestern ziemlich viel Zeit verloren.« Maggie schluckte hinunter, was immer ihre Stimme zu blockieren drohte. Ihr Körper pulsierte noch, war viel zu verletzbar von der Leidenschaft, die sie freigesetzt hatte. »Ich habe einen festen Abgabetermin für diese Filmmusik.«

Er blickte auf ihre Hände. Er wollte fühlen, wie diese Hände mit der gleichen Geschicklichkeit über ihn streichelten, die sie auf den Tasten gezeigt hatten. Langsam ließ er den Blick an ihren Armen hochgleiten, über ihre Schulter zu ihrem Gesicht. Für sie beide war es, als würde er sie berühren.

Maggies Atem war nicht ruhig. Ihr Blick war nicht gelassen. So wollte er das jetzt haben. Ganz gleich, wie oft oder wie entschlossen er sich auch sagte, er solle sich von ihr zurückziehen, Cliff wusste, dass er unaufhaltsam auf einen Punkt zusteuerte, an dem es unmöglich sein würde umzukehren. Sie war nichts für ihn … davon konnte er sich überzeugen. Aber sie hatten beide etwas, das sie befreien und kosten mussten.

»Nach dem, was ich gehört habe«, murmelte er, »sind Sie fertig.«

»Das muss ich entscheiden.«

»Spielen Sie die Aufnahme ab.« Es war eine Herausforderung. An ihren Augen sah er, dass sie es wusste. »Der letzte Song … ich möchte ihn noch einmal hören.«

Gefährlich. Maggie erkannte die Gefahr. Als sie zögerte, verzogen seine Lippen sich zu einem Lächeln. Das reichte. Wortlos drückte sie den schnellen Rücklauf. Der Song ist nur Fantasie, sagte sie sich selbst, als das Band zurücklief. Genau wie der Film eine Fantasie war. Der Song war für die Personen in einer Geschichte bestimmt und hatte nichts, absolut nichts mit ihr zu tun. Oder mit ihm. Sie schaltete das Gerät auf Wiedergabe.

Maggie beschloss, objektiv zuzuhören, als die Musik den Raum zu erfüllen begann. Sie wollte als Musikerin, als Technikerin zuhören. Das verlangte ihr Job. Doch als ihre eigene Stimme begann, sie in Versuchung zu führen, entdeckte sie, dass sie als Frau zuhörte. Sie erhob sich, trat ans Fenster und blickte hinaus. Wenn ein Sehnen so stark war, konnte Abstand alles entscheiden.

Erwarte die Nacht, wenn die Luft heiß ist vor Irrsinn.
Ich bringe dein Blut zum Sieden.
Erwarte die Nacht, wenn die Leidenschaft sich erhebt und
auf der Flutwelle tanzt,
wenn Verlangen befreit strömen kann.

Cliff hörte genau wie vorhin zu und fühlte, wie sein Körper auf die Musik reagierte und auf die Versprechungen, die diese leise Stimme machte. Er wollte alles haben, was der Song andeutete. Alles und noch mehr.

Als Cliff den Raum durchquerte, sah er, wie sie sich anspannte. Er meinte, in der Luft die Hitze zischen zu hören, die der Song angefacht hatte. Bevor er Maggie erreichte, drehte sie sich um. Die Sonne in ihrem Rücken erzeugte einen Lichthof um sie. Als Kontrast dazu waren ihre Augen dunkel. Wie die Nacht, dachte er. Wie ihre Nachtmusik. Die Worte, die sie geschrieben hatte, erfüllten den Raum.

Er sprach nicht, sondern legte seine Hand um ihren Nacken. Sie sprach nicht, sondern widerstand ihm, indem sich ihr Körper verkrampfte. Ärger brannte jetzt in ihren Augen – über sich selbst genauso wie über ihn. Sie hatte sich selbst so weit gebracht, indem sie ihren eigenen Wünschen und Fantasien erlaubt hatte, den Weg zu bereiten. Es war nicht Irrsinn, was sie wollte, redete Maggie sich selbst ein, als sie sich zurückzog. Es war Stabilität. Sie suchte nicht Wildheit, sondern Ausgeglichenheit. So etwas bot Cliff nicht.

Seine Finger spannten sich an, als sie sich zurückzog. Das überraschte sie beide. Er hatte die Regeln einer zivilisierten Verführung vergessen, genau wie er vergessen hatte, dass er nur hergekommen war, um nachzusehen, wie es ihr ging. Die Musik und die Worte machten die Verletzbarkeit, die ihm Sorge bereitet hatte, zu etwas Vergangenem. Jetzt fühlte er Kraft, als seine Finger sich in ihre Haut drückten. Er sah Herausforderung in ihrer Haltung und in ihren Augen, vermischt mit Zorn. Cliff wollte nichts anderes, nicht weniger von ihr.

Er trat näher. Als sie protestierend die Hand hob, ergriff er ihr Handgelenk. Ihr Puls pochte unter seiner Hand so heftig, wie die Musik in der Luft pulsierte. Ihre Blicke prallten aufeinander, Leidenschaft auf Leidenschaft. In einer fließenden Bewegung zog er sie an sich und eroberte ihren Mund.

Sie sah die lebhaften Farben und Lichter, die sie sich vorgestellt hatte. Sie schmeckte das drängende Verlangen. Während sie Cliff noch näher an sich heranzog, hörte Maggie ihr eigenes Stöhnen.

Hatte sie darauf gewartet? Auf diese alles verzehrende Lust? Waren dies die Empfindungen und Gefühle, die sie so lange Zeit in ihre Musik hatte einfließen lassen? Sie fand keine Antworten, nur noch mehr Verlangen.

Cliff hatte aufgehört zu denken. Er wusste, dass er die Fähigkeit zu klarem Denken verloren hatte. Maggie ließ ihn so heftig fühlen, dass kein Platz für Vernunft blieb. Seine Hände erforschten Maggie, glitten unter ihr Shirt, um die weiche, erhitzte Haut zu finden, von der er geträumt hatte. Sie bog sich ihm entgegen, bot mehr an. Er fühlte, wie ihre Lippen an seinem Mund seinen Namen formten. Etwas Wildes, Ungestümes brach in ihm los.

Er war nicht sanft, obwohl er als Liebhaber noch nie grob gewesen war. Er sehnte sich zu sehr nach der Berührung, um zu begreifen, dass er vielleicht zu fest zupackte. Der Kuss wurde ungezügelt. Er konnte gar nicht genug von ihr bekommen. Mehr und immer mehr wollte er, obwohl ihr Mund genauso fordernd war wie der seine.

Er trieb sie zum Irrsinn. Niemand hatte ihr je zuvor solches Verlangen gezeigt. Hunger entfachte Hunger, bis sie darunter litt. Sie wusste, dass sie davon aufgezehrt werden konnte, vielleicht sogar sie beide. Ein so heißes Feuer konnte sie beide ausbrennen und mit nichts zurücklassen. Der Gedanke brachte sie erneut zum Stöhnen. Sie klammerte sich an ihn. Sie wollte mehr. Und doch fürchtete sie sich davor, mehr zu nehmen und sich selbst leer vorzufinden.

»Nein.« Seine Lippen an ihrer Kehle ließen ihre Knie weich werden. »Nein, das ist verrückt«, brachte sie hervor.

Er hob den Kopf. Seine Augen waren jetzt fast schwarz, sein Atem ungleichmäßig. Zum ersten Mal verspürte Maggie Furcht. Was wusste sie von diesem Mann?

»Du hast es Irrsinn genannt«, murmelte er. »Du hattest recht.«

Ja, sie hatte recht, und sie hatte an ihn gedacht, als sie diese Worte geschrieben hatte. Doch sie sagte sich, dass sie einen klaren Verstand brauchte. »Keiner von uns sollte sich das wünschen.«

»Nein.« Seine Selbstbeherrschung geriet in Gefahr, völlig zusammenzubrechen. Langsam strich er mit der Hand über ihr Haar. »Aber es ist schon viel zu spät, um aufzuhören. Ich will dich, Maggie, ob ich es sollte oder nicht.«

Hätte er ihren Namen nicht benutzt … Bis dahin hatte sie nicht gewusst, dass er ihren Namen aussprechen und sie damit schwachmachen konnte. Als Verlangen erneut hochstieg, ließ sie den Kopf auf seine Brust sinken. Es war diese ungekünstelte und nicht geplante Geste, die seine hektischen Gedanken klärte und etwas anderes als Verlangen in ihm auslöste.

Sie war eine der Frauen, die einem Mann unter die Haut gehen konnten. War das einmal geschehen, würde er nie wieder frei von ihr sein. Sobald er das erkannt hatte, unterdrückte er das überwältigende Verlangen, sie wieder an sich zu ziehen. Er wollte sie, und er würde sie auch bekommen. Das bedeutete jedoch nicht, dass er sich auf eine Bindung einlassen wollte. Sie beide wussten, dass früher oder später vollzogen werden musste, was sich zwischen ihnen entzündet hatte. Es war nur natürlich, nichts Kompliziertes. Und sie beide würden unbeschadet daraus hervorgehen.

Die Erregung, die er verspürt hatte, hatte ihm keine Sorgen bereitet, die Zärtlichkeit, die er jetzt empfand, dagegen schon. Sie sollten lieber wieder auf den richtigen Weg zurückfinden. Er packte Maggie an den Schultern und schob sie zurück.

»Wir begehren einander.« Es klang einfach, wie er das sagte. Cliff wollte daran glauben, dass es so war.

»Ja.« Sie nickte und hatte sich fast schon wieder gefasst. »Aber du hast sicher genau wie ich gelernt, dass man nicht alles haben kann, was man will.«

»Ganz richtig. Aber es besteht für keinen von uns ein Grund, warum wir nicht haben sollten, was wir diesmal ersehnen.«

»Mir fallen ein paar Gründe ein. Der erste ist, dass ich dich kaum kenne.«

Er betrachtete stirnrunzelnd ihr Gesicht. »Spielt das für dich eine Rolle?«

Maggie zuckte so schnell zurück, dass seine Hände von ihren Schultern glitten. »Dann glaubst du also alles, was du liest.« Ihre Stimme war jetzt spröde, ihre Augen kalt. »Los Angeles, Stadt der Sünde und der Sünder. Tut mir leid, dich zu enttäuschen, Cliff, aber ich habe mein Leben nicht mit unzähligen namenlosen Liebhabern ausgefüllt. Das hier füllt mein Leben aus.« Sie schlug mit der Hand auf das Klavier. Papiere glitten auf den Fußboden. »Und wenn du schon so viel über mich liest und weißt, dann weißt du auch, dass ich bis vor zwei Jahren verheiratet war. Ich hatte einen Ehemann, und so lächerlich das klingen mag, ich war sechs Jahre lang treu.«

»Meine Frage hatte überhaupt nichts damit zu tun.« Seine Stimme war im Gegensatz zu der ihren so sanft, dass sie sich verkrampfte. Maggie hatte gelernt, ihm am wenigsten zu trauen, wenn er diesen Ton anschlug. »Es ging nur um dich und mich.«

»Dann wollen wir es so ausdrücken: Ich habe eine Grundregel, nicht mit Männern ins Bett zu hüpfen, die ich nicht kenne. Dich eingeschlossen.«

Er durchquerte den Raum und legte seine Hand über die ihre auf dem Klavier. »Wie gut musst du mich denn kennen?«

»Besser, als ich dich jemals kennen werde.« Sie musste gegen den Wunsch ankämpfen, ihre Hand wegzureißen. Sie hatte sich für einen Tag schon genug zur Närrin gemacht. »Ich habe noch eine Regel. Die besagt, dass ich mich von Leuten fernhalte, die nicht mögen, wer und was ich bin.«

Er blickte auf die Hand unter der seinen. Sie war hell, schmal und kräftig. »Vielleicht weiß ich nicht, wer und was du bist.« Er blickte ihr in die Augen. »Vielleicht will ich das herausfinden.«

»Dafür brauchst du meine Mitarbeit, oder?«

Er hob eine Augenbraue, als wäre er amüsiert. »Wir werden sehen.«

Ihre Stimme wurde nur noch eisiger. »Ich möchte, dass du gehst. Ich habe zu arbeiten.«

»Woran hast du gedacht, als du diesen Song geschrieben hast?« Etwas flackerte so schnell über ihr Gesicht, dass er nicht wusste, ob es Panik oder Leidenschaft war. Beides wäre ihm recht gewesen.

»Ich sagte, du sollst gehen.«

»Werde ich – nachdem du mir gesagt hast, woran du gedacht hast.«

Sie hielt ihr Kinn hoch. »An dich.«

Er lächelte, ergriff ihre Hände und drückte ihre Handfläche an seine Lippen. »Gut«, murmelte er. »Denk weiter an mich. Ich komme wieder.«

Sie schloss ihre Finger über ihre Handfläche, als er wegging. Er hatte ihr keine andere Wahl gelassen, als seine Bitte zu erfüllen.

Spätnachts erwachte Maggie. Benommen dachte sie, dass ein Traum sie gestört hätte. Sie verwünschte Cliff und rollte sich auf den Rücken. Sie wollte nicht von ihm träumen. Ganz sicher wollte sie nicht mitten in der Nacht wach liegen und an ihn denken.

Während sie zur Decke hinaufstarrte, lauschte sie der Stille. Bei Gelegenheiten wie dieser wurde ihr bewusst, wie allein sie war. Keine Angestellten schliefen unten im Haus, wie es ihr ganzes Leben lang gewesen war. Ihr nächster Nachbar war etwa fünfhundert Meter entfernt und durch einen Wald von ihr getrennt. Keine Clubs, die die ganze Nacht geöffnet hatten, keine Drugstores. Bisher hatte sie noch nicht einmal eine Fernsehantenne auf dem Dach. Sie war völlig allein, so wie sie es gewollt hatte.

Warum wirkte ihr Bett plötzlich so leer und die Nacht so lang? Maggie rollte sich auf die Seite und versuchte, ihre Stimmung und ihre Gedanken an Cliff abzuschütteln.

Über ihr knarrte ein Brett, doch sie achtete nicht darauf. Alte Häuser machten nachts Geräusche, Maggie hatte das schnell gelernt. Ruhelos warf sie sich in ihrem Bett hin und her und beobachtete das Licht des schwindenden Mondes.

Sie wollte Cliff nicht hier bei sich haben. Selbst der Gedanke, dass sie es wollte, war zu gefährlich. Es stimmte, dass ihr Körper heftig auf ihn reagiert hatte. Eine Frau konnte nicht immer die Bedürfnisse ihres Körpers kontrollieren, aber sie konnte die Richtung ihrer Gedanken kontrollieren. Entschlossen lenkte sie ihren Verstand auf die Aufgaben des morgigen Tages.

Als das Geräusch wieder ertönte, blickte sie automatisch zur Decke. Das Knarren und Ächzen störte sie selten, aber bisher hatte sie in diesem Haus auch sehr tief geschlafen. Bis Cliff Delaney auftauchte, dachte sie und schloss die Augen. Und riss sie wieder auf, als sie hörte, wie sich eine Tür leise schloss.

Noch bevor Panik in ihr hochschießen oder die Vernunft sie niederkämpfen konnte, hämmerte Maggie bereits das Herz in der Kehle. Sie war allein, und jemand war im Haus. Alle Albträume, die eine Frau allein in der Dunkelheit jemals geplagt hatten, tauchten drohend vor ihr auf. Ihre Finger krampften sich in die Laken, während sie erstarrt dalag und angestrengt lauschte.

Waren das Schritte auf der Treppe, oder bildete sie sich alles nur ein? Während sie von kalter Angst gepackt wurde, dachte sie an den Graben neben dem Haus. Sie biss sich auf die Lippen, um keinen Laut von sich zu geben. Ganz langsam wandte Maggie den Kopf und entdeckte den Welpen, der am Fußende des Bettes lag. Er hörte nichts. Sie schloss wieder die Augen und versuchte ihren Atem zu beruhigen.

Wenn der Hund nichts hörte, was ihn störte, dann gab es nichts, worüber man sich Sorgen machen musste. Nur Bretter, die sich setzten. Noch während sie versuchte, sich davon zu überzeugen, hörte Maggie eine Bewegung im Erdgeschoss. Ein leises Quietschen, ein leichtes Schaben.

Die Küchentür, sagte sie sich, während Panik in ihrem Kopf summte. Sie zwang sich dazu, langsam und ruhig nach dem

Telefon neben ihrem Bett zu greifen. Als sie den Hörer an ihr Ohr hielt, hörte sie jenen »Besetzt«-Ton, der sie daran erinnerte, dass sie den Hörer in der Küche abgenommen hatte, um nicht mehr gestört zu werden. Ihr Telefon war völlig unbrauchbar. Hysterie brodelte hoch, wurde wieder hinuntergeschluckt.

Nachdenken, befahl sie sich. Ruhig bleiben und nachdenken. Wenn sie allein war und keine Hilfe holen konnte, musste sie sich auf sich selbst verlassen. Wie oft hatte sie in den letzten Wochen behauptet, gerade das zu können?

Sie presste eine Hand auf den Mund, damit ihr eigener Atem ihr angestrengtes Lauschen nicht störte. Jetzt war nichts zu hören, kein Quietschen, keine leisen Schritte auf Holz.

Behutsam, um kein Geräusch zu machen, glitt sie aus dem Bett und fand den Schürhaken. Mit angespannten Muskeln setzte Maggie sich in den Sessel, der zur Tür gewandt stand, packte den Schürhaken fest mit beiden Händen und betete, dass der Morgen recht bald käme.

6. Kapitel

Nach ein paar Tagen hatte Maggie die Geräusche in ihrem Haus fast vergessen. Schon am Morgen nach dem Vorfall hatte sie sich wie eine Närrin gefühlt. Aufgewacht war sie, weil der Welpe ihre nackten Füße leckte, während sie steif und verspannt von der Nacht in dem Sessel saß. Der Schürhaken hatte wie ein mittelalterliches Schwert quer über ihrem Schoß gelegen. Heller Sonnenschein und Vogelgezwitscher hatten sie davon überzeugt, dass sie sich alles eingebildet und dann jeden kleinsten Laut aufgebauscht hatte, wie ein Kind, das Schatten in der Dunkelheit sieht. Vielleicht war sie ja doch nicht ganz so auf das Alleinsein eingestellt, wie sie angenommen hatte. Wenigstens konnte sie froh sein, dass sie den Hörer im Erdgeschoss abgenommen hatte. Andernfalls hätte jetzt jedermann in der Stadt gewusst, dass sie eine übernervöse Närrin war.

Wenn sie nervös war, so war das unter den gegebenen Umständen verständlich. Neben ihrem Haus war ein Skelett ausgegraben worden, der Sheriff schlug Schlösser für ihre Türen vor, und Cliff Delaney hielt sie nachts wach. Das einzig Gute dieser Woche war die fertig gestellte Filmmusik. C. J. würde mit dem fertigen Produkt bestimmt zufrieden sein, sodass er sie nicht weiter bedrängen würde, nach L. A. zurückzukommen. Zumindest für eine kleine Weile.

Maggie entschied, dass sie als nächste konstruktive Tätigkeit das eingepackte Band samt Noten zum Postamt bringen und losschicken sollte. Später würde sie dann vielleicht ihren ersten Song, der in ihrem neuen Haus entstanden war, feiern.

Sie genoss die Fahrt in die Stadt. Die schmalen Straßen wurden von Bäumen flankiert, die in wenigen Wochen Schatten spenden würden. Jetzt schien die Sonne zwischen den feinen Blättern hindurch und ergoss sich hell auf die Straße. Ab und zu wurden die Wälder von Feldern unterbrochen. Was hier wohl angebaut wurde? Maggie sah Kühe, die ihre Kälber säugten. Eine Frau trug einen Eimer zu einem Hühnerstall. Ein Hund jagte an dem Lattenzaun entlang und verbellte hektisch Maggies Wagen.

Ihre Panik von vor wenigen Nächten wirkte so lächerlich, dass sie sich weigerte, daran zu denken.

Sie kam an ein paar Häusern vorbei, von denen einige kaum mehr waren als Hütten, während andere so offensichtlich neu und modern waren, dass sie fast das Auge beleidigten. Sie ertappte sich dabei, dass sie sich über die makellosen Häuser auf Grundstücken, von denen die Bäume entfernt worden waren, ärgerte. Warum hatten die Leute nicht mit dem Vorhandenen gearbeitet, anstatt es zu zerstören? Gleich darauf lachte sie über sich selbst. Sie dachte schon wie Cliff Delaney. Die Menschen hatten ein Recht darauf zu leben, wo und wie sie wollten. Sie konnte jedoch nicht leugnen, dass ihr die alten Häuser aus verwitterten Ziegeln oder Holz und von Bäumen umgeben lieber waren.

Während sie nach Morganville hineinfuhr, stellte sie fest, dass die Häuser enger beisammen standen. Das ist städtisches Leben, dachte sie. Es gab hier Bürgersteige, und ein paar Wagen parkten am Randstein. Die Leute mähten ihren Rasen. So wie es wirkte, gab es unter den Blumengärtnern viel Stolz und Konkurrenz. Das erinnerte sie daran, dass sie nach ihren eigenen Petunien sehen musste.

Das Postamt war ein kleines Eckgebäude aus roten Ziegeln mit einem Parkplatz für zwei Autos. Daneben befand sich, nur durch einen halben Meter Gras getrennt, die Bank von Morganville. Zwei Männer standen neben dem Briefkasten im Freien, rauchten und redeten. Sie sahen zu, wie Maggie auf den Parkplatz fuhr, aus dem Wagen stieg und zu dem Postamt ging. Sie beschloss, ihr Glück zu versuchen, wandte den Kopf und lächelte den beiden zu.

»Guten Morgen.«

»Morgen«, sagten sie wie aus einem Mund. Der eine schob seine Fischermütze zurück. »Schöner Wagen.«

»Danke.«

Sie betrat den Postraum und freute sich, dass sie etwas gehabt hatte, das als Unterhaltung durchgehen konnte.

Eine Frau hinter dem Schalter war in Klatsch mit einer jungen Frau mit einem Baby auf dem Arm verwickelt.

»Keiner weiß, wie lange sie da draußen waren«, meinte die Postangestellte, während sie Marken abzählte. »Seit den Faradays hat niemand da draußen gewohnt, und das war letzten Monat zehn Jahre. Die alte Faraday kam pünktlich wie ein Uhrwerk einmal die Woche für Briefmarken für einen Dollar. Natürlich waren sie damals noch billiger.« Sie schob die Marken über die Theke. »Das macht fünf Dollar, Amy.«

»Also, ich finde es unheimlich.« Die junge Mutter schaukelte ihr Baby, sammelte die Marken ein und steckte sie in ihre Schultertasche. »Würde ich in meinem Garten einen Haufen alter Gebeine finden, stünde am nächsten Tag das Schild ›Zu verkaufen‹ vor dem Haus. Billy sagt, dass vielleicht ein Landstreicher in den Graben gefallen ist und es niemand mitbekam.«

»Kann sein. Die State Police wird es bald herausfinden.« Die Postangestellte beendete die Unterhaltung, indem sie sich an Maggie wandte. »Kann ich Ihnen helfen?«

»Ja.« Maggie trat an den Schalter. Die junge Frau warf ihr einen langen, neugierigen Blick zu, ehe sie mit ihrem Baby hinausging. »Ich möchte das als Einschreiben aufgeben.«

»Nun, mal sehen, wie viel es wiegt.« Die Postangestellte legte das Päckchen auf die Waage. »Wollen Sie einen Rückschein?«

»Ja, bitte.«

»In Ordnung.« Sie nahm den Bleistift hinter ihrem Ohr hervor und fuhr eine Liste entlang, die an der Waage klebte. »Kostet Sie etwas mehr, aber Sie wissen, dass es angekommen ist. Mal sehen, das ist die Zone …« Sie brach ab, als ihr Blick auf den Absender in der Ecke des Päckchens fiel. Sie hob den Blick und richtete ihn scharf auf Maggie, bevor sie das Formular auszufüllen begann. »Sie sind die Songschreiberin aus Kalifornien. Sie haben den Morgan-Besitz gekauft.«

»Stimmt.« Weil Maggie nicht wusste, was sie nach der belauschten Unterhaltung sagen sollte, beließ sie es dabei.

»Hübsche Musik.« Die Postangestellte schrieb mit penibel gemalten Buchstaben. »Vieles von dem Zeug, das Sie spielen, verstehe ich nicht einmal. Ich habe ein paar Platten von Ihrer Mom. Sie war die Beste. Keine kommt ihr auch nur nahe.«

Maggies Herz erwärmte sich wie jedes Mal, wenn jemand von ihrer Mutter sprach. »Ja, das finde ich auch.«

»Unterschreiben Sie hier. Großes, altes Haus, der Morgan-Besitz.« Die Frau rechnete die Endsumme auf einem kleinen weißen Block aus. »Kommen Sie da draußen zurecht?«

»Es ist noch viel zu tun.«

»So ist das nun mal, wenn man einzieht, besonders wenn ein Haus lange leer gestanden hat. Muss für Sie was ganz Neues sein.«

Maggie hob den Kopf. »Ja. Es gefällt mir.«

Die Postangestellte nickte, und Maggie hatte das Gefühl, als wäre sie zum ersten Mal voll akzeptiert worden. »Bog ist gut. Auch der junge Delaney.«

Maggie lächelte in sich hinein, während sie nach ihrem Portemonnaie griff. Kleinstadt, dachte sie. Keine Geheimnisse.

»Sie hatten einen ganz schönen Schock.«

Weil sie mit einer solchen Bemerkung gerechnet hatte, nahm Maggie es leicht. »Ich möchte so etwas nicht noch einmal erleben.«

»Nein, wahrscheinlich niemand. Entspannen Sie sich und genießen Sie das alte Haus«, riet die Postangestellte. »Zu seiner Zeit war es ein Schmuckkästchen. Louella hat es immer schön in Schuss gehalten. Die Polizei soll sich um alles kümmern.«

»So versuche ich es zu halten.« Maggie steckte ihr Wechselgeld ein. »Danke.«

»Wir schicken das gleich für Sie weg. Einen schönen Tag!«

Maggie war sehr zufrieden mit sich selbst, als sie das Postamt verließ. Sie atmete die laue Frühlingsluft tief ein, lächelte noch einmal den beiden Männern zu, die sich noch immer neben dem Briefkasten unterhielten, und wandte sich dann zu ihrem Wagen um. Ihr Lächeln verschwand, als sie Cliff an ihrer Motorhaube lehnen sah.

»Zeitig unterwegs«, sagte er lässig.

Er hatte ihr gesagt, dass es schwer sei, in einer so kleinen Stadt jemandem auszuweichen. Maggie ärgerte sich darüber, dass er recht hatte. »Solltest du nicht irgendwo arbeiten?«

Er lächelte und bot ihr die Flasche Limonade an, die er in der Hand hielt. »Ich komme gerade von einer Baustelle und bin zu einer anderen unterwegs.« Als sie nicht nach der Limonade griff, setzte er die Flasche an seine Lippen und nahm einen tiefen Schluck. »Davon sieht man nicht viele in Morganville.« Er tippte mit einem Finger auf ihren Aston Martin.

Sie wollte an ihm vorbei zur Fahrertür. »Wenn du mich entschuldigst«, sagte sie kühl. »Ich bin beschäftigt.«

Er hielt sie mühelos am Arm zurück, kümmerte sich um ihren finsteren Blick genauso wenig wie um das Interesse der beiden Männer, die ein paar Meter entfernt standen. Cliff betrachtete ihr Gesicht. »Du hast Ringe unter den Augen. Hast du nicht geschlafen?«

»Ich habe sehr gut geschlafen.«

»Nein.« Er hielt sie noch einmal auf und hob eine Hand zu ihrem Gesicht. Obwohl sie es nicht zu wissen schien, verlor er jedes Mal an Boden, wenn sich ihre zerbrechliche Seite zeigte. »Ich dachte, du hältst nichts von Ausflüchten.«

»Hör mal, ich bin beschäftigt.«

»Du hast dir diese Geschichte mit dem Graben zu Herzen genommen.«

»Na, und wenn schon!«, explodierte Maggie. »Ich bin auch nur ein Mensch. Das ist eine normale Reaktion.«

»Ich habe nicht behauptet, deine Reaktion sei nicht normal.« Die Hand an ihrem Gesicht hob ihr Kinn etwas weiter an. »Du gehst ganz schön schnell hoch. Bist du nur wegen dieser Geschichte verkrampft, oder gibt es da noch etwas?«

Maggie gab ihre Befreiungsversuche auf und stand ganz still. Vielleicht hatte er nicht bemerkt, dass die Männer und die Postangestellte am Fenster sie beobachteten, aber sie hatte es gesehen. »Es geht dich nichts an, ob ich verkrampft bin oder nicht. Also, wenn du jetzt aufhörst, eine Szene zu machen, kann ich heimfahren und arbeiten.«

»Stören dich Szenen?« Amüsiert zog er sie an sich heran. »Das hätte ich nicht gedacht angesichts der unzähligen Gelegenheiten, bei denen du dich hast fotografieren lassen.«

»Cliff, hör auf.« Sie legte beide Hände an seine Brust. »Um Himmels willen, wir stehen auf der Main Street.«

»Ja. Und wir sind soeben zu den Zehn-Uhr-Nachrichten geworden.«

Sie lachte, bevor sie sich dessen überhaupt bewusst wurde. »Das macht dir richtig Spaß, nicht wahr?«

»Nun …« Er nutzte es aus, dass sie sich ein wenig entspannte, und schlang seine Arme um sie. »Vielleicht. Ich wollte mit dir sprechen.«

Eine Frau ging mit einem Brief in der Hand vorbei. Maggie bemerkte, dass sie sich mit dem Einwerfen sehr viel Zeit ließ. »Wir sollten uns einen besseren Ort suchen.« Bei seinem Grinsen kniff sie die Augen zusammen. »Das habe ich nicht gemeint. Also, lässt du mich jetzt los?«

»Gleich. Erinnerst du dich daran, wie wir zum Abendessen ausgegangen sind?«

»Ja, ich erinnere mich. Cliff ...« Sie wandte den Kopf und sah, dass die beiden Männer noch immer da waren und sie beide nicht aus den Augen ließen. Die Frau hatte sich ihnen jetzt angeschlossen. »Das ist wirklich nicht lustig.«

»Tatsache ist«, fuhr er leichthin fort, »dass wir hier einen Brauch haben. Ich führe dich zum Dinner aus, dann erwiderst du die Einladung.«

Ihre Geduld war erschöpft. Sie versuchte sich aus seinem Griff zu entwinden und entdeckte, dass davon nur ihr Blutdruck stieg. »Ich habe im Moment keine Zeit, um zum Dinner auszugehen. Ich werde mich in ein paar Wochen wieder bei dir melden.«

»Ich bin mit allem zufrieden, was es gerade zu essen gibt.«

»Was es gerade zu essen gibt?«, wiederholte sie. »In meinem Haus?«

»Gute Idee.«

»Warte einen Moment! Ich habe nicht gesagt ...«

»Es sei denn, du kannst nicht kochen.«

»Natürlich kann ich kochen«, entgegnete sie empört.

»Fein. Sieben Uhr?«

Sie richtete ihren vernichtendsten Blick auf ihn. »Ich tapeziere heute Abend.«

»Irgendwann musst du etwas essen.« Bevor sie etwas dazu

sagen konnte, gab er ihr einen kurzen, aber festen Kuss. »Wir sehen uns um sieben«, flüsterte er und schlenderte zu seinem Pick-up. »Maggie«, fügte er durch das offene Fenster hinzu, »nichts Aufwendiges. Ich bin nicht anspruchsvoll.«

»Du …«, setzte sie an, doch das Dröhnen des Motors übertönte sie. Außer sich vor Wut, blieb sie allein mitten auf dem Parkplatz zurück. In dem Bewusstsein, dass mindestens ein halbes Dutzend Augenpaare auf sie gerichtet waren, hielt Maggie ihren Kopf hoch, während sie sich in ihren Wagen hinter das Steuer setzte.

Sie verwünschte Cliff mehrmals und mit sehr gezielten Ausdrücken, während sie die drei Meilen zu ihrem Haus zurückfuhr. Maggie hatte erwartet, dass Cliffs Arbeiter da waren. Den diskreten schwarzen Wagen am Ende ihrer Zufahrt dagegen erwartete sie nicht. Als sie daneben hielt, war sie nicht in der Stimmung für Besucher. Sie wollte allein sein mit der Schleifmaschine, die sie von George Cooper gemietet hatte.

Als sie aus dem Wagen stieg, entdeckte sie den schlaksigen Mann mit den grau melierten Haaren, der aus der Richtung des Grabens auf sie zukam. Und sie erkannte ihn.

»Miss Fitzgerald.«

»Guten Morgen. Lieutenant Reiker, nicht wahr?«

»Ja, Ma'am.«

»Kann ich etwas für Sie tun?«

»Ich muss Sie um Ihre Mitarbeit bitten, Miss Fitzgerald.« Der Lieutenant verlagerte sein Gewicht auf einen Fuß, als würde ihm seine Hüfte Schwierigkeiten machen. »Sie wollen sicher weitermachen, aber wir möchten Sie bitten, mit dem Teich noch eine Weile zu warten.«

»Verstehe. Können Sie mir den Grund verraten?«

»Wir haben den vorläufigen Bericht des Gerichtsmediziners erhalten und werden ermitteln.«

»Lieutenant, ich weiß nicht, wie viel Sie mir sagen können, aber ich denke, ich habe ein Recht, gewisse Dinge zu erfahren. Dies hier ist mein Besitz.«

»Sie selbst werden mit der Sache nicht wirklich etwas zu tun haben, Miss Fitzgerald. Diese Sache liegt lange Zeit zurück.«

»Sofern mein Grund und Boden betroffen sind, habe ich etwas damit zu tun. Es wäre für mich leichter, Lieutenant, wenn ich wüsste, was hier vor sich geht.«

Reiker fuhr sich mit der Hand über das Gesicht. Die Ermittlung hatte gerade erst begonnen, und er hatte schon einen schlechten Geschmack im Mund. Vielleicht sollte man Dinge, die so lange begraben gewesen waren, besser begraben lassen.

»Der Gerichtsmediziner hat festgestellt, dass die Überreste von einem männlichen Weißen Anfang fünfzig stammen.«

Maggie schluckte. Das machte es real. Viel zu real. »Wie lange …«, setzte sie an und musste noch einmal schlucken. »Wie lange lag er schon da?«

»Der Gerichtsmediziner ist der Meinung, ungefähr zehn Jahre.«

»So lange, wie mein Haus leer gestanden hat«, murmelte sie. Sie nahm sich zusammen und sagte sich, dass es sie nicht persönlich traf. Logischerweise hatte es nichts mit ihr zu tun. »Man konnte wohl nicht feststellen, wie er starb?«

»Erschossen«, sagte Reiker tonlos und beobachtete, wie Entsetzen in ihre Augen stieg. »Es dürfte ein Gewehr gewesen sein, wahrscheinlich aus nächster Nähe.«

»Grundgütiger!« Mord. Aber hatte sie es nicht vom ersten Moment an gefühlt? Maggie starrte zum Wald hinüber und sah zwei Eichhörnchen, die einen Baumstamm hinaufjagten. Wie konnte das hier passiert sein? »Nach so vielen Jahren …«, setzte sie an, musste aber wieder schlucken. »Ist es denn nach so vielen Jahren nicht praktisch unmöglich … ihn … zu identifizieren?«

»Er wurde heute Vormittag identifiziert«, erwiderte der Lieutenant. »Wir haben auch einen Ring gefunden, einen alten Ring mit Gravierungen und drei kleinen Diamantsplittern. Vor einer Stunde hat Joyce Agee den Ring als ihrem Vater gehörend identifiziert. William Morgan wurde ermordet und in diesem Garten versteckt.«

Aber das konnte unmöglich stimmen. Sie versuchte zu denken. »Das kann nicht sein. Ich habe gehört, dass William Morgan einen Unfall hatte – irgendetwas mit dem Wagen.«

»Vor zehn Jahren durchstieß sein Wagen die Leitplanke der Brücke, die nach West Virginia führt. Sein Wagen wurde aus dem Potomac gezogen, nicht jedoch seine Leiche. Seine Leiche wurde nie gefunden … bis vor ein paar Tagen.«

Durch die Leitplanke ins Wasser, dachte Maggie benommen. Genau wie Jerry. Sie hatten Jerrys Leiche auch nicht gefunden. Eine ganze Woche lang. In dieser Woche hatte sie jede nur erdenkliche Hölle durchlebt. Während sie jetzt dastand und vor sich hin starrte, kam sie sich vor wie zwei Menschen zu zwei verschiedenen Zeiten. »Was werden Sie jetzt tun?«

»Es wird eine offizielle Untersuchung geben. Das hat nichts mit Ihnen zu tun, Miss Fitzgerald, abgesehen davon, dass in diesem Teil Ihres Besitzes nichts gemacht werden sollte. Heute Nachmittag wird ein Ermittlerteam kommen, das noch einmal alles durchcheckt für den Fall, dass wir etwas übersehen haben.«

»In Ordnung. Wenn Sie sonst nichts brauchen …«

»Nein, Ma'am.«

»Ich bin im Haus.«

Während sie über den Rasen zu dem Haus ging, sagte sie sich, dass etwas, das sich vor zehn Jahren zugetragen hatte, nichts mit ihr zu tun hatte. Vor zehn Jahren hatte sie ihre eigene Tragödie durchlebt, den Verlust ihrer Eltern. Sie konnte nicht widerstehen und warf noch einen Blick zurück auf den Graben, während sie die Stufen zu der Veranda hinaufstieg.

Joyce Agees Vater, dachte Maggie schaudernd. Joyce hatte ihr Haus verkauft, ohne zu wissen, was hier entdeckt werden würde. Sie dachte an die hübsche, verlegene junge Frau, die für eine schlichte Freundlichkeit ihrer Mutter gegenüber dankbar gewesen war. Maggie schaute auf den Block neben dem Telefon, auf den sie Namen und Nummern gekritzelt hatte. Ohne zu zögern, rief sie Joyce Agees Nummer an. Die Stimme, die antwortete, war leise, kaum mehr als ein Wispern. Maggie verspürte Mitleid.

»Mrs. Agee … Joyce, hier ist Maggie Fitzgerald.«

»Oh … ja, hallo.«

»Ich möchte nicht stören. Ich wollte Ihnen nur sagen, dass es mir schrecklich leidtut, und wenn ich etwas tun kann … Ich würde gern helfen.«

»Danke, aber da gibt es nichts, was Sie tun könnten.« Ihre Stimme brach. »Es war so ein Schock. Wir glaubten die ganze Zeit …«

»Ja, ich weiß. Bitte, denken Sie nicht, Sie müssten mit mir sprechen oder höflich sein. Ich habe nur angerufen, weil irgendwie …« Sie brach ab und strich sich über die Haare. »Ich weiß nicht … ich habe das Gefühl, als hätte ich das alles ausgelöst.«

»Es ist besser, die Wahrheit zu wissen.« Joyces Stimme wurde plötzlich ruhig. »Es ist immer besser, man weiß Bescheid. Ich mache mir Sorgen um Mutter.«

»Wie geht es ihr?«

»Ich … ich bin nicht sicher. Sie ist jetzt hier. Der Arzt ist bei ihr.«

»Dann will ich Sie nicht aufhalten. Joyce, wir kennen einander kaum, aber ich würde gern helfen. Bitte, lassen Sie es mich wissen, wenn ich etwas tun kann.«

»Das mache ich. Danke für den Anruf.«

Maggie legte auf. Damit hatte sie gar nichts erreicht, weil sie Joyce Agee nicht kannte. Wenn man trauerte, brauchte man jemanden, den man kannte, genau wie sie Jerry gebraucht hatte, als ihre Eltern ums Leben gekommen waren. Obwohl sie wusste, dass Joyce einen Mann hatte, dachte Maggie an Cliff und daran, wie er die Hände der Frau ergriffen hatte, wie besorgt er sie angesehen hatte, als er mit ihr gesprochen hatte. Er war für sie da gewesen, und Maggie wünschte sich zu wissen, was die beiden füreinander bedeuteten.

Um ihrer überschüssigen Energie ein Ventil zu verschaffen, schaltete sie das gemietete Schleifgerät ein.

Die tief stehende Sonne färbte den Himmel rosig, als Cliff zu dem alten Morgan-Besitz fuhr. Als er auf die Haustür zuging, erinnerte er sich selbst daran, dass er es mit einer Frau zu tun hatte, die sich von allen anderen Frauen unterschied, die er jemals gekannt hatte. Vorsichtig vorgehen, mahnte er sich und klopfte.

Von der anderen Seite packte Maggie den Türknauf mit beiden Händen und zerrte. Erst nach zwei Versuchen öffnete sich die Tür, und zu diesem Zeitpunkt bellte Killer bereits ununterbrochen.

»Du solltest das von Bog richten lassen«, schlug Cliff vor. Er bückte sich und streichelte den Hund. Killer warf sich auf den Rücken und bot seinen Bauch dar.

»Ja.« Maggie war froh, Cliff zu sehen. Sie sagte sich zwar, dass sie sich über jeden gefreut hätte, aber als sie ihn ansah, wusste sie, dass es eine Lüge war. Sie hatte den ganzen Nachmittag über gewartet. »Ich bin noch nicht dazu gekommen.«

Er sah die Anspannung in ihrer Haltung. Bewusst zeigte er ihr ein herausforderndes Lächeln. »Also, was gibt es zu essen?«

Sie stieß ein knappes Lachen aus. »Hamburger.«

»Hamburger?«

»Du hast dich selbst eingeladen«, erinnerte sie ihn. »Und du hast gesagt, ich solle nichts Aufwendiges machen.«

»Das habe ich gesagt.« Er kraulte Killer ein letztes Mal hinter den Ohren und stand auf.

»Nun, da es sich um meine erste Dinnerparty handelt, dachte ich, ich halte mich an meine Spezialität. Entweder das oder Dosensuppe und kalte Sandwiches.«

»Wenn das seit deinem Einzug deine Hauptnahrungsmittel waren, ist es kein Wunder, dass du so dünn bist.«

Stirnrunzelnd blickte Maggie an sich hinunter. »Ist dir eigentlich bewusst, dass du gewohnheitsmäßig kritisierst?«

»Ich habe nicht gesagt, dass ich keine dünnen Frauen mag.«

»Darum geht es nicht. Du kannst mitkommen und dich weiter beschweren, während ich die Hamburger mache.«

Während sie den Korridor durchquerten, bemerkte Cliff ein paar nackte Stellen, wo sie die Tapete abgerissen hatte. Offenbar meinte sie es ernst, dass sie die überwältigende Aufgabe, das Haus zu renovieren, selbst in die Hand nehmen wollte. Als sie an dem Musikzimmer vorbeikamen, warf er einen Blick auf das Klavier und fragte sich, warum sie sich nicht eine Flut von Dekorateuren und Handwerkern leistete. Der Job könnte innerhalb von Wochen erledigt werden und nicht erst nach Monaten oder womöglich Jahren, die es auf diese Weise dauern konnte. Der frisch geschliffene Küchenboden überraschte ihn.

»Gute Arbeit.« Automatisch kauerte er sich hin und strich mit den Fingern über das glatte Holz. Der Hund nahm das als Einladung, ihm das Gesicht zu lecken.

Maggie hob eine Augenbraue. »Vielen Dank.«

»Die Frage ist«, sagte er und stand wieder auf, »warum du es machst.«

»Der Fußboden brauchte es.« Sie wandte sich zu der Theke und begann das Hackfleisch zu formen.

»Ich habe gemeint, warum du es selbst machst.«

»Es ist mein Haus.«

Er trat neben sie, beobachtete erneut ihre Hände. »Hast du in Kalifornien auch deine Fußböden selbst geschliffen?«

»Nein.« Verärgert legte sie die Hamburger auf den Grill. »Wie viele kannst du essen?«

»Einer reicht. Warum schleifst du Fußböden und tapezierst Wände?«

»Weil es mein Haus ist.« Maggie schnappte sich einen Salatkopf aus dem Kühlschrank und machte sich an den Salat.

»Es war auch in Kalifornien dein Haus.«

»Nicht so wie hier.« Sie legte den Salat weg und sah Cliff an. Ungeduld, Ärger, Frustration – alle Emotionen lagen deutlich sichtbar an der Oberfläche. »Ich erwarte nicht, dass du mich verstehst. Es ist mir auch egal, ob du mich verstehst. Dieses Haus ist etwas Besonderes. Selbst nach allem, was passiert ist, ist es etwas Besonderes.«

Nein, er verstand es nicht, aber er entdeckte, dass er es verstehen wollte. »Dann hat sich also die Polizei mit dir in Verbindung gesetzt.«

»Ja.« Sie schnitt mit heftigen Bewegungen den Salat. »Dieser Ermittler, Lieutenant Reiker, war heute Vormittag hier.« Ihre Finger gruben sich in die kalten, nassen Blätter. »Verdammt, Cliff, ich fühle mich schrecklich. Ich habe Joyce angerufen und fühlte mich wie eine Idiotin … wie ein Eindringling. Es gab nichts für mich zu sagen.«

»Du hast angerufen?«, murmelte er. Sonderbar, dass Joyce nichts erzählt hatte. Andererseits erzählte Joyce sehr wenig. »Da kannst du auch nichts sagen.« Er legte seine Hände auf ihre Schultern und fühlte die Verspannung. »Damit müssen Joyce und ihre Mutter und die Polizei fertig werden. Das hat nichts mit dir zu tun.«

»Das habe ich mir auch gesagt«, erwiderte sie ruhig. »Verstandesmäßig weiß ich, dass das stimmt, aber …« Sie drehte sich um, weil sie jemanden brauchte. Weil sie ihn brauchte. »Es ist gleich da draußen geschehen. Ich bin darin verwickelt, ob ich will oder nicht. Ein Mann wurde ein paar Meter von meinem Haus entfernt ermordet. Er wurde an einer Stelle getötet, an der ich einen hübschen, stillen Teich anlegen wollte, und jetzt …«

»Und jetzt«, unterbrach Cliff, »ist es schon zehn Jahre später.«

»Was spielt das für eine Rolle?«, fragte sie. »Meine Eltern sind vor zehn Jahren umgekommen. Die Zeit macht keinen Unterschied.«

»Das hatte nun wirklich etwas mit dir zu tun«, entgegnete er.

Seufzend erlaubte sie sich die Schwäche, ihren Kopf an seine Schulter zu lehnen. »Ich weiß aber, wie Joyce sich jetzt fühlt. Wohin ich auch sehe, irgendetwas zieht mich immer in diese Sache hinein.«

Je mehr Maggie über Joyce sprach, desto weniger dachte Cliff an die stille Brünette und dafür umso mehr an Maggie. Seine Finger schoben sich in ihre Haare. Er verspürte jetzt kein Verlangen, sondern einen heftigen Beschützerinstinkt, mit dem er nie gerechnet hätte. Vielleicht gab es etwas, das er tun konnte. Er schob sie ein Stück von sich.

»Du hast William Morgan nicht gekannt.«

»Nein, aber …«

»Ich schon. Er war ein kalter, rücksichtsloser Mann, dem Worte wie Mitgefühl oder Großzügigkeit fremd waren.« Bewusst ließ er Maggie los und kümmerte sich selbst um das Fleisch auf dem Grill. »Die halbe Stadt hätte vor zehn Jahren gejubelt, wäre es nicht wegen Louella gewesen. Sie liebte den alten Mann. Joyce liebte ihn auch, aber beide fürchteten ihn auch genauso sehr. Die Polizei wird es schwer haben herauszufinden, wer ihn getötet hat, und den Leuten in der Stadt wird es gleichgültig sein. Ich selbst habe ihn aus zahlreichen Gründen verabscheut.«

Es gefiel ihr nicht, dass er so ruhig und kühl über die Ermordung eines Menschen sprechen konnte. Andererseits kannten sie einander tatsächlich nicht. Um ihre Hände zu beschäftigen, kümmerte Maggie sich wieder um den Salat. »Joyce?«, warf sie beiläufig hin.

Er warf ihr einen scharfen Blick zu und lehnte sich wieder an die Theke. »Morgan glaubte an Disziplin. Altmodische Disziplin. Joyce war wie eine kleine Schwester für mich. Als ich Morgan dabei erwischte, wie er mit dem Gürtel auf sie losging, als sie sechzehn war, habe ich selbst ihm angedroht, ihn umzubringen.«

Er sagte das so lässig, dass Maggie das Blut in den Adern gefror. Er sah die Zweifel und die Fragen in ihren Augen, als sie ihn betrachtete.

»Und man erzählt sich«, fügte Cliff hinzu, »dass die Hälfte der Einwohner von Morganville das Gleiche getan hat. Keiner hat getrauert, als sie William Morgans Wagen aus dem Fluss fischten.« Er erinnerte sich daran, dass man auch den Wagen ihres Mannes aus dem Wasser gezogen hatte. Er erinnerte sich daran, dass letztlich auf Selbstmord entschieden worden war. »Du solltest keine Vergleiche anstellen«, sagte er rau.

»Die Vergleiche scheinen sich von selbst anzustellen.«

»Was mit Jerry Browning passierte, war ein tragischer Verlust an Leben und Talent. Willst du auch dafür die Schuld auf dich nehmen?«

»Ich habe nie die Schuld auf mich genommen«, erwiderte Maggie matt.

»Hast du ihn geliebt?«

Ihre Augen waren beredt, doch ihre Stimme war fest. »Nicht genug.«

»Genug, um ihm sechs Jahre lang treu zu sein«, stellte Cliff fest.

Sie lächelte, als sie ihre eigenen Worte wieder hörte. »Ja, genug dafür. Dennoch gehört mehr zur Liebe als Loyalität, nicht wahr?«

Seine Hand war wieder sanft, als er ihr Gesicht berührte. »Du hast gesagt, du hättest die Schuld nicht auf dich genommen.«

»Verantwortung und Schuld sind zwei verschiedene Dinge.«

»Nein.« Er schüttelte den Kopf. »Hier gibt es weder Verantwortung noch Schuld. Meinst du nicht, dass es der Gipfel des Egoismus wäre, sich für die Taten einer anderen Person verantwortlich zu fühlen?«

Sie wollte ihn schon anfauchen, doch dann begriff sie seine Worte. »Vielleicht. Vielleicht ist es das.« Es fiel ihr nicht leicht, aber sie schüttelte die Stimmung ab und lächelte. »Ich glaube, die Hamburger sind fertig. Lass uns essen.«

7. Kapitel

Maggie fand, dass ihre Küche gemütlich war. Es roch nach heißem Essen, und Regentropfen begannen an die Fensterscheiben zu schlagen. Wenn sie darüber nachdachte, so hatte sie nie zuvor wirkliche Gemütlichkeit erlebt. Ihre Eltern hatten in großem Stil gelebt. Riesige elegante Räume und riesige elegante Partys sowie bestechende exzentrische Freunde.

In ihrem eigenen Heim in Beverly Hills war Maggie weitgehend demselben Muster gefolgt. Extravaganz mochte in dieser Phase ihres Lebens eine Notwendigkeit gewesen sein, vielleicht auch nur eine Gewohnheit. Sie wusste nicht, wann dieser Stil angefangen hatte, ihr auf die Nerven zu gehen, genau wie sie nicht wusste, ob sie jemals zuvor so entspannt gewesen war wie in diesem Moment, wo sie in ihrer halb fertigen Küche mit einem Mann aß, dessen sie sich nicht ganz sicher war.

Er war stark. Vielleicht hatte sie nie zuvor einen starken Mann in ihrem Leben zugelassen. Ihr Vater war stark gewesen. Er war der Typ Mann gewesen, der tun und lassen konnte, was er wollte, und auch immer alles bekam, weil er es wollte. Seine Stärke war nicht körperlich gewesen, sondern lag in seiner Persönlichkeit und Willenskraft. Ihre Mutter hatte durch ihre eigene Energie und ihr überschäumendes Wesen mit ihm gleichgezogen. Maggie hatte nie eine perfektere Beziehung gesehen als die der beiden.

Eine allumfassende, verständnisvolle Liebe hatte ihre Eltern verbunden, zusammen mit einem praktischen Verstand, Mitgefühl und Temperament. Sie hatten nie miteinander im Wettstreit gelegen, einander nie den Erfolg geneidet. Unterstützung, dachte Maggie. Vielleicht war das der Schlüssel für die Qualität und die andauernde Kraft ihrer Beziehung gewesen. Bedingungslose Unterstützung. In ihrer eigenen Ehe hatte Maggie das nicht gefunden und war daher zu der Überzeugung gekommen, dass ihre Eltern einmalig gewesen waren.

Irgendetwas war in ihrer Beziehung mit Jerry passiert, das sie beide aus dem inneren Gleichgewicht gebracht hatte. Während er schwächer geworden war, war sie stärker geworden. Irgendwann waren sie an einen Punkt gelangt, an dem alle Unterstützung bei ihr gelegen und er nur noch Hilfe gebraucht hatte. Dennoch war sie geblieben, weil es unmöglich war zu vergessen, dass sie Freunde gewesen waren. Freunde brachen keine Versprechen.

Während sie Cliff betrachtete, fragte sie sich, was für ein Freund er sein würde. Und sie fragte sich, auch wenn sie das nicht wollte, wie er als Liebhaber sein würde.

»Woran denkst du?«

Die Frage kam so abrupt, dass Maggie fast ihr Glas umwarf. Rasch ging sie ihre Gedanken durch und wählte den unpersönlichsten aus. Sie konnte ihm kaum sagen, was ihr zuletzt durch den Kopf gegangen war. »Ich habe darüber nachgedacht«, sagte sie und griff nach ihrem Wein, »wie gemütlich es ist, hier in der Küche zu essen. Ich werde wahrscheinlich das Esszimmer auf die letzte Stelle meiner Liste setzen.«

»Das hast du gedacht?« Daran, wie er ihren Blick festhielt, erkannte sie, dass er sie durchschaute.

»Mehr oder weniger.« Eine Frau, die ihr ganzes Leben interviewt worden war, wusste, wie man Ausflüchte machte. Sie griff nach der Flasche und füllte Cliffs Glas nach. »Der Bordeaux ist auch ein Geschenk von meinem Agenten. Oder ein weiterer Bestechungsversuch«, fügte sie hinzu.

»Bestechungsversuch?«

»Er will, dass ich diesen verrückten Plan aufgebe, mich in der Wildnis niederzulassen, und in die Zivilisation zurückkehre.«

»Er will dich mit Welpen und französischem Wein überreden?«

Sie lachte und nippte an ihrem Glas. »Würde ich nicht so an diesem Besitz hängen, hätte eines von beidem wirken können.«

»Hängst du wirklich an dem Besitz?«, fragte Cliff nachdenklich.

Bei der Frage hörten ihre Augen auf zu leuchten, und ihr weicher Mund nahm einen nüchternen Zug an. »In deinem Beruf solltest du wissen, dass manche Dinge sehr schnell Wurzeln schlagen.«

»Manche«, stimmte er zu. »Und manche können in einem neuen Gebiet nie heimisch werden.«

Sie tippte mit einer Fingerspitze gegen ihr Glas und hätte gern verstanden, warum seine Zweifel so tief in ihr nagten. »Du hast nicht viel Vertrauen zu mir, nicht wahr?«

»Vielleicht nicht.« Er zuckte die Schultern, als wollte er ein Thema auflockern, dessen er sich nicht mehr so sicher war. »Jedenfalls finde ich es interessant zuzusehen, wie du dich anpasst.«

Sie beschloss, auf seine Stimmung einzugehen. »Und wie passe ich mich an?«

»Besser, als ich dachte.« Er hob sein Glas. »Aber es ist noch sehr früh, um es endgültig zu beantworten.«

Sie lachte, weil Streit nur Zeitverlust wäre. »Bist du als Zyniker auf die Welt gekommen, Cliff, oder hast du Unterricht genommen?«

»Bist du als Optimist auf die Welt gekommen?«

»Touché«, sagte Maggie. Sie interessierte sich nicht mehr für das Essen, sondern betrachtete Cliff und fand, dass sie zwar sein Gesicht sehr mochte, dass sie ihn aber noch immer nicht

nach seinen Augen beurteilen konnte. Zu beherrscht, dachte sie. In seine Gedanken gelangte man nur, wenn man eingeladen wurde. »Weißt du«, begann sie nachdenklich, »nachdem ich aufgehört hatte, mich zu ärgern, war ich froh, dass du heute Abend kommst.« Jetzt lächelte sie. »Ich weiß nicht, wann ich sonst den Wein geöffnet hätte.«

Das brachte ihn zum Grinsen. »Ich ärgere dich?«

»Das weißt du sehr gut«, entgegnete Maggie trocken. »Und aus deinen ganz persönlichen Gründen macht dir das auch Spaß.«

Cliff kostete erneut den Wein. »Das stimmt tatsächlich.«

Er sagte das so unbekümmert dahin, dass Maggie wieder lachen musste. »Liegt das nur an mir, oder ist es dein Hobby, Leute zu ärgern?«

»Es liegt nur an dir.« Über den Rand seines Glases hinweg betrachtete er sie. Sie hatte ihr Haar hochgesteckt, was ihre zarten klassischen Züge betonte. Ein dunkles Make-up ließ ihre Augen noch größer erscheinen, aber ihr Mund war ungeschminkt. Das war eine Frau, die es verstand, ihr Aussehen zu ihrem Vorteil zu betonen, so dezent, dass ein Mann schon gefangen genommen wurde, bevor er feststellte, was die reale Maggie und was Illusion war. »Ich mag es, wie du reagierst«, fuhr Cliff fort. »Du verlierst nicht gern deine Beherrschung.«

»Und du provozierst mich gern, bis ich sie verliere. Warum?«, fragte sie mit genervter Belustigung.

»Ich bin nicht immun gegen dich«, antwortete Cliff so ruhig, dass ihre Finger sich um den Stiel ihres Glases spannten. »Ich möchte nicht glauben, dass du gegen mich immun bist.«

Einen Moment saß sie aufgewühlt und verblüfft da. Bevor ihre Emotionen weiter an die Oberfläche steigen konnten, stand sie auf und begann den Tisch abzuräumen. »Nein, ich bin nicht immun. Möchtest du noch Wein oder Kaffee?«

Seine Hände schlossen sich um die ihren. Langsam stand er auf, seinen Blick auf ihr Gesicht gerichtet. Maggie kam es so vor, als wäre die Küche geschrumpft. Das Klopfen der Regentropfen schien zu einem Trommelwirbel anzuwachsen.

»Ich möchte dich lieben.«

Ich bin kein Kind mehr, sagte sich Maggie. Nein, sie war eine erwachsene Frau, und Männer hatten sie schon früher begehrt. Sie hatte bereits früher Versuchungen widerstanden. Aber war jemals eine Versuchung so stark gewesen? »Das haben wir doch schon hinter uns gebracht.«

Er hielt sie an den Händen zurück, als sie sich abwenden wollte. »Wir haben keine Lösung gefunden.«

Nein, sie konnte sich von einem solchen Mann nicht abwenden und weglaufen. Sie musste sich gegen ihn behaupten. »Ich bin sicher, wir haben eine Lösung gefunden. Vielleicht wäre Kaffee das Beste, da du heute Abend noch fahren musst. Und ich muss arbeiten.«

Cliff nahm das Geschirr und stellte es auf den Tisch zurück. Mit leeren Händen kam Maggie sich hilflos vor. Sie verschränkte die Arme, eine Gewohnheit, die Cliff bei ihr bemerkt hatte, wann immer sie verwirrt oder beunruhigt war. Im Moment war es ihm gleichgültig, was sie war, solange sie sich nicht endgültig von ihm abwandte.

»Wir haben nichts gelöst«, wiederholte er und zog eine Nadel aus ihrem Haar. »Wir haben mit der Lösung noch nicht einmal begonnen.«

Obwohl ihre Augen ihn ruhig anblickten, wich sie zurück. Es erzeugte in ihm das Gefühl, als würde er sie verfolgen – ein sonderbar erregendes Gefühl.

»Ich dachte, ich hätte mich klar ausgedrückt«, brachte Maggie in einem, wie sie meinte, festen und abweisenden Ton vor.

»Es ist klar, wenn ich dich berühre.« Cliff drängte sie gegen die Theke und zog wieder eine Nadel aus ihrem Haar. »Es ist klar, wenn du mich so ansiehst wie jetzt.«

Maggies Herz schlug heftig. Sie wurde allmählich schwach. Sie merkte es daran, wie ihre Glieder schwer, wie ihr Kopf leicht wurde. Verlangen war Versuchung, Versuchung eine Verführung in sich. »Ich habe nicht gesagt, dass ich dich nicht will …«

»Nein, das hast du nicht getan«, unterbrach Cliff sie. Als er die nächste Nadel herauszog, fiel ihr Haar schwer auf ihre Schultern. »Ich glaube nicht, dass dir das Lügen leichtfällt.«

Wie konnte sie noch vor ein paar Momenten so locker gewesen sein und jetzt so verspannt? Jeder Muskel in ihrem Körper schien verkrampft zu sein, während sie das scheinbar Unvermeidliche bekämpfte. »Nein, ich lüge nicht.« Ihre Stimme war noch leiser, noch heiserer. »Ich sagte, ich kenne dich nicht. Ich sagte, du verstehst mich nicht.«

Etwas flammte in ihm auf. Vielleicht war es Wut, vielleicht war es Verlangen. »Es ist mir verdammt egal, wie wenig wir einander kennen oder wie wenig wir einander verstehen. Ich weiß, dass ich dich will.« Er fasste mit einer Hand in ihr Haar. »Ich brauche dich nur zu berühren, um zu wissen, dass du mich auch willst.«

Ihre Augen wurden dunkler. Wieso war ihr Verlangen immer mit Ärger vermischt und mit einer Schwäche, die sie verabscheute und doch nicht kontrollieren konnte? »Kannst du wirklich glauben, dass es so einfach ist?«

Er musste es glauben. Um zu überleben, musste er alles zwischen ihnen absolut körperlich halten. Sie würden sich die ganze Nacht über lieben, bis sie erschöpft waren. Am Morgen würden dann Verlangen und Bindung verschwunden sein. Er musste es glauben. Andernfalls … Er wollte sich mit dieser anderen Möglichkeit nicht beschäftigen.

»Warum sollte es kompliziert sein?«, fragte er zurück.

Ärger und Verlangen durchdrangen sie. »Ja, warum auch?«, murmelte sie.

Der Raum hatte seine Gemütlichkeit verloren. Jetzt hatte Maggie das Gefühl zu ersticken, wenn sie nicht floh. An ihren Augen erkannte er, wie aufgewühlt sie war. Er blieb dagegen fast brutal ruhig, aber sie hielt den Blick auf ihn gerichtet, während ihre Gedanken in ihrem Kopf herumwirbelten. Warum sollte ich das Verlangen verspüren, etwas zu begründen und romantisch zu verklären, fragte sie sich. Sie war kein unschuldiges junges Mädchen mit vernebelten Träumen, sondern eine erwachsene Frau, Witwe, eine erfolgreiche berufstätige Frau, die gelernt hatte, mit der Realität zu leben. Und in dieser Realität nahmen sich die Leute, was sie wollten, und kümmerten sich später um die Folgen. Und das würde sie jetzt auch tun.

»Das Schlafzimmer ist oben«, teilte sie ihm mit und verließ an ihm vorbei die Küche.

Verwirrt sah Cliff ihr nach. Genau das hatte er gewollt. Keine Komplikationen. Doch ihre abrupte Zustimmung war so unerwartet, so kühl gekommen. Nein, erkannte er, während er hinter ihr her blickte, das hatte er nicht gewollt.

Maggie hatte schon die Treppe erreicht, als er sie einholte. Als sie über ihre Schulter zurückblickte, sah er die Wut in ihren Augen. Sobald er ihren Arm ergriff, spürte er, wie sie erschauerte. Das war es, was er wollte. Er wollte nicht ihre kühle, emotionslose Zustimmung oder ein desinteressiertes Einverständnis. Er wollte, dass Zorn und Spannung wuchsen, bis die Leidenschaft, die beides in Gang setzte, durchbrach. Bevor die Nacht um war, wollte er ihr alles entzogen und sich selbst befreit haben.

Schweigend stiegen sie die Treppe zum ersten Stock hinauf.

Der Regen trommelte beständig gegen die Fenster. Das Geräusch ließ Maggie an das dezente rhythmische Schlagzeug denken, das sie sich für das Arrangement des Songs vorgestellt hatte, mit dem sie soeben fertig geworden war. Kein Mond schien, um ihnen den Weg zu weisen. Sie richtete sich nach ihrer Erinnerung. Die Dunkelheit war tief und ohne Schatten. Maggie sah sich nicht um, als sie das Schlafzimmer betrat, aber sie wusste, dass Cliff dicht hinter ihr war.

Was jetzt, dachte sie in plötzlicher Panik. Was tat sie da nur? Wie kam sie dazu, ihn an den einzigen Ort zu bringen, den sie als absolut privat betrachtete? Er mochte mehr herausfinden, als ihr lieb sein konnte, und vielleicht wurde ihr nicht mehr klar, als sie sowieso schon wusste. Doch sie begehrten einander. Es war unverständlich. Es war nicht zu verleugnen.

Maggie war für die Dunkelheit dankbar. Sie wollte nicht, dass Cliff die Zweifel sah, die sich deutlich in ihrem Gesicht zeigen mussten. Sie hätte auch das stärker werdende Verlangen nicht verbergen können. Dunkelheit war besser, weil sie anonym war. Als er sie berührte, erstarrte ihr Körper unter einem Dutzend widerstreitender Empfindungen.

Cliff fühlte es und strich mit den Händen über ihre Schultern bis zu ihrer Taille hinunter. Er wollte nicht, dass sie zu entspannt, zu nachgiebig war. Noch nicht. Er wollte, dass sie gegen etwas Tieferes, etwas Namenloses ankämpfte, genau wie er.

»Du willst dich diesem Gefühl nicht ergeben«, sagte Cliff ruhig. »Und mir auch nicht.«

»Nein.« Doch sie fühlte das lustvolle – nicht ängstliche – Beben ihren Körper durchrieseln, als er seine Hände unter ihren dünnen Wollsweater schob. »Nein, ich will nicht.«

»Was für eine andere Wahl hast du?«

Sie konnte sein Gesicht in der fast undurchdringlichen Dunkelheit ganz nahe ausmachen. »Zum Teufel mit dir«, flüsterte sie. »Ich habe keine Wahl.«

Er schob seine Hände an ihrem bloßen Rücken höher und durch die Halsöffnung ihres Sweaters, bis seine Finger ihr Haar fanden. »Nein, keiner von uns hat eine Wahl.«

Sein Körper fühlte sich fest an. Seine Stimme, sanft und leise, war von Ärger durchsetzt. Maggie fing den Duft von Seife auf, der seiner Haut anhaftete. Sein Gesicht war geheimnisvoll und in der Dunkelheit nicht zu erkennen. Er hätte irgendjemand sein können. Während Maggie sich der nächsten Woge heftigen Verlangens ausgeliefert fand, wünschte sie sich das fast.

»Liebe mich«, verlangte sie. Eine schnelle und frei getroffene Entscheidung ließ keinen Raum für Bedauern. »Nimm mich jetzt. Das ist alles, was jeder von uns will.«

War es das? Die Frage war kaum aufgekommen, als sein Mund sich auf den ihren senkte. Dann gab es keine Fragen mehr, nur noch Feuer und Kraft. Falls es zuvor Verständnis gegeben hatte, wurde es jetzt schwächer. Vernunft schwand. Empfindung und nur Empfindung herrschte. Auch wenn sie beide damit gerechnet hatten, wurden sie dennoch von einem Strudel mitgerissen, über den keiner von ihnen Kontrolle hatte.

Gemeinsam fielen sie auf das Bett und ließen das Feuer wüten. Cliff fand keine Sanftheit, die er ihr schenken konnte, aber sie schien auch keine zu verlangen oder zu erwarten. Er wollte sie nackt, aber nicht verletzbar, weich, aber nicht nachgiebig. Hätte er seine Wünsche laut ausgesprochen, hätte Maggie ihnen nicht besser entsprechen können. Als sie sich ihm entgegenbog, verschmolzen Maggies Lippen mit den seinen in einem drängenden Kuss, der nur ein Vorspiel der Leidenschaft war. Er zog an ihren Kleidern, vergaß jegliche Finesse und hielt dann den Atem an, als Maggie genauso wild versuchte, ihn auszuziehen.

Kleidungsstücke wurden beiseite geworfen, als wären sie bedeutungslos. Er atmete den Duft von Maggies Haut ein. Das nahm den letzten Rest von Logik, die er vielleicht hätte wiedergewinnen können. Die Matratze schwankte unter ihnen, als sie darauf herumrollten, ohne auf den Regen, die Dunkelheit, die Zeit oder den Ort zu achten.

Dann waren sie nackt, erhitzte Haut an erhitzter Haut. Die Verzweiflung wuchs in beiden, von dem anderen alles zu bekommen, was es überhaupt gab. Geflüsterte Forderungen, heftiges Atmen, Stöhnen und Lustseufzer übertönten die Geräusche des fallenden Regens. Maggies Körper war zierlich und geschmeidig und überraschend stark. Alles zusammen trieb Cliff zum Wahnsinn.

So war das also, wenn man verzehrt wurde. Maggie wusste es, als seine Hände über sie strichen und Schauer um Schauer auslösten. Sie hungerte, nein, lechzte nach jeder neuen Forderung. In ihrer Gier nach der Lust, die er gab und die sie nahm, erlaubte sie ihm alles, was immer er auch wollte. Sie kannte keine Scham, kein Zögern, wenn es um Schmecken und Berühren und Nehmen und Geben ging.

Wäre sein Körper nach ihren Wünschen geschaffen worden, hätte er nicht perfekter sein können. Sie genoss seine Muskeln, seine schmalen Hüften, die schlanke Figur. Wo immer sie ihn berührte, fühlte sie das Blut unter seiner Haut pochen.

Sie wollte wissen, dass er nicht mehr Selbstbeherrschung besaß als sie. Sie wollte wissen, dass sie beide Opfer ihrer vereinigten Kraft waren. Die Zündschnur, die zwischen ihnen mit einem Blick entzündet worden war, brannte rasch. Verlangen war Irrsinn, und wenn die Worte, die sie geschrieben hatte, stimmten, hatte sie dafür ihre Vernunft aufgegeben.

Mit einer Wildheit, die sie beide genossen, kamen sie zusammen, kämpften darum, eine ungeheure Leidenschaft zu verlängern, gierten danach, diesen endgültigen Augenblick der Lust festzuhalten.

Maggie dachte an Whirlpools und Stürme und rollenden

Donner. Sie fühlte den Wirbel, das Tempo, und hörte das Dröhnen. Dann erschauerten ihr Körper und ihre Seele unter dem letzten heftigen Aufbäumen.

Lieben? dachte Maggie irgendwann später, als ihre Gedanken sich zu klären begannen. Wenn das Lieben war, dann war sie ihr Leben lang unschuldig gewesen. Konnte etwas mit einem so sanften Namen eine so heftige Auswirkung auf den Körper haben? In ihrem Körper pulsierte und pochte es, als wäre sie auf der einen Seite eines Berges hinaufgejagt und auf der anderen heruntergefallen. Sie hatte Songs über Liebe geschrieben, Songs über Leidenschaft, doch bis jetzt hatte sie ihre eigenen Worte nie völlig verstanden.

Bis jetzt. Der Mann, der neben ihr lag, hatte sie dazu getrieben, ihre eigenen Fantasien auszuleben. Mit ihm hatte sie die Antwort auf das dunkel treibende Verlangen gefunden, das ihrer Musik den Biss oder die Sehnsucht gab. Sie verstand jetzt, doch Verstehen öffnete die Tür für Dutzende von Fragen.

Maggie strich mit der Hand über ihren eigenen Körper und staunte über das noch immer vorhandene Gefühl der Macht. Wie lange hatte sie auf diese Nacht gewartet? Vielleicht war es möglich, dass Leidenschaft so lange unerforscht schlief, bis sie von einer bestimmten Person in einem bestimmten Moment ausgelöst wurde.

Maggie dachte an den Film, den ihre Musik untermalen sollte. So war es für die weibliche Hauptperson gelaufen. Sie war mit ihrem Leben zufrieden gewesen, bis eines Tages ein Mann aufgetaucht war, mit dem sie nur wenig gemeinsam hatte, ein Mann, der einen Funken entzündete, der alles veränderte. Es hatte keine Rolle gespielt, dass die Frau intelligent, erfolgreich und unabhängig war. Allein durch seine Existenz hatte der Mann den Blickwinkel und das Muster ihres Lebens verändert.

Wenn mit ihr jetzt das Gleiche passierte, war noch Zeit, es aufzuhalten, bevor auch sie von Verlangen verzehrt wurde und von Begierde gelenkt, sodass nichts mehr so sein würde wie zuvor.

In dem Film hatte die Beziehung zu Gewalttätigkeit geführt. Der Instinkt sagte ihr, dass zwischen ihr und Cliff etwas bestand, das dasselbe auslösen könnte. Beide besaßen sie nur wenig Mäßigung. Es waren die Extreme, die die menschliche Natur in Chaos stürzten.

Vielleicht hatte das Schicksal sie zu diesem heiteren kleinen Flecken Erde mit der unterschwelligen Gewalttätigkeit geführt. Dasselbe Schicksal mochte sie mit diesem schweigsamen, sinnlichen Mann zusammengebracht haben, der sowohl mit der Stille als auch mit der Gefahr in Verbindung stand. Die Frage war jetzt, ob sie stark genug war und mit den Folgen umgehen konnte.

Was wird als Nächstes passieren, fragte Maggie sich, während sie in die Dunkelheit starrte.

Weil nichts so war, wie er es erwartet hatte, schwieg Cliff. Er hatte Leidenschaft gewollt, aber sich nie dieses Ausmaß vorgestellt. Er hatte sich gewünscht, wovon ihr Song geflüstert hatte, aber die Wirklichkeit war viel dramatischer gewesen als Worte oder Melodien.

Er war sicher gewesen, dass sein Verlangen schwinden würde, sobald die Spannung zwischen ihnen ein Ventil gefunden hatte, sobald sie den Reiz zwischen ihnen akzeptiert hatten. Es stimmte, sein Körper war von einer Befriedigung gesättigt, wie er sie nie zuvor erfahren hatte, aber sein Geist … Cliff schloss die Augen und wünschte sich, sein Geist würde genauso Frieden finden. Er war jedoch zu sehr von Maggie erfüllt. So sehr, dass schon eine Berührung seinen Körper wieder in Raserei versetzen würde. Diese Art von Verlangen grenzte zu sehr an Abhängigkeit, als dass er sich hätte wohlfühlen können. Er rief sich in Erinnerung, dass sie einander nichts zu bieten hatten, ein gewaltiges gegenseitiges Verlangen ausgenommen.

Und plötzlich erinnerte er sich an eine Zeile aus ihrem Song: »Verlangen ist Irrsinn«.

Hätte er sich daran hindern können, hätte er sie nicht wieder berührt, doch er griff bereits nach ihr.

»Du frierst«, murmelte er und zog sie automatisch an sich, um sie zu wärmen.

»Ein wenig.« Sie empfand eine Befangenheit, die sie nicht mildern konnte, und ein Verlangen, das sie nicht erklären konnte.

»Hier.« Er zog die zerknüllte Decke über Maggie und drückte sie dann wieder an sich. »Besser?«

»Ja.« Ihr Körper entspannte sich, während ihr die Gedanken weiterhin durch den Kopf jagten.

Sie verfielen erneut in Schweigen, weil keiner von ihnen wusste, wie sie mit dem umgehen sollten, was zwischen ihnen aufgelodert war. Cliff lauschte auf den Regen, dessen Trommeln am Fenster das Gefühl der Abgeschiedenheit verstärkte. Nicht einmal in einer klaren Nacht hätte man von einem Nachbarhaus ein Licht gesehen. »Hast du Probleme damit, dass du hier draußen allein bist?«

»Probleme?« Maggie zögerte. Sie wollte genauso bleiben, wie sie jetzt war, um ihn geschlungen, warm und sicher und ungestört. Sie wollte jetzt nicht daran denken, dass sie in diesem großen Haus allein war, allein schlief.

»Dieses Anwesen ist isolierter als die meisten in der Gegend.« Wie weich sie doch war. Es verschaffte ihm eine seltsame Befriedigung, ihr Haar auf seiner Schulter zu fühlen. »Viele Leute, die hier aufgewachsen sind, hätten Schwierigkeiten damit, so weit abgeschieden und allein zu leben, besonders nach allem, was passiert ist.«

Nein, sie wollte nicht darüber sprechen. Maggie schloss die Augen und erinnerte sich daran, dass sie mit der Absicht hierhergekommen war, allein auf eigenen Füßen zu stehen und mit allem fertig zu werden, was auf sie zukam. Sie holte tief Luft, doch als sie von Cliff abrücken wollte, hielt er sie fest.

»Du machst dir Sorgen.«

»Nein. Nein, nicht wirklich.« Ihr größtes Problem im Moment bestand darin, ihre Gedanken und ihren Körper daran zu hindern, noch mehr von ihm zu wollen. Sie öffnete wieder die Augen und blickte zu den mit Regentropfen bedeckten Fenstern. »Zugegeben, ich hatte ein paar unruhige Nächte, seit … nun ja, seit wir mit den Grabungen zu dem Teich begonnen haben. Zu wissen, was vor zehn Jahren in diesem Graben passiert ist, regt meine Fantasie unerfreulich an, und ich besitze eine sehr lebhafte Fantasie.«

»Teil deines Jobs?« Er wandte sich ihr etwas mehr zu, sodass ihr Bein beiläufig zwischen seine Schenkel glitt. Ihre Haut war glatt.

»Vermutlich.« Sie lachte, aber es klang ein wenig nervös. »In einer Nacht war ich sicher, dass jemand im Haus herumschlich.«

Er hörte auf, ihr über das Haar zu streichen, und zog sich so weit von ihr zurück, dass er ihr in die Augen sehen konnte. »Im Haus?«

»Nur meine Einbildung«, murmelte sie und zuckte mit den Schultern. »Knarrende Dielen auf dem Dachboden, Schritte auf der Treppe, Türen, die sich öffnen und schließen. Ich habe mich ganz schön in etwas hineingesteigert.«

Es gefiel ihm gar nicht, auch wenn sie es abtat. »Hast du nicht ein Telefon in diesem Zimmer?«

»Ja, aber …«

»Warum hast du nicht die Polizei angerufen?«

Maggie seufzte und wünschte sich, nichts erwähnt zu haben. Er hörte sich wie ein verärgerter älterer Bruder an, der seine zerstreute Schwester ausschimpfte. »Weil ich den Hörer in der Küche abgehoben hatte. Ich wollte an diesem Nachmittag arbeiten und …« Das Wort »zerstreut« fiel ihr wieder ein. Verlegen verstummte sie. »Wie auch immer, es ist besser, dass ich nicht angerufen habe. Am Morgen habe ich mich wie ein Idiot gefühlt.«

Einbildung oder nicht, dachte Cliff, sie ist eine allein und abgeschieden lebende Frau, und jeder im Umkreis von zehn Meilen wusste das. »Verschließt du deine Türen?«

»Cliff …«

»Maggie.« Er drehte sie herum, bis sie auf dem Rücken lag und er auf sie herunterblicken konnte. »Verschließt du deine Türen?«

»Ich hatte es nicht getan«, antwortete sie gereizt. »Aber nachdem der Sheriff hier war, habe ich …«

»Stan war hier?«

Sie stieß den Atem zischend aus. »Verdammt, weißt du eigentlich, wie oft du mich mitten im Satz unterbrichst?«

»Ja. Wann war Stan hier?«

»Einen Tag nach der State Police. Er wollte mir Mut machen.« Ihr war nicht mehr kalt, nicht, wenn sein Körper sich gegen sie drückte. Verlangen regte sich wieder. »Er versteht etwas von seiner Arbeit.«

»Er ist ein guter Sheriff …«

»Aber?«, drängte Maggie, als sie fühlte, dass es noch mehr gab.

»Nur eine persönliche Angelegenheit«, murmelte Cliff und rückte ab. Maggie fühlte sofort, wie die Kälte zurückkam.

»Joyce«, sagte sie tonlos und wollte aufstehen. Cliff legte den Arm um sie und hielt sie fest.

»Du hast die Gewohnheit, wenig zu sagen und viel anzudeuten.« Seine Stimme war jetzt kühl, sein Griff fest. »Das ist ein gewisses Talent.«

»Wir scheinen einander wenig zu sagen zu haben.«

»Ich muss mich dir nicht erklären.«

Sie lag still und steif da. »Ich habe dich auch nicht darum gebeten.«

»Den Teufel hast du!« Ärgerlich setzte er sich auf und zog sie so mit sich, dass die Bettdecke herunterrutschte. Ihre Haut war hell, ihr Haar wie eine nächtliche Flut auf ihren Schultern. Trotz seines starken Willens und seines bedingungslosen Wunsches nach Privatsphäre fühlte er sich dazu genötigt, etwas klarzustellen. »Joyce war wie eine Schwester für mich. Als sie Stan heiratete, war ich Trauzeuge. Ich bin Pate ihrer ältesten Tochter. Vielleicht fällt es dir schwer, diese Art von Freundschaft zu verstehen.«

Es fiel ihr nicht schwer. So war es auch zwischen ihr und Jerry gewesen. Die Freundschaft hatte sich schrittweise während der Ehe verschlechtert, weil die Heirat ein Fehler gewesen war. »Nein, ich verstehe das«, sagte Maggie ruhig. »Ich verstehe allerdings nicht, warum du ihretwegen so besorgt wirkst.«

»Das ist meine Sache.«

»Sicher.«

Er murmelte eine Verwünschung. »Sieh mal, Joyce hat eine schwierige Zeit durchgemacht. Sie wollte nicht in Morganville bleiben. Als sie Kind war, wollte sie nach New York und Schauspielerin werden.«

»Sie wollte schauspielern?«

»Vielleicht nur Wunschträume.« Cliff zuckte die Schultern. »Vielleicht auch nicht. Sie gab sie auf, als sie Stan heiratete, aber dass sie bleiben musste, machte sie nicht glücklich. Einer der

Gründe, warum sie das Haus verkauft hat, war, damit sie Geld für einen Umzug hätten. Stan will aber nicht nachgeben.«

»Sie könnten einen Kompromiss schließen.«

»Stan versteht nicht, wie wichtig es für sie ist, von hier wegzukommen. Sie war achtzehn, als sie heiratete. Dann bekam sie innerhalb von fünf Jahren drei Kinder. Den ersten Teil ihres Lebens hat sie nach den Regeln ihres Vaters gelebt, den zweiten Teil hat sie mit der Fürsorge für ihre Kinder und ihre Mutter verbracht. Eine Frau wie du versteht das nicht.«

»Jetzt reicht es mir!«, explodierte Maggie und riss sich von ihm los. »Es reicht mir absolut, dass du mich in eine bestimmte Kategorie einordnest. Verwöhnte Berühmtheit ohne Ahnung, wie echte Menschen fühlen oder leben!« Ärger schoss so schnell und mächtig in ihr hoch, dass sie gar nicht daran dachte, ihn zu unterdrücken. »Was bist du für ein Mann, dass du mit einer Frau ins Bett gehst, für die du keinen Funken Respekt hast!«

Verblüfft über ihren plötzlichen Ausbruch ließ er es zu, dass sie das Bett verließ. »Warte einen Moment.«

»Nein. Ich habe schon genug Fehler für einen Abend gemacht.« Sie begann, unter den am Boden verstreut liegenden Kleidungsstücken nach ihren eigenen zu suchen. »Du hast dein Abendessen und deinen Sex gehabt«, sagte sie spröde. »Und jetzt raus!«

Er musste seine Wut unterdrücken. Sie hatte recht. Er war gekommen, um sie ins Bett zu kriegen. Das war alles. Intimität hatte nicht immer etwas mit Nähe zu tun. Er war nicht daran interessiert, ihr nahe zu sein oder sich an mehr zu binden als an ihren Körper. Noch während er das dachte, wurde ihm die Leere bewusst. Die Befriedigung, die er kurz gefühlt hatte, schwand. Er hörte Maggies unstetes Atmen, während sie ihren Sweater anzog. Er griff nach seinen Kleidern und versuchte sich stattdessen auf das Geräusch des Regens zu konzentrieren.

»Wir sind noch nicht fertig, du und ich«, murmelte er.

»Ach nein?« Erzürnt und verletzt drehte Maggie sich um. Sie fühlte, wie ihr Tränen in die Augen stiegen, betrachtete jedoch die Dunkelheit als Schutz. Der Sweater reichte bis zu ihren Schenkeln und ließ ihre Beine bloß. Sie wusste, was Cliff von ihr hielt, und diesmal würde sie ihm die Befriedigung lassen, dass er recht hätte. »Wir sind ins Bett gegangen, und es war gut für uns beide«, sagte sie leichthin. »Nicht alle Affären für eine Nacht sind so erfolgreich. Als Liebhaber bekommst du Bestnoten, Cliff, falls das deinem Ego hilft.«

Diesmal konnte er sich nicht beherrschen. Er packte sie an den Armen und zog sie an sich. »Zum Teufel mit dir, Maggie!«

»Warum?«, fuhr sie ihn an. »Weil ich es als Erste gesagt habe? Geh nach Hause und leg dich mit deinem zweierlei Maß ins Bett, Cliff. Ich brauche das nicht.«

Alles, was sie sagte, traf, und es traf hart. Wenn er blieb, wusste er nicht, was er tun würde. Sie erdrosseln? Es war verlockend. Sie wieder ins Bett schleppen und sich des zornigen Verlangens entledigen, das in ihm hämmerte? Noch verlockender. Er wusste, wenn er blieb, würde etwas in ihm bersten.

Er ließ die Hände sinken und verließ den Raum. »Verschließ deine Türen!«, rief er und verwünschte sie, während er die Treppe hinunterging.

Maggie schlang die Arme um sich und ließ ihren Tränen freien Lauf. Es ist viel zu spät, um irgendetwas zu verschließen, dachte sie.

8. Kapitel

In den nächsten Tagen arbeitete Maggie wie besessen. Ihr Küchenboden war versiegelt und stellte somit ihr erstes voll und erfolgreich abgeschlossenes Projekt dar. In ihrem Schlafzimmer brachte sie drei Bahnen Tapete an, fand einen Teppich für das Musikzimmer und säuberte die Deckenverzierungen im Korridor des Erdgeschosses.

Abends arbeitete sie an ihrem Klavier, bis sie zu müde war, um die Tasten zu sehen oder ihre eigene Musik zu hören. Den Hörer ließ sie neben dem Telefon liegen. Alles in allem fand sie, dass das Leben einer Einsiedlerin seine Vorteile hatte. Sie war produktiv, und niemand störte den Fluss ihrer Tage. Sie konnte beinahe glauben, dass sie nur das wollte und sonst nichts.

Vielleicht trieb sie sich zu sehr an. Das mochte sie sich eingestehen, aber nicht, dass sie es tat, um nicht an ihre Nacht mit Cliff zu denken. Das war ein Fehler gewesen. Und es war nicht klug, sich lange bei Fehlern aufzuhalten.

Sie sah niemanden, sprach mit niemandem und redete sich ein, dass sie zufrieden wäre, wenn das für immer so weiterginge.

Aber völlige Einsamkeit konnte natürlich nur eine gewisse Zeit dauern. Maggie strich gerade die Fensterrahmen im Musikzimmer, als sie einen Wagen die Auffahrt heraufkommen hörte. Sie erwog, den Besucher zu ignorieren, bis er wieder wegfuhr. Als beginnende Einsiedlerin hatte sie ganz sicher das Recht dazu. Dann erkannte sie den alten Lincoln. Maggie stellte die Lackdose ab und ging Louella Morgan entgegen.

Diesmal wirkte Louella noch zerbrechlicher, fand Maggie. Ihre Haut war fast durchscheinend gegen das weiße Haar. Eine sonderbare, beinahe unheimliche Verbindung von Jugend und Alter. Louella blickte zu dem Graben. Einen Moment wirkte sie wie eine Statue. Als sie einen Schritt auf das abgezäunte Gebiet zutat, räusperte Maggie sich.

»Guten Morgen, Mrs. Morgan.«

Louella brauchte einen Moment, ehe ihre Augen sich voll auf Maggie richteten. Mit leicht zitternder Hand betastete sie ihr Haar. »Ich wollte herkommen.«

»Natürlich.« Maggie lächelte und hoffte, sich richtig zu verhalten. »Kommen Sie bitte ins Haus. Ich wollte gerade Kaffee machen.«

Louella ging über die durchhängenden Stufen hinauf, über die Maggie noch mit Bog sprechen musste. »Hier hat sich schon einiges verändert.«

Maggie entschied sich für leichtes Geplauder. »Ja, drinnen und draußen. Die Landschaftsgärtner arbeiten schneller als ich.« Killer stand in der Tür und wich knurrend zurück. Maggie brachte ihn mit einem Tätscheln zum Schweigen.

»Diese Tapete war schon hier, als wir einzogen«, murmelte Louella, als sie sich im Korridor umsah. »Ich wollte sie immer erneuern.«

»Wirklich?« Maggie ging ihr zum Wohnzimmer voraus. »Vielleicht hätten Sie ein paar Vorschläge für mich. Ich habe mich noch nicht entschieden.«

»Etwas Warmes«, sagte Louella leise. »Etwas Warmes mit gedämpften Farben, damit sich die Leute willkommen fühlen. Das wollte ich.«

»Ja, das würde gut passen.« Sie wollte ihren Arm um die Frau legen und ihr versichern, dass sie alles verstand. Aber vielleicht war es rücksichtsvoller, es nicht zu tun.

»Ein Haus wie dieses sollte nach Möbelpolitur und Blumen duften.«

»Das wird es«, versicherte Maggie und wünschte sich, den Geruch nach Staub und Farbe ändern zu können.

»Ich fand immer, das Haus sollte mit Kindern erfüllt sein.« Louella sah sich mit jener wirren Konzentration in dem Raum um, bei der Maggie glaubte, dass sie alles so sah, wie es vor mehr als zwanzig Jahren gewesen war. »Kinder verleihen einem Haus seine Persönlichkeit, wissen Sie, mehr als die Innenausstattung. Sie prägen dem Haus einen Stempel auf.«

»Sie haben Enkelkinder, nicht wahr?« Maggie steuerte sie zu dem Sofa.

»Ja. Joyces Kinder. Der Jüngste ist jetzt schon in der Schule. Die Zeit vergeht so schnell für die Jugend. Haben Sie sich die Fotos angesehen?«, fragte Louella plötzlich.

»Die Fotos?« Maggie runzelte die Stirn. »Ach ja, ich hatte nur für einen flüchtigen Blick Gelegenheit. Ich bin im Moment recht beschäftigt.« Sie ging an den Kamin und holte den Umschlag von dem Sims. »Ihre Rosen waren wunderschön. Ich weiß nicht, ob ich dieses Talent hätte.«

Louella nahm den Umschlag und starrte darauf. »Rosen brauchen Liebe und Disziplin. Genau wie Kinder.«

Maggie entschied, nicht noch einmal Kaffee anzubieten. Stattdessen setzte sie sich neben Louella. »Vielleicht würde es helfen, wenn wir die Fotos zusammen durchsehen.«

»Alte Bilder.« Louella öffnete den Umschlag und zog sie heraus. »Es gibt so viel auf alten Bildern zu sehen, wenn man weiß, wo man nachsehen muss. Frühlingsanfang«, murmelte sie, während sie den ersten Schnappschuss betrachtete. »Sehen Sie, die Hyazinthen blühen und die Märzbecher.«

Maggie betrachtete das Schwarz-Weiß-Bild, doch nicht die Blumen erregten ihre Aufmerksamkeit, sondern der Mann und das kleine Mädchen. Er war groß, mit breiter Brust und einem grobknochigen Gesicht. Sein Anzug war konservativ. Das kleine Mädchen neben ihm trug ein Rüschenkleid mit Stoffgürtel, schwarze Riemchenschuhe und ein Hütchen mit Blumen.

Es muss Ostern gewesen sein, schloss Maggie. Das kleine Mädchen lächelte in die Kamera. Joyce musste damals ungefähr vier gewesen sein, und vielleicht hatte sie sich ein wenig unbehaglich gefühlt in Organza und Volants. William Morgan wirkte nicht grausam, fand Maggie, während sie sein entschlossenes, undurchdringliches Gesicht betrachtete. Er sah einfach nur … unnahbar aus. Sie unterdrückte einen Schauer und schlug einen leichten Tonfall an.

»Ich möchte selbst Zwiebeln setzen. Bis zum Herbst sollten die Dinge sich so weit beruhigt und eingespielt haben.«

Louella sagte nichts, als sie zu dem nächsten Bild überging. Diesmal betrachtete Maggie eine junge Louella. Der Stil von Frisur und Kleid verrieten ihr, dass das Bild mehr als zwanzig Jahre alt war. Der schiefe Winkel des Bildes ließ sie vermuten, dass Joyce als Kind die Aufnahme gemacht hatte.

»Die Rosen«, murmelte Louella und strich mit einem Finger da über das Bild, wo sie im Überfluss wuchsen. »Sie sind dahin, weil sich niemand um sie gekümmert hat.«

»Haben Sie jetzt einen Garten?«

»Joyce hat einen.« Louella legte das Bild beiseite und griff nach einem anderen. »Ich kümmere mich gelegentlich darum, aber das ist nicht das Gleiche wie ein eigener.«

»Nein, aber Joyce ist bestimmt dankbar für Ihre Hilfe.«

»Sie hat sich hier in der Stadt nie wohlgefühlt«, sagte Louella halb zu sich selbst. »Nie. Ein Jammer, dass sie mehr nach mir geraten ist als nach ihrem Vater.«

»Sie ist reizend«, versicherte Maggie und suchte nach etwas, das sie noch sagen könnte. »Hoffentlich sehe ich sie öfter. Ihr

Mann hat davon gesprochen, dass wir zusammen zu Abend essen.«

»Stan ist ein guter Mann. Solide. Er hat sie immer geliebt.« Dieses traurige, flüchtige Lächeln huschte über ihre Lippen. »Er war sehr freundlich zu mir.«

Als sie zu dem nächsten Foto kam, verkrampfte sie sich. Ihr Lächeln gefror. Maggie blickte auf das Bild und sah William Morgan und Stan Agee als Teenager. Dieses jüngere Foto war in Farbe, und die Bäume im Hintergrund leuchteten herbstlich. Die beiden Männer trugen Flanellhemden und Baseball-Kappen, und beide hatten braune Westen mit kleinen Gewichten am Saum an. Jeder hatte ein Gewehr in der Hand.

Patronen, nicht Gewichte, erkannte Maggie, als sie sich die Westen noch einmal ansah. Die beiden waren wohl auf der Jagd gewesen. Und sie standen nahe dem Abhang, der zu dem Graben führte.

»Das muss Joyce aufgenommen haben«, murmelte Louella. »Sie ging mit ihrem Vater jagen. Er brachte ihr bei, wie man mit Gewehren umgeht, bevor sie zwölf war. Es spielte keine Rolle, dass sie Gewehre hasste. Sie lernte, ihrem Vater Freude zu machen. William sieht erfreut aus«, fuhr Louella fort, obwohl Maggie nichts dergleichen sehen konnte. »Er jagte gern auf diesem Land. Jetzt wissen wir, dass er hier starb. Hier«, wiederholte sie und legte ihre Hand auf das Bild. »Und nicht drei Meilen entfernt im Fluss. Er hat sein Land nie verlassen. Ich glaube, irgendwie habe ich es immer gewusst.«

»Mrs. Morgan.« Maggie legte ihr die Hand auf den Arm. »Ich weiß, es muss schwierig für Sie sein. Es muss so sein, als würden Sie alles noch einmal durchmachen. Ich wünschte, ich könnte etwas für Sie tun.«

Louella wandte den Kopf und musterte Maggie mit starrem Blick, ohne zu lächeln. »Legen Sie Ihren Teich an«, sagte sie tonlos. »Pflanzen Sie Ihre Blumen. So sollte es sein. Der Rest ist vorbei.«

Als sie aufstand, fühlte Maggie sich von der emotionslosen Antwort beunruhigter, als sie es über einen Weinkrampf gewesen wäre. »Ihre Fotos«, sagte sie hilflos.

»Behalten Sie sie.« Louella war schon an der Tür, als sie sich noch einmal umdrehte. »Ich brauche sie nicht mehr.«

Maggie fragte sich, ob sie deprimiert sein sollte, während sie den Wagen wegfahren hörte. War ihre Reaktion normales Mitgefühl für die Tragödie anderer Menschen, oder ließ sie zu, dass sie wieder persönlich in die Sache verwickelt wurde? In den letzten Tagen hatte sie sich beinahe selbst überzeugt, dass sie nichts mit der Sache der Morgans zu tun habe. Jetzt begann es nach einer kurzen Begegnung erneut.

Doch es war mehr als das Gefühl, verwickelt zu sein, räumte Maggie ein, während sie ihre Arme rieb, um sich zu wärmen. Es war irgendwie unheimlich gewesen, wie Louella die Fotos betrachtet hatte. Als hätte sie die Menschen darauf zur Ruhe gebettet, obwohl nur einer tot war.

Einbildung, tadelte sie sich. Dazu gänzlich übertrieben. Aber war es denn nicht merkwürdig gewesen, wie Louella dieses letzte Bild angesehen hatte? Als hätte sie Details gesucht. Irgendetwas. Stirnrunzelnd nahm Maggie die Fotos auf und sah sie durch, bis sie zu dem Farbbild kam.

Da war wieder William Morgan, sein Haar etwas dünner, seine Augen etwas ernster als auf dem Osterfoto. Sheriff Agee stand neben ihm, kaum mehr als ein Junge, die Gestalt noch nicht ganz ausgewachsen, das Haar ein wenig lang. In seiner Jugend hatte er noch mehr ausgesehen, als wäre er an einem Strand zu Hause, obwohl er das Gewehr hielt, als wäre er mit Feuerwaffen vertraut. Während Maggie ihn betrachtete, konnte sie gut verstehen, warum Joyce sich so sehr in ihn verliebt hatte, dass sie ihre Träume von Ruhm und Vermögen aufgegeben hatte. Er war jung und attraktiv, mit einem übermütigen, sinnlichen Zug um den Mund.

Sie konnte auch verstehen, warum Joyce den Mann neben ihm gefürchtet und ihm gehorcht und sich bemüht hatte, ihm Freude zu bereiten. William Morgan blickte direkt in die Kamera, die Beine gespreizt, das Gewehr in beiden Händen. Cliff hatte ihn als harten, kalten Mann beschrieben. Maggie konnte das ohne Schwierigkeiten glauben, doch das erklärte nicht, warum Louella von diesem einen Foto so betroffen gewesen war. Oder warum, fügte Maggie hinzu, sie selbst beim Betrachten solches Unbehagen empfand.

Über ihre Dünnhäutigkeit verärgert, wollte sie das Foto in den Umschlag zurückstecken, als das Brummen vor dem Haus sie vor der Ankunft eines weiteren Wagens warnte.

Manchmal kommt es faustdick, dachte sie übellaunig, warf das Foto achtlos beiseite und ging ans Fenster. Als Cliffs Pick-up in Sicht kam, war sie über die aufflammende Erregung betroffen.

Oh nein, warnte Maggie sich. Nicht noch einmal! Eine Frau, die denselben Fehler zweimal begeht, verdient, was sie bekommt! Entschlossen griff sie nach ihrem Pinsel und begann mit langen Strichen zu lackieren. Sollte er doch klopfen, so viel er wollte. Sie schüttelte ärgerlich den Kopf. Sie hatte zu arbeiten.

Minuten vergingen, aber er kam nicht an die Tür. Maggie strich weiterhin an und sagte sich, dass es für sie überhaupt keine Rolle spiele, was er da draußen machte.

Cliff Delaney war ihr verdammt egal. Aber es war ihr nicht egal, wenn irgendwelche Leute auf ihrem Grund und Boden herumwanderten. Es war ihr Recht, nach draußen zu gehen und nachzusehen, was er da tat, und ihn wegzuschicken. Sie legte den Pinsel ab. Wenn er nur nachsehen kam, wie ihr Gras wuchs, hätte er wenigstens die Höflichkeit besitzen können, sich anzukündigen. Indem er sich nicht ankündigte, beraubte er sie der Befriedigung, ihn zu ignorieren.

Wütend riss sie die Tür auf, sah ihn aber nicht wie erwartet über die kleinen grünen Halme gebeugt, die aus der Erde sprossen. Vielleicht war er hinter das Haus gegangen, um sich das letzte Projekt anzusehen, das noch abgeschlossen werden musste – die Wicken auf ihrem abbröckelnden Hang.

Verärgert, dass sie nicht gleich daran gedacht hatte, wollte sie wieder ins Haus zurück, als sie eine Bewegung nahe dem Graben entdeckte. Für einen Moment erwachte in ihr schlummernde Angst. Ihr fielen alte Geschichten über Geister und Legenden von Schatten ein, die keine Ruhe fanden. Im nächsten Moment erkannte sie Cliff. Genauso wütend wie beschämt über ihre Reaktion, marschierte sie hin, um ihn zu stellen.

Als sie näher kam, sah Maggie die schlanke, kleine und zartgrüne Weide. Cliff senkte den Wurzelballen in ein Loch, das er mit Hacke und Schaufel in den steinigen Boden gegraben hatte. Er stand vielleicht zwei Meter von dem Hang des Grabens entfernt. Das Hemd hatte er achtlos zu Boden geworfen. Die Muskeln an seinem Rücken spannten sich an, als er die Erde wieder zurück in das Loch schaufelte. Dass sich ihr Magen bei dem Anblick zusammenzog, bestätigte Maggie nur, dass sie auch jetzt nicht weniger heftig auf Cliff reagierte als noch vor der Nacht, in der sie sich geliebt hatten.

Sie straffte ihre Schultern und reckte ihr Kinn vor. »Was machst du da?«

Da er weiterschaufelte, ohne seine Arbeit zu unterbrechen, musste er wohl gewusst haben, dass sie kam. »Ich pflanze einen Baum«, antwortete Cliff locker.

Ihre Augen zogen sich gefährlich zusammen. »Das sehe ich. Soweit ich mich erinnere, habe ich keine Weide bestellt.«

»Nein.« Er kniete sich hin, um die Erde glatt zu streichen. Maggie beobachtete die Hände, von denen sie jetzt wusste, was sie mit ihrem Körper anstellen konnten. Er schien dasselbe Talent für Erde zu besitzen. »Kommt nicht auf die Rechnung.«

Ungeduldig über seine nichtssagenden Antworten und ihre eigene wachsende Erregung verschränkte sie die Arme. »Warum pflanzt du einen Baum, den ich nicht gekauft habe?«

Sobald die Weide sicher in der Erde stand, erhob er sich zufrieden, lehnte sich gelassen auf die Schaufel und betrachtete Maggie. Nein, er hatte sich nicht von ihr befreit. Das Wiedersehen mit ihr löste nicht die Anspannungen, mit denen er nun seit Tagen lebte. Irgendwie hatte er gewusst, dass es so sein würde, aber er hatte es versuchen müssen. »Man könnte es ein Friedensangebot nennen«, erklärte er endlich und beobachtete, wie sich ihr Mund öffnete und wieder schloss.

Maggie blickte auf den Baum. Er war so jung, so zerbrechlich, doch eines Tages würde sie ihn in voller Pracht sehen, wie er sich über ihren Teich neigte und … Sie stockte, als sie erkannte, dass sie zum ersten Mal seit der Entdeckung daran dachte, den Teich zu vollenden. Cliff musste gewusst haben, dass die Weide ausreichte, um Maggie wieder die Schönheit und Heiterkeit sehen zu lassen. Ihr Ärger war zum größten Teil bereits verraucht, ehe sie sich bemühte, etwas davon festzuhalten.

»Ein Friedensangebot«, wiederholte sie und strich mit ihrem Finger über ein zartes Blatt. »So nennst du das also?«

Ihre Stimme klang kühl, aber ihre Augen erwärmten sich bereits. Cliff fragte sich, wie viele starke Männer sie schon mit diesem Blick erledigt hatte. »Vielleicht.« Er rammte die Schaufel ins Erdreich. »Hast du etwas Kaltes zu trinken?«

Es ist eine Entschuldigung, dachte Maggie, vielleicht die

einzige Art von Entschuldigung, zu der dieser Mann fähig ist. Sie brauchte nur fünf Sekunden, um zu entscheiden, dass sie die Entschuldigung annahm. »Vielleicht«, antwortete sie ruhig, wandte sich dann ab und ging zum Haus. Ein Lächeln umspielte ihre Lippen, als er sich ihrem Schritt anpasste. »Deine Männer haben ausgezeichnete Arbeit geleistet«, fuhr sie fort, während sie beide zum hinteren Teil des Hauses gingen. »Ich bin gespannt, wie dieses Zeug über der Stützmauer aussehen wird.«

»Kronenwicken«, erklärte Cliff, ehe er stehen blieb, um die Arbeit zu überprüfen, wie sie das vermutet hatte. »In vier oder fünf Tagen werden sie sich bereits zeigen. Sie werden sich schnell ausbreiten und diesen Hang bedecken, bevor der Sommer vorüber ist.« Er behielt seine Hände in den Gesäßtaschen, während er die Arbeit seiner Männer betrachtete und an die Frau neben ihm dachte. »Du warst beschäftigt?«

Maggie hob eine Augenbraue. »Allerdings. Das Haus verlangt viel Arbeit.«

»Hast du die Zeitung gelesen?«

»Nein«, antwortete sie verwirrt. »Warum?«

Cliff zuckte die Schultern und ging voraus, um die Fliegengittertür zu öffnen. »Es gab einen großen Bericht darüber, wie William Morgan auf seinem ehemaligen Besitz vergraben gefunden wurde. Auf Grund und Boden«, fuhr er fort, während Maggie an ihm vorbei in die Küche ging, »der vor Kurzem von einer berühmten Songschreiberin gekauft wurde.«

Sie wandte sich scharf um. »Hatten sie meinen Namen?«

»Ja, er wurde erwähnt – mehrmals.«

»Verdammt«, flüsterte sie, vergaß, dass er sie um einen Drink gebeten hatte, und ließ sich auf einen Stuhl fallen. »Das wollte ich vermeiden.« Ein wenig hoffnungsvoll blickte sie zu ihm auf. »Die Lokalzeitung?«

Cliff ging an den Kühlschrank und bediente sich selbst. »Morganville hat keine Zeitung. Es gab Berichte in der ›Frederick Post‹ und in der ›Herald Mail‹.« Während er die Limonadenflasche öffnete, deutete er mit dem Kopf auf den neben dem Telefon liegenden Hörer. »Hättest du das nicht gemacht, hättest du bereits eine Flut von Anrufen von Reportern bekommen.« Und von mir, dachte Cliff. In den letzten vierundzwanzig Stunden hatte er ein Dutzend Mal versucht, sie anzurufen. Er trank einen Schluck aus der Flasche. »Ist das deine Art von Flucht?«

Abwehrend stand Maggie auf und knallte den Hörer zurück auf den Apparat. »Ich brauche vor nichts zu fliehen. Du hast selbst gesagt, dass diese ganze Geschichte nichts mit mir zu tun hat.«

»Das habe ich gesagt.« Er betrachtete die restliche Flüssigkeit in der Flasche. »Vielleicht bist du vor etwas anderem geflohen.« Er richtete den Blick auf sie. »Hast du dich vor mir versteckt, Maggie?«

»Sicher nicht.« Sie eilte an das Spülbecken und begann unwirsch die Farbe von ihren Händen zu reiben. »Ich habe dir bereits gesagt, dass ich beschäftigt war.«

»Zu beschäftigt, um dich am Telefon zu melden?«

»Das Telefon lenkt ab. Wenn du einen Streit anfangen willst, Cliff, kannst du dein Friedensangebot nehmen und …« Das Telefon klingelte hinter ihr, sodass sie ihren Vorschlag mit einer Verwünschung beendete. Bevor sie sich jedoch melden konnte, hatte Cliff abgehoben.

»Ja?« Er beobachtete den Zorn, der in ihren Augen aufblitzte, als er sich an die Theke lehnte. Das hatte er vermisst, genau wie den subtilen Reiz ihres Duftes. »Nein, tut mir leid, Miss Fitzgerald ist nicht für einen Kommentar zu sprechen.« Er legte auf, während Maggie ihre feuchten Hände an ihrer Jeans abwischte.

»Ich kann meine eigenen Anrufe entgegennehmen, vielen Dank.«

Er trank wieder aus der Flasche. »Ich wollte dir nur etwas Ärger ersparen.«

»Ich will nicht, dass du oder sonst jemand mir Ärger erspart«, fuhr sie auf. »Es ist mein Ärger, und ich mache damit, was immer ich will.« Er grinste, aber bevor ihr etwas Passendes einfiel, klingelte das Telefon wieder. »Wage es ja nicht«, warnte sie, schob ihn beiseite und meldete sich selbst. »Hallo.«

»Verdammt, Maggie, du hast schon wieder den Hörer neben dem Telefon liegen lassen!«

Sie stieß den Atem aus. Mit einem Reporter hätte sie leichter fertig werden können. »Hallo, C.J.! Wie geht es dir?«

»Ich werde dir sagen, wie es mir geht!«

Maggie nahm den Hörer vom Ohr und schoss Cliff einen finsteren Blick zu. »Kein Grund für dich, noch hier zu bleiben.«

Er nahm noch einen Schluck aus der Flasche, ehe er sich bequem zurücklehnte. »Es macht mir nichts aus.«

»Maggie!« C.J.'s Stimme vibrierte in ihrem Ohr. »Mit wem sprichst du da, zum Teufel?«

»Mit niemandem«, murmelte sie und wandte Cliff bewusst den Rücken zu. »Du wolltest mir sagen, wie es dir geht.«

»In den letzten vierundzwanzig Stunden habe ich hektisch versucht, zu dir durchzukommen. Maggie, es ist unverantwortlich, den Hörer nicht aufzulegen, wenn die Leute versuchen, dich zu erreichen.«

Auf der Theke stand eine Tüte mit Plätzchen. Maggie fasste hinein und biss energisch in einen Keks. »Offenbar habe ich das Telefon abgenommen, um nicht erreicht zu werden.«

»Hätte ich dich diesmal nicht erwischt, hätte ich dir ein Telegramm geschickt, und dabei bin ich nicht einmal sicher, ob man an diesem Ort Telegramme zustellt. Was hast du denn gemacht?«

»Gearbeitet«, stieß sie zwischen zusammengebissenen Zähnen hervor. »Ich kann nicht arbeiten, wenn das Telefon ständig klingelt und dauernd Leute vorbeikommen. Ich bin hier herausgezogen, um allein zu sein. Ich warte noch immer darauf, dass das endlich klappt.«

»Das ist ja eine nette Einstellung«, schimpfte er. »Überall im Land sorgen sich Menschen um dich.«

»Verdammt, Menschen überall im Land brauchen sich nicht um mich zu sorgen. Es geht mir gut!«

»Du klingst auch so.«

Mit Mühe kontrollierte Maggie ihr hochbrodelndes Temperament. Wenn sie es bei C. J. verlor, verlor sie unweigerlich auch den Kampf. »Tut mir leid, dass ich dich angefaucht habe, C. J., aber ich bin es leid, ständig dafür kritisiert zu werden, was ich mache.«

»Ich kritisiere dich nicht«, murmelte er. »Es ist nur natürliche Sorge. Du liebe Güte, Maggie, wer würde sich nicht Sorgen machen nach dieser Geschichte in der Zeitung?«

Sie wandte sich zu Cliff um. Er betrachtete sie eingehend. »Was für eine Geschichte in der Zeitung?«

»Über diese männliche … äh … was von diesem Mann übrig war, der auf deinem Besitz ausgegraben wurde. Lieber Himmel, Maggie, ich hatte fast einen Herzinfarkt, als ich das las. Und dann konnte ich dich nicht erreichen …«

»Tut mir leid.« Sie strich sich durch das Haar. »Es tut mir wirklich leid, C. J. Ich dachte nicht, dass es in die Zeitungen kommt, zumindest nicht bei euch.«

»Du meinst, was ich nicht weiß, macht mich nicht heiß?«

Sie lächelte über den beleidigten Klang seiner Stimme. »Ja, so ungefähr. Ich hätte dich angerufen und dir die Einzelheiten geschildert, hätte ich geahnt, dass die Neuigkeit so weit wandert.«

»So weit wandert?« Er war nicht befriedigt. »Maggie, du weißt, dass alles, was mit deinem Namen verbunden ist, in den Zeitungen zu beiden Seiten des Atlantiks auftaucht.«

Sie begann sich die Schläfe zu massieren. »Und du weißt, dass das einer der Gründe ist, warum ich weg wollte.«

»Dein Wohnort ändert nichts.«

Sie seufzte. »Offenbar nicht.«

»Abgesehen davon hat das nichts mit dem zu tun, was jetzt passiert ist«, widersprach C. J. Er presste eine Hand auf seinen nervösen Magen und fragte sich, ob ihn ein Glas Perrier beruhigen würde. Vielleicht wäre ein Scotch eine bessere Idee.

»Ich habe die Zeitung nicht gesehen«, setzte Maggie gelassen an, »aber ich bin sicher, die ganze Sache wurde übertrieben.«

»Übertrieben?« Wieder musste sie den Hörer vom Ohr weghalten. Cliff konnte C. J.'s Stimme noch deutlich hören. »Bist du oder bist du nicht über einen Haufen … Knochen gestolpert?«

Sie verzog das Gesicht. »Nicht direkt. Genau genommen war es der Hund, der sie gefunden hat. Die Polizei kam sofort und hat sich um alles gekümmert. Ich hatte wirklich nichts damit zu tun.« Sie sah, wie Cliff bei ihrer letzten Feststellung eine Augenbraue hob.

»Maggie, es heißt, der Mann sei nur ein paar Meter von deinem Haus entfernt ermordet und vergraben worden.«

»Vor zehn Jahren.« Sie presste ihre Finger fester gegen die Schläfe.

»Maggie, komm nach Hause.«

Sie schloss die Augen, weil in seiner Stimme jenes Flehen mitschwang, dem man so schwer widerstehen konnte. »C. J., ich bin zu Hause.«

»Verdammt, wie soll ich nachts schlafen, wenn ich ständig daran denken muss, dass du allein mitten im Nichts sitzt?

Um Himmels willen, du bist eine der erfolgreichsten, wohlhabendsten und gefeiertsten Frauen der Welt, und du lebst in der Wildnis!«

»Wenn ich erfolgreich, wohlhabend und gefeiert bin, kann ich leben, wo immer ich will.« Sie kämpfte erneut gegen ihr Temperament an. Wie immer er sich auch ausdrückte und welchen Ton er auch anschlug, seine Sorge war echt. »Abgesehen davon, C.J., habe ich diesen scharfen Wachhund, den du mir geschickt hast.« Sie blickte auf Killer hinunter, der friedlich zu Cliffs Füßen schlief. Als sie ihren Blick hob, lächelte sie Cliff an. »Ich könnte gar nicht sicherer sein.«

»Wenn du einen Leibwächter engagieren würdest …«

Jetzt lachte sie. »Du stellst dich wieder wie ein altes Klageweib an. Das Letzte, was ich brauche, ist ein Leibwächter. Es geht mir gut«, fuhr sie schnell fort, bevor er antworten konnte. »Ich habe die Filmmusik beendet, ich habe ein Dutzend neuer Ideen, und ich denke über ein neues Musical nach. Warum sagst du mir nicht, wie brillant die Filmmusik ist?«

»Du weißt, dass sie brillant ist«, murmelte er. »Wahrscheinlich ist sie das Beste, was du je gemacht hast.«

»Mehr«, drängte sie. »Sag mir noch mehr. Mein Ego ist ausgehungert.«

Er seufzte, als er seine Niederlage erkannte. »Als ich den Produzenten deine Musik vorspielte, gerieten sie in Ekstase. Sie haben vorgeschlagen, dass du herkommst und die Aufzeichnung überwachst.«

»Vergiss es.« Sie begann, auf und ab zu marschieren.

»Verdammt, wir würden ja zu dir kommen, aber es gibt kein Studio in Hicksville.«

»Morganville«, verbesserte sie ihn sanft. »Ihr braucht mich nicht für die Aufnahmen.«

»Sie wollen, dass du den Titelsong singst.«

»Was?« Überrascht unterbrach sie ihr rastloses Hin- und Hergehen.

»Hör mich an, bevor du Nein sagst.« C.J. schlug seinen besten Verhandlungstonfall an. »Ich weiß, dass du es immer abgelehnt hast, aufzutreten oder Platten zu machen, und ich habe dich nie bedrängt. Aber ich finde, das hier solltest du wirklich bedenken. Maggie, dieser Song ist Dynamit, absolutes Dynamit, und niemand wird so viel hineinlegen können wie du. Nachdem ich das Band gespielt hatte, brauchten alle im Raum eine kalte Dusche.«

Obwohl sie lachte, konnte Maggie die Idee nicht ganz abtun. »Mir fallen ein halbes Dutzend Künstler ein, die diese Nummer bringen könnten, C.J. Du brauchst mich nicht.«

»Mir fallen auch ein Dutzend Künstler ein, aber niemand wäre so gut wie du«, entgegnete er. »Der Song braucht dich, Maggie. Du könntest wenigstens darüber nachdenken.«

Sie sagte sich, dass sie ihm schon genug für einen Tag abgelehnt hatte. »In Ordnung, ich werde darüber nachdenken.«

»Lass es mich in einer Woche wissen.«

»C.J. …«

»Schon gut, schon gut, in zwei Wochen.«

»In Ordnung. Und das mit dem Telefon tut mir leid.«

»Du könntest dir zumindest einen von diesen verabscheuungswürdigen Anrufbeantwortern anschaffen.«

»Vielleicht. Pass auf dich auf, C.J.«

»Das mache ich immer. Halte du dich an deinen eigenen Rat.«

»Das mache ich immer. Leb wohl!« Sie legte auf und seufzte tief. »Ich fühle mich, als wäre ich gerade vom Schuldirektor ins Gebet genommen worden.«

Cliff sah zu, wie sie nach einem gefalteten Geschirrtuch griff, es zerknüllte und wieder weglegte. »Du weißt, wie du mit ihm umgehen musst.«

»Ich habe eine Menge Übung.«

»Wofür steht C. J.?«

»Chaotischer Jammerer«, murmelte sie und schüttelte den Kopf. »Nein, um die Wahrheit zu sagen, ich habe keine Ahnung.«

»Macht er dir immer das Leben schwer?«

»Ja.« Sie griff wieder nach dem Geschirrtuch. »Die Nachricht ist in die Zeitungen an der Westküste gelangt. Als er mich nicht erreichen konnte …« Sie brach ab.

»Du bist verkrampft.«

Sie ließ das Tuch über den Rand der Spüle fallen. »Nein.«

»Doch«, widersprach Cliff. »Ich sehe es.« Er streckte die Hand aus und strich über ihren Hals und ihre Schulter. »Ich fühle es.«

Die Berührung seiner Finger ließ ihre Haut prickeln. Langsam wandte sie den Kopf. »Ich will nicht, dass du das machst.« Langsam ließ er seine andere Hand eine ähnliche Reise antreten, um die Spannung aus ihren Schultern wegzumassieren. Wollte er ihre oder seine eigenen Nerven beruhigen? »Es ist schwer, dich nicht zu berühren.«

Maggie hob ihre Hände an seine Handgelenke in dem Bewusstsein, dass sie schon schwach wurde. »Bemüh dich mehr«, riet sie ihm, während sie versuchte, ihn wegzuschieben.

»Das habe ich in den letzten Tagen getan.« Seine Finger drückten sich in ihre Haut und ließen los, drückten und ließen los. Der Rhythmus ließ ihre Knie nachgeben. »Ich bin zu der Ansicht gekommen, dass es eine Verschwendung von Energie ist, wenn ich dieselben Anstrengungen darauf verwenden kann, dich zu lieben.«

Ihre Gedanken begannen sich zu vernebeln. »Wir können einander nichts geben.«

»Wir wissen beide, dass das nicht stimmt.« Er senkte den Kopf, sodass seine Lippen über ihre Schläfe glitten.

Ein Seufzer entrang sich ihr, bevor sie ihn aufhalten konnte. Das war es nicht, was sie wollte … Das war alles, was sie wollte. »Sex ist …«

»Ein notwendiger und erfreulicher Bestandteil des Lebens«, beendete Cliff für sie, bevor er ihre Lippen mit den seinen reizte.

Das ist also Verführung, dachte Maggie. Sie wusste, dass sie nicht widerstand, stattdessen nachgab, dahinschmolz, sich unterwarf. So wie sie wusste, dass, sollte diese Unterwerfung erst komplett sein, sie auch alle Brücken hinter sich abgebrochen haben würde.

»Wir werden nur zwei Menschen sein, die das Bett miteinander teilen«, murmelte sie. »Sonst nichts.«

Ob es nun eine Frage oder eine Feststellung war, Cliff versuchte zu glauben, dass es stimmte. Wenn da mehr war, würde es nicht enden, und dann hing er für den Rest seines Lebens an einer Frau, die er kaum verstand. Gab es nur Verlangen, so konnte er seine Beherrschung aufgeben und alles nehmen, ohne dass daraus Folgen entstanden. Wenn Maggie in seinen Armen weich und heiß wurde, was kümmerten ihn die Folgen?

»Lass mich dich fühlen«, murmelte er an ihren Lippen. »Ich will deine Haut unter meinen Händen, glatt und heiß. Ich will dein Herz klopfen hören.«

Alles, dachte sie benommen. Sie würde ihm alles geben, wenn er ihr nur so nah blieb wie jetzt, solange sein Mund mit dieser dunklen, verzweifelten, berauschenden Verführung ihrer Sinne weitermachte. Er zog ihr das T-Shirt über den Kopf und strich mit den Händen über ihre Seiten, hinunter und wieder hinauf. Dieses Streicheln machte sie fast wahnsinnig vor Verlangen nach mehr. Sein Shirt kratzte an ihren aufgerichteten Brustspitzen, bis seine Hände diese eroberten.

Jetzt konnte er ihr Herz klopfen fühlen, und sie hörte es in ihrem Kopf dröhnen. Ihre Schenkel, nur von dünnen Stoffschichten getrennt, pressten sich gegen die seinen. Sie erinnerte sich an jede Linie und Kurve seines Körpers und wie er sich warm und verlangend und nackt auf ihr angefühlt hatte.

Er roch nach Arbeit und freier Natur, mit einem Hauch von Schweiß und frisch umgegrabener Erde. Während der Duft durch ihre Sinne jagte, strich sie mit den Lippen über sein Gesicht und seinen Hals, um ihn zu schmecken.

Unzivilisiert wie das Land, auf dem sie beide standen. Lockend und nie ganz gezähmt wie die dichten Wälder, die sie umgaben. In beidem lag Gefahr und Lust. Maggie schob alle Vernunft von sich und lieferte sich aus.

»Jetzt«, forderte sie heiser. »Ich will dich jetzt.«

Ohne Gefühl für Zeit und Ort und ohne Zögern sanken sie zu Boden. Der Kampf mit den Kleidern verstärkte nur die Hitze des verzweifelten und nicht nachlassenden Verlangens, das überall entstand, wo sie einander berührten. Wärme an Wärme, so fanden sie zusammen.

Als das Telefon neben ihnen an der Wand klingelte, hörte es keiner von ihnen.

Ein Beben, ein Stöhnen, raue Zärtlichkeit, Duft und Wildheit der Leidenschaft – das war ihre Welt. Drängend und immer drängender suchten sie den Geschmack und die Berührung des anderen, als würde der Hunger nie gestillt werden können. Der Boden war hart und glatt unter ihnen. Sie rollten darüber, als wäre er weich wie von Federn bedeckt. Sonnenlicht strömte herein und fiel auf sie, während sie alle Geheimnisse der Nacht erforschten.

Heiß und offen fand sein Mund den ihren. Das Verlangen, sie ganz zu besitzen, ließ ihn schier verglühen. Seine Finger gruben sich in ihre Hüften, als er sich über sie schob, ihre Haut aufreizend über die seine glitt. Er fühlte sie pulsieren, in dem gleichen Rhythmus, in dem die Flut der Leidenschaft gegen den geschwächten Damm seiner Selbstbeherrschung schlug. In dem Moment der Vereinigung bog sich ihr Körper ihm in benommener Lust entgegen. Das Tempo war hektisch und machte sie beide hilflos in ihrer Raserei. Immer weiter trieben sie einander an, gnadenlos, rücksichtslos.

Mit halb geschlossenen Augen sah Cliff sie unter dem Gipfelsturm erschauern. Dann wurde er gemeinsam mit ihr von der Kraft der unbändigen Hitze fortgerissen.

9. Kapitel

Waren Stunden vergangen, oder war sein Zeitgefühl noch immer verzerrt? Cliff versuchte nach dem Sonnenstand die Uhrzeit zu schätzen, war sich jedoch nicht sicher. Er fühlte sich mehr als ausgeruht. Er fühlte sich wieder belebt. Er drehte den Kopf und beobachtete die neben ihm schlafende Maggie. Obwohl er sich nur vage daran erinnerte, was er getan hatte, wusste er, dass er sie nach oben getragen hatte, wo sie aufs Bett gesunken waren. Miteinander verschlungen, waren sie in einen erschöpften Schlaf gefallen. Ja, dieser Teil war vage, aber der Rest …

Sie murmelte im Schlaf, und er runzelte die Stirn und zog sie unbewusst näher an sich heran. Obwohl er ihr gesagt hatte, dass sie nichts mit den Ereignissen von vor zehn Jahren zu tun habe, gefiel es Cliff nicht, dass sie in diesem großen, abgelegenen Haus allein war. Dass Morganville eine ruhige Stadt war, änderte nichts daran. Unter jeder Ruhe gab es unterschwellige Strömungen. Das war in den letzten zwei Wochen klar geworden.

Wer immer William Morgan getötet hatte, war ein Jahrzehnt straflos ausgegangen. Wer immer ihn ermordet hatte, war wahrscheinlich täglich in den Straßen der Stadt zu sehen, plauderte vor der Bank, feuerte die Jugendlichen bei den Baseballspielen der Little League an. Kein angenehmer Gedanke. Genauso wenig angenehm war die Schlussfolgerung, dass derjenige, der einmal getötet hatte, alles Nötige tun mochte, um sein ruhiges Leben in einer Stadt fortführen zu können, in der jeder seinen

Namen und seine Vergangenheit kannte. Es mochte ein Klischee sein, dass der Mörder an den Ort des Verbrechens zurückkehrte, aber …

Maggie wachte benommen auf und fragte sich, ob es Morgen war. Als sie das Haar mit beiden Händen zurückschob, fühlte sie die süße Schwere in ihren Gliedern, die von der erfüllten Leidenschaft stammte. Abrupt wurde sie ganz wach. Das Bett neben ihr war leer.

Sie hatten sich auf dem Küchenboden geliebt. Und sie erinnerte sich klar daran, wie Cliff sie die Treppe heraufgetragen hatte, als wäre sie eine Kostbarkeit. Das war eine warme, eine andere Erinnerung als die an die erotische Szene, die der letzten vorangegangen war. Eine derartige Erinnerung war etwas, woran sie sich in Zukunft in langen, ruhelosen Nächten festhalten konnte.

Aber er war gegangen, ohne ein Wort zu sagen.

Werde erwachsen, Maggie, befahl sie sich. Sei vernünftig. Von Anfang an hatte sie gewusst, dass dies keine Romanze war, sondern primitives Verlangen. Er liebte sie nicht, sie liebte ihn nicht. Es versetzte ihr einen Stich, aber sie beharrte darauf. Nein, sie liebte ihn nicht. Sie konnte sich das nicht leisten.

Er war ein harter Mann, auch wenn sie seine sanfteren Seiten erlebt hatte. Er war intolerant, ungeduldig und meistens unhöflich. Eine Frau sollte ihr Herz nicht an einen solchen Mann hängen. Jedenfalls hatte er klargestellt, dass er ihren Körper und nur ihren Körper wollte. Zweimal hatte sie beschlossen, ihm das Gewünschte zu geben, sodass sie kein Recht hatte, etwas zu bedauern, auch wenn er wortlos gegangen war.

Maggie legte ihre Arme über die Augen und weigerte sich, die wachsende Angst zu akzeptieren, sie könnte ihm schon mehr als ihren Körper gegeben haben, ohne dass es einer von ihnen gemerkt hatte.

Dann hörte sie es, das leise Knarren direkt über ihr. Langsam nahm sie die Arme herunter und lag ganz still. Als es ein zweites Mal ertönte, stieg Panik in ihrer Kehle auf. Sie war wach, es war mitten am Nachmittag, und die Geräusche kamen von ihrem Dachboden und nicht aus ihrer Fantasie.

Obwohl sie zitterte, verließ sie ruhig das Bett. Diesmal wollte sie sich nicht in ihrem Zimmer verkriechen, während jemand in ihrem Haus herumschlich. Diesmal, dachte sie und befeuchtete die Lippen, während sie das T-Shirt überzog, diesmal wollte sie herausfinden, wer es war und was er wollte. Kalt und mit Überlegung griff sie nach dem Feuerhaken vom Kamin und schlüpfte auf den Korridor.

Die Treppe zum Dachboden lag rechts von ihr. Als sie sah, dass die Tür am oberen Ende offen stand, wurde sie wieder von Angst gepackt. Seit ihrem Einzug war diese Tür nicht geöffnet worden. Zitternd, aber entschlossen packte sie den Schürhaken fester und schlich die Treppe hinauf.

An der Tür blieb sie stehen und hörte drinnen das Rascheln einer Bewegung. Sie presste die Lippen aufeinander, schluckte und trat ein.

»Verdammt, Maggie, mit dem Ding könntest du jemanden verletzen.«

Sie prallte zurück. »Was machst du hier oben?«, fragte sie, während Cliff ihren finsteren Blick erwiderte.

»Nachsehen. Wann warst du zum letzten Mal hier oben?«

Sie stieß den Atem aus, um sich von der angestauten Spannung zu befreien. »Noch nie. Das steht auf meiner Prioritätenliste ganz unten. Seit ich eingezogen bin, war ich nie hier oben.«

Er nickte und sah sich noch einmal um. »Aber irgendjemand war hier.«

Zum ersten Mal blickte sie sich um. Wie vermutet, gab es

nicht viel mehr als Staub und Spinnweben. Der Dachboden war hoch genug, dass Cliff aufrecht stehen konnte und noch ein paar Zentimeter Freiraum blieben. An den Seiten fiel der Dachboden, der Neigung des Daches entsprechend, ab. Es gab einen alten Schaukelstuhl, der nach einer Aufarbeitung sehr hübsch sein mochte, ein Sofa, bei dem alle Mühe umsonst sein würde, zwei Lampen ohne Schirme und einen großen, aufrecht stehenden Schrankkoffer.

»Sieht so aus, als wäre seit vielen Jahren niemand hier gewesen.«

»Ich würde eher auf eine Woche tippen«, verbesserte Cliff. »Sieh dir das an.«

Er ging zu dem Schrankkoffer. Maggie verzog das Gesicht wegen der Staubschicht auf dem Boden und tappte barfuß hinter ihm her. »Und?«, fragte sie. »Joyce erwähnte, dass hier oben ein paar Dinge sind, für die sie keine Verwendung hat. Ich habe ihr gesagt, dass sie sich keine Gedanken darum machen soll und dass ich mich selbst darum kümmern werde, wenn ich Zeit dazu finde.«

»Ich würde sagen, jemand hat bereits etwas geholt.« Cliff kauerte sich vor den staubbedeckten Schrankkoffer und deutete auf eine Stelle.

Maggie unterdrückte einen Niesreiz und beugte sich herunter. Dann bemerkte sie es. Neben dem Schloss und sehr schwach malte sich der Abdruck einer Hand ab. »Aber …«

Cliff packte ihr Handgelenk, bevor sie den Abdruck berühren konnte. »Das würde ich nicht tun.«

»Jemand war hier«, murmelte sie. Sie bemühte sich um Ruhe und sah wieder zu Cliff. »Aber was sollte jemand hier oben in diesem Ding gesucht haben?«

»Gute Frage.« Er richtete sich auf und behielt ihre Hand in der seinen.

Sie wollte es auf die leichte Schulter nehmen. »Wie wäre es mit einer guten Antwort?«

»Mal sehen, was der Sheriff davon hält.«

»Du meinst, das hat etwas mit … dieser anderen Sache zu tun?« Ihre Stimme klang ruhig, aber mit seinen Fingern an ihrem Handgelenk wusste er, dass ihr Puls es nicht war.

»Ich finde das Zusammentreffen seltsam. Zufälle sind eine sonderbare Sache. Du solltest diesen nicht unbeachtet lassen.«

»Nein. Ich rufe den Sheriff.«

»Ich mache es.«

Sie blieb gereizt in der Tür stehen. »Das hier ist mein Haus«, setzte sie an.

»Sicher«, stimmte Cliff sanft zu und verblüffte sie dann damit, dass er mit den Händen über ihre nackten Schenkel zu ihren Hüften strich. »Ich habe nichts dagegen, dich nur halb bekleidet zu sehen, aber Stan könnte es ablenken.«

»Sehr witzig.«

»Nein, sehr schön.« Während sie ihm aus großen Augen entgegensah, senkte er den Kopf und küsste sie zum ersten Mal sanft. Als er den Kopf wieder hob, bewegte sie sich nicht und sagte nichts. Ihre Augen waren noch immer geöffnet. »Ich rufe den Sheriff«, sagte Cliff rau. »Du ziehst dir etwas an.«

Ohne auf ihre Antwort zu warten, ging er zur Treppe und ließ sie stehen. Benommen hob Maggie einen Finger und strich sich über die Lippen. Das war so unerwartet gewesen und so schwierig zu erklären wie alles andere, das sich zwischen ihnen abgespielt hatte.

Verwirrt ließ Maggie den Feuerhaken gegen die Tür gelehnt und kehrte in ihr Zimmer zurück. Sie hatte nicht gewusst, dass er so küssen konnte – zärtlich, sanft. Sie hatte auch nicht gewusst, dass ihr Herz stehen bleiben und ihr Atem stocken konnte. Dieser völlig andere Kuss hatte eine völlig andere Reaktion ausgelöst.

Einer leidenschaftlichen, aggressiven Forderung konnte sie mit ihrer eigenen Leidenschaft und Aggression begegnen. Darin waren sie einander ebenbürtig, und wenn sie keine Kontrolle besaß, so besaß Cliff auch keine. Verlangen konnte man mit Verlangen begegnen, Feuer mit Feuer. Aber Zärtlichkeit … Was sollte sie machen, wenn er sie noch einmal so küsste? Und wie lange musste sie darauf warten, dass er es wieder tat? Eine Frau konnte sich in einen Mann verlieben, der so küsste …

Maggie riss sich zusammen. Manche Frauen, verbesserte sie sich, während sie hastig ihre Jeans anzog. Nicht sie. Sie würde sich nicht in Cliff Delaney verlieben. Er war nichts für sie. Er wollte nicht mehr als …

Dann erinnerte sie sich daran, dass er nicht ohne Wort gegangen war. Er war überhaupt nicht gegangen …

»Maggie!«

Die Stimme vom Fuß der Treppe ließ sie zusammenzucken. »Ja.« Sie antwortete ihm, während sie ihr erstauntes Gesicht im Spiegel anstarrte.

»Stan ist unterwegs.«

»In Ordnung, ich komme.« In einer Minute, fügte sie in Gedanken hinzu. Sie setzte sich auf ihr Bett, als könnte sie ihren Beinen nicht vertrauen.

Falls sie sich in Cliff verliebte, sollte sie es lieber jetzt zugeben, solange man noch etwas dagegen machen konnte.

Konnte man denn noch etwas dagegen machen? Es traf sie, dass es vielleicht schon zu spät war. Vielleicht war es schon in dem Moment zu spät gewesen, als er aus seinem Pick-up gestiegen war und seinen Fuß auf ihr Land gesetzt hatte.

Und was jetzt? fragte sie sich. Sie hatte zugelassen, dass sie sich in einen Mann verliebte, den sie kaum kannte, den sie nur wenig verstand und den sie die meiste der gemeinsam verbrachten Zeit nicht einmal unbedingt mochte. Er verstand sie ganz sicher nicht und schien das auch nicht zu wollen.

Doch er hatte eine junge Weide in ihrem Garten gepflanzt. Vielleicht verstand er mehr, als einem von ihnen bewusst war. Natürlich konnte nicht wirklich etwas zwischen ihnen sein. Sie waren wesensmäßig durch Welten getrennt. Doch im Moment hatte sie keine andere Wahl, als ihrem Herzen zu folgen und zu hoffen, dass ihr Verstand sie irgendwie im Gleichgewicht halten würde. Während sie aufstand, erinnerte Maggie sich resigniert daran, dass das bisher auch nie der Fall gewesen war.

Unten war es still, aber sobald sie an den Treppenabsatz kam, roch sie Kaffee. Einen Moment stand sie da und fragte sich, ob sie verärgert oder erfreut sein sollte, weil Cliff sich häuslich einrichtete. Ohne sich entscheiden zu können, betrat sie die Küche.

»Willst du eine Tasse?«, fragte Cliff, als sie eintrat. Er lehnte in seiner üblichen Haltung an der Theke und trank seinen Kaffee.

Maggie hob eine Augenbraue. »Tatsächlich, ich will eine Tasse. Hattest du irgendwelche Schwierigkeiten, alles zu finden, was du brauchtest?«

Er ignorierte den Sarkasmus und holte noch eine Tasse aus dem Schrank. »Nein. Du hattest kein Mittagessen.«

»Für gewöhnlich esse ich nie zu Mittag.« Sie trat hinter ihn, um sich den Kaffee selbst einzuschenken.

»Ich schon«, sagte er schlicht. Mit einer Selbstverständlichkeit, die in Maggies Augen an Arroganz grenzte, öffnete er den Kühlschrank und begann zu suchen.

»Bedien dich ruhig«, murmelte sie, bevor sie sich die Zunge an dem Kaffee verbrühte.

»Du solltest lieber lernen, dir einen Vorrat anzulegen«, erklärte Cliff, als er ihre Bestände entmutigend mager fand. »Im

Winter ist es nicht ungewöhnlich, dass man an einer solchen Nebenstraße für eine Woche eingeschneit wird.«

»Ich werde daran denken.«

»Du isst dieses Zeug?«, fragte er und schob einen Karton mit Joghurt beiseite.

»Zufälligerweise mag ich ›dieses Zeug‹.« Sie stellte sich neben ihn und wollte die Kühlschranktür zuschlagen, ob er mit der Hand noch drinnen war oder nicht. Cliff trickste sie aus, indem er ein gebratenes Hühnerbein herausnahm und beiseitetrat. »Ich möchte dich nur wissen lassen, dass du mein Abendessen isst.«

»Willst du abbeißen?« Die Liebenswürdigkeit in Person, streckte er ihr das Hühnerbein hin. Maggie konzentrierte sich darauf, ihre Lippen am Lächeln zu hindern.

»Nein.«

»Komisch.« Cliff nahm einen Bissen und kaute nachdenklich. »Wenn ich nur schon in diese Küche komme, scheint mein Appetit zu wachsen.«

Sie schoss ihm einen Blick zu und war sich wohl bewusst, dass sie jetzt auf der Stelle stand, an der sie sich vor kurzer Zeit wild geliebt hatten. Wenn er sie erregen wollte, hatte er Erfolg. Wenn er sie von der Entdeckung auf dem Dachboden ablenken wollte, hatte er ebenfalls Erfolg. So oder so, Maggie fand, dass sie ihm nicht widerstehen konnte.

Bewusst trat sie einen Schritt näher an ihn heran und fuhr mit ihren Händen langsam an seiner Brust hinauf. Es war an der Zeit, ihm etwas mit gleicher Münze zurückzuzahlen. »Vielleicht bin ich ja doch hungrig«, murmelte sie, stellte sich auf die Zehen und strich mit ihren Lippen aufreizend über die seinen.

Weil er damit nicht gerechnet hatte, tat Cliff gar nichts. Von Anfang an hatte er sie verfolgt und verführt. Sie war die Lady, die Kronprinzessin mit jener wollüstigen Leidenschaft, von der

Männer an langen, dunklen Abenden oft fantasierten. Als er jetzt in diese tiefen, samtenen Augen blickte, hielt er sie mehr für eine Hexe. Während sein Blut zu sieden begann, fragte er sich, wer denn nun verfolgt und verführt worden war.

Sie raubte ihm den Atem – allein schon ihr Duft. Sie verschleierte seinen Verstand – allein schon ihre Berührung. Wenn sie ihn so mit wissenden Augen ansah, ihre geöffneten Lippen nahe, war sie die einzige Frau, die er wollte, die einzige Frau, die er kannte. In solchen Momenten begehrte er sie mit einem Feuer, das nie auszugehen versprach. Ganz plötzlich und ganz klar jagte sie ihm Angst ein.

»Maggie.« Er hob eine Hand, um sie abzuwehren oder näher an sich heranzuziehen. Er sollte es nie erfahren, da der Hund zu bellen begann und von draußen das Dröhnen eines Wagens zu hören war, der sich die Straße heraufquälte. Cliff ließ seine Hand wieder sinken. »Das wird Stan sein.«

»Ja.« Sie betrachtete ihn mit offener Neugierde.

»Du solltest lieber die Tür öffnen.«

»In Ordnung.« Sie hielt noch ihren Blick für einen Moment auf seine Augen gerichtet und freute sich über die Unsicherheit, die sie darin sah. »Kommst du?«

»Ja, gleich.« Er wartete, bis sie gegangen war, und stieß dann tief und unbehaglich den Atem aus. Das war zu knapp gewesen, als dass er sich hätte wohlfühlen können. Zu knapp woran, das wusste er nicht, aber er wusste, dass er es nicht mochte. Nachdem sein Appetit sonderbarerweise verschwunden war, ließ Cliff das Hühnerbein liegen und griff nach seinem Kaffee. Als er bemerkte, dass seine Hände nicht ganz ruhig waren, stürzte er den Inhalt auf einmal hinunter.

Maggie fand, dass es eine ganze Menge gab, worüber sie nachdenken konnte. Der Sheriff war wieder an ihrer Tür, Cliff stand in ihrer Küche, als hätte er einen Schlag erhalten, und ihr eigener Kopf war ganz leicht von einem Gefühl – Macht? –, dass sie nicht wusste, was als Nächstes passieren würde. Ihr Umzug aufs Land hatte ihr ganz sicher keine Ruhe gebracht. Sie hatte sich noch nie in ihrem Leben so aufgeputscht gefühlt.

»Miss Fitzgerald.«

»Sheriff.« Maggie hob Killer auf den Arm, denn er führte sich ziemlich verrückt auf und hörte nicht auf zu bellen.

»Da haben Sie eine ganz schöne Bestie«, bemerkte er, streckte die Hand aus und ließ den Welpen vorsichtig daran schnüffeln. »Cliff hat mich angerufen«, fuhr er fort. »Sagte, es sieht so aus, als sei jemand in das Haus eingebrochen.«

»Das scheint die einzige Erklärung zu sein.« Maggie wich zurück und kämpfte sowohl mit dem Welpen als auch mit der Tür. »Obwohl es für mich keinen Sinn ergibt. Offenbar war letzte Woche jemand auf dem Dachboden.«

»Letzte Woche?« Stan kümmerte sich selbst um die Tür und legte dann seine Hand leicht und scheinbar nachlässig an den Griff seines Revolvers. »Warum haben Sie nicht schon früher angerufen?«

Maggie kam sich albern vor, setzte den Hund auf den Boden und schickte ihn mit einem ungeduldigen Schubs gegen das Hinterteil in Richtung Musikzimmer. »Ich bin irgendwann mitten in der Nacht aufgewacht und habe Geräusche gehört. Zugegeben, ich geriet in Panik, aber am Morgen …« Sie verstummte und zuckte die Schultern. »Am Morgen dachte ich, es sei meine Fantasie gewesen. Daher habe ich die ganze Sache mehr oder weniger vergessen.«

Stan hörte zu, und sein Nicken drückte Verständnis aus. »Und jetzt?«

»Ich habe es zufällig Cliff gegenüber heute … äh … heute Morgen erwähnt. Das hat ihn neugierig genug gemacht, um auf den Dachboden hinaufzugehen.«

»Verstehe.« Maggie hatte das Gefühl, dass er nur zu gut verstand.

»Stan.« Cliff kam von der Küche und wirkte völlig entspannt. »Danke, dass du gekommen bist.«

Das hätte ich sagen sollen, dachte Maggie, aber bevor sie den Mund öffnen konnte, sprachen die Männer schon an ihr vorbei. »Gehört zu meinem Job«, stellte Stan fest. »Du hast ja auch einen ganz schönen Job da draußen auf dem Grundstück.«

»Es geht voran.«

Stan warf ihm ein schiefes Lächeln zu. »Du hast Herausforderungen schon immer gemocht.«

Sie kannten einander offensichtlich sehr gut. Die Anspielung galt sowohl der Frau als auch dem Land, ohne Zweifel. »Ohne sie wäre alles langweilig«, erwiderte er sanft.

»Ich habe gehört, du hast etwas auf dem Dachboden gefunden.«

»Ja. Ich glaube, jemand hat da herumgeschnüffelt.«

»Das sollte ich mir lieber ansehen.«

»Ich zeige es Ihnen«, sagte Maggie mit ausdrucksloser Stimme, warf Cliff einen vielsagenden Blick zu und ging ihm voraus.

An der Tür zum Dachboden bemerkte Stan den Feuerhaken, der noch immer dagegen lehnte. »Jemand könnte darüber stolpern«, sagte er ruhig.

»Ich muss ihn vorhin hier vergessen haben.« Sie übersah Cliffs Grinsen.

»Sieht so aus, als wäre schon lange niemand hier oben gewesen«, bemerkte Stan, als er sich eine Spinnwebe aus dem Gesicht wischte.

»Ich war bis heute überhaupt nicht hier oben.« Maggie schauderte, als eine große schwarze Spinne gemächlich links von ihr die Wand hinaufkroch. Bisher hatte sie noch bei niemandem erwähnt, dass hauptsächlich die Aussicht auf Insekten und Mäuse sie ferngehalten hatte. »Es gab so viel anderes im Haus zu tun.« Behutsam wich sie von der Wand zurück.

»Hier oben ist nicht viel.« Stan rieb sich mit der Hand über das Kinn. »Joyce und ich haben alles herausgeräumt, woran wir interessiert waren, als wir es erbten. Louella hatte schon, was sie wollte. Wenn Sie noch nie hier oben waren«, fuhr er fort und sah sich langsam um, »woher wissen Sie dann, dass etwas fehlt?«

»Ich weiß es nicht. Es geht um das hier.« Sie zeigte auf den Schrankkoffer, kauerte sich vor ihm hin und wies auf den Handabdruck.

Stan beugte sich über sie, und sie roch das billige Aftershave aus dem Kaufhaus, das er benutzte. Mit einer Woge der Nostalgie erinnerte sie sich plötzlich, dass der Fahrer ihrer Mutter genau das gleiche benutzt hatte. Aus diesem schlichten Grund wurde ihr Vertrauen zu ihm bestätigt.

»Das ist sonderbar«, murmelte Stan und achtete darauf, die schwachen Umrisse nicht zu verwischen. »Haben Sie den Koffer geöffnet?«

»Keiner von uns hat ihn auch nur angefasst«, sagte Cliff von hinten.

Stan nickte und drückte den Verschluss. Seine andere Hand hob sich automatisch und stockte dort, wo sich der Handabdruck befand. »Sieht so aus, als hätte jemand zugegriffen.« Vorsichtig legte er seine Hand an den Verschluss und zog. »Zugesperrt.« Er kauerte sich auf die Fersen und betrachtete finster den Schrank. »Der Teufel soll mich holen, wenn ich mich erinnern kann, was sich in diesem Ding befindet oder ob es einen Schlüssel gibt. Joyce könnte es wissen – noch eher Louella. Allerdings …« Kopfschüttelnd stand er wieder auf. »Es ergibt nicht viel Sinn, dass jemand einbricht und etwas aus diesem alten Schrankkoffer nimmt, besonders jetzt, da das Haus zum ersten Mal seit zehn Jahren wieder bewohnt ist.« Er blickte Maggie an. »Sind Sie sicher, dass unten nichts fehlt?«

»Ja … das heißt, ich glaube nicht. Fast alles, was ich mir schicken ließ, steckt noch in Kisten.«

»Könnte nicht schaden, sich genauer umzusehen.«

»In Ordnung.« Sie kehrte in den ersten Stock zurück, wobei sie hoffte, dass etwas fehlte. Das hätte Sinn ergeben. Das wäre greifbar gewesen. Der schwache Handabdruck an dem Schrankkoffer und die fehlende Erklärung verursachten ihr ein flaues Gefühl im Magen. Ein richtiger Einbruch hätte sie nur wütend gemacht.

Die beiden Männer folgten ihr ins Schlafzimmer, wo sie zuerst nach ihrem Schmuck sah. Alles war genau, wie es sein sollte. Im nächsten Schlafzimmer standen Kisten, ganz offensichtlich unberührt und ungeöffnet.

»Das wäre hier oben alles. Unten gibt es noch mehr Kisten und einige Gemälde, die ich noch nicht habe rahmen lassen.«

»Sehen wir es uns an.«

Maggie nickte und ging den Männern wieder voran zur Treppe. »Mir gefällt das nicht«, sagte Cliff gedämpft zu Stan. »Und du glaubst auch nicht, dass unten etwas fehlt.«

»Nur ein Einbruch ergibt einen Sinn, Cliff.«

»Eine Menge Dinge haben keinen Sinn ergeben, seit wir in diesem Graben zu buddeln begonnen haben.«

Stan stieß leise den Atem aus. »Ich weiß, und oft gibt es einfach keine Antworten.«

»Wirst du es Joyce erzählen?«

»Vielleicht muss ich es.« Stan blieb am Fuß der Treppe stehen und fuhr sich mit der Hand über den Nacken. »Sie ist eine starke Frau, Cliff. Ich glaube, ich habe gar nicht gewusst, wie stark, bis diese Sache anfing. Ich weiß, als wir geheiratet haben, dachten viele Leute, ich würde es wegen ihrer Erbschaft tun.«

»Niemand, der dich kannte, dachte so.«

Stan zuckte die Schultern. »Wie auch immer, das legte sich nach einer Weile, legte sich vollständig, nachdem ich Sheriff geworden war. Manchmal habe ich mich gefragt, ob Joyce auch jemals so gedacht hat.«

»Hätte sie es getan, würde sie es mir erzählt haben«, sagte Cliff unverblümt.

Mit einem knappen Lachen wandte Stan sich zu ihm. »Ja, das hätte sie.«

Maggie kam aus dem Musikzimmer auf den Korridor zurück. »Hier fehlt auch nichts. Ich habe ein paar Sachen im Wohnzimmer, aber …«

»Wir sollten gründlich vorgehen«, meinte Stan, überquerte den Korridor und trat über die Schwelle. »Streichen Sie?«, fragte er, als er die Dose und den Pinsel am Fenster entdeckte.

»Ich wollte heute die Rahmen hier drinnen streichen«, erwiderte sie abwesend, während sie einige weitere Umzugskisten überprüfte, »aber dann kam Mrs. Morgan und …«

»Louella?«, unterbrach Stan sie verwundert.

Bei seinem Stirnrunzeln spielte Maggie es herunter. »Ja. Sie ist nicht lange geblieben. Wir haben uns nur die Fotos angesehen, die sie mir geliehen hat.« Zerstreut griff sie nach dem Packen. »Ach ja, ich wollte sie dir zeigen, Cliff. Ich dachte, du könntest mir vielleicht einen Rat geben, wie ich Kletterrosen wie diese hier pflanzen kann.«

Während die Männer sie flankierten, blätterte sie die Bilder durch. »Louella hatte ganz sicher ein Gefühl dafür, es so aussehen zu lassen, als würden die Blumen ganz von selbst wachsen«, murmelte sie. »Ich weiß nicht, ob ich das Talent dafür habe.«

»Sie hat diesen Besitz hier immer geliebt«, sagte Stan. »Sie …« Er stockte, als sie an das Farbfoto von ihm und Morgan kam.

»Das hatte ich ganz vergessen«, sagte er nach einem Moment. »Joyce hat es am ersten Tag der Rotwildsaison gemacht.«

»Louella hat erwähnt, dass sie jagen ging.«

»Das hat sie getan«, warf Cliff ein, »weil Morgan es wollte. Er hatte eine … Schwäche für Waffen.«

Und ist durch eine gestorben, dachte Maggie schaudernd. Sie legte die Fotos mit dem Bild nach unten. »Hier fehlt so weit nichts. Jedenfalls nicht auf den ersten Blick, Sheriff.«

Er starrte auf den Packen Fotos hinunter. »Nun, dann überprüfe ich die Türen und Fenster, ob irgendetwas aufgebrochen wurde.«

»Sie können nachsehen.« Maggie seufzte. »Aber ich weiß nicht, ob die Türen verschlossen waren, und die Hälfte der Fenster waren zumindest nicht verriegelt.«

Er warf ihr jenen Blick zu, den Eltern ihren Kindern zuwerfen, wenn sie etwas Unvernünftiges sagen. »Ich schau mich trotzdem um. Man kann nie wissen.«

Nachdem er hinausgegangen war, ließ Maggie sich auf das Sofa fallen. Als hätte er nichts Besseres zu tun, ging Cliff an die Uhr auf dem Kaminsims und begann sie aufzuziehen. Killer kam unter dem Sofa hervor und umtanzte Cliffs Beine. Die Spannung im Raum war greifbar. Maggie fragte sich schon gar nicht mehr, ob es irgendwann einmal zu einer Lösung käme.

»Nichts ist aufgebrochen worden«, verkündete Stan von der Zimmertür her. »Ich fahre in die Stadt, schreibe ein Protokoll und mache mich an die Arbeit. Nur …« Er schüttelte den Kopf. »Ich kann nichts versprechen. Ich schlage vor, Sie verschließen von jetzt an alle Türen.«

»Ich bleibe die nächsten Tage hier«, verkündete Cliff und verschlug damit Stan und Maggie die Sprache. »Maggie wird nicht allein sein, obwohl der Einbrecher vermutlich schon mitgenommen hat, was immer er aus dem Haus haben wollte.«

»Ja.« Stan kratzte sich an der Nase und verbarg beinahe ein Grinsen. »Ich fahre jetzt zurück. Ich finde allein hinaus.«

Maggie war noch immer zu verblüfft, um sich zu verabschieden. Sie starrte Cliff an, bis sich die Haustür schloss. »Was meinst du damit, dass du hierbleiben wirst?«

»Zuerst müssen wir Lebensmittel einkaufen. Ich kann nicht von den Dingen leben, die du in diesem Kühlschrank hältst.«

»Niemand hat dich gebeten, davon zu leben«, sagte sie scharf und sprang vom Sofa auf. »Und niemand hat dich gebeten, hierzubleiben. Ich verstehe nicht, wieso ich dich ständig daran erinnern muss, wessen Haus und Grundstück das ist.«

»Das verstehe ich auch nicht.«

»Du hast es ihm erzählt«, fuhr sie fort. »Du hättest genauso gut der ganzen Stadt verkünden können, dass du und ich …«

»Dass wir genau das sind, was wir sind«, beendete Cliff leichthin. »Du solltest dir lieber Schuhe anziehen, wenn wir in die Stadt fahren.«

»Ich fahre nicht in die Stadt, und du bleibst nicht hier.«

Er bewegte sich so schnell, dass sie völlig überrumpelt wurde. Seine Hände schlossen sich um ihre Arme. »Ich lasse nicht zu, dass du allein bist, solange wir nicht wissen, was hier vor sich geht.«

»Ich habe dir bereits gesagt, dass ich auf mich selbst aufpassen kann.«

»Vielleicht kannst du das, aber das wirst du nicht gerade jetzt ausprobieren. Ich bleibe.«

Sie starrte ihn lange an. Die Wahrheit war, dass sie nicht allein sein wollte. Die Wahrheit war, dass sie ihn wollte, vielleicht zu sehr, als gut für sie war. Doch er war derjenige, der darauf bestand. Und da er darauf bestand, lag ihm vielleicht mehr an ihr, als er zugeben wollte. Vielleicht sollte sie dieses Wagnis eingehen.

»Wenn ich dich hierbleiben lasse …«, setzte sie an.

»Ich bleibe hier.«

»Wenn ich dich hierbleiben lasse«, wiederholte sie kühl, »musst du heute das Abendessen kochen.«

Er hob eine Augenbraue, und der Griff an seinem Arm entspannte sich leicht. »Nachdem ich deine Kochkunst genossen habe, wirst du keinen Widerspruch hören.«

Ohne beleidigt zu sein, nickte sie. »Fein. Ich hole meine Schuhe.«

»Später.« Bevor sie wusste, worauf er aus war, nahm er sie auf den Arm und trug sie zurück auf das Sofa. »Wir haben noch den ganzen Tag vor uns.«

10. Kapitel

Maggie sah es als Ironie des Schicksals an, dass sie sich gerade daran gewöhnt hatte, allein zu leben, und jetzt nicht mehr allein lebte. Cliff führte den Übergang unauffällig durch. Kein Aufheben, kein Theater. Straffe Organisation schien ein Teil von ihm zu sein. Sie hatte organisierte Menschen immer respektiert – aus sicherer Entfernung.

Er ging frühmorgens, lange bevor sie es als menschlich erträglich betrachtete, das Bett zu verlassen. Er war leise und schnell und weckte sie nie auf. Wenn sie sich morgens die Treppe hinuntertastete, fand sie manchmal eine gekritzelte Nachricht neben der Kaffeekanne.

»Hörer war wieder neben dem Telefon«, stand vielleicht darauf. Oder: »Milch ist knapp. Ich bringe welche mit.«

Nicht gerade Liebesbriefe, dachte Maggie trocken. Ein Mann wie Cliff brachte seine Gefühle nicht zu Papier, wie sie das tat. Das war nur ein weiterer Gegensatz zwischen ihnen.

Dennoch begann sie, ihn zu verstehen. Je besser sie ihn verstand, desto schwerer wurde es, ihre stetig wachsende Liebe für ihn zu kontrollieren. Er war kein Mann, dessen Gefühle gedrängt oder geleitet werden konnten. Sie war eine Frau, deren Gefühle nach dem kleinsten Anstoß mit ihr in jeder beliebigen Richtung davonliefen.

Cliff hatte sich selbst zu ihrem Leibwächter erklärt, und abends, wenn die Sonne unterging und die Wälder still waren, gehörte ihr Körper ihm. Er akzeptierte ihre Leidenschaft und ihr Verlangen. Vielleicht würde er eines Tages auch ihre Gefühle akzeptieren.

Maggie war gerade in ihrem Badezimmer damit beschäftigt, neue Kacheln auf dem Boden zu verlegen, betrachtete die sechs Stück, die sie geschafft hatte, und nickte. Sie war recht geschickt geworden. Obwohl ihre Stiefmütterchen sich nie erholt hatten, waren sie ihr einziger größerer Fehler geblieben.

Maggie griff nach der nächsten Kachel, als sie sich an einer scharfen Kante schnitt. Der Preis, wenn man sein eigener Handwerker ist, befand sie, ging zum Waschbecken und ließ Wasser über ihren Finger laufen.

Als der Hund zu bellen begann, drehte sie das Wasser ab und hörte das Motorengeräusch. Vom Fenster aus sah sie, wie Lieutenant Reiker um die letzte Kurve bog.

Warum kommt er wieder, fragte sie sich stirnrunzelnd. Sie konnte ihm einfach keine Informationen mehr geben. Als er sich dem Haus nicht sofort näherte, blieb Maggie, wo sie war. Er ging den Pfad aus Steinplatten entlang, den Cliffs Leute erst diese Woche gelegt hatten. Als er das Ende erreichte, blickte er in den Graben. Langsam zog er eine Zigarette hervor und zündete sie mit einem Streichholz an. Eine Weile stand er nur da, rauchte und betrachtete Erde und Steine, als hätten sie die gewünschten Antworten. Dann drehte er sich um und blickte direkt zu dem Fenster herauf, an dem sie stand. Sie fühlte sich albern und ging nach unten.

»Lieutenant.« Maggie stieg vorsichtig die Verandastufen hinunter und betrat die neuen Steinplatten.

»Miss Fitzgerald.« Er schleuderte die Zigarettenkippe in ein Gebüsch nahe dem Graben. »Ihr Grundstück macht sich. Kaum zu glauben, wie es noch vor Wochen ausgesehen hat.«

»Danke.« Er wirkte so harmlos, so freundlich. Sie fragte sich, ob er eine Waffe in einem Schulterhalfter unter seinem Jackett trug. »Ich habe gesehen, dass Sie da drüben eine Weide gepflanzt haben.« Er sah sie an und nicht zu dem Graben, den er meinte. »Es dürfte nicht mehr lange dauern, dann können Sie Ihren Teich anlegen lassen.«

Wie Reiker blickte auch Maggie nicht zu dem Graben. »Soll das heißen, dass die Untersuchung fast abgeschlossen ist?«

Reiker rieb sich das Kinn. »Ich würde das nicht so ausdrücken. Wir arbeiten daran.«

Sie unterdrückte einen Seufzer. »Werden Sie den Graben noch einmal untersuchen?«

»Ich glaube nicht, dass es dazu kommen wird. Das haben wir jetzt zweimal gemacht. Tatsache ist …« Er unterbrach sich und verlagerte sein Gewicht auf das andere Bein. »Ich mag keine losen Enden. Je mehr wir in diese Sache hineinblicken, desto mehr finden wir davon. Es ist schwer, Enden miteinander zu verknüpfen, die für zehn Jahre lose hingen.«

»Lieutenant, kann ich noch etwas in dieser Sache tun?«

»Hat sich bei Ihnen jemand gezeigt, jemand, den Sie kennen, vielleicht auch jemand, den Sie nicht kennen?«

»Gezeigt?«

»Der Mord passierte hier, Miss Fitzgerald, und je mehr wir nachforschen, desto mehr Leute finden wir, die einen Grund hatten, Morgan zu töten. Viele von ihnen leben noch immer in der Stadt.«

Sie verschränkte die Arme vor der Brust. »Wenn Sie versuchen, mir Unbehagen einzujagen, Lieutenant, machen Sie das wirklich sehr gut.«

»Das ist nicht meine Absicht, aber ich möchte Sie auch nicht im Dunkeln lassen.« Er zögerte. »Wir haben entdeckt, dass Morgan am Tag seines Verschwindens fünfundzwanzigtausend Dollar in bar von seinem Bankkonto abgehoben hat. Damals wurde sein Wagen gefunden, jetzt wurde seine Leiche gefunden, aber das Geld ist nie aufgetaucht.«

»Fünfundzwanzigtausend«, murmelte Maggie. Ein nettes

Sümmchen, noch eindrucksvoller vor zehn Jahren. »Sie meinen, das Geld war das Motiv für den Mord?«

»Geld ist immer ein Motiv für einen Mord, und es ist ein loses Ende. Wir überprüfen eine Menge Leute, aber das kostet Zeit. Bisher hat niemand hier so viel Geld herumgezeigt.« Er wollte nach einer weiteren Zigarette greifen, überlegte es sich jedoch anders. »Ich habe zwei Theorien …«

Sie hätte gelächelt, hätte ihr Kopf nicht zu schmerzen begonnen. »Und Sie wollen sie mir mitteilen?«

»Wer immer Morgan getötet hat, war schlau genug, seine Spuren zu verwischen. Er hat wohl gewusst, dass es in einer solchen Stadt nicht unbemerkt bleibt, wenn jemand fünfundzwanzigtausend Dollar hat. Vielleicht geriet er in Panik und hat sich des Geldes entledigt. Oder vielleicht hat er es versteckt, um so lange zu warten, bis sich die Gerüchte über Morgan legten. Dann würde das Geld auf ihn warten.«

»Zehn Jahre sind eine lange Zeit, Lieutenant.«

»Manche Leute sind geduldiger als andere.« Er zuckte die Schultern. »Es ist nur eine Theorie.«

Die sie jedoch zum Nachdenken brachte. Der Dachboden und der Schrankkoffer und der Handabdruck. »Vor ein paar Nächten …«, setzte sie an und stockte.

»Ist etwas geschehen?«, drängte er.

»Nun, offenbar hat jemand eingebrochen und etwas aus einem Schrankkoffer auf dem Dachboden genommen. Das ist mir erst Tage später aufgefallen. Dann habe ich es Sheriff Agee gemeldet.«

»Das war genau richtig.« Sein Blick hob sich zu dem Dachfenster. »Hat Agee etwas gefunden?«

»Nicht direkt. Er hat einen Schlüssel gefunden. Das heißt, seine Frau hat den Schlüssel irgendwo gefunden. Er kam wieder und öffnete den Schrankkoffer, aber der war leer.«

»Haben Sie etwas dagegen, wenn ich mich selbst umsehe?«

Sie wollte, dass diese Sache endlich vorüber wäre, doch jeder Schritt, den sie unternahm, zog sie scheinbar tiefer in die Sache hinein. »Nein, ich habe nichts dagegen.« Resigniert drehte Maggie sich um und ging ihm ins Haus voraus. »Erscheint mir seltsam, dass jemand Geld auf dem Dachboden verstecken sollte und dann wartet, bis jemand hier einzieht, um es sich zu holen.«

»Sie haben das Haus fast sofort nach dem Aufstellen des Schildes gekauft«, erinnerte Reiker sie.

»Aber es hat fast einen Monat gedauert, bis ich eingezogen bin.«

»Ich habe gehört, Mrs. Agee hat über den Verkauf Stillschweigen bewahrt. Ihr Mann war davon nicht gerade begeistert.«

»Sie hören eine Menge, Lieutenant.«

Er zeigte ihr das gleiche leicht verlegene Lächeln, das sie bei ihm bemerkt hatte, als er sie um ihr Autogramm gebeten hatte. »Das ist meine Aufgabe.«

Maggie verfiel in Schweigen, bis sie den ersten Stock erreichten. »Zum Dachboden geht es dort hinauf. Ich habe nichts gefunden, was im Haus fehlt.«

»Wie ist der Einbrecher hereingekommen?«, fragte er, als er die steile schmale Treppe hinaufzusteigen begann.

»Ich weiß es nicht«, murmelte sie. »Ich hielt meine Türen nicht verschlossen.«

»Aber jetzt schon?«

»Ja, jetzt verschließe ich sie.«

»Gut.« Er ging direkt zu dem Schrankkoffer und betrachtete das Schloss. Der Handabdruck war wieder im Staub verschwunden. »Sie sagen, Mrs. Agee hatte den Schlüssel?«

»Ja. Oder zumindest einen davon. Der Schrankkoffer hat

den letzten Mietern des Hauses gehört, einem alten Ehepaar. Die Frau hat den Koffer hier gelassen, nachdem ihr Mann gestorben und sie ausgezogen war. Es gab wohl zwei Schlüssel, aber Joyce konnte nur einen finden.«

»Hmm.« Reiker öffnete den jetzt unverschlossenen Schrankkoffer und blickte hinein.

»Lieutenant, Sie glauben doch nicht wirklich, dass es eine Verbindung gibt zwischen dem hier und … Ihrer Untersuchung?«

»Ich mag keine Zufälle«, murmelte er. »Sie sagen, der Sheriff kümmert sich darum?«

»Ja.«

»Ich werde mit ihm sprechen, bevor ich zurückfahre. Fünfundzwanzigtausend Dollar nehmen nicht viel Platz ein«, sagte er. »Und das ist ein großer Schrankkoffer.«

»Ich verstehe nicht, warum jemand das Geld hier zehn Jahre lang liegen lassen sollte.«

»Menschen sind seltsam.« Er richtete sich auf und stöhnte leise unter der Anstrengung. »Natürlich ist das nur eine Theorie. Eine andere ist, dass Morgans Geliebte das Geld nahm und verschwand.«

»Seine Geliebte?«, wiederholte Maggie tonlos.

»Alice Delaney«, sagte Reiker leichthin. »Sie hatte fünf oder sechs Jahre lang eine Affäre mit Morgan. Komisch, wie die Leute reden, wenn man sie erst einmal dazu gebracht hat.«

»Delaney?«, wiederholte Maggie ruhig und hoffte, falsch gehört zu haben.

»Richtig. Ihr Sohn macht für Sie die Landschaftsgärtnerei. Zufälle«, wiederholte er. »Mein Beruf ist voll davon.«

Irgendwie wahrte sie ihre Fassung, als sie nach unten gingen. Sie antwortete höflich, als er ihr sagte, wie sehr er ihre Musik bewundere. Vielleicht lächelte sie sogar, als sie hinter ihm die

Tür schloss. Doch als sie allein war, fühlte Maggie, wie ihr Blut zu Eis erstarrte.

Cliffs Mutter war jahrelang Morgans Geliebte gewesen! Und dann war sie unmittelbar nach seinem Tod verschwunden? Cliff hatte vermutlich Bescheid gewusst. Sicher hatten alle Bescheid gewusst. Maggie bedeckte ihr Gesicht mit beiden Händen.

In was war sie da hineingeraten? Und wie sollte sie da je wieder herauskommen?

Vielleicht wurde er allmählich verrückt, aber Cliff begann, die lange, gewundene Straße den Berghang hinauf als Heimweg zu betrachten. Er hätte nie gedacht, dass er den alten Morgan-Besitz als Zuhause ansehen könnte. Nicht, wenn er seine Gefühle William Morgan gegenüber in Betracht zog. Er hätte auch nicht geglaubt, dass ihn die Frau, die dort wohnte, dazu bringen könnte, so zu denken. Viel schien zu geschehen, das er weder aufhalten noch lenken konnte. Doch es war seine Wahl gewesen, bei Maggie zu bleiben, genau wie auch das Weggehen seine Wahl sein würde. Von Zeit zu Zeit hielt er es für nötig, sich daran zu erinnern, dass er wieder weggehen konnte und es auch wollte.

Doch wenn Maggie lachte, schien das Haus von Wärme erfüllt. Wenn sie zornig war, war es so voller Leben. Wenn sie sang, wenn sie abends im Musikzimmer arbeitete … Wenn die Wälder still waren und bevor der Mond aufging, sang sie Wortfetzen, Sätze, Phrasen zu einigen Klavieruntermalungen, während sie komponierte. Lange bevor sie fertig war, war er schon rastlos vor Verlangen. Er wunderte sich, wie sie Stunde um Stunde, Tag um Tag von solcher Leidenschaft und von solchen Gefühlen angetrieben arbeiten konnte.

Es war ihre Disziplin, entschied Cliff. Er hatte nicht erwartet, dass sie in ihrer Musik so diszipliniert sein würde. Ihr Talent hatte er immer bewundert, aber in den wenigen Tagen, die er jetzt bei ihr lebte, hatte er erfahren, dass sie sich in den Arbeitsstunden hart antrieb.

Ein Kontrast, fand Cliff. Es war ein unglaublicher Kontrast für die Frau, die in diesem großen, staubigen Haus von einer Tätigkeit zur anderen sprang. Sie ließ Wände halb tapeziert, Decken halb gestrichen. Kisten und Kartons standen überall herum, von denen die meisten noch nicht angerührt worden waren. Ihre Arbeit am Haus war präzise, sogar kreativ bis zu dem Punkt, an dem sie aufhörte und sich mit etwas anderem beschäftigte.

Er hielt vor dem Haus und schaute sich um. Das neue Gras war wie ein grüner Schatten auf der Erde. Maggies Petunien waren ein leuchtender Farbfleck.

Als er aus dem Pick-up stieg, war keine Musik zu hören. Cliff runzelte die Stirn, während er die Stufen zum Haus hinaufstieg. Maggie saß um diese Zeit sonst immer am Klavier. Er warf einen Blick auf die Uhr. Halb sechs. Mit einem unguten Gefühl drehte er den Knauf an der Eingangstür.

Natürlich nicht abgeschlossen, dachte er verärgert. Er hatte ihr an diesem Morgen eine Notiz hinterlassen, dass heute niemand von seinen Leuten hier sein würde und sie die Türen verschließen solle. Kein Verstand, diese Frau, dachte er, während er die Tür aufdrückte. Wieso bekam sie es nicht in ihren Kopf, dass sie hier völlig allein war? Zu viel war geschehen, und allein weil sie in diesem Haus wohnte, steckte sie mitten in diesem Geschehen.

Still. Zu verdammt still, erkannte Cliff, als sein Ärger schwand und Sorge den Platz einnahm. Der Hund bellte nicht. Dem Haus haftete dieses hallende, leere Gefühl an, das fast jeder spürte, aber niemand erklären konnte. Obwohl ihm sein Instinkt sagte, dass niemand hier war, ging er von Raum zu Raum und rief nach Maggie. Ihr Name schallte von den Wänden zurück, und seine eigene Stimme verspottete ihn.

Wo ist sie, zum Teufel, fragte sich Cliff, als er zwei Stufen auf einmal nahm, um im ersten Stock nachzusehen. Er gab nicht gern zu, dass er Panik fühlte, bloß weil er in ein leeres Haus heimkam, doch genau das war es, was er fühlte.

»Maggie!« Verzweifelt suchte er den ersten Stock ab, ohne zu wissen, was er erwartete oder überhaupt finden wollte. Er hatte noch nie diese rohe, ursprüngliche Angst erlebt. Er wusste nur, dass das Haus leer und sein Mädchen verschwunden war. Ein Paar von ihren Schuhen stand vergessen mitten auf dem Schlafzimmerteppich. Eine Bluse war nachlässig über einen Sessel geworfen. Die Ohrringe, von denen er am Vorabend gesehen hatte, wie Maggie sie abnahm, lagen noch immer auf der Kommode neben einer Bürste mit Silbergriff und den eingravierten Initialen ihrer Mutter. Der Raum war von ihrem Duft erfüllt. Das war er immer.

Als er die neuen Kacheln im Bad sah, versuchte er sich zu beruhigen. In ihrer unordentlichen Art hatte sie ein neues Projekt gestartet. Aber wo, zum Teufel …

Dann entdeckte er im Waschbecken etwas, bei dem sein Herz stehen blieb. Auf dem weißen Porzellan leuchteten drei Blutstropfen. Er starrte darauf, während die Panik ihn packte, alles in seinem Kopf verschwimmen ließ und seine Haut zu Eis verwandelte.

Im Freien begann irgendwo ein Hund zu bellen. Cliff jagte die Treppe hinunter, ohne sich bewusst zu werden, dass er immer wieder ihren Namen rief.

Er sah sie, sobald er durch die Hintertür ins Freie stürzte. Sie kam langsam aus dem Wald. Der Hund umtanzte ihre Beine, hüpfte und schnappte. Sie hielt die Hände in die Taschen geschoben, den Kopf gesenkt. Cliff nahm jedes Detail auf, während die Mischung aus Angst und Erleichterung seine Beine schwach werden ließ.

Er lief auf sie zu, sah sie den Kopf heben, rief sie noch einmal. Dann hielt er sie fest in den Armen, schloss die Augen und fühlte nur noch sie, warm und unversehrt und in Sicherheit. Er war so von Emotionen überwältigt, dass er nicht bemerkte, wie starr und steif sie dastand.

Er vergrub sein Gesicht in ihrem weichen Haar. »Maggie, wo warst du?«

Dies war der Mann, von dem sie gedacht hatte, sie würde ihn allmählich verstehen. Dies war der Mann, den sie zu lieben begann. Maggie starrte über seine Schulter auf das Haus. »Ich habe einen Spaziergang gemacht.«

»Allein?«, fragte er überflüssigerweise und schob sie ein Stück zurück. »Du bist allein gegangen?«

Alles an ihr war kühl – ihre Haut, ihr Verhalten, ihre Augen. »Es ist mein Land, Cliff. Warum sollte ich nicht allein spazieren gehen?«

Er fing sich, bevor er toben konnte, weil sie ihm keine Nachricht hinterlassen hatte. Was passierte mit ihm? »Im Waschbecken im ersten Stock war Blut.«

»Ich habe mir an einer Kachel den Finger aufgerissen.«

Er wollte ihr deswegen Vorhaltungen machen. Sie durfte sich nicht selbst verletzen. »Für gewöhnlich spielst du um diese Uhrzeit.«

»Ich bin genauso wenig in ein Schema eingesperrt, wie ich in diesem Haus eingesperrt bin. Wenn du ein stilles kleines Frauchen suchst, das jeden Abend darauf wartet, dir zu Füßen zu fallen, solltest du lieber woanders suchen.« Sie ließ ihn stehen und ging ins Haus.

Ruhiger, wenn auch verwirrter, folgte Cliff ihr in die Küche, wo sie sich gerade einen Drink einschenkte. Scotch, stellte er fest. Noch eine Premiere. Jetzt fiel ihm auf, dass die Farbe auf ihren Wangen fehlte und ihre Schultern verspannt waren.

»Was ist passiert?«

Maggie fand den Scotch zu warm, zu stark, trank ihn dennoch. »Ich weiß nicht, was du meinst.« Die Küche war zu klein. Maggie nahm ihr Glas und ging nach draußen. Die Luft war warm und weich.

Im Freien gab es keine Wände und Decken, durch die sie sich eingeschlossen fühlte. Sie setzte sich auf ein Stück des neuen Rasens. Im Sommer wollte sie hier sitzen und lesen. Byron, wenn sie dazu in der Stimmung war. Sie wollte sich von der Sonne bescheinen und von der Stille einhüllen lassen und lesen, bis sie einschlief. Maggie blickte noch zu den Wäldern, als Cliffs Schatten über sie fiel.

»Maggie, was stimmt nicht mit dir?«

»Ich bin launisch«, sagte sie tonlos. »Du erwartest doch, dass verwöhnte Berühmtheiten launisch sind, oder?«

Cliff hielt sein Temperament im Zaum, setzte sich neben sie und legte seine Hand unter ihr Kinn. Er wartete, bis sie ihm in die Augen sah. »Was ist?«

Sie hatte gewusst, dass sie es ihm sagen musste. Es war diese Ungewissheit, dieses Nichtwissen, was hinterher werden würde, dass sie innerlich kalt und verkrampft sein ließ. »Lieutenant Reiker war heute hier«, begann sie und schob behutsam Cliffs Hand von ihrem Gesicht.

Cliff fluchte, weil er sie allein gelassen hatte. »Was wollte er?«

Maggie zuckte die Schultern und nippte wieder an ihrem Scotch. »Er ist ein Mann, der keine losen Enden mag. Offenbar hat er ziemlich viele gefunden. William Morgan hat an dem Tag seiner Ermordung fünfundzwanzigtausend Dollar von seinem Bankkonto abgehoben.«

»Fünfundzwanzigtausend?«

Er klang überrascht. Ehrlich überrascht. Aber wie konnte sie in irgendeiner Hinsicht noch sicher sein? »Das Geld wurde nie gefunden. Eine von Reikers Theorien besagt, der Mörder habe das Geld versteckt und geduldig darauf gewartet, dass die Leute Morgan vergessen.«

Cliffs Blick wurde schärfer. »Hier?«

»Möglich.«

»Zehn Jahre sind eine verdammt lange Zeit, um auf fünfundzwanzigtausend Dollar zu sitzen«, murmelte Cliff. »Hast du ihm von dem Schrankkoffer auf dem Dachboden erzählt?«

»Ja. Er hat ihn sich angesehen.«

Er berührte ihre Schulter ganz leicht mit seinen Fingerspitzen. »Das hat dich aufgeregt.« Maggie sagte nichts und sah ihn nicht an. Spannung breitete sich in ihm aus. »Da ist noch mehr.«

»Ja, du hast recht. Da ist noch mehr«, bestätigte Maggie ruhig und musste ihn jetzt ansehen. »Er hat erwähnt, dass Morgans Geliebte gleich nach seinem Tod verschwand.« Sie fühlte, wie sich Cliffs Finger krampfhaft um ihre Schultern spannten, genau wie sie unvermittelt die Wellen seines Zorns fühlen konnte.

»Sie war nicht seine Geliebte«, sagte Cliff gepresst. »Meine Mutter mag dumm genug gewesen sein, sich in einen Mann wie Morgan zu verlieben, sie mag unklug genug gewesen sein, mit ihm zu schlafen, aber sie war nicht seine Geliebte.«

»Warum hast du mir das nicht schon früher erzählt?«, fragte Maggie. »Warum hast du gewartet, bis ich es auf diese Weise herausgefunden habe?«

»Es hat nichts mit dir zu tun oder mit den Ereignissen hier.« Ruhelos vor Zorn stand er auf.

»Zufälle«, sagte Maggie ruhig, als Cliff auf sie herunterblickte. »Warst nicht du derjenige, der sagte, man solle Zufällen misstrauen?«

Er fühlte sich gedrängt zu erklären, was er nie zuvor erklärt hatte. »Meine Mutter war einsam und sehr verletzbar, nachdem mein Vater gestorben war. Morgan wusste, wie er das ausnutzen konnte. Ich lebte damals in der Nähe von Washington. Wäre ich hier gewesen, hätte ich es vielleicht aufhalten können. Er verstand es, mit Schwäche zu spielen, und er spielte mit der Schwäche meiner Mutter. Als ich herausfand, dass sie ein Liebespaar waren, wollte ich ihn umbringen.«

Er sagte es kalt und ruhig. Maggie schluckte. Ihre Kehle war trocken.

»Sie war bereits zu sehr an ihn gebunden, um irgendetwas dagegen zu unternehmen. Er hatte sie dazu verführt zu glauben, dass sie ihn liebte. Vielleicht liebte sie ihn auch wirklich. Schon andere intelligente Frauen hatten das getan. Sie war seit Jahren mit Louella befreundet gewesen, aber das spielte keine Rolle. Als man seinen Wagen im Fluss fand, drehte sie durch.«

Es war schmerzlich, zurückzublicken, doch Maggies ernste braune Augen drängten ihn.

»Sie ist nicht verschwunden. Sie kam zu mir. Sie war außer sich, und zum ersten Mal, seit sie sich mit Morgan eingelassen hatte, konnte sie wieder klar sehen. Scham wirkt sich unterschiedlich auf die Menschen aus. Meine Mutter brach alle Bindungen zu Morganville und sämtlichen Einwohnern ab. Sie wusste, dass ihre Beziehung zu Morgan kein Geheimnis war, und da es damit jetzt vorbei war, ertrug sie die Gerüchte einfach nicht. Sie ist noch immer in Washington. Sie hat jetzt ein neues Leben, und ich will nicht, dass irgendetwas von dieser Sache sie erreicht.«

Ob er immer so eisern als Beschützer der Frauen in seinem Leben auftrat? Joyce, seine Mutter … Wo passte sie selbst da ins Bild? »Cliff, ich verstehe, was du fühlst. Meine Mutter war auch einer der kostbarsten Menschen in meinem Leben, aber vielleicht kannst du da gar nichts machen. Sie rekonstruieren, was vor zehn Jahren geschehen ist, und deine Mutter spielt dabei eine Rolle.«

Doch das war nicht alles, was sie dachte, erkannte Cliff. Langsam setzte er sich neben sie und ergriff ihre Schultern. »Du hast dich gefragt, was für eine Rolle ich dabei gespielt habe.«

»Nicht.« Sie versuchte aufzustehen, doch er hielt sie fest.

»Ist doch möglich, dass ich Morgan erschossen habe, um seine zerstörerische Beziehung zu meiner Mutter zu beenden.«

»Du hast ihn gehasst.«

»Ja.«

Ihre Augen wandten sich nicht von ihm ab, blickten ihn forschend an, drangen in die Tiefe. Logik mochte ihn zum Verdächtigen machen, genau wie sein aufbrausendes Temperament. Doch Maggie blickte in das rauchige Grau seiner Augen, und sie glaubte, was sie sah. »Nein«, murmelte sie und zog ihn an sich. »Nein, ich verstehe dich zu gut.«

Ihr Vertrauen vernichtete ihn beinahe. »Wirklich?«, fragte er mit erstickter Stimme.

»Vielleicht zu gut«, murmelte sie. »Ich hatte vorhin solche Angst.« Sie schloss die Augen und atmete seinen vertrauten Duft ein. Er war real, er war solide, und solange sie ihn halten konnte, gehörte er ihr. »Nicht jetzt. Nicht jetzt, da du hier bist.«

Er verspürte den Sog, diesen langsamen, sanften Sog. Wenn er nicht vorsichtig war, würde er bald vergessen, dass es außer ihr in seinem Leben noch etwas oder noch jemanden gab. »Maggie.« Seine Finger schoben sich bereits in ihr Haar. »Du solltest nicht vertrauen, ohne Fragen zu stellen.«

»Es ist kein Vertrauen, wenn man Fragen stellt«, entgegnete sie. Sie wollte, dass es nur noch sie beide gab und der Rest der Welt ausgesperrt und vergessen war. Sie umschmiegte sein Gesicht mit den Händen und legte die Lippen auf seinen Mund.

Sie hatte Feuer und Aggression erwartet, aber seine Lippen waren weich und süß. Verwirrt und bewegt zog Maggie sich zurück und betrachtete ihn. Die Augen, die sie von Anfang an fasziniert hatten, hielten die ihren fest, während Sekunden sich zu einer Minute aneinanderreihten. Sie war in dem Nebel und Rauch verloren. Wortlos zog er sie wieder nahe an sich.

Seine Augen auf die ihren gerichtet, fuhr er mit einer Fingerspitze leicht die Form ihres Gesichts nach. Das war das einzige Gesicht, das er jemals wieder sehen musste. Behutsam umkreiste er ihre Lippen. Das waren die einzigen Lippen, die er je wieder kosten musste. Mit einer Sanftheit, die er keiner anderen Geliebten gezeigt hatte, legte er sie zurück. Dies war der einzige Körper, den er je wieder besitzen wollte.

Zärtlichkeit machte sie benommen und schwach. Sein Mund verharrte auf dem ihren. Allein schon der Kuss ließ sie dahinschmelzen. Unter ihr war das Gras kühl, über ihr war die Sonne warm. Maggie ließ sich von Emotionen treiben. Sie schloss die Augen, während seine Lippen über ihr Gesicht wanderten.

War sie je zuvor so berührt worden? Seine Hände strichen über sie, als wäre sie eine Kostbarkeit. Seine Lippen kosteten, als wäre sie eine Delikatesse. Und sie war hilflos gefangen in dem seidigen Netz, das mehr Liebe als Leidenschaft war.

»Cliff …«

Sie hätte es ihm vielleicht gesagt, hätten seine Lippen nicht die ihren mit einer Sanftheit gefangen genommen, die sie sprachlos machte.

Er hatte nie zuvor ein stärkeres Verlangen verspürt zu genießen. Es war, als könnte jeder Moment zu einer Stunde gestreckt werden, solange sie zusammen in dem duftenden Frühlingsgras lagen. Die Farbe ihrer Wangen war zart. Sonnenlicht spielte auf ihrem Haar. Dem Blick ihrer Augen konnte kein Mann widerstehen, und er drückte deutlicher als Worte aus, dass sie ihm gehörte. Er brauchte sie nur zu begehren. In diesem Bewusstsein bewegte er sich noch langsamer und berührte sie nur noch ehrfürchtiger.

Er entkleidete sie, während seine Küsse sie weiterhin in dem süßen Gefängnis der Lust festhielten. Als sie nackt waren, beobachtete er, wie die Sonne über ihre Haut strömte. Ihre großen ausdrucksvollen Augen waren halb geschlossen. Er fühlte die Nachgiebigkeit ihres Körpers, als sie mit einem Seufzer ihre Hände hob und ihm beim Ausziehen half.

Das raue, primitive Verlangen, das sie so oft in ihm entzündete, stieg nicht in ihm hoch. Stattdessen entlockte sie ihm die sanfteren Gefühle, die er normalerweise zurückhielt. Er wollte nichts weiter, als ihr Genuss bereiten.

Sanft senkte er die Lippen auf ihre Brust. Er hörte, wie ihr Herzschlag sich beschleunigte, während er da verharrte, seine Zunge wandern ließ, mit seinen Zähnen reizte. Die Brustspitze versteifte sich, und als er sie in den Mund zog, spürte er, wie Maggie erschauerte. Sie strich ihm durch das Haar, als sie sich in Empfindungen verloren zurücklegte.

Ihr Körper war wie ein Schatz, der vor der Besitzergreifung entdeckt und bewundert werden musste. Langsam, fast träge ließ er feuchte Küsse und sanfte Hände über sie wandern und hielt an, wenn er ihre bebende Reaktion fühlte.

Ihre Schenkel waren schlank und lang und perlweiß. Er hielt sich daran auf und trieb sie beide näher und näher an den Rand heran. Aber jetzt noch nicht.

Maggie hatte längst vergessen, wo sie war. Obwohl ihre Augen halb offen waren, sah sie nichts als Nebel und Träume. Sie fühlte jedes Streichen seiner Hand, jedes warme Gleiten seiner Lippen. Sie hörte sein sanftes Murmeln, ruhige Seufzer, die von ihm oder ihr kommen mochten. Es gab keinen Grund, jemals etwas anderes zu fühlen oder zu hören. Langsam und unvermeidlich wurde sie durch die Sanftheit in die Hitze gezogen … die sie willkommen hieß.

Er fühlte die Veränderung in ihrem Körper, hörte die Veränderung in ihrem Atem. Er fuhr mit dem Mund an ihrem Schenkel höher, beeilte sich aber noch immer nicht. Sie sollte alles bekommen, was er zu geben hatte.

Sie bog sich ihm unter der plötzlichen Heftigkeit ihrer Lust entgegen, erreichte schnell den Gipfel, gab sich selbst auf. Er wollte und verlangte genau das. Bevor sie zur Ruhe kommen konnte, trieb er sie wieder an, bis sie beide erneut von Irrsinn gepackt wurden. Cliff hielt sich zurück, berauscht von dem Wissen, dass er ihr geben konnte, wovon eine Frau nur träumen mochte. Ihr Körper blühte unter Empfindungen auf, die nur er ihr verschaffen konnte. Ihre Gedanken kreisten nur um ihn.

Dieses Bewusstsein genießend, glitt er in sie und nahm sie mit einer Zärtlichkeit, die andauerte und andauerte und andauerte …

11. Kapitel

Samstagmorgen. Maggie fand, dass sie hier halb dösend liegen könnte, bis es Samstagnachmittag war. Sie fühlte das Gewicht von Cliffs Arm auf ihrer Taille, seinen warmen Atem an ihrer Wange. Ohne die Augen zu öffnen, schmiegte sie sich an ihn und versank in träger Befriedigung.

Hätte sie gewusst, dass er so sanft sein konnte, hätte sie sich bereitwillig in ihn verliebt. Wie befriedigend war diese Entdeckung nun, nachdem sie ihr Herz fast schon verloren hatte. Er hatte so viel Gefühl in sich. Vielleicht ging er damit vorsichtig um, aber sie konnte ihn viel leichter lieben, da sie nun wusste, dass dieses Gefühl in ihm war und sie es hervorlocken konnte.

Nein, sie wollte keine blumigen Sätze, sondern seine Stabilität. Sie wollte keinen glatten Charme. Wenn eine Frau einen Mann fand, der zu solcher Leidenschaft und zu solcher Zärtlichkeit fähig war, wäre sie eine Närrin gewesen, wenn sie ihn in irgendeiner Weise hätte verändern wollen. Und Maggie Fitzgerald, dachte sie mit einem kleinen zufriedenen Lächeln, ist keine Närrin.

»Warum lächelst du?«

Maggie hob die Lider und blickte direkt in Cliffs Augen, die so wach waren, dass er offenbar schon einige Zeit nicht mehr schlief. Sie versuchte die Nebel wegzublinzeln und lächelte erneut. »Es fühlt sich gut an«, murmelte sie und schmiegte sich noch enger an ihn. »Du fühlst dich gut an.«

Er strich mit der Hand über ihren Rücken, ihre Hüfte und ihren Schenkel. Ja, es fühlte sich sehr gut an. »Weich«, sagte Cliff ruhig. »So weich und glatt.« Er rollte sich herum und presste sie auf die Matratze, bis sie lachend eine Beschwerde murmelte. »Machst du Frühstück?«, fragte er.

Maggie legte den Kopf auf ihre Hände und erwiderte seinen arroganten Blick mit gleicher Münze. »Du magst meine Kochkünste nicht.«

»Ich habe beschlossen, heute Morgen tolerant zu sein.«

»Hast du das?« Sie hob eine Augenbraue. »Hab ich vielleicht ein Glück.«

»Schlaffer Frühstücksspeck und flüssige Eier«, fügte er an, bevor er an ihrem Hals knabberte.

Sie genoss das Kratzen seiner Bartstoppel. »Was?«

»Ich mag meinen Speck nicht zu knusprig und meine Eier nicht zu fest.«

Seufzend schloss sie die Augen, während er den Puls an ihrer Kehle küsste. Sie wollte diesen Moment festhalten, ihn einsperren, um ihn wieder hervorholen zu können, wann immer sie sich zufrieden fühlen wollte. »Ich mag meinen Speck so knusprig, dass er krümelt, und Eier mag ich überhaupt nicht.«

»Sie sind gut für dich.« Cliff strich mit seinen Lippen an ihrem Hals hoch und knabberte an ihrem Ohr. »Davon könntest du etwas Fleisch auf die Rippen bekommen.«

»Klagen?«

»Oh nein.« Er strich wieder nach oben, sodass seine Finger ihre Brust seitlich streiften. »Obwohl du zur Magerkeit neigst. Wir könnten dich mit drei richtigen Mahlzeiten pro Tag und etwas Training aufbauen.«

»Niemand braucht drei Mahlzeiten pro Tag«, begann sie ein wenig von oben herab. »Und was das Training angeht …«

»Tanzt du gern?«

»Ja, aber ich …«

»Nicht gerade viele Muskeln.« Er kniff sie in den Arm. »Wie sieht es mit deiner Ausdauer aus?«

Sie warf ihm einen sinnlichen Blick zu. »Das solltest du wissen.«

Lachend presste er die Lippen auf ihre. »Du hast einen sehr schnellen, sehr verdorbenen Verstand.«

»Danke.«

»Also, zum Tanzen. Warst du jemals bei einem Kontertanz?«

»Einem was?«

»Dachte ich es mir.« Er schüttelte den Kopf und drehte sich so, dass er mitleidig auf sie herunterblicken konnte. »Ein ländlicher Tanz, Maggie.«

Sie zog die Augenbrauen zusammen. »Squaredance?«

»Nein.« Cliff zog sie in sitzende Stellung hoch. »Squaredance ist formeller, reglementierter als Country Dancing, obwohl es auch dabei traditionelle Musik und einen Rufer gibt.«

Maggie strich mit dem Finger über seine Brust. »Wirbel den Partner herum und hopsasa?«

»Unter anderem …«

Maggie legte die Hände um seinen Hals und ließ den Kopf nach hinten sinken, damit sie ihn unter gesenkten Wimpern hervor ansehen konnte. »Das ist alles sicher sehr faszinierend, aber ich weiß nicht, warum wir so viel reden, wenn du mich küssen könntest.«

Als Antwort gab er ihr einen langen, sengenden Kuss, der ihr den Atem raubte. »Weil ich mit dir tanzen gehen will.«

Zufrieden seufzend genoss Maggie das Gefühl, wie ihr Blut zu sieden begann. »Wo und wann?«

»Heute Abend, im Park vor der Stadt.«

»Heute Abend?« Sie öffnete ein Auge. »Tanz im Park?«

»Das ist Tradition. Eine Feier zum Gründungstag zusammen mit dem Frühlingsfest. Es gibt Tanz bis Mitternacht, dazu ein Essen. Danach …« Er legte die Hand auf ihre Brust und genoss es, wie ihre Augen sich verschleierten, als er mit seiner Fingerspitze über die Brustknospe strich. »Danach gibt es Tanz für jeden, der durchhält, bis zum Morgengrauen.«

»Bis zum Morgengrauen?« Fasziniert und bereits hoffnungslos erregt, wand Maggie sich unter ihm.

»Ich denke, du hast schon früher bis zum Morgengrauen getanzt.«

Er hatte das Falsche gesagt oder den verkehrten Ton angeschlagen. Jedenfalls verkrampfte sich ihr Körper. Nein, er wollte ihre Differenzen jetzt nicht zur Sprache bringen. Er streckte sich neben ihr aus und zog sie in die Arme. »Wir könnten den Sonnenaufgang beobachten«, murmelte er. »Und das Erlöschen der Sterne.«

Sie lag still neben ihm, aber ihr Verstand war jetzt klar. Die Zweifel waren zurückgekehrt. »Du hast mir bisher nichts davon erzählt.«

»Ich dachte mir, dass du nicht besonders an Country Dancing interessiert bist. Aber ich habe eingesehen, dass ich mich getäuscht habe.«

Das war eine andere Art von Entschuldigung. Maggie nahm sie genauso leicht an wie die erste. Sie lächelte wieder und neigte den Kopf zurück. »Bittest du mich um eine Verabredung?«

Er mochte es, wenn ihre Augen halb neckend, halb herausfordernd aufleuchteten. »Sieht so aus.«

»Sehr gern.«

»In Ordnung.« Ihr Haar fiel ihr auf die Schultern. Abwesend schlang er die Enden um seine Hand. »Also, was ist nun mit dem Frühstück?«

Sie senkte lächelnd ihre Lippen auf seinen Mund. »Damit warten wir bis zum Mittagessen.«

Maggie wusste nicht, was auf sie wartete, aber sie freute sich auf den Abend. Vielleicht war es ein kleines Fest mit Blechmusik und warmer Limonade in Pappbechern. Sie erwartete nicht, besonders beeindruckt zu sein. Sie erwartete ganz sicher nicht, bezaubert zu sein.

Die Wagenkolonne auf der gewundenen Zufahrtsstraße zu dem Park überraschte sie. Sie hatte angenommen, die meisten Leute in der Stadt würden einfach zu Fuß gehen. Sie erwähnte es Cliff gegenüber, und er zuckte nur die Schultern und quetschte seinen Pick-up hinter einen gelben Kleinbus.

»Die Leute kommen aus dem ganzen County und sogar aus Washington und Pennsylvania.«

»Wirklich?« Sie stieg aus dem Pick-up. Es war eine warme, klare Nacht. Die Sonne ging gerade unter. Maggie legte ihre Hand in Cliffs Hand und spazierte mit ihm den Hügel hinauf.

Die Sonne sank tiefer hinter die Berge im Westen. Maggie hatte großartige Sonnenuntergänge am Meer erlebt und war von den Farben und dem Leuchten der Sonnenuntergänge in den schneebedeckten Alpen beeindruckt gewesen. Sie hatte gesehen, wie die Wüste in der Abenddämmerung vor Farben vibrierte und Städte im Zwielicht glühten. Doch irgendwie war sie tiefer berührt, als sie die goldenen, malvenfarbenen und rosa Schichten über den Vorbergen eines großartigen Gebirges betrachtete. Vielleicht war es albern, vielleicht war es schwärmerisch, aber sie fühlte sich diesem Ort mit dem Einbruch der Nacht verbundener als je zuvor irgendeinem anderen. Impulsiv schlang sie die Arme um Cliffs Hals und hielt ihn an sich gedrückt.

Lachend legte er seine Hände an ihre Hüften. »Wofür ist das?«

»Es fühlt sich gut an.«

Mit einem Knall barst die Stille, und die Musik brach los. Als Musikerin erkannte sie jedes einzelne Instrument – Violine, Banjo, Gitarre, Piano. Als Musikliebhaberin schnellte ihre Erregung hoch.

»Das ist fantastisch!«, rief sie aus und löste sich rasch von Cliff. »Absolut fantastisch. Schnell, das muss ich sehen!« Maggie packte seine Hand und jagte den Rest des Weges den Hügel hinauf.

Ihr erster Eindruck war der von zweihundert, vielleicht zweihundertfünfzig Leuten, die sich in einem Pavillon drängten. Dann sah sie, dass sie in Reihen Aufstellung genommen hatten, in Reihen zu sechst, nein, zu acht, wie sie nach einer schnellen Zählung erkannte. Eine Reihe Männer stand einer Reihe Frauen gegenüber und so weiter, bis kein Platz mehr blieb. Und sie bewegten sich zu der Musik in einer Choreografie, die gleichzeitig verwirrend und fließend wirkte.

Einige Frauen trugen Röcke, die flogen, wenn sie sich vorbeugten oder schwenkten oder herumwirbelten. Andere trugen Jeans. Die Kleidung der Männer war keineswegs formeller als die der Frauen. Manche trugen Turnschuhe, die meisten feste schwarze Lederschuhe, wieder andere orientalische Sandalen. Alle bewegten sich. Petticoats blitzten, Fersen stampften, Lachen ertönte.

Eine Frau stand am Rand einer kleinen hölzernen Bühne vor der Band und rief Anweisungen in einem singenden Tonfall. Maggie verstand zwar die meisten Worte nicht, aber sie verstand Rhythmus. Es reizte sie bereits, es selbst auszuprobieren.

»Aber wie wissen die Leute, was zu tun ist?«, fragte sie. »Wie verstehen sie die Frau?«

»Es ist eine Bewegungsfolge, die sich immer wiederholt«, erklärte Cliff. »Wenn du die Abfolge erst einmal begriffen hast, brauchst du nicht einmal mehr einen Rufer. Das ist dann nur noch ein Zusatz.«

Maggie konzentrierte sich auf ein Paar und zählte die Takte mit, bis sie die Schrittfolge herausgefunden hatte.

Als die Sonne noch tiefer sank, fiel das Licht der Lampen, die über den Köpfen aufgehängt waren, auf die Tänzer. Der Boden vibrierte unter Maggies Füßen. Mit Cliffs Arm um sie gelegt, betrachtete sie die Tänzer. Sie erkannte die Postangestellte. Die eher streng wirkende Frau mittleren Alters wirbelte wie ein Derwisch herum und flirtete wie ein junges Mädchen.

Flirten gehörte dazu, Blickkontakt, vielversprechendes Lächeln. Der Tanz war, wie Tänze stets gewesen waren, eine Art Paarungsritual.

Als die Musik endete, stimmte Maggie in den heftigen Beifall ein. Lachend packte sie Cliffs Hand. »Ich muss den nächsten Tanz ausprobieren, selbst wenn ich mich blamiere!«

»Achte einfach auf die Rufe und folge der Musik«, sagte er schlicht, als sich die Reihen wieder formten. »Sie gehen immer einmal den Tanz durch, bevor die Musik beginnt.«

Sie lauschte auf die nächste Tanzsequenz, auch wenn sie nicht einmal die Hälfte der Ausdrücke der Ruferin verstand. Während Cliff sie langsam durch die Schritte führte, genoss sie das Gefühl der Kameradschaft und das Fehlen von Hemmungen um sie herum.

Obwohl sie spürte, dass sie interessiert beobachtet wurde, ließ sie sich davon nicht stören. Die Leute hatten ein Recht dazu, war es doch immerhin die erste Veranstaltung, an der sie teilnahm, und ihr Partner war ein Mann, den jeder zu kennen schien.

»Die Nummer heißt ›Whisky vor dem Frühstück‹!«, verkündete die Ruferin. »Wenn ihr das schon versucht habt, wisst ihr, dass es euch nicht so gut tut wie das Tanzen.« Sie stampfte mit dem Fuß auf der Plattform, eins, zwei, drei, und die Musik setzte ein.

Der Tanz war schnell und ausgelassen. Als Cliff sie zum ersten Mal herumwirbelte, fühlte Maggie den Lufthauch auf ihrem Gesicht und lachte.

»Sieh auf meine Augen«, warnte er. »Sonst wird dir so schwindlig, dass du nicht mehr stehen kannst.«

»Das gefällt mir!«, rief sie zurück und dann »Hoppla!«, als sie den nächsten Schritt ausließ und sich beeilen musste, um mit dem Rest der Reihe mitzuhalten.

Sie störte sich weder an der Verwirrung noch an der Menschenmenge. Schultern stießen zusammen, Füße verhakten sich, sie wurde um die Taille gepackt, als sie von Leuten herumgewirbelt wurde, die sie noch nie kennengelernt hatte. Teenager tanzten mit Großmüttern. Ladys in Rüschenkleidern wirbelten mit Männern in Jeans herum. Als Cliff sie packte und sie in engen Kreisen drehte, wusste sie, dass sie stundenlang so hätte tanzen können.

»Das war es«, sagte er lachend, als sie sich an ihn klammerte.

»Schon?« Sie war atemlos, aber noch lange nicht am Ende. »Es war wunderbar, aber zu kurz. Wann tanzen wir wieder?«

»Jederzeit, wann du willst.«

»Jetzt«, erklärte sie und reihte sich wieder ein.

Der Tanz begann, und als sie sich ihrem nächsten Tanzpartner zuwandte, wurde ihre Hand von Stan Agee gepackt. Ohne seinen Stern und seinen Revolver wirkte er wie ein attraktiver Sportler. Aus einem Grund, den Maggie nicht erklären konnte, spannte sie sich bei seiner Berührung an.

»Freut mich, Sie hier zu sehen, Miss Fitzgerald.«

»Danke.« Entschlossen, ihrer Stimmung nicht nachzugeben, lächelte sie und hob eine Hand an seine Schulter, als er herumzuwirbeln begann. Sie fing seinen Duft auf, das vertraute Kaufhaus-Rasierwasser, aber es besänftigte sie nicht.

»Sie begreifen schnell.«

»Es ist wunderbar. Ich kann gar nicht glauben, dass ich das mein Leben lang versäumt habe.« Aus den Augenwinkeln sah sie, wie Cliff sich mit Joyce drehte. Die Spannung wollte sich nicht lösen.

»Reservieren Sie einen Tanz für mich«, bat er, bevor sie sich für den nächsten Schritt ihren ursprünglichen Partnern zuwandten.

Im gleichen Moment, als Cliff sie berührte, fühlte er die Starre in Maggies Muskeln.

»Was ist los?«

»Nichts.« Es ist nichts, sagte Maggie sich, weil sie es nicht erklären konnte. Aber als sie jetzt von einem Paar Arme zum nächsten wanderte, begriff sie, dass sie jedes Mal mit einem Mörder tanzen könnte. Woher sollte sie es wissen? Es hätte jeder sein können – der Grundstücksmakler, der ihr das Haus verkauft hatte, der Metzger, der ihr erst gestern die Schweinekoteletts empfohlen hatte, die Postangestellte, der Mann vom Bankschalter. Woher sollte sie es wissen?

Maggies Gedanken begannen herumzuwirbeln. Für einen Moment traf ihr Blick auf Lieutenant Reikers Augen, der am Rand der Fläche stand und beobachtete. Warum ist er hier, fragte sie sich, als sie wieder gepackt und gedreht wurde. Vielleicht beobachtete er sie. Aber warum? Wollte er sie beschützen? Wovor?

Dann war sie wieder in Cliffs Armen. Der Lieutenant tat nur seinen Job, erinnerte sie sich selbst. Aber wie sehr sie wünschte, dass er ginge!

Da war Louella, die durch den Tanz zu schweben schien. Sie besaß die Anmut einer natürlichen Tänzerin. Und sie besaß verhaltene Würde. Es bereitete Maggie Unbehagen, weil sie fühlte, dass unter dieser Zurückhaltung etwas um Befreiung kämpfte.

Ich bilde mir nur etwas ein, hielt sie sich vor, aber das Unbehagen blieb. Sie wurde beobachtet, das wusste sie. Von

Reiker? Stan Agee? Joyce? Louella? Von jedermann. Alle hatten William Morgan gekannt. Sie war die Außenseiterin, die entdeckt hatte, was ein Jahrzehnt tot und begraben gewesen war. Die Logik wies darauf hin, dass mindestens eine Person ihr das übel nahm, vielleicht sogar alle.

Plötzlich war die Musik zu laut, die Schrittfolge zu schnell und die Luft zu überlastet von Gerüchen.

Dann wurde Maggie von Bogs kurzen, drahtigen Armen aufgefangen und in einem atemberaubenden Tempo gedreht.

»Sie können gut wirbeln, Miss Maggie«, rief er grinsend und zeigte mehrere Zahnlücken. »Teuflisch gut!«

Sie blickte in das freundliche, faltige Gesicht und grinste ihrerseits. Niemand nahm ihr etwas übel. Warum auch? Sie war nicht in eine zehn Jahre alte Tragödie verwickelt. Es wurde Zeit, dass sie aufhörte, unter die Oberfläche zu blicken, und die Dinge akzeptierte, wie sie sie sah. »Ich liebe es, herumzuwirbeln!«, rief sie Bog zu. »Ich könnte stundenlang herumwirbeln!«

Er lachte abgehackt und gab sie für die nächste Sequenz frei. Die Musik steigerte sich, wirkte jedoch nicht mehr zu laut. Das Tempo beschleunigte, aber Maggie hätte schneller und schneller tanzen können. Als es vorbei war, hielt sie lachend die Arme um Cliffs Hals verschränkt.

Jetzt war keine Spannung mehr in ihr, aber sie war da gewesen. Cliff glaubte den Grund zu verstehen. Bewusst steuerte er Maggie von den Agees und Louella weg. »Ich könnte ein Bier brauchen.«

»Klingt perfekt. Ich möchte mir aber noch einen Tanz ansehen.«

»Willst du etwa auch ein Bier?«

Maggie zog eine Augenbraue hoch. »Darf ich vielleicht nicht?«

Er zuckte die Schultern und gab einem Mann in einem Overall einen Dollar. »Du siehst nicht wie ein Biertyp aus.«

»Du ordnest zu schnell nach Typen ein«, entgegnete Maggie und sah zu, wie das Bier aus einem Holzfass in Pappbecher gezapft wurde.

»Vielleicht«, murmelte Cliff und trank den Schaum. »Amüsierst du dich gut?«

»Ja.« Sie lachte ihn über den Rand an. Das Bier war lauwarm, aber es war wenigstens nass. Ihr Fuß klopfte bereits den Rhythmus. Jetzt spielte auch eine Mandoline mit. Es klang wunderbar altmodisch.

Cliff lehnte sich gegen die Mauer. »Ich hätte nicht gedacht, dass du dich hier bewegst, als wärst du hineingeboren worden.«

Sie senkte ihren halb leeren Becher. »Wann wirst du aufhören, mich in einen schimmernden Glaskäfig zu stellen, Cliff? Ich bin keine zarte Treibhauspflanze und kein verwöhntes Hollywood-Biest. Ich bin Maggie Fitzgerald, und ich schreibe Musik.«

Sein Blick hing lange an ihr, während um sie beide herum die Musik pulsierte. »Ich glaube, ich weiß, wer du bist.« Er strich mit der Hand über ihre Wange. »Ich glaube, ich kenne Maggie Fitzgerald. Nur wäre es vielleicht für uns beide sicherer gewesen, wärst du in diesem Glaskäfig geblieben.«

Sie fühlte Hitze in sich hochsteigen. Nur eine einzige Berührung reichte aus. »Wir müssen abwarten, nicht wahr?« Sie stieß mit ihrem Pappbecher gegen den seinen. »Auf ein neues Verständnis?«

»In Ordnung.« Er legte seine Hand an ihr Kinn, bevor er sie küsste. »Wir versuchen es.«

»Miss Fitzgerald?«

Maggie drehte sich um und sah einen kleinen Mann Anfang zwanzig vor sich, der einen Filzhut zwischen seinen Händen drehte. Bis zu diesem Moment hatte sie sich so auf Cliff konzentriert, dass sie nicht bemerkt hatte, dass die Musik aufgehört hatte. »Sie sind der Klavierspieler.« Ihre Augen leuchteten auf. »Sie sind wunderbar.«

Vorher war er nervös gewesen, jetzt war er überwältigt. »Ich … danke«, brachte er stammelnd hervor. Seine ganze Seele lag in seinen Augen. »Ich konnte es gar nicht glauben, als ich hörte, dass Sie hier sind.«

»Ich lebe hier«, erklärte sie schlicht.

»Miss Fitzgerald …« Der Klavierspieler zerquetschte die Hutkrempe zwischen den Fingern, war zwischen Freude und Nervosität zerrissen. »Ich wollte Ihnen nur sagen, wie großartig es ist, Sie hier zu haben. Wir wollen Sie gar nicht drängen, aber wenn Sie etwas für uns spielen wollten, irgendetwas …«

»Ich kenne die Songs nicht«, erwiderte sie und trank ihr Bier aus. »Trauen Sie mir eine Improvisation zu?«

Er lachte ungläubig auf. »Machen Sie Witze?«

Lachend gab sie Cliff den Becher. »Halt das!«

Er lehnte sich kopfschüttelnd gegen die Mauer, als sie mit dem Klavierspieler zur Bühne ging. Sie hatte die Gewohnheit, Befehle zu erteilen, fand er. Dann dachte er an die Bewunderung in den Augen des jungen Mannes. Vielleicht war es das wert.

Maggie spielte eine Stunde und entdeckte, dass es genauso viel Spaß machte, die Musik zu spielen, wie dazu zu tanzen. Sie genoss die Herausforderung der nicht vertrauten Musik und den freien Stil. Noch bevor sie mit der zweiten Nummer fertig war, beschloss sie, selbst eine zu schreiben.

Von der Bühne aus konnte sie die Tänzer überblicken. Sie sah wieder Louella mit Stan als Partner. Automatisch suchte sie die Menge nach Joyce ab und fand sie, Cliff zugewandt. Als hätte sie gewusst, wo er war, wurde ihr Blick nach links zu Reiker gezogen, der an seinem Pfosten lehnte, rauchte und die Tänzer beobachtete. Wen, fragte sich Maggie. Wen beobachtet er? Die Reihen verschmolzen miteinander und veränderten sich, und Maggie war sich ihrer Sache nicht sicher, aber die Richtung seines Blicks ging zu Stan mit Louella und Cliff mit Joyce.

Falls er in einem von ihnen einen Mörder sah, zeigte es sich nicht in seinen Augen. Sie blickten ruhig und unverwandt und erzeugten ein flaues Gefühl in Maggies Magen. Bewusst wandte sie den Kopf ab und konzentrierte sich auf die Musik.

»Ich hatte nicht erwartet, meine Partnerin an ein Klavier zu verlieren«, sagte Cliff, als die Musik wieder eine Pause machte.

Maggie bedachte ihn mit einem skeptischen Blick. »Was das angeht, scheinst du keinen Mangel gelitten zu haben.«

»Ein alleinstehender Mann ist in dieser Gegend eine leichte Beute.« Er packte sie bei der Hand und zog sie auf die Beine. »Hungrig?«

»Ist es schon Mitternacht?« Maggie presste die Hand auf ihren Magen. »Ich bin am Verhungern.«

Sie häuften sich große Portionen auf ihre Teller, obwohl es so dunkel war, dass man unmöglich erkennen konnte, was man aß, bis man es kostete. Sie saßen unter einem Baum im Gras und plauderten lässig mit den Leuten, die vorbeikamen. Es ist einfach, fand Maggie. Es waren Leute, die von Musik an einen Ort gelockt worden waren. Erneut verspürte sie freundschaftliche Verbundenheit. Sie lehnte sich zurück und ließ den Blick über die Menge gleiten.

»Ich sehe Louella nicht.«

»Stan wird sie heimgebracht haben«, sagte Cliff zwischen zwei Bissen. »Sie bleibt nie länger als bis Mitternacht. Er wird allerdings wiederkommen.«

»Mmm.« Maggie kostete etwas, das sich als Waldorf-Salat entpuppte.

»Miss Fitzgerald.«

Maggie legte ihre Gabel weg, als Reiker sich neben sie kauerte. »Lieutenant.«

»Ihr Spiel hat mir gefallen.«

»Freut mich. Ich habe Sie nicht tanzen gesehen.«

»Mich?« Er lächelte verlegen. »Ich tanze nicht. Meine Frau wollte gern herkommen.«

Maggie entspannte sich. Eine schlichte, unschuldige Erklärung. »Die meisten Leute, die Musik mögen, tanzen auch gern.«

»Ich würde es gern, aber meine Füße nicht.« Sein Blick wanderte zu Cliff. »Ich möchte Ihnen für Ihre Kooperation danken. Könnte uns helfen, ein paar lose Enden miteinander zu verbinden.«

»Gern geschehen«, erwiderte Cliff brüsk. »Wir alle möchten, dass die Sache abgeschlossen wird.«

Reiker nickte und stand mit einiger Mühe auf. »Hoffentlich spielen Sie noch mehr, Miss Fitzgerald.«

Sobald er weg war, stieß Maggie den Atem aus. »Was hat er mit Kooperation gemeint?«

»Ich habe Kontakt zu meiner Mutter aufgenommen. Sie kommt am Montag, um eine Aussage zu machen.«

»Verstehe. Das muss schwer für sie sein.«

»Nein.« Cliff tat es mit einem Schulterzucken ab. »Es ist zehn Jahre her. Es liegt hinter ihr. Es liegt hinter uns allen«, fügte er ruhig hinzu. »Einen ausgenommen.«

Maggie schloss schaudernd die Augen. Sie wollte jetzt nicht daran denken. »Tanz mit mir«, bat sie, als die Musiker ihre Instrumente zu stimmen begannen. »Es sind noch Stunden bis zur Morgendämmerung.«

Sie wurde nicht müde, auch nicht, als der Mond unterging. Die Musik und die Bewegung boten ihr ein Ventil für ihre Nervosität. Manche Tänzer verschwanden, andere wurden ausgelassener, je länger die Nacht dauerte. Und die Musik hörte nie auf.

Als sich der Himmel erhellte, waren nur noch etwa hundert Tänzer auf den Beinen. Es lag etwas Mystisches, Machtvolles darin, zu beobachten, wie die Sonne hinter den Bergen aufging, während die Musik durch die Luft schwebte. Als das Licht des neuen Tages sich rosig färbte, erklang der letzte Walzer.

Cliff nahm Maggie in die Arme und drehte sich mit ihr auf der Tanzfläche. Er fühlte, wie das Leben in ihr vibrierte, erregend, stark. Wenn sie erst aufhört, dachte er, während er sie näher an sich zog, wird sie stundenlang schlafen.

Sie bewegte sich mit ihm, eng an ihn geschmiegt. Ihr Herzschlag war gleichmäßig, ihr Haar weich. Er sah zu, wie sich die Farben über den östlichen Bergen ausbreiteten. Dann neigte Maggie ihren Kopf nach hinten und lächelte ihn an.

Und als er erkannte, dass er sie liebte, war Cliff verwirrt und sprachlos.

12. Kapitel

Maggie hätte Cliffs abrupten Rückzug bemerkt, wäre sie nicht so von der Nacht und der Musik erfüllt gewesen. »Ich könnte noch stundenlang tanzen.«

»Du wirst schon schlafen, noch bevor wir heimkommen«, erwiderte Cliff und achtete darauf, sie nicht zu berühren. Er musste verrückt sein, sich in eine Frau wie sie zu verlieben. Sie konnte sich nicht entscheiden, ob sie tapezieren oder kacheln wollte. Sie erteilte Befehle. Sie trug Seide unter ihrer Jeans. Er musste verrückt sein.

Jetzt stieg sie neben ihm in seinen Pick-up und schmiegte den Kopf an seine Schulter, als würde er dorthin gehören. Und er gehörte dorthin. Obwohl es ihm nicht leichtfiel, es zu akzeptieren, legte Cliff den Arm um sie und zog sie näher an sich heran. Sie gehörte hierher.

»Ich weiß gar nicht, wann ich mich je so gut unterhalten habe.« Nur mit bloßer Willenskraft hielt Maggie die Augen offen. Sie gähnte ausgiebig. »Es hat Spaß gemacht, heute zu spielen. Normalerweise spiele ich nie selbst, aber ich werde C. J.'s Rat befolgen und selbst den Titelsong für ›Heat Dance‹ machen. Es ist ein Kompromiss, eine Aufnahme und kein Auftritt.« Während ihr Kopf schwer wurde, bemerkte sie, dass sie auf ihre Straße einbogen. »Ich muss für die Aufnahme für ein paar Tage nach L. A. fliegen, was C. J. begeistern wird.« Sie lachte schläfrig. »Er wird jeden Trick einsetzen, um mich an einer Rückkehr zu hindern.«

Cliff verspürte Panik. Er hielt am Ende der Zufahrt und zog die Handbremse an. »Ich will, dass du mich heiratest!«

»Was?« Im Halbschlaf schüttelte Maggie den Kopf, weil sie sicher war, falsch verstanden zu haben.

»Ich will, dass du mich heiratest«, wiederholte Cliff und ergriff sie an den Schultern. »Es ist mir egal, ob du ein Dutzend Songs aufnimmst. Du wirst mich heiraten, bevor du für die Aufnahme nach Kalifornien fliegst.«

Zu sagen, dass sie verblüfft war, wäre eine ungeheure Untertreibung gewesen. Maggie starrte ihn an, als hätte einer von ihnen den Verstand verloren. »Ich bin im Moment wohl ein wenig benebelt«, murmelte sie. »Hast du gesagt, dass du mich heiraten willst?«

»Du weißt verdammt genau, was ich gesagt habe.« Die Angst, sie zu verlieren, nachdem er gerade erst erkannt hatte, dass er ohne sie nicht leben konnte, war zu viel. Er konnte nicht ruhig sein. Er konnte nicht vernünftig sein. Er konnte sie nicht ohne einen Schwur, dass sie wiederkommen würde, gehen lassen. »Du fliegst nicht nach Kalifornien, wenn du mich nicht heiratest.«

Maggie zog sich zurück. »Sprichst du davon, dass ich eine Aufnahme mache, oder sprechen wir von Heirat? Das eine hat mit dem Geschäft, das andere mit meinem Leben zu tun.«

Frustriert zog Cliff sie wieder an sich. »Von jetzt an ist dein Leben meine Sache.«

»Nein.« Das klang zu vertraut. »Nein, ich will niemanden, der auf mich aufpasst, wenn du das meinst. Ich werde diese Verantwortung nicht noch einmal übernehmen – oder diese Schuld.«

»Ich weiß nicht, wovon du sprichst, zum Teufel«, explodierte Cliff. »Ich sage dir, dass du mich heiraten wirst.«

»Genau das ist es. Du hast mir nichts zu sagen!« Sie riss sich los, und die Schläfrigkeit in ihren Augen verwandelte sich in Feuer. »Jerry sagte mir, wir würden heiraten, und ich bin mitgelaufen, weil es richtig erschien. Er war mein bester Freund. Er hatte mir über den Tod meiner Eltern hinweggeholfen. Er hatte mich ermutigt, wieder zu schreiben. Er wollte sich um mich kümmern.« Maggie strich sich durch das Haar. »Und ich habe ihn gewähren lassen, bis es bergab ging und er nicht einmal auf sich selbst aufpassen konnte. Ich konnte ihm nicht helfen. Das kann ich nicht noch einmal durchmachen, Cliff. Ich lasse mich nicht wieder in diesen Glaskäfig sperren.«

»Es hat nichts mit deiner ersten Ehe zu tun und erst recht nichts mit Käfigen«, entgegnete Cliff kurz angebunden. »Du kannst verdammt gut auf dich selbst aufpassen, aber du wirst mich heiraten.«

Ihre Augen zogen sich zu Schlitzen zusammen. »Warum?«

»Weil ich es dir sage.«

»Falsche Antwort.« Wie der Blitz war sie aus dem Pick-up und knallte die Tür zu. »Du kannst dich abkühlen oder ausschlafen oder was immer du willst«, erklärte sie ihm kühl. »Ich gehe ins Bett.« Sie drehte sich auf dem Absatz um und stieg die wackeligen Stufen zu ihrer Haustür hinauf. Als sie den Türknauf drehte, hörte sie seinen Pick-up den Berg hinunterfahren.

Soll er doch, sagte Maggie sich. Wenn ein Mann sich einbildete, einer Frau die Heirat befehlen zu können, hatte er nichts anderes verdient. Wenn er sie wollte, wenn er sie wirklich wollte, musste er es viel besser machen.

Ich liebe dich. Sie lehnte den Kopf an die Tür und sagte sich, dass sie nicht weinen würde. Diese drei Worte waren alles, was er hätte sagen müssen.

Warum bellt der Hund nicht, fragte sie sich, als sie die Tür wieder schloss. Großartiger Wachhund. Verärgert wandte sie sich zur Treppe, plante ein heißes Bad und einen langen Schlaf, als ein Geruch sie stoppte. Kerzenwachs, dachte Maggie verwirrt. Und Rosen? Seltsam, dachte sie. Ihre Einbildungskraft war gut, aber nicht so gut, um Gerüche heraufzubeschwören. Sie ging zum Wohnzimmer und blieb in der Tür stehen.

Louella saß sehr gerade und steif in einem Lehnstuhl. Ihre Hände waren säuberlich im Schoß auf demselben nebelgrauen Kleid gefaltet, das sie zum Tanz getragen hatte. Ihre Haut war so blass, dass die Ringe unter ihren Augen wie Blutergüsse aussahen. Die Augen schienen durch Maggie hindurch zu starren. Auf dem Tisch neben ihr brannten Kerzen, jetzt fast nur noch Stummel. Das Wachs war am unteren Ende der Halter erstarrt. Eine Vase mit frischen Rosen stand daneben, sodass die Brise, die zum offenen Feuer hereinstrich, den Duft durch den Raum trug.

Nach dem ersten Schock versuchte Maggie ihre Gedanken zu ordnen. Von Anfang an war ziemlich klar gewesen, dass Louella nicht ganz gesund war. Man musste sie sanft behandeln. Maggie näherte sich ihr wie einem verletzten Vogel.

»Mrs. Morgan«, sagte sie leise und legte vorsichtig eine Hand auf ihre Schulter.

»Ich habe Kerzenschein immer geliebt.« Louella sprach mit ihrer ruhigen, leisen Stimme. »So viel schöner als eine Lampe. Ich habe abends oft Kerzen angezündet.«

»Sie sind schön.« Maggie hielt ihren Ton sanft, als sie sich neben die Frau kniete. »Aber jetzt ist es Morgen.«

»Ja.« Louella blickte ausdruckslos auf das von Sonnenlicht erfüllte Fenster. »Ich bleibe oft nachts wach. Ich mag die Geräusche. Die Wälder machen nachts Musik.«

»Kommen Sie oft nachts hierher, Mrs. Morgan?«, fragte Maggie vorsichtig.

»Manchmal fahre ich«, sagte sie verträumt. »Manchmal, wenn die Nacht so klar und warm ist wie heute, gehe ich zu Fuß. Als Mädchen bin ich viel zu Fuß gegangen. Joyce lief schon als Baby auf den Waldwegen.«

Maggie befeuchtete ihre Lippen. »Kommen Sie nachts oft hierher zurück, Mrs. Morgan?«

»Ich weiß, ich sollte fortbleiben. Joyce hat mir das immer gesagt. Aber …« Louella seufzte. »Sie hat Stan. Er ist so ein guter Mann. Das ist Ehe, wissen Sie. Liebe und Sorge füreinander.«

»Ja.« Hilflos sah Maggie zu, wie Louellas Hände unruhig wurden.

»William war kein liebevoller Mann. Ich wollte, dass Joyce einen liebevollen Mann hat, einen wie Stan.« Sie schloss die Augen und atmete flach.

Maggie wollte die Agees anrufen und versuchte aufzustehen, als sich Louellas Hand um ihre legte.

»Ich bin ihm in jener Nacht hierher gefolgt«, flüsterte sie. Jetzt waren ihre Augen voll auf sie gerichtet.

Maggies Mund wurde trocken. »Sie sind ihm gefolgt?«

»Ich wollte nicht, dass etwas passiert. Joyce liebte ihn so.«

Maggie bemühte sich, ihre Stimme leise zu halten. »Sie sind Ihrem Mann hierher gefolgt?«

»William war hier«, sagte Louella. »Er war hier, und er hatte das Geld. Ich wusste, dass er etwas Schreckliches tun würde, etwas, mit dem er durchgekommen wäre, weil er eben so war. Damit musste Schluss sein.« Ihre Finger spannten sich krampfhaft um Maggies Hand und entspannten sich genauso abrupt, als ihr Kopf zurücksackte. »Natürlich konnte das Geld nicht mit ihm begraben werden. Ich dachte, nein, wenn sie ihn finden, sollten sie nicht das Geld finden. Also habe ich es versteckt.«

»Hier«, brachte Maggie hervor. »Auf dem Dachboden.«

»In dem Schrankkoffer. Ich habe es völlig vergessen.« Müdigkeit durchzog Louellas Stimme. »Ich habe es vergessen, bis vor ein paar Wochen die Erde aus dem Graben ausgehoben wurde. Ich kam her und nahm das Geld heraus und habe es verbrannt, wie ich es schon vor zehn Jahren hätte verbrennen sollen.«

Maggie blickte auf die zierliche Hand hinunter. Konnte diese Hand den Abzug betätigen? Eine Kugel in einen Menschen abfeuern? Maggie richtete den Blick auf Louellas Gesicht und sah, dass es jetzt im Schlaf ruhig wirkte.

Was mache ich bloß, fragte sich Maggie. Die Polizei rufen? Nein, das konnte sie nicht. Sie musste Joyce anrufen.

Sie ging ans Telefon und ließ sich von der Vermittlung Joyces Nummer geben. Es meldete sich niemand. Seufzend blickte Maggie über ihre Schulter ins Wohnzimmer auf die schlafende Louella. Sosehr sie es hasste, aber sie musste Lieutenant Reiker anrufen. Als sie ihn auch nicht erreichte, hinterließ sie eine Nachricht in seinem Büro.

Als sie in das Wohnzimmer zurückkam, rang Maggie nach Luft, als sich ihr eine Gestalt näherte. »Oh, Sie haben mich erschreckt.«

»Tut mir leid.« Stan blickte besorgt von Maggie zu seiner Schwiegermutter. »Ich bin durch die Hintertür hereingekommen. Der Hund schläft fest in der Küche. Könnte sein, dass Louella ihm eine halbe Schlaftablette gegeben hat, um ihn still zu halten.«

»Oh.« Maggie tat instinktiv einen Schritt Richtung Küche.

»Es geht ihm gut«, versicherte Stan.

»Sheriff – Stan, ich wollte Sie gerade anrufen. Ich glaube, Louella war den Großteil der Nacht hier.«

»Tut mir leid.« Er rieb sich die müden Augen. »Seit diese Sache angefangen hat, ist es ihr immer schlechter gegangen. Joyce und ich, wir wollen sie nicht in ein Heim geben.«

»Nein.« Besorgt berührte sie seinen Arm. »Aber sie hat mir erzählt, dass sie nachts herumwandert und …« Konnte sie es ihm erzählen? Er war ihr Schwiegersohn, aber er war auch der Sheriff. Sein Stern und sein Revolver erinnerten sie daran.

»Ich habe gehört, was sie Ihnen erzählt hat, Maggie.«

Ihre Augen füllten sich mit Mitgefühl. »Was sollen wir machen? Sie ist so zerbrechlich. Aber wenn sie geschossen hat …«

»Ich weiß nicht.« Stan betrachtete Louella. »Was sie Ihnen erzählt hat, braucht nicht wahr zu sein.«

»Aber es ergibt einen Sinn«, erklärte Maggie. »Sie wusste von dem Geld. Sie hatte es im Schrankkoffer versteckt, vergaß es, löschte die Erinnerung, weil es sie erinnerte, wie …« Maggie schüttelte den Kopf. »Stan, das ist die einzige Erklärung für den Einbruch hier.« Sie bedeckte ihr Gesicht mit ihren Händen. »Sie braucht Hilfe. Sie braucht keine Polizei und keine Anwälte. Sie braucht einen Arzt.«

Erleichterung breitete sich auf Stans Gesicht aus. »Sie wird einen bekommen. Den besten, den Joyce und ich finden können.«

Unsicher stützte Maggie eine Hand auf den Tisch. »Sie spricht immer so gut von Ihnen«, murmelte sie. »Davon, wie sehr Sie Joyce lieben. Ich glaube, sie würde alles tun, um Sie beide glücklich zu machen.«

Maggies Blick fiel auf das Farbfoto von Morgan und Stan an dem Graben. Jetzt wird alles abgeschlossen, dachte sie, während sie auf das Foto starrte. Louella hatte genug gelitten, war genug bestraft worden für …

Sie kniff die Augen zusammen und sah genauer hin. Sie erinnerte sich an Reikers Worte: »Wir haben auch einen Ring gefunden, einen alten Ring mit Gravierungen und drei kleinen Diamantsplittern. Joyce Agee hat den Ring als ihrem Vater gehörend identifiziert.«

Aber auf dem Foto trug nicht William Morgan den Ring. Sondern Stan Agee.

Sie blickte mit wissenden Augen auf.

Er brauchte nicht auf das Foto unter ihrer Hand zu blicken. Er hatte es bereits gesehen. »Sie sollten die Finger davon lassen, Maggie.«

Sie reagierte. Blitzartig rannte sie zur Haustür. Ihre Reaktion war so unerwartet, dass sie schon in der Diele mit einer Hand am Türknauf war, bevor er den ersten Schritt getan hatte. Als die Tür klemmte, fluchte sie. Als sie zum zweiten Mal daran zerrte, schloss sich Stans Hand um ihren Arm.

»Nicht.« Seine Stimme klang leise und gepresst. »Ich will Ihnen nichts tun. Ich muss das alles erst durchdenken.«

Mit dem Rücken zur Tür, starrte sie ihn an. Sie war allein im Haus mit einem Mörder. Allein, dachte sie verzweifelt, abgesehen von einer zerbrechlichen alten Frau, die ihn genug liebte, um ihn zehn Jahre lang gedeckt zu haben. Maggie sah, wie er die Hand auf den Griff seines Revolvers legte.

»Wir sollten uns lieber hinsetzen.«

Cliff hatte seine Entscheidung getroffen und war pfeifend mit seinem Pick-up unterwegs, um Maggie einen richtigen Heiratsantrag zu machen. Er pfiff auch noch, als er durch die Stadt fuhr, bis Joyce auf die Straße stürzte und ihn hektisch anhielt.

Er stoppte mitten auf der Straße. »Was ist? Etwas mit den Kindern?«

»Nein, nein.« Joyce packte seinen Arm. »Meine Mutter. Sie war die ganze Nacht nicht im Bett … und Stan, ich kann Stan einfach nirgendwo finden.«

»Wir finden Louella.« Cliff strich ihr das Haar aus dem Gesicht. »Vielleicht ist sie spazieren gegangen.«

»Cliff.« Sie packte seinen Arm fester. »Ich bin ganz sicher, dass sie zu dem alten Haus hinaus ist. Es wäre nicht das erste Mal. Es wird schlimmer mit ihr.«

»Wovon sprichst du?« Er dachte mit Unbehagen an Maggie.

»Ich habe die Polizei belogen. Ich habe sie belogen, bevor ich alles überdenken konnte, aber ich würde es wieder tun.« Als sie Cliff jetzt ansah, tat sie es mit einer eisernen Ruhe. »Ich weiß, wer meinen Vater getötet hat. Ich weiß es seit Wochen. Mutter ... sie scheint es seit zehn Jahren zu wissen.«

»Steig ein«, befahl er und dachte jetzt nur noch an Maggie, die allein in dem von Wäldern umgebenen Haus war. »Erzähl es mir während der Fahrt.«

Maggie saß kerzengerade auf der niedrigen Bank, während Stan auf und ab ging. Sie wollte glauben, dass er ihr nichts tun wollte. Aber er hatte vor zehn Jahren getötet. Jetzt musste er sie ausschalten oder bezahlen.

»Ich wollte nicht, dass Joyce das Haus verkauft.« Er trat an das Fenster und kam wieder in die Mitte des Raums. »Ich wollte es nicht. Das Geld bedeutete mir nichts. Ihr Geld, das Geld ihres Vaters. Woher sollte ich wissen, dass sie es verkauft, wenn ich nicht in der Stadt bin?«

Maggie sah, dass er schwitzte. Es half ihren Nerven nicht. »Sie hat bei der Polizei wegen des Rings gelogen.« Maggie befeuchtete ihre Lippen. »Sie liebt Sie.«

»Sie hatte keine Ahnung. Ich habe es ihr nie erzählt. Als ich es endlich tun musste, hielt sie zu mir. Ein Mann kann nicht mehr verlangen.« Er ging wieder unruhig hin und her. »Ich habe ihn nicht ermordet«, sagte Stan tonlos. »Es war ein Unfall ...«

»Wenn Sie zur Polizei gehen und das erklären ...«

»Erklären?«, unterbrach er sie. »Erklären, dass ich einen Mann tötete, ihn vergrub und seinen Wagen in den Fluss fuhr? Ich war erst zwanzig. Joyce und ich liebten uns da seit zwei Jahren. Morgan hatte klargemacht, dass zwischen uns nichts sein durfte. Also haben wir uns heimlich getroffen. Als Joyce herausfand, dass sie schwanger war, konnte es keine Geheimnisse mehr geben.« Er lehnte sich gegen das Fenster und starrte in den Raum. »Wir hätten wissen sollen, dass etwas nicht stimmt, als er es so gut aufnahm, aber wir waren beide so erleichtert und begeistert über die Vorstellung zu heiraten, dass wir es nicht begriffen. Er sagte uns, wir sollten uns ein paar Wochen still verhalten, während er die Hochzeit vorbereitet.«

Maggie erinnerte sich an das finstere Gesicht auf dem Foto. »Aber er meinte es nicht ehrlich.«

»Nein. Er sagte, er habe Ärger mit Murmeltieren auf seinem alten Besitz. Ich war jung und begierig, mich mit ihm gut zu stellen. Ich sagte ihm, ich würde mit meinem Gewehr abends nach der Arbeit hinauskommen und mich darum kümmern.«

Er sah, wie Maggie schaudernd auf den Revolver an seiner Hüfte blickte.

»Ich fuhr in der Abenddämmerung hinaus. Ich hatte ihn nicht erwartet. Als ich aus dem Wagen stieg, dachte ich, er sieht aus wie ein Leichenbestatter, ganz in Schwarz und mit blank polierten Schuhen. Er stellte eine kleine Metallschatulle auf einen Baumstumpf neben dem Graben. Er verlor keine Zeit. Er sagte mir ins Gesicht, ein Niemand aus einer Kleinstadt dürfe nie seine Tochter heiraten. Er würde sie wegschicken. Schweden oder sonst wohin. Sie sollte das Baby bekommen und weggehen. Er erwartete nicht, dass ich umsonst stillhalte. In der Schatulle waren fünfundzwanzigtausend Dollar. Ich sollte sie nehmen und verschwinden.«

Ja, Maggie konnte glauben, dass der Mann auf dem Foto gedacht hatte, mit Geld alles regeln zu können.

»Ich war außer mir. Ich konnte nicht glauben, dass er mir alles nehmen wollte, was ich mir je gewünscht hatte. Er durfte das nicht tun.« Stan wischte sich den Schweiß von der Stirn. »Aber er hätte es bedenkenlos getan. Ich habe ihn angeschrien. Ich habe ihm gesagt, dass er mir Joyce und unser Baby nicht wegnehmen könne. Ich habe ihm gesagt, wir würden weggehen und sein dreckiges Geld nicht brauchen. Er öffnete die Schatulle und zeigte mir die Geldscheine. Ich schlug sie ihm aus den Händen.«

Sein Atem kam stoßweise, als würde er den Moment noch einmal durchleben – den Zorn, die Verzweiflung. Maggie fühlte, wie Mitleid sich in ihre Angst mischte.

»Er verlor nicht einmal die Beherrschung. Er bückte sich nur und tat das Geld wieder in die Schatulle. Er dachte, ich wollte mehr. Er verstand es nicht, konnte es nicht verstehen. Als er erkannte, dass ich das Geld nicht nahm, sondern weggehen wollte, nahm er mein Gewehr so ruhig, wie er die Schatulle genommen hatte. Ich wusste, dass er mich auf der Stelle umbringen wollte und damit irgendwie auch durchkommen würde. Ich konnte nur daran denken, dass ich Joyce nie wiedersehen, unser Baby nie in den Armen halten würde. Ich warf mich auf das Gewehr. Es ging über meine Schulter hinweg los. Wir kämpften miteinander.«

Er keuchte jetzt. Seine Augen waren glasig. Maggie schloss die Augen und sah es so klar, als würde es jetzt geschehen.

»Er war stark – der alte Mann war stark. Ich wusste, ich würde tot sein, wenn ich nicht an das Gewehr kam. Irgendwie ... ich hatte es auf einmal in meinen Händen und fiel nach hinten. Ich werde es nie vergessen ... es war wie im Traum – ein Albtraum. Ich fiel nach hinten, und das Gewehr ging los.«

Sie sah es allzu klar vor sich. Mitfühlend und ängstlich zugleich, wagte Maggie zu sprechen. »Aber es war ein Unfall. Notwehr.«

Er schüttelte den Kopf, und seine Hände sanken an seine Seiten – an die Waffe an seiner Hüfte. »Ich war zwanzig und musste jeden Penny zusammenkratzen. Ich hatte gerade den wichtigsten Mann der Stadt getötet, und neben der Leiche befanden sich fünfundzwanzigtausend Dollar in einer Schatulle. Wer hätte mir geglaubt? Vielleicht war es Panik, vielleicht war es Vernunft, aber ich vergrub ihn und sein Geld in dem Graben und fuhr seinen Wagen in den Fluss.«

»Louella ...«, setzte Maggie an.

»Ich wusste nicht, dass sie mir gefolgt war. Wahrscheinlich kannte sie Morgan besser als jeder andere Mensch und wusste, dass er mich Joyce nicht heiraten lassen würde. Ich wusste nicht, dass sie vom Wald her alles gesehen hatte. Hätte ich es gewusst, wäre vielleicht alles anders gelaufen. Sie hat sich nie ganz von dem Schock über den Verlust ihres Mannes erholt. Jetzt verstehe ich sie besser. Sie hat alles beobachtet. Damals grub sie aus ihren eigenen Gründen das Geld aus und versteckte es im Haus. Sie hat mich all die Jahre über gedeckt.«

»Und Joyce?«

»Sie hat es nicht gewusst.« Stan zerrte an seinem Kragen. »Ich habe es ihr nicht erzählt. Ich liebe Joyce, seit sie ein Mädchen war. Hätte ich ihr erzählt, was ihr Vater angedroht hat, hätte sie vielleicht nicht geglaubt, dass es ein Unfall war. Damit hätte ich nicht leben können. Die ganzen Jahre über habe ich versucht, wiedergutzumachen, was an diesem Graben passiert ist. Ich habe mich dem Gesetz und dieser Stadt verschrieben. Ich war der beste Vater und Ehemann, der ich überhaupt sein konnte.« Er griff nach dem Foto und zerknüllte es in seiner Faust. »Dieses verdammte Foto. Verdammter Ring! Ich habe erst Tage danach bemerkt, dass ich ihn verloren hatte. Der Ring meines Großvaters. Zehn Jahre später wird er zusammen mit Morgan ausgegraben! Wissen Sie, wie ich mich gefühlt habe, als ich hörte, dass Joyce ihn als den Ring ihres Vaters identifiziert hatte? Sie wusste Bescheid. Sie wusste, dass er mir gehört, aber sie stand hinter mir. Sie hat nicht an mir gezweifelt, als ich ihr alles erzählte. All diese Jahre über … ich habe all diese Jahre über damit gelebt.«

»Jetzt brauchen Sie nicht mehr damit zu leben.« Maggie sprach ruhig, obwohl ihr das Herz bis zum Hals schlug. Er war so angespannt, dass sie nicht abschätzen konnte, ob er durchdrehen und was er tun würde. »Die Leute respektieren Sie. Louella hat alles gesehen. Sie wird aussagen.«

»Louella steht unmittelbar vor einem völligen Zusammenbruch. Wer weiß, ob sie noch eine Aussage machen kann, wenn alles auffliegt. Ich muss an Joyce denken, an meine Familie, meinen Ruf.« Ein Muskel begann in seiner Wange zu zucken, während er Maggie anstarrte. »Es steht so viel auf dem Spiel«, flüsterte er. »So viel muss beschützt werden.«

Sie sah seine Hand über dem Revolvergriff schweben.

Cliff musste in der letzten Kurve voll bremsen, weil ein Mann auf die Straße trat. Fluchend sprang Cliff aus dem Wagen.

»Mr. Delaney«, sagte Reiker ruhig. »Mrs. Agee.«

»Wo ist Maggie?«, fragte Cliff und wurde von Reiker mit einem überraschend festen Griff festgehalten.

»Sie ist im Haus. Im Moment geht es ihr gut. Dabei wollen wir es belassen.«

»Ich gehe hinauf.«

»Noch nicht.« Er wandte sich an Joyce. »Ihre Mutter ist auch drinnen, Mrs. Agee. Sie schläft. Ihr Mann ist auch da.«

»Stan.« Joyce tat instinktiv einen Schritt auf das Haus zu.

»Ich habe alles beobachtet. Ihr Mann hat Miss Fitzgerald die ganze Geschichte erzählt.«

Cliffs Blut erstarrte. »Verdammt, warum haben Sie sie nicht herausgeholt?«

»Das werden wir. Alle. Ganz ruhig. Mrs. Agee, ich brauche Ihre Hilfe. Wenn Ihr Mann Sie so sehr liebt, wie er sagt, sind Sie der Schlüssel.« Reiker blickte zu dem Haus. »Er wird den Wagen gehört haben. Lassen Sie ihn wissen, dass Sie hier sind.«

Im Haus hielt Stan Maggie am Arm und stand mit ihr am Fenster. Sie hörte seinen Atem pfeifen. Als Entsetzen sie packte, schloss sie die Augen und dachte an Cliff. Wenn er zurückgekommen war, würde der Albtraum enden.

»Jemand ist da draußen.« Stans freie Hand schloss sich um

den Revolvergriff, öffnete sich wieder. »Ich kann Sie mit niemandem sprechen lassen. Das müssen Sie verstehen.«

»Ich werde nichts sagen.« Seine Finger gruben sich in ihren Arm. Der Schmerz hielt ihren Kopf klar. »Stan, ich will Ihnen helfen. Ich schwöre es. Wenn Sie mir etwas antun, wird es nie vorbei sein.«

»Zehn Jahre«, murmelte er. »Zehn Jahre, und er versucht noch immer, mein Leben zu zerstören. Ich kann es nicht zulassen.«

»Ihr Leben wird zerstört, wenn Sie mir etwas antun.« Bleib logisch und ruhig, mahnte Maggie sich, als Panik sie zu überwältigen drohte. »Diesmal wäre es kein Unfall, Stan. Diesmal wären Sie ein Mörder. Das würde Joyce nie verstehen.«

Seine Finger drückten zu, bis Maggie sich auf die Unterlippe beißen musste, um nicht aufzuschreien. »Joyce steht zu mir.«

»Sie liebt Sie und glaubt an Sie, aber wenn Sie mir etwas antun, wird sich alles ändern.«

Sie fühlte ihn zittern. Der Griff an ihrem Arm löste sich langsam, während Maggie Joyce zu dem Haus heraufkommen sah. Zuerst dachte sie an eine Einbildung. Dann hörte sie Stan den Atem anhalten. Er hatte sie auch entdeckt.

»Stan! Stan, bitte, komm heraus!«

»Ich will dich nicht da hineinziehen!« Stans Finger lagen wieder wie Eisenklammern an Maggies Arm.

»Ich war schon immer da hineingezogen. Ich weiß, dass du alles nur für mich getan hast.«

»Verdammt.« Er presste das Gesicht gegen die Scheibe und schlug mit einer Faust immer wieder gegen den Rahmen. »Er kann nicht alles zerstören, was wir uns aufgebaut haben.«

»Nein, das kann er nicht.« Joyce kam ihm Schritt um Schritt näher. In all den Jahren hatte sie noch nie Verzweiflung in der Stimme ihres Mannes gehört. »Stan, er erreicht uns nicht mehr.

Wir sind zusammen. Wir werden immer zusammen sein.«

»Sie werden mich von dir wegnehmen. Das Gesetz.« Er presste seine Augen fester zu. »Ich habe mein Bestes für das Gesetz getan.«

»Alle wissen das, Stan. Ich stehe zu dir. Ich liebe dich. Du bist für mich alles, mein ganzes Leben. Bitte, tu nichts, wofür ich mich schämen müsste!«

Maggie fühlte, wie er sich anspannte. Der Muskel zuckte noch immer in seiner Wange. Schweißtropfen standen auf seiner Lippe, aber er wischte sie nicht mehr fort. Er starrte aus dem Fenster, auf Joyce, dann über den Graben.

»Zehn Jahre«, flüsterte er. »Und es ist noch immer nicht vorbei.«

Seine Finger zuckten an Maggies Arm. Wie betäubt vor Angst sah sie zu, wie er den Revolver aus seinem Halfter zog. Seine Augen richteten sich auf sie, kühl, klar, blau, ausdruckslos. Vielleicht hätte sie um ihr Leben gefleht, aber sie wusste wie jedes Opfer, dass Gnade von der Laune des Jägers abhing.

Sein Gesichtsausdruck veränderte sich nicht, als er den Revolver auf das Fensterbrett legte und ihren Arm losließ. Maggie fühlte, wie ihr Blut wieder zu strömen begann.

»Ich gehe hinaus«, sagte Stan tonlos. »Zu meiner Frau.«

Schwach vor Erleichterung sank Maggie auf den Klavierhocker. Ohne Kraft für Tränen, vergrub sie ihr Gesicht in den Händen.

»Oh, Maggie.« Cliffs Arme schlangen sich plötzlich um sie, und sie fühlte seinen schnellen Herzschlag. »Das waren die längsten zehn Minuten meines Lebens«, murmelte er, während er ihr Gesicht mit wilden Küssen bedeckte. »Die längsten.«

Sie wollte keine Erklärungen. Er war hier. Das genügte. »Ich habe mir ständig gesagt, dass du zu mir kommst. Das hat mich am Durchdrehen gehindert.«

»Ich hätte dich nicht allein lassen sollen!« Er vergrub sein Gesicht in ihren Haaren und atmete den Duft ein.

Sie hielt ihn fester. »Ich habe dir gesagt, dass ich auf mich selbst aufpassen kann.«

Er lachte, weil sie in seinen Armen war und sich nichts geändert hatte. »Ja, das hast du gesagt. Es ist jetzt vorbei.« Er umfasste ihr Gesicht mit seinen Händen und betrachtete es. Blass, stellte er fest. Ihre Augen waren dunkel, aber ruhig. Seine Maggie war eine Frau, die auf sich selbst aufpassen konnte. »Reiker war lange genug draußen, um in groben Zügen mitzukriegen, was los ist. Er spricht jetzt mit allen dreien.«

Sie dachte an Louellas bleiches Gesicht, Stans gepeinigte Augen, Joyces zitternde Stimme. »Sie sind genug bestraft worden.«

»Vielleicht.« Er strich über ihre Arme, um sich davon zu überzeugen, dass sie unversehrt war. »Hätte er dir etwas angetan …«

Sie schüttelte den Kopf und klammerte sich wieder an ihn. »Das hätte er nicht gekonnt. Ich will den Teich, Cliff«, sagte sie heftig. »Ich will, dass du den Teich schnell anlegst, und ich will sehen, wie sich die Weide darüber neigt.«

»Du kriegst den Teich.« Er zog sie an sich. »Was ist mit mir, Maggie? Willst du mich auch?«

Sie holte tief Luft und ließ seine Finger an ihrer Wange liegen. Noch einmal, dachte sie. Sie wollte es noch einmal versuchen und sehen, ob er verstand. »Warum sollte ich?«

Er zog die Augenbrauen zusammen, schluckte jedoch den Fluch, der ihm auf der Zunge lag. Stattdessen küsste er sie. Hart und lang. »Weil ich dich liebe.«

Sie stieß bebend den Atem aus. Sie war tatsächlich daheim. »Das war die richtige Antwort.«

– ENDE –